【臺灣現當代作家
研究資料彙編】51

蘇雪林

國立台灣文學館
出版

部長序

　　時光的腳步飛快，還記得去年「臺灣現當代作家研究資料彙編第三階段」成果發表會當天，眾多作家、文友，以及參與計畫的學者專家齊聚一堂，將小小的紀州庵擠得水洩不通，窗外是陰雨綿綿的冬日，但溫潤燦麗的文學燭光，卻點燃了滿室熱情與溫馨。當天出席的貴賓，除了表達對資料彙編成書的欣喜之情，多半不忘殷殷提醒，切莫中斷這場艱鉅卻充滿能量的文學馬拉松，一定要再接再厲深入梳理更多資深作家的創作與研究成果，將其文學身影烙下鮮明的印記。

　　就在眾人引頸期盼與祝福聲中，國立臺灣文學館以前此豐碩成果為基礎，於 2014 年持續推動「臺灣現當代作家研究資料彙編計畫」第四階段，出版刻正呈現於讀者眼前的蘇雪林、張深切、劉吶鷗、謝冰瑩、吳新榮、郭水潭、陳紀瀅、巫永福、王昶雄、無名氏、吳魯芹、鹿橋、羅蘭、鍾梅音共 14 位前輩作家的研究資料專書。看到這份名單，想必召喚出許多人腦海中悠遠而美好的閱讀記憶：蘇雪林的《綠天》、《棘心》，謝冰瑩的《從軍日記》、《女兵自傳》，為我們勾勒了 20 世紀初現代女性的新形象；臺灣最早的「電影人」黑色青年張深切、上海名士派劉吶鷗的風采；人人都能琅琅上口的王昶雄《阮若打開心內的門窗》；無名氏純情而又淒美的《塔裡的女人》；鹿橋對抗戰時期西南聯大青年學子生活和理想的詠歎《未央歌》、鍾梅音最早的女性旅遊書寫《海天遊蹤》……。每一部作品，都是一幅時代風景，是臺灣人共同走過的生命絮語，也是涓滴不息的臺灣文學細流。只是，隨著光陰流轉，許多資深前輩作家逐漸滑進歷史的夾縫，淡出了文學的舞臺。

　　而「臺灣現當代作家研究資料彙編」叢書的出版，無疑正是重現
這些文學巨星光芒的一面明鏡，透過相關資料的蒐集、梳理、彙整，
映現作家的生命軌跡、文學路徑；評論者巧眼慧心的析論，則為讀者
展開廣闊的閱讀視野，讓文本解讀的面向更加豐富多元。這不僅是對
近百年來臺灣新文學的驗收或檢視，同時也是擴展並深化臺灣文學研
究的嶄新契機。在此特別感謝承辦單位台灣文學發展基金會所組成的
工作團隊，以及參與其事的專家、學者，當然更要謝謝長期以來始終
孜孜不倦、埋首於文學創作的前輩作家們，因為有您們，才讓我們收
穫了今日這一片臺灣文學的繁花似錦。

文化部部長　龍應台

館長序

　　作家站在文學與時代的樞紐，在時代風潮、社會脈動中，用文字鋪展出獨具個人風格的作品。透過心與筆，引領讀者進入真與美的世界，與充滿無限可能的人生百態。而作家到底是什麼樣的一群人？他們寫什麼？如何寫？又為何寫？始終是文學天地裡相當引人入勝的問題之一。此所以包括學院裡的文學研究者和文壇書市中的讀者書迷，莫不對「作家」充滿好奇與興趣，想要一窺其人生之路的曲折、梳理其心靈感知的走向、甚至是挖掘、比較其與不同世代乃至同輩寫作者的風格異同。這些面向，不僅關乎作家自身的創作經歷和文學表現，更與文學史的演進有密不可分的關係。

　　作為一所國家級的文學博物館，國立臺灣文學館除了致力於臺灣文學的教育、推廣，舉辦各項展覽，另一項責無旁貸的使命即是文學史料的蒐集、整理、研究，並將這些資源和成果與社會大眾分享，以促進臺灣文學的活絡與發展。懷抱著這樣的初衷，本館成立11 年以來，已陸續出版數套規模可觀的文學史料圖書，其中，以作家為主體，全面觀照其文學樣貌與歷史地位的「臺灣現當代作家研究資料彙編」系列叢書，可說是完整而貼切地回答了上述問題，向讀者提出對作家及其作品的理解與詮釋。

　　「臺灣現當代作家研究資料彙編計畫」啟動於 2010 年，先後分三階段纂輯、彙編、出版賴和等 50 位臺灣重要現當代作家研究資料專書，每冊皆涵蓋作家影像、生平小傳、作品目錄及提要、文學年表以及具代表性的評論文章和研究目錄。由於內容翔實嚴謹，一致獲得文學界人士高度肯定，並期許持續推展，以使臺灣作家研究累積

更為深化而厚實的基礎。職是之故,臺文館於 2014 年展開第四階段
計畫,承續以往,以經年的時間完成蘇雪林、張深切、劉吶鷗、謝
冰瑩、吳新榮、郭水潭、陳紀瀅、巫永福、王昶雄、無名氏、吳魯
芹、鹿橋、羅蘭、鍾梅音共 14 位資深前輩作家研究資料彙編。本計
畫工程浩大而瑣碎,幸賴承辦單位秉持一貫敬謹任事的精神,組成
經驗豐富的編輯團隊,以嫻熟縝密的工作流程,順利將成果呈現於
讀者眼前;在此也同時感謝長期支持參與本計畫的專家學者,齊為
這棵結實纍纍的文學大樹澆灌滋養。

國立臺灣文學館館長　翁誌聰　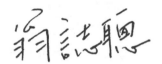

編序

◎封德屏

緣起

　　1995 年 10 月 25 日，在臺灣師範大學教育大樓的 201 室，一場以「面對臺灣文學」為題的座談會，在座諸位學者分別就臺灣文學的定義、發展、研究，以及文學史的寫法等，提出宏文高論，而時任國家圖書館編纂張錦郎的「臺灣文學需要什麼樣的工具書」，輕鬆幽默的言詞，鞭辟入裡的思維，更贏得在座者的共鳴。

　　張先生以一個圖書館工作人員自謙，認真專業地為臺灣這幾十年來究竟出版了多少有關臺灣文學的工具書，做地毯式的調查和多方面的訪問。同時條理分明地針對研究者、學生，列出了十項工具書的類型，哪些是現在亟需的，哪些是現在就可以做的，哪些是未來一步一步累積可以達成的，分別做了專業的建議及討論。

　　當時的文建會二處科長游淑靜，參與了整個座談會，會後她劍及履及的開始了文學工具書的委託工作，從 1996 年的《臺灣文學年鑑》起始，一年一本的編下去，一直到現在，保存延續了臺灣文學發展的基本樣貌。接著是《中華民國作家作品目錄》的新編，《臺灣文壇大事紀要》的續編，補助國家圖書館「當代文學史料影像全文系統」的建置，這些工具書、資料庫的接續完成，至少在當時對臺灣文學的研究，做到一些輔助的功能。

　　2003 年 10 月，籌備多年的「臺灣文學館」正式開幕運轉。同年五月《文訊》改隸「財團法人台灣文學發展基金會」，為了發揮更大的動能，開

始更積極、更有效率地將過去累積至今持續在做的文學史料整理出來，讓豐厚的文藝資源與更多人共享。

於是再次的請教張錦郎先生，張先生認為文學書目、作家作品目錄、文學年鑑、文學辭典皆已完成或正在進行，現在重點應該放在有關「臺灣現當代作家評論資料目錄」的編輯工作上。

很幸運的，這個計畫的發想得到當時臺灣文學館林瑞明館長的支持，於是緊鑼密鼓的展開一切準備工作：籌組編輯團隊、召開顧問會議、擬定工作手冊、撰寫計畫書等等。

張錦郎先生花了許多時間編訂工作手冊，每一位作家的評論資料目錄分為：

（一）生平資料：可分作者自述，旁人論述及訪談，文學獎的紀錄。

（二）作品評論資料：可分作品綜論，單行本作品評論，其他作品（包括單篇作品）評論，與其他作家比較等。

此外，對重要評論加以摘要解說，譬如專書、專輯、學術會議論文集或學位論文等，凡臺灣以外地區之報刊及出版社，於書名或報刊後加註，如中國大陸、香港、新加坡等。此外，資料蒐集範圍除臺灣外，也兼及中國大陸、香港、新加坡、日本、韓國及歐美等地資料，除利用國內蒐集管道外，同時委託當地學者或研究者，擔任資料蒐集工作。

清楚記得，時任顧問的學者專家們，都十分高興這個專案的啟動，但確定收錄哪些作家名單時，也有不同的思考及看法。經過充分的討論後，終於取得基本的共識：除以一般的「文學成就」為觀察及考量作家的標準外，並以研究的迫切性與資料獲得之難易度為綜合考量。譬如說，在第一階段時，作家的選擇除文學成就外，先考量迫切性及研究性，迫切性是指已故又是日治時期臺籍作家為優先，研究性是指作品已出土或已譯成中文為優先。若是作品不少而評論少，或作品評論皆少，可暫時不考慮。此外，還要稍微顧及文類的均衡等等。基本的共識達成後，顧問群共同挑選出 310 位作家，從鄭坤五、賴和、陳虛谷以降，一直到吳錦發、陳黎、蘇

偉貞，共分三個階段進行。

　　「臺灣現當代作家評論資料目錄」專案計畫，自 2004 年 4 月開始，至 2009 年 10 月結束，分三個階段歷時五年六個月，共發現、搜尋、記錄了十餘萬筆作家評論資料。共經歷了三位專職研究助理，近三十位兼任研究助理。這些研究助理從開始熟悉體例，到學習如何尋找資料，是一條漫長卻實用的學習過程。

接續

　　「臺灣現當代作家評論資料目錄」的專案完成，當代重要作家的研究，更可以在這個基礎上，開出亮麗的花朵。於是就有了「臺灣現當代作家研究資料彙編暨資料庫建置計畫」的誕生。為了便於查詢與應用，資料庫的完成勢在必行，而除了資料庫的建置外，這個計畫再從 310 位作家中精選 50 位，每人彙編一本研究資料，內容有作家圖片集，包括生平重要影像、文學活動照片、手稿及文物，小傳、作品目錄及提要、文學年表。另外每本書分別聘請一位最適當的學者或研究者負責編選，除了負責撰寫八千至一萬字的作家研究綜述外，再從龐雜的評論資料中挑選具有代表性的評論文章，平均 12～14 萬字，最後再附該作家的評論資料目錄，以期完整呈現該作家的生平、創作、研究概況，其歷史地位與影響。

　　第一部分除資料庫的建置外，50 位作家 50 本資料彙編（平均頁數 400 ～500 頁），分三個階段完成，自 2010 年 3 月開始至 2013 年 12 月，共費時 3 年 9 個月。因為內容充實，體例完整，各界反應俱佳，第二部分的 50 位作家，接著在 2014 年元月展開，第一階段計畫出版 14 本，預計在 2015 年元月完成。超量的出版工程，放諸許多臺灣民間的出版公司，都是不可能的任務。

　　首先，工作小組必須掌握每位編選者進度這件事，就是極大的挑戰。於是編輯小組在等待編選者閱讀選文的同時，開始蒐集整理作家生平照片、手稿，重編作家年表，重寫作家小傳，尋找作家出版品的正確版本、

版次，重新撰寫提要。這是一個極其複雜的工程。還好有宇霈帶領認真負
責的工作同仁，以及編輯老手秀卿幫忙，才讓整個專案延續了一貫的品質
及進度。

成果

　　雖然過程是如此艱辛，如此一言難盡，可是終究看到豐美的成果。每
位編選者雖然忙碌，但面對自己負責的作家資料彙編，卻是一貫地認真堅
持。他們每人必須面對上千或數百筆作家評論資料，挑選重要或關鍵性的
評論文章，全面閱讀，然後依照編選原則，挑選評論文章。助理們此時不
僅提供老師們所需要的支援，統計字數，最重要的是得找到各篇選文作
者，取得同意轉載的授權。在起初進度流程初估時，我們錯估了此項工作
的難度，因為許多評論文章，發表至今已有數十年的光景，部分作者行蹤
難查，還得輾轉透過出版社、學校、服務單位，尋得蛛絲馬跡，再鍥而不
捨地追蹤。有了前面的血淚教訓，日後關於授權方面，我們更是如臨深
淵、如履薄冰，希望不要重蹈覆轍，在面對授權作業時更是戰戰兢兢，不
敢懈怠。

　　除了挑選評論文章煞費苦心外，每個作家生平重要照片，我們也是採
高標準的方式去蒐集，過世作家家屬、友人、研究者或是當初出版著作的
出版社，都是我們徵詢的對象。認真誠懇而禮貌的態度，讓我們獲得許多
從未出土的資料及照片，也贏得了許多珍貴的友誼。許多作家都協助提供
照片手稿等相關資料，已不在世的作家，其家屬及友人在編輯過程中，也
給予我們許多協助及鼓勵，藉由這個機會，與他們一起回憶、欣賞他們親
人或父祖、前輩，可敬可愛的文學人生。此外，還有許多作家及研究者，
熱心地幫忙我們尋找難以聯繫的授權者，辨識因年代久遠而難以記錄年
代、地點、事件的作家照片，釐清文學年表資料及作家作品的版本問題，
我們從他們身上學習到更多史料研究可貴的精神及經驗。

　　但如何在規定的時間內，完成每個階段資料彙編的編輯出版工作，對

工作小組來說，確實是一大考驗。每一冊的主編老師，都是目前國內現當代臺灣文學教學及研究的重要人物，因此都十分忙碌。每一本的責任編輯，必須在這一年多的時間內，與他們所負責資料彙編的主角——傳主及主編老師，共生共榮。從作家作品的收集及整理開始，必須要掌握該作家所有出版的作品，以及盡量收集不同出版社的版本；整理作家年表，除了作家、研究者已撰述好的年表外，也必須再從訪談、自傳、評論目錄，從作品出版等線索，再作比對及增刪。再來就是緊盯每位把「研究綜述」放在所有進度最後一關的主編們，每隔一段時間提醒他們，或順便把新增的評論目錄寄給他們（每隔一段時間就有新的相關論文或學位論文出現），讓他們隨時與他們所主編的這本書，產生聯想，希望有助於「研究綜述」撰寫的進度。

在每個艱辛漫長的歲月中，因等待、因其他人力無法抗拒的因素，衍伸出來的問題，層出不窮，更有許多是始料未及的。譬如，每本書的選文，主編老師本來已經選好了，也經過授權了，為了抓緊時間，負責編輯的助理們甚至連順序、頁碼都排好了，就等主編老師的大作了，這時主編突然發現有新的文章、新的資料產生：再增加兩三篇選文吧！為了達到更好更完備的目標，工作小組當然全力以赴，聯絡，授權，打字，校對，重編順序等等工作，再度展開。

此次第二部分第一階段共需完成的 14 位作家研究資料彙編，年齡層較上兩個階段已年輕許多，因此到最後的疑難雜症，還有連主編或研究者都不太清楚的部分，譬如年表中的某一件事、某一個年代、某一篇文章、某一個得獎記錄，作家本人絕對是一個最好的諮詢對象，對解決某些問題來說，這是一個好的線索，但既然看了，關心了，參與了，就可能有不同的看法，選文、年表、照片，甚至是我們整本書的體例，於是又是一場翻天覆地的大更動，對整本書的品質來說，應該是好的，但對經過多次琢磨、修改已進入完稿階段的編輯團隊來說，這不啻是一大挑戰。

1990 年開始，各地縣市文化中心（文化局），對在地作家作品集的整

理出版，以及臺灣文學館成立後對日治時期作家以迄當代重要作家全集的編纂，對臺灣文學之作家研究，也有了很好的促進作用。如《楊逵全集》、《林亨泰全集》、《鍾肇政全集》、《張文環全集》、《呂赫若日記》、《張秀亞全集》、《葉石濤全集》、《龍瑛宗全集》、《葉笛全集》、《鍾理和全集》、《錦連全集》、《楊雲萍全集》、《鍾鐵民全集》等，如雨後春筍般持續展開。

　　經過近二十年的努力，臺灣文學的研究與出版，也到了可以驗收或檢討成果的階段。這個說法，當然不是要停下腳步，而是可以從「臺灣現當代作家評論資料目錄」所呈現的 310 位作家、10 萬筆資料中去檢視。檢視的標的，除了從作家作品的質量、時代意義及代表性去衡量外、也可以從作家的世代、性別、文類中，去挖掘還有待開墾及努力之處。因此在這樣的堅實基礎上，這套「臺灣現當代作家研究資料彙編」，每位編選者除了概述作家的研究面向外，均有些觀察與建議。希望就已然的研究成果中，去發現不足與缺憾，研究者可以在這些不足與缺憾之處下功夫，而盡量避免在相同議題上重複。當然這都需要經過一段時間去發現、去彌補、去重建，因此，有關臺灣文學的調查與研究，就格外顯得重要了。

期待

　　感謝臺灣文學館持續支持推動這兩個專案的進行。「臺灣現當代作家評論資料目錄」的完成，呈現的是臺灣文學研究的總體成果；「臺灣現當代作家研究資料彙編」套書的出版，則是呈現成果中最精華最優質的一面，同時對未來臺灣文學的研究面向與路徑，作最好的建議。我們可以很清楚的體會，這是一條綿長優美的臺灣文學接力賽，我們十分榮幸能參與其中，更珍惜在傳承接力的過程，與我們相遇的每一個人，每一件讓我們真心感動的事。我們更期待這個接力賽，能有更多人加入。誠如張恆豪所說「從高音獨唱到多元交響」，這是每一個人所期待的。

編輯體例

一、本書編選之目的，為呈現蘇雪林生平、著作及研究成果，以作為臺灣
　　文學相關研究、教學之參考資料。

二、全書共五輯，各輯內容及體例說明如下：

　　輯一：圖片集。選刊作家各個時期的生活或參與文學活動的照片、著
　　　　　作書影、手稿（包括創作、日記、書信）、文物。

　　輯二：生平及作品，包括三部分：

　　　　　1.小傳：主要內容包括作家本名、重要筆名，生卒年月日，籍
　　　　　　貫，及創作風格、文學成就等。

　　　　　2.作品目錄及提要：依照作品文類（論述、詩、散文、小說、
　　　　　　劇本、報導文學、傳記、日記、書信、兒童文學、合集）及
　　　　　　出版順序，並撰寫提要。不收錄作家翻譯或編選之作品。

　　　　　3.文學年表：考訂作家生平所進行的文學創作、文學活動相關
　　　　　　之記要，依年月順序繫之。

　　輯三：研究綜述。綜論作家作品研究的概況，並展現研究成果與價值
　　　　　的論文。

　　輯四：重要文章選刊。選收國內外具代表性的相關研究論文及報導。

　　輯五：研究評論資料目錄。收錄至 2014 年 11 月底止，有關研究、論
　　　　　述臺灣現當代作家生平和作品評論文獻。語文以中文為主，兼
　　　　　及日文和英文資料。所收文獻資料，以臺灣出版為主，酌收中
　　　　　國大陸、香港、日本和歐美國家的出版品。內容包含三部分：

　　　　　1.「作家生平、作品評論專書與學位論文」下分為專書與學位
　　　　　　論文。

　　　　　2.「作家生平資料篇目」下分為「自述」、「他述」、「訪談」、
　　　　　　「年表」、「其他」。

　　　　　3.「作品評論篇目」下分為「綜論」、「分論」、「作品評論目
　　　　　　錄、索引」、「其他」。

目次

【輯一】圖片集

【輯二】生平及作品

【輯三】研究綜述

【輯四】重要評論文章選刊

輯一◎圖片集
影像◎手稿◎文物

1921年，蘇雪林（右一）於留學法國前與友人合影。（文訊文藝資料中心）

1910～1920年代，少女時期的蘇雪林。（成功大學蘇雪林研究室提供）

1923年，留法的蘇雪林攝於里昂中法大學羅馬城垣下。（文訊文藝資料中心）

1923〜1924年間，留法的蘇雪林（左一）與
同學合影於里昂中法大學庭園。（成功大
學蘇雪林研究室提供）

1925年，由法返國的蘇雪林。
（成功大學蘇雪林研究室提供）

1930年代，任教於武漢大學時期的蘇雪林。
（成功大學蘇雪林研究室提供）

1926～1927年間，蘇雪林（右）與張寶齡（左）攝於蘇
州。（成功大學蘇雪林研究室提供）

1949年5月，時任真理學會編輯的蘇雪林（左二）與友人遊香港淺水灣。（成功大學蘇雪林研究室提供）

1950～1951年間，留法學生合影於友人寓中，前排右起：蘇雪林、畫家方君璧、畫家潘玉良。（成功大學蘇雪林研究室提供）

1953年，任教於臺灣省立師範大學（今臺灣師範大學）的蘇雪林，攝於第六宿舍門口。（成功大學蘇雪林研究室提供）

1956年3月14日，出席由蔣經國宴請「44年度全國青年最喜閱讀文藝作品及最推崇文藝作家測驗」入選作家餐會，與其中十位女作家合影於臺北市「婦女之家」。右起：蘇雪林、謝冰瑩、徐鍾珮、王潔心、李曼瑰、艾雯、孟瑤、許素玉（後）、張漱菡、章一萍。（文訊文藝資料中心）

1950年代，信奉天主教的蘇雪林著教服留影。（成功大學蘇雪林研究室提供）

1962年，攝於成功大學舊圖書館前。（成功大學蘇雪林研究室提供）

1964年11月，任教於新加坡南洋大學的蘇雪林（右一）與友人聚餐，攝於不息廬。（成功大學蘇雪林研究室提供）

1964～1965年間，蘇雪林與作家瓊瑤（左）合影留念。（成功大學蘇雪林研究室提供）

1969年，蘇雪林與詩人方艮（左）應青年救國團之邀，於臺南市冬令文藝研習營授課。（文訊文藝資料中心）

1960年代，任教於成功大學的蘇雪林，和大姐蘇淑孟（左）合影於臺南東寧路宿舍庭院。（成功大學蘇雪林研究室提供）

1971年，著作《中國文學史》獲
第三屆菲華特設中正文化獎金
「最優著作獎」，蘇雪林（右
三）、王雲五（右四）與其他得
獎者合影於頒獎典禮。（成功大
學蘇雪林研究室提供）

1981年3月，蘇雪林獲第六屆國家
文藝獎文藝理論類文藝批評獎，
與行政院長孫運璿（左）合影。
（成功大學蘇雪林研究室提供）

1983年，秦賢次（右）訪蘇雪林，合影於臺南東寧路宿舍客廳。（文訊文藝資料中心）

1982年5月，蘇雪林拜訪女詩人陳秀喜，攝於笠園庭院。後將此行經驗寫作〈笠園雅集小記〉，連載於1982年6月14～15日《中央日報》第10版。（成功大學蘇雪林研究室提供）

1984年2月,《聯合報》副刊主編瘂弦邀請資深作家餐聚,合影於臺北長風萬里樓。前排左起:龍瑛宗、楊雲萍、蘇雪林、楊熾昌,後排左起:王昶雄、劉捷、郭水潭、林海音、林佩芬、張法鶴、佚名、瘂弦。(文訊文藝資料中心)

1984年3月25日,成功大學文學院於臺南赤崁大飯店為蘇雪林(中)舉行壽宴,由院長于大成(左)致贈「文學導師」。(成功大學蘇雪林研究室提供)

1984年4月29日，蘇雪林（右）與郎靜山（中）分別獲頒臺灣省文藝作家協會，文藝類及攝影類「臺灣區第七屆資深優良文藝工作者榮譽獎」。（成功大學蘇雪林研究中心提供）

1985年，中國婦女寫作協會與中國文藝協會主辦「慶祝蘇雪林教授八秩晉九華誕茶會」，為蘇雪林祝壽並頒贈獎章。右起：邱七七、蘇雪林、郭嗣汾、宋膺。（文訊文藝資料中心）

1987年12月1日，蘇雪林（左四）獲頒第九屆行政院文化獎。
右四為行政院長俞國華。（成功大學蘇雪林研究室提供）

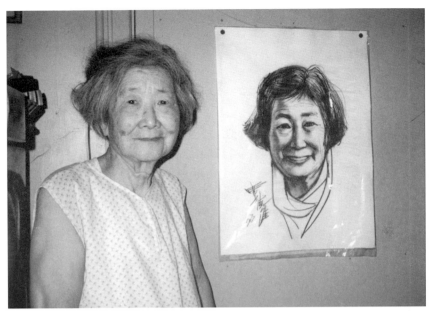

1980年代，蘇雪林與肖像畫合影於臺南東寧路宿舍。畫像為1977年1月，蘇雪林觀賞席德進畫展，由席德進現場繪贈之速寫。（成功大學蘇雪林研究室提供）

1980年代，文友訪蘇雪林於臺南東寧路宿舍。左起：唐亦男、梅新、蘇雪林、黃永武、林黛嫚。（文訊文藝資料中心）

1990年12月2日，蘇雪林與睽違12年的謝冰瑩（右）歡聚，攝於臺南東寧路
宿舍庭院。（成功大學蘇雪林研究室提供）

1992年2月18日，蘇雪林（中）與法國友人裴玫（右）出席《中央日報》主辦之「全國作家新春聯誼茶會暨第四屆《中央日報》文學獎頒獎典禮」，獲頒「特別成就獎」，攝於臺北來來飯店金龍廳。（成功大學蘇雪林研究室提供）

1996年1月20日，總統李登輝（右）拜訪蘇雪林，於臺南東寧路宿舍客廳進行筆談。（成功大學蘇雪林研究室提供）

1997年3月14日，文友於臺南天下大飯店為蘇雪林百歲華誕祝壽。前排左起：
應平書、樸月、蘇雪林、丘秀芷；後排左起：唐亦男、邱七七、劉枋、王琰
如、封德屏、姚宜瑛、林黛嫚、黃國昌。（文訊文藝資料中心）

1998年5月25日，蘇雪林由學生唐亦男（右）陪同，回安徽省親，並參加安徽
大學70周年校慶。（成功大學蘇雪林研究室提供）

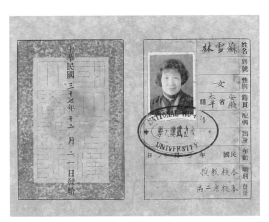

1948年12月21日，蘇雪林任教於武漢大學之教職員證。（成功大學蘇雪林研究室提供）

1951年10月，蘇雪林就讀法國巴黎大學語言中心之學生證。（成功大學蘇雪林研究室提供）

1977年，陳輝東繪贈之蘇雪林肖像畫。（成功大學蘇雪林研究室提供）

1991年，蘇雪林95歲壽辰時，姪子將其生前最喜愛之相片燒製成瓷盤，作為賀禮。相片攝於任教武漢大學時期。（成功大學蘇雪林研究室提供）

Marient

15. ✓

23 Avril 1951
Shi Ling Sou

Le mariage de votre pays.

P.1 La Chine est un pays de la société patriarcale, on considère la génération comme une chose qui est très importante pour une famille. Les Européens se marient parce qu'ils s'aiment. Nous chinois, nous nous marions que dans le but de prolonger la vie de notre famille; on garde le culte d'ancêtres.

Avant le mariage, le marié et la mariée ne se connaissent du tout, leurs parents organisent cela pour eux. Deux inconnus s'unissent ensemble, ils s'aiment, ils donnent des enfants, ils passent une vie conjugale très heureuse quand même. (entremetheur ou entremetreuse)

Lorsque une fille arrive à quatorze ou à quinze ans, ses parents se pressent de lui chercher un fiancé. On envoie un intermédiaire à une famille connue pour présenter sa fille au garçon de cette famille qui lui plaît. Si les parents de ces deux familles consentent de ce mariage, on échange de cadeaux et on signe le contrat du mariage. Alors le mariage est engagé. Une fois qu'il est engagé, on ne peut jamais le changer, sauf à une condition extraordinaire.

Lorsque la fiancée a l'âge convenable pour se marier — en général dix-sept ou vingt ans. Ses parents demandent le consentement des parents du garçon; on fixe la date de la cérémonie. Alors on se met à préparer la dot et les autres choses nécessaires. En ancien temps, en Europe, un noble se ruinait souvent pour marier une fille. La soeur aînée devenait une marquise ou une comtesse, son frère cadet était obligé de se faire religieux, car la fortune de son père était transformée

1961年4月23日，蘇雪林法文作業手稿。（成功大學蘇雪林研究室提供）

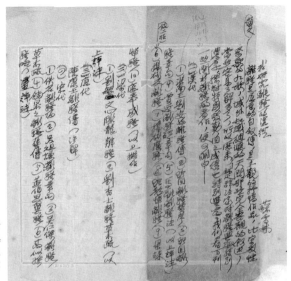

1964年7月10日，蘇雪林發表於《現代學苑》第1卷第4期之〈我研究〈離騷〉的途徑〉手稿。（成功大學蘇雪林研究室提供）

1975年11月7日，蘇雪林發表於《中央日報》第12版之〈金縷曲——聞曼瑰靈音，泣然有作〉原稿。（成功大學蘇雪林研究室提供）

1990年12月，蘇雪林發表於《文訊》第62期之〈胡適先生百年冥誕感言〉手稿。（文訊文藝資料中心）

1993年11月17日，蘇雪林致女作家張漱菡信。（文訊文藝資料中心）

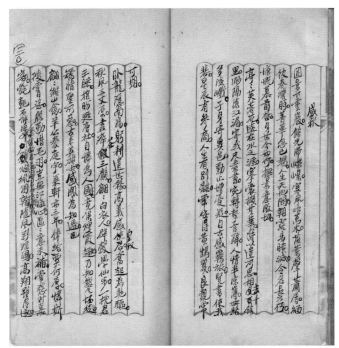

蘇雪林古典詩〈感秋〉手稿。（成功大學蘇雪林研究室提供）

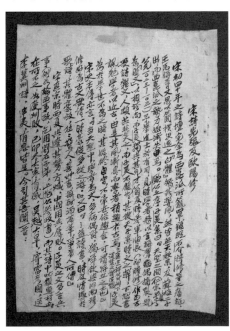

蘇雪林〈宋詩先驅及歐
陽修〉手稿。（成功大
學蘇雪林研究室提供）

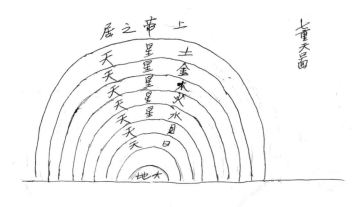

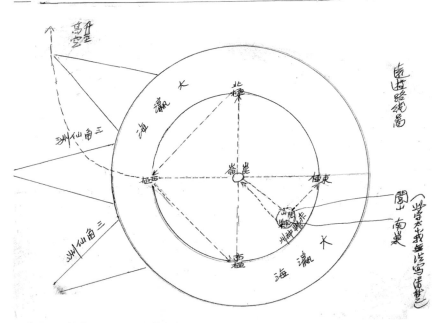

蘇雪林繪製「七重天圖」與「〈遠遊〉路線圖」手稿。（成功大學蘇雪林研究室提供）

輯二◎生平及作品

小傳◎作品◎年表

小傳

蘇雪林 （1896～1999）

蘇雪林，女，原名蘇小梅，改名蘇梅；字雪林，來臺時改以字為名。筆名綠漪、靈芬、老梅、野隼、天嬰、杜若等。籍貫安徽太平，1896 年 2 月 24 日（農曆）生於浙江瑞安，1952 年自法來臺，1999 年 4 月 21 日辭世，享壽 103 歲。

安慶第一女子師範學校畢業，後就讀北京女子高等師範學校。1921 年未及畢業即留學法國，先後入里昂中法大學、里昂國立美術學院學習藝術，後改修語文，1925 年返國。歷任東吳大學、滬江大學、安徽大學、武漢大學教授，執教期間學術研究及藝文創作並行，曾與周蓮溪主編《益世報》「女子周刊」。1949 年赴香港，任職真理學會編輯，隔年再赴法國巴黎大學法蘭西學院進修。來臺後曾任臺灣師範大學、成功大學教授，任教成功大學期間曾赴新加坡南洋大學擔任客座教授一年。1973 年自教職退休後，定居成功大學教職員宿舍，筆耕不輟。曾獲教育部文藝獎、中國文化復興運動總會中正最優寫作獎、中山文藝創作獎、國家文藝理論獎、中國文藝協會榮譽文藝獎、臺灣省文藝作家協會資深優良文藝工作者榮譽獎、行政院文化獎、《中央日報》特別成就獎，以及中國婦女寫作協會文藝獎資深作家獎。

蘇雪林創作文類以論述為主，亦有散文、小說、劇本、傳記、翻譯、古典詩詞、兒童文學等作品。一生首重鑽研屈賦，次為文學史研究，以嶄

新的眼光剖析古典文學命題。任教武漢大學期間，因發現《楚辭》中的神話故事與希臘羅馬神話相類，提出「中國文化來自域外」與「中西文化同出一源」等主張，奠定研究屈賦的新路線，以科學考證的方法進行學術研究，歷四十餘年陸續完成「屈賦新探」叢書──《屈原與〈九歌〉》、《〈天問〉正簡》、《楚騷新詁》、《屈賦論叢》。而其所著《中國文學史》，內容簡明，結構謹嚴，以精鍊的文字清晰扼要地說明每一種文體發展的因果脈絡，可視為初習中國文學的入門徑路。

　　文藝創作方面，蘇雪林常以個人生活經歷為書寫主題，以長篇小說《棘心》與散文集《綠天》最為知名。《棘心》描寫一位深受五四思潮影響的女子，在追求獨立自主的婚戀與教育權利時，所面臨的處境與抉擇；藉由個人的故事，反應當時知識分子的愛情觀、人生觀與家國觀。《綠天》則以美文的形式刻畫新婚生活，充滿如夢的人生趣味，意境貞純高潔。此外尚有《我的生活》自述生命歷程、《文壇話舊》記錄與大陸新文藝作家交往的所見所聞、《我論魯迅》表明反魯志向等散文作品。張瑞芬曾論其文：「如石縫中怒長的綠意，老於世道，幽默存心，警策精采處令人拍案叫絕。」除小說與散文外，早年創作的古典詩集《燈前詩草》，擅以氣勢雄壯的聯篇歌行寫景、抒情，展現出深厚的古文根柢；亦曾模仿王爾德《莎樂美》的美文筆法，改寫印度佛經故事為三幕劇本《鳩那羅的眼睛》；另有翻譯及傳記等作品，兼善文類眾多，於創作上可謂不遺餘力。

　　蘇雪林畢生致力於文學研究與創作，著作等身。她生長於近代中國環境動盪的時代，親身經歷傳統禮教與新思潮的衝突，勇於走出舊時代家庭對女性的桎梏，實踐自五四運動以來，追求人文自由主義的精神。又以反共為志業，秉持正義風骨，不畏強權壓迫，口誅筆伐數十年如一日。自奉「嚴肅做人」與「切實治學」的準則，反映於作品之中，故嚴友梅以「松柏長青」喻其「生平頻遭挫折，諸多坎坷，而永遠堅強挺立」。晚年更清苦自守，淡泊度日，樹立終身不懈追求生命、創作、閱讀、教學與學術研究的形象。

作品目錄及提要

【論述】

北新書局 1927

上海商務 1947

臺灣商務 1958

臺灣商務 1969

臺灣商務 1988

李義山戀愛事跡考
上海：北新書局
1927 年 11 月，32 開，144 頁

上海：商務印書館
1947 年 12 月，32 開，130 頁
現代文藝叢書

臺北：臺灣商務印書館
1958 年 1 月，32 開，130 頁
現代文藝叢書

臺北：臺灣商務印書館
1969 年 5 月，48 開，130 頁
人人文庫 1057

臺北：臺灣商務印書館
1988 年 1 月，25 開，184 頁

本書以李商隱的詩作為研究對象，論證李商隱
與女道士及宮嬪間的戀愛關係。全書計有：1.
引論；2.義山詩中的戀愛事跡共兩章。正文前
有蘇雪林〈自序〉。正文後附錄蘇雪林〈李義
山的詩〉、〈參考書舉要〉。

1947 年商務印書館版：更名為《玉溪詩謎》。
正文與 1927 年北新書局版同，唯重新分章
為：1.引論；2.與女道士戀愛的關係；3.與宮
嬪戀愛的關係三章。正文前〈自序〉更名為
〈序〉。

1958 年臺灣商務版：更名為《玉溪詩謎》。正
文與 1927 年北新書局版同，唯重新分章為：
1.引論；2.與女道士戀愛的關係；3.與宮嬪戀
愛的關係三章。正文前〈自序〉更名為
〈序〉。

1969 年臺灣商務版：更名為《玉溪詩謎》。正
文與 1927 年北新書局版同，唯重新分章為：

1.引論；2.與女道士戀愛的關係；3.與宮嬪戀愛的關係三章。正文前〈自序〉更名為〈序〉。

1988 年臺灣商務版：更名為《玉溪詩謎正續合編》。正文與 1927 年北新書局版同，唯重新分章為：1.引論；2.與女道士戀愛的關係；3.與宮嬪戀愛的關係三章。正文前〈自序〉更名為〈原序〉，新增蘇雪林〈《玉溪詩謎》正編再序〉。

上海商務 1933

長沙商務 1939

臺灣商務 1969

遼金元文學

上海：商務印書館
1933 年 12 月，32 開，55 頁
萬有文庫第 1 集 1000 種・百科小叢書

長沙：商務印書館
1939 年 12 月，32 開，55 頁
萬有文庫第 12 集簡編 500 種

臺北：臺灣商務印書館
1969 年 7 月，48 開，55 頁
人人文庫 1121

本書介紹遼金元三代時期的文學作品及代表作家。全書計有：1.遼文學；2.金之初中葉作家；3.金之末葉作家；4.元曲之種類與構造；5.北曲作家與作品等七章。

1939 年長沙商務版：正文與 1933 年上海商務版同。

1969 年臺灣商務版：正文與 1933 年上海商務版同。正文前新增王雲五〈編印人人文庫〉。

上海商務 1934

臺灣商務 1958

唐詩概論

上海：商務印書館
1934 年 2 月，32 開，190 頁
國學小叢書

臺北：臺灣商務印書館
1958 年 6 月，32 開，190 頁
人人文庫 1397-8

上海：上海書店
1992 年 1 月，32 開，190 頁

瀋陽：遼寧教育出版社
1997 年 3 月，32 開，130 頁
新世紀萬有文庫・近世文化書系

上海書店 1992

遼寧教育 1997

本書以唐詩發展過程為主軸，側重體現各時期詩歌本身之特色、成就，及其轉化之機。全書計有：1.唐詩盛隆之原因；2.唐詩變遷之概況；3.初唐四傑；4.沈宋與律詩；5.初唐幾個白話詩人等 20 章。

1958 年臺灣商務版：正文與 1934 年上海商務版同。

1992 年上海書店版：正文與 1934 年上海商務版同。

1997 年遼寧教育版：與吳經雄著，徐誠斌譯《唐詩四季》合印。《唐詩概論》部分正文與 1934 年上海商務版同。正文前新增〈「新世紀萬有文庫」緣起〉、柳葉〈出版說明〉。

中國文學史略

光啟出版社 1970

武漢：武漢大學出版社
1938 年，25 開，160 頁

臺中：光啟出版社
1970 年 10 月，25 開，276 頁

北京：中國圖書館學會高校分會組織北京中獻拓方科技公司複印
2009 年，25 開，160 頁

本書梳理中國文學自商代至五四運動後遞嬗變遷的情況。全書計有：1.古代文學；2.漢魏六朝文學；3.唐宋文學；4.元明清及近代文學共四章。

中國圖書館 2009

1970 年光啟版：更名為《中國文學史》。正文據 1938 年武漢大學版增訂，第一章「古代文學」改收錄〈商代的甲骨金文與商書〉、〈《詩經》時代〉、〈《周書》與《周易》〉、〈《楚辭》時代〉、〈春秋至戰國的散文〉、〈秦代文學〉六篇，「漢魏六朝文學」、「唐宋文學」、「元明清及近代文學」三章略更動篇目次序。正文前新增蘇雪林〈自序〉。

2009 年中國圖書館版：正文與 1938 年武漢大學版同。

中國傳統文化與天主古教

香港：真理學會
1951 年 5 月，32 開，47 頁

（今查無傳本）。

崑崙之謎

臺北：中央文物供應社
1956 年 5 月，32 開，115 頁
屈賦新探叢編之 1

本書為作者早期研究屈賦時，藉比較世界神話之大山，考證中國古代的地理問題。全書計有：1.引論；2.崑崙一詞何時始見於中國載記；3.漢武帝考定崑公案；4.中國境內外之崑崙；5.何者為神話崑崙？何者為實際崑崙？等八章。正文後有蘇雪林〈自跋一〉、〈自跋二〉、程發軔〈《崑崙之謎》讀後感〉、蘇雪林〈書程旨雲先生文後〉。

讀與寫

臺中：光啟出版社
1959 年 5 月，32 開，212 頁
文藝叢書之八

本書為作者憑藉多年的國文教學經驗所寫的國文研究方法論，並討論文學創作動機、靈感、風格、修辭、結構等種種問題的文藝理論。全書分「國文研究之部」、「文藝理論之部」、「文藝書評之部」三輯，收錄〈怎樣識字及運用成語典故——國語問題談話之一〉、〈怎樣讀書？——國語問題談話之二〉、〈怎樣作文——國語問題談話之三〉、〈怎樣教授國文——國語問題談話之四〉等 30 篇。正文後有蘇雪林〈自跋〉。

文星書店 1967　　傳記文學 1970

最古的人類故事

臺北：文星書店
1967 年 3 月，40 開，187 頁
文星叢刊 239

臺北：傳記文學出版社
1970 年 8 月，40 開，187 頁
文史新刊 130

本書選輯以中國文學史、屈賦、西方神話及藝術文化等為論題的文章。全書收錄〈雕蟲論〉、〈從屈賦看中國文化的來源〉、〈關於〈天問〉的各種問題〉等十篇。正文前有蘇雪林〈自序〉。
1970 年傳記文學版：正文與 1967 年文星書店版同。

試看《紅樓夢》的真面目

臺北：文星書店
1967 年 3 月，40 開，201 頁
文星叢刊 236

本書集結作者自抗戰末期至 1964 年 4 月間寫成的學術性論文。
全書收錄〈漢代緯書裡的孔子〉、〈屈原小傳〉、〈由整理〈天
問〉開始屈賦研究談〉等十篇。正文前有蘇雪林〈自序〉。

文星書店 1967

愛眉文藝 1971

傳記文學 1979

我論魯迅

臺北：文星書店
1967 年 3 月，40 開，193 頁
文星叢刊 241

臺北：愛眉文藝出版社
1971 年 1 月，40 開，192 頁
愛眉文庫 12

臺北：傳記文學出版社
1979 年 5 月，32 開，193 頁
傳記文學叢書 94

本書集結作者三十餘年來觀察魯迅所寫的感想
與評論文章，作為魯迅逝世 30 周年的紀念。
全書收錄〈魯迅傳論〉、〈與蔡子民先生論魯迅
書〉、〈與胡適之先生論當前文化動態書〉等
16 篇。正文前有蘇雪林〈自序〉。正文後附錄
蘇雪林〈學潮篇〉。
1971 年愛眉文藝版：正文與 1967 年文星書店
版同。
1979 年傳記文學版：正文與 1967 年文星書店
版同。

論中國舊小說

臺南：聞道出版社
1969 年 9 月，48 開，36 頁
聞道文藝小叢書 004

本書為單篇論文，概論筆記小說、唐宋傳奇、話本、章回小說等中國小說分類與特色。全書計有：1.舊式短篇小說；2.舊式長篇小說共兩章。

廣東出版社 1973　　文津出版社 1992

武漢大學 2007

屈原與〈九歌〉──屈賦新探之一

臺北：廣東出版社
1973 年 4 月，25 開，508 頁
廣成大學叢書之一

臺北：文津出版社
1992 年 5 月，25 開，508 頁

武漢：武漢大學出版社
2007 年 11 月，18 開，401 頁
武漢大學百年名典・屈賦新探之一

本書為「屈賦新探」第一部，比較世界神話，論證屈原受域外文化影響，並考定〈九歌〉中的十神問題。全書計有：1.屈原評傳；2.九歌共兩章。正文前有蘇雪林〈自序〉。正文後附錄蘇雪林〈禮魂〉。
1992 年文津版：正文與 1973 年廣東版同。正文前新增蘇雪林〈「屈賦新探」再版序〉。
2007 年武漢大學版：正文與 1973 年廣東版同。正文前新增《武漢大學百年名典》編審委員會〈《武漢大學百年名典》出版前言〉、武漢大學出版社〈出版說明〉、蘇雪林〈「屈賦新探」再版序〉。正文後附錄蘇雪林〈禮魂〉。

廣東出版社 1974

廣東出版社 1974

文津出版社 1992

武漢大學 2007

〈天問〉正簡——屈賦新探之二

臺北：廣東出版社
1974 年 11 月，25 開，519 頁
大學叢書

臺北：文津出版社
1992 年 5 月，25 開，519 頁

武漢：武漢大學出版社
2007 年 10 月，18 開，417 頁
武漢大學百年名典・屈賦新探之二

本書為「屈賦新探」第二部，作者整理〈天問〉原文「錯簡」，考證其中天文、地理、神話、歷史等與域外文化之關係。全書計有：1.引言；2.〈天問〉原文及正簡；3.天文部分；4.地理部分；5.神話部分等七章。正文前有蘇雪林〈自序〉。正文後有蘇雪林代跋〈由整理〈天問〉而引起屈賦研究的興趣談〉。附錄蘇雪林〈〈天問〉整理之初步〉、楊希枚〈蘇雪林先生〈天問〉研究評介〉、〈古籍編撰的神祕性〉。

1992 年文津版：正文與 1974 年廣東版同。正文前新增蘇雪林〈「屈賦新探」再版序〉。

2007 年武漢大學版：正文與 1974 年廣東版同，〈蘇雪林先生〈天問〉研究評介〉更名為〈蘇雪林先生「〈天問〉研究」簡介〉。正文前新增〈蘇雪林小傳〉、《武漢大學百年名典》編審委員會〈《武漢大學百年名典》出版前言〉、武漢大學出版社〈出版說明〉、〈「屈賦新探」再版序〉。

國立編譯館 1978

國立編譯館 1995

楚騷新詁

臺北：國立編譯館
1978 年 3 月，25 開，593 頁
中華叢書

臺北：國立編譯館
1995 年 1 月，25 開，593 頁
中華叢書

武漢：武漢大學出版社
2007 年 11 月，18 開，481 頁
武漢大學百年名典・屈賦新探之三

武漢大學 2007

本書為「屈賦新探」第三部，內容為《楚辭》中除〈九歌〉、〈天問〉之外的屈賦疏證。全書計有：1.離騷；2.九章；3.遠遊；4.招魂共四章。正文前有蘇雪林〈自序〉。

1995 年國立編譯館版：正文與 1978 年國立編譯館版同。

2007 年武漢大學版：正文與 1978 年國立編譯館版同。正文前新增〈蘇雪林小傳〉、《武漢大學百年名典》編審委員會〈《武漢大學百年名典》出版前言〉、武漢大學出版社〈出版說明〉、蘇雪林〈「屈賦新探」再版序〉。

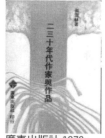

廣東出版社 1979

二三十年代作家與作品

臺北：廣東出版社
1979 年，25 開，602 頁

臺北：純文學出版社
1983 年 10 月，25 開，638 頁
純文學叢書 119

本書論述五四至抗戰期間的新文學作家，剖析其文學活動、文藝技巧、人生觀與政治見解等，並選錄其代表作品。全書計有：1.新詩之部；2.小品散文之部；3.長短篇小說之部；4.戲劇之部；5.文評及文派之部共五章。正文前有蘇雪林〈自序〉、〈總論〉。

純文學出版社 1983

1983 年純文學版：更名為《中國二三十年代作家》。正文與 1979 年廣東版同。正文前新增蘇雪林〈重排前言〉。

國立編譯館 1980

屈賦論叢

臺北：國立編譯館
1980 年 12 月，25 開，757 頁
中華叢書

武漢：武漢大學出版社
2007 年 12 月，18 開，617 頁
武漢大學百年名典・屈賦新探之四

本書為「屈賦新探」第四部，集結作者屈賦研究的零散論著，做為《屈原與九歌》、《天問正簡》、《楚騷新詁》的副編。全書分「總論之部」、「屈傳之部」、「〈九歌〉之部」、「〈天問〉之部」、「〈離騷〉之部」、「〈遠遊〉之部」、「雜俎之部」、「專題論

文之部」八部分，收錄〈我研究屈賦的經過〉、〈我國古代移民通商溝通文化的偉績〉、〈域外文化兩度來華的來蹤去跡〉、〈域外文化第一度來華的根據地〉、〈漢緯書十紀說的由來〉等 60 篇。正文前有蘇雪林〈自序〉。正文後有〈「屈賦新探」參考書目〉。

2007 年武漢大學版：正文與 1980 年國立編譯館版同。正文前新增〈蘇雪林小傳〉、《武漢大學百年名典》編審委員會〈《武漢大學百年名典》出版前言〉、武漢大學出版社〈出版說明〉、蘇雪林〈「屈賦新探」再版序〉。

武漢大學 2007

《詩經》雜俎

臺北：臺灣商務印書館
1995 年 2 月，25 開，361 頁

本書為《詩經》雜論及 13 國風之註解。全書分五卷，收錄〈《詩經》通論——《詩經》的正反兩方面的常識〉、〈《詩經》可補正歷史缺失的資料〉、〈《詩經》裡的神話〉等十篇。正文前有蘇雪林〈自序〉。正文後附錄蘇雪林〈《詩經》與尹吉甫——李著《《詩經》通釋》評論上篇〉、蘇雪林〈《詩經》與尹吉甫的各種關係——李著《《詩經》通釋》評論下篇〉、蘇雪林〈跋〉。

【詩】

燈前詩草

臺北：正中書局
1982 年 1 月，32 開，183 頁

本書為作者唯一一本詩集，收錄自民國初年至遷臺後所作的古典詩，內容多為寫景或抒情。全書分「山居之什」、「柳帷之什」、「燕庠之什」、「旅歐之什」、「爐星之什」、「附刊之一——少作集」、「附刊之二——繡春詞」、其三弟媳所作之「附刊之三——紫娟遺詩」八卷，收錄〈大通夕渡（癸丑夏自宜城隨家返里，途中作）〉、〈銅波湖夜泛〉、〈讀書〉、〈燈前（二首）〉、〈遊慈雲庵作（寺在卓村。距余村約五里）〉等 244 首。正文前有「曾孟樸先生題詞」、蘇雪林〈自序〉。

【散文】

北新書局 1928　　中國文聯 1993

中國文聯 2002

綠天

上海：北新書局
1928 年 3 月，32 開，124 頁

北京：中國文聯出版社
1993 年 10 月，32 開，70 頁
中國現代散文名家名作原版庫

北京：中國文聯出版社
2002 年 5 月，32 開，70 頁
中國現代小說、散文、詩歌名家名作原版庫

本書為作者記錄新婚生活的小品及散文。全書
收錄〈綠天〉、〈鴿兒的通信〉、〈小小銀翅蝴蝶
的故事〉等六篇。
1993 年中國文聯版：正文與 1928 年北新版
同。正文前新增王彬〈序〉、〈出版說明〉。
2002 年中國文聯版：正文與 1928 年北新版
同。正文前新增王彬〈序〉、〈出版說明〉。

蠹魚生活

上海：真善美書店
1929 年 10 月，32 開，274 頁
金帆叢書

本書選輯作者的考證文字及為文友撰寫的序言。全書收錄〈〈九
歌〉與河神祭典的關係〉、〈陸放翁評傳〉、〈孔子刪詩問題的討
論〉等七篇。

綠漪自選

上海：女子書店
1935 年 2 月，32 開，120 頁
女子文庫・現代中國女作家創作叢書

（今查無傳本）。

長沙商務 1938

文星書店 1967

蠹魚集

長沙：商務印書館
1938 年 7 月，32 開，290 頁
現代文藝叢書

臺北：文星書店
1967 年 3 月，40 開，172 頁
文星叢刊 235

本書選輯作者試驗性質的考證文字。全書收錄
〈《九歌》與河神祭典關係〉、〈原人的墳墓與
巨人〉、〈《子虛賦》裏的獵馬〉等七篇。正文
前有蘇雪林〈自序〉。
1967 年文星書店版：更名為《〈九歌〉中人神
戀愛問題》。正文〈《九歌》與河神祭典關係〉
更名為〈九歌中人神戀愛問題〉，刪去〈陸放
翁評傳〉一篇，新增〈歸有光的散文〉一篇。
正文前〈自序〉更名為〈舊《蠹魚集》序〉，
新增蘇雪林〈自序〉。

青鳥集

長沙：商務印書館
1938 年 7 月，32 開，274 頁
現代文藝叢書

本書集結作者 1927 至 1936 年間發表於報章雜誌的藝文評論、人
物評傳與自述寫作經驗的文章。全書收錄〈梅脫靈克的《青
鳥》〉、〈《孔雀東南飛》劇本及其上演成績的批評〉、〈演劇問題答
向培良先生〉等 21 篇。正文前有蘇雪林〈自序〉。

銀星珍史

上海：新劇研究社
1940 年 1 月，32 開，220 頁

本書集結作者描寫 1920 至 1940 年代間影視明星的記敘文章。全
書收錄〈影壇的皇后胡蝶〉、〈雄據重慶影壇的高占非〉、〈時代寵
兒陳雲裳〉等 21 篇。

生死與人生三部曲
重慶：新評論社
1941 年，32 開，48 頁
新評論叢書 3

本書為蘇雪林及袁昌英論述生與死的含義，與人生三個時期的生理特點、生活、思想的文章。蘇雪林部分收錄〈青春〉、〈中年〉、〈老年〉三篇。

長沙商務 1941

文星書店 1967

傳記文學 1970

屠龍集
長沙：商務印書館
1941 年 11 月，32 開，170 頁
現代文藝叢書

臺北：文星書店
1967 年 3 月，40 開，126 頁
文星叢刊 237

臺北：傳記文學出版社
1970 年 8 月，40 開，126 頁
文史新刊 85

本書集結作者於抗戰期間，評論國家大事、感懷人生問題的文章。全書收錄〈青春〉、〈中年〉、〈老年〉等 11 篇。正文前有蘇雪林〈自序〉。正文後附錄蘇雪林〈清末知識階級的宗教熱〉、〈讀書救國〉、〈中華民族的潛勢力〉等八篇。

1967 年文星書店版：更名為《人生三部曲》。原附錄改為正文。正文分三輯，刪去〈寄華甥〉、〈雨天的一周〉、〈清末知識階級的宗教熱〉、〈武化與武德〉、〈從軍運動〉、〈學生與從軍〉六篇，〈青春〉、〈中華民族的潛勢力〉、〈敵人虐殺中國人的心理〉、〈敵兵暴行的小故事〉更名為〈青年〉、〈中國民族的潛勢力〉、〈敵人虐殺的心理〉、〈敵人暴行的小故事〉。正文前〈自序〉更名為〈舊《屠龍集》序〉，新增蘇雪林〈自序〉。

1970 年傳記文學版：更名為《人生三部曲》。原附錄改為正文。正文分三輯，刪去〈寄華甥〉、〈雨天的一周〉、〈清末知識階級的宗教熱〉、〈武化與武德〉、〈從軍運動〉、〈學生與從軍〉六篇，〈青春〉、〈中華民族的潛勢力〉、

〈敵人虐殺中國人的心理〉、〈敵兵暴行的小故事〉更名為〈青年〉、〈中國民族的潛勢力〉、〈敵人虐殺的心理〉、〈敵人暴行的小故事〉。正文前〈自序〉更名為〈舊《屠龍集》序〉，新增蘇雪林〈自序〉。

歸鴻集

臺北：暢流半月刊社
1955 年 8 月，32 開，181 頁
暢流叢書 12

本書選輯作者留法時期發表於《自由中國》「巴黎通訊」專欄的文章，及來臺後創作的雜文。全書分五輯，收錄〈花都漫拾〉、〈文壇巨星的殞落〉、〈清除和脫黨〉、〈奴隸的歌頌〉等 47 篇。正文前有蘇雪林〈自序〉。

今日婦女 1955　　　光啟出版社 1956

安徽文藝 1997　　　群眾出版社 1999

綠天

臺北：今日婦女半月刊社
1955 年 10 月，32 開，161 頁
今日婦女叢書 6

臺中：光啟出版社
1956 年 9 月，32 開，161 頁
文藝叢書之一

臺中：光啟出版社
1978 年 6 月，32 開，206 頁
文藝叢書之一

合肥：安徽文藝出版社
1997 年 5 月，32 開，131 頁

北京：群眾出版社
1999 年 9 月，大 32 開，213 頁
蘇雪林作品經典
于青編選

本書據 1928 年北新版《綠天》增訂，收錄作者與丈夫同遊青島的遊記，及以童話體裁寫成的短篇故事與劇本。全書分三輯，收錄〈綠天〉、〈鴿兒的通信十四篇〉、〈我們的秋天〉等十篇。
1956 年光啟版：正文與 1955 年今日婦女版同。正文前新增蘇雪林〈自序〉。
1978 年光啟版：正文刪去〈小貓〉一篇。正

文前新增蘇雪林〈自序〉。
1997 年安徽文藝版：正文刪去〈玫瑰與春〉、〈小小銀翅蝴蝶故事之一〉、〈小小銀
翅蝴蝶故事之二〉三篇。正文前新增蘇雪林〈自序〉。
1999 年群眾版：正文刪去〈小貓〉一篇。正文前新增趙景深〈蘇雪林和他的創
作〉、蘇雪林〈自序〉。

光啟出版社 1957　　光啟出版社 1960

三大聖地的巡禮
臺中：光啟出版社
1957 年 2 月，32 開，160 頁
文藝叢書之二

臺中：光啟出版社
1960 年 6 月，32 開，160 頁
文藝叢書之二

本書集結作者 1950 年二度赴法時，前往羅馬
參加天主教「聖年大會」，及遊覽歐洲天主教
聖地的遊記。全書分「永城朝聖記」、「法國西
部諾曼蒂之遊」、「靈德朝母」三部分，收錄
〈行前艱阻的克服〉、〈入聖門〉、〈聖伯多祿大
堂〉、〈露天歌劇場和聖洗堂的盛典〉等 36
篇。正文前有蘇雪林〈自序〉。
1960 年光啟版：更名為《歐遊獵勝》。正文與
1957 年光啟版同。正文前新增蘇雪林〈《歐遊
獵勝》自序〉。

文星書店 1967　　傳記文學 1970

閒話戰爭
臺北：文星書店
1967 年 3 月，40 開，207 頁
文星叢刊 240

臺北：傳記文學出版社
1970 年 8 月，40 開，207 頁
文史新刊 129

本書選輯作者於 1930 至 1950 年代間撰寫的戰
爭評論、文藝批評與人物憶往等雜文。全書收
錄〈閒話戰爭〉、〈人類的運命〉、〈阿修羅與永
久和平〉等 26 篇。正文前有蘇雪林〈自序〉。
1970 年傳記文學版：正文與 1967 年文星書店
版同。

眼淚的海

臺北：文星書店
1967 年 3 月，40 開，248 頁
文星叢刊 242

本書為作者紀念胡適逝世五周年而作，既表達作者對胡適的敬仰與哀思，更呈現出作者身處五四運動的時代中，對中國傳統文化與新文化的見解。全書分四輯，收錄〈紀念五四兼論胡適先生〉、〈談拜倫哀希臘詩的漢譯〉、〈鳳凰與鴟梟〉等 12 篇。正文前有蘇雪林〈自序〉。正文後附錄蘇雪林〈臺北行〉。

文星書店 1967　　　傳記文學 1969

文壇話舊

臺北：文星書店
1967 年 3 月，40 開，200 頁
文星叢刊 243

臺北：傳記文學出版社
1969 年 12 月，40 開，200 頁
文史新刊 84

本書集結作者應《自由青年》雜誌之邀，撰寫政府遷臺前大陸新文壇的文人瑣事之文章。全書收錄〈我認識陳獨秀的前前後後〉、〈胡適之先生給我兩項最深的印象〉、〈我對魯迅由欽敬變為反對的原因〉等 22 篇。正文前有蘇雪林〈自序〉。
1969 年傳記文學版：正文與 1967 年文星書店版同。

文星書店 1967　　　傳記文學 1969

我的生活

臺北：文星書店
1967 年 3 月，40 開，251 頁
文星叢刊 244

臺北：傳記文學出版社
1969 年 12 月，40 開，256 頁
文史新刊 83

本書集結作者自述生平的文章。全書收錄〈兒時影事〉、〈童年瑣憶〉、〈我幼小時的宗教環境〉等 16 篇。正文前有蘇雪林〈自序〉。
1969 年傳記文學版：正文與 1967 年文星書店版同。

風雨雞鳴

臺北：源成文化圖書供應社
1977 年 10 月，32 開，224 頁
源成圖書 57

本書選輯作者評論政治或社會現象、研討學術思想或歷史文化的
文章。全書分「關於文藝的各種問題」、「關於復興文化的運
動」、「歷史的教訓」、「武化與從軍」、「談母師諸道」、「書評與人
物」六輯，收錄〈文學有否階級性的討論〉、〈不信任自己〉、〈五
四以後北平的文壇和思想界〉、〈文藝節談當前的文藝政策〉等
33 篇。正文前有蘇雪林〈自序〉。正文後附錄〈作品書目〉。

靈海微瀾（第一集）

臺南：聞道出版社
1978 年 12 月，48 開，87 頁
生活小叢書 025

本書集結作者為香港真理學會發行書籍所寫之序文。全書收錄
〈耶穌的喜報〉、〈天主教修會概況〉、〈一個偉大的女事業家〉等
八篇。正文前有聞道出版社〈聞道小叢書發行旨趣〉、蘇雪林
〈自序〉。正文後附錄蘇雪林〈臺北興建聖女小德蘭朝聖地緣起
代巴昌明神父撰〉、〈聖女小德蘭小傳〉等五篇。

靈海微瀾（第二集）

臺南：聞道出版社
1979 年 12 月，48 開，114 頁
生活小叢書 027

本書選輯作者 1930 至 1950 年代間，與天主教相關的創作。全書
收錄〈武昌聖堂諸聖瞻禮記〉、〈旅杭日記〉、〈夾江聖神瞻禮及遊
蹤〉等六篇。正文前有聞道出版社〈聞道小叢書發行旨趣〉、蘇
雪林〈自序〉。正文後附錄蘇雪林〈清末知識階級的宗教熱〉。

靈海微瀾（第三集）

臺南：聞道出版社
1980 年 2 月，48 開，106 頁
生活小叢書 028

本書選輯作者於 1951 至 1978 年間，以天主教為主題的創作。全
書收錄〈一道白光的光明〉、〈庇護十二的祈禱與工作〉、〈鞠躬盡
瘁死而不已的雷鳴遠〉等 12 篇。正文前有聞道出版社〈聞道小
叢書發行旨趣〉、蘇雪林〈自序〉。正文後附錄蘇雪林〈一個皈依
天主教的五四人的自白〉。

猶大之吻

臺北：文鏡文化公司
1982 年 11 月，32 開，154 頁
文鏡新刊

本書剖析唐德剛著《胡適瑣憶》之缺失，並憶述胡適的生平與為
人。全書收錄〈引言〉、〈胡適的博士學位問題〉、〈胡適任教北大
與假冒祖宗事件〉等十篇。正文後附錄蘇雪林〈評《胡適評
傳》〉。

百花文藝 1988

百花文藝 2004

百花文藝 2009

蘇雪林散文選集／蔡清富編

天津：百花文藝出版社
1988 年 11 月，25 開，279 頁
百花散文書系・現代散文叢書 11

天津：百花文藝出版社
2004 年 8 月，32 開，393 頁
百花散文書系・現代部分

天津：百花文藝出版社
2009 年 6 月，32 開，393 頁
百花散文書系・現代部分

本書選輯作者抒情、寫景及議理的散文。全
書收錄〈綠天〉、〈鴿兒的通信〉、〈小小銀翅
蝴蝶的故事〉、〈我們的秋天〉等 34 篇。正文
前有〈編輯例言〉、蔡清富〈序言〉。
2004 年百花文藝版：正文與 1988 年百花文藝
版同。
2009 年百花文藝版：正文與 1988 年百花文藝
版同。

遯齋隨筆

臺北：中央日報社
1989 年 7 月，25 開，258 頁

本書選輯作者於 1976 至 1989 年間發表於報章雜誌的文章。全書分「文藝思想及評論之部」、「宗教神話民俗雜談之部」、「人物紀念之部」三輯，收錄〈民族與民族文化〉、〈生活反應與存在文學〉、〈焚書〉等 26 篇。

綠天

北京：東方出版社
1995 年 10 月，64 開，287 頁
名士雅品小集書系

本書據 1928 年北新書局版《綠天》增訂，並選輯《青鳥集》與《屠龍集》之文章。全書分三輯，收錄〈綠天〉、〈鴿兒的通信〉、〈小小銀翅蝴蝶的故事〉等 16 篇。正文前有〈出版說明〉。

靈海微瀾（第四集）

臺南：聞道出版社
1996 年 3 月，48 開，128 頁
思想小叢書 039

本書選輯作者探討天主教影響中國文化之創作。全書收錄〈希伯來文化對中國之影響〉、短篇小說〈秀峰夜話〉、〈瞿式相守桂林及其最後〉共三篇。正文後附錄蘇雪林〈人生及真理的對話〉。

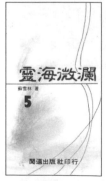

靈海微瀾（第五集）

臺南：聞道出版社
1996 年 4 月，48 開，138 頁
思想小叢書 040

本書選輯作者信奉天主教的心得文字，及追憶神父與教友的文章。全書收錄〈聖誕夜的三部夢曲〉、〈中外聖字辨〉、〈心讀顧保鵠神父《露德之音》〉等九篇。正文後附錄顧保鵠〈蘇雪林教授皈依的心路歷程〉、吳達芸〈另一種閱讀——女性自傳小說《棘心》〉。

花都漫拾／于青編

北京：群眾出版社
1999 年 9 月，大 32 開，265 頁
蘇雪林作品經典

本書選輯作者人物憶往及行旅遊記的文章。全書收錄〈中年〉、
〈老年〉、〈我的父親〉、〈母親〉等 37 篇。正文前有趙景深〈蘇
雪林和他的創作〉。

歸途／于青編

北京：群眾出版社
1999 年 9 月，大 32 開，339 頁
蘇雪林作品經典

本書選輯作者自述生平的文章。全書收錄〈兒時影事〉、〈童年瑣
憶〉、〈我幼小時的宗教環境〉、〈我的學生時代〉等 35 篇。正文
前有趙景深〈蘇雪林和他的創作〉。

浙江文藝 2001　　浙江文藝 2007

蘇雪林散文／張昌華編

杭州：浙江文藝出版社
2001 年 6 月，14x20.3 公分，352 頁
世紀文存 36

杭州：浙江文藝出版社
2007 年 10 月，14x20.3 公分，352 頁
世紀文存 36

本書選輯散文集《綠天》、長篇小說《棘心》
中的部分篇章，與行旅遊記、人物憶往、自
述生平的文章。全書分「綠天秋趣」、「履痕
心迹」、「品茗話舊」、「人生苦旅」四輯，收
錄〈綠天〉、〈鴿兒的通信〉、〈我們的秋天〉、
〈小貓〉、〈收穫〉等 53 篇。正文後有張昌華
〈閱讀蘇雪林──《蘇雪林散文》編後瑣
話〉。
2007 年浙江文藝版：正文內容與 2001 年浙江
文藝版同。

東方出版社 2004　　東方出版社 2004

綠天／于嘉編

北京：東方出版社
2004 年 1 月，32 開，217 頁
行雲有影書系

本書選輯作者各類型散文，並刊歷史照片與
寫意圖畫。全書收錄〈我們的秋天〉、〈溪
水〉、〈山窗讀畫記〉等 17 篇。正文前有于嘉
〈編前絮話〉。

浮生十記／張昌華編

南京：江蘇文藝出版社
2005 年 1 月，25 開，313 頁
大家散文文存

本書選輯作者百年人生中的散文作品。全書分「綠天溪水」、「秋
日私語」、「遁齋隨筆」、「人生四季」、「晴窗札記」、「萍海游
踪」、「西窗剪燭」、「硯田圈點」、「枯井鈎沉」、「百年斷片」十
輯，收錄〈綠天〉、〈溪水〉、〈小貓〉、〈收穫〉、〈小小銀翅蝴蝶的
故事〉等 50 篇。正文後有張昌華〈編後記〉。

擲缽庵消夏記——蘇雪林散文選集／陳昌明主編

臺北：印刻出版公司
2010 年 10 月，18 開，374 頁
文學叢書 273

本書選輯遊記、紀傳、童話、評論等散文作品。全書分「天涯遊
蹤」、「生活瑣記」、「死生情思」、「童話」、「評論」五部分，收錄
〈擲缽庵消夏記〉、〈在海船上〉、〈千石譜〉、〈黃海遊蹤〉等 40
篇。正文前有陳昌明〈東寧傳奇〉。正文後附錄〈蘇雪林年表〉、
〈蘇雪林著作表〉。

蘇雪林散文精選／陳昌明編

武漢：長江文藝出版社
2013 年 9 月，16 開，280 頁
名家散文經典

本書選輯作者抒情、紀傳、遊記等散文作品，並節錄長篇小說
《棘心》部分篇章。全書分「綠天」、「人生」、「履痕」、「情思」
四輯，收錄〈綠天〉、〈鴿兒的通信〉、〈我們的秋天〉、〈小貓〉等
37 篇。

蘇雪林自述自畫

北京：中國青年出版社
2013 年 12 月，16 開，223 頁
民國才女書

本書選輯作者自述生平及繪畫品畫的文章，並刊作者照片與畫作。全書收錄〈回首故園〉、〈故鄉的新年〉、〈我的父親〉等 27 篇。正文前有〈蝶舞天涯，一生為文〉。

【小說】

北新書局 1929

順風出版社 1956

光啟出版社 1957

上海書店 1987

群眾出版社 1999

棘心

上海：北新書局
1929 年 5 月，32 開，338 頁

香港：順風出版社
1956 年，32 開，237 頁

臺中：光啟出版社
1957 年 9 月，32 開，252 頁
小說叢刊 1

上海：上海書店
1987 年 12 月，32 開，338 頁
中國現代文學史參考資料

北京：群眾出版社
1999 年 9 月，大 32 開，249 頁
蘇雪林作品經典
于青編選

長篇小說。本書為作者第一部小說創作，以半自傳形式描寫一個受五四思潮影響的女性知識青年，面對家庭、社會、國家及國際各方面動盪變化的情形，同時反映出那個時代知識分子的煩惱、苦悶、企求、願望與戀愛情況。全書分 15 章：1.母親的南旋；2.赴法；3.光榮的勝仗；4.噩音；5.來夢湖上的養痾；6.家書；7.丹鄉；8.白朗女士；9.中秋夜；10.家鄉遭匪的惡耗；11.恨！；12.皈依；13.巴黎聖心院；14.法京遊覽與歸國；15.一封信。
1956 年順風版：正文與 1929 年北新書局版同。

1957 年光啟版：正文據 1929 年北新書局版修訂，新增「兩位思想前進的女同學」、「愛的宗教與賴神父」兩章。正文前新增蘇雪林〈自序〉。
1987 年上海書店版：正文與 1929 年北新書局版同。
1999 年群眾版：正文與 1929 年北新書局版同。正文前新增趙景深〈蘇雪林和他的創作〉、蘇雪林〈自序〉

國民圖書 1941

臺灣商務 1969

南明忠烈傳
重慶：國民圖書出版社
1941 年 5 月，32 開，110 頁

臺北：臺灣商務印書館
1969 年 1 月，32 開，316 頁

短篇小說集。本書為對日抗戰期間，作者應中央宣傳部邀請之作，藉表彰南明忠臣義士從事復國運動的壯烈事蹟，提倡中國傳統文化塑造的民族大義。又名《滄海同深錄》。全書分上、下兩編，收錄〈引言〉、〈揚州的失守與南京的陷落〉、〈左懋第及袁繼咸等之死〉、〈杭州迎降與劉宗周等之死〉、〈因反抗薙髮令而倡義的江南各郡縣〉、〈魯王監國浙江與起兵〉、〈隆武建號閩中及其殉國〉、〈廣信建昌撫州與贛州的兵事〉、〈江浙密盟起義的團體〉、〈舟山始末〉、〈浙東皖鄂各地的遊擊軍和義民〉、〈永曆即位與廣東兵役〉、〈武岡播遷與湖南兵役〉、〈金聲桓李成棟反正與失敗〉、〈肇慶朝政之概況〉、〈何堵之死與湖南的淪陷〉、〈永曆受脅孫可望與抗節諸臣〉、〈永曆奔滇入緬與其末路〉、〈張煌言之事功及其被執〉、〈鄭成功與臺灣始末〉共 21 篇。正文前有蘇雪林〈自序〉、〈凡例〉。
1969 年臺灣商務版：正文與 1941 年國民圖書版同。正文前改〈自序〉篇名為〈原序〉，新增蘇雪林〈自序〉。

重慶商務 1945　　上海商務 1945

蟬蛻集
重慶：商務印書館
1945 年 7 月，32 開，116 頁
現代文藝叢書

上海：商務印書館
1946 年 8 月，32 開，116 頁
現代文藝叢書

臺北：文星書店
1967 年 3 月，40 開，128 頁
文星叢刊 238

文星書店 1967　　愛眉文藝 1971

臺北：愛眉文藝出版社
1971 年 1 月，40 開，128 頁
愛眉文庫 11

短篇小說集。本書據《南明忠烈傳》中部分故事改寫成歷史小說。全書收錄〈黃石齋在金陵獄〉、〈偷頭〉、〈蟬蛻〉、〈回頭〉、〈秀峯夜話〉、〈丁魁楚〉、〈王禿子〉共七篇。正文前有蘇雪林〈《蟬蛻集》題記〉。

1946 年上海商務版：正文與 1945 年重慶商務版同。

1967 年文星書店版：更名為《秀峯夜話》。正文與 1945 年重慶商務版同。正文前〈《蟬蛻集》題記〉更名為〈原《蟬蛻集》序〉，新增蘇雪林〈自序〉。

1971 年愛眉文藝版：更名為《秀峯夜話》。正文與 1945 年重慶商務版同。正文前〈《蟬蛻集》題記〉更名為〈原《蟬蛻集》序〉，新增蘇雪林〈自序〉。

天馬集

臺北：三民書局
1957 年 11 月，32 開，198 頁

短篇小說集。本書為作者改寫希臘神話而成的小說集。全書收錄〈盜火案〉、〈天馬〉、〈蜘蛛的故事〉、〈森林競樂會〉、〈日車〉、〈銀的紀律〉、〈九頭虺〉、〈喫人肉的馬〉、〈卜賽芳的被劫〉、〈尼奧璧的悲劇〉、〈月神廟之火〉、〈女面鳥的歌聲〉、〈騷西〉、〈水仙花〉共 14 篇。正文前有蘇雪林〈自序〉。

蘇雪林小說──蟬蛻／柳珊編選

上海：上海古籍出版社
1999 年 11 月，大 32 開，117 頁
虹影叢書‧民國女作家小說經典

短篇小說集。本書選輯長篇小說《棘心》之部分篇章，及散文集《綠天》、短篇小說集《蟬蛻集》、《天馬集》中的部分作品。全書收錄〈母親的南歸〉、〈光榮的勝仗〉、〈法京遊覽與歸國〉、〈鴿兒的通信〉、〈小小銀翅蝴蝶故事〉、〈小貓〉、〈偷頭〉、〈黃石齋在金陵獄〉、〈蟬蛻〉、〈丁魁楚〉、〈森林競技會〉共 11 篇。正文前有柯靈〈序言〉、陳子善〈編選說明〉、柳珊〈翩翩飛舞的銀翅蝴蝶〉。

【劇本】

上海商務 1946

臺灣商務 1968

鳩那羅的眼睛

上海：商務印書館
1946 年 8 月，14.5x19.5 公分，92 頁
現代文藝叢書

臺北：臺灣商務印書館
1968 年 1 月，32 開，74 頁

本書收錄〈鳩那羅的眼睛〉（三幕劇）、〈玫瑰與春〉（獨幕劇）兩篇。〈鳩那羅的眼睛〉參考佛經與印度史籍，改寫《法苑珠林》中「阿育王息壞目因緣」故事而成；〈玫瑰與春〉以象徵筆法，藉童話般的故事暗喻作者自身的婚姻困境。正文前有〈本事（《法苑珠林》卷第一百十，賞罰篇第九十一，引證部）〉。
1968 年臺灣商務版：據 1946 年上海商務版修訂，〈玫瑰與春〉改附錄於正文後。正文前〈本事〉更名為〈〈鳩那羅〉的本事〉。

【傳記】

浮生九四──雪林回憶錄

臺北：三民書局
1991 年 4 月，新 25 開，260 頁
三民叢刊 21

本書為作者據其過往著作與日記，寫於 94 歲時的自傳。全書計有：1.我的家世及母親；2.家塾讀書及自修；3.考入宜城第一女子師範；4.升學北平高等女子師範；5.赴法留學；6.都隆養病及搬入里昂城中；7.皈依公教；8.返國等 21 章。正文前有蘇雪林〈自序〉。正文後有蘇雪林〈結語〉。

蘇雪林自傳／張昌華編

南京：江蘇文藝出版社
1996 年 12 月，32 開，325 頁
名人自傳叢書

本書據《浮生九四──雪林回憶錄》內容修訂，並增選作者早年
自述性的回憶文章。全書計有：1.我的家世及母親；2.家塾讀書
及自修；3.考入宜城第一女子師範；4.升學北平高等女子師範；
5.赴法留學；6.都隆養病及搬入里昂城中；7.皈依公教；8.返國等
35 章。正文前有蘇雪林〈自序〉。正文後附錄唐亦男〈我所了解
的蘇先生〉、張昌華〈編後記〉。

【合集】

蘇綠漪創作選／少侯編

上海：新興書店
1936 年 9 月，32 開，146 頁
現代名人創作叢書

本書為小說與散文合集。全書分兩部分，「小說」收錄〈鴿兒的
通信〉、〈我們的秋天〉、〈母親的南旋〉、〈光榮的勝仗〉、〈來夢
湖上的養疴〉、〈根〉、〈一封信〉共七篇；「散文」收錄〈精神的
屠殺〉、〈舊小說的魔力〉、〈心裏不安〉等四篇。

蘇綠綺佳作選／巴雷編

上海：新象書店
1946 年 12 月，12x16 公分，92 頁
當代創作文庫

本書為散文與小說合集。全書收錄散文〈鴿兒的通信〉、〈我們
的秋天〉等三篇；小說收錄長篇小說《棘心》中「光榮的勝
仗」、「恨」兩章。正文前有〈蘇綠綺小傳〉。

勝利出版社 1954　　神州書局 1959

新陸書局 1961

雪林自選集

臺北：勝利出版社
1954 年 9 月，32 開，140 頁

臺北：神州書局
1959 年 5 月，32 開，140 頁

臺北：新陸書局
1961 年 1 月，32 開，140 頁

本書選輯作者寫於對日抗戰期間的文章。全書分三部分，「小說」收錄〈黃石齋在金陵獄〉、〈蟬蛻〉、〈丁魁楚〉、〈家書〉、〈九頭鳥〉共五篇；「散文」收錄〈青春〉、〈家〉等七篇；「文藝批評」收錄〈李賀的詩歌〉、〈蘇軾的詞〉等五篇。正文前有蘇雪林〈題記〉。正文後附錄〈著作一覽表〉。

1959 年神州書局版：正文與 1954 年勝利版同。

1961 年新陸書局版：更名為《蘇雪林選集》。正文與 1954 年勝利版同。

蘇雪林自選集

臺北：黎明文化公司
1975 年 12 月，32 開，250 頁
中國新文學叢刊 6

本書為散文與小說合集。全書分四輯，「遊覽寫景」收錄〈黃海遊蹤〉、〈擲缽庵消夏記〉、〈棧橋燈影〉等 11 篇；「寫作與研究」收錄〈我所愛讀的書〉、〈談寫作的樂趣〉等五篇；「人物記述」收錄〈胡適之先生給我兩項最深的印象〉、〈我所認識的詩人徐志摩〉等五篇；「小說」收錄〈偷頭〉、〈迴光〉、〈尼奧璧的悲劇〉、〈月神廟之火〉共四篇。正文前有〈素描〉、〈生活照片〉、〈手跡〉、〈小傳〉。正文後有〈作品書目〉。

蘇雪林選集／沈暉編

合肥：安徽文藝出版社
1989 年 6 月，25 開，631 頁
現代皖籍名作家叢書

本書為小說、散文與評論合集。全書分三部分，「棘心」收錄長
篇小說《棘心》；「散文」收錄〈綠天〉、〈鴿兒的通信〉、〈我們
的秋天〉、〈收穫〉等 34 篇；「評論及其他」收錄〈《阿 Q 正傳》
及魯迅創作的藝術〉、〈周作人先生研究〉、〈王魯彥與許欽文〉
等 29 篇。正文前有沈暉〈蘇雪林簡論（代序）〉。正文後有〈蘇
雪林著作書目〉、〈編後小記〉。

蘇雪林文集（1—4 卷）／沈暉編

合肥：安徽文藝出版社
1996 年 4 月，13.9x20.2 公分

共四卷。

蘇雪林文集（第一卷）

合肥：安徽文藝出版社
1996 年 4 月，13.9x20.2 公分，372 頁

本書分兩部分，「棘心」收錄長篇小說《棘心》，文前有蘇雪林
〈自序〉；「綠天」收錄〈綠天〉、〈鴿兒的通信〉等九篇，文前
有蘇雪林〈自序〉。正文前有安徽文藝出版社〈出版說明〉、沈
暉〈蘇雪林——文壇的一棵長青樹〉。

蘇雪林文集（第二卷）

合肥：安徽文藝出版社
1996 年 4 月，13.9x20.2 公分，458 頁

本書選輯作者自述性的憶往、遊記等散文篇章。全書收錄〈兒
時影事〉、〈童年瑣憶〉、〈我幼小時的宗教環境〉、〈我的學生時
代〉、〈辛亥革命前後的我〉等 66 篇。

蘇雪林文集（第三卷）
合肥：安徽文藝出版社
1996 年 4 月，13.9×20.2 公分，476 頁

本書選輯作者談文學與創作，及評論同時代新文藝作家的文章。全書收錄〈文學作用與人生〉、〈生活反應與存在文學〉、〈民族與民族文化〉、〈寫作與思想〉、〈談文學創作的動機〉等55 篇。

蘇雪林文集（第四卷）
合肥：安徽文藝出版社
1996 年 4 月，13.9×20.2 公分，425 頁

本書為論述合集。全書分「玉溪詩謎」、「崑崙之謎」、「屈賦之謎」、「清代男女兩大詞人戀史之謎」四部分，收錄〈《玉溪詩謎》正編再序〉、〈原序〉、〈引論〉等 27 篇。正文後附錄方英〈綠漪論〉、趙景深〈蘇雪林和他的創作〉、夢圍〈蘇雪林的詞藻〉等六篇、沈暉〈編後記〉。

棘心／傅一峰選編
北京：燕山出版社
1998 年 2 月，25 開，415 頁
中國現代才女經典文叢

本書為小說與散文合集。全書分兩部分，「小說」收錄長篇小說《棘心》；「散文」收錄〈綠天〉、〈鴿兒的通信〉、〈收穫〉等 18 篇。

蘇雪林作品集／成功大學中國文學系蘇雪林作品集編輯小組；成功大學中國文學系；財團法人蘇雪林教授學術文化基金會；陳昌明編
臺南：成功大學教務處出版組；成功大學中國文學系；財團法人蘇雪林教授學術文化基金會；成功大學
1999 年 4 月；2006 年 10 月；2007 年 10 月；2010 年 3 月；2010 年 9 月；2011 年 12 月，25 開

共 22 冊，分三卷，「日記卷」正文前有〈生活照片〉、〈手跡〉、翁政義〈序〉、成功大學中國文學系蘇雪林日記集編輯小組〈編輯序言〉、〈編輯凡例〉；「日記補遺」正文前有賴明詔〈校長序〉、陳昌明〈編輯體例〉。

蘇雪林作品集・日記卷──第一冊／成功大學中國文學系
蘇雪林作品集編輯小組編
臺南：成功大學教務處出版組
1999 年 4 月，25 開，466 頁

本書收錄 1948、1949、1951 年之日記。

蘇雪林作品集・日記卷──第二冊／成功大學中國文學系
蘇雪林作品集編輯小組編
臺南：成功大學教務處出版組
1999 年 4 月，25 開，515 頁

本書收錄 1952、1957、1959 年之日記。

蘇雪林作品集・日記卷──第三冊／成功大學中國文學系
蘇雪林作品集編輯小組編
臺南：成功大學教務處出版組
1999 年 4 月，25 開，458 頁

本書收錄 1960、1961、1962 年之日記。

蘇雪林作品集・日記卷──第四冊／成功大學中國文學系
蘇雪林作品集編輯小組編
臺南：成功大學教務處出版組
1999 年 4 月，25 開，476 頁

本書收錄 1963、1964、1965 年之日記。

**蘇雪林作品集・日記卷──第五冊／成功大學中國文學系
蘇雪林作品集編輯小組編**
臺南：成功大學教務處出版組
1999 年 4 月，25 開，492 頁

本書收錄 1966、1967、1968 年之日記。

**蘇雪林作品集・日記卷──第六冊／成功大學中國文學系
蘇雪林作品集編輯小組編**
臺南：成功大學教務處出版組
1999 年 4 月，25 開，397 頁

本書收錄 1969、1970、1973 年之日記。

**蘇雪林作品集・日記卷──第七冊／成功大學中國文學系
蘇雪林作品集編輯小組編**
臺南：成功大學教務處出版組
1999 年 4 月，25 開，404 頁

本書收錄 1974、1975 年之日記。

**蘇雪林作品集・日記卷──第八冊／成功大學中國文學系
蘇雪林作品集編輯小組編**
臺南：成功大學教務處出版組
1999 年 4 月，25 開，414 頁

本書收錄 1976、1977 年之日記。

蘇雪林作品集・日記卷──第九冊／成功大學中國文學系
蘇雪林作品集編輯小組編
臺南：成功大學教務處出版組
1999 年 4 月，25 開，441 頁

本書收錄 1978、1979 年之日記。

蘇雪林作品集・日記卷──第十冊／成功大學中國文學系
蘇雪林作品集編輯小組編
臺南：成功大學教務處出版組
1999 年 4 月，25 開，459 頁

本書收錄 1980、1981 年之日記。

蘇雪林作品集・日記卷──第十一冊／成功大學中國文學
系蘇雪林作品集編輯小組編
臺南：成功大學教務處出版組
1999 年 4 月，25 開，444 頁

本書收錄 1982、1983 年之日記。

蘇雪林作品集・日記卷──第十二冊／成功大學中國文學
系蘇雪林作品集編輯小組編
臺南：成功大學教務處出版組
1999 年 4 月，25 開，431 頁

本書收錄 1984、1985 年之日記。

蘇雪林作品集・日記卷──第十三冊／成功大學中國文學
系蘇雪林作品集編輯小組編
臺南：成功大學教務處出版組
1999 年 4 月，25 開，520 頁

本書收錄 1986、1987、1988 年之日記。

蘇雪林作品集・日記卷──第十四冊／成功大學中國文學
系蘇雪林作品集編輯小組編
臺南：成功大學教務處出版組
1999 年 4 月，25 開，483 頁

本書收錄 1989、1990、1991 年之日記。

蘇雪林作品集・日記卷──第十五冊／成功大學中國文學
系蘇雪林作品集編輯小組編
臺南：成功大學教務處出版組
1999 年 4 月，25 開，364 頁

本書收錄 1992、1994、1995 至 1996 年 10 月之日記。

蘇雪林作品集・短篇文章卷──第一冊／成功大學中國文
學系編
臺南：成功大學中國文學系
2006 年 10 月，25 開，299 頁

本書收錄〈《青漣集》序〉、〈端午與龍舟（上）〉、〈端午與龍舟
（下）〉、〈謝冰瑩與她的《女兵自傳》〉等 40 篇。正文前有高強
〈校長序〉、王偉勇〈編輯序〉、張高評〈蘇雪林教授文物之搶救
整理與保存〉等四篇。

蘇雪林作品集・短篇文章卷──第二冊／成功大學中國文學系編

臺南：成功大學中國文學系
2006 年 10 月，25 開，290 頁

本書收錄〈書萬柏淵中校事〉、〈曼瑰不死〉、〈「哈雷」今年又訪地球──從歷史上來看「哈雷」彗星〉、〈陷身漩渦的滋味〉等45 篇。

蘇雪林作品集・短篇文章卷──第三冊／成功大學中國文學系編

臺南：成功大學中國文學系
2007 年 10 月，25 開，332 頁

本書收錄〈雙十節與民族意識〉、〈新年希望〉、〈宇宙與造物主〉、〈青年與人格〉、〈宜城小記〉等 59 篇。

蘇雪林作品集・短篇文章卷──第四冊／財團法人蘇雪林教授學術文化基金會編

臺南：財團法人蘇雪林教授學術文化基金會
2010 年 3 月，25 開，290 頁

本書收錄〈由〈金縷歌〉談到曹甄戀史〉、〈冰心與我〉、〈悼念凌叔華〉、〈悼念一位純真藝術家──方君璧〉、〈木瓜的呆話〉等53 篇。正文前有賴明詔〈校長序〉、陳昌明〈編輯序〉。

蘇雪林作品集・短篇文章卷──第五冊／財團法人蘇雪林教授學術文化基金會編

臺南：財團法人蘇雪林教授學術文化基金會
2010 年 9 月，25 開，254 頁

本書收錄〈己酉自述──從五四到現在〉、〈老女蛾眉，不入詩眼──從《玉溪詩謎》談起〉、〈論袁昌英〈孔雀東南飛〉──《二三十年代作家與作品》之一章〉、〈三十年代的作家與作品提要〉、〈《五傷小玫瑰傳》（書評）〉等 63 篇。

蘇雪林作品集・短篇文章卷──第六冊／陳昌明編
臺南：成功大學
2011 年 12 月，25 開，294 頁

本書收錄〈〈阿 Q 正傳〉及魯迅創作的藝術〉、〈論魯迅的雜感文〉、〈《蠹魚》與《青鳥》序〉、〈泰戈爾《新月集》序〉、〈抗俄聲中的西歐〉等 50 篇。正文前有陳昌明〈編輯序〉。

蘇雪林作品集・日記補遺／財團法人蘇雪林教授學術文化基金會編
臺南：財團法人蘇雪林教授學術文化基金會
2010 年 9 月，25 開，333 頁

本書收錄 1950 年之全年日記及 1960、1992、1993 年的部分日記。

華夏出版社 1999   華夏出版社 2009

蘇雪林代表作／劉納編
北京：華夏出版社
1999 年 10 月，32 開，347 頁
中國現代文學百家

北京：華夏出版社
2009 年 1 月，17 公分x24 公分，263 頁
中國現代文學百家

本書為散文、小說及論述合集。全書分三部分，「散文」收錄〈綠天〉、〈我們的秋天〉、〈歸途〉等 16 篇；「長篇小說」收錄〈棘心〉一篇；「文論」收錄〈論李金髮的詩〉、〈林琴南先生〉等八篇。正文後有〈蘇雪林小傳〉、〈蘇雪林主要著譯書目〉。
2009 年華夏版：正文與 1999 年華夏版同。正文前新增陳建功〈總序〉。正文後〈蘇雪林小傳〉改至正文前。

綠天・棘心
南京：江蘇文藝出版社
2010 年 1 月，32 開，313 頁
現代文庫

本書為散文及小說合集。全書分兩部分，「綠天」收錄〈綠天〉、
〈鴿兒的通信〉等十篇；「棘心」收錄長篇小說《棘心》。

文學年表

1896 年　2 月　24 日（農曆），生於浙江省瑞安縣。幼名瑞奴，父親蘇錫爵，
　　　　　　　　母親杜浣青。

1903 年　本年　就讀家中女塾，學習《三字經》、《千字文》、《女四書》、《幼
　　　　　　　　學瓊林》等，亦開始接觸《伊索寓言》。

1905 年　本年　大量閱讀《三國》、《水滸傳》、《聊齋誌異》等中國名著，及
　　　　　　　　林紓譯《撒克遜劫後英雄傳》、《十字軍東征記》等外國小
　　　　　　　　說，並開始以文言文仿林紓的譯筆寫日記。

1909 年　本年　從父親讀書，以父親所贈的袁枚《小倉山房詩集》自修，於
　　　　　　　　作五絕、七絕方面頗有心得。

1911 年　9 月　中旬，上海光復，浙江革命軍四起，祖父連夜舉家由杭州遷
　　　　　　　　至上海。

　　　　　本年　由祖父作主，與江西張家的次子張寶齡訂婚。

1913 年　本年　隨家人由上海搬至安慶，就讀基督教會所辦的培媛女學，一
　　　　　　　　學期後輟學與母親同返蘇氏故鄉太平縣嶺下村。
　　　　　　　　患瘧疾數月，養病期間閱讀詩集兼作舊詩，開始創作五古與
　　　　　　　　七古。
　　　　　　　　根據鄉里間一位童養媳「阿珍」的故事，完成一篇三、四百
　　　　　　　　字長的五言古詩〈姑惡行〉。

1914 年　秋　　為求學與家庭抗爭，後以蘇小梅之名考入安慶第一女子師範
　　　　　　　　學校。

　　　　　本年　仿林紓譯筆改寫詩作〈姑惡行〉為文言小說，為第一篇小說

創作。

1917 年　本年　畢業於安慶第一女子師範學校，留任母校附小教師二年。

1918 年　　夏　暑假間返鄉，接獲三弟蘇季眉患病訊息，與母親前往安慶探
　　　　　　　視。後仿杜甫詩體作六百多字五言古詩〈侍母自里至宜城視
　　　　　　　三弟病〉。

1919 年　8 月　入北京女子高等師範學校（今北京師範大學）國文系旁聽，
　　　　　　　數周後經系主任陳鍾凡改為正科生，與廬隱、馮沅君同學，
　　　　　　　師從胡適、周作人。更名蘇梅。

　　　　　　秋　文言小說〈姑惡行〉發表於北京女子高等師範學校季刊，經
　　　　　　　馮沅君引介，獲在美學者馮友蘭的盛讚。

　　　　　本年　開始以筆名發表小說於報章雜誌上，並與同學周蓮溪合編
　　　　　　　《益世報》「女子周刊」。

1921 年　4 月　25 日，〈對於謝君楚楨《白話詩研究集》的批評〉以本名「蘇
　　　　　　　梅」連載於《益世報》「女子周刊」第 23～26 期，至 5 月 9
　　　　　　　日刊畢；此文引起謝楚楨及其北京大學同窗易家鉞、羅敦偉
　　　　　　　等人反批。謝楚楨致信蘇雪林及北京女子高等師範學校校
　　　　　　　長，要求蘇雪林道歉；28 日，易家鉞撰〈同情與批評〉，以筆
　　　　　　　名「A.D」發表於《京報》，為謝楚楨辯護；5 月 2 日，羅敦
　　　　　　　偉拒絕將蘇雪林的答辯文刊載於《京報》「青年之友」。5 月 6
　　　　　　　日，〈答謝楚楨君的信和 A.D 君的〈同情與批評〉〉以本名
　　　　　　　「蘇梅」發表於《晨報》第 6 版；隔日，羅敦偉〈不得已的
　　　　　　　答辯〉發表於《京報》第 7 版，聲明自己的立場及不刊載蘇
　　　　　　　雪林答辯文之原因。5 月 12 日，〈答羅敦偉君〈不得已的答
　　　　　　　辯〉〉以本名「蘇梅」發表於《晨報》第 7、8 版，指責羅敦
　　　　　　　偉不誠實且偏私。5 月 13 日，易家鉞〈嗚呼蘇梅〉以筆名
　　　　　　　「右」發表於《京報》「青年之友」，引發強烈輿論譴責。5 月
　　　　　　　19 日，彭一湖、李石曾、楊樹達、熊崇煦、黎錦熙、戴修

瓚、蔣方震、孫几伊共八位京城名人撰寫〈啟示〉發表於《晨報》，為易家鉞開脫；5 月 20 日，胡適與高一涵聯名之〈啟示〉發表於《晨報》，要求提出易家鉞並非「右」的證據；易家鉞無由辯解離開北京，羅敦偉辭去《京報》「青年之友」編輯一職，筆戰就此作結。

11 月　考取吳稚暉、李石曾在法國所辦的里昂中法大學，以自費生資格赴法留學。

1922 年　春　因校內伙食不佳，又憂思兄長去世及母親重病，病倒。

冬　赴法國北部都隆養病，在一所女子中學掛名上課，經班上兩位女留學生宣傳而初步認識共產主義，並拒絕入黨。

1923 年　春　返回里昂，專心學習法文。

夏　暑假期間暫居鄉間，接觸天主教神父與修女並認識了天主教的精神與價值。隔年在法國里昂受洗。

1924 年　本年　由里昂中法大學轉入里昂國立藝術學院就讀，學習炭畫。

1925 年　夏　因母病輟學返國。

秋　與張寶齡結婚。婚後三個月，母親杜浣青病逝。

1926 年　春　任教於蘇州景海女子師範學校，為國文系主任。兼任蘇州東吳大學講師，講授詩詞選課程。改以字行，更名雪林。

本年　〈李義山與女道士戀愛事跡考〉發表於東吳大學 25 周年紀念刊物《迴溯》。

下半年，張寶齡告假江南造船廠，任教於東吳大學工程科，偕夫暫居於東吳大學提供之天賜莊。

1927 年　夏　隨張寶齡回上海，任教於滬江大學一年。

11 月　《李義山戀愛事跡考》由上海北新書局出版。

1928 年　3 月　《綠天》由上海北新書局出版。

夏　暑假暫卸教職賦閒在家，數月即完成自傳式小說〈棘心〉。

本年　回東吳大學任教，仍講授詩詞選課程。

1929 年　1 月　1 日，〈煩悶的時候〉以筆名「綠漪」發表於《真善美雜誌》。

　　　　5 月　長篇小說《棘心》由上海北新書局出版。

　　　10 月　《蠹魚生活》由上海真善美書店出版。

1930 年 10 月　〈清代男女兩大詞人戀史的研究（上）〉以筆名「雪林女士」發表於《國立武漢大學文哲季刊》第 1 卷第 3 期。

　　　　本年　任教於安徽大學，講授「文化史」。與陸侃如、馮沅君、何魯、饒孟侃、朱湘等人同事。

1931 年　1 月　〈清代男女兩大詞人戀史的研究（下）〉以筆名「雪林女士」發表於《國立武漢大學文哲季刊》第 1 卷第 4 期。

　　　　夏　由安徽大學返回上海。

　　　　7 月　〈清代女詩人顧太清〉以筆名「雪林女士」發表於《婦女雜誌》第 17 卷第 7 期。

　　　　秋　經袁昌英介紹給校長王世杰，任教於武漢大學，與袁昌英、凌叔華同事，合稱「珞珈三傑」。講授「基本國文」與「中國文學史」，著手編寫「中國文學史」講義。

1932 年　本年　講授「新文學研究」，著手編寫「新文學研究」講義，分「詩歌」、「散文」、「小說」、「戲劇」、「文藝批評」五部分。

1933 年 12 月　《遼金元文學》由上海商務印書館出版。

　　　　本年　費數月寫成三幕劇〈鳩那羅的眼睛〉，發表於《文學》。

1934 年　2 月　《唐詩概論》由上海商務印書館出版。

　　　11 月　5 日，〈《阿 Q 正傳》及魯迅創作的藝術〉發表於《國聞周報》第 11 卷第 44 期。

　　　　　　　〈我做舊詩的經驗〉發表於《人間世》第 15 期。

1935 年　4 月　〈遼文學概述〉發表於《珞珈》創刊號。

1936 年　夏　和中學時代同學周蓮溪、陳默君等人避暑黃山，第一次和孫多慈見面。

　　　　9 月　少侯編散文與小說合集《蘇綠漪創作選》，由上海新興書店出

版。

	11 月	12 日，寫〈致蔡子民先生論魯迅書〉，勸蔡元培勿列名魯迅之治喪委員，托人轉寄未果。
	冬	〈論是非〉發表於成都軍校刊物《軍中文藝》。
1937 年	1 月	12 日，〈對《武漢日報》副刊的建議〉發表於《武漢日報》「鸚鵡洲」副刊。
	3 月	1 日，〈與胡適之先生論當前文化動態書〉與胡適回信〈胡適之先生答書〉發表於《奔濤》創刊號。
		16 日，〈致蔡子民先生論魯迅書〉與〈富貴神仙〉發表於《奔濤》第 1 卷第 2 期。
	本年	〈武化與武德〉發表於《文藝月刊》。
1938 年	4 月	對日抗戰爆發後，隨武漢大學撤退至四川樂山。
	春	寫〈《天問》整理之初步〉。
	7 月	《蠹魚集》、《青鳥集》由長沙商務印書館出版。
	本年	《中國文學史略》由武漢武漢大學出版社出版。
1939 年	12 月	《遼金元文學》由長沙商務印書館出版。
	本年	〈從軍運動〉與〈學生與從軍〉發表於《文藝月刊》。
1940 年	1 月	《銀星珍史》由上海新劇研究社出版。
	本年	奉中央宣傳部之命，撰寫〈南明忠烈傳〉，半年即成。
		〈談死〉發表於《時代學生》。
1941 年	4 月	1 日，〈歷朝偽太子與偽皇族案〉發表於《責善半月刊》第 2 卷第 1、2 期合刊。
		16 日，〈再論偽太子與偽皇族案〉發表於《責善半月刊》第 2 卷第 3 期。
	5 月	短篇小說集《南明忠烈傳》由重慶國民圖書出版社出版。
	11 月	《屠龍集》由長沙商務印書館出版。
	本年	與袁昌英合著《生死與人生三部曲》，由重慶新評論社出版。

1942 年	3 月	30 日，翻譯勒買特爾〈哀矜〉於《中央日報》第 4 版。
	4 月	〈我的學生時代〉發表於《婦女新運》第 5 期。
1943 年	冬	開始寫「崑崙之謎」系列論文。
	本年	應衛聚賢之邀，改寫〈《天問》整理之初步〉為〈屈原〈天問〉中的《舊約・創世紀》〉，在整理資料時，發現屈賦中的故事與西洋神話相似，認為屈賦的問題須向西方求取，開啟研究屈賦的新路線，正式投入《楚辭》研究。
1944 年	4 月	30 日，〈〈天問〉裏的后羿射日神話〉發表於《東方雜誌》第 40 卷第 8 期。
	5 月	15 日，〈〈天問〉裏的印度諸天攪海故事〉發表於《東方雜誌》第 40 卷第 9 期。
	6 月	30 日，〈阿修羅與人類永久和平〉發表於《東方雜誌》第 40 卷第 12 期。
		〈屈原〈天問〉中的《舊約》〈創世紀〉〉以筆名「蘇梅」發表於《說文月刊》第 4 卷合刊本。
1945 年	7 月	短篇小說集《蟬蛻集》由重慶商務印書館出版。
	本年	抗戰勝利，與部分武漢大學同仁留在四川樂山。
1946 年	4 月	30 日，〈歷史又將重演嗎？〉以筆名「張慕鳳」發表於南京《中央日報》第 3 版。
	8 月	劇本《鳩那羅的眼睛》、短篇小說集《蟬蛻集》由上海商務印書館出版。
	12 月	巴雷編《蘇綠綺佳作選》，由上海新象書店出版。
	秋	出四川，返回湖北。
1947 年	12 月	《玉溪詩謎》由上海商務印書館出版。
1948 年	本年	寫〈〈國殤〉乃無頭戰神考〉。
1949 年	2 月	因國共戰爭，離開武漢大學，避走上海。
	5 月	赴香港，任職真理學會，擔任《公教報》編輯工作。

寫〈中國傳統文化與天主古教〉。

1950 年　5 月　第二度赴法，在巴黎大學法蘭西學院進修巴比倫、亞述神
　　　　　　　話，師從漢學家戴密微。

1951 年　5 月　《中國傳統文化與天主古教》由香港真理學會出版。

1952 年　4 月　15 日，〈《楚辭》〈國殤〉新解〉發表於《大陸雜誌》第 4 卷第
　　　　　　　7 期。

　　　　5 月　14～16 日，〈我們的敵國——蘇俄的婦女〉連載於《中央日
　　　　　　　報》第 3 版。

　　　　7 月　28 日，自法抵臺。暫居左營外甥家。
　　　　　　　任教於師範學院（今臺灣師範大學），講授「國文」及「楚
　　　　　　　辭」。

　　　　8 月　25 日，〈共產制度逼迫下文身風氣的盛行〉發表於《中國一
　　　　　　　周》第 122 期。

　　　　9 月　1 日，〈我又投入了祖國的懷抱〉發表於《讀書》第 1 卷第 4
　　　　　　　期。
　　　　　　　17 日，翻譯印度故事〈小傻瓜同他的大筵宴〉發表於《中央
　　　　　　　日報》第 6 版。

　　　10 月　4 日，翻譯印度故事〈聾子的喜劇〉發表於《中央日報》第 6
　　　　　　　版。

1953 年　3 月　7 日，〈《海的十年祭》序〉（公孫嬿著）發表於《中央日報》
　　　　　　　第 6 版。
　　　　　　　〈黔首一詞來源的臆測〉發表於《幼獅月刊》第 1 卷第 3
　　　　　　　期。

　　　　5 月　1 日，〈司命的性質及其姓名的變化〉發表於《文藝創作》第
　　　　　　　25 期。

　　　　6 月　1 日，〈封禪與祭死神——論〈九歌・大司命〉之二〉發表於
　　　　　　　《文藝創作》第 26 期。

16 日，〈端午與屈原〉發表於《暢流》第 7 卷第 9 期。

25 日，〈屈原〉發表於《學術季刊》第 1 卷第 4 期。

〈〈離騷〉淺論（上）〉發表於《中國語文》第 2 卷第 5 期。

7 月　16 日，〈北宋女詞人李易安再嫁之誣〉發表於《讀書》第 3 卷第 1 期。

〈〈離騷〉淺論（下）〉發表於《中國語文》第 2 卷第 6 期。

8 月　16 日，〈儲輝月女士的畫〉發表於《暢流》第 8 卷第 1 期。

9 月　1 日，〈西亞中國死神的對照——論〈九歌・大司命〉之三〉發表於《文藝創作》第 29 期。

11 月　1 日，〈大司命歌辭的解釋——論〈九歌・大司命〉之四〉發表於《文藝創作》第 31 期。

1954 年　1 月　1 日，〈「黃河之水天上來」〉發表於《暢流》第 8 卷第 10 期。

4 月　24 日，〈寫在《母親的憶念》前面〉（鍾梅音著）發表於《中央日報》第 6 版。

8 月　23 日，〈孟良崑的《風雲》（書評）〉發表於《中國一周》第 226 期。

9 月　27 日，〈教師節憶往事〉發表於《中國一周》第 231 期。

《雪林自選集》由臺北勝利出版社出版。

11 月　6 日，〈他心通耶珈〉發表於《聯合報》第 12 版。

12 月　15 日，〈崑崙一詞何時始見中國記載——崑崙之謎之一〉發表於《大陸雜誌》第 9 卷第 11 期。

18 日，〈談新派油畫——兼評朱德群畫展〉發表於《聯合報》第 6 版。

27 日，〈宇宙與造物主〉發表於《中國一周》第 244 期。

〈《最古的人類故事》〉（*The Oldest Stories in the World*，卡斯脫〔Theodor Gaster〕著）發表於《新思潮》第 44 期。

1955 年　1 月　13 日，〈醫生與犬〉發表於《中華日報》第 6 版。

17 日，〈談師院藝術系師生美展〉發表於《中央日報》第 4 版。

20 日，〈讀《日月潭之戀》〉（龔聲濤著）發表於《中央日報》第 6 版。

2 月　28 日，〈漢武帝考定崑崙公案——崑崙之謎之二〉發表於《大陸雜誌》第 10 卷第 4 期。

3 月　31 日，〈中國境內外之崑崙——崑崙之謎之三〉發表於《大陸雜誌》第 10 卷第 6 期。

4 月　12 日，〈死神特徵與伏羲女媧人首蛇身之考證〉發表於《中華日報》第 6 版。

15 日，〈此時此地文藝的戰鬥性〉發表於《文藝月報》第 2 卷第 4 期。

5 月　4 日，〈希臘伏羲〉發表於《中華日報》第 6 版。

23 日，〈美哉河山——宜城小記〉發表於《中國一周》第 265 期。

28 日，〈《時代插曲》觀後感〉（李曼瑰著）發表於《中央日報》第 6 版。

6 月　2 日，〈談文藝教育〉發表於《教育與文化》第 7 卷第 11 期。

13 日，〈海外攬勝——聖彌額爾大寺〉發表於《中國一周》第 268 期。

23～24 日，〈端午與龍舟〉連載於《聯合報》第 6 版。

〈我怎樣開始研究屈賦〉發表於《大學生活》第 1 卷第 3 期。

8 月　2 日，〈幾作波臣——青島回憶錄之一〉發表於《聯合報》第 6 版。

8 日，〈太平山頂——青島回憶錄之二〉發表於《聯合報》第 6 版。

15 日,〈萬國公墓——青島回憶錄之三〉發表於《聯合報》第
6 版。

21 日,〈青島的樹——青島回憶錄之四〉發表於《聯合報》第
6 版。

24 日,〈《歸鴻集》自序〉發表於《聯合報》第 6 版。

27 日,〈太平角之午——青島回憶錄之五〉發表於《聯合報》
第 6 版。

《歸鴻集》由臺北暢流半月刊社出版。

9 月　6 日,〈海崖上的謎語——青島回憶錄之六〉發表於《聯合
報》第 6 版。

10 日,〈棧橋燈影——青島回憶錄之七〉發表於《聯合報》第
6 版。

14 日,〈騎馬——青島回憶錄之八〉發表於《聯合報》第 6
版。

10 月　5 日,〈寫在臺版《綠天》前面〉發表於《聯合報》第 6 版。
《綠天》由臺北今日婦女半月刊社出版。

12 月　1 日,〈謝冰瑩與她的《女兵自傳》〉發表於《聯合報》第 6
版。

24 日,獲民國 44 年度教育部文藝獎金散文類。

1956 年　1 月　1 日,〈談文藝功用與其對國民品性的影響〉發表於《文藝創
作》第 57 期;〈文藝與道德簡論〉發表於《暢流》第 12 卷第
10 期;〈魏晉文學批評的大概〉發表於《海風》第 1 卷第 2
期。

23 日,〈小小的意見〉發表於《中國一周》第 300 期。

2 月　20 日,〈《漢宮春秋》觀後感〉(李曼瑰著)發表於《中央日
報》第 4 版。

23 日,〈一個國文教育的問題〉發表於《教育與文化》第 11

卷第 1 期。

3 月　14 日，應邀出席蔣經國於臺北市「婦女之家」招待「全國青年最喜閱文藝作品及最推崇文藝作家測驗」入選作家的餐宴，與會者有謝冰瑩、李曼瑰、張漱菡、艾雯、鄧綏甯、墨人、郭嗣汾、紀弦、余光中、覃子豪、徐鍾珮等。

30 日，〈論王莽——答鄧綏甯先生〉發表於《聯合報》第 6 版。

5 月　5〜6 日，〈《崑崙之謎》補充資料 ——書程旨雲先生文後〉連載於《聯合報》第 6 版。

《崑崙之謎》由臺北中央文物供應社出版。

6 月　〈論〈九歌‧少司命〉〉發表於《師大學報》第 1 期。

7 月　2 日，〈水經注與黃河源〉發表於《中華畫報》第 13 期。

5 日，〈渴虹飲澗——麼些文字創制時期的商榷〉發表於《自由青年》第 16 卷第 1 期。

8 月　13 日，〈關羽享受國人崇拜的原因〉發表於《中國一周》第 329 期。

9 月　10 日，〈我的態度〉發表於《中國一周》第 333 期。

《綠天》增訂版由臺中光啟出版社出版。

10 月　任教於成功大學（今國立成功大學）中國文學系。

與大姐蘇淑孟同住在成功大學提供之教職員宿舍。

本年　長篇小說《棘心》由香港順風出版社出版。

1957 年　2 月　1 日，〈給蘭紫的信〉發表於《文壇》特大號；〈留法勤工儉學史的一頁（上）〉發表於《暢流》第 14 卷第 12 期。

13 日，〈談《楚辭》——兼介《楚辭‧九章》淺釋〉發表於《臺灣新生報》第 6 版。

16 日，〈留法勤工儉學史的一頁（下）〉發表於《暢流》第 15 卷第 1 期。

25 日，〈凌叔華女士文書畫三絕〉發表於《中國一周》第 357 期。

《三大聖地的巡禮》由臺中光啟出版社出版。

9 月　16 日，〈銀的紀律（上）〉發表於《暢流》第 16 卷第 3 期。

長篇小說《棘心》增訂版由臺中光啟出版社出版。

10 月　1 日，〈銀的紀律（下）〉發表於《暢流》第 16 卷第 4 期。

11 月　15 日，〈校書記〉發表於《文壇季刊》第 1 期。

16 日，〈《天馬集》自序——談希臘神話〉發表於《聯合報》第 6 版。

短篇小說集《天馬集》由臺北三民書局出版。

12 月　1 日，〈射日與射月〉發表於《大學生活》第 3 卷第 8 期。

5 日，〈出書記〉發表於《文星》第 1 卷第 2 期。

31 日，〈盜火者受梏故事之流變〉發表於《中央日報》第 6 版。

1958 年　1 月　14 日，〈孫多慈女士的史蹟畫及歷史人物畫〉發表於《政論周刊》第 158 期。

《玉溪詩謎》由臺北臺灣商務印書館出版。

3 月　1 日，〈關於我的《天馬集》〉發表於《戰鬥月刊》。

5 月　5 日，應邀出席臺灣省婦女寫作協會第四屆年會。

21 日，〈鳳凰與鴟梟——讀《胡適與國運》感言之一〉發表於《中華日報》副刊。

6 月　1 日，〈談拜倫哀希臘詩的漢譯〉發表於《自由青年》第 19 卷第 11 期。

〈屈原〈九歌〉乃整套神曲說〉發表於《學術季刊》第 6 卷第 4 期。

《唐詩概論》由臺北臺灣商務印書館出版。

7 月　1 日，〈我也來談談國劇的祖師爺〉發表於《暢流》第 17 卷第

10 期。

16 日，〈關於「水經注與黃河源」的問題〉發表於《自由青年》第 20 卷第 2 期。

8 月　1 日，〈后土與天閣〉發表於《大學生活》第 4 卷第 4 期。

30 日，〈讀《心祭》〉（王琰如著）發表於《聯合報》第 6 版。

9 月　1 日，〈我對方塊字的看法〉發表於《中國語文》第 3 卷第 3 期。

10 月　16 日，〈悼一個中學教員的死〉發表於《自由青年》第 20 卷第 8 期。

18 日，〈幽默大師的《論幽默》〉（林語堂著）發表於《中華日報》第 8 版。

24 日，〈墜機喪生的鄭振鐸〉發表於《中華日報》第 8 版。

11 月　1 日，〈記敘和寫景的技巧〉發表於《自由青年》第 20 卷第 9 期。

10～11、13～15 日，〈給金門將士〉連載於《正氣中華》第 3 版。

12 月　10 日，〈作家論（上）〉發表於《婦友》第 51 期。

本年　於成功大學中國文學系增授屈賦課程。

1959 年　1 月　1 日，〈民安物阜蘭谿縣署過新年〉發表於《幼獅文藝》第 10 卷第 1 期。

10 日，〈作家論（下）〉發表於《婦友》第 52 期。

16 日，〈文壇話舊——最近加入共黨的郭沫若〉發表於《自由青年》第 21 卷第 2 期。

27 日，〈救救孩子〉發表於《中央日報》第 3 版。

2 月　1 日，〈文壇話舊——黃色文藝大師郁達夫〉發表於《自由青年》第 21 卷第 3 期。

2 日，〈《中印文學關係研究》跋〉（裴普賢著）發表於《中央

日報》第 3 版。

16 日,〈文壇話舊——小說商場老闆的張資平〉發表於《自由青年》第 21 卷第 4 期。

3 月　1 日,〈文壇話舊——詩人徐志摩的預言〉發表於《自由青年》第 21 卷第 5 期;〈希臘神話及其藝術〉發表於《文星》第 3 卷第 5 期。

16 日,〈文壇話舊——聞一多死於姪手〉發表於《自由青年》第 21 卷第 6 期。

4 月　1 日,〈文壇話舊——紳士流氓氣質各半的周作人〉發表於《自由青年》第 21 卷第 7 期。

16 日,〈文壇話舊——我所認識的女詩人冰心〉發表於《自由青年》第 21 卷第 8 期。

〈龍馬（屈原〈九歌〉）〉發表於《大學生活》第 4 卷第 12 期。

5 月　1 日,〈文壇話舊——紀念五四兼論胡適先生〉發表於《自由青年》第 21 卷第 9 期;〈《讀與寫》自跋〉發表於《幼獅文藝》第 55 期。

10 日,〈漫談愛護小動物〉發表於《婦友》第 56 期。

15 日,〈論中國舊小說〉發表於《大學生活》第 5 卷第 1 期。

16 日,〈文壇話舊——《海濱故人》的作者盧隱女士〉發表於《自由青年》第 21 卷第 10 期。

29 日,〈〈天問〉是否為屈原所作〉發表於《臺灣新生報》第 6 版。

《讀與寫》由臺中光啟出版社出版。

《雪林自選集》由臺北神州書局出版。

6 月　1 日,〈文壇話舊——我認識陳獨秀的前前後後〉發表於《自由青年》第 21 卷第 11 期。

16 日，〈文壇話舊──東方曼倩第二的劉半農〉發表於《自由青年》第 21 卷第 12 期。

26 日，〈什麼是〈天問〉整理的途徑〉發表於《臺灣新生報》第 6 版。

7月　1 日，〈文壇話舊──新詩壇象徵派創始者李金髮〉發表於《自由青年》第 22 卷第 1 期，引起象徵詩論戰。8 月 1 日，覃子豪〈論象徵派與中國新詩──兼致蘇雪林先生〉發表於《自由青年》第 22 卷第 3 期，為李金髮及象徵詩派辯駁；8 月 16 日，〈為象徵詩體的爭論敬答覃子豪先生〉發表於《自由青年》第 22 卷第 4 期；9 月 1 日，覃子豪〈簡論馬拉美、徐志摩、李金髮及其他──再致蘇雪林先生〉發表於《自由青年》第 22 卷第 5 期；9 月 16 日，〈致本刊編者的信〉發表於《自由青年》第 22 卷第 6 期，表明不再參與論戰。

3 日，〈怎樣是〈天問〉的題解及其體例〉發表於《臺灣新生報》第 6 版。

11 日，〈魔鬼的賣身契可簽嗎？〉發表於《聯合報》第 7 版。

16 日，〈文壇話舊──沉江詩人朱湘〉發表於《自由青年》第 22 卷第 2 期；〈自共匪爭取港文人談起〉發表於《聯合報》第 7 版。

8月　1 日，〈文壇話舊──葉紹鈞的作品及其為人〉發表於《自由青年》第 22 卷第 3 期。

5 日，〈河伯的形貌〉發表於《大學生活》第 5 卷第 6 期。

31 日，〈學潮篇序曲〉發表於《中國一周》第 488 期。

9月　1 日，〈文壇話舊──幽默作家老舍〉發表於《自由青年》第 22 卷第 5 期。

7 日，〈壁報──學潮篇之二〉發表於《中國一周》第 489 期。

12 日,〈稿費與盜印〉發表於《聯合報》第 7 版。

14 日,〈職業學生——學潮篇之三〉發表於《中國一周》第 490 期。

21 日,〈六一慘案——學潮篇之四〉發表於《中國一周》第 491 期

25 日,〈天何所沓——〈天問〉問題懸解〉發表於《臺灣新生報》第 8 版。

28 日,〈我也上了黑名單——學潮篇之五〉發表於《中國一周》第 492 期。

向成功大學請假一年,赴臺北治療眼疾,此期間任教於師範大學(今臺灣師範大學),講授「楚辭」及「基本國文」。

10 月　1 日,〈文壇話舊——左翼文壇巨頭茅盾〉發表於《自由青年》第 22 卷第 7 期。

5 日,〈暴力壓迫下的心理反應——學潮篇之六〉發表於《中國一周》第 493 期。

12 日,〈黑暗之子——學潮篇之七〉發表於《中國一周》第 494 期。

16 日,〈文壇話舊——安那其主義作家巴金〉發表於《自由青年》第 22 卷第 8 期。

19 日,〈尾聲——學潮篇之八〉發表於《中國一周》第 495 期。

11 月　13 日,〈九天之際及隅隈——〈天問〉天文問題懸解〉發表於《臺灣新生報》第 8 版。

本年　以「河伯與水主」為論題,繳交「長期發展科學委員會計畫」論文。

1960 年　2 月　1 日,〈〈天問〉懸解三篇〉發表於《新亞學報》第 4 卷第 2 期。

3 月　22 日，〈恭賀　總統三屆連任〉發表於《中國一周》第 517 期。

29 日，〈東南西北之修衍——〈天問〉地理問題懸解〉發表於《崑崙》第 4 卷第 1 期。

4 月　16 日，〈我的讀書經驗〉發表於《中央日報》第 3 版。

5 月　1 日，〈文藝節談當前的文藝政策〉發表於《自由青年》第 23 卷第 9 期。

6 月　1 日，〈文藝到學校去〉發表於《自由青年》第 23 卷第 11 期。

20 日，〈「伏魔寶劍」〉發表於《聯合報》第 7 版。

《歐遊獵勝》由臺中光啟出版社出版。

7 月　16 日，〈賦的淵源與演變（上）〉發表於《自由太平洋》第 43 期；〈評《大漢復興曲》〉（李曼瑰著）發表於《作品》第 1 卷第 7 期。

自師範大學返成功大學任教。

8 月　1 日，〈五四以後北平的文壇和思想界〉發表於《作品》第 1 卷第 8 期；〈寫作與思想〉發表於《中國語文》第 7 卷第 2 期。

16 日，〈賦的淵源與演變（下）〉發表於《自由太平洋》第 44 期。

9 月　1 日，〈由《紅樓夢》談到偶像崇拜〉發表於《中國語文》第 7 卷第 3 期。

10 月　1 日，〈試看《紅樓夢》的真面目〉發表於《作品》第 1 卷第 10 期。

11 月　1 日，〈世界最佳怪異小說膺選傑作——前言〉發表於《作品》第 1 卷第 11 期。

12 月　1 日，〈世界文史第一幸運兒——曹雪芹（上）〉發表於《作

品》第 1 卷第 12 期。

〈我的剪報生活〉發表於《亞洲文學》第 15 期。

本年　以「〈天問〉疏證」為論題，繳交「長期發展科學委員會計畫」論文。

1961 年　1 月　1 日，〈世界文史第一幸運兒——曹雪芹（下）〉發表於《作品》第 2 卷第 1 期。

散文、小說合集《蘇雪林選集》由臺北新陸書局出版。

2 月　12 日，丈夫張寶齡於北平逝世。

9 月　28 日，應邀出席總統蔣中正於中山堂光復廳召宴資深教師，與會者有胡適、曾約農、張曉峰、梁實秋、毛子水、錢思亮、閻振興、趙少鐵、朱良墅等。

10 月　〈〈天問〉正簡及疏證引言〉發表於《成功大學學報》第 1 卷。

11 月　1 日，〈臺北行〉發表於《作品》第 2 卷第 11 期。

12 月　1 日，〈臺北行（二）〉發表於《作品》第 2 卷第 12 期。

5 日，〈《我怎樣寫作》簡介〉（謝冰瑩著）發表於《徵信新聞報》第 7 版。

本年　以「〈九歌〉東皇泰一」為論題，繳交「長期發展科學委員會計畫」論文。

1962 年　1 月　1 日，〈臺北行（三）〉發表於《作品》第 3 卷第 1 期。

15 日，〈《河畔》序〉（王家瑩著）發表於《中國一周》第 612 期；〈珍惜好時光〉發表於《幼獅文藝》第 16 卷第 1 期。

2 月　1 日，〈臺北行（四）〉發表於《作品》第 3 卷第 2 期。

24 日，胡適猝逝，次日即趕赴臺北弔唁。

3 月　1 日，〈臺北行（五）〉發表於《作品》第 3 卷第 3 期。

2 日，〈寒雨淒風哭大師〉發表於《聯合報》第 6 版。

4 日，〈悼大師，話往事〉連載於《臺灣新生報》第 7 版，至

20 日刊畢；文中提及自己一向反對魯迅，引起寒爵、劉心皇等人撰文批判。26～28 日，寒爵〈替蘇雪林先生算一筆舊賬〉連載於《自立晚報》第 2 版；指出蘇雪林過去曾經擁魯、崇魯。4 月 5～7 日，〈為《國聞周報》舊賬敬答寒爵先生〉連載於《自立晚報》第 2 版；反擊寒爵的指控。4 月 13 日，寒爵〈蘇雪林先生可以休矣〉連載於《自立晚報》第 2 版，至 19 日刊畢；文中反指蘇雪林不僅曾擁護魯迅，更在臺灣為魯迅宣傳。同月，劉心皇有〈從胡適之死說到抗戰前夕的文壇〉發表於《亞洲文學》第 26 期；5 月 1 日，〈欺世大師──與蘇雪林女士「話」文壇「往事」〉發表於《反攻月刊》第 242 期；文章中重刊蘇雪林當年評論魯迅的材料，聲稱要糾正文壇往事說謊的風氣。蘇雪林遂投書治安機關、教育機構及文化界文友等，指稱寒爵與劉心皇二人為「共產」、「左派」與「文壇敗類」；劉心皇則繼續發表〈關於蘇雪林說謊事件〉、〈從蘇雪林所說的「登龍捷徑」談起〉、〈昏瞶糊塗與揄揚左派〉等文。1963 年 3 月 27 日，中國青年寫作協會於第二次理監事聯席會議宣讀蘇雪林之公開信，信中拒絕與劉心皇共同列名第一屆指導委員會，並指劉心皇為「無恥文棍」。1963 年 5 月，劉心皇集結「文壇往事論戰」的相關文章，自費出版《文壇往事辨偽》；蘇雪林又發表〈栽誣和懇求嚴厲制裁〉一文，並走訪各界人士籲請聲援。1963 年 12 月，劉心皇再自費出版他抨擊蘇雪林的文集《從一個人看文壇說謊與登龍》；蘇雪林不再反駁，因而接受新加坡南洋大學之聘。

4 月　1 日，〈開庭「審」胡適──胡適博士與文學革命〉發表於《作品》第 3 卷第 4 期。

6 月　1 日，〈兒時影事〉發表於《傳記文學》第 1 期；〈三千年大變

　　　　　　　局的新文學運動〉發表於《中國語文》第 10 卷第 6 期。

　7 月　　1 日,〈我研究屈賦的經過〉發表於《作品》第 3 卷第 7 期。

　9 月　　1 日,〈南港謁靈記〉發表於《作品》第 3 卷第 9 期。

　　　　　16 日,〈《作家與作品》評介〉(盧月化著)發表於《自由青
　　　　　年》第 28 卷第 6 期。

12 月　　8 日,〈南港謁墓記〉發表於《中華日報》第 6 版。

　　　　　31 日,〈勞山與成山〉發表於《中國一周》第 662 期。

本年　　以「東君與雲中君」為論題,繳交「長期發展科學委員會計
　　　　畫」論文。

1963 年　1 月　　1 日,〈辛亥革命前後的我〉發表於《作品》第 4 卷第 1 期。

　　　　　14 日,〈懷珞珈〉發表於《中國一周》第 664 期。

　3 月　　1 日,〈傷麟——適之先生周年祭〉發表於《作品》第 4 卷第
　　　　　3 期;〈評兩本黃色小說——《江山美人》與《心鎖》〉(郭良
　　　　　蕙著)發表於《文苑》第 2 卷第 4 期。

　4 月　　10 日,〈《天問》懸解之十八——崑崙的層城〉、〈《天問》懸解
　　　　　之十九——崑崙層城的四門〉發表於《文壇》第 34 期。

　5 月　　1 日,〈十年〉發表於《中國語文》第 12 卷第 5 期。

本年　　以「〈離騷〉新詁」為論題,繳交「長期發展科學委員會計
　　　　畫」論文。

1964 年　4 月　〈中外聖字意義辨〉發表於《現代學苑》第 1 卷第 1 期。

　6 月　　5 日,〈新文壇四十年〉發表於《民主憲政》第 26 卷第 3 期。

　7 月　　1 日,〈評《胡適評傳》〉以筆名「碧屏」發表於《文星》第
　　　　　81 期。

　　　　　10 日,〈我研究〈離騷〉的途徑〉發表於《現代學苑》第 1 卷
　　　　　第 4 期。

　8 月　　3 日,〈縣圃與靈瑣——〈離騷〉新詁〉發表於《中國一周》
　　　　　第 745 期。

10 日，〈雷師告「未具」——〈離騷〉新詁〉發表於《中國一周》第 746 期。

24 日，〈蓀、荃——〈離騷〉新詁〉發表於《中國一周》第 748 期。

31 日，〈三后——〈離騷〉新詁〉發表於《中國一周》第 749 期。

9 月　7 日，〈排閶闔——〈離騷〉新詁〉發表於《中國一周》第 750 期。

14 日，〈蹇脩為理——〈離騷〉新詁〉發表於《中國一周》第 751 期。

21 日，〈玄鳥與鳳凰——〈離騷〉新詁〉發表於《中國一周》第 752 期。

應新加坡南洋大學聘任為客座教授預計半年，與陳致平、孟瑤等人同事，講授「詩經」、「孟子」。

12 月　23 日，與孟瑤同行，應邀至馬來西亞檳城，為黃崖舉辦之文藝講習班講演「從屈賦中看中國文化的來源」。

本年　以「〈離騷〉疏證」為論題，繳交「長期發展科學委員會計畫」論文。

〈女詞人呂碧城與我〉發表於新加坡《恆光月刊》。

1965 年　1 月　10 日，〈〈離騷〉新詁——節中與折中〉發表於《現代學苑》第 1 卷第 10 期。

2 月　〈〈離騷〉的西海與不周山〉發表於《南大中文學報》第 3 期。

4 月　23 日，〈糜、裴合著《詩經》欣賞與研究》跋〉（糜文開、裴普賢合著）發表於《公論報》第 8 版。

5 月　10 日，〈〈離騷〉新詁——五子與澆〉發表於《現代學苑》第 2 卷第 2 期。

6 月　　10 日,〈《離騷》新詁——朝謄與夕替〉發表於《現代學苑》
第 2 卷第 3 期。

本年　　接受南洋大學續聘一年,向成功大學請假半年。於南洋大學
增授「楚辭」。

1966 年　2 月　26 日,自南洋大學返國,仍任教於成功大學。

10 月　　1 日,〈蘭谿縣署中女傭群像——兒時瑣憶之二〉發表於《傳
記文學》第 53 期。

〈方君璧女士的畫〉發表於《中華雜誌》第 4 卷第 10 期。

11 月　　18 日,〈論復興中華文化必須注重民主‧自由〉發表於《臺灣
新聞報》第 7 版。

12 月　　1 日,〈魯迅傳論(上)〉發表於《傳記文學》第 55 期。

16 日,〈胡適之先生給我兩項最深的印象〉發表於《自由青
年》第 36 卷第 12 期。

本年　　以「屈原〈九章〉疏證」為論題,繳交民國 55、56 年度「長
期發展科學委員會計畫」論文。

1967 年　1 月　1 日,〈我對魯迅由欽敬到反對的原因——魯迅逝世卅周年紀
念〉發表於《自由青年》第 37 卷第 1 期;〈魯迅傳論(下)〉
發表於《傳記文學》第 56 期。

2 月　　1 日,〈我與舊詩(上)〉發表於《自由青年》第 37 卷第 3
期;〈我的教書生活〉發表於《傳記文學》第 57 期。

16 日,〈我與舊詩(下)〉發表於《自由青年》第 37 卷第 4
期。

3 月　　9 日,〈《閒話戰爭》自序〉發表於《中央日報》第 6 版。

14 日,〈《我的生活》自序〉發表於《中華日報》第 6 版。

16 日,〈《文壇話舊》自序〉發表於《自由青年》第 37 卷第 6
期。

20 日,〈《試看《紅樓夢》的真面目》自序〉發表於《中國一

周》第 882 期。

24 日,〈勿令幽靈復活——《我論魯迅》自序〉發表於《中華日報》第 6 版。

27 日,〈《最古的人類故事》自序〉發表於《中國一周》第 883 期。

〈舜的故事與印度史詩——〈天問〉歷史問題夏代部分〉發表於《成功大學學報》第 2 卷。

《〈九歌〉中人神戀愛問題》、《人生三部曲》、短篇小說集《秀峯夜話》、《閒話戰爭》、《眼淚的海》、《最古的人類故事》、《文壇話舊》、《我論魯迅》、《試看《紅樓夢》的真面目》及《我的生活》由臺北文星書店出版。

4 月　1 日,〈丁未武大南部校友集會誌盛〉發表於《珞珈》第 14 期。

24 日,〈《秀峯夜話》自序〉發表於《中國一周》第 887 期。

〈其人其文凌叔華〉發表於《純文學》第 4 期。

7 月　1 日,〈白蟻成災記〉發表於《珞珈》第 15 期。

24 日,〈我們能夠聽憑黃色文藝永遠猖獗嗎?〉發表於《中華日報》第 5 版。

8 月　1 日,〈〈九歌〉總論(上)〉發表於《東方雜誌》復刊第 1 卷第 2 期。

21 日,〈評介《無弦琴》〉(梅遜著)發表於《中華日報》第 5 版。

9 月　1 日,〈〈九歌〉總論(下)〉發表於《東方雜誌》復刊第 1 卷第 3 期。

25 日,〈《楚辭》〈九辯〉考〉發表於《中國一周》第 909 期。

10 月　23 日,〈《滇邊游擊史話》序〉(胡慶蓉著)發表於《臺灣新聞報》。

11 月　1 日，〈東皇泰一與木星之神（上）〉發表於《東方雜誌》復刊第 1 卷第 5 期；〈談二郎神〉發表於《四川文獻》第 63 期。

2 日，〈喜晤伍特萊女士〉發表於《中華日報》第 9 版。

12 月　1 日，〈東皇泰一與木星之神（下）〉發表於《東方雜誌》復刊第 1 卷第 6 期；〈二郎神與獵人星〉發表於《四川文獻》第 64 期。

1968 年　1 月　1 日，〈三談二郎神〉發表於《四川文獻》第 65 期。

劇本《鳩那羅的眼睛》由臺北臺灣商務印書館出版。

2 月　1 日，〈張仙〉發表於《四川文獻》第 66 期。

3 月　1 日，〈中外神話互相發明例證數則〉發表於《大學雜誌》第 3 期。

5 月　〈山鬼與酒神〉發表於《成功大學學報》第 3 卷。

6 月　1 日，〈河伯與水主〉發表於《東方雜誌》復刊第 1 卷第 12 期。

7 月　1 日，〈談文昌帝君〉發表於《四川文獻》第 71 期。

8 月　1 日，〈譚瀏陽感懷四律肊測〉發表於《東方雜誌》復刊第 2 卷第 2 期。

9 月　1 日，〈文昌前身為蛇及其喜姓張之謎〉發表於《四川文獻》第 73 期。

11 月　12 日，〈文化復興應注重戰鬥文藝〉發表於《中華文化復興月刊》第 1 卷第 8 期。

〈由《聊齋》偷桃談印度魔術〉發表於《作品》復刊第 1 卷第 2 期。

1969 年　1 月　〈我所認識的詩人徐志摩〉發表於《純文學》第 25 期。

短篇小說集《南明忠烈傳》由臺北臺灣商務印書館出版。

2 月　1 日，〈故鄉新年〉發表於《中央月刊》第 1 卷第 4 期。

4 月　5 日，〈己酉自述——從五四到現在〉發表於《書和人》第

107 期。

6～7 日，〈談談漢武帝〉連載於《大華晚報》第 7 版。

5 月　〈湘君與湘夫人〉發表於《成功大學學報》第 4 卷。

《玉溪詩謎》由臺北臺灣商務印書館出版。

7 月　1 日，〈于樞機對中國公教和國家的偉大貢獻〉發表於《恆毅》第 18 卷第 12 期。

〈論中國舊小說〉發表於《文壇》第 109 期。

《遼金元文學》由臺北臺灣商務印書館出版。

9 月　1 日，〈神話與文學〉發表於《東方雜誌》復刊第 3 卷第 3 期。

《論中國舊小說》由臺南聞道出版社出版。

11 月　〈談師道——五八年教師節作〉發表於《文壇》第 113 期。

12 月　〈虛禮與浮費〉發表於《文壇》第 114 期。

《我的生活》、《文壇話舊》由臺北傳記文學出版社出版。

本年　以「〈遠遊〉與〈招魂〉」為論題，繳交「長期發展科學委員會計畫」論文。

1970 年　3 月　1 日，短篇小說〈黃道周在金陵獄〉發表於《中外雜誌》第 37 期。

4 月　1 日，短篇小說〈黃道周在金陵獄（續完）〉發表於《中外雜誌》第 38 期。

7 日，〈悼陳源教授〉發表於《中央日報》第 9 版。

28 日，〈陳源教授的愛倫尼〉發表於《中央日報》第 9 版。

30 日，〈外冷內熱的陳源教授〉發表於《中央日報》第 9 版。

5 月　1 日，〈《西瀅閒話》〉（陳西瀅著）發表於《中央日報》第 9 版。

〈陳西瀅其人其事〉發表於《純文學》第 41 期。

〈東君與日神〉發表於《成功大學學報》第 5 卷。

6月　〈我們對文學的意見——對於亞洲作家會議的希望〉發表於《文壇》第 120 期。

8月　《最古的人類故事》、《人生三部曲》、《閒話戰爭》由臺北傳記文學出版社出版。

10月　31 日,〈〈遠遊〉與〈大人賦〉〉發表於《文藝》第 17 期。
　　　《中國文學史》由臺中光啟出版社出版。

11月　〈論蘇東坡的詞〉發表於《中華詩學》第 3 卷第 6 期。

本年　以「《詩經》研究」為論題,繳交「長期發展科學委員會計畫」論文。

1971 年　1月　《我論魯迅》、短篇小說集《秀峯夜話》由臺北愛眉文藝出版社出版。

6月　〈古人以神名為名的習慣〉發表於《成功大學學報》第 6 卷。

8月　16 日,〈《詩經》所供給的典故詞彙、成語(上)〉發表於《暢流》第 44 卷第 1 期。

9月　1 日,〈《詩經》所供給的典故詞彙、成語(下)〉發表於《暢流》第 44 卷第 2 期。

本年　《中國文學史》獲第三屆菲華特設中正文化獎金「最優著作獎」。
　　　以「國風研究十六篇」為論題,繳交民國 60、61 年度「長期發展科學委員會計畫」論文。

1972 年　1月　〈《詩經》所顯示的社會各階層生活狀況〉發表於《文藝復興》第 25 期。

2月　14～17 日,〈封禪究竟是怎麼一回事〉連載於《中華日報》第 9、3 版。
　　　15 日,〈迦尼薩與鼠〉、〈三一與泰一〉與〈「為《楚辭》〈國殤〉新解質疑」——敬答陳炳良先生〉發表於《大陸雜誌》

第 44 卷第 2 期。

28～29 日,〈談反共學人衛聚賢教授〉連載於《聯合報》第 10、9 版。

4 月　1 日,〈〈國殤〉與無頭戰神再考(上)〉發表於《暢流》第 45 卷第 4 期。

14 日,〈《旅非隨筆》序〉(王琰如著)發表於《中央日報》第 9 版。

16 日,〈〈國殤〉與無頭戰神再考(下)〉發表於《暢流》第 45 卷第 5 期。

5 月　16 日,〈蘇詩之幽默趣味——東坡詩論之一〉發表於《暢流》第 45 卷第 7 期。

6 月　1 日,〈蘇詩之喜用擬人法以童心觀世界——東坡詩論之二〉發表於《暢流》第 45 卷第 8 期。

16 日,〈蘇詩之以文為詩善發議論——東坡詩論之三〉發表於《暢流》第 45 卷第 9 期。

7 月　1 日,〈蘇詩之詞達氣暢筆端有舌——東坡詩論之四〉發表於《暢流》第 45 卷第 10 期。

16 日,〈蘇詩之富於哲理——東坡詩論之五〉發表於《暢流》第 45 卷第 11 期。

〈《詩經》裡的神話〉發表於《文藝復興》第 31 期。

8 月　1 日,〈蘇詩之用小說俗諺及眼前典故——東坡詩論之六〉發表於《暢流》第 45 卷第 12 期。

9 月　〈《詩經》可矯正史缺失的資料〉發表於《文藝復興》第 33 期。

本年　大姊蘇淑孟逝世。

獲中山文藝創作獎。

1973 年　1 月　1 日,〈「屈賦新探」自序〉發表於《東方雜誌》復刊第 6 卷第

8 期。

4 月 《屈原與〈九歌〉》由臺北廣東出版社出版。

5 月 31 日、6 月 4 日,〈寫在《屈原與〈九歌〉》出版之後〉連載於《中華日報》第 10、5 版。

6 月 1 日,〈為迦尼薩問題再答陳炳良先生〉發表於《中國語文》第 32 卷第 6 期。

18 日,〈卅年寫作生活的回憶〉發表於《文心》第 1 期。

8 月 自成功大學教職退休。

10 月 2 日,〈哭蘭子〉發表於《中央日報》第 9 版。

11 月 16 日,〈域外文化兩度來華的來踪去跡〉發表於《暢流》第 48 卷第 7 期。

1974 年 4 月 1 日,〈〈天問〉亂辭前八句解釋〉發表於《文壇》第 166 期。

14 日,〈《〈天問〉正簡》自序〉發表於《中國天主教文化》第 1 期。

5 月 1 日,〈〈天問〉天文問題之一〉發表於《暢流》第 49 卷第 6 期。

16 日,〈〈天問〉天文問題之一（二）〉發表於《暢流》第 49 卷第 7 期。

25 日,〈論徐志摩的詩〉發表於《文心》第 2 期。

6 月 1 日,〈〈天問〉裡的夏啟〉發表於《暢流》第 49 卷第 8 期。

6 日,〈《舊金山的霧》評介〉（謝冰瑩著）發表於《青年戰士報》第 8 版。

16 日,〈〈天問〉后羿的故事〉發表於《暢流》第 49 卷第 9 期。

7 月 16 日,〈〈天問〉亂辭後十六句的疏解〉發表於《暢流》第 49 卷第 11 期。

8 月 1 日,〈〈離騷〉九疑考〉發表於《中央月刊》第 6 卷第 10

期。

16 日,〈夏王朝存在與否的問題〉發表於《暢流》第 50 卷第 1 期。

9 月　　〈論徐志摩的詩〉發表於《文藝》第 63 期。

11 月　　《〈天問〉正簡》由臺北廣東出版社出版。

1975 年　3 月　　3～4 日,〈〈天問〉正簡幾段疑難文句的解說〉連載於《臺灣新生報》第 10 版。

4 日,〈珠沉月冷〉發表於《中央日報》第 10 版。

5 月　　1 日,與李辰冬合著〈〈天問〉討論的通信〉,發表於《中國語文》第 36 卷第 5 期。

6 月　　〈我所認識的徐志摩〉發表於《中國文選》第 98 期。

7 月　　1 日,〈「中國」名詞的由來〉發表於《中國語文》第 37 卷第 1 期。

8 月　　1 日,〈民族文藝叢談——民族文藝的特質〉發表於《中央月刊》第 7 卷第 10 期。

10 月　　1 日,〈域外文化第一度來華的根據地〉發表於《中國語文》第 37 卷第 4 期。

2 日,〈民族與民族文化〉發表於《中央月刊》第 7 卷第 12 期。

11 月　　7 日,〈金縷曲——聞曼瑰噩音,泣然有作〉發表於《中央日報》第 12 版。

13 日,〈曼瑰與我〉發表於《臺灣新聞報》第 12 版。

12 月　　16 日,〈論〈九章〉〉發表於《暢流》第 52 卷第 9 期。

《蘇雪林自選集》由臺北黎明文化公司出版。

1976 年　1 月　　1 日,〈史前文化與屈賦〉發表於《東方雜誌》復刊第 9 卷第 7 期。

2 月　　16 日,〈李曼瑰教授及其重要劇作(上)〉發表於《暢流》第

53 卷第 1 期。

3 月　1 日，〈李曼瑰教授及其重要劇作（中）〉發表於《暢流》第 53 卷第 2 期。

16 日，〈李曼瑰教授及其重要劇作（下）〉發表於《暢流》第 53 卷第 3 期。

5 月　14 日，〈悼理毓秀〉發表於《臺灣新聞報》。

6 月　1 日，〈讀《溥儀自傳》〉發表於《文壇》第 192 期。

16 日，〈曼瑰死前的預兆〉發表於《暢流》第 53 卷第 9 期。

29 日，〈焚書〉發表於《自由報》。

8 月　16 日，〈〈九章・抽思〉題解（上）〉發表於《暢流》第 54 卷第 1 期。

9 月　1 日，〈〈九章・抽思〉題解（續）〉發表於《暢流》第 54 卷第 2 期。

16 日，〈人祖伏羲〉發表於《暢流》第 54 卷第 3 期。

10 月　16 日，〈〈九章・哀郢〉題解（上）〉發表於《暢流》第 54 卷第 5 期。

11 月　1 日，〈〈九章・哀郢〉題解（下）〉發表於《暢流》第 54 卷第 6 期。

16 日，〈《舊約聖經》影響我國者二、三事〉發表於《暢流》第 54 卷第 7 期。

12 月　1 日，〈〈九章・悲回風〉（上）〉發表於《暢流》第 54 卷第 8 期。

16 日，〈〈九章・悲回風〉（下）〉發表於《暢流》第 54 卷第 9 期。

1977 年　1 月　1 日，〈三串鞭炮〉發表於《文壇》第 199 期。

2 月　1 日，〈亡靈之作鳥形〉發表於《暢流》第 54 卷第 12 期。

16 日，〈西亞創世史詩與馬杜克故事（上）〉發表於《暢流》

第 55 卷第 1 期。

3 月　1 日,〈幼時元宵觀燈的回憶〉發表於《文壇》第 201 期;〈西亞創世史詩與馬杜克故事（下）〉發表於《暢流》第 55 卷第 2 期。

16 日,〈天上地下的歲星〉發表於《暢流》第 55 卷第 3 期。

4 月　1 日,〈埃及奧塞里士（Osiris）的傳奇〉發表於《暢流》第 55 卷第 4 期。

16 日,〈希臘月神故事〉發表於《暢流》第 55 卷第 5 期。

7 月　1 日,〈花蕊夫人厭勝害宋太祖事〉發表於《暢流》第 55 卷第 10 期。

16 日,〈七曜的順序〉發表於《暢流》第 55 卷第 11 期。

10 月　開始寫〈二三十年代作家與作品〉。

《風雨雞鳴》由臺北源成文化圖書供應社出版。

11 月　1 日,〈《風雨雞鳴》自序〉發表於《文壇》第 209 期。

15 日,〈關於《趣味民間故事》〉發表於《中央日報》第 10 版。

12 月　1 日,〈鞭策〉發表於《文壇》第 210 期。

1978 年　3 月　《楚騷新詁》由臺北國立編譯館出版。

4 月　10 日,〈談龍說馬〉發表於《文學思潮》第 1 期。

6 月　10 日,〈史可法與揚州〉發表於《江蘇文物》第 12 期。

《綠天》增訂版由臺中光啟出版社出版。

7 月　10 日,〈閻應元江陰血戰〉發表於《江蘇文物》第 2 卷第 1 期。

8 月　10 日,〈慘絕人寰的「嘉定三屠」〉發表於《江蘇文物》第 2 卷第 2 期。

16 日,〈關於《楚騷新詁》的話（上）〉發表於《暢流》第 58 卷第 1 期。

29 日,〈敬悼反共愛國于斌〉發表於《中央日報》第 11 版。

9 月　1 日,〈關於《楚騷新詁》的話（下）〉發表於《暢流》第 58 卷第 2 期。

10 日,〈論徐志摩的詩〉發表於《文學思潮》第 2 期。

15 日,〈敬悼曾寶蓀先生〉發表於《文壇》第 219 期。

16 日,〈論文人嫉妒之禍國〉發表於《暢流》第 58 卷第 3 期。

12 月　《靈海微瀾》（第一集）由臺南聞道出版社出版。

本年　由成功大學校友、在臺安徽大學、安徽師範大學、武漢大學校友編《慶祝蘇雪林教授寫作五十年暨八秩華誕專集》,於臺南自印出版。

1979 年　1 月　1 日,〈曾孟樸的《魯男子》及其父子的文化事業——《二三十年代作家與作品》之一章〉發表於《暢流》第 58 卷第 10 期。

15 日,〈一個神祕的天才詩人——白采〉發表於《文壇》第 223 期。

2 月　17 日,〈嚴防共匪對臺灣文壇的統戰詭計〉發表於《聯合報》第 12 版。

3 月　15 日,〈重讀曾著《孽海花》〉（曾孟樸著）發表於《文壇》第 225 期。

5 月　20 日,〈抗戰前劇壇一件大剽竊公案——洪深《趙閻王》抄襲阿尼爾《瓊斯皇帝》詳情〉發表於《聯合報》第 12 版。

30 日,〈〈國殤〉譯詩及其考證〉發表於《葡萄園詩刊》第 67 期。

《我論魯迅》由臺北傳記文學出版社出版。

12 月　《靈海微瀾》（第二集）由臺南聞道出版社出版。

本年　年底,《二三十年代作家與作品》由臺北廣東出版社出版。

1980 年　1 月　22～23 日,〈關於《二三十年代作家與作品》的話〉連載於《聯合報》第 8 版。

2 月　1 日,〈《真美善雜誌》與曾孟樸〉發表於《暢流》第 60 卷第 12 期。

《靈海微瀾》（第三集）由臺南聞道出版社出版。

3 月　12 日,〈《二三十年代作家與作品》——文評與文派之部〉發表於《中山學術文化集刊》第 25 集。

7 月　10 日,〈徐志摩的散文〉發表於《文學思潮》第 7 期。

12 月　《屈賦論叢》由臺北國立編譯館出版。

1981 年　3 月　10～11 日,〈域外文化東來之謎——關於《屈賦論叢》〉連載於《聯合報》第 8 版。

21 日,《二三十年代作家與作品》獲頒第六屆國家文藝獎「文藝理論類文藝批評獎」。

28 日,〈關於茅盾〉發表於《聯合報》第 8 版。

11 月　16 日,〈鐵的生活‧火的情感——讀謝冰瑩《抗戰日記》〉發表於《中央日報》第 10 版。

12 月　獲「慶祝中華民國建國 70 年全國第三次文藝會談」表揚證書。

1982 年　1 月　詩集《燈前詩草》由臺北正中書局出版。

6 月　6 日,〈我的父親〉發表於《中華日報》副刊。

10 日,〈一封舊家信引起的悲憤〉發表於《婦友》第 333 期。

14～15 日,〈竺園雅集小記〉連載於《中央日報》第 10 版。

11 月　《猶大之吻》由臺北文鏡文化公司出版。

1983 年　8 月　6 日,〈由紫河車談到吃人肉〉發表於《聯合報》第 8 版。

9 月　10 日,〈機器人〉發表於《聯合報》第 8 版。

10 月　《中國二三十年代作家》由臺北純文學出版社出版。

11 月　19 日,〈古人以胖女為美〉發表於《聯合報》第 8 版。

1984 年　1 月　7 日，〈宇宙大輪迴〉發表於《聯合報》第 8 版。

2 月　10 日，〈我在抗戰時期的文學活動〉發表於《文訊》第 7、8 期合刊。

3 月　25 日，成功大學文學院於臺南赤崁大飯店舉行壽宴，由院長于大成致贈「文學導師」

4 月　29 日，於臺中市立文化中心文英館獲頒臺灣省文藝作家協會「臺灣區第七屆資深優良文藝工作者榮譽獎」。

5 月　4 日，於國軍英雄館獲頒中國文藝協會「散文創作類榮譽文藝獎」。

8 月　口述〈書話〉，由林佩芬整理，發表於《新書月刊》第 11 期。

12 月　8 日，〈自焚——從火窟雙屍案談起〉發表於《臺灣新聞報》第 8 版。

1985 年　1 月　9 日，〈由藥王談印度的外道〉發表於《臺灣新聞報》第 8 版。

4 月　5 日，〈萬伯淵海軍中校的感人事蹟〉發表於《中央日報》第 8 版。

6 月　24 日，〈評《第四樂章》〉（林佩芬著）發表於《臺灣新聞報》第 8 版。

8 月　6 日，〈喜讀《歐洲藝術之旅》〉（葉蟬貞著）發表於《臺灣新聞報》第 8 版。

10 月　〈二南論〉發表於《中國國學》第 13 期。

1986 年　2 月　19 日，〈我為什麼要寫作〉發表於《聯合報》第 8 版。

11 月　27 日，〈贈林佩芬——并序〉發表於《臺灣新聞報》第 8 版。
28～29 日，〈悼念一位純真藝術家方君璧〉連載於《臺灣新聞報》第 8 版。

1987 年　1 月　13 日，〈讀《中央山脈之旅》〉（黃肇中著）發表於《中央日

報》第 10 版。

4 月　13 日，〈西湖晤見──康南海〉發表於《聯合報》第 8 版。

6 月　〈老女蛾眉，不入詩眼──從《玉溪詩謎》談起〉發表於《文訊》第 30 期。

12 月　長篇小說《棘心》由上海上海書店出版。

1988 年　1 月　25 日，〈文人書簡──顧頡剛致蘇雪林──附識〉發表於《聯合報》第 23 版。

《玉溪詩謎正續合編》由臺北臺灣商務印書館出版。

2 月　4 日，〈我的書房生活〉發表於《聯合報》第 23 版。

3 月　3 日，〈花蕊夫人之死〉發表於《中央日報》第 14 版。

4 月　13 日，〈事急矣，大家起來！──為朱秀娟喝采〉發表於《中央日報》第 3 版。

〈在上者親民愛民為民所致之感召〉發表於《婦友》第 403 期。

7 月　14 日，〈董小宛之謎〉發表於《中央日報》第 17 版。

8 月　1 日，〈我的讀書習慣〉發表於《講義雜誌》第 3 卷第 5 期。

22 日，〈我所從事的園藝──夏窗漫筆之一〉發表於《聯合報》第 21 版。

24 日，〈樹的滄桑──夏窗漫筆之二〉發表於《聯合報》第 21 版。

9 月　25 日，〈花話──夏窗漫筆之三〉發表於《聯合報》第 21 版。

29 日，〈臥佛，非臥佛〉發表於《中央日報》第 17 版。

10 月　11 日，〈我的小動物園──夏窗漫筆之四〉發表於《聯合報》第 21 版。

27 日，〈陸游與紀曉嵐的夜光眼〉發表於《中央日報》第 17 版。

	11 月	蔡清富編《蘇雪林散文選集》，由天津百花文藝出版社出版。
1989 年	1 月	19 日，〈宋康王泥馬渡河〉發表於《中央日報》第 17 版。

　　　　　　　25 日，〈雨蓋霜枝的象徵——辜鴻銘軼事〉發表於《中央日報》第 17 版。

　　　　　　　31 日，〈茶館名瀟湘，毀！——林黛玉的信徒吳宓〉發表於《中央日報》第 17 版。

　　2 月　10 日，〈倒讀洋文報——神氣的鄉巴老辜鴻銘〉發表於《中央日報》第 5 版。

　　3 月　14 日，〈生平知己袁蘭子〉發表於《中央日報》第 16 版。

　　4 月　16 日，受聘為國民黨中央文化工作會榮譽顧問，雖接受聘書，拒收每月津貼。

　　5 月　23 日，〈永遠的繫念——《詩經·伯兮》中的母子深情〉發表於《中央日報》第 17 版。

　　6 月　沈暉編《蘇雪林選集》，由安徽安徽文藝出版社出版。

　　7 月　《邇齋隨筆》由臺北中央日報社出版。

　　11 月　5 日，〈義子勝親生——紀念鵝媽媽〉發表於《聯合報》第 29 版。

　　　　　　　〈邶鄘有目無詩說〉發表於《中國國學》第 17 期。

　　12 月　1 日，獲頒第九屆「行政院文化獎」。

1990 年　4 月　30 日，〈我正在讀的書——《史記·刺客列傳》〉發表於《聯合報》第 29 版。

　　6 月　6 日，〈五四作家凌叔華紀念小輯——悼念凌叔華〉發表於《聯合報》第 29 版。

　　　　　　　8 日，〈群鬼集聚的泰山敢敵妖魔的靈石——也談「泰山，石敢當」的問題〉發表於《中央日報》第 17 版。

　　7 月　10 日，〈保生大帝是歷史人物還是神話人物？〉發表於《中央日報》第 17 版。

11 月　〈豳風〈鴟鴞〉詩解〉發表於《中國國學》第 18 期。

12 月　2 日，與睽違 12 年的謝冰瑩於臺南重聚，晚上由成功大學校長馬哲儒作東，與王藍、王琰如、丘秀芷、邱七七等文友餐敘。

〈胡適先生百年冥誕感言〉發表於《文訊》第 62 期。

1991 年　4 月　8 日，〈浮生九四〉發表於《中央日報》第 16 版。

10 日，門生故舊於成大教師聯誼廳舉行九五生辰祝壽酒會。

11～12 日，成功大學中國文學系於成大國際會議廳舉行「慶祝蘇雪林教授九秩晉五華誕學術研討會」，並在開幕式中，由校長馬哲儒致贈成功大學創校以來首張榮譽教授證書。

傳記《浮生九四──雪林回憶錄》由臺北三民書局出版。

5 月　5 日，於「80 年度臺南市藝術有功人員頒獎典禮」接受表揚。

17 日，〈我的家世及母親〉發表於《中央日報》第 16 版。

18 日，〈家塾讀書及進修〉發表於《中央日報》第 18 版。

23～24 日，〈四十昇華的歲月紀錄〉連載於《中央日報》第 17 版。

7 月　8 日，〈「老冬烘」與「新青年」〉發表於《中央日報》第 16 版。

8 月　27～28 日，〈一篇玄科之戰押陣的大文章──再讀吳稚老〈一個新信仰的宇宙觀及人生觀〉〉連載於《中央日報》第 17 版。

〈七十年前女強人──潘玉良的悲劇〉發表於《中外雜誌》第 294 期。

9 月　〈吳貽芳的悲劇美〉發表於《中外雜誌》第 295 期。

11 月　11 日，〈木瓜的呆話〉發表於《聯合報》第 29 版。

〈靈異奇談──西藏秘宗神咒〉發表於《中外雜誌》第 297

期。

1992 年　1 月　〈袁蘭子晚景悲慘〉發表於《中外雜誌》第 299 期。

《唐詩概論》由上海上海書店出版。

2 月　2 日,〈官迷世界過年的盛況〉發表於《中央日報》第 9 版。

18 日,應邀出席《中央日報》於臺北來來飯店主辦之「全國作家新春聯誼茶會暨第四屆《中央日報》文學獎頒獎典禮」,獲頒「特別成就獎」。

5 月　《屈原與〈九歌〉》、《天問正簡》由臺北文津出版社出版。

7 月　11 日,〈萬彙之美〉發表於《聯合報》第 25 版。

8 月　29 日,〈中國八仙西方來?——八仙中希臘神話的影子〉發表於《中央日報》第 17 版。

10 月　1 日,〈由漢墓刻石談伏羲〉發表於《中央日報》第 17 版。

21 日,〈論〈一扇歷史之窗〉一文所引漢墓畫之錯誤〉(翟羽著)發表於《中央日報》第 17 版。

1993 年　4 月　2 日,獲亞洲華文作家文藝基金會獎牌。

10 月　《綠天》由北京中國文聯出版社出版。

11 月　〈再談薄命畫家潘玉良〉發表於《中外雜誌》第 321 期。

1994 年　2 月　〈反傳統文化的文人——劉復、劉大白、錢玄同〉發表於《中外雜誌》第 324 期。

10 月　畫冊《蘇雪林山水》由臺北行政院文建會與臺南妙心寺聯合出版。

1995 年　1 月　《楚騷新詁》由臺北國立編譯館出版。

2 月　《《詩經》雜俎》由臺北臺灣商務印書館出版。

3 月　24 日,成功大學下午於教師聯誼廳舉行百齡壽宴,晚上則於成功廳前廳舉行祝壽酒會,由總統府祕書長吳伯雄代表總統李登輝致贈「文壇望重」壽屏。

25 日,成功大學於成大國際會議廳舉行「慶祝蘇雪林教授百

齡華誕學術研討會」。

31 日，成功大學籌備設置「財團法人蘇雪林教授學術文化基金會」。

《慶祝蘇雪林教授九秩晉五華誕學術研討會論文暨詩文集》由臺北文史哲出版社出版；《慶祝蘇雪林教授百齡華誕專集》由臺南國立成功大學出版。

5 月 〈談我的文藝創作與學術研究〉發表於《臺南市立文化中心季刊》第 9 期。

10 月 3～4 日，〈真假張愛玲──聞張愛玲噩音憶起以前一件可笑的騙案〉連載於《聯合報》第 37 版。

《綠天》由北京東方出版社出版。

1996 年 1 月 28 日，獲第一屆中國婦女寫作協會文藝獎「資深作家獎」。

3 月 《靈海微瀾》（第四集）由臺南聞道出版社出版。

4 月 《靈海微瀾》（第五集）由臺南聞道出版社出版。

沈暉編《蘇雪林文集》（四卷），由合肥安徽文藝出版社出版。

11 月 住進臺南市北安路之安養中心。

12 月 張昌華編《蘇雪林自傳》，由南京江蘇文藝出版社出版。

1997 年 3 月 14 日，成功大學於臺南天下大飯店舉行「慶祝蘇雪林教授百歲晉一華誕祝壽酒會」。

成功大學文學院設立「財團法人蘇雪林教授學術文化基金會」，成立「蘇雪林學術研究室」及「蘇雪林教授學術文化講座」。

《唐詩概論》與吳經雄著、徐誠斌譯《唐詩四季》合印，由瀋陽遼寧教育出版社出版。

5 月 《綠天》增訂版由合肥安徽文藝出版社出版。

1998 年 2 月 傅一峰編散文與小說合集《棘心》，由北京燕山出版社出版。

5 月　22 日，下午由學生唐亦男陪伴，自高雄返回安徽太平九天，為離開大陸 52 年後，第一次歸鄉。於此期間應邀出席安徽大學 70 周年校慶、祭祖省親、登黃山，並購回童年讀書的家塾「海寧學舍」，捐贈地方文化局。

9 月　安徽太平文化局規劃將「海寧學舍」闢建為「蘇雪林紀念館」。

本年　「蘇雪林教授學術文化講座」邀請瘂弦、黃春明、黃美序為成功大學駐校作家，並舉辦座談會。

1999 年　1 月　因病入院，出院後，返回安養中心。

2 月　10 日，〈憶童年〉發表於《聯合報》第 37 版。

4 月　21 日，下午三時五分，因心肺衰竭病逝於成功大學附設醫院，享壽 103 歲。

22～25 日，〈憶寫作〉連載於《聯合報》第 37 版。

骨灰暫厝臺南富貴南山靈骨塔。

成功大學中國文學系蘇雪林作品集編輯小組編《蘇雪林作品集・日記卷》（15 冊），由臺南成功大學教務處出版組出版，計四百餘萬字。

8 月　21～22 日，財團法人蘇雪林教授學術文化基金會與亞太綜合研究院、永達技術學院於安徽太平國際大飯店聯合主辦「海峽兩岸蘇雪林教授學術研討會」。

23 日，骨灰由學生唐亦男護送回安徽黃山，安葬於母親墓旁；於其故居「海寧學舍」舉辦「蘇雪林紀念館」開幕活動。

9 月　于青編《綠天》增訂版、《花都漫拾》、《歸途》、長篇小說《棘心》，由北京群眾出版社出版。

10 月　劉納編《蘇雪林代表作》，由北京華夏出版社出版。

2000 年　10 月　《海峽兩岸蘇雪林教授學術研討會論文集》（上、下）由高雄

亞太綜合研究院出版。

2001 年　6 月　張昌華編《蘇雪林散文》，由杭州浙江文藝出版社出版。

　　　　10 月　27 日，〈禿的梧桐〉、〈論文思〉刊載於《人間福報》第 10 版。

2002 年　2 月　28 日，〈溪水〉刊載於《人間福報》第 9 版。

　　　　5 月　《綠天》由北京中國文聯出版社出版。

2004 年　1 月　于嘉編《綠天》，由北京東方出版社出版。

　　　　8 月　蔡清富編《蘇雪林散文選集》，由天津百花文藝出版社出版。

2005 年　1 月　張昌華編《浮生十記》，由南京江蘇文藝出版社出版。

2006 年　7 月　23 日，〈喝茶〉刊載於《人間福報》第 14 版。

　　　　10 月　成功大學中國文學系編《蘇雪林作品集‧短篇文章卷》（第一、二冊），由臺南成功大學中國文學系出版。

　　　　11 月　12 日，成功大學中國文學系舉辦「中國文學系紀念蘇雪林教授暨創立 50 周年學術研討會」。

2007 年　10 月　成功大學中國文學系編《蘇雪林作品集‧短篇文章卷》（第三冊）及《逝水浮雲曾照影——名家與蘇雪林書信選》，由臺南成功大學中國文學系出版。

　　　　　　　《〈天問〉正簡》由武漢武漢大學出版社出版。

　　　　11 月　成功大學博物館舉辦「印象蘇雪林——最後的一位五四作家」特展，以「走入蘇雪林教授的書房」為主題，展出其書房文物、手稿、畫作、照片、信件等，呈現其生平縮影，至 2010 年 7 月展畢。

　　　　　　　《屈原與〈九歌〉》、《楚騷新詁》由武漢武漢大學出版社出版。

　　　　12 月　《屈賦論叢》由武漢武漢大學出版社出版。

2008 年　8 月　成功大學文學院執行「蘇雪林文物、作品整理、研究計畫案」，整理並修復遺留文物、蒐集研究論文、建置資料庫。

2009 年　1 月　劉納編《蘇雪林代表作》，由北京華夏出版社出版。

　　　　　5 月　9 日，成功大學文學院主辦「紀念五四運動 90 周年暨蘇雪林教授國際學術研討會」。

　　　　　本年　《中國文學史略》由北京中國圖書館學會高校分會組織北京中獻拓方科技公司複印出版。

2010 年　1 月　散文、小說合集《綠天・棘心》由南京江蘇文藝出版社出版。

　　　　　3 月　財團法人蘇雪林教授學術文化基金會編《蘇雪林作品集・短篇文章卷》第四冊，由臺南財團法人蘇雪林教授學術文化基金會出版。

　　　　　9 月　財團法人蘇雪林教授學術文化基金會編《蘇雪林作品集・短篇文章卷》第五冊、《蘇雪林作品集・日記補遺》、《綠漪風韻——蘇雪林及文友書畫集》，由臺南財團法人蘇雪林教授學術文化基金會出版。

　　　　10 月　陳昌明編《擲缽庵消夏記——蘇雪林散文選集》，由臺北印刻出版公司出版。

　　　　11 月　20～21 日，武漢大學文學院及成功大學文學院於武漢大學合辦「2010 年海峽兩岸蘇雪林學術研討會」。

2011 年　3 月　3～7 日，成功大學中國文學系主辦「蘇雪林學位論文寫作營」。

　　　　　　　陳昌明編《凝視》，由臺南成功大學出版。

　　　　12 月　陳昌明編《蘇雪林作品集・短篇文章卷》第六冊，由臺南成功大學出版。

　　　　　　　陳國恩編《蘇雪林面面觀——2010 年海峽兩岸蘇雪林學術研討會論文集》，由哈爾濱黑龍江人民出版社出版。

2013 年　3 月　8 日，安徽省文物局正式對外免費開放「蘇雪林紀念館」，展出近百件相關著作、資料、手稿、生活用品等。

　9 月　　陳昌明編《蘇雪林散文精選》，由武漢長江文藝出版社出版。

　12 月　　《蘇雪林自述自畫》由北京中國青年出版社出版。

2014 年　10 月　　31～11 月 1 日，成功大學文學院於成功大學文學院演講廳主辦「蘇雪林及其同代作家」國際學術研討會。

參考資料：

・蘇雪林，《我的生活》（臺北：傳記文學出版社，1969 年 12 月）。

・蘇雪林，《浮生九四──雪林回憶錄》（臺北：三民書局，1991 年 4 月）。

・成功大學中國文學系蘇雪林作品集編輯小組編，《蘇雪林作品集・日記卷》15 冊（臺南：成功大學教務處出版組，1999 年 4 月）。

・劉心皇，《文壇往事辨偽》（臺北：自印，1963 年 5 月）。

・劉心皇，《從一個人看文壇說謊與登龍》（臺北：自印，1963 年 12 月）。

・石楠，《另類才女蘇雪林》（北京：東方出版社，2004 年 8 月）。

・羅敦偉，〈嗚呼蘇梅事件──白話詩的大風波〉，《五十年回憶錄》（臺北：自印，1952 年 4 月），頁 30～32。

・史墨卿、鮑霶，〈〈當代作家研究資料彙編〉之四──蘇雪林卷（三）〉，《文訊》第 39 期（1988 年 12 月），頁 252～259。

・沈暉，〈李大釗與蘇雪林的師生緣──兼述〈嗚呼蘇梅〉論戰經過〉，《新文學史料》2008 年第 3 期，頁 75～80。

・耿云志，〈想起蘇梅的故事──從唐德剛先生的一封信說起〉，《胡適研究通訊》2010 年第 2 期（2010 年 5 月 25 日），頁 13～23。

・史建國，〈批評的「惡」與「善」──〈嗚呼蘇梅〉公案與文章署名問題的論爭〉，《山東青年政治學院學報》2012 年第 3 期（2012 年 5 月），頁 133～137。

・田露，〈重評現代文學史上的「蘇謝事件」〉，《中國現代文學研究叢刊》2012 年第 10 期（2012 年 10 月 15 日），頁 125～135。

・國家圖書館──臺灣期刊論文索引系統網站、中國文化研究論文目錄網站。

‧網站：蘇雪林研究室。最後瀏覽日期：2014 年 5 月 20 日。

　http://suxuelin.liberal.ncku.edu.tw/history.asp

‧網站：數位臺北文學館。最後瀏覽日期：2014 年 5 月 20 日。

　http://www.tpocl.com/index.php

‧網站：石楠書屋──蘇雪林年表。最後瀏覽日期：2014 年 5 月 21 日。

　http://blog.sina.com.cn/s/blog_4ae0c836010009hq.html

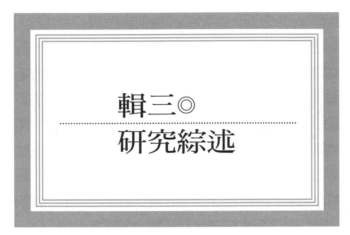

輯三◎
研究綜述

蘇雪林研究綜述

◎陳昌明

一、前言

　　蘇雪林的寫作領域，橫跨詩、散文、小說、雜文、童話、戲劇、文學批評、神話研究、翻譯等，範圍廣闊。這位新文學第一代女作家，雖然聲名顯赫，但由於政治與時代的因素，早年對她深入嚴謹的評論文章不多，較具學術性的論文，多是近二十年才出現。這當然有其背景和原因，在1940 年代以前，蘇雪林在文壇雖已嶄露頭角，但當時對她的關注主要集中在《棘心》、《綠天》兩書的評介，而且大多是短篇書評，少有深入探討。加上她反共、反魯的背景，1940 年代以後在中國大陸評述她的文章很少，少數提及也多是負面評價，常只是立場的表述而已。一直到她來臺灣之後，尤其是她的晚年，關於她的評論才具體展開。

　　蘇雪林於 1952 年經法來臺，先短暫任教於臺北臺灣省立師範學院（今國立臺灣師範大學前身）。1956 年臺南臺灣省立工學院改制成功大學，蘇雪林為了與住在高雄左營的姊姊（蘇淑孟）互相照顧，應聘至成大中文系。從此，蘇雪林結束前半生遊蹤無定的生涯落定臺南，居住在成功大學東寧路的教職員宿舍，在中文系任教以至退休、衰老、逝世，成功大學是其後半生生活的重心所在，因此，成大中文系保有蘇雪林大半的文字資料與遺物，也成為推動蘇雪林研究的重鎮。

　　在蘇雪林教授百歲（1995 年）前，李登輝總統暨夫人致贈 100 萬基金，加上成大中文系師生捐募足額款項，遂於 1997 年經臺南市政府核定，

在成大文學院成立「財團法人蘇雪林教授學術文化基金會」，此後逐年推動許多出版與研討會等相關活動。隔年（1998 年），行政院委託成大中文系編輯《蘇雪林全集》，其時，蘇雪林以 102 歲高壽，仍親自挑選一批作品，便於成大中文系開始進行編輯工作。當時以《日記卷》為計畫起始，將其自民國 37 至 85 年（1948～1996）的日記手稿，經辨識後，打字校對，於 1999 年 4 月 10 日出版。十日後蘇雪林先生辭世，此後《蘇雪林全集》計畫雖因版權等各種因素未克完成，但成大陸續出版《蘇雪林作品集・短篇文章卷》三冊，又蒐集當時文壇、杏壇、藝壇、政壇等 80 位名人寫給蘇雪林的信函，出版《逝水浮雲曾照影——名家與蘇雪林書信選》等著作。

2007 年，在我擔任文學院院長初期，提出「蘇雪林文物、作品整理、研究計畫」，將蘇教授所有文物分類蒐藏，分為藏書、名人贈書、著作、畫作、手稿、照片、衣服、贈墨、書畫練習稿、生活用品、名人信件、一般信件、聘書匾額、雜類等，共計 14 類。每一件文物均拍照掃瞄、建檔，受損文物依損壞程度不同分別送修，並將檔案標明序號及內容、來源等，建檔後之明細皆列印紙本備查。此外，又出版《側寫蘇雪林》、《蘇雪林作品集・短篇文章卷》第四冊、第五冊、第六冊、《蘇雪林作品集・日記補遺》、《蘇雪林散文選集》、《凝視》等，總計約八十餘萬字。本計畫又修復蘇教授未出版的國畫作品及友人贈墨，挑選其中 80 幅，出版《蘇雪林及文友書畫集》精裝本，其中墨寶，例如董作賓、戴密微、席德進、陳輝東、冰心、王星拱、馬相伯、方君璧、孫多慈等，均為難得的珍品，亦呈現了本計畫整理文物後，藝術方面的成果。我們還架設「蘇雪林研究室」之網頁，項目主要有：認識蘇雪林，包括生平小傳、著作、重要文章選讀、學者評介及訪談、研究資料、文物典藏品等，對於海內外研究蘇雪林的工作，亦產生相當的影響。

二、學位論文與專書述評

蘇雪林研究資料的彙整，李素娟於 2000 年 4 月《全國新書資訊月刊》

第 16 期發表〈蘇雪林研究資料目錄〉。張瑞芬於 2006 年 2 月發表〈蘇雪林重要評論篇目〉，收於《五十年來臺灣女性散文——評論篇》一書中。李志孝於 2007 年 3 月發表〈對一個被文學史迴避的作家研究——蘇雪林研究綜述〉。吳姍姍於 2009 年 8 月發表〈最近十年蘇雪林研究綜述（1999～2008）〉。2010 年 11 月封德屏主編《臺灣現當代作家評論資料目錄》之「蘇雪林」部分，封主編此套目錄進行時間頗早，至今每年亦再修訂。以上蘇雪林研究資料目錄，都是在蘇雪林過世之後出現，其中有兩個因素，一是蘇雪林研究在近二十年才有較大量的論文，另一因素則是研究資料目錄的整理，在近十多年才蔚為風氣。

　　從各種資料的彙集來看，碩博士生的學位論文，大陸的蘇雪林研究數量遠超過臺灣。臺灣的學位論文僅有兩位，一位是 1999 年 12 月東吳大學中國文學研究所張君慧的碩士論文〈蘇雪林散文研究〉，除蘇雪林生平及時代背景介紹外，她的論文主要章節，是蘇雪林的散文表現與蘇雪林的散文藝術，內容將蘇雪林散文分為抒情、記遊、論說三類進行論述，並闡述其語言修辭特色，這是臺灣最早的蘇雪林研究學位論文。另一位則是 2009 年中國文化大學中國文學研究所張素媜的碩士論文〈蘇雪林散文研究〉，本論文分九章，將蘇雪林散文作更細密的分期，從五四前後的散文創作，到來臺晚年的散文，即 1919 至 1999 年的作品，從第三章至第七章加以論述，配合時代作進一步的分析。但是，兩部論文都只限於討論散文，並沒有針對蘇雪林作品作整體性研究，確有不足。另一方面，由於兩岸政經局勢的改變，大陸自 2001 年起，探討蘇雪林的研究論文逐年增加，初期有關蘇雪林的學位論文常是篇幅短小，內容亦有不少訛誤，然隨著兩岸學術交流的頻繁，資料的豐富度與正確性，都有相當大的改善。茲臚列相關學位論文如下：

• 李玲，〈一個被遺忘的批評家——略論蘇雪林三十至四十年代的文學批評〉，湖北大學碩士論文，2001 年 1 月。

- 高雪曉，〈論中國現代學院派女性散文（冰心與蘇雪林）〉，湖南師範大學碩士論文，2002 年 3 月。
- 凌霞，〈蘇雪林文學道路述評〉，南京師範大學文藝學所碩士論文，2004 年 4 月。
- 朱娟，〈論二十年代女作家創作中的自傳性──從盧隱、蘇雪林、石評梅談起〉，揚州大學中國現當代文學所碩士論文，2004 年 5 月。
- 林玉慧，〈獨抱一天岑寂──評蘇雪林的文學創作和文學批評活動〉，東北師範大學中國現當代文學所碩士論文，2004 年 5 月。
- 王衛平，〈蘇雪林的思想與創作〉，中央民族大學中國少數民族語言文學所碩士論文，2004 年 5 月。
- 孫慶鶴，〈蘇雪林論〉，上海師範大學中國現當代文學所碩士論文，2004 年 5 月。
- 樂小龍，〈文化碰撞視域中的蘇雪林研究〉，中南民族大學文藝學所碩士論文，2005 年 5 月。
- 田一穎，〈論蘇雪林的文化品格〉，華中師範大學中國近現代史研究所碩士論文，2007 年 5 月。
- 蔣煒煒，〈為了不被忘卻──論蘇雪林的文學批評與文學創作〉，山東大學中國現當代文學所碩士論文，2007 年 5 月。
- 羅丹，〈我以我心鑄華章──論蘇雪林的文學批評〉，湖南師範大學中國現當代文學所碩士論文，2007 年 11 月。
- 陶曉鶯，〈「世界文化之源」與「域外文化」──評蘇雪林文學研究中的跨文化比較〉，蘇州大學比較文學與世界文學研究所碩士論文，2008 年 5 月。
- 王娜，〈蘇雪林民國二十三年日記研究〉，武漢大學中國現代文學所碩士論文，2008 年 5 月。
- 李南，〈論蘇雪林的散文創作〉，東北師範大學中國現當代文學所碩士論文，2008 年 9 月。

• 解晨，〈論蘇雪林作品中的女性情結〉，天津師範大學中國現當代文學所碩士論文，2010 年 3 月。

• 黎娟娟，〈蘇雪林散文的意境美〉，華中師範大學中國近現代史研究所碩士論文，2010 年 4 月。

• 劉明星，〈孤寂的天使・蒼白的救贖──論蘇雪林的知行衝突〉，湖南師範大學中國現當代文學所碩士論文，2010 年 5 月。

• 蔡健偉，〈蘇雪林新文學批評心理研究〉，華中師範大學中國現當代文學所碩士論文，2011 年 5 月。

• 陳思廣，〈蘇雪林日記研究〉，四川大學文學與新聞學院碩士論文，2012 年 6 月。

• 阮小慧，〈蘇雪林的文學思想研究〉，漳州師範大學文藝學所碩士論文，2012 年 6 月。

• 梁燕萍，〈論蘇雪林的散文觀及其創作〉，青島大學中國現當代文學所碩士論文，2012 年 6 月。

• 程彩蓉，〈艱難的突圍──五四作家蘇雪林文學之路的女性主義解讀〉，南昌大學中國現當代文學所碩士論文，2012 年 6 月。

• 孫詣芳，〈士大夫精神沉潛──論蘇雪林主導文化人格〉，福建師範大學中國現當代文學所碩士論文，2012 年 12 月。

• 劉旭東，〈從啟蒙主義到古典主義──蘇雪林文學思想論〉，廈門大學文藝學所博士論文，2012 年 12 月。

• 王函文，〈蘇雪林文學創作與徽州文化精神〉，安徽師範大學中國現當代文學所碩士論文，2013 年 3 月。

• 張娟，〈蘇雪林〈論李金髮的詩〉與〈沈從文論〉對中國現代文學史的貢獻與局限〉，四川師範大學中國現當代文學所碩士論文，2013 年 5 月。

• 郭瀏，〈傳統與宗教間的「五四人」──蘇雪林〉，蘇州大學中國現當代文學所碩士論文，2013 年 5 月。

• 李彩素，〈皈而有捨・依而有所取──論基督教對蘇雪林影響及其接受的

獨特性〉，西南大學中國現當代文學所碩士論文，2013 年 5 月。

　　臺灣的學位論文僅有兩部，原因為何我們或可探討。而經由我們重新整理大陸碩博士生的學位論文，可感受到其論文領域範圍之廣，數量之多，而這些論文都在 2001 年以後才提出，愈晚期篇數愈多，顯見大陸的研究生導師或年輕一代，覺得蘇雪林有些精神可堪師法，或對他們可有些啟發。大陸的論文初期對蘇雪林或有較多負面評價，然愈是近期愈是肯定其文學價值與文化精神，尤其對於她抗衡時代的心理特質更有較多的景仰，這也可以看作是中國大陸社會的轉變。海峽兩岸的學術交流，對於大陸研究蘇雪林的風潮，確實有些正面影響。由於蘇雪林是安徽太平縣人，1999年 8 月 21 日臺灣的亞太綜合研究院、財團法人蘇雪林教授學術文化基金會、永達技術學院，以及大陸的安徽大學，在安徽太平縣召開「海峽兩岸蘇雪林教授學術研討會」，並於 2000 年 10 月出版《海峽兩岸蘇雪林教授學術研討會論文集（上、下）》，本書收錄此研討會中所發表的論文，共有論文 52 篇，這對於 2001 年以後大陸學界的蘇雪林研究或有引領之功。蘇教授來臺之前，曾在大陸東吳大學、安徽大學、武漢大學等校任教，尤以任職武漢大學 18 年為最久。成功大學「蘇雪林文物、作品整理、研究計畫」與武漢大學合作訪問交流，於 2009 年 11 月 26 日邀請武漢大學文學院院長來訪，討論共同舉辦研討會以及資料交流事宜。成功大學中文系亦於 2010年 3 月 31 日至 4 月 3 日，赴武漢大學參訪，推動雙方教學研究之交流合作。並於 2010 年 11 月 20 至 21 日在武漢大學舉辦「2010 年海峽兩岸蘇雪林學術研討會」，發表論文 31 篇及參訪蘇教授曾居住的武大珞珈山莊。2010 年以後大陸碩博士生的學位論文，指導老師或研究生大多曾來成功大學參訪或索取研究資料，都可看出交流的影響。

　　至於專書，臺灣主要以祝壽論文集為主，最早是 1978 年成功大學校友與在臺安徽大學、安徽師範大學、武漢大學校友所編《慶祝蘇雪林教授寫作五十年暨八秩華誕專集》，本書包含四部分：1.「訪問記」，收有 32 篇蘇

雪林訪問紀錄；2.「送別杏壇專輯」，收有謝冰瑩、王琰如、李曼瑰、尉素秋、張秀亞、葉蟬貞等人八篇感念文章；3.「書評」，收有 41 篇書評；4.「詩頁」，收有 28 篇給蘇雪林之贈詩；正文後並有〈蘇雪林教授著作表〉。第二次祝壽論文集為 1995 年 3 月成功大學中國文學系，將五年前的論文編為《慶祝蘇雪林教授九秩晉五華誕學術研討會論文暨詩文集》，本書包含三個部分：1.學術研討論文，收有繆天華、王孝廉、龍應台等 14 篇論文；2.祝壽詩詞文，收有王藍、林海音、張秀亞、彭歌等 61 篇文章；3.附錄則是訪問記。第三次祝壽論文集亦是 1995 年 3 月由成功大學中國文學系編印《慶祝蘇雪林教授百齡華誕專集》，本書收錄 14 篇文章。此外就如前述，2000 年 10 月亞太綜合研究院出版的《海峽兩岸蘇雪林教授學術研討會論文集》（上、下），收有論文 52 篇。另外有兩次未出版的研討會，一次是2006 年 11 月 12 日成大中國文學系主辦「中國文學系紀念蘇雪林教授暨創立 50 周年學術研討會」，發表 11 篇論文。另一次是 2009 年 5 月 9 日成大文學院主辦「紀念五四運動 90 周年暨蘇雪林教授國際學術研討會」，發表十篇論文。

　　研討會論文集外，專書較早出版的是黃忠慎《古今文海騎鯨客——蘇雪林教授》，乃是在蘇雪林生前以訪談方式完成的蘇雪林介紹，除了生平小傳之外，書中「學術成果推介」占一半篇幅，對蘇雪林之學術研究有清楚的敘述。此外就是我在 2009 年 9 月擔任文學院院長時主編的《側寫蘇雪林》收有回憶與評述文章 65 篇。在臺灣專書中最具代表性的一本書，是吳姍姍的《蘇雪林研究論集》，本書全方位的探討蘇雪林的新舊詩、散文、小說、戲劇創作、交友、宗教以及屈賦研究，還廣涉蘇雪林的思想、評價等各個領域，是目前海峽兩岸資料最豐富，討論最深入的一部力作。

　　大陸的專書部分，1988 年蔡清富首先編輯《蘇雪林散文選集》，以及沈暉收集蘇雪林之著作、佚文，於 1994 至 1996 年間編成《蘇雪林文集》四冊，長江出版社亦出版《蘇雪林散文選》等。其他專書則主要以傳記或評傳為主，計有：張昌華《蘇雪林自傳》、沈暉《綠天雪林》、張昌華《書

窗讀月──晚年蘇雪林〉、方維保《蘇雪林──荊棘花冠》、石楠《另類才女──蘇雪林》、范震威《世紀才女──蘇雪林傳》、陳朝曙《蘇雪林與她的徽商家族》、左志英編《一個真實的蘇雪林》、左志英編《冰雪梅林──蘇雪林》。其中張昌華《蘇雪林自傳》，乃是臺灣三民書局出版《浮生九四──雪林回憶錄》的翻版，另補入〈眼淚的海〉、〈我的生活〉等幾篇回憶文章。

三、論述的兩型：保守與天真

蘇雪林來臺後，潛心研究屈賦，除了回憶錄與雜文外，幾乎完全捨棄文學創作，所以雖然她比琦君、張秀亞、林海音等輩分高、成名早，卻鮮少受到臺灣研究生關注。另一個原因，是蘇雪林逐漸被歸類為傳統保守的一派，陳芳明在其《臺灣新文學史》中提到她「一九三〇年代曾經嚴厲批判過魯迅的文學觀，她的發言立場幾乎是從國民黨的文藝政策出發，代表當時極端保守的論點。」這樣的立論是否公允是一回事，但把蘇雪林視為保守派，卻早已成為臺灣文壇相當普遍的認知，而這一點好像又有許多事例可做印證。

其中一個是所謂象徵詩論戰，1959 年 7 月 1 日出版的《自由青年》，蘇雪林寫了一篇題為〈文壇話舊──新詩壇象徵派創始者李金髮〉的文章，她一開頭雖指出：「在許多新詩人中，李金髮的作品算是最豐富和最迅速的一個。」但她接著引經據典，以很大的篇幅將李氏作品和法國象徵派詩人的作品進行比較，論證了李金髮深受西洋象徵派詩人們的影響，他們的作品有著共同的特點，即是觀念聯繫奇特，不固執文法的原則，隨意省略，跳過句法，不講技巧，含意模糊、朦朧、曖昧、幻覺異常，讀者難以看懂，只能去猜，且具感傷的情調，頹廢的色彩。結語更是，李金髮身為中國新詩壇象徵派的創始人，將新詩引進了牛角尖，轉了十多年仍未轉出來，而這些精靈又東渡來臺，使新詩壇走進了死胡同中。隨即覃子豪也在《自由青年》回應一篇文章〈論象徵派與中國新詩──兼致蘇雪林先生〉，

指出臺灣新詩的成就是各種主義、流派兼容並蓄的綜合性創造，非某一流派可邀功，至於李金髮個人詩作之毛病，生澀難讀，不可用以批判整個象徵派。他進而認為新詩之難懂，在本質上是發掘人類生活的奧祕，而非生活現象的浮面表現。後來蘇雪林又在《自由青年》發表〈為象徵詩體的爭論敬答覃子豪先生〉、〈致本刊編者的信〉。而覃子豪也回應以〈簡論馬拉美、徐志摩、李金髮及其他——再致蘇雪林先生〉，覃子豪先論述大師馬拉美的象徵詩極為暗示、曖昧，因而形成了象徵派的特殊文體，此種文體用以反對通俗用語，主張用暗示辭句、用語前後顛倒的句法、用比喻體、用類推法、用抽象擬人法來表達，其詩之所以難懂，正是革新了語言上的方法，創造了表現上的新法則。覃子豪可謂指出臺灣現代詩現代主義的發展方向，相較之下蘇雪林對新詩的立場就顯得保守，因此陳芳明在《臺灣新文學史》提到此事件時說：「蘇雪林批評的立場，似乎停留在五四時期白話文運動的階段，仍然刻意講求文法的紀律與意義的透明。這種保守的觀點，自然無法接受現代主義的提倡。」

另一事件則是郭良蕙的《心鎖》事件。1962 年郭良蕙《心鎖》發表後，當時許多文壇重要的作家，認為書中對情欲的描寫太過大膽，紛紛起而攻之，其中以蘇雪林與謝冰瑩兩位頗具分量的女作家批評最烈。蘇雪林撰寫〈評兩本黃色小說——《江山美人》與《心鎖》〉，批評《心鎖》是「黃色小說」，對性的描寫流於色情；另外，她認為該書鼓勵「亂倫」，破壞社會秩序。彼時臺灣文壇最具有影響力的幾個機構——中國文藝協會、中國青年寫作協會以及中國婦女寫作協會，都主動開除郭良蕙的會籍，並聯名主張應嚴厲查禁《心鎖》，這使得有關單位於 1963 年下令查禁該書。到了 1986 年，時報出版社在出版《郭良蕙作品集》，也將《心鎖》一併出版，卻遭到當局第二度查禁，直到 1988 年才由省政府新聞處發布解禁。蘇雪林在思想與道德行為的潔癖，誠如馬森教授在〈一種另類的現代文學史觀〉中提到：「由於蘇教授早年所受儒家思想的陶冶及後來天主教徒的背景，他相當強調一個作家的品格，特別有關男女之事，蘇教授尤其敏

感。」這在寫作愈來愈開放的文學領域中，難免被視為保守落後。

　　蘇雪林來臺後的許多文學事件，包括後來與劉心皇、寒爵筆戰，讓她避走南洋，都使她愈來愈封閉自己。另一方面，在文學作品的部分，也有人指出她的保守性，龍應台在〈女性自我與文化衝突——比較兩本女性自傳小說〉中，比較蘇雪林的《棘心》與蕭紅的《呼蘭河傳》，是以兩部同在五四運動掀起新文化思潮的時代背景下，面對時代變局的自傳性小說作比較。龍應台多次提到，「相形之下，蘇雪林的文化觀就相當淺薄」、「蘇雪林的文化批評明顯的欠缺深度」，最後結語更指出：「相對於蘇雪林的矛盾與保守，蕭紅的女權思想顯得激進而徹底。」

　　但也有許多人不贊成這種分析，吳達芸教授即認為這種比較不甚適當。吳教授指出，蘇雪林與蕭紅的家庭背景完全不同，蕭紅有一個不幸的童年，自小不知雙親的愛，年少即飽受凌辱，不到 20 歲她的父親就逼她嫁給軍閥的兒子，她乃逃家過著顛沛流離的生活，所以她對抗傳統家庭倫理乃理直氣壯。蘇雪林就不同，家中除了專斷的祖母外，她有一對慈和的雙親，尤其母愛深厚，父祖叔伯在她的成長與教育，也都給予極大的鼓勵與成全。在此溫暖的家庭背景下，當她被安排婚姻，反抗家庭的念頭自然充滿矛盾與衝突，「我不能為自己的幸福，而害了母親」，醒秋的天人交戰，是合宜動人的。而蘇雪林極敬仰聖女小德蘭，那憨直天真純潔了無心機，何嘗不是她自己的寫照。

　　劉乃慈〈愛的歷程〉一文也認為「《棘心》求愛的歷程少了五四文學習見的對立與反抗，唯有更多不能自已的妥協與感傷」、「在蘇雪林的筆下，現代中國知識分子複雜幽微的情感歷程於焉浮現，為五四時期的中國現代性增添多重思辨向度的另類視野。」《棘心》中相當篇幅的宗教書寫，劉教授也認為，貫穿醒秋皈依宗教的心路歷程，文本不是一般迷途羔羊的敘事模式，卻成了自我心理剖析的直白與坦率。蘇偉貞教授〈五四遺事：當愛情降臨（中國）〉則指出，就小說寫作言《棘心》雖然有不少的弱點，但「蘇雪林的有話要說，且說的誠懇流暢執著，自有不可輕忽的時代意義」。

張瑞芬教授〈棘地荊天霜雪行——論蘇雪林散文〉則如此形容蘇雪林:「那個 24 歲遠赴異邦法國求學的年輕女孩,瀏海覆眉,長百褶裙襯出她有著苗條身段。那是民國 10 年,女同學們錯落站坐在同一張照片裡,其中有比她貌美的,但她的眼中有一種英氣,叫人無法逼視。」邱各容〈不失赤子心的蘇雪林〉:「蘇教授自命為自然的孩子,喜歡以自然界為背景」、「蘇雪林教授在學術研究、文藝創作以外,還能夠永保童心。」

　　許多研究者都注意到蘇雪林保有赤子心,天真的特質。這是在作品中,亦在生活裡,吳達芸教授提到有人問蘇先生長壽之道,她回答:「隨便活」,吳教授指出「她生活簡樸無欲淡薄,人皆以為她生活刻苦,殊不知她自在喜樂,優游有餘外,還能分食野貓,接濟親族,豈不是全然交託,天機自然的孩童性格?」正因為淡泊自在,蘇雪林晚年藏休息遊,更見天真自然本性。

四、結語

　　蘇雪林在五四時期,她反共、反魯,是一位對抗大巨人的小女孩,充滿勇氣,雖受苦難卻天真自然。李奭學說她在此時期有「學敵症候群」,除了個性以外,也是因為她四面楚歌,此時的蘇雪林雖然弱小危懼,卻激勵人心。渡海來臺後,她反對當時的象徵主義風潮,她反對色情文學,成為文壇上所謂的「保守」人士。天真的少女與保守的老人,是同一位蘇雪林,還是兩種不同的心態? 在《浮生九四——雪林回憶錄》提到,蘇家祖母為了彌補自己纏腳不夠小的遺憾,又覺得這個小孫女的心太野,便在蘇雪林四歲時,親自將她的腳「日也纏,夜也纏」,直纏到她滿意的大小,卻令蘇雪林認為:「可使我成為『形殘』,終身不能抬頭做人了。」然而她並未受小腳困限,她離家求學,留法學畫,一生都在時代尖端,稱得上新時代的知識青年,即使晚年研究屈賦神話,亦跳出傳統的規範,歸諸「域外文化」,這都可見她的天真率直,一往無前。而她的天真,可說是因她視域專注,不隨時俗,當中國開始走向社會主義的潮流時,她不隨波。當魯迅

已成中國文壇祭酒時，她因為師友受魯迅羞辱而義憤填膺，誓死對抗，這是她的天真，也是她的保守。來到臺灣後，當 1960 年代興起引進現代主義思潮，她雖然留學法國，卻反對現代詩步入象徵主義的晦澀，社會在逐漸開放的過程，她卻堅決反對情色的描寫，這是她的保守，也是她的天真。天真與保守，似乎是她一體的兩面，吳姍姍在〈自然・宗教・生命──蘇雪林的記遊文〉說：「她以自然、宗教、生命融合的無意識──愛，讓她得以在一生中，因環境關係始終與人筆戰的煙霧外昇華成另一種情愫，此情愫支持蘇雪林一生面對生命時的堅強力量與永保童心。」吳姍姍以超過十六年的時間浸淫、整理蘇雪林資料，堪稱蘇雪林的知音。最近幾年，大陸年輕一輩研究生關注蘇雪林，當然因為蘇雪林觸動了某些人的內心，「財團法人蘇雪林教授學術文化基金會」花了不少經費，蒐集、整理、出版許多蘇雪林的資料，希望臺灣的年輕學子，不只停留在蘇雪林曾有的「保守」事蹟，也能在其著作中看出照亮人心、動人的精神內涵。

輯四◎
重要評論文章選刊

卅年寫作生活的回憶

◎蘇雪林

　　若問我什麼時候開始寫作，真有一部十七史不知從何說起之感。倘使不算文白韻散，把歷史追溯得早一點，則第一部日記，可算是開筆，也可算是我踏上寫作生涯的第一步。

　　因為自己的記性最壞，便是別人記得比較明晰的兒時事蹟，我也模糊不清。若問我這部日記是什麼時候開始寫的，實不能做確實的答覆。大約不是 11 歲半，便是 12 歲，季節則比較記得清楚，大約是氣候清和的四五月之交。

　　七八歲時，在家塾從一不通老秀才讀了約兩年的書，夾生帶熟，認得千餘字。自己便來看小說，由《說唐》、《說岳全傳》看到《西遊記》、《封神》，又看到幾部文言的筆記小說和《聊齋志異》，已懂得相當的文理，後來又看了六七部清末民初風行一時的林譯小說。小小心靈，陶醉於那哀感頑豔的文藝趣味裡，居然發生了一股子阻遏不住的創作衝動；又居然大膽地想嘗試寫作起來。記得那時在祖父錢塘縣署中，我和大姊共一寢室，兩張床背靠背設在房子正中，天然把房子隔成兩下，我的床在後，房中比較幽靜的部分歸我占領。靠北牆有一小桌，牆上有一橫形小窗，窗外有兩株梧桐樹，南風吹來的新綠，把滿室都映得碧澄澄的。我私自訂了一本竹紙的簿子，每天用之乎也者的文言，寫一兩段日記，所記無非是家庭瑣碎生活和一些幼稚可笑的感想。大部分則是幾隻心愛小貓的起居注。文筆倒流麗清新，雋永有味，模仿蒲留仙和林琴南的調調兒，頗能逼肖。寫了幾個月，居然積成厚厚的一冊，後因嗔人偷看，自己一把撕掉，燒了，以後也

就沒有再寫。

自民國 16 年起，我又開始作日記，直到於今，並未間斷。這卻是實用性質，半毫文藝意味也沒有，蓋天公給了我一個相當過得去的悟性，卻吝嗇我的記性，事情過兩三天，腦子裡所銘刻的印象便開始漫漶，十天半月，更忘得蹤影都無，不得不以此為補救之策。每日所記不過是幾句刻板文章，脫句錯字，到處可指，我常喚日記為我私人的檔案，生前以備偶然檢查之用，最後則擬一概付之丙丁，是以並不願用心來寫，想到幼時的那一部，雖然思想淺薄，卻盡有些可誦的文章。況且其中又蘊藏著我無數快樂無憂的歲月，透露著我天真爛漫的童心，充溢著我荒唐浪漫、奇趣橫生的幻想。流光迅速，這部日記毀滅多年，我的最嬌嫩的青春也早已消失無餘了，但有時偶然想起它來，我這乾枯已久的心靈，常會開出一二朵溫馨的花；我的靈魂，彷彿被當年北窗下桐葉搧來的和風，輕輕送到那個罩在粉霞色朦朧薄霧下的天地裡去。

我的第一部日記可算是小品散文，第一篇小說則係 17 歲的那年，以故鄉一個童養媳故事為題材的短篇。文章體裁仍然是我深受影響的林譯體。前一年，我已寫過一篇三四百字長的五言古詩，題為「姑惡行」，現則又取其事衍為小說。

自己原是個整天笑嘻嘻，憨不知愁的女孩子，不知為什麼，偏偏不工歡愉之詞，而善作愁苦之語。抓住了這個悲劇性的題目，用那古色古香的文言寫出，卻也寫得辛酸刻骨，悲風滿紙，唸給家裡人聽，賺了那些婆婆奶奶無數眼淚鼻涕。幸而沒有漏到那做婆的母老虎耳朵裡去，否則我定要挨她一場毒打。民國 8 年秋，升學北京高等女子師範，學校有印行年刊之舉，我將此文略加改削投去，蒙錄取刊出。同班好友馮沅君歡喜駢四儷六，妃白儷青的六朝美文，見我學韓柳體，常不以為然。我遂戲自命為「桐城謬種」，而喚她為「選學遺孽」。沅君讀了我這篇小說，又表示不大佩服，寄了一本年刊給她正在美國讀書的哥哥馮芝生，順便提及她對我作品的意見。不意她令兄覆信，對我竟大加讚美，說我富有文學天才，將來

定有成為作家的希望。這位寫《中國哲學史》那種精湛著作；抗戰時期，又曾寫過《貞元六書》的馮芝生先生，原係我平生所崇敬的學者之一。每憶起他對我的案語，輒不禁竊竊自喜，自認果然算一作家。但若干年以來，我雖寫了一堆爛文章，出版過十幾種單行本，純粹文藝作品實著墨無多，在文壇始終居於打雜地位。而馮芝生呢，以一個帝王師自命的人，竟不惜向秧歌王朝靠攏，屢次自己痛打嘴巴，宣言過去見解一概錯誤，要根據馬列主義，唯物史觀，將《中國哲學史》重新寫過；至於《貞元六書》則已早成覆瓿之物，無須提起。可見這個先生的眼力本不高明，他那時一定將我估量錯了，我也應該把他那份好評語，原封不動，璧還他才是。

升學北京後，才和文言脫離關係，練習用白話寫作。不久赴法留學，停筆數年。民國 16 年才又開始寫作，發表兩三本書，便在文壇取得了一個小小地位。

我雖不敢再以作家自命，30 年來這支筆卻也從未放下，講到寫作經驗多少總有一點，不過我該預先聲明，那都是我個人的罷了。一個人的寫作生活也和我們普通生活一般，有生來自幼至老，一帆風順的；也有終身棘地荊天，過不著一天好日子的。在文章上說來，便是文思的遲速，工作的難易，此乃與生俱來，非人力所能勉強。中外文學史對此兩方面故事頗多，不必絮敘。人家見我寫作頗勤，誤認為我文思相當快，其實不然，假如一天不做別事，單坐著寫文章，也不過二三千字。五六千則在精力最充沛，興致最盛旺的時候才有，一生也遇不見幾次，古人所謂文不加點，下筆千言，伏盾可書，倚馬可待，近代作家沈從文、徐訏等為文不必起稿，所以敢把自己寫得很清楚的原稿，印做書的封面；鄭✕✕經常日寫萬言，怪不得他那麼多產。我對於這類作家每羨慕不置，只恨自己學他們不來。

寫作生活中所遭遇的困難，好像人生境遇暫時的順逆，和那註定了永不改變的命運不同。我最怕的是日久不寫文字，腦筋像多年不洗擦上油的鐘錶，長滿了鏽，忽然碰著非擔承不可的文徭，也只有強打精神來寫。那腦子裡的機軸既開不動，拚命上緊發條，更著力搖撼，它還是如如不動，

或滴答滴答走兩步又停住了。這時候做文章簡直是一椿莫大的苦趣，本來想把一句話說圓，它偏長出四個稜角；本來是一個極易表現的意思，卻像沉在百尺井底東西，千方百計釣它不上。甚至想覓一個適當的字眼，也要費上許多苦吟詩人推敲的工夫，運用一個易見的詞彙，非翻字典，查辭書，難得放心。一篇兩三千餘字的文章竟要兩三日的功夫才能寫出，而且文理還欠條暢，氣機亦不蓬勃。幸而第一道難關打破後，腦裡的鏽擦去不少，機軸可以開動，第二道便容易得多了。少年時攻難關僅須幾小時，中年半日一天，現在則需幾天。最苦者，停筆若干時，腦鏽又生，繼續奮鬥，身體受不了，常鉤起舊病。

個人第二作文的障礙是失眠。一夜沒睡熟，第二天頭昏腦脹，渾身不得勁兒，日常事都懶得去做，何況這種絞腦汁的工作？偏偏我的神經素來衰弱，因衰弱而過敏，失眠也就成了良朋密友，時來與我周旋。至若身上有什麼病痛，譬如體內某器官發炎了，或某肢體作痛作癢了，都會影響文思，勉強寫了，也都是些應該打發去字紙簍的東西。

上述兩個障礙，其一可以克服，其一也幸非日日有，但我還有個最大的仇敵，見了他除遞降書，別無他法。這個仇敵便是教書。西洋作家曾說藝術是個最妒忌的太太，非專心伺候不能得她的歡心。我以為這個譬喻很確當，並承認自己情形確是如此。我是一個以教書為職業的人，自小學教到大學。在大學我所擔任的功課，少則七八小時，多則十二三小時。初教的兩三年，預備材料，編纂講義，相當忙碌，以後，則僅須開開留聲機器便可應付。無奈我那位歡喜喫醋的藝術太太和這寥寥幾點鐘的功課也不肯相容，定要實行伊邢避面。任你低聲下氣，百般懇禱，她只是不肯出來。我教書已歷二十餘年，或者有人要問我，過去那一大堆爛文章，和十幾種單行本，不是這二十餘年裡的收穫麼？是的，但你們應該知道這都是利用假期寫的，假如把這教書的二十多年完全讓給寫作，我想至少會寫出兩三倍作品來呢。這次來臺灣，朋友知我有此病，勸我專以賣文為生，不必再做教書匠。但一個作家能以寫作維持生活，在中國恐尚屬史無前例之事；

何況我並非什麼大文豪；更何況夕陽雖好，已近黃昏，寫作精力只有一年差似一年，何敢冒此危險？

我個人的文思，不但是個善妒的太太，而且還是位極驕貴的公主。她有時故意同你鬧起彆扭來，簡直教你喫不消。關於這，我曾在另一篇文字裡詳敘過，現且帶過，以免重複。

一個人的夫人若是個國色天香人物，則受其折磨，亦在所甘心，但我的文藝太太，姿首其實平常，架子偏這麼大，脾氣又這麼難於應付，「燕婉之求，得此夜叉」，真所謂命也命也，尚復有何話可說，咳！

每個作家寫文章，都有其特殊的習慣，習慣有好有壞，我則壞的方面多。寫作該有個適當的環境，和得心應手的工具，所謂「窗明几淨，筆精墨良」可說是最低限度的條件。我因有眼神經衰弱症，光線過強過弱，都不能適應。像臺灣這種遲明早晏的地方，上午八至九的一點鐘，下午六時以後我都看不見寫作。況且我自幼至今，晚餐一下肚，便不敢提筆，否則定然通宵失眠；這樣子，寫作時間當然很有限了。我理想的書齋是一間朝南的大屋，前面鑲著大玻璃窗，掛著淺綠色或白色的窗幃，早起見了那喜洋洋的日光映在幃上，滿室通明，我的精神自然振作起來，文思也比較來得流暢。焦黃粗糙的紙張和軟軟的羊毫或強頭倔腦的狼毫，每會擦痛我的神經末梢，勒回我的文思。甚至替學生改作文，見了太粗糙的練習簿子和太潦草的字跡，也會起惹一腔煩惱，想撩開一邊，永遠不替他改。

我是不受拘束，隨便慣了的人，寫文章習慣不愛用格子紙。格子小而行列密還可將就，格大而行疏，我的思想有如單駝旅客行於茫茫無際的沙漠之中，迷失了正確的路線。所以我寫文一向用白紙，行款相當擁擠，天地頭又不肯多留，想改竄文字，每苦沒有地位。在巴黎二年，替人寫稿博生活費，法國航空郵資貴而信紙則厚者多。一封航空信只容 16 開信箋一張半（香港帶去的信紙則可容二張），我用蠅頭小楷謄繕，每紙可寫千餘字。現雖已返祖國，這積久養成的習慣一時還改不過來。希望將來能將字跡放大，再採用格紙，不然，常惹編輯先生皺眉，校對員和手民咒罵，是很不

好意思的。

　　或者又有人要問，你的文章產生既這麼艱難，又不等著稿費買米下鍋，為什麼還要寫？寫得還相當勤？這又應該歸咎於我那天生的弱點了。自從在文壇上出了虛名以後，常有報章雜誌的編輯先生來徵求稿件。我臉皮子最薄，擱不住人家一求，非應付了去於心不安。除了講演之約，我尚可咬定牙關，死不答應以外──因為平生最怕的便是這件事──文稿差不多是「有求必應」。我的朋友袁蘭紫平生寫作惜墨如金，不但對編輯先生再三寫來的信置之不理，即使他們上門拜訪，在客廳裡坐上幾個鐘頭，也輕易得不到她一個「肯」字。她常苦勸我早早將打雜生涯收起，寫幾部精心結構，可以傳世的書。第一莫再做「濫好人」討好編輯先生，而誤了自己。她這話未嘗不是，但各人天性不同，我就學不到她那副鐵面冰心的榜樣，又將奈何！

　　再者，文章之為物，確也有幾分神祕，它雖然從你腦中產出，卻並不像那庋在架上，藏在櫥裡的東西，你想應用時，一撈便到手的；它卻像那潛伏地底的煤炭，要你流汗滴血，一鏟子一鏟子挖掘，才肯出來。沒有開掘前，煤層蘊量有多少，質地如何，你都不能預先知道，甚至第一鏟挖出的是煤，第二鏟是什麼，你還是糊塗的哩！也許是泥沙、狗屎，也許是燦爛的黃金，或晶瑩照眼的金剛鑽，全靠你的運氣！你若永遠袖著手，也就永遠沒有東西可得了。一個人除少時創作欲非常強烈，需要自然發洩外；中年忙於室家之累，沒有寫作的心情；老年寫文，有如老牛耕田，苦不堪言，誰愛幹這樣的傻事，不是人家催逼，我們還有文章寫嗎？

　　不過話還得說回來，打雜生涯，究無意義，我在這生涯上所濫費的光陰實已太多了，以後想集中精力，做點子心愛的學術研究。「殺君馬者道旁兒」，希望各報各刊的編輯先生，體念此言，從此不再利用我的弱點來包圍我，我便感謝不盡了。

　　寫文章像用錢，有支出無收入，高積如山的財產，也有用完的日子。我們想寫作內容充實，應該讀兩種書，第一種是有字的，各圖書館和大書

店到處都有。做個文學家並非能運用幾個風花雪月的字眼，或喊幾聲妹妹哥哥便可以了事的，頂要緊的是有豐富的常識，所以讀書不可不博。不但與文學有關係的書該讀，便是沒有關係的書也該讀。不過對於書中材料，做螞蟻工作不夠，還該做蜜蜂工作。否則食而不化，縱然胸羅萬卷，也不過是個兩腳書櫥而已。第二是無字的，要你自己在人情上體會，世故上觀察，企圖成功為寫實作家者，此事尤不可忽略。女性作家宜於寫清新雋永的散文，或幽窈空靈的小詩，大部頭結構複雜，描寫深刻的社會小說，則少見能者。所以密息爾（Margaret Munnerlyn Mitchell）的《飄》（Gone with the Wind），凱絲鈴‧溫莎（Kathleen Winsor）的《永恆的琥珀》（Forever Amber），無論批評家有何歧異的意見，本人則甚為欽佩，認為難能可貴。我本來無意為小說家，更缺乏禹鼎鑄奸，溫嶠燃犀的手段，能將社會各階層牛鬼蛇神的面目，一一刻畫出來。為善用其短計，要寫小說，只有寫歷史和神話小說。過去對此也曾略有嘗試，惜寫作嗜好太雜，沒有弄出多大成績，將來倘機會許可，我還打算再來一下呢。

　　如前文所敘，倘將影響我寫作的愛讀書範圍也推廣一點，不論文白韻散，則說話便容易多了。幼時愛讀《聊齋志異》和林琴南早日所譯的十幾部小說，這是我的國文老師，它瀹通了我的文理，奠定了我寫作的基礎，它的恩惠，值得我感念終身。又有一部商務出版文言譯的《天方夜譚》，文筆雅雋道鍊，實在林譯之上，我也得過它的好處。所謂四大奇書也者那四部章回小說，中國智識分子誰沒讀過？不敢相欺，我因讀書快又有喜讀已讀書的習慣，自幼至今，每部至少讀過六七遍或十餘遍了。幼時愛《西遊記》、《三國演義》，長大愛《紅樓夢》、《水滸傳》，於今則連我國人最崇拜的《紅樓夢》，也頗不滿意，認為算不得全德小說。不過我的白話文的根柢，乃此四書培養而成，不能否認。我現在歡喜讀的一部長篇章回小說，乃是蒲留仙的《醒世姻緣傳》，此書當然也有其缺點，譬如那些迂腐可笑的因果報應，那些堆垛重累的描寫，那些誇張過度的點染，也著實有些討嫌；但其刻畫個性，入木三分，模擬口吻，如聆聲欬；尤其在那個時代，

作者敢於採取自己家鄉的土白來作書中大小人物的談吐，使得他們的影子，永遠活動在我們眼簾前，他們說話的聲氣，永遠響在我們耳鼓裡，所以這小說實是百分之百的活文學，也是中國第一部寫實的社會小說。時代儘管變遷，它的價值是永遠不朽的了。我雖不善寫實，又未嘗試為長篇，對於此書讀雖愛讀，受影響實談不上，但過去幾篇歷史小說實由第一次讀此書後創作慾大受刺激而連續產生的，〈蟬蛻〉那一篇影響更較為明顯。舊式短篇白話小說，我覺得《今古奇觀》究竟不錯，可說「老幼咸宜，雅俗共賞」，蓋幼時讀它是一層境界，長大後讀又是一種境界。俗人讀僅知故事有趣，雅人讀則知其中有許多篇文學價值頗高，值得欣賞。

詩歌方面，自少時所讀《唐詩三百首》及少許選讀漢魏古詩不計外，15、16 歲時，父親買了一部木版《小倉山房詩集》給我。這部詩集有點註解，雖不大詳細，但少年人腦力靈敏，善於吸收，看完後胸中平空添了許多典故，並知道活用的方法；以後又得到一部《杜詩鏡銓》，所知典故更多；以後，又自己抄讀了不少李太白、李長吉、白香山、韓昌黎、蘇東坡、陸放翁、高青邱、王漁洋、邵青門等人的作品，不唯從此會作各體詩歌；詞彙，辭藻，亦收羅了無數，讓我在各種寫作上應用不匱。現雖十忘七八，但寫作時尚沒有捉襟露肘的地步，不得不感謝我自己以前所用那番工夫。

外國作品，我愛荷馬（Homer）的《伊里亞德》（*The Iliad*）、《奧德賽》（*The Odyssey*）那兩部史詩，全部希臘神話——包括後人改作改編的在內，及巴比倫、埃及、印度、猶太、波斯及其他各民族的神話和傳說故事。歐洲 19 世紀象徵主義和唯美的作品我均愛讀，並深受其影響。自然主義的作品，我始終愛那位短篇小說之王莫泊桑（Henri René Albert Guy de Maupassant）的。曹拉（Émile François Zola）雖為自然主義的鉅子，他的作品我實不會欣賞。覺得巴黎萬神廟收葬曹拉遺骸，道路亦有以曹拉名者，而獨不及莫泊桑，實有欠公道。大概因他那支筆太尖利，剜人瘡疤太厲害，惹了多數人的憎恨之故吧。

　　總之，上述喜讀之書，或多、或少、或直接、或間接、或明顯、或隱約、或自己清楚覺得，或完全出於無意，對於我的寫作生活均有幫助。老實說，一個作家，也絕不是上述寥寥幾種書便影響得他了的。他該一面寫，一面收集資料，細大不捐，兼收並蓄，取精多，用物宏，寫時自有左右逢源之樂。若叫他呆板地舉出幾部喜讀而又深受影響的書來，他只有大睜兩眼，對你望望罷了。頂多也不過像我今天應編輯先生之命，胡謅幾句交卷，有什麼意思呢！

　　　　　　　　　　　　　　——民國 41 年作，原載《讀書》半月刊

　　　　　　　　　　　　——選自蘇雪林《我的生活》
　　　　　　　　　　　　臺北：傳記文學出版社，1969 年 12 月

我幼小時的宗教環境

◎蘇雪林

　　我既誕生於中國一個舊式家庭，出世時代不幸又早了一點，我所處的環境是極其閉塞固陋的，所呼吸的空氣也是一種發了霉的空氣。在本文裡，我要談談自己的宗教思想，從幼年時代一直談到留學法國時為止。

　　中國是個宗法社會，法天敬祖好像是讀書人的唯一宗教。但普通人民是不能祭天的，儘管民間供著「天地君親師」的牌位，他們心目中的天，是經書裡的「上帝」？抑是世俗所傳的「玉皇大帝」？抑或是民間的什麼「天老爺」？都是不易分析清楚的。至於祖宗則每家都有，法律既不禁止你奉祀，傳統習慣還要多方鼓勵你奉祀，所以我國讀書人的宗教虔誠便都集中於敬祖這件事上了。我家庭也算是個讀書人的家庭，自然不能例外。

　　在我故鄉那個地名「嶺下」的鄉村，蘇姓族人聚族而居，已歷數百年。村中有一座祖宗祠堂，建築之壯麗為全村之冠，祠中供奉著蘇氏歷代祖宗的牌位，每年冬至前夕為闔族祭祖之日，牲醴極其豐盛，直到元宵過後，祭禮始告完畢。宗祠不唯是宗教中心，也算是政治中心，族中人若犯了罪須送官懲治者，為省事起見，開祠堂裁判，治以家法。由族中長老當主席，闔族長幼參加，加以誠責，甚或痛鞭一頓，受之者均不得有怨言。在嶺下那個鄉村裡，祖宗的威靈有時似乎還在「天老爺」、「佛菩薩」之上，生災患病，祈禱祖宗賜以安寧，求財謀祿，懇求祖宗保祐順利，祖宗的神靈永遠在子孫頭頂上迴翔著，看顧著，保護著。

　　我的祖父在外做官，不能每年回鄉祭祖，只好把一部祖宗系牒，裝在一具楠木櫃裡，連櫃供於後堂，每天上一炷香致敬。到了臘底，正廳懸燈

結綵，鋪設香案地氈，煥然一新，四壁掛的都是祖父頭頂上十幾代的祖宗遺像。大多數是滿清衣冠，但有幾幅則竟是明朝的服飾。臘月廿四、除夕、上七、元宵，各辦盛筵一席供奉，平時則香茶清酒及素果而已。孩子們在紅氍氈上打滾玩耍，看著那滿壁琳瑯的畫像，覺得非常有趣。再由大人們指著畫像解說：那位祖宗小時候讀書如何勤奮，得過什麼功名；那位祖宗做官如何清廉，受過皇上的褒獎；那位祖宗餓死於長毛之亂；那位祖宗於灰燼之餘，一頂斗笠，一條扁擔，重興創立家業……孩子們既知自己身體從何而來，半明半昧的腦筋，不覺產生「源遠流長」的自負之感，並且也能由此獲得許多「做人之道」的寶貴啟示。所以敬祖雖是中國宗法社會的特產，對於中國民族繩繩繼繼永久延續的力量，也有莫大的維護之功。

除了祖宗之外，我們家庭所奉的正式宗教，當然是佛教了。

記得我祖母供著一尊江西景德鎮燒製的觀音大士像，每日早晚，上香三支。祖母事忙，便打發我姊妹代上。祖母不識字，想學唸心經，叫我到家塾老師處學了來，一句一句轉授給她。什麼「三藐三菩提」，什麼「色即是空，空即是色」，祖母還未學得上口，我卻唸得滾瓜爛熟了。

不過，我們中國人的宗教觀念究竟不如歐美人的嚴肅，我家信仰的除了「祖宗教」是出於至誠，此外則為多神教。我的父親和二叔少年時代從事舉業，曾在文昌帝君和魁星前熱心叩拜，祈求功名的順利。但儘管他們這樣虔誠祀奉，他們的功名也只限於「進學」為止。在我很小的時候，父親和二叔已把那些什麼闈墨一類的書籍拋得遠遠，花錢捐了官了。所以他們拜文昌魁星的事，僅由母親口中偶然提起，我並沒有親眼看見。三叔父無意科名，只想發財，房裡供著一尊小小玄壇像，也不知道他是那裡弄來的，只有六七寸高，金盔金甲，跨猛虎，執鋼鞭，我覺得它像玩具，很是歡喜。嬸娘們有的奉送子娘娘，有的祀斗母，甚至什麼花神，什麼狐仙，也都是我們女眷們崇奉的對象。記得祖父╳╳縣署裡有一株紫藤，樹幹粗如人腰，盤旋裊繞，宛如游龍。樹陰遮蔽得幾間屋子，花時一片紫色霞

光，把整個院子映得像落過一場大雪，亮得人眼睛發花。據說此樹已有數百年的生命，從前曾顯過靈應，已成神了。樹下有一小廟，即為奉祀花神之所。我幼時頑皮好弄，有如男孩，一日，爬上這株紫藤，抓著樹枝懸空搖幌打鞦韆，歸來即頭痛發熱。家人說觸犯花神，備香紙叩拜謝罪。以後便有位嬭娘，選擇此花為崇祀的對象，每逢初一十五，總要買些香紙，叫女僕去代她敬神。縣署的屋宇總有相當的廣闊，空下的房間頗多。舊式建築，頗多大屋高樓，深邃幽暗，鬼氣森然，夜深人靜，常聽見各種聲響，便以為是借居的狐仙在那裡活動了。所以縣署的後堂深處，常供著一隻香案，陳設些香燭之類，中間是一個紙做的牌位，上寫「某某大仙之位」字樣，朔望供燒酒一杯，煮熟雞蛋一個，我姊妹少時都經常在狐仙牌位前叩過頭。

　　生長於這種環境裡，我的宗教思想當然也是一團糟的。記得當自己七歲時，嬭娘們手中忽然傳玩著一部《玉歷傳鈔》。這是一部有文有圖的善書，圖畫對於孩子們總是莫大的誘惑，這書裡木刻粗拙的圖畫，都是十殿閻羅，地獄變相之類，我一面駭怕，一面又貪看，無條件也接受那些庸俗的「福善禍淫」的思想和那些荒謬可笑的宗教信仰。那時我的四叔在一群男孩子裡面是最聰明也最驕傲的一個，他讀了點當時流行的灌輸新知識的書籍，凡宗教之事，他都一概視為迷信。有一回，他見我坐在一株大樹下，津津有味地在看玩著《玉歷傳鈔》的畫圖，他鼻子裡哼了一聲說道：

　　「沒出息，看這種不相干的書！」

　　「四叔，聽見說你是不信天堂地獄的，這本書你倒應該看看。你看善人死後過金橋銀橋，惡人死後落地獄，一個是多麼可羨，一個是多麼可怕，……哎，可怕極了，你看這刀山，這油鍋……。」我說。

　　「什麼是天堂，什麼是地獄，我把這勞什子的書丟進毛坑，看有沒有天雷來劈我！」四叔氣憤憤地嚷著，一面將我手中的《玉歷傳鈔》搶去，用力向地下一捧。

　　我聽見四叔所說的狂悖的話，看見他狂悖的舉動，大驚失色，想青天

定會響起個霹靂，劈死他了，趕緊抱頭鼠竄地鑽進了屋子，但過了一會，天空仍然靜靜的，並不聽見雷響。我又想到二嬸娘口中常唸的「善有善報，惡有惡報，若是不報，只是時辰未到」，我的四叔將來是免不了要下地獄的，我心裡非常替他悲痛。那天祖母叫我代向觀音瓷像上香，我奉香拜揖如儀之外，又加磕了三個頭，默默地禱告道：

「大慈大悲的觀世音菩薩，求你向閻羅大王面前說個情，饒了我的四叔吧，他是個極聰明的人，會畫畫兒，常畫鳥雀，畫小貓，畫馬給我，罰他下地獄，太可惜呀！」

至於那時所謂外國宗教，無非是基督教、天主教之類。大約因為天主教傳入我國較早，我們對它的印象較深，所以馬丁路德改革後的基督教，我們也視之為天主教。洪秀全起革命軍，以上帝教為號召。這雖然是個非驢非馬的宗教，實際上則以基督教為根柢，但一般史家論到太平天國，總說洪以天主教愚民云云。我幼時聽人談「長毛」故事，也如此說。身經洪楊之亂的人沒有一個不恨長毛，因此也恨天主教。義和團之亂為仇教而起，所仇對象仍是天主教。拳亂雖被八國聯軍的巨艦大砲壓制下去，民間的感情仍未融洽，關於天主教的許多謠言，仍在民間流行。什麼天主教士挖人心肝去點他金銀啦，什麼挖人眼睛去做攝影材料啦，從廚子女僕一類下人口中繪聲繪影地描畫著，把我姊妹嚇得毛骨悚然，以為天主教徒簡直是魔鬼的集團，義和團去除滅他們，不但無罪，而且是該而又該。

辛亥革命以後，祖父率領全家住在上海做寓公，我才有機會和天主教正式接觸。那時有個親戚家的女孩子在徐家匯啟明女校肄業。大約是已領洗為教友了，常對我姊妹宣傳天主教的好處，我們雖似懂非懂，但也跟她到徐家匯玩過一兩趟。

那座遠東第一的徐匯大堂壯麗的規模，給我心靈震撼之大是無法描繪的。我入世以來，第一次看見這樣偉大的建築，竟懷疑它是天生成的一座摩天巨嶺。那一雙峨特式青石尖塔刺入澄藍萬里的青天，恰有幾簇飛雲，傍塔移過，我恍然覺得那座大堂在那裡不住奔馳，懷疑它將崩坍，壓碎了

自己，只想抱著頭跑開。我的女友將我牢牢扯定，笑對我說：聖堂沒有腳，怎會動，這不過是你眼睛眩花的結果罷了。我定了一會神以後，再仰頭觀看，聖堂果然屹立著並沒有動。自愧鄉氣，也不覺為之啞然。

女友攜著我，步入堂的內部，兩邊繪著宗教畫的晶窗，映著陽光，暈著虹霓的光彩，但堂內光線仍甚幽黯，除了一排排的長橙，寂然不見一人，寂靜得令人連呼吸都不敢。我幼小時也常和大人們到神廟佛寺去觀光隨喜，總覺得那些地方，充滿了恐怖和神祕。這座徐匯聖堂，神祕的情調雖富，恐怖則完全給排除了，代之的卻是一種溫暖和柔之感。那堂的最後部立著祭壇，鋪著一襲毛氈，欄杆圍繞，我知道這是最神聖的地點，普通人不能隨便跨越的，便立在欄杆外邊，向祭壇窺探。只見那壇上鋪著鏤空細織的白色幃子，陳列金色煥然的燭臺，臺上是成行的白蠟。更有成堆成簇的鮮花，擁抱著一座神龕形式的櫃子。女友告訴我，這是聖體櫃，至尊至聖的天主便安居在裡面。我這時候思想也已有相當之新，不信世間有什麼鬼神的存在了。但我的心靈被這一種莊嚴的氣氛所壓迫，素來嘻嘻哈哈的我，在這壇前，也不由得屏聲靜氣，肅然起敬，按著革命後最流行的禮節，對聖櫃深深鞠了三躬，然後轉身過去。

堂中也有許多神像。女友告訴我，那身穿大紅袍，胸前露著一顆紅心，心上圍著一圈荊棘的是耶穌基督。他曾以這形像顯現給某一個聖女看，所以現在天主教有耶穌聖心的敬禮。那手中抱著一個嬰兒的美婦人，我問是不是送子觀音？女友笑了，她說觀音怎麼會供到天主堂裡來，這是聖母瑪利亞，懷中抱著的便是小耶穌。還有幾個什麼聖人，她當時雖一一給我介紹，無奈不是天主教徒的我，聽過以後，也就忘了。

不過那些聖像，製作都極精工，線條柔美，五官四肢比例準確，像是活的人一般，而活人則永遠沒有這麼美。那時我雖尚不知有所謂造形之學，可是也有天然的美感，覺得人物像無論雕塑也好，繪畫也好，出之中國人之手的只是些畸形，西洋的才算正常的人。那些神像的面貌又都是藹然可親，穆然可敬，不像我幼小時在東嶽廟，城隍廟所見的那些青臉獠

牙,奇形怪狀的神像之令人驚怖。這又是令我對天主教發生好感之一端。

女友又帶我到聖堂對面的啟明女校,會見了校長某姆姆及其他一些修女。校長姆姆只能說幾句上海話,但和氣異常,她叫我的女友翻譯,想我也到啟明讀書,又帶我到小經堂、教室、校園各處轉了一遍。臨別時,還抱著我在我面頰上親了一吻,再三請我再來啟明玩耍。

我看了那些可愛的事物,接觸那些可愛的人,心裡很快樂,對我那女友說:

「喔!我今天才知道天主教並不是剖人心肝和挖人眼睛的宗教,卻是世間一個最嚴肅,最美麗的宗教,我將來不信宗教便罷,要信便要信你的天主教。」

我祖父在上海住了頭尾三年,以經濟關係再不能住下去了,於是分作兩批,祖父先回到故鄉布置,祖母帶著我母親和我妹妹到安慶省城,等祖父布置妥貼再回去。我們暫時借居於一位在安慶開磚瓦行的族祖家裡。這位族祖原來是個天主教友,他的正廳布置成一個聖堂。我又看見了久違的耶穌聖心和瑪利亞聖像了。不過那都是木刻著色的畫軸,相當粗劣,燭臺花瓶之類,也不能起人美感。族祖本是一個文化水準不高的商人,這也難怪他。

那族祖的辦事室裡卻有一大疊上海徐家匯出版的《聖心報》,我是個見不得書的人,見了便要擒抓過來,生吞活剝吃到肚裡去的。不多幾時,我把那一大疊聖教雜誌都翻遍了。前面都是些教宗通諭和什麼樞機,什麼主教的演講,以我那時的教育程度而論,當然不甚了解。我所感興趣的是聖人們的傳記,或各地教友們寫給神長的話。這些信的內容大都有關靈跡的報告,譬如因祈求聖母或某某聖人而重病獲愈,失物復得之類,求本堂神父給他們證明。飽讀神仙魔怪的小說,和花妖木魁筆記的我,對於此類事件,實覺平淡無奇,但那時《聖心報》稱教宗為「教皇」,人家稱他「陛下」,他自稱「朕」,那些教友對神長,男的自稱為「僕」,女的自稱為「婢」,稱「僕」倒沒有什麼,我國智識階級對朋友本多以「僕」自稱的;

自稱為「婢」，卻引起我莫大的反感。從此我又討厭天主教起來。因為革命以後，見了君主時代那些特殊稱呼，實在不順眼。而且凡屬人類，一律平等，奴婢這類字眼也該早取消了。一直到我領洗為天主教友以後，我還是不樂以教皇稱教宗。記得民國 20 年間，有位教友學者徐先生為東北淪陷於日人之手，代教友寫上教宗書請求他主持正義，該書居然大用前清時代臣工上皇帝奏摺的款式，什麼「仰祈聖鑑事」什麼「謹奏」，曾惹許多教友的抗議，教宗是天主代位，我們對他再恭敬些也該，不過我們又何必定要強共和人民以專制君主對他呢？所以我們宣傳教義和學說，一定要考慮當時時代的風氣，不可太刺傷知識分子的情感。雷鳴遠神父之所以高人一等者，便是他懂得中國知識分子的心理，敢於躬冒大不韙，為中國教友奮鬥，讓他們擺脫所受的無理屈辱。

　　現在請再把話說回來。我幼時雖頗迷信佛教和多神教，但後來我進了學校，我的頭腦又開明起來了，經過五四運動，不但腦子裡《玉歷傳鈔》那一類影像，化為烏有，比較高等的佛教、回教、基督教，也認為不值一顧。我說這些宗教雖不能以迷信目之，但也不過是民智未開時代的需要品，時代進化，這些東西便該拋入垃圾箱了。我也曾讀過康南海的《大同書》，對於這個思想突過幾世紀的革新家的頭腦，極為佩服。但該書某一章曾說世界進化，人們對於生活滿足達於極點，更無他求，便要講究長生久視之術。那時燒丹煉汞之事又將大盛云云。南海所謂丹汞，或者不過是一種醫藥的代辭，我卻詫異不已，覺得他的說法太荒謬。《大同書》在〈老人院〉一章裡又說，老人生活宜絕對自由，老人厭倦紛華，耽好清靜，假如他們願與方外往來，或攜僧同住，也應聽之。我又奇怪起來了。大同時代，還有方外之人，和尚道士嗎？我於是竊笑南海先生思想解放的不徹底，他究竟只是 19 世紀的思想家，有時仍不能擺脫舊時代幽靈的纏糾。我想道：假如這部《大同書》是我所寫，我絕不容甚麼「丹汞」、「方外」這類字眼在書裡出現。

　　達爾文的進化論那時正支配著一代人心。達氏說生物是進化而來的，

高等動物如人類者也不過由最單純，最下等的阿米巴進化而來。人自命為萬物之靈，人妄想配天地而為三才，這不過是人類的誇大狂，人類的自我陶醉。我在北京女高師讀書時候，又弄了一本德國哲學家赫克爾的書，其中論基督教各節，我認為警闢之至，遂將基督教完全否定了。至於甚麼佛教道教回教之被我付之一筆勾銷，自然不在話下。

抵法以後，我卻皈依了天主教。這中間原因非常複雜，不是三言兩語，所能說得盡的。好在我那本自傳體的小說集《棘心》，即將增補出版，或可供給讀者以若干資料。

我幼小時的宗教環境也便是今日 50、60 歲左右中國人共同的經歷。我們中國人宗教觀念果然是太欠嚴肅了。直到今日有錢人家出喪，還是一批和尚，一批道士，又一批扮演牛鬼蛇神的人物在棺材前面走著。做法事是請和尚在一邊拜梁皇懺，請道士在一邊唸三官經。我國人頭腦特別混亂，也許與宗教觀念之混亂有關。不過敬祖之俗，我認為未可厚非。記得近代學者如胡適之先生等曾說儒家的祭祀祖宗，不過是想像祖宗的存在，以寄其哀慕之意而已，並沒有真的相信祖宗已成神靈，當作神來祭拜。孔子說「祭如在」，這個「如」字我們可以不注意嗎？《禮記・祭義》又說「齋之日，思其居處，思其笑語，思其志意，思其所樂，思其所嗜。齋三日，乃見其所為齋者」，「祭之日，入室，僾然必見乎其位，周還出戶，肅然必有聞乎其容聲，出戶而聽，愾然必有聞乎其嘆息之聲。」這幾段話又豈不足證明「想像」的意義嗎？不過我以為胡先生說的話實有太把現代的眼光來看古人的行事之弊。我以為古代儒家祭祖是確信祖宗為神靈的。商民族奉的便是祖宗教，甲骨文每天祭某祖父，祭某祖妣，便可為證。周民族所奉亦同。「文王在上，於昭於天」，「嚴父所以配天」，都可以說明這個意義。〈祭義〉又說：「眾生必死，死必歸土，此之謂鬼。骨肉斃於下，陰為野土。其氣發揚於上為昭明，焄蒿悽愴，此百物之精也，神之著也。因物之精，制為之極，明命鬼神，以為黔首，則百眾以畏，萬民以服，聖人以是為未足也，築為宮室，設為宗祧，以別親疏遠邇。教民反古復始，不忍其

所由生也，眾之服自此，故聽且速也。」這些話更把祖宗教的精義揭發無餘了。故此，雍乾教難發端於祭祖之事，雖屬莫大遺憾，但在教廷方面說卻也是有理由的。

然而我又何以說敬祖之俗，未可厚非呢？中國過去是個宗法社會，每一宗族，天然成為一個部落，或可說隱然成為一個小小國家。這許多「小國寡民」再凝合在一起，成為一個大的國家。每一小國，團結極其密切，合成了大國，大國也就堅實了。好像一座大廈，每一塊磚，每一片瓦，都是燒得很堅硬的，每一根柱子，每一條橡子也是上等木料，這座大廈，自然不易為狂風暴雨所撼搖，而屹立於永久了。國父孫中山先生就曾以他的慧眼，看出了中國宗族的團結力，主張以宗族為單位，將這單位的力量推廣之於國家民族。試問宗族團結的力量不是由敬祖而來嗎？

各宗族祭祖的風俗不久將被時代淘汰，我們今日實無提倡的必要。不過我覺得天主教的體系與我國的祖宗教頗有相似處。天主是我們共同的祖宗，教會是他的大家庭、大宗族，全世界的教友血脈相通，聲氣相接，團結力巨大無比。陸徵祥院長也曾看出了這一點，說中國儒家的孝道與天主教道理最為接近，在中國宣傳天主教，只須打通這一關，宣傳起來是很容易的。

我自問之所以能接受天主教也許與幼年時代敬禮祖宗之事，有相資助相啟發之功吧。

至於我幼時那一團糟的多神思想，對我也還有利而無弊。我今日對於中國民間各種祭典，興趣特別濃厚。可說醞釀於彼時。我以為不了解民間祭典及其流傳的故事、神話，也絕不能解決中國整個歷史文化問題。顧頡剛先生曾說「一部道藏價值在十三經之上」，可謂「大有見地」之言，道藏不正是我國多神的總匯嗎？頡剛先生又曾一度極熱心地研究東嶽、城隍、土地、碧霞元君，及流傳極廣的孟姜女故事，友人勸他不必耗精神於無用之地，還是探討他的上古偽史要緊。頡剛先生始將這些研究放棄。不知他所曾注意的，與我國古代的偽史正有莫大關係，他若繼續研究下去，他的

古史問題恐怕也早解決得一半了。

——原載《自由太平洋》月刊

——選自蘇雪林《我的生活》

臺北：傳記文學出版社，1969 年 12 月

玲瓏剔透的瓔珞

蘇雪林著《綠天》讀後感

◎錢歌川[*]

　　約莫三十年前出版的《綠天》，是蘇雪林女士的成名作，洛陽紙貴，風靡一時，作者在臺灣版的序文中也說，「今日三四十歲以上的人，於此二書（《綠天》與《棘心》），殆皆曾經寓目。」而我不瞞你說，卻實在沒有拜讀過，原因是我當時也許不在國內，自然很難得讀國內的出版物的。幸喜這書今日又在臺灣重印出版，而且又加了三分之二以上的篇幅。與其說是舊作，不如說是新書更為恰當些，裝幀印刷，都臻上乘，我相信比當年所印的更要漂亮。我在年輕時雖失去第一個欣賞的機會，今日得收之桑榆，細細盥誦，只覺得比從前讀它的人，更有眼福。

　　作者謙遜地說：「像《綠天》這類久落時代之後的作品，那有重印的價值呢？」其實文學作品，是沒有時間關係的，只要它具有一種文學價值，千百年之後，還是一樣地要被人誦讀，何況這部《綠天》，不僅文字優美，文學趣味極為濃厚，而且有人間的至情浸潤其中，無法磨滅。〈我們的秋天〉，簡直是一篇篇的散文詩，晶瑩可愛，宜乎他們要選去做為中學的國文教材，給學生們去學習模倣呢。

　　全書分為三輯，第一輯是原來《綠天》中的文章，第二輯是遊觀集，第三輯是童話體的劇本與故事。看上去好像是三者互不相干，勉強湊在一起的，但實際上是很有連貫性的，因為其間有一個中心在。正如作者在序文裡所提示的，這本書的出版是用來紀念她們的珠婚的，雖則 30 年來那對

*錢歌川（1903～1990），本名錢慕祖，湖南湘潭人。散文家、翻譯家、語言學家。發表文章時為臺灣省立工學院（今成功大學）專任英文教授。

她是一場「不愉快的夢」，然而她們始終「維持夫婦關係」，所以到今天才能夠出書紀念她們的珠慶。

以一個文學家和一個工程師結婚，當然志既不同，道亦不合，氣味更不能相投，「新婚最初兩年歲月裡，似乎過得頗為幸福」，那只是因為彼此尚不深知，互存客氣，未完全把本性表露出來的緣故。所以《綠天》（第一輯）裡所表現的，甚為恩愛美滿，〈鴿兒的通信〉，也夠情意纏綿，雖則在那第二封信裡，我們就看到了一點不和諧的預兆：「但石頭板著冷靜的面孔，一點兒不理。於是水開始嬌嗔起來了，她拚命向石頭衝突過去」。「辟辟拍拍，溫柔的巴掌，儘打在石頭的頰邊，她（指人）這回不再與石頭鬧著玩，却真的惱怒了。」在前一文中，我們剛讀到男主人公的名字是石心，而水是代表女性的，《紅樓夢》一書給我們的印象正深，所以現在聽到水石相激的這種玲玲的清響，就使我們不由得再感覺到是象徵著一種勃谿，雖則原意未必如此。

第二輯寫遊觀之樂，原是夫婦同遊的，自然與前輯有一脈相通之處。第三輯是以物擬人，然仍不失為夫子自況，表示出終與愛人分開的一段悲歡離合之情景。尤其是末尾「銀翅蝴蝶，仍然是孤獨的。」但她又不願接受別人的愛，她說「我們的婚約，是母親代定的。我愛我的母親，所以也愛他。」當然這種勉強的愛是不能持久的，於是她漸漸感覺不甚協調了，而終至於被「自然的老祖母……把她婚姻簿上應享的幸福一筆勾銷了。」

小小銀翅蝴蝶和蜜蜂分居後，就與她姊姊同住一起，組織「姊妹家庭」，友愛彌篤。春去秋來，過了一段相當長的歲月，於是罡風突來，把「繡原」上的花草昆蟲，打得七零八落，死傷無算（這當然是指的八年抗日戰爭。）待風勢甫定，大家去收拾殘破的家園，忽又捲起了第二陣大風——赤色蝗蟲的風暴，她姊姊由蝗區逃脫，來到繡原東南邊的一個小小綠島上，她也就從異地飛回到這綠島上來，得和姊姊重新歡聚。大家日夜淬厲，準備反攻。蝴蝶也就一反前此的柔弱，而變得剛強起來，「要做個英勇鬥士了」。

　　作者對於國家觀念是很深的，我還記得在抗日作戰的時候，她首先把十餘年教書寫作的積蓄換黃金若干兩，悉數捐獻國家，以資抗戰，一時佳話傳遍全國。我們在這本《綠天》裡，也處處可以看出作者強烈的愛國心來。誠如：「只願這一顆瑩潔的明珠，永久鑲嵌在我們可愛的中華民國冠冕上，放著萬道光芒，照射著永不揚波的東海，輝映著五千年聲明文物的光華。」

　　「我常自命是個自然的孩子」，她又說「大自然的『美』是無盡藏的。」加以她博覽群書，熟識鳥獸草木之名，「時常憧憬於動物的世界裡，所以那形形色色的飛走趺潛之倫，每每充物於我的筆下」。她喜歡以自然界為背景，尤善於描寫自然界中的生物，以襯出「萬有皆同春」的欣欣景象，更顯得大自然就是一首詩。她對無生物賦予生命，對有生物又給以人格化。她又常透過動物來看人的行為，如〈鴿兒的通信〉裡說的「小公雞被趕得滿園亂飛，一面逃，一面叫喊，嚇得實在可憐，並不想回頭抵抗一下。如果肯抵抗，那白公雞定然要坍臺，牠是絲毛種，極斯文，不是年富力強的小公雞的對手。我於是懂得『積威』兩字的厲害了。」

　　作者誠不愧為中國文壇的宿將，其詞藻的豐富，和筆致的細膩，目下尚無人能出其右。你如不信，請看下面這段描寫月夜的筆墨：

　　棧橋兩邊立着兩行白石柱，每一柱頭，安設一盞水月燈，圓圓的，正像一輪乍自東方昇起淡黃色的月亮。月亮那會這末多？想起了某外國文豪的雋語：林中的煤氣燈，是月亮下的蛋。現在月亮選取東海為床，將她的蛋一顆一顆自青天落到軟如錦褥的碧波裏。不知被誰將這些月蛋連綴在一起，成了兩排明珠瓔珞，獻上海后的柔胸。海后晚卸殘妝時，將瓔珞隨手向什麼上一掛，無意間却掛在這枝銀箭上了。

　　又作者發現勞山的特點在石，便寫出：「一望滿山滿谷，怪石嶙岣，羅列萬千，殊形詭貌，莫可比擬。勉強作譬，則那些石頭的情狀：有如枯株

者，有如香菌者，有如磨石者，有如栲栳者，有如盆盎者，有如覆釜者，有如井闌者，有三五攢刺如解籜之筍者，有含苞吐蕊如妙蓮欲放者。有卓立若寶塔者，有亭亭如高閣者，有翼然如危亭者，有奮翼欲飛如金翅鳥者，有負重輕趨若渡河之香象者，有作勢相向如將鬥之牛者，有首尾相銜，如牧歸之羊羣者，有斑斕如虎者，有笨重如熊者，有和南如入定之老僧者，有衣巾飄然如白衣大士者，有甲胄威嚴如戰將者，有端笏垂紳如待漏之朝官者：你有觀音的千眼不能一一諦觀，你有觀音的千手，也不能一一指點。」

　　你如果想看看作者的自畫像就不妨跟我上西湖一趟，那時你便可看見一位少女的「芳堤走馬圖」：「那匹馬毛片是淺栗色，我那天身上穿的恰是一襲淡黃高麗布衫，腰間斜佩著一個綠色帆布旅行袋，一頂寬簷白草帽卸在背後，湖上吹來襲襲的和風，拂亂了我蓬鬆短髮。在那暖巒浮翠，湖光瀲灩的背景裏，我儼然自命是畫圖中人。」這是她自己也終身低徊詠味，永久珍惜的一日風流的賞心樂事。

　　從前印度貴族男女，皆綴珠玉以為頸飾，梵語叫枳由羅，中國就說瓔珞，作者便拿來形容長堤上成列的明燈，好像是海后柔胸上掛著的珍珠項鍊。我讀完這本《綠天》，感到書中美辭麗句，俯拾皆是，也好像玲瓏剔透的瓔珞一般，所以就借用了作者在本書中所使用的辭藻來做文的標題了。作者該不至笑我剽竊吧。

　　　　　　——原刊民國 44 年《臺灣新生報》「西子灣」副刊

　　　　　　　　　　　　　　——選自《中國國學》第 14 期，1986 年 9 月

高貴的人生抉擇

解讀女性自傳小說《棘心》[*]

◎吳達芸[**]

激發我寫這一篇文章的動機，原是在看了龍應台所寫〈女性自我與文化衝突——比較兩本女性自傳小說〉一文之後（下文稱該論文為「龍文」）。龍文發表於《慶祝蘇雪林教授九秩晉五華誕・國際學術研討會論文集》之中（1991 年 4 月由成大出版），文中將蘇雪林先生的《棘心》（1928 年）和蕭紅的《呼蘭河傳》（1941 年）做一比較觀照。

龍文中說，雖然這兩本書不論風格或主題的差異都很大，但就兩個作者所處的時代背景而言，都是五四運動掀起的新文化思潮席捲中國知識界的大時代。也就是說，二人都在這一個充滿反省和批判的新文化中成長，而本身的生活遭遇又都給新思潮提供了一種切身的印證，因此龍文指出蕭紅和蘇先生在她們風格迥異的自傳小說中，表現出了共同的關懷方向：一是對中國文化和民族性的審視，一是對婦權問題的探討。

關於前面一點非本文重點，不論。關於後者，龍文指出蕭紅的女權思想顯得激進而激底，「簡直是站在婦女解放運動的尖端，呼籲婦女革命了」；「她不控訴，也不拍賣，但是凝聚起來的批判力量像安靜的利刀割著皮膚。」而透過對《呼蘭河傳》中主角意識形態的肯定，龍文也反映了她對蕭紅的生命抉擇：為了拒婚逃家，不肯逆來順受屈從父權起而革命，終於過著流離困頓日子的同情了解。

---

[*]本文原篇名為〈另一種閱讀——女性自傳小說《棘心》〉，2014 年 5 月由吳達芸教授校對，更改為此篇名。

[**]發表文章時為成功大學中國文學系教授，現已退休。

　　龍應台認為寫《棘心》的蘇先生則是充滿矛盾的,「她一方面清楚中國社會中男尊女卑的殘酷現狀,所以創作初期也跟著文壇潮流專寫同情被壓迫女性的作品,她在自己母親身上也看到一個活生生的例子,證實中國女性受盡萬惡大家庭的折磨。她更知道子女為父母犧牲,是東方喫人禮教的觀點,但是當女性自我和周圍的文化起劇烈衝突的時候,她卻又完全認同文化和傳統的權利。」「這個自視甚高,以思想前進自傲自詡的女性」「在禮教傳統和個人自由的掙扎上,往往向前走一步,又往後退三步,確實是個半新半舊的女性。」「為了屈從親權,醒秋選擇了不幸福的婚姻,然後又宿命的把自己的不幸福歸咎於命運……蘇雪林渾然不見其中值得嘲諷(或者自嘲)的地方」。

　　龍文對於蕭蘇二作之評斷好惡可謂一目瞭然矣。我們承認欣賞評論倘能就作品之字裡行間出發而能自圓其說,便能成立,本無定詁,而閱讀也是一種參與創作。筆者本文乃是就閱讀龍文後的回應,也只一說而已。倘能邀得一二知音,則筆者幸甚。

　　《棘心》初版於民國 18 年,十餘年間,銷售達十餘版。民國 50 年 12 月臺中光啟出版社再版增訂本前,香港早已有未經作者許可的翻印本,以上資料可見此書所受讀者喜愛的程度及暢銷的年代。這種現象所反映的意義可能有許多種,但是視為讀者對書中人物生命取向的某種程度接受,當無問題。

　　此書的時代背景如前所述是一個新舊文化交替價值標準青黃不接的動盪年代,那個時代的人面對人生抉擇,有更多的尺度更多的判準足供思考,但並不表示有寬闊的選擇自由。由於新思潮影響所及之人遠少於未受影響之人,思想前進的人遠遜於保守觀望的人,而身為長輩具有壓制權威者又多屬後者,所以這是一個抉擇的年代,也是一個反抉擇的年代。知識青年首犯其鋒,書中女主角杜醒秋(應即蘇先生本人,據筆者近日與蘇先生之晤談請益,她很肯定地答覆:「真的是我的自傳」。)的身世、遭際和徬徨抉擇,正是這樣一個時代的典型人物。

　　寫實主義小說理論家盧卡奇說：「智慧風貌」是典型人物的主要特徵。醒秋的性格展現的恰是此種「智慧風貌」。她具有自覺的、深層的、反覆的對人生經驗的反省能力。以她個人的內在特質、熱情個性，不斷地思考她的處境，她與個人環境、社會問題間的關係，由此獲得生活的智慧，凝聚了她的人格觀、世界觀，也決定了她自己的命運。讀者因而能以更多角度、更周全、更細膩地看到那個時代的社會關係及人際之間相互衝突與矛盾的關鍵。所以醒秋可以說是一個具有鮮明的時代感和獨特個性的人物。

　　讓我們再解讀書名，《棘心》的書名取自《詩經・邶風・凱風》：「凱風自南，吹彼棘心。棘心夭夭，母氏劬勞。」

　　何謂「棘心」？「荊棘之木心初生謂棘心」，由於稚弱難長，正如人子的稚嫩，必須依賴如凱風和風般慈母的照拂養育才能夠成長。所以所謂「棘心」，乃指因感念母親鞠育之辛勞而起自責之心也。

　　《棘心》中的主要人物事實上是母女兩人。除了前述醒秋之外，還有醒秋的母親。這母女二人的性情明顯對比。醒秋個性剛直好強自主叛逆，是 20 世紀初期接受五四洗禮的新青年。其母則柔順賢孝，雖飽受婆婆凌虐卻任勞任怨至死不悔。這種品德雖不得婆婆感念，卻贏得女兒的欣賞愛慕，誇之為 19 世紀後半期的中國賢孝婦女典型。

　　醒秋在拒婚事件中痛苦矛盾的來源及取捨抉擇的為難，即來自對母親的孝愛。她一方面不忍拂逆親心加重母病，也更因預見乃母會因她之叛逆而遭到祖母苛責。而不敢輕舉妄動。最後她棄絕了自己追求自由的本性而回國就婚，能在母親過世前及時遵母慈命結婚盡孝，書末自我安慰曰：「對母親的不孝之罪，或可補贖於萬一了」。

　　站在婦解運動者的立場，看蕭紅面對不合理的壓迫、父權的宰制、吃人的禮教，毅然拒婚逃家叛逆革命，固然要叫好喝采，相形之下，蘇先生的妥協屈從便真是矛盾保守軟弱了。

　　然則細審蕭蘇二人的抉擇與她們在家中所受到的親情冷暖有極大相關性。蕭紅有一個不幸福的童年，她自小不知雙親的愛，不到二十歲，她那

「貪婪而失掉了人性」的父親強迫她嫁給一個軍閥的兒子，她乃毅然逃家，開始了她顛沛流離的生活。確實，面對如此無情的雙親，在青澀的年代飽受的凌辱，已經成長的青年，如果性格剛硬有些主見，一旦翅膀長硬後要飛尋自由，幾乎可以說是情理自然，不飛離也難。況且當時左翼思想盛行，更有推波助瀾之效。

蘇先生的家庭情況則大不相同。除了有一位專斷自私不慈媳孫的祖母，導致她童年無樂之外，她幸而有一對慈和的雙親，母愛深厚之外，父祖叔伯在她接受教育方面也給予極大的鼓勵與成全；尤其父親不但栽培她接受完整師範教育可做中學教員，且還支持她留學法國，父女之間每因兩地相隔而書信往返，關愛不因距離而須臾稍減，以蘇先生兄弟姊妹的際遇比較，其父在她身上所花心血，視如最珍視之嬌女當不為過。她家中兄弟姊妹之間也是情深義重，凡此種種因素結合成她溫暖的家庭背景，這些因素對她反抗家庭的念頭當然形成一股強大拉力，難怪要讓她心中充滿猶疑矛盾衝突難定。

《棘心》中的父親既如前述，當然絕非橫暴無理父權宰制之輩。書中述及當她父親知悉她逃婚的主意後，回信嚴斥，謂此行逕有辱門楣，萬萬不可，若她不從便要強制執行，即使她自殺也要將她殘骨歸之夫家隴墓！父親的這番嚴峻態度激發了她的強烈反感，書中說她氣得幾乎發瘋，大罵道：「老頑固，你要做舊禮教的奴隸，我卻不能為你犧牲。婚姻自由，天經地義，現在我就實行家庭革命，看你拿什麼親權來壓制我？」並思忖：「子女為父母犧牲，是東方喫人禮教的意見，她不能服從。」

龍文對於這一段情節評曰：「醒秋的反應，頗能合乎她的自我期許」，並謂「醒秋的慷慨激昂令人聯想起離家出走的李超和為抗議不合理婚姻而在花轎中自殺的趙五貞。」（按，李、趙二女事件都發生於 1919 年底）龍文並引楊義在《中國現代小說史》中對蘇先生的評語：「作者……思想上是有可取之處，但一面追求法國式的自由平等，一面屈從于舊禮教的母命，又顯示出一種半新半舊的女性的態度。」經由上述可見龍文的同情立場。

　　再回到《棘心》，醒秋對父親之反感憤怒，在文後不再出現，在書前書後也不曾提及父親對她的壓制，父女的交惡直如曇花一現，不知是作者故意淡化或忘記敘述或一之為甚？分析其父來信之嚴峻，固顯突兀，與文前塑造形象判若兩人，足見一個人的意識判斷，往往受時代意識所左右，父慈天性一霎之間會因畏懼鄉黨輿論而一時失卻清明。而另一方面醒秋對父親一激之下的強烈反應，也只能視為一時氣憤之言。

　　書中說醒秋個性強，「平生出言行事一點不知檢點，所以過失獨多，但以後來她受良心的責備，也比平常人為甚」。總之此後，父親來信口氣婉轉不再強硬。且依醒秋獨斷要強的個性，父親之嚴峻宣布對她一點也不曾構成威脅壓力，她反而將考慮焦點完全集中在愁病交纏的母親身上。

　　她不斷地思索她的叛逆會對欽仰至愛而不久人世的母親造成多大影響？她省察「假如母親的地位換了她的祖母，則醒秋家庭革命的旗子早扯起來了。假如她母親是尋常庸碌自私的婦女，或對子女惟知溺愛，不明大義的為母者，則醒秋也顧慮不到這麼許多。不幸的是她現在家庭革命的對象，偏偏是這樣一個母親，那麼，她犧牲母親呢？還是犧牲自己呢？」而在內心反覆掙扎「我終不能為一己的幸福，而害了母親！」在這樣的衝突煎熬中，由於正好有好友長久以來勸她信奉天主教的機緣，她乃思考以信教出家做為逃避，抉擇在兩難之際尋找中間之道。

　　孰料皈依宗教的原意是遁入空門，卻幫助她在衝突矛盾的人生十字路口找到了一個方向。醒秋的性格很特別，一面嚴於義利之辨；一面又浪漫不羈任性偏執，「她很明白地覺得自己心裡有一個美善的天神，同時也有一個醜惡的魔鬼，勢均力敵的對峙著。」由於信奉了天主教，促使「她看了許多教理書，知道人性生來許多弱點，靈魂常受肉體和私慾偏情的牽累，而陷溺於罪惡之中。人若想完成自己高尚的人格，謀性靈的解放和向上，須用極堅強的意志，將私慾偏情壓服下去。起初自不免矯強，自不免有許多戰鬥，但持之勿失，至於日久，習慣成為自然，德性自達於潭粹的地步，所謂爐火純青之候是也。」她以此了悟來衡量她此刻面對之內心交

戰：「母親奄奄欲絕，萬不能更受意外的刺激，而叔健婚約，又是終身苦樂所關，要顧全自己，只有犧牲母親；要顧全母親，只有犧牲自己，她走的路是一條極窄極直的路，不容後退，也不容徘徊。」兩種相反的而又都極其強烈的志願，在她方寸中肉搏衝突過了很久的時間，「到後來，她總算勉強制住自己的私心，沒有宣布家庭革命，沒有強迫她父母向夫家解除舊婚約」。

這場艱險的心路歷程天人交戰，書中以波蘭顯克微支（Henryk Sienkiewicz）《你向何處去》（*Quo Vadis*）中的一段描述為喻：「友爾蘇士（Ursus）在鬥獸場中要救野牛背上縛著的美人，鼓畢生的勇氣，竭全身的精力，與那蹄角岐嶷的惡獸相搏鬥。野牛咆哮著向他衝來，他以如鐵之腕，握住牛的雙角，要將牠按倒在地。萬眾慘默無聲，靜待這場惡戰的結果。他們前進三步，又退後三步，又前進三步，極力爭持著、抵抗著。牛，眼中燎射如火的赤光，人，渾身虯筋突露。忽然一陣如潮喝采聲中，那龐然大物，口噴鮮血，倒地死了，那赤條條的大漢也頹然欲仆，然而牛背上垂死的美人是得救了。」關於此段引喻，書中說：「這是醒秋第二次戰勝自己了」，作者將醒秋心中的衝突比做善惡交織；將滿全自我追求自由的欲望視為惡，因為勢將犧牲掉母親。

龍文追索此喻的象徵意義，指出「那猛獸代表奔放的感情、追求自由解放的自我；那赤條條的勇士，是醒秋；那得救的美人，是親情，或者說親權，更準確的說，是禮教。醒秋的『戰勝』，是禮教的勝利，自我的屈服。」這樣的解析大致不錯，也就是說，猛獸是奔放的欲我，勇士是超我，牛背上的美人是殆將犧牲的親情。但是將親情就說成親權，就說成是禮教（龍文中多次提及「禮教」都稱「禮教喫人」、「喫人禮教」，有貶抑之意），就令人不太能苟同了。首先，今天我們應當都同意「禮教」並不一定都是「喫人」的，孔家店並不一定都要打倒。再來，將親情若比為牛背上的美女，則對親情必存好感，否則何不喻為魔女、夜叉？書中已對親情多方禮讚和孺慕，何來親權之感？而由於孝愛親長、知恩報愛，從而犧牲自

我滿全子女對母親的孝愛，這樣的自我戰爭，原是德性求全的提升，是超我的抬頭，雖然免不了痛苦，但是既非出於壓制下的被迫，毫無委屈可言，以矛盾、懦弱、屈從、屈服視之豈不太過？

　　醒秋原是一個個性極強，以五四新女性自居的人。以她之個性，試問這兩條路：不顧一切以追求自我幸福為思考依歸的叛逆出走，以及主動抉擇違逆自我、犧牲一己幸福，用以博取敬愛母親的歡心，二者之間何者較難做到？檢視《棘心》的情節，並不是對女性處境不了解，對親權無知（祖母之凌虐母親也是一條對照的主線），也並不是對父權從無反感。醒秋的抉擇並沒有受壓迫、被欺騙，更無所謂逆來順受，這個叛逆的女孩為了求知離開溫暖的家出國羈留他鄉，為了父親使出權威要壓服她，不惜罵出「這個老頑固……」的話，但是她卻為了孺慕反哺之愛，情願棄絕自我，選擇犧牲，這種德性豈不崇高感人？在那五四狂潮，知識分子追求自我的意識高漲的時代風習中，違逆自我堅守道德適足以犯笑侮，豈不更需要過人的勇氣？尤其對醒秋這種個性要強，不甘落居人後的人而言？

　　唐亦男先生提到蕭乾在「巴金與 20 世紀研討會」上說，他所讀小說，五四以來除了中間 15 年抗日這個主題屬於首位之外，從 1919 年至今，「反封建」始終是主導的，唯有蘇著《棘心》是例外，是一部「反反封建」之作。唐先生由此指出這正顯示了蘇先生擇善固執而又特立獨行的性格。（文見〈我所了解的蘇先生〉，《智慧的薪傳——大師篇》，行政院新聞局 1995年元月初版）筆者卻願進一步指出蘇先生拈出的生命抉擇，既來自深刻的自省覺悟，就不是盲目的傳統保守，反而是非常女性自覺的主張。犧牲自我幸福成全孝愛之情的堅守，固然視若一生「悲劇」婚姻的起點，但是明知故蹈也正成全其悲劇英雄的性格。而這樣抉擇的出於主動與適性，由至今蘇先生行文處世中所展現的無怨無悔，心胸坦蕩可以證知。

　　本篇論文的後段，願就《棘心》中醒秋的道德抉擇及蘇先生的宗教信仰做一申述，因為醒秋的道德堅持和她的宗教信仰是大有關聯的。

　　前面提及醒秋由於教理，了解到靈魂與肉體私欲偏情的交戰，心中美

善天使和醜惡魔鬼的對峙，得靠堅強意志之壓服才能戰勝成聖。醒秋說：「這些理論與她以前對德行的看法實完全符合，不過以前她知其然而不知其所以然而已。」可見醒秋的氣質稟賦實具有威廉・詹姆斯（William James）所謂具有「信的意志」（The will to believe）的一型人。

　　蘇先生告訴我，某次新聞局的一位官員問她，以她一位有理性的人，何以落伍地信奉天主教？這個問題的答案事實上自《棘心》始蘇先生就剖析得很詳細。姑且不論信教與理性有何乖違？天主教是否落伍？佛教與基督信仰中都有高深的教義，也不乏大智覺者皈依後痾勉持守生死以之的典範。有些國人對天主教與基督教習以洋教視之，加上清末之義和團事件，對此教不免帶著些疑懼排斥心態，不是誤解便是不解。殊不知今日盛行之佛教也自西方傳來，但由於傳來已久，已能與國人的民族性理氣調和故不再扞格之故。這些問題暫置弗論，此處要指出的是以蘇先生主見之深、理性之強、又極有自尊，她的皈依天主，只就一二外國好友之苦苦勸教、自己拒婚的出家打算，動力不唯不足，理由也實在並不充分不足服人。筆者以為她之深具信仰氣質，和不信者硬是不同，才是關鍵所在吧！

　　《棘心》中說：「醒秋原是個 100 年也長不大的孩子，論她那時的年齡也確已不小了，但她那一顆心，仍然像一個八歲孩子般的，單純而真摯。」事實上今天蘇先生轉瞬百齡，文壇中凡與她接觸過的人，莫不稱奇她至今仍保有一顆純真赤子心。

　　〈瑪竇福音〉中記載耶穌對門徒說：「我實在告訴你們：你們若不變成如同小孩一樣，你們絕不能進天國。」天主教的信德典範，願意成為天主手中一朵無用小白花的法籍聖女小德蘭（Saint Thérèse of Lisieux），是蘇先生之至敬極愛，對於這位早於她出生七十餘年的隱修院年輕修女，蘇先生曾謂「聖女小德蘭在我心靈裡的位置，除卻聖母瑪利亞，更沒人像她重要。」在修德成聖方面，小德蘭發明了「神嬰小道」，她曾比喻說：「你就像一個剛會站不會走的小孩，想要到樓梯頂上的母親那裡去，就舉起自己的小足，想跨第一級，但是徒勞無益……天主向你要的只是你的好心；祂

在梯頂上慈愛地看著你，你的勉力必將感動祂的心，祂要親自下來，把你抱進永遠的天國去，從此和祂再也不會分離了。」

自比為最渺小無用而全然依靠天主，是聖女小德蘭神修的菁華，比諸蘇先生的「嬌孩」性格（《棘心》中自謂）——天真純潔了無機心憨直無隱——豈不正若合符節？有人問蘇先生長壽之道，她說：「隨便活」。她生活儉樸無欲淡泊，人皆以為她生活刻苦，殊不知她自在喜樂，悠遊有餘外，還能分食野貓，接濟親族，豈不是全然交託、天機自然的孩童性格？

蘇先生在《棘心》一書中曾謂，進入信仰之門的最大阻礙是無法接受耶穌分明是人卻又是神的說法。但是後來她在法籍神父「中國之宗徒」雷鳴遠神父（書中託稱賴神父）身上體悟到耶穌甘釘十字架，實踐「人之愛，莫大於為朋友捨棄生命」的大愛，這「愛的宗教」的吸引力，使「她的心扉已經打開了，她對於耶穌基督，已不像以前那麼深閉固拒了」。而雷鳴遠神父的芳表所以深深打動蘇先生，除了他全犧牲、真愛人、常喜樂的德行外，他為愛國人而鞠躬盡瘁的生命，正和蘇先生由衷赤誠愛國的情懷相吻合。近日往訪蘇先生，她告訴我，每當她扶著「助走器」行走一步時，口中必默誦一句：「雷鳴遠神父代我祈禱」，並複述雷神父之往事給我聽，讚不絕口地說：「真是感人！真是了不起。」

保羅‧田立克（Paul Tillich）描述信仰的特質，謂「神秘性的合一（指與天主的合一）是超越了勇敢的自我犧牲的貴族美德，神秘的合一是自我棄絕的一種更高尚、更完美、更激進的形式，也是自我肯定的完美形式。」「由有限的世界觀點來看，是自我否定，從終極實有的觀點看來，反而是最完全的自我肯定，是最激進形式的勇氣，在這種勇氣的力量裡，神秘家克服了命運與死亡的焦懼。」（見田立克《生之勇氣》〔 *The Courage to Be* 〕）蘇先生個性中對德行之美的崇仰、生命中堅守德行的潔癖與耿直，自我棄絕成全孝思的犧牲勇氣、犯笑侮不改其志的自我肯定、謙遜接納真知的無我不執，以及仰慕聖賢遇事虔禱的開放交託，在在均屬信仰者的人格特質最渾厚真實的展現。

　　最後，綜理全篇之分析，筆者歸納之結論如下：

　　首先，醒秋的「抉擇」是醒秋生命人格的展現，是經過深思熟慮之後慎審的主動選擇，而非背性逆情逆來順受的盲目順從，更不是受壓迫之下的人格扭曲。所以她的抉擇是女性自主的表現。透過她在抉擇時的思考以及個性展現，我們應該對她在那個「反封建」時代而能做出有如「開倒車」的「反反封建」抉擇的勇氣給予肯定與喝采。自命為五四新青年，寧捨婚姻自主的堅持，實踐知恩報愛的孝思，其不惜犯笑侮，而對德性的堅持，實該贏得我們的尊敬。雖然醒秋也浩歎命運之乖舛無奈，但是知其不可為而為，與明知痛苦而迎受之，同樣都是悲劇英雄的表現，與竇娥認命全孝的悲運抉擇豈不相同？今天這個開放的時代，也是女性自我抉擇的時代。醒秋的抉擇長久以來常被當作是婦運的反面教材，予以批判。筆者反倒覺得應該對這樣的求仁得仁特立獨行，站在一個持平中性的立場，給予公正的評斷與尊敬才是。

　　其次，醒秋如此抉擇，當有其人格特質。而此人格特質形成的原因除了她的天生器度、家庭教養、親情關愛之外，母親人格身教之感染也非常重要。母親對美德的堅持生死以之，「醒秋雖身當不同時代，想到母親一生勞苦和不自由的生活，每深為痛心，但對於母親的盛德懿行，則又感服不已」，誇為 19 世紀賢孝婦女典型，景仰崇慕不已，對醒秋人格的形成必有極深影響。沒有母親的楷模示範，必沒有醒秋對美德的堅持、犧牲自己幸福、滿全孝思的動力，更令人反省母儀與母愛對子女人格形成之重要性。

　　此外，宗教情操在醒秋人格特質中也有一定的分量。德行履踐的勇氣與意志，源自個人對自我提升的要求，化在生活中的人格特質表現就是一種宗教情操。宗教情操之獲得不一定來自某一種信仰，醒秋之擁有也不一定非限定為源自她的天主教信仰。蘇先生告訴我在沒信教以前，她就甚喜儒家思想，認為五四以後將儒家思想打得一錢不值，她很不贊成。由蘇先生一生的行誼可以看到很深的儒家影響。但是天主教的信仰對她也有很深的影響，由她所著許多有關天主教靈修方面文章以及所譯教會聖人行傳芳

表錄可見到。一次她告訴我，起初她對於儒家的「嫉惡如仇」及基督的「愛仇」誡命無法調適，基督徒不但要寬恕仇人、還要愛仇人，豈非太無是非不合人性？當她以此詢問一位修女，那位修女告以「嫉惡如仇」是對的，因為惡來自魔鬼，我們當然與它勢不兩立。這番回答使蘇先生十分釋然。在《棘心》中蘇先生觀察歐洲人，說「他們有宗教信仰，不以現世為滿足，注意精神生活，每犧牲小我而成其大我」，由此表現她對基督信仰的愛慕。凡此種種都可證知她的人格特質；或可謂信仰特質，是儒道與基督精神的綜合體現。

最後筆者發現蘇先生對她自己的天主教信仰，自《棘心》起就常常在自我辨證之中，這大概是由於受五四理性主義思想的影響，加上我國人的無神主張，因此對於她在《棘心》中便矢志效忠一生不變的信仰，面對外教朋友時，她的態度時顯曖昧。事實上，自從她老人家不良於行之後，每周都有神父為她送聖體，如果神父因修會的調派出了空檔沒來，她還會殷殷相詢。此外即使不便出外，她有時也請神父來家中辦「告解」聖事。腿傷之前，她每周日上教堂去參與彌撒。在最近 20 年來如一日般地關懷照顧她的幾位好友，也多是天主教徒，可見信仰已是她生活中的一部分。我們可以這樣認定：耄耋之年猶在信仰的體驗中摸索追尋，正顯出了蘇先生永遠的童心以及她對尋覓真理的堅持，而這也正是她求真求善求美的可愛之處。

附記：本篇論文原發表於賀蘇雪林先生百歲壽誕的論文集中，今天在蘇先生百年後再度取閱，益發感受蘇先生當年「人生抉擇」之高貴，而能無怨無悔甘守清寂生死以之的偉大。

——選自成功大學編《慶祝蘇雪林教授百齡華誕專集》

臺南：成功大學，1995 年 3 月

愛的歷程

論《棘心》的行旅書寫

◎劉乃慈*

前言

　　在「五四」批判傳統、迎向未來的現代化進程裡，行旅／移動是自由與進步信念的具體實踐。對新文學創作者而言，透過個人行旅的形式來彰顯自主能力，更是中國現代性的重要象徵之一。不同於中國傳統典型的遊記文學著眼在人與自然的密切關係，五四的行旅小說則極具主觀性，人物的情緒宣洩尤其是作家落筆渲染的焦點。[1]因此，不論是魯迅筆下那個看盡世態炎涼的憂國先知，或者郁達夫眼中那個厭倦大城市擾嚷喧囂的孤獨靈魂，這些彳亍途中的獨行旅客個個形象鮮明，十分引人注意。同樣是在五四浪漫個人主義的驅動下，情感的潮流洶湧一時，「愛情」亦成為當時新知識分子共同關注的議題甚至是畢生執著的信念。新文學傳達對自由的憧憬也常常與愛相連，凸出知識青年追索愛情的解放形象。大量的書信或者情書，如田漢的《三葉集》、徐志摩的《愛眉小札》、章衣萍的《情書一束》、廬隱《雲鷗情書集》……等，大膽展露作家內心的私密，時時鼓譟著文學市場。對 20 世紀初的中國新知識分子而言，「行旅」與「愛」不只是個體獨立生命的實踐，也是主體意識解放的象徵；在五四文學裡更可以是互為隱喻的關係。

*發表文章時為成功大學臺灣文學系助理教授，現為成功大學臺灣文學系副教授。

[1]李歐梵，〈孤獨的旅行者──中國現代文學中自我的形象〉，《現代性的追求──李歐梵文化評論精選集》（臺北：麥田出版公司，1996 年），頁 117、121。

　　除了「行旅」與「愛」這兩個五四時期重要的現代質素，「婦女」作為中國新文化運動中被改造的客體，更是推動現代化的主體，新女性、移動以及愛的交互關係無疑更加吸引研究者的目光。跳脫閨苑的圈限、纏足的縛絪，翻轉封建父權文化的性別制約，新女性的自由移動能力以及愛的自主能量，在在釋放中國現代性的異質潛能和複雜向度（姚振黎，2003年；劉乃慈，2004年；陳室如，2006年）。廁身五四新文學行伍中，蘇雪林在 1920 年代末以《綠天》、《棘心》兩部作品蜚聲文壇，就中國第一批從事白話文寫作的女性小說家的歷史地位來看，蘇雪林自有她無以動搖、無可取代之處。帶有濃厚自傳色彩的長篇小說《棘心》，描述一位年輕的時代新女性遠赴法國求學的各種經驗。[2]在離鄉去國、天涯萬里的背景之下，女主角從離鄉求學乃至歸國完婚的心路歷程通篇表露無遺。文本順著杜醒秋行旅異鄉的體驗，蘇雪林探索當時新女性追尋「愛」的五種可能面向：自我之愛、母女之愛、男女之愛、國族之愛還有宗教大愛。這些愛，不論是追求無私的犧牲奉獻抑或者表現盲目的衝動和矛盾，爭相在文本中交織競逐、消長滌盪，乃至終卷仍未有定局。

　　行旅的歷程，是移動主體遭遇／思索愛的歷程，更是主體性照見／建構的歷程。《棘心》的行旅敘事在第一個層次是女主角的自我實現，還有緊隨性別主體意識而來的愛情和親情的衝突拉鋸。繼之，行旅者置身在一個充滿異質性文化衝擊的不穩定秩序裡，如何重新定位個人與民族國家之間的關係；甚至西方宗教理論與中國內容情境的碰撞及對話，這些都是愛在一個更高層次上的表現。緣由上述，本研究將循序分成四個面向來說明《棘心》對於「愛」這個五四課題的演繹，透過辯證《棘心》幽微而複雜的歷史意義，[3]五四女作家蘇雪林的另類現代性想像更得以藉此彰顯。

---

[2]蘇雪林在 1920 年代末發表的長篇小說《棘心》，原作約為十二萬字左右，由當時北新書局所出版。日後，《棘心》的內容再經作者增補潤飾還有勘校，此一修訂重版約有十八萬字左右。因年代與歷史關係，本文寫作期間無法再見原作於 1920 年代末發行的最初樣貌，僅以目前在臺灣所能掌握的最早版本，由臺中光啟出版社於 1957 年印行的《棘心》為據。特此說明。

[3]李歐梵，〈情感的歷程〉，《現代性的追求——李歐梵文化評論精選集》，頁 140～141；中國儒教文

一、遭遇「他者」：性別主體的自我實現與發現

　　1929 年，蘇雪林發表帶有濃厚自傳性色彩的長篇小說《棘心》，故事描述一位年輕女學生在法國三年留學生活中的悲歡苦樂。小說女主角杜醒秋出身在一個傳統典型的封建大家庭，父親在外任職一屆小官，母親則在家鄉操持大家庭裡的所有家務。醒秋自 15 歲開始便一人獨自在外求學，先天性浪漫淳厚的她雖然早已習慣作客他鄉的孤寂況味，卻總是惹來母親許多不捨和掛念。一次難得的赴洋留學機會，讓醒秋自作主張匆匆告別父母，隻身前往法國念書。到了法國不久，醒秋在一位男子熱烈的追求下陷入情網。第一次感受愛情喜悅的醒秋，偏偏自幼早已由家裡做主代訂了婚約。在難違母親意願的壓力下，醒秋最後與自己的心意妥協，拒絕秦風的求愛。醒秋欣慰地認為自己打了一場「光榮的勝仗」，並且接受家裡的建議，開始與素未謀面的未婚夫叔健通信。本來，我們的女主角對這個自小媒訂的夫婿並無堅決抗拒之意，但是自從與叔健通信以後，越來越感受到對方是「一位毫無情感的男子」，令她愈發萌生解除婚約的念頭。醒秋因為婚約一事數度與家庭發生衝突，衝突的最後總是以父親堅決的反對以及母親憂心忡忡的眼淚作收場。身處異國呼吸著西方現代文明氣息的女主角，本來是有自由獨立自主的機會；可是她卻與馮沅君筆下的女性人物做出相反的選擇。杜醒秋先是萬念俱灰地皈依天主教，繼而順從地回到病重的母親身邊。為了讓母親高興甚至企盼挽救母親的健康，醒秋答應與叔健

化傳統裡甚少將「情」（包含「愛」）進行性質與內涵上的明確定義與區分，甚至「情」、「愛」、「禮」和「欲」這幾個概念時有互為蘊含、混作一談的現象。賴俊雄，〈如果／愛：論「愛」的三種慾望經濟〉，《中外文學》，第 40 卷第 2 期（2011 年 6 月），頁 14：西方關於愛的基本課題首先強調一種自我與他者的「共在」（Being-with）關係。因此，每一種「愛」都可以視為是「愛的關係」；「愛的問題，永遠是一種『關係』的問題：愛做為一種複雜與深邃的存有『關係』，可以是一種『愛的欲望』——自我愛慾（Eros）的關係、一種『愛的友誼』——共在情感（Philia）的關係、一種『我的政治與倫理』——人群共愛（Caritas）的關係，抑或一種『愛的先驗本質』——對上帝或形上愛（Agape）的關係。」賴俊雄對於西方哲學、倫理裡的「愛」的解釋，非常有助於本文釐析《棘心》中的「愛」這個主題。本研究認為，蘇雪林在《棘心》中演繹的愛是比較趨近於西方哲學對於「愛」的認知與界定，小說並且著眼在處理愛的關係性，而非只是把愛做為人物自我意念的展現而已。

共結連理。數月後，母親安詳過世，醒秋與叔健「和和睦睦」地繼續生活
下去。故事也以此收結。

　　蘇雪林下筆有時蘊寓批判鋒芒，有時明顯帶著閑適意味；整體而言，
《棘心》自有其誠摯無華之姿。無怪乎此書甫經出版便廣受當時讀者青
睞，銷售盛況歷十餘年不衰。[4]總括歷來對於《棘心》的藝術評價，讀者大
多譽其風格清雋灑脫、運筆流轉自如；謗者則是針對小說以女主角放棄學
業、放棄婚姻自主的權利做為結尾，多有撻伐之意：

> 在蘇雪林筆下所展開的姿態，只是剛從封建社會裡解放出來、才獲得資
> 產階級的意識、封建勢力仍然相當的佔有著她的感傷主義的女性的姿
> 態。[5]
> 儘管血管裡含有野蠻時代男人的血液，卻終歸蟄伏於封建勢力的壓迫，
> 成為傳統養成的多愁善感的閨秀，雖然生活在歐洲現代文明進步的環境
> 中，最後畢竟屬於中國幾千年黑暗氛圍所塑造的孝女賢媳。[6]

　　以五四反封建、爭主體自由的標準來衡量，《棘心》女主角自幼年的
浪漫天真乃至成年後性情轉為優柔寡斷，當然無法符合當時文化意識形態
高舉的抗爭美學的標準。然而本文在此需要提醒的是，上述評價似乎早已
預設某種閱讀的美學期待，反而輕忽小說一開始為故事人物及其時代背景
所設定的特殊條件。小說第二章「自閨房踏入學校」架構杜醒秋的成長環
境特別是舊式封建家庭的教養背景，以及第三章「赴法」啟動女主角一連
串自我主體探索建構的兆端。小說家甚至在第二章啟始便忍不住揭示其寫
作動機：

---

[4]蘇雪林，《棘心》，（臺中：光啟出版社，1957 年），頁 3；蘇雪林，《浮生九四》（臺北：三民書
局，1991 年），頁93。
[5]方英，〈綠漪論〉，黃人影編《當代中國女作家論》（上海：光華書局，1933 年），頁 147。
[6]盛英主編，《二十世紀中國女性文學史》（天津：人民出版社，1995 年），頁 167。

一個人的思想見解，都有他的淵源，脫不了「時代」、「環境」的支
配。你說某人富於革命的精神，對舊的一切都以「叛徒」，對新的一切
都以「鬪士」的姿態出現；某人既不能站在時代的尖端，又不甘拉住時
代的尾巴，結果新舊都不徹底，成為人們所嘲笑的「半弔子新學家」，
要知道這都與他們過去所處的家庭社會大有關係。中國文化比歐美先進
國家，落後何止一個世紀，戊戌維新及五四運動那二十幾年裡面，才算
走上真正蛻變的階段。蛻變的時代總是痛苦的，誕生於這蛻變階段的中
國人，生來也要比以前以後時代的人，多受痛苦。他們以親身經歷舊制
度的迫害之故，憎恨之念較為堅強；但他們以薰陶舊文化空氣較久之
故，立身行事，却也自有準繩，不像後來那些自命新時代的青年，任意
所之，毫無檢束，甚至不惜犧牲他人的利益，來滿足自己的慾望。[7]

假若我們輕易忽略小說女主角的自我主體追尋，那麼我們對於杜醒秋因為
離家行旅的契機反而愈加深厚母女之間的相互牽掛與憐愛，甚至由此再延
展出去的國族之愛和宗教大愛的思考，都將會是在一個缺乏文本整體關照
下對於小說做出預設的判斷和評價。遑論文本裡刻畫的母女關係還有女主
角最後選擇媒妁婚約的心路歷程，這些都是女主角已然跨越其從屬的性別
文化制約疆界之後，才陸續發生的情理試練。漠視文本裡各種話語論述從
彼此抗詰到對話的過程，而一味以「結果論」來衡量作品得失，不免簡化
小說所欲展示的複雜性。性別主體的自我實現、母女之愛、男女之愛的反
覆琢磨，是為文本敘述的核心。[8]易言之，《棘心》從女性的觀點述說新時
代婦女所面對的挑戰：她們如何在保有自我／成全倫理之間反覆折衝甚至

---

[7] 蘇雪林，《棘心》，頁 25。

[8] 另可參閱蘇雪林〈序言〉，《棘心》，頁 5：「本書的主旨在介紹一個生當中國政局蛻變時代，飽受
五四思潮影響，以後畢竟皈依了天主教的女性知識青年，借她故事的進展，反映出那個時代的家
庭、社會、國家及國際各方面動盪變化的情形；也反映出那個時代知識份子的煩惱、苦悶、企
求、願望的狀況；更反映出那個時代知識份子對於戀愛問題的處理，立身處世行藏的標準，救國
家救世界途徑的選擇，是採取了怎樣不同的方式。」

最後妥協，這是小說家著意體現「蛻變時代的人不免都帶點悲劇性」，[9]更是那個時代知識分子所表現出來的「立身處世行藏的標準，救國家救世界途徑的選擇」。[10]那麼《棘心》與五四主流話語之間的差異性，就更是值得研究者的關注。

《棘心》一開始就刻畫女主角的成長背景，生性憨純浪漫的杜醒秋在孩童學齡時期的行為舉止便常常逸離封建家庭的教養規範。她的活潑好動「同一群男孩，成天玩得昏天黑地」[11]、不諳女教「喜的是掄刀舞棒，扳弓射箭」[12]、熱愛閱讀與創作「抓擒到手，讀個通篇」[13]。她有自己的觀察和判斷，「為什麼叔父兄弟可以入校讀書，她獨不能呢？為什麼上海那些白褂青裙，挾著書包，滿街行走的女學生，她不能學樣呢？」[14]猶有甚者，為了爭取到省城升學的機會，醒秋不惜以死相脅「跳下去！跳下這深塘，什麼都完結了」。[15]激烈抗爭的結果，女主角總算如願踏出閨房，進入女性獨立個體生命探索的旅程，「醒秋現在對自己的前途，已有明確的藍圖和光明的遠景了。她不但要升學，升學以後，還要覓機會出國深造幾年。」[16]

羈旅他鄉的日子讓女主角得以脫離原生家庭，從事地理與心理版圖的踰越，進入獨立生命擴展的旅途。行旅／移動帶給杜醒秋走向世界、遭遇他者的契機。亦即女性跨出已然約化成習的教養環境，遭逢各種陌生異質條件的衝擊／召喚，進而發現那個潛藏或者壓抑的陌生異己。正如 Mary Morris 在〈女性和旅行〉（"Women and Journeys"）文中指出，旅行的權力、移動的能力對女性而言尤其意義重大，它讓女性由原屬的閉鎖空間（在家）走向充滿無限可能性的廣闊世界，並且在個體行進／主體開展的

---

[9] 蘇雪林，《棘心》，頁 25。
[10] 同前註，頁 5。
[11] 蘇雪林，《棘心》，頁 28。
[12] 蘇雪林，《棘心》，頁 27。
[13] 蘇雪林，《棘心》，頁 29。
[14] 蘇雪林，《棘心》，頁 33。
[15] 蘇雪林，《棘心》，頁 34。
[16] 蘇雪林，《棘心》，頁 36。

過程中，任何時候、任何事都有發生的可能。[17]特別是那些執意獨立上路的女性，她們企求在一個充滿異質性的空間裡進行個體內在與外部現實的碰撞和對話。[18]行旅者因而是個夢想家，一如書寫之於創作者，追求自我主體的擴張，甚至企盼照見一個在過去不曾出現的陌生異己。杜醒秋逃離閨閣出走國門，自我遭遇的正是一個異於過往經驗所能感知的他者：

> 醒秋沉醉於這些美的情感裡，纏綿顛倒，不由自主，思想形式，往往趨於極端，與在中國時已大不相同。她覺得這些情感，於她是不可少的，竟像和她生命合而為一。[19]

他者的出現，首先表現女主角自我實現的心理欲求；伴隨心理與生命版圖的擴充和延展，杜醒秋的行旅不全然只是正面意義的湧現，某些晦澀幽暗的人格特質也在此刻鬆動：

> 她之觀察自己，不像將過去的自己，觀察現在的自己，竟像以另一個人觀察自己一樣。[20]
> 她很明白地覺得自己心裡有一個美善的天神，同時也有一個醜惡的魔鬼，勢均力敵的對峙著。……醒秋雖如此崇拜強毅意志，自己卻不能照著去做。她很像一個眼高手低的批評家……[21]
> 講到性情方面，醒秋也變得比從前不如了。她以前的性情是溫柔的，豁達而光明的，現在卻變得異常暴戾、憂鬱、晦滯、不可理喻的了。[22]

---

[17]Morris, Mary, "Women and Journeys: Inner and Outer" in *Temperamental Journeys: Essays on The Modern Literature of Travel*, edited by Michael Kowalewski, Athens and London: The University of Georgia Press, 1992. p.27.

[18]同前註，p.30.

[19]蘇雪林，《棘心》，頁97。

[20]蘇雪林，《棘心》，頁200。

[21]蘇雪林，《棘心》，頁201。

[22]蘇雪林，《棘心》，頁202。

對這個自幼便因浪漫純憨而被喚做「野丫頭」、「木瓜」的女主角而言，行旅更是有助於「發現自我」——建立其欲望、經驗、認知與思想。換句話說，杜醒秋的旅行得以讓主體跨越原先的身分及認同疆界，甚至複雜化、差異化其生命向度，這不只是「自我實現」，更是「發現自我」——不斷進行更新轉化的過程。

唯有出走，主體才得以遭遇異質他者。也唯有這個陌生他者的出現，杜醒秋才有機會經驗愛情的吸引和矛盾，並且回應隨之而來的母女關係的緊張和衝突。女主角不但要接受異質他者的衝擊，更要在個體理性精神獲得滿足的同時，面對各種倫理（諸如美善、道德、責任、同情等等）的要求與試驗。甚至我們可以說，女主角的主體性必須與親情發生碰撞之後，才得以充分彰顯其內涵。

二、回應親情倫理的欲求

遭遇主體的異質他者是《棘心》行旅敘事的最表層，這個被召喚出來的自我如何面對自身與其他主體的關係甚至回應各種倫理欲望，是小說試圖處理的深沉議題，更是蘇雪林對於「愛」的詮釋和演繹。當女主角象徵性地完成性別主體的自我實現以及發現自我，下一階段則是緊隨女性主體意識而來的愛情與親情的衝突拉鋸。這裡需要先釐清的是，《棘心》中涉及的男女愛情在較大意義上是女主角個人主體意識的象徵，事實上這部作品少有涉及人物具體實質的戀愛活動。因此，「愛情」不如說是用來象徵女主角的自主意識，藉以對應母女關係及其背後糾纏不斷的父權文化制約。再者，本文所謂的倫理欲望，不是中國傳統儒教文化硬性制約下的道德教條，而是理性主體在一定程度上的自覺性回應，後者強調的是一種動態的倫理關懷。易言之，《棘心》女主角周旋在各種愛的關係裡所呈現的主體樣貌，這才是蘇雪林亟欲捕捉的部分。

初至異國的杜醒秋，意外受到同是留學生的秦風的熱烈追求，秦風甚至向醒秋欲求互許一段柏拉圖式的精神戀愛。在彼此認識的過程中，醒秋

雖然不愛秦風，但她憐憫他在情感上受到的挫折，也被他的強烈熱情所鼓動。此時雙方時相過從的消息傳回故里，惹得好事的朋友忍不住寫信詢問，逼使女主角不得不正視並且處理這段關係。雖然醒秋認為這陣心湖泛起的漣漪「不過是一場迷惘，不能算什麼戀愛」[23]，卻是她開啟檢視個人的愛情認知與態度的契機：

> 我對於愛情要負完全的責任。我不愛人則已，一愛之後，無論疾病貧窮，死生流轉，是永不相負的。便是精神的愛，也是如此。[24]
> 她主張愛情要有條件：學問、人格、性情，……都是擇偶的重要條件。人們的性情是容易變遷的，愛情的變化，尤其厲害，沒有條件，單靠空洞的愛情，婚姻的結果，定然危險。……她之所以不反對家庭代她定的婚約，也有她的原因：第一，她不願傷母親的心；第二，知道叔健品學同她相當，無改弦易轍之必要；第三，她知道人的性情是不固定的，是要受一點束縛才能不亂走的，她有些甘心讓那婚約束縛她自己和他。[25]

我們可以確定，與秦風這段意外的情感插曲先是讓杜醒秋萌生解除舊式媒妁婚約的念頭，繼之又促使她重新定位與未婚夫叔健這段媒定婚約的態度。

《棘心》對於兩性關係的態度少了五四小說習見的激烈張揚，多的是新知識女性對於愛情的種種理性思考。因此，這裡的愛情與五四新文化用來衝撞封建體制的「婚戀自由」內涵，不應等同齊觀。在五四男性大師筆下，對自由戀愛的強調和追求不但獲得公眾的認可，與婚姻及個人滿足產生緊密結合，更往往著重於是為落實政治社會民族的理想。[26]然而在五四女

---

[23]蘇雪林，《棘心》，頁 60。
[24]蘇雪林，《棘心》，頁 61。
[25]蘇雪林，《棘心》，頁 112～113。
[26]Allen Boone, Joseph, *Tradition Counter Tradition: Love and Form of Fiction*, Chicago: University of Chicago Press, 1987, p.15；李歐梵，〈情感的歷程〉，《現代性的追求——李歐梵文化評論精選集》，頁 147。

作家眼中，「愛情」是關乎話語與經驗之間的相互映照，我們不時可以在文本裡看到女性對現代愛情神話的質詰。[27]顯而易見，《棘心》的女主角並非在某種蒙昧無知、無以抗拒的狀況下接受她的媒定婚約。甚至，杜醒秋自覺地採納家人的建議，開始與叔健通信。雖然小說在後半段告訴我們，醒秋不愛叔健甚至「有點兒恨他」，但是她所有的抗拒最後都消融在女兒對母親的共生依戀還有不忍之情當中。因此，關於故事最後女主角為了體貼親情而選擇封建婚約這一點，我們需要回到中國父權文化死結下相互牽制糾葛的母女關係來梳理，才能看出現代女性對愛情的態度是如何夾纏在親情倫理之中無以兩全的癥結。

在過去中國封建傳統裡的母女關係一直都是親密與和諧的；文學史上母親的形象與意義更是有別於其他女性身分。貶抑譴責婦女為禍水的例證俯拾皆是，但對「母親」心懷尊崇與仰慕，則是文人作家們共同的態度。因為母親終其一生，都以其無比慈愛堅忍的毅力來撫育子女，百般的犧牲奉獻是為她一生的成就與功德。文學裡這種苦難偉大的母親，負著沉重深遠的象徵意義，已經在中國儒家體系中走過了千百年的歷史。及至 20 世紀初，母親的形象以及母女關係逐漸在多重折射的時空環境下，呈現紛雜多樣的面貌，並且成為五四女作家關注的書寫主題。馮沅君、盧隱、謝冰瑩將母愛置於和男女之愛尖銳衝突的現實背景中加以剖析，賦予母女關係以五四的新時代意義。在她們受人矚目的代表作裡，一則一則自寓景況地訴說新舊遞嬗時代中母女之間難以避免的衝突關係。飽經一世憂患風霜、年邁孱弱的母親，是女兒們的撫育者以及守護者；而做為宗教秩序、父權倫理的分身，母親又同時是律法規範的執行者。

在中國 1920 年代的歷史背景裡，「愛情」與「親情」衝突的白熱化關鍵正在於其背後所承負的新／舊、個體自由／宗法道統的誓不兩立。因此，新文學描寫個人與封建勢力的決裂無啻於是體現當時主流的意識形態

---

[27]劉乃慈，《第二／現代性——五四女性小說研究》（臺北：臺灣學生書局，2004 年），頁 134～140。

號召。然而，對現代女性來說，「愛情」與「親情」恐怕不是新／舊抗爭這般絕對和簡單。《棘心》凸顯現代女性如何在母女親情的層層糾葛中，最後選擇妥協自我意願的過程。女主角與母親之間那股無以割捨的親情牽繫一直是貫串整個故事的主線；尤其是醒秋因為自己的不告而別，日愈加深的愧疚與不捨更讓她朝暮思念著母親。隨著女主角在遠遊途中不停地追憶母親的慈愛——她的辛勞、她的忍氣吞聲、她的苦口婆心、她的纏綿病榻以及她對女兒終身大事的寄望與堅持——醒秋最後拋棄個人意願，選擇成全母親的心意。一開始醒秋與叔健雙方便是落落無情感，衡情酌理都有解除婚約之必要，但她又不能這麼做，因為必須顧全母親的處境：

> 母親禮教觀念雖強，對女兒究竟慈愛，她解除婚約之後，母親雖暫時不快，將來母女見面，母親還是會寬恕她的。不過祖母的咕噥，母親怎受得下？這一位家庭裡的「慈禧太后」對於這個飽受新思潮影響，滿腦子充塞革命觀念的醒秋，固毫無辦法，對於那多年絕對服從她的媳婦，則仍可控制自如。她是要透過她的關係來壓迫孫女的……「我終不能為一己的幸福，而害了母親！」[28]

面對這位父權宗法秩序下的犧牲者與執法者，醒秋明白要顧全自己只能犧牲母親，要顧全母親，唯有犧牲自己：

> 為了我的婚姻問題，我幾次寫信和家庭大鬧，所說教母親傷心的話確也很多。天主饒恕我，我當時不知為什麼竟有那樣狠毒的念頭；我有好幾次希望母親早些兒去世，這因為我想獲得自由，但又不忍母親受那種重大精神打擊，所以如此。[29]

---

[28] 蘇雪林，《棘心》，頁 196。
[29] 蘇雪林，《棘心》，頁 249。

杜醒秋在母女親情與自我意願的扞格中反覆掙扎，她因長期向母親親情的任性違逆既悔又恨：「我那時對於我那可憐母親的精神虐待，現在一一成了痛心的回憶，這刻骨的疚念，到死也不能滌拔。」[30]文本再三展示，當母親為女兒犧牲時，女兒亦以為母親感到苦楚做回應。這裡不再單純是中國傳統文化所理解的父母付出而子女接受的模式，抑或五四反封建口號聲中個人誓與家庭決裂的單向思考。相反地，《棘心》展現母女雙方身分在相當程度的混雜以及逆轉。簡單地說，因為母親的自我犧牲方能成就女兒的理想，女兒也唯有用自我犧牲才得以彌補母親的苦楚，並安慰自己的不安和愧疚。

五四新女性常常處於愛情與親情無法兩全的痛苦衝突中，這種複合矛盾、互相牽制的母女關係，在很大程度上符合女性主義學者邱德洛（Nancy Chodorow）對母女情感的詮釋。在《母職的再製》（*The Reproduction of Mothering*）一書裡，邱德洛從精神分析的角度，認為母／女關係始終較母／子關係來得緊密，並且女童的主體發展不時擺盪在反抗與依賴母親的心理。女孩因為與母親擁有相同的性別，她傾向於延長母親在伊底帕斯時期的共生式依戀，並且有可能發展出分界不明的自我。母親更是經常視女兒為個人的延伸，並意圖於阻止女兒發展出個別的自我。[31]相較母親對女童的態度，女童之於母親的態度則是充滿矛盾；女童在情感上既與母親緊密依存，卻同時又欲求獨立。[32]她雖渴望獨立，但是漸趨增長的自主性便代表著必須逐漸放棄原先與母親之間共生式的聯繫。因此女童的自我疆界（ego boundary）便不易與母親的自我疆界劃清界線，不時擺盪在「排斥反抗母親」與「強烈依戀母親」兩種極端的情感中。[33]

---

[30]同前註。

[31]Chodorow, Nancy, *The Reproduction of Mothering, Psychoanalysis and the Sociology of Gender.* Berkeley: University of California Press, 1978, p.124.

[32]女童的自我發展是經由與他人的互動關係，以及個人有意無意地不斷協調於與母親分離和尋求獨立的經驗中而來的。這種複雜甚至衝突的情緒，伴隨著女童成長中的分離與個人化過程，對女童來說無疑是得失並存。

[33]蘇雪林，《棘心》，頁138。

　　和母親慈愛地對待女兒一樣，醒秋也願意為她的母親犧牲一切；與親密接觸接踵而來的淚水，是母女之間互愛互憐的象徵。文本裡女兒對母親的繼承是分作兩部分來實踐的。一是表現在女兒對母親的承諾。回到中國後的醒秋，對病重的母親充滿愧疚，她馬上履行家庭為她媒訂的婚約，企望藉此以慰母心：

> 我去夏為母親病重，倉皇東返，在海船上一路為那可怕的預兆戰慄，疑惑不能更與母親相見。但如天之幸，我到家後，她病況雖然沉重，神智尚清，我在她病榻前陪伴了她七個月，遵她慈命，將你約到我們家鄉結婚。她當時很為欣喜，病象竟大有轉機，醫生竟說還有痊愈之望……[34]

而當母親去世，醒秋的痛楚又馬上被祈禱與祝福所取代：

> 母親的病雖終於未愈，終於棄我們而長逝。不過以她生前德行之完備，及她一生所受的苦難而言，她在天庭的報償一定是很大的。願仁慈的上主，接受這個善良的靈魂，親手拭乾她的眼淚，以香膏敷止她的創痛，讓她永永安息於主懷。[35]

另一方面，女兒對母親的繼承還表現在她與丈夫的關係中。故事結尾，醒秋在給叔健的一封信裡多次提及：

> 在母親前我們却很親睦，出乎中心的親睦，母親看了，心裏每有說不出的歡喜。更感謝你的，你居然會在她病榻旁邊，一坐半天，趕著她親親熱熱地叫『媽。』母親一看見你，那枯瘦的頰邊便漾出笑紋。[36]

---

[34] 蘇雪林，《棘心》，頁 241～242。
[35] 蘇雪林，《棘心》，頁 251。
[36] 蘇雪林，《棘心》，頁 242。

> 我們過得和和睦睦，母親在天之靈，也是安慰的……[37]

醒秋將對母親的思念與愛覆蓋在她與叔健這段缺乏感情基礎的婚姻關係上，將個人意願以及抗拒都消融在女兒對母親的依戀當中。就理性主體對倫理欲望的回應來看，《棘心》的女兒選擇完成向母親承繼的儀式，成全倫理親情是為她實踐婚姻身分的動機和目的。

　　總合以上兩小節，蘇雪林筆下的這個性別主體在行旅過程中不但要經驗異質他者的衝擊，更要在個體理性精神獲得滿足的同時，面對各種倫理（諸如道德、美善、責任、同情等等）的要求與試驗。透過文本，蘇雪林試圖延展現代女性主體的多重差異，我們在小說女主角身上看不到任何可以刻板劃分的新／舊二元對立形象。因此，《棘心》裡的愛情與親情是一種對向而非對抗的關係，這樣的關係不應該被簡單視為對封建宗法秩序的臣服，也不是樂觀天真一如五四個體解放論述預設的跳上洋車、一溜煙開走那般容易。蘇雪林筆下的愛，是一種增加倫理向度的關係性思考，無疑是擴大了五四浪漫個人主義的思辨與想像疆界。

三、無盡的折衝

　　《棘心》在一定程度上更可以被放在現代中國留學生文學的脈絡裡來討論。在 20 世紀初中國留學生文學這個次文類裡，其敘事模式或者發抒去國的悲涼，或者疾書歸國的幽憤，字裡行間滿溢感時憂國的情感基調（王德威，1993 年）。整體來看，五四作家筆下的去國求學經驗莫不是浪漫主義與愛國主義的展現。此間，《棘心》凸出了知識分子如何依違／折衝在自我主體欲求以及國族倫理責任的交界，甚至變成無止盡的周旋，時時折磨著五四新知識分子的內心。如果說，《棘心》的行旅歷程是尋找／探索／回應各種愛的心路歷程，那麼文本觸及到的國族之愛正是繼上文中主體

---

[37] 蘇雪林，《棘心》，頁 251。

回應自我以及親情倫理欲望之後的另一道變形再現。

　　順著女主角的海外羈旅見聞，小說不斷發抒有識之士渴望藉由先進國家的知識技術乃至政教模式，重新為自己的民族國家找尋新定位。「海禁開了，同白種民族一比，便相形見絀」，所以醒秋想到法國求學將自己鍛造成一個有用的人才，再回到中國改善自己國家的文化。自中國—里昂—來夢湖—丹鄉—巴黎，《棘心》一路構築現代世界的象徵版圖。歐洲國家自由平等的民主體制、蓬勃先進的科學、豐富燦爛的文明、歐洲人民博愛與服務的精神、克盡道德的本分、令人肅然敬佩的宗教胸懷……這些無一不讓女主角醉心與崇敬：

> 一到法國，便不想回家，這不是醒秋一人如此，實為留學界普遍的現象。有錢的子弟，浪迹巴黎市上，出入金碧樓臺，擁抱着明眸善睞的舞女……他們說「此間樂，不思蜀，」也還合乎情理。但也有些人，窮得不名一錢，以借貸做工度日；或家庭像醒秋一般多故，函電紛馳的叫他們回去，他們還是一再淹留；即勉強言歸，而三宿空桑，猶有餘戀，這又是什麼緣故呢？
>
> ……留學生之愛戀法國，一半為學問慾之難填，一半為法國文化的優美，實有教人迷醉的魔力。法國教育發達，又為先進的國家，高中學生，其智識程度，都堪與我們大學生相比，甚或過之；相對之餘，不免使我們自慚淺薄，對於學問，遂更抱一種熱烈的研究心。[38]

除了無以削減的思親之念，小說自後半部開始花費越來越多的篇幅在女主角對西方物質條件以及精神文明的欽佩與嚮往。第 15 章「他不來歐洲」還個別梳理了中國現代青年身處中／西二種強烈文化對比的心理。

　　海外留學是抱持知識取經、文化朝聖的心態，前往瞻仰一個在許多方

---

[38] 蘇雪林，《棘心》，頁 178～179。

面都是帶領風潮、擺脫傳統的現代化國家；所以留學生涯的紀錄更是呈現
了知識分子如何看待自己的國家與其他進步的國家：

> 我沒有到外國來之前，不知他們的生活是怎樣，現在得了比較，回顧祖
> 國，更使我難堪了。[39]
>
> 不像中國之哀鴻遍野，干戈滿地，令人痛恨的罪惡，層出不窮，驚心動
> 魄的災變，刻刻激刺乎神經，兩下一相比較：一邊不啻是世外仙源，一
> 邊不啻阿鼻地獄，或血腥充塞的修羅場，誰不願辭苦就甘？誰不願身心
> 寧謐？[40]

跨入他者的歷史文化版圖，女主角產生一種追尋烏托邦的欲求。進而促使
自我主體持續藉由外在世界的刺激而產生內省，思考自我與他者的定義還
有兩者之間的關係。與此同時，人在異鄉踽形吊影，尤其每當家鄉傳來噩
耗、親人病逝或是故里遭荒兵土匪騷亂，杜醒秋的憂家愛國之情倍加滋
長。因此，女主角一方面迷戀法國，另一方面又覺得作客況味孤寂可憐：

> 留學生處於這等環境裡，「思鄉病」仍然劇烈。故國在我們想像裏，成
> 了一種極奇怪的東西，一面怕與它相近，一面卻又以熱烈的愛情懷慕著
> 它。[41]
>
> 「她們待我優渥異常，但我只覺得孤寂，一種說不出來的孤寂。」[42]
>
> 法國飲饌精美，冠於全世界，點心更為有名，醒秋卻時想喫中國的食
> 物。她想念故鄉的茶葉、香腸、香料醃製的鯽魚，鹽菜和醬蘿蔔；甚至
> 辣椒和臭腐乳，都變成想像中頂好喫的東西……[43]

---

[39]蘇雪林，《棘心》，頁172。
[40]蘇雪林，《棘心》，頁179。
[41]蘇雪林，《棘心》，頁180。
[42]同前註。
[43]蘇雪林，《棘心》，頁181。

人在國外，愛國之心，極為濃摯，只要能為祖國爭一點光榮，心裏便覺得有無可比擬的快樂。這種心理是要到外國後才知道的。[44]

在去國懷鄉的主題裡，海外求學做為探求現代真理的最直接活動，這個行為本身就是為國家民族主義而服務的。一方面，行旅的烏托邦追尋可以被滿足在自我主體的實現與擴張，另一方面也因為行旅的終極目的：在知識取經結束後必須面對回歸群體和一統的愛國使命。「我是愛國的，永遠要愛國的。祖國啊！如果能使你好起來，我情願犧牲一切。」[45]這個時候，個人的烏托邦欲求也必須透過各種方式來終結。因此總觀《棘心》全文，我們很快地就能發現小說後半部將念母之心與愛國之情繁複交纏：

她夢見自己走在一片曠野裏，四望衰草茫茫，天低雲暗，景象異常愁慘。路上沒有一個行人，連一頭牲畜都看不見。如血的斜陽中，她獨自拖著瘦長的影子，彳亍前進……心裡充滿了悽惶的情緒。但她的心靈似乎對她說：這個世界裏還有一個親人，那是她的母親，她須去尋得她。[46]無論法蘭西文化之如何教人迷戀，無論回去後要經歷什麼困難，她也是非回國不可的了。[47]

讓我們再回想一下上文第二小節裡試圖說明的，女主角如何在母女親情與自我意願的扞格中反覆掙扎；同樣地在國家民族之愛的層次上，做為現代女性知識分子的杜醒秋亦陷於保有自我抑或保有母／國的抉擇和掙扎之中。就在醒秋惦母病危、思親甚切的同時，中國內戰頻仍、軍匪橫行的消息亦紛紛傳至她的耳邊。隻身萬里之遙，思親憂國之痛倍增，夢境裡她看見國土漫天火花、如麻的槍刺以及她的母親直僵僵的倒在血泊中。顯而易

---

[44]同前註。
[45]蘇雪林，《棘心》，頁 172。
[46]蘇雪林，《棘心》，頁 166～167。
[47]蘇雪林，《棘心》，頁 224。

見，《棘心》不論是異鄉思親母抑或海外論國是，「母親」與「中國」這兩個符指在文本裡已然相互指涉，形成籠罩自我主體意識的民族主義的龐大身影。前者以一個「受難母親」的意象，導引女主角認同後者——中國的苦難還有苦難的深度。對現代中國知識分子來說，「國族」是背負在苦難母親意象背後一個更強烈巨大的愛的欲望、吸引甚至責任。在慈母病危、故國憂患的恐懼包圍下，女主角做出「莊周化夢蝶，我實化國魂」的宣誓，暗示中國民族主義者恢復家邦的雄心壯志，杜醒秋最後奔向母親／中國的身影。

　　《棘心》的留學行旅凸顯一個矛盾混合體的型塑過程，主角的自我主體擺盪在追求個人自由與回應集體共識之間：留學的動機在掙脫傳統宰制，而留學的目的卻必須回應國家民族的文化和情感期望。或許，我們可以如此詮釋《棘心》中女主角的心志認同：知識菁英階層特有的世界觀加上國族主義的複雜情結，在醒秋身上形成一個不穩定的混合，凸顯主體折衝在個人欲望與國族期待之間那股無盡的矛盾：

> 你雖然曾給我許多眼淚洗面的歲月，也給我許多永不能忘的歡樂。我有時懊悔來你這裏，空拋擲了三載韶光，換得一腔悲痛回去，但我也在你這裏得了無數人生的經驗……我將永遠寶貴着你所給我的記憶，我的夢魂或者還會飛渡大西洋，和你時時相見。[48]
> 真的，我很悔到法國，三年半的憂傷悲苦，好像使我換了一個人……初離法國時我還有些戀戀，以後愈想愈怕，「法蘭西」三字在我竟成了惡魔的名詞，回國兩年，始終不敢翻開帶回來的法文書，不敢會見一個留法的舊同學，感謝光陰的惠愛，這病近來才稍稍平復，但法文卻忘得一乾二淨了。說來真教人好笑。[49]

---

[48]蘇雪林，《棘心》，頁238。
[49]蘇雪林，《棘心》，頁250。

對國家民族而言，留學是期望知識分子在外遊歷、增長見識之後盡速返國，致力貢獻服務。對留學生來說，去國正可以使自己充分做自己的主人，藉「取經」反抗某種既定建制的約束。海外培訓的中國知識分子是受過西方訓練的專業人才，必須設計出如何做出最大貢獻的自我形象。但是就這些經驗過不同自由文化洗禮的知識分子來說，個人對自我主體與國家民族關係的衡量與定位，可能產生極大的差異和拉距。因此，留學海外的知識菁英容易依違在無可避免的矛盾心理——某種程度上他們具有雙重文化認同，既熟悉本土的菁英文化，亦熟悉外國的菁英文化。[50]更重要的是，個體的自主性和評斷民族現狀、籌謀民族未來一樣可貴。

《棘心》沒有留學生文學習見的一貫反抗或堅持的浪漫，唯存現代中國人置諸家國民族大愛之間，一種冀望滿足愛的對向關係的召喚，卻又往往不能自已的矛盾和掙扎。小說行文處處皆是主角為母／國代言的欲求，至於遊子個人的意願在回應母／國的欲望下自願／被迫不斷壓抑，隨後又再伺機復返。

四、不只是救贖

從個人到家庭乃至國族，《棘心》反覆演繹愛的主體與客體之間的關係性，體現愛的多重向度——自我愛欲、共在情感以及人群共愛（賴俊雄，2011 年，頁 14）。總合上文的分析，我們似乎可以將這個羈旅異鄉、形容枯槁的杜醒秋，與屈賦裡那位滿懷憂憤、吟於江畔的詩人身影重疊在一起。儘管他們之間存在著莫大的時空隔絕以及歷史差異，兩者卻具備一個共通的特點——因為愛，所以憂。他們的愛絕不只是做為個人自我意志的展現而已，更是透露著主體竭力回應愛的對象（客體）的渴望。猶有甚者，貫穿整個行旅的歷程，《棘心》更企圖將這種愛的求索和體驗延展到宗教的層次——對「上帝」或「形上愛」（Agape）的關係，擴大主體對於

---

[50]孫任以都，〈學術界的成長〉，《劍橋中華民國史 1912 年～1949 年》（下冊）（北京：中國社會科學出版社，1993 年），頁 415。

「愛的先驗本質」的思辨能力。

　　一般而言，宗教層次講求的大愛往往是趨向淨化和救贖的力量，或者被視為是超脫世俗羈絆的象徵。然而蘇雪林在《棘心》裡表現出來的宗教愛，卻不應該只是被簡單解釋為主角在煩憂苦惱之際所冀望的救贖力量。相反地，《棘心》在皈依天主教宗教信仰的心路歷程中反覆淘洗、再三檢視個人的信仰質地。行旅的狀態使得移動者必然遊介在離／返的兩端之中，處於某種「居間」（in-between）的不確定狀態，此中難免涉及到真理檢驗以及認同鬆動的問題。《棘心》在宗教之愛的心路歷程中，獨到地觸及了信仰者的內心矛盾、遲疑甚至是衝突的層次，因此更加彰顯這部文本的特殊價值。這是本文在這一小節裡試圖強調的重點。

　　在中國新知識分子的眼裡，中西文化情境裡的舊式宗教無啻於是封建迷信的罪證，大大悖反五四追崇的科學理性精神。杜醒秋在中國本來就與任何宗教沒有瓜葛，甚至平日聽到人們提起「天主教」三個字，每每要引來一連串陳腐、落伍的聯想。初到法國的女主角，看見走在街上的神父也不免要有一陣厭惡之感，她常用鄙夷的口氣說：「這班『白頸老鴉』們，終有一天要被時代淘汰了的。」[51]前文業已提及，杜醒秋隻身在外，飽嘗離鄉背井的孤苦；女主角就是在思念母親、感情受挫以及病體折磨的情況下，慢慢接觸到那個在過去頗令她不以為然的天主教。經過她一連串的親眼觀察、親身體驗以及反覆思忖，這個被她視為是封建罪證的宗教漸漸有了不同的樣貌：

　　　醒秋為吐血進了醫院，院中執看護之役的都是些修女。據馬丹瑟兒說：這
　　　班修女並非為貧賤無依，來此混飯喫的。她們有的是貴家閨秀，有的是擁
　　　資數百萬財主的女兒，為熱心敬愛耶穌，實行博愛主義，才甘心就此賤
　　　役。她們的服務，沒有年限，至死為止，也無薪俸，完全是犧牲性質。[52]

---

[51]蘇雪林，《棘心》，頁106。
[52]同前註。

醒秋自出醫院之後，對於宗教的態度已和從前稍有不同，現在見了這位
馬沙女士，更覺得天主教不是一個尋常的宗教……更不免常常找着她談
話，不久她們便成了朋友。[53]

天主教講求「虔潔」、「熱忱」還有「神樂」，對女主角而言是一種追求
真善美的修身境界，本來就具有相當的吸引力。再加上天主教以「原
罪」、「沉淪」、「復活」等等理論來要求它的信徒承擔天主賦予的各種
責任，換言之犧牲自己、拯救眾生以求個人精神的復活，又更能吸引生性
浪漫卻因為當時精神處於孤寂苦悶的杜醒秋：

她是一個理性頗強，而感情又極豐富的青年。她贊成唯物派哲學，同時
又要求精神生活，傾向科學原理，同時又富有文藝的情感，幾種矛盾的
思潮，常在她腦海中衝突，正不知趨向那方面好。而且她自到法國以
來，心靈上不斷受刺激，身體常在疾病之中，也想追求一種精神的慰
安。前一種思想是積極的，後一種思想是消極的，兩種相反的思想，都
足引她走上研究宗教的一條路。[54]

除了女主角的天性氣質容易受到吸引、親自經驗天主教修女們的修身自持
與無私奉獻以外，很顯然的，中國千年來封建愚昧的社會以及無助的勞苦
大眾，在某種程度上更與天主教的人類原罪與沉淪的觀念遙遙呼應；天主
教講求的「聖潔」、「慈愛」又與醒秋內心欽佩不已的母親懿行相互襯托
輝映，這兩大因素更是無形中加遽她對於天主教的移情與寄託：

母親並不是宗教家，但她德性之醇厚，和宗教家原無多大的分別。就以她

---

[53]蘇雪林，《棘心》，頁107。
[54]蘇雪林，《棘心》，頁118。

愛人一點而論吧，那種犧牲克己的精神，也可以趕上醫院那群修女了。[55]
不過像母親的人，在中國百千人中難得其一，而歐洲則隨處都是，這就
不能不歸功於宗教。[56]

離開母／國，反倒讓杜醒秋得以鬆動過去她對羅馬天主教的僵化刻板印
象，也因為離開母／國，讓她在思念、欲求這些愛的對象客體的同時，再
加深女主角對宗教的親近與友善。《棘心》在宗教層次上的愛首先是一種
「應允」——回應性別主體自我實現的欲求、母女親情倫理的欲求、國家
民族前途的欲求，以及更高層次的人類之心靈與精神的欲求。換言之，文
本裡的宗教愛是具備各種現實關懷做為根基的，甚至可以說，《棘心》的
宗教愛是對於各種現實欲求的整體回應。

　　一個有趣並且值得注意的現象由此而生：離開封建家庭、努力追尋自
我的杜醒秋，確實符合五四新時代精神的期待；女主角一旦踏入自由進步
的西方國度卻反而選擇當時人們眼中的舊式宗教來信仰，這卻是對五四科
學理性價值的悖反。悖反五四價值並不意味著回歸愚昧和封建，反而是擴
充五四現代性內涵的可能。這個觀察源自一個重要的關鍵：《棘心》裡的
宗教之愛始終都是關係性的，它不單只是信仰者企圖獲得救贖的管道，更
是信仰者得以檢視內在深沉自我、開啟主體與宗教精神和教義反覆對話的
契機。我們不應該忽略《棘心》是如何以一種自白式的口吻再三向讀者吐
露，小說裡的女主角先是切身體驗到這些天主教修女們無私奉獻的精神感
召，後來又因為止不住地對故鄉病母懺悔以及男女情感上的受挫，所以選
擇入院修道：

　　起初她恨不得於領洗之後，便立刻往修道院一鑽，從此匿跡潛修，與塵
　　世隔絕。但過不得幾時，她心緒漸漸平靜，那棄俗修道的念頭，也漸漸

---

[55] 蘇雪林，《棘心》，頁107。
[56] 蘇雪林，《棘心》，頁108。

　　清醒過來。[57]

　　尤其是日日奉行的信仰儀式，起初為了好奇新鮮和初領洗時熱心的緣故，還肯一一照行，「後來便發生厭倦了。」換言之，醒秋的信仰本來就不是出於對宗教的深切了解，也不是出自敬愛天主的誠心，而是為了填補孝親的遺憾、彌合愛情的創傷，想在宗教中尋一個安身立命之地。與整個文本裡對慈母的懺悔基調相同，醒秋坦承自己平時將神擱在一邊，總要遇到憂惶無措的時候才又苦苦祈禱，就好像是要抓住神不放似的，她很明白地覺得自己心裡有一個美善的天神，同時也有一個魔鬼，勢均力敵的對峙著。

　　貫穿女主角皈依宗教的心路歷程，很明顯地，文本不是一般典型的迷途羔羊─浪子回頭的敘事模式，卻是主角自我心理剖析的直白與坦率。科學理性與宗教情感同時在女主角的心／腦生根，此時要她作出對任何一方的選擇，都是煎熬。更遑論身為新時代的一分子，杜醒秋的一舉一動、所作所為莫不是要承受著眾人檢視與評議的壓力。因此在故事最後，女主角甚至數度懊惱地想否決先前所有美好的離家旅遊與求學體驗，包括天主教純潔無私的犧牲與奉獻精神，都企圖一一抹滅。

　　本文分析至此，應該將占了整部《棘心》將近四分之一篇幅的宗教書寫，放到整個中國近現代文學發展過程中所受到的基督教文化影響來看，方能凸顯其意義。整體而言，包括羅馬天主教在內的西方基督教派，[58]從器物、制度到文化與思想各個層面，對 19 世紀乃至 20 世紀初的中國現代化都有著舉足輕重的影響。[59]西方基督教文化極大地影響著現代中國，它滲入

---

[57]蘇雪林，《棘心》，頁 200。

[58]為了行文方便，並且避免讀者誤會以為對中國現代化的影響只有天主教，因此本文在此處以廣義的「基督教」一詞將天主教包含在內。這個做法是採用自陳偉華，《基督教文化與中國小說敘事新質》（北京：中國社會科學出版社，2007 年），頁 16～17：基督教以崇奉耶穌為救世主，歷經時代分化出許多派系，較大的支派包含羅馬公教（在中國亦稱天主教）、正教（或稱東正教）、基督新教（在中國或稱基督教或耶穌教）等，另外還包括其他較小派系。

[59]費惟愷在一篇討論西方宗教對現代中國的影響的文章〈外國在華的存在〉，《劍橋中華民國史 1912 年～1949 年》（上冊）（北京：中國社會科學出版社，1993 年），頁 147～232 裡指出，民國以前，特別是義和團事變之後迅速興起的民族意識，視基督教為西方帝國主義的邪惡產物。直至清

中國的經濟、醫療、教育、文化、社會、生活等各方面，當然也在中國現代文學的發展裡烙下不少印痕。比起郭沫若、茅盾、巴金、老舍、張資平、許地山、葉靈風等人的作品，[60]或者大量表現宗教情感或者套用／改編《聖經》故事情節與典故，[61]蘇雪林的《棘心》不僅不遑多讓，甚至是展開對西方基督宗教信仰的思辨能量。如果杜醒秋皈依天主的修道之願，原是為了安頓她苦悶的心，一旦踏上修道之路卻是更多的矛盾以及衝突，那麼西方宗教在《棘心》裡的意義就更多了一層辨證的空間。宗教不再只是淨化或者救贖的功能，宗教也可以是另一個他者，時時撞擊女主角的心靈與價值秩序。杜醒秋既置身另一個環境與文化背景，又同時遭逢各種異質文化的衝擊，必然會產生許多內心感覺結構的糾纏、折衝和轉變。《棘心》毫無保留地全盤托出這些時時折磨女主角心靈的遲疑與矛盾，絕對是這部作品極為難能之處。因為它毫無矯飾、坦然地為讀者展示中國現代知識分子某部分的精神樣態；這要比單向度地讚揚或者抗拒新文化值得讀者們玩味與體會。

　　另外，還有一個相當重要而亟待釐清的觀點是，杜醒秋不斷地懺悔自己叛逆行為對母親所造成的傷害，這樣的懺悔式的告白，不是主角對自己本身的叛逆行為進行譴責。事實上，女主角並沒有從本質上否定萬里求學、自由戀愛等等象徵自我實現的行為與意義。因此關於這部作品所瀰漫

代的最後十年，當中國本地的教育設施和師資發生供不應求之際，西方教會學校對中國現代教育的發展做出了很大的貢獻。例如，中國的現代西方醫學，在很大程度上是傳教士示範和教授的結果。1910 年代到 1930 年代以前的中國新式青年，有更多是教會學校的產物。可以說，「教會造就了新型的城市愛國者和改革者，以及諸如科學的農業、新聞事業和社會學等新型職業的開創者」（頁 186）。儘管如此，在中國的傳教士並不願意進入中國人的世界；在布道院四周高築的圍牆、修道士的日常生活與當地中國民情的涇渭隔絕，都是很好的例證。這種隔離狀態凸顯出在傳教士對他們的「天職」的絕對自以為是的心理，「他們的整個目的是讓中國人進入他們的世界」（頁 193）。

[60]陳偉華，《基督教文化與中國小說敘事新質》，頁 25：在 20 世紀初的中國新文學裡，可看出受到基督教文化影響而表現在內容、敘事模式甚至修辭方面的作品，不勝枚舉。諸如郭沫若的《落葉》、巴金《新生》、老舍《老張的哲學》、許地山《綴網勞蛛》、張資平《約檀河之水》與《上帝的兒女們》、茅盾《參孫的復仇》及《耶穌之死》等、葉靈鳳《神跡》和《魔伽的試探》等等皆是。

[61]同前註。

的濃厚的懺悔基調，正如鄭玲在〈試論蘇雪林小說中的天主教意識〉這篇
研究中指出的：

> 懺悔並沒有使人物歸順於舊道德，懺悔是一種情感的宣洩，滿足母女親
> 情上的缺憾，實際上只是對懺悔者良心的拯救。……蘇雪林滿懷愛心卻
> 絕不失之熱狂，皈依天主但絕不放棄理性，她的宗教因此別具特色。[62]

不僅是杜醒秋對母女親情倫理關係的懺悔是如此，事實上，整部作品小自
個人大自國族以及宗教層次的懺悔性質，也都應該往這樣的角度來理解和
詮釋。

結論

　　《棘心》是現代中國知識分子在主體追尋以及建構的過程中，對於各
種愛的探索、體驗以及試練。透過行旅，女主角得以照見各種愛的複雜樣
貌；行旅的歷程就是愛的歷程。由愛出走，女主角從個人生命疆域的跨界
（性別主體自我實現的心理欲求）乃至嘗試回應愛的政治與倫理關係（母
女親情與國族之愛）。甚至在宗教的殿堂裡反覆淘檢自我與世界的牽絆和
拉鋸。顯而易見地，《棘心》求愛的歷程少了五四文學習見的對立與反
抗，唯有更多不能自已的妥協和感傷。以五四浪漫個人主義來衡量，這部
小說或者搆不上當時所謂的「偉大」文學標準，然而換個角度來看，正是
因為文本處處表現的不充分、不完全以及不確定性，方才充分彰顯出「現
代性」的真正質素。如果行進移動的過程是為了到達目的地彼端，甚至進
一步確定生活和生命的意義，那麼，《棘心》裡的行旅探索卻是不斷浮沉
在一個女主角所不能掌控的紊亂世界之中。與此同時，文本裡各種愛的關
係也是彼此徵逐，相互抗衡，即便是到了卷尾都未有定論。在蘇雪林的筆

---

[62]鄭玲，〈試論蘇雪林小說中的天主教意識〉，《中國文化月刊》，第 245 期（2000 年 8 月），頁 115
～116。

下，現代中國知識分子複雜幽微的情感歷程於焉浮現，為五四時期的中國現代性增添多重思辨向度的另類視野。可以說，正是這種半途中止在意義不夠清楚的懸宕狀態，才是《棘心》全書魅力煥生的所在。

引用書目：

- Allen Boone, Joseph, *Tradition Counter Tradition: Love and Form of Fiction*, Chicago: University of Chicago Press, 1987.
- Bassnett, Susan, "Travel writing and Gender", in *The Cambridge Companion to Travel Writing*, edited by Peter Hulme and Tim Youngs, Cambridge University Press, 2002. pp.225～241.
- Chodorow, Nancy, *The Reproduction of Mothering, Psychoanalysis and the Sociology of Gender*. Berkeley: University of California Press, 1978.
- Morris, Mary, "Women and Journeys: Inner and Outer" in *Temperamental Journeys: Essays on The Modern Literature of Travel*, edited by Michael Kowalewski, Athens and London: The University of Georgia Press, 1992. pp.25～32.
- 方英，〈綠漪論〉，黃人影編《當代中國女作家論》（上海：光華書局，1933 年）。
- 王德威，〈出國‧歸國‧去國：五四與三、四〇年代的留學生小說〉，《小說中國》（臺北：麥田出版公司，1993 年）。
- 李歐梵，〈孤獨的旅行者——中國現代文學中自我的形象〉，《現代性的追求——李歐梵文化評論精選集》（臺北：麥田出版公司，1996 年），頁 117～137。
- 李歐梵，〈情感的歷程〉，《現代性的追求——李歐梵文化評論精選集》，頁 139～159。
- 吳珊珊，〈蘇雪林《棘心》中的宗教改革主張〉，《雲漢學刊》，第 12 期（2004 年 6 月），頁 1～15。

• 姚振黎，〈單士釐走向世界的經歷——兼論女性創作考察〉，《挑撥新趨勢——第二屆中國女性書寫國際學術研討會論文集》（臺北：臺灣學生書局，2003 年）。

• 孫任以都，〈學術界的成長〉，《劍橋中華民國史 1912 年～1949 年》（下冊）（北京：中國社會科學出版社，1993 年），頁 411～438。

• 盛英主編，《二十世紀中國女性文學史》（天津：人民出版社，1995 年）。

• 陳室如，〈閨閣與世界的碰撞——單士釐旅行書寫的性別意識與帝國凝視〉，《國文學誌》，第 13 期（2006 年 12 月），頁 257～282。

• 陳偉華，《基督教文化與中國小說敘事新質》（北京：中國社會科學出版社，2007 年）。

• 費惟愷，〈外國在華的存在〉，《劍橋中華民國史 1912 年～1949 年》（上冊）（北京：中國社會科學出版社，1993 年），頁 147～232。

• 廖炳惠，〈旅行、記憶與認同〉，《當代》，第 175 期（2002 年 3 月），頁 84～105。

• 鄭玲，〈試論蘇雪林小說中的天主教意識〉，《中國文化月刊》，第 245 期（2000 年 8 月），頁 110～119。

• 劉乃慈，《第二／現代性——五四女性小說研究》（臺北：臺灣學生書局，2004 年）。

• 賴俊雄，〈如果／愛：論「愛」的三種慾望經濟〉，《中外文學》，第 40 卷第 2 期（2011 年 6 月），頁 9～54。

• 蘇雪林，《棘心》（臺中：光啟出版社，1957 年）。

• 蘇雪林，《浮生九四》（臺北：三民書局，1991 年）。

——選自賴俊雄編《筆的力量——成大文學家論文集》
臺北：里仁書局，2013 年 2 月
——修改於 2014 年 10 月

五四遺事：當愛情降臨（中國）

論蘇雪林《棘心》、《綠天》及同代女作家的情愛敘事模式

◎蘇偉貞*

給建中——我們結婚的紀念。[1]

飽受五四思潮影響⋯⋯的女性知識青年，借她故事的進展，⋯⋯反映出那個時代知識份子對於戀愛問題的處理，⋯⋯這等於把時代大輪退轉到廿世紀的初期，而後順著時序，放映電影般，將那些情情色色的景況，一幕一幕在銀幕上顯出。[2]

這裡已經沒有家了。[3]

一、引言：五四愛情——遺事、遺緒、餘事？

1928 年蘇雪林（1896～1999）出版了小說、散文、童話故事合集《綠天》，扉頁題詞「給建中——我們結婚的紀念」，[4]具體說明本書訴求與對象；緊接著 1929 年蘇雪林再度推出自傳體長篇小說集《棘心》，主述女主人公杜醒秋接受五四思潮洗禮赴法留學其身心改造歷程，內文對未婚夫莊叔健、追求者秦風的愛情著墨頗多，整體而言，是如作者所謂：「主要介紹

---

*發表文章時為成功大學中國文學系助理教授，現為成功大學中國文學系教授。

[1] 蘇雪林，《綠天》（上海：北新書局，1928 年），扉頁。以下本文所引用內容為修訂版《綠天》（臺中：光啟出版社，1983 年）。後文不另贅述。

[2] 蘇雪林，〈自序〉，《棘心》（臺中：光啟出版社，1957 年），頁 5。以下本文所引用內容皆為此版《棘心》。後文不另贅述。

[3] 蔡政諺、吳振福連線報導，〈蘇雪林踏上歸鄉路〉，《聯合晚報》，1998 年 5 月 23 日，第 14 版。

[4] 蘇雪林，《綠天》（上海：北新書局，1928 年），扉頁。

一個飽受五四思潮影響的女性知識青年，借她的故事反映那個時代家庭、社會、國家及國際各方面動盪變化的情形及知識份子對於家庭問題的處理。」[5]二書充滿蘇雪林的愛情告白，也指出了本文的重點與論述關鍵：五四思潮、家庭、戀愛。此處要說明的是，《棘心》雖出版在後，但相較《綠天》，不僅文類統一，更扣緊愛情議題，蘇雪林亦曾自白，《棘心》的人物塑造成功，手法、結構、情節頗「緊湊自然」。[6]據此，後文將以較多篇幅探討《棘心》。二書的情愛書寫於當時社會是具有意義的，評論者方英早已精要的指出，《棘心》寫出了一位女性身處新觀念舊傳統的愛情掙扎故事，《綠天》則著力刻畫一位從法返國完婚的女性的家庭生活。可視為突破新女性「愛」與「家庭生活」的書寫與追求。[7]二書手法創新，主題不俗，打開了讀者視野，難怪一出版便成暢銷書。超過四分之一世紀後，《綠天》、《棘心》分別於 1956、1957 年在臺北改版，時移事往，新版中，蘇雪林現身說法，一一交代了她與筆下男主人公即化名建中、叔健、石心的丈夫張寶齡情感婚姻變調的前因後果，形成文學作品一次奇特的延時對話。從自傳體書寫的角度看，蘇雪林要強調的正是主體性，新版增訂裡，蘇雪林勇敢的打破禁忌，將當年無法明說的情節補上，再次超越自己，此時蘇雪林已 60 歲。

　　是在這樣的思考下，本文有意從五四文學人物蘇雪林的情愛書寫出發，對比與她同代女作家作品中對愛情、家庭的表現與追求，再進一步凸出蘇雪林自傳體式敘述，放在同類型書寫潮流中，對時代與個人所造成的影響與參照。

　　首先要說明的是，論文題名「五四遺事：當愛情降臨（中國）」，係挪用張愛玲描摹五四兒女愛情歷程的英文小說"Stale Mates: A Short Story Set in the Time When Love Came to China"及同篇改寫的中文小說〈五四遺事——

---

[5]蘇雪林，《棘心》，頁 5。

[6]同前註。

[7]方英，〈綠猗論〉，黃人影編，《當代中國女作家論》（上海：光華書局，1933 年），頁 142、143。

羅文濤三美團圓〉題名摻合而成。[8]五四文學運動對中國影響深遠，[9]刊載此作的 The Reporter 介紹道：「故事發生於中國歷史介於兩極之間的時段，一邊是建立於封建與滿清傳統上的舊秩序，一邊是新規制。許多自由突然來到中國，其中一種即男人選擇妻子的自由。」The Reporter 的編注與此作篇名，很能代表當時的潮流與追求，不僅體現了《棘心》、《綠天》的時代背景與精神，同時給予本文探討切入的角度。

因此，這裡有必要對〈五四遺事——羅文濤三美團圓〉稍微敘述，小說男主人公羅文濤老家早娶了媳婦，但對自由戀愛新女性頗為嚮往，和女學生密司范相偕遊湖，經幾次來往、通信，就下決定要離婚娶她。張愛玲藉小說發言，對自由戀愛嘲諷道：「這是當時一般男子的通病。差不多人人都是還沒聽到過『戀愛』這名詞，早就已經結婚生子。……在當時（1924）的中國，戀愛完全是一種新的經驗，僅只這一點點已經很夠味了。」[10]哪知自由戀愛來得快也去得快，很快演變成一場災難，陰錯陽差下，羅文濤不僅沒離成婚，還逆反現代，擁有一妻二妾，此謂「五四遺事」。思考自由戀愛與時代關係，持相同眼光的，還有李歐梵，他在探討五四作家的愛情書寫論文〈情感的歷程〉中，有十分精闢的論點，他指出，謳歌愛情是 1920 年代寫作主題很普遍的現象，但隨著 1920 年代末、1930年代初政治氣候轉變，於人於事，愛情很快成為遺跡。[11]

事實上已有不少論述指出當五四運動沖決了封建禮教、家庭觀念的堤壩，這時期的女作家一定程度上表現了參與社會人生問題的探討，譬如李

---

[8]Eileen, Chang, "Stale Mates: A Short Story Set in the Time When Love Came to China", *The Reporter*, Vol. 15 No.4（Sep. 20, 1956），pp.34-38. "Stale Mates"張愛玲自譯為「老搭子」，見張愛玲，〈自序〉，《續集》（臺北：皇冠出版社，1988 年），頁 9。

[9]張愛玲在〈憶胡適之〉文中便提到：「我屢次發現外國人不了解現代中國的時候，往往是因為不知道五四運動的影響。因為五四運動是對內的，對外只限於輸入。我覺得不但我們這一代與上一代，就連大陸上的下一代，儘管反胡適的時候許多青年已經不知道在反些什麼，我想只要有心理學家榮（Jung）所謂民族回憶這樣東西，像『五四』這樣的經驗是忘不了的，無論湮沒多久也還是在思想背景裡。」見《張看》（臺北：皇冠出版社，1991 年），頁 148。

[10]張愛玲，〈五四遺事——羅文濤三美團圓〉，《續集》（臺北：皇冠出版社，1988 年），頁 243。

[11]李歐梵，〈情感的歷程〉，《現代性的追求——李歐梵文化評論精選集》（臺北：麥田出版公司，1996 年），頁 155。

歐梵即認為五四運動導致文學革命與知識革命，推動了情感革命，作家便
推波助瀾起了帶頭作用，本身就是這股潮流的領導者。[12]而孟悅、戴錦華亦
精要述及，文學革命推到底，「愛，是五四女作家們不約而同涉及的一個主
題，也是不約而同執著的一種信念。」[13]充分傳達這是一個以人生／愛／家
庭作為文學內容的啟蒙時代。蘇雪林的《綠天》、《棘心》在啟蒙之餘，也
對整個時代提出質問。

二、愛的辯證——問題小說

　　1918 年 6 月《新青年》刊登胡適和羅家倫合譯的易卜生（Henrik
Ibsen）《傀儡家庭》（*A Doll's House*）劇作，劇中的女主人公娜拉（Nora）
出走家庭，被視為衝出西洋核心家庭（nuclear family）、父權中心制度的女
人，直接衝撞中國封建家庭制度的存在。而傅斯年進一步呼應，1919 年 1
月創刊於北京的《新潮》雜誌上發表〈萬惡之源〉，積極提倡個人自由和個
性解放，痛斥封建家庭為「萬惡之源」，是一篇五四風潮中很早反映家庭問
題的重要文章，緊接著五四理論家周作人提出「問題小說」這個名詞，[14]不
久，年方 19 歲的冰心（謝婉瑩，1900～1999）寫下了重要的處女作〈兩個
家庭〉（1919 年 9 月），文章展示了兩個小家庭截然不同的生活圖景，表明
建設模範家庭為促進社會進步的核心意義，緊扣人生／家庭問題，沒有直
接抨擊大家庭制度的不人道，採取凸出小家庭生活的愉快美滿，被評為
「小家庭改良的文學範本」，[15]其後的〈離家一年〉（1921 年）則以白描的
手法寫少年與小姊姊的離別情狀，一般咸認，冰心的文字清新溫馨，通過

---

[12]茅盾收集發表於 1921 年三個月的小說，就材料做粗分，115 篇文學作品中，描寫男女之間愛情的
　達 70 篇以上。見李歐梵，《現代性的追求——李歐梵文化評論精選集》，頁 147。

[13]孟悅、戴錦華，〈「五四」十年——懸浮的歷史舞臺〉，《浮出歷史地表》（臺北：時報文化出版
　社，1993 年），頁 71。

[14]周作人是在 1919 年 2 月《每周評論》揭示：「問題小說，是近代平民文學的產物。這種著作，照
　名目所表示，就是論及人生諸問題的小說。」引自楊義，〈女性小說的興起及其文化契機〉，《二
　十世紀中國小說文化》（臺北：業強出版社，1993 年），頁 103。

[15]王緋，《空前之跡——1851～1930：中國婦女思想與文學發展史論》（北京：商務印書館，2004
　年），頁 499。

家庭文學題材揭示愛、真、美主題，傳達作家「醒世的苦心」。不同於冰心的回歸家庭姿態，盧隱（黃英，1899～1934）〈一個著作家〉（1921 年 2 月）的主人公邵浮塵的作家身分不被傳統大家庭認可，自我放逐於家庭之外，長期以旅館為家，舊戀人沁芬被家人押著嫁給大戶人家，無法忘情作家，於是尋到旅館最後身亡。如是強烈的「悲劇的描寫」，源於盧隱認為「慘戚苦痛的事無人無之」，[16]唯有強烈才能達到引人反省的目的。如此看來，悲劇色彩確是當時社會瀰漫的普遍情狀，內化為盧隱的人生觀，由是她的愛情哲學便帶著悲劇色彩。反觀中國第一位白話文女作家陳衡哲（1890～1976），〈洛綺思的問題〉（1924 年）從知識教育理性角度切入「女人與家」命題，洛綺思是一位哲學博士生，她和指導教授瓦德相戀訂了婚，洛綺思的問題是她憂心婚後家務會影響事業主動解除婚約，小說最後結束在洛綺思感歎愛（家庭）與事業無法兼得，是很早意識到女性從家庭解放出去的作品，與陳衡哲自己 1927 年所寫的〈婦女與職業——結婚與家庭服務在婦女生命中的地位〉，形成有趣的連橫。這些反映人生社會諸問題的小說，遂成蘇雪林同代女作家主要的命題寫作。觀察那時期的女性小說，說是攜著「問題小說」往女性文學發展意義之旅走去，一點不為過。[17]其實之前陳衡哲早在 1919 年 5 月在《新青年》發表詩作〈鳥〉，可以視為對此命題引吭示範之聲：

> 我若出了牢籠，
>
> 不管它天西地東，
>
> 也不管它惡風狂雨，
>
> 我定要飛他一個海闊天空！
>
> 直飛到筋疲力竭，山窮水盡，

---

[16]盧隱在〈創作的我見〉談到：「悲劇描寫，則多沉痛哀戚，而舉世的人，上而貴族，下而平民，慘凄苦痛的事情則無人無之，所以這樣作品至易感人，而能引起人們反省。」引自楊義，〈女性小說的興起及其文化契機〉，《二十世紀中國小說文化》，頁 102。

[17]王緋，《空前之跡》，頁 495～505。

我便請那狂風，把我的羽毛肌骨，

一絲絲的都吹散在自由空氣中！[18]

　　其間雖也有如男作家章衣萍在 1924 年寫〈不要組織家庭〉攪局，[19]但回到五四時代最根柢的社會共象——「愛情」的追求，李歐梵獨到的看出愛情已成為新道德的一個總的象徵，流風所及，愛情成為五四作家書寫以及生活的中心：

　　　　他們認為必須創作出一些自白式的愛情作品並且以愛情為基礎創造一種「摩登」的生活方式。因此，五四作家筆下最流行的人物形象常常是一對或者是三角之間的愛情糾葛。[20]

　　其中最出名的愛情教主，要算徐志摩，其他人的愛的宣言來到徐志摩面前也要黯然失色：「我沒有別的方法，我就有愛；沒有別的天才，就是愛；沒有別的能力，只是愛；沒有別的動力，只是愛。」[21]五四人追求愛的歷程中，每每與自我／人生形成對話，郁達夫對此傾向有個概括的形容：「五四運動的最大的成功，第一要算『個人』的發見。」[22]自我暴露蔚為風氣，自傳體小說乘勢而起，做為五四時期第一代女作家如馮沅君（馮恭蘭，1900～1974）的〈隔絕〉（1923 年）、〈隔絕之後〉（1923 年）、盧隱〈海濱故人〉（1923 年）等都是，以愛為主軸，但兩者小說都夾雜大量日記、書信，充滿「自白」意味。[23]馮沅君、盧隱是蘇雪林北京高等師範的同

---

[18]盛英主編，〈第二章：最初的嘗試——第二節：陳衡哲〉，《二十世紀中國女性文學史》（天津：天津人民出版社，1995 年），頁 55、56。

[19]章衣萍，〈不要組織家庭〉，《古廟集》（上海：北新書局，1929 年），頁 81～83。

[20]李歐梵，〈追求現代性〉，《現代性的追求——李歐梵文化評論精選集》，頁 259。

[21]徐志摩，《愛眉小札》，《徐志摩全集》（臺北：傳記文學出版社，1969 年），頁 308～309。

[22]郁達夫，〈現代散文導論〉，鄭振鐸等編，《中國新文學大系導論選集》（香港：益群出版公司，1978 年），頁 150。

[23]「自白」在詞語上有著陳述自己內心，流露出女性自主性。為別於傳統男性自傳體文類，評論家史書美提出「女性自白小說」概念。見史書美，〈中國當代文學中的女性自白小說〉，《當代》第

窗好友，如果再加上日後「珞珈三傑」[24]之一，好友凌叔華（1900～1990）的〈酒後〉（1925 年）、〈繡枕〉（1925 年），刻畫「高門巨族的精魂」[25]人物之情愛掙扎，寫出與馮沅君、盧隱很不同的角色層，勾勒出當時女性創作者勇於面對自我的圖象。蘇雪林是在 1921 年遠赴法國，雖然趕上第一手閱讀盧隱處女作〈一個著作家〉[26]，然而馮沅君發表〈隔絕〉二文，蘇雪林人已在法國，但集體的創作衝動明顯已萌發，這是否觸發蘇雪林日後寫作《綠天》、《棘心》未可知，但從蘇雪林的自我評價，已見出其創作的軌跡與自覺：

> 綠漪的散文有《綠天》，在冰心、盧隱兩位女作家之外獨具一格。她以永久的童心觀察世界，花鳥蟲魚，無不蘊有性靈與作者的潛通、對話；其中〈小小銀翅蝴蝶故事〉，特以昆蟲以人格化，象徵她自己戀愛故事，風光旖旎情操高潔，唯其書只能算是童話文學。[27]

盧隱日後以〈海濱故人〉為描寫幾個趣味相投的同班女同學間的情誼大放異彩，公認為中國文學史上「描寫女同志情誼的一個十分重要的里程碑」，[28]其中主角女學生露沙即作者自己寫照，小說中露沙出生外祖母即去世，由於迷信，母親視為惡兆，對之非常冷漠，十歲就送她到教會學校接

---

95 期（1994 年），頁 120～121。

[24]1931 年蘇雪林受聘座落珞珈山的武漢大學，與同時任教的凌叔華、袁昌英結為好友，是文學史有名的「珞珈三傑」。

[25]魯迅，〈導言〉，《中國新文學大系——小說二集》（上海：上海文藝出版社，2003 年），頁 11～12。

[26]蘇雪林在〈關於盧隱的回憶〉追述盧隱〈一個著作家〉寫好後，盧隱的朋友郭夢良會邀集一班愛好文藝的朋友在中央公園來今雨軒開討論茶會，蘇雪林也在被邀之列，她看過稿子後「默默不作一語。郭君徵求我的意見，我只好說『游夏不能贊一辭！』」盧隱怫然變色，好像受了什麼打擊。蘇雪林一直很懊悔，覺得不應當說輕薄話，傷了盧隱的自尊心。見蘇雪林，〈關於盧隱的回憶〉，沈暉編，《蘇雪林選集》（合肥：安徽文藝出版社，1989 年），頁 525～526。

[27]蘇雪林，〈幾位女作家的作品〉，《中國二三十年代作家》（臺北：純文學出版社，1983 年），頁 251。

[28]簡瑛瑛，〈何處是（女）兒家〉，《何處是（女）兒家》（臺北：聯合文學出版社，1998 年），頁 24。

受階級差別待遇的嚴格管束，[29]露沙在那裡結交了三位知心女友，彼此互相安慰，甚至親吻交心也交身，在那個只有同性可以相互取暖的環境，遂發展出「同性的愛和異性的愛是沒有分別」心理。[30]原生家庭／社會／學校對女性的壓迫與偏見，及婚姻制度帶來的傷害與痛苦，簡瑛瑛認為這才是〈海濱故人〉要批判的主題。[31]蘇雪林是盧隱人生問題的見證者與同情者，她提到露沙在冷漠孤寂的環境長大，性情於是變得乖戾異常，指涉封建家庭結構對盧隱造成傷害，同時反應在她作品中：

> 我們認識早歲時的盧隱總是落落寡歡，眉宇間常帶一種憂色，原來是這個原因。她的作品總是充滿了悲哀、苦悶、憤世、嫉邪，視世間事無一當意，世間人無一愜心，是不足為怪的。[32]

至於另一位女同學馮沅君，蘇雪林對她的大膽印象深刻：「〈旅行〉、〈隔絕〉等短篇小說，與其情人在旅館中親熱情況，寫得十分露骨大膽，一時傳動⋯⋯」蘇雪林目為「暴露女性戀愛心理第一手」。[33]「暴露女性戀愛心理」的還有非五四新文學嫡系的張愛玲，很奇特的她正是以〈五四遺事〉直接連上了 1920、1930 年代五四主流書寫「問題小說」中的家庭、自由戀愛爭議話題，小說內容雖是「一對或者是三角之間的愛情糾纏」老梗，但可貴的是可以從張愛玲所處時代的位置見出姿態的不同，張愛玲寫來少了對愛「執著的信念」，反而營造出時代距離造成以及張愛玲獨有的諧謔喜感。羅文濤要求女友「密司范」等他離婚娶她，「密司范」邊打邊走，家裡給說媒，功敗垂成，男方「到底還是不太信任新女性」，[34]反過頭來找

---

[29]盧隱，〈海濱故人〉，《盧隱選集》（臺北：文帥出版社，1988 年），頁 34～37。
[30]同前註，頁 54。
[31]簡瑛瑛，〈何處是（女）兒家〉，《何處是（女）兒家》，頁 25。
[32]蘇雪林，〈盧隱與淦女士〉，《中國二三十年代作家》，頁 355。
[33]同前註，頁 357。
[34]張愛玲，〈五四遺事——羅文濤三美團圓〉，《續集》，頁 249。

羅文濤，哪知羅文濤離婚成功，聽聞「密司范」相親的事，一氣之下，迅速娶了全城第一美女染坊王家女兒，多年後兩人舊情復燃的關鍵是「羅收到一封信，一看信封便知是密司范的筆跡。他的心狂跳著，撕開了信封，抽出一張白紙，一個字也沒有，他立刻明白了她的意思。她想寫信給他，但是事到如今，還有什麼話可以說？」[35]

　　羅文濤傾家蕩產和王小姐離了婚，遠兜遠轉娶了「密司范」，至此繼承的家產殆盡，兩人內心生怨不時爭吵，消息傳了出去，陰錯陽差的，王家行的是老規矩，寧願女兒從一而終，撮合著讓女兒重回了羅宅，既然接納了前下堂妻，前前下堂妻沒有理由不接回來，終於新時代密司范、王小姐、舊傳統張媳婦，新舊共治「三美團圓」。這時已來到 1936 年，名義上是一夫一妻的現代社會，但他們家行的是老傳統自欺欺人的勾當，「關起門來就是一桌麻將」。[36]

　　我們不妨就從稱謂革命與當時流行的書信言情手法，作為觀察《棘心》的愛情關係。稱謂的改變說明了新鮮角色加入小說陣容，「女士」、「密司」、「小姐」、「先生」代表了這些角色的時髦味，新人物圍於舊氣息愛情事件於焉產生，信件是事件具體化的媒材。《棘心》裡的「密司杜」兩段戀情都面臨這種狀況，一是秦風一是未婚夫。「密司杜」和秦風交往才二周，但秦風是個受過感情重創的人，蘇雪林，不，杜醒秋於是有意疏遠，藉著秦風約了朋友一起去附近名勝野餐：

「我不去。」醒秋冷然的說。

「為什麼？」秦風臉上立刻變了色，似乎大為失望。

「這人的情感果然來得劇烈。」醒秋暗想，心裏覺得有些不忍，只得把聲音放和婉了些，說道：「我今天覺得有些不爽快，所以不願意出門，秦先生要去，便同他們去好了。」

---

[35] 同前註，頁250。

[36] 張愛玲，〈五四遺事——羅文濤三美團圓〉，《續集》，頁253。

秦風快快地走了，少停，門房送了一封信來，無非詰問她為什麼對他如此，莫非他得罪她了？若是得罪了她，那是無意的，請她千萬原諒為幸等語。

醒秋讀了那封信，心裏覺得有些發煩，她拿起筆來，回了一封信，又引了幾句古詩，如瓜田不納履，李下不整冠之類，大約是說人言可畏，我們請從此斷絕友誼吧。[37]

和未婚夫通信，總不該有此忌諱了吧？叔健那時刻在美國學習工程，兩人才有機會藉著通信「自由戀愛」，也算時代進步人物的「白話文」新嘗試。叔健一筆好字文理簡潔，醒秋頗覺滿意，寫著交流著，愛情卻卡在了新文學的稱謂上：

但通過幾次信之後，她覺以他們的關係，還客客氣氣的以「先生」、「女士」相稱，未免太拘束了。……他說話不蔓不支，恰如其分，……但這恰如其分却使醒秋悶氣。

他來信從不談愛情，醒秋為矜持的緣故，也不同他談愛情，有時偶爾說一兩句略為親熱些的話，他來信比從前更加冷淡，這冷淡的神氣，還圈在他那「恰如其分」的範圍裏，……他這「恰如其分」的身份，是很有作用的，你想親近他無從親近，你想指摘他也無從指摘。[38]

無怪杜醒秋感覺無味，她對愛情人物是有想像與期待的：

她最歡喜的是林琴南翻譯的小說，如《迦茵小傳》、《紅礁畫槳錄》、《火山報仇錄》、《劫後英雄傳》、《十字軍英雄記》。這類小說寫兒女則哀感頑艷，沁人心脾，寫英雄則忠勇奮發，興頑立懦。……她所愛的男性，是

[37] 蘇雪林，《棘心》，頁 55。
[38] 同前註，頁 77～78。

要有着堂堂丈夫氣概，和充份男性尊嚴的。[39]

　　既自視為五四人，當有信心打破傳統愛情男女角色，加上年輕女子難免對愛情有著強烈渴望，有一晚醒秋喝了酒，內心燥熱，整個人亢奮不安於室，於是步到戶外樹林中，這一段描寫，呈現了小說人物少見的「思春」情狀，文句空靈清麗：

> ……月光是這樣的幽澹，花影是這樣的扶疏，樹林是這樣帶着感傷病似的陰鬱，她逗遛在草坡兒上，全身都沉浸在微妙難言的春夜感覺當中。沉靜的空氣裏似乎有精靈往來迴翔，肉眼不能看見他們，但可以用心靈的網去捕捉。
> 她心裏未嘗沒有人，她有一個「他」。他的容貌，她是認識了的，春間叔健寄來一張相片，秀眉廣額，一個英俊的青年……情不自禁地向空擁抱，夢幻似的低聲說道：「親愛的人兒，來吧，快到法國來吧，我等着你呀！」[40]

　　愛之召喚，如此清麗婉轉又強烈，當時一位觀察者毅真將蘇雪林與冰心歸為同調的「閨秀派作家」，[41]當然與蘇雪林細膩甜蜜的愛的歷程描寫有關。這段感情描摹是有些誇飾，反應了當時青年男女對自由戀愛的不嫻熟，訴諸文字，只有借助強烈的情緒，章衣萍注意到這個現象，他就張耀翔刊在《心理雜誌》上的〈新詩人的情緒〉內容，進一步演繹中國詩人的情感是外國詩人的六倍：「張君不憚其煩的把中國的《嘗試集》、《女神》、《春水》、《浪花》等詩集裡頭的感嘆符號『！』一本本的統計起來，又把西洋的莎士比亞、彌爾敦、白朗寧、但丁諸人的詩集裡面的感嘆符號

---

[39]蘇雪林，《棘心》，頁 30。
[40]蘇雪林，《棘心》，頁 139～140。
[41]毅真，〈當代幾位中國女作家〉，黃人影編，《當代中國女作家論》（上海：光華書局，1933 年），頁 12。

『！』都一本本統計起來，而得一個結論：中國現在流行之白話詩，平均每四行有一個嘆號，或每千行有二百三十二個嘆號。公認外國好詩平均每二十五行始有一個嘆號。中國白話詩比外國好詩嘆號多六倍，中國詩人比外國大詩家六倍易於動感嘆。」[42]

弔詭的是，杜醒秋明明想要實踐爭取自由戀愛，卻又陷在舊式父權代訂婚姻的泥沼中，也就是說，醒秋（蘇雪林）與自由戀愛的戰爭最後失敗了，且失敗到底不止一次，第一次在與秦風的「愛情決鬥場」中，她躲到婚約的後頭安慰自己不愛秦風是「得了最後的勝利」：

> 秦風愛情的襲來，是何等的屬害。我到法以來，認識了幾個朋友，當他們向我略有情感的表示時，我立刻微諷默諭地說明了我的身世，他們便都默然而退。惟有秦風，明明知道我的困難，偏要勉強進行……
> 我遇着這樣一個大敵，居然得了最後的勝利，不能不算是難能可貴的了。
> 這是我平生第一個光榮的勝仗，值得我自己頌歌稱道於無窮的。[43]

第二次，她以母親之名壓制自己對追求自由戀愛的渴望：

> 和叔健通信二年，雙方落落無情感，衡情酌理，都有解除婚約之必要，……叔健婚約，又是終身苦樂所關，要顧全自己，只有犧牲母親，要顧全母親，只有犧牲自己，……她總算勉強制住自己的私心，沒有宣布家庭革命，沒有強迫她父母向夫家解除舊婚約。……
> 這是醒秋第二次戰勝自己了。但她也已弄得疲乏不振。[44]

---

[42]章衣萍，〈感嘆符號與新詩〉，《古廟集》，頁 103～104。
[43]蘇雪林，《棘心》，頁 61。
[44]蘇雪林，《棘心》，頁 203。

醒秋終於並沒有逃出母親受大家庭制度左右的不幸命運：

> 醒秋從前之不敢愛秦風，就是為了對愛情的重視。她之所以不反對家庭
> 代她定的婚約，也有她的原因：第一，她不願傷母親之心；第二，知道
> 叔健品學同她相當，無改弦易轍之必要；第三，她知道人的性情是不固
> 定的，是要受一點束縛才能不亂走的，她有些甘心讓那婚約束縛她自己
> 和他。[45]

　　曾經蘇雪林眼見上一代受舊家庭壓迫，「頑固地袒護著那摧毀舊禮教舊
思想的五四運動，……雖然我個人所受的迫害不算怎麼重，不過目擊上一
代——像我的母親——所受的一切，也足夠我切齒的了。」[46]但終究蘇雪林
難抵舊式契約撒下的天網，甚至〈小小銀翅蝴蝶故事〉裡，蝴蝶擬人化的
蘇雪林和蜜蜂丈夫分居，天牛開始追求蝴蝶，蘇雪林還是有翅難飛：

> 「我知道你和蜜蜂感情不合，分居已久，你不肯接受我的愛，究竟有什
> 麼理由？」天牛逼問道。
> 「誰說我不愛蜜蜂。我倆雖不在一起，我却始終在愛着他呢。」蝴蝶含
> 羞微笑回答。
> 「他那一件配得你過？一個男人，像他那樣慳吝、自私、偏狹、暴戾，
> 即使他有天大本領，也不足為貴，……」
> ……「你的話我很承認，也許我患的真是一種『自憐癖』，可是，除此以
> 外，還有別的障礙。那便是我在母親病榻前所立的誓言……」[47]

　　五四運動發生未久，那時懷疑精神非常發達，從前不容撼搖的，現在

---

[45]蘇雪林，《棘心》，頁113。
[46]蘇雪林，〈《心祭》〉，國立成功大學中國文學系編，《蘇雪林作品集‧短篇文章卷》第一冊（臺
　　南：國立成功大學中國文學系，2006年10月），頁51。
[47]蘇雪林，〈小小銀翅蝴蝶故事之二〉，《綠天》，頁200。

都要拿出來檢討一下。一如感歎號「！」的車載斗量拋出中國詩人是否比
外國大詩家易動感歎的質疑，有趣的是，新文學標點符號有著指標意義，
開始被大量引用，無獨有偶，蘇雪林感興趣的標點符號是問號「？」，她將
之用在對宗法社會制度的懷疑上，她提出的問號「？」與題目是：

> 「？」這個問號，確如風中柳絮，漫天飛舞。……如不自然的大家庭制
> 度，不自由的婚姻制度，片面的貞操觀念，過門守節及寡婦再嫁問題，
> 基於宗法社會的孝的道德等等，……[48]

這個問號「？」，要如何獲得答案與安撫呢？答案必須借鏡西方家庭，
醒秋有次前往一位馬沙修女家庭做客，馬沙家也如一般中國情況，是個父
母子媳孫兒三代同堂的大家庭，但充滿和諧愉快的空氣，對照中國倫理親
情，醒秋有很深的體會：

> 子媳對父母固愉色低聲，極其孝順，尊長對幼輩也萬分的慈愛。醒秋記
> 得有一次，媳婦不知有何委曲，上餐桌時還是淚眼婆娑，馬沙先生拉她
> 到身邊，親她額角，溫柔地說了許多話撫慰她。這使醒秋看得異常感
> 動。中國人的道德都是片面的，要求幼輩孝，長輩卻並不慈，她自己的
> 家庭便是一個顯例。這也無怪五四後引起絕大的反動來了。[49]

三、家的歷程——逃向母親

基本上，醒秋單純真摯，可說「是個一百年也長不大的孩子……要求
慰貼，要求愛憐，要求和柔的微笑，要求各種摩挲與愛撫。」[50]《棘心》初

---

[48]蘇雪林，《棘心》，頁 90～91。
[49]蘇雪林，《棘心》，頁 153。
[50]蘇雪林，《棘心》，頁 206。

版題詞是孺慕之情的見證：「我以我的血和淚，刻骨的疚心，永久的哀慕，寫成這本書，紀念我最愛的母親。」

王緋觀察到，作為中國現代文學史上最早的女性長篇小說之一，《棘心》亦是成長的沉重的小說源頭之一，為「以對母親的愛戰勝愛情」的自我救贖與向母親「逃亡」的書寫。[51]弔詭的是，逃向母親的路，往往就是回到家庭裡。因此，我們看見蘇雪林筆下所塑造的女性形象，方英指出她作品中展開的人物，和當時許多女性家一樣，是「封建勢力仍然相當的佔有着她的傷感主義的女性的姿態。」[52]或者這樣的說法是可信的，譬如醒秋信教後，收到一封匿名信，指責她是「五四思潮的叛徒，帝國主義的幫兇，為金錢而出賣人格的無恥者。」她這時又向母親逃亡：「我固然是五四叛徒，我承認我是錯了，可是那也無非為了我的的母親。『觀過知仁』，你們也應該原諒我一點，何苦這樣逼迫我呢！」[53]

蘇雪林當然也有和其他女作家不同的地方，她在〈看了潘玉良女士繪畫展覽以後〉的主張，是頗難得的：「女性文藝的作品，大部都偏於細膩、溫柔、幽麗、秀韻，魄力兩個字是談不到的，雖然這是女性作品的特別美點，不必矯揉造作，勉強去學男子，但女子的作品，絲毫不露女性，也不能不說是難能可貴的。」方英雖指出蘇雪林行文無法完全擺脫女性化，但也肯定她在這方面的努力而獲得的開展。[54]

杜醒秋也許為自己行為找到了理由，但蘇雪林呢？她下筆或者並不自覺，她最後的母親理由才是女兒實踐自由戀愛的原初阻力與約束力，醒秋甚至最後否定了這場追尋的意義。在這個基礎上，蘇雪林雖自言《棘心》主題，「杜醒秋的故事尚在其次，首要的實為一位賢教婦女典型。」[55]說明了《棘心》處處以母親為名，其實潛在的是「女兒的故事」，更準確說是

[51]王緋，《空前之跡》，頁 592～593。
[52]方英，〈綠漪論〉，黃人影編，《當代中國女作家論》，頁 146。
[53]蘇雪林，《棘心》，頁 210。
[54]方英，〈綠漪論〉，黃人影編，《當代中國女作家論》，頁 147。
[55]蘇雪林，《棘心》，頁 6。

「野心的女兒」、叛逆的女兒出走／回歸的故事[56]，亦即，作者／敘述者／
角色三重身分，女主人翁只有一個，就是女兒[57]，但母親是歷史中的弱者，
離家出走拋下母親的女兒，心理層面上要重新尋找、塑造、理想化母親，
潛意識裡回歸母親所代表的價值形象，為自己開發出一條逃亡路徑，卻是
一條回歸弱者母親的路。如此看待醒秋為母病由法返中國和叔健結婚，不
久母親過世後，服喪期間醒秋給叔健信中肯定舊制婚約的作為才有合理的
說法：

> 從前的事，我雖然有些怨你，但是，健，我到底不能怨，因為你原是一
> 個冷心腸人；也不必怨我家庭，假如不是舊婚約羈束着我，像我這樣熱
> 情奔放的人，早不知上了哪個輕薄兒郎的當。……或者我當悔不該去法
> 國，不去，就沒有這些事了。
> ……青年工程師讀完了這封信，……嘆了一口氣，說道：「愛情！愛情！
> 為什麼你們文人這樣當真？在我竟不覺有何意味。……」[58]

　　除了愛情議題的反覆辯證，對契約式婚姻的反感與探討，亦是《棘
心》的重點之一，蘇雪林小說中引〈孔雀東南飛〉的劉蘭芝，陸放翁妻子
唐婉的悲劇婚姻比較醒秋母親是不良家庭制度下的犧牲者，雖然並沒有遭
遇劉蘭芝和唐婉被休妻致死的命運，但醒秋母親 16 歲嫁到杜家直到 50
歲，「始終是她婆婆跟前一個沒有寫過賣身契的奴隸，沒有半點享受，沒有
半點自由。」[59]就因如此，醒秋本能的站到了舊制度婚姻的對面去，醒秋之
前以叔健太冷淡又不應她邀請到巴黎結婚提出要解除婚約，做為大家長的

---

[56]蘇雪林，《棘心》，頁 50。
[57]此處參考孟悅、戴錦華論點，指出五四作家追求自由、反抗封建是時代叛逆女兒們，因為「母
　親們」少有個性，下筆時，母親角色往往摻雜女作家們的擬想成分，也洩露了這些逆女心理上
　的匱乏，在此種意義上，叛逆女兒的寫作也包含尋找、創造、復活母親。見孟悅、戴錦華，〈「五
　四」十年——懸浮的歷史舞臺〉，《浮出歷史地表》，頁 64～71。
[58]蘇雪林，《棘心》，頁 250、252。
[59]蘇雪林，《棘心》，頁 14。

父親怒斥此議有辱門楣，回信教訓醒秋若不聽從尊長及家庭的命令，他會強制執行，就算她自殺死亡，仍會將她的殘骨，歸葬夫家祖墳墓園。小說中蘇雪林忍不住借杜醒秋的口大聲極力反抗父權：「老頑固，你要做舊禮教的奴隸，我却不能為你犧牲，婚姻自由，天經地義，現在我就實行家庭革命，看你拿什麼親權來壓制我？！」[60]杜醒秋的矛盾其實正是蘇雪林的矛盾，這樣的對照及態度也是巴金「激流三部曲」《家》、《春》、《秋》的主題與寫實內容，三部曲中巴金抗議的是大家長制，吃人之聲則是從男性身世發出，《家》裡的大家長高老太爺為長孫覺新安排婚事，令其另娶瑞珏，拆散了覺新和梅表姊的愛情，事實上兩位女子都溫柔善良，非戰之罪，並非巴金要批判的對象，作家要非議的是此「要人命」的大家長制，小說中高老太爺過世，正碰上瑞珏即將臨盆，家人迷信為大家長守喪期間忌諱見紅之「血光之災」，寧顧死者不管活人，強令瑞珏獨自在城外小土房待產，導致難產身亡，覺新頓悟痛心：「真正奪去他的妻子的還是另一種東西，是整個制度。」[61]說明了大家長婚姻制度殺人，巴金本身也不斷跟此鬥爭，他曾表明在覺新身上看見自己的影子：「我在封建地主家庭裡生活過十九年，怎麼能說沒有一點點覺新的性格呢？」[62]但是，多元思考正是五四追求的精神，即使這樣的覺醒自況已為當時知識界普遍的氛圍，女作家中偏偏有人唱反調也就不足為怪了。散文見長的陳學昭（陳淑英，1906～1991）的論點是，女子通過自由戀愛進到自由婚姻，因是自己選的，不受宗法家族監督，男子對她們可以比在舊社會下更不負責任，面對如此演變，陳學昭批判女子們在社會、家庭裡的地位，「能比以前買賣及父母主張與媒妁之言的婚姻下為好些嘛？」卻不見得：現代中國婦女，或多或少，完全成了自由

---

[60]蘇雪林，《棘心》，頁191。

[61]巴金，《家》，《巴金全集・第一卷》（北京：人民文學出版社，1986年），頁399。「激流三部曲」《家》、《春》、《秋》分別於1933年、1938年、1940年問世。小說中覺新喜歡閱讀《新青年》等刊物，包括發表於1918年6月的易卜生劇本《傀儡家庭》，可見五四文化氣氛布滿全書，結局覺新的覺醒時間點是為1924年7月。

[62]巴金，〈談《秋》〉，《巴金全集・第二十卷》（北京：人民文學出版社，1993年），頁422。

戀愛及自由結婚中的犧牲品。但陳學昭的立場是全面的，她看出了這一面倒的「假自由戀愛」，她強調：「我攻擊契約似的婚姻制度，然而我也攻擊以男性為主體的自由戀愛及自由結婚裡，中國女子完全做了被動的犧牲者。」[63]我認為從社會學契約形式來檢視傳統婚姻制度，強調父權社會下女性人權被踐踏，這樣的信仰，是《棘心》有別於當時女作家單純由愛出發的地方。

著名的法國人類學家列維—斯特勞斯（Claude Lévi-Strauss, 1908～2009）[64]指出社會的建立必須藉婚姻關係作為結構，於是發展出交換女人行為，[65]列維—斯特勞斯還指出，「構成婚姻基礎的相互契約不是建立在男人與女人之間，而是男人與男人之間以女人為媒介。」[66]換言之，女人僅僅是一個交換的物品，不是夥伴。女性主義先驅西蒙‧波娃（Simone de Beauvoir, 1908～1986）進一步申論：「女人是附屬於父兄家庭的，她由一邊的男人將她嫁給另一邊男人。原始社會裡，父系親族把女子當貨物一樣交換，她是兩個團體的交換品，並沒有因婚姻演進為契約形式而有多大改善，……接受婚姻，就是接受社會加諸於女子生兒育女、照顧家庭及滿足男人性欲的任務」。[67]

蘇雪林自命「五四人」[68]，婚約亦由祖父代訂，可惜的是，其對於婚姻契約及物品般交換之敘述，在自傳小說及真實婚姻裡都沒有突破，不僅如

---

[63]陳學昭，〈結婚與戀愛〉，《時代婦女》（上海：女子書店，1932 年），頁 3～4。或參考劉乃慈，《第二／現代性——五四女性小說研究》（臺北：臺灣學生書局，2004 年），頁 247。

[64]這裡用的是大陸譯名，臺灣有譯李維史陀、李維—史特勞斯等。

[65]朱麗葉‧米契爾（Juliet Mitchell）著；張京媛譯，〈父權制、親屬關係與作為交換物品的婦女〉，張京媛主編，《當代女性主義文學批評》（北京：北京大學出版社，1992 年），頁 430～431。

[66]同前註，頁 432。

[67]西蒙‧波娃著；楊美惠譯，《第二性——第二卷：處境》（臺北：志文出版社，1992 年），頁 7～8。

[68]無論散文、小說，蘇雪林多次提到自己是「五四人」，如〈我與五四〉：「民國八年秋季，我辭去母校附小的教職，赴北平考入高等女子師範，完全投入新文化懷抱中，徹頭徹尾變成一個『五四人』了」，見蘇雪林，〈我與五四〉，《蘇雪林作品集‧短篇文章卷》第二冊，頁 139～140。另《棘心》中杜醒秋「並沒有直接參加五四運動，但她對於這個運動却有百分之百的贊同。像中國這種腐敗社會還不該改革嗎？不說其他，只是那個她母親，她自己，所身受的大家庭制度的痛苦，便夠她痛恨終身了。所以她常以『五四人』自命。」見《棘心》，頁 93。

此，蘇雪林既傳統又思改革的心思拔河，並不澈底，使得她對母親「賣身契的奴隸」的發言，放在《棘心》裡相對刺眼；當丈夫張寶齡把她視為自己的財產，蘇雪林擬人化的童話寓言故事〈小小銀翅蝴蝶故事之二〉裡，她自擬為銀翅蝴蝶，姊姊和寡嫂分別是黃裙蝶、赤斑蝶，張寶齡是蜜蜂，銀翅蝴蝶採了蜜（錢）供養姊嫂，被蜜蜂發現後氣憤盤詰：「你嫁了我，便是我的人，你採來的花蜜也該歸到我的名下，現在你卻去津貼外人，這是我萬萬不能忍受的！」當場提議分手，是走出覺悟的一大步，但蘇雪林分居後，「過了幾時，她又苦念蜜蜂不已」又回家去，且「每過一段時光，蝴蝶總要返家一下」。[69]如此舉棋不定是退回原地，已非排練「當愛情降臨中國」戲碼，而是結結實實切身之痛的反覆折磨，對應的是《棘心》帶著婚約留學的杜醒秋，明明有意逃離家庭媒妁的婚約，也仍不斷陷在從未婚夫那裡尋求愛情的死結，多次嘗到失戀痛苦：

> 她已將人生看成灰色，但還希望於愛情上尋得一點慰安，借將來甜蜜生涯恢復她生存的勇氣，誰知她竟遭受這兜頭一棒的重大打擊。她自春間和叔健決裂以來，在悲憤中沉浮了三四個月，她的不安定的靈魂，如西風中的落葉，漫無歸向，她對於自己的生活，又像長途疲乏的旅客，大有四顧茫茫，無家可歸之感。她的肉體雖沒有死，她的精神，卻已死了大半。尤其使她不平的，是叔健太輕視她，太辜負了她一片癡情，那時候她真深深嘗到所謂失戀的痛苦。[70]

相對《棘心》裡失戀／戀愛的磨難，《綠天》其實曾有片刻「甜蜜的戀愛生活的回憶」時光，[71]從《棘心》到《綠天》，從情愛到婚姻，人生情愛的交詰辯證，明證《棘心》、《綠天》不脫五四文學的愛情命題。但蘇雪林

---

[69]以上分別引自蘇雪林《綠天》，頁192、193、195。
[70]蘇雪林，《棘心》，頁197。
[71]方英，〈綠漪論〉，黃人影編，《當代中國女作家論》，頁143。

畢竟少了盧隱的「悲哀、苦悶、憤世、嫉邪」[72]異質書寫風格；也欠缺馮沅君「暴露女性戀愛心理第一手」露骨大膽的手法。剩下，似乎應和了《棘心》中杜醒秋的吶喊：「不安定的靈魂，……深深嘗到所謂失戀的痛苦。」對媒妁婚約的反覆抵抗正是杜醒秋（蘇雪林）痛苦的根源，我們不禁要問，解除婚約、出走的價值會不會太被五四兒女高估了，簡言之，離婚、出走本身可以就是一種價值，何須跟什麼大目標聯繫在一起，學者甘陽即言「自由就是自由，不是別的。」[73]《綠天》、《棘心》就因承載太多對「愛」與「家庭」的渴望與幻想，又堅持感性與理性的追求，於是小說寫來縛手縛腳，小說情節含糊，人物又無法深化情愛，婚姻難以完滿也很自然，但這也才給了蘇雪林《綠天》臺灣重版時坦承舊版《綠天》是撒了一個「美麗的謊」的機會：

> 個人的婚姻雖不能算是一場噩夢，至少可說是場不愉快的夢，命運將兩個絕對不同的靈魂，勉強結合在一起。在尚未結合之前，兩人感情便已有了裂痕。新婚最初兩年歲月裡，似乎過得頗為幸福，裂痕卻於不知不覺之間日益擴大，漸有完全破碎的趨勢。
> ……裡面所說的話，一半屬於事實，一半則屬於「美麗的謊」。[74]

　　愛不真切，難怪《棘心》「書中主角及其他人物的個性都不能顯露出明確的線條。」才有日後重新修訂《棘心》加寫「兩位思想前進的女同學」、「愛的宗教與賴神父」等章主題之舉，她自云當時各方面顧忌太多，所以不能自由寫作，多年過去後，「人事上起了莫大的變遷，這類顧忌現已失其存在，所以我才把要說的話說個痛快，要抒寫的事實也寫個暢心遂意。」[75]

---

[72]蘇雪林，〈盧隱與淦女士〉，《中國二三十年代作家》，頁 355、357。
[73]甘陽，〈自由的理念：「五四」傳統之闕失面〉，李澤厚、林毓生等著，《五四：多元的反思》（臺北：風雲時代出版社，1989 年），頁 68～69。
[74]蘇雪林，《綠天》，頁 1～2。
[75]蘇雪林，《綠天》，頁 4。

　　蘇雪林對自傳體小說其實有相當高的評價，[76]但亦認為自傳體小說因為要照顧到事實不免才華難騁，因此「傳記文學很難出色」，但若用小說的筆法寫傳呢？她特別提出胡適《四十自述》序幕〈我的母親的訂婚〉是以小說體裁書寫成功的例子，因其脫離「行述」文體。蘇雪林不諱言舊時代很難有「偉大的傳記文學」，全因「封建家族思想滅落，集體主義興起」，不容有個人主義的幻想所致。胡適的成功是個人敘事形式的成功。[77]蘇雪林特尊胡適眾所周知，雖說文章品評是很主觀的，但我們關注的是，蘇雪林自己在舊式婚約上吃足苦頭，論之述之，卻認可胡適從母命媒妁婚約迎娶江冬秀之舉，甚至讚譽江冬秀僅粗知文字仍能勤儉持家是「女子無才便是德」之美行，進而對胡江婚姻的批評下了結論：「吹皺一池春水，干卿底事！」[78]

　　反觀蘇雪林游移新／舊婚姻的一生，愛與家庭是兩頭落空了。她在1921年赴法國，1925年回中國依媒約與張寶齡結婚，雖言也有幸福的兩年，但她早感受張「專講實利主義的工程師」個性，1949年蘇雪林離開大陸也就離開了張寶齡，但兩人分隔兩地並未使蘇雪林完全放棄這段婚姻。一位追求自由戀愛五四女兒，擺脫不了「婚姻契約」於前，無法自絕走出婚姻制式傳統觀念在後，結局如何，應已清楚，以改版《綠天》為例，此書新收了蘇雪林舊作〈玫瑰與春〉劇作，當年《綠天》出版，〈玫瑰與春〉已發表了，但因文章透露了「一個人心靈裏兩種感情激烈的衝突，最後劇中主角，從了一個較為高尚的原則之指示，選擇了自己應該走的路。」因情感的顧忌而未收進展示婚姻生活美好假象的《綠天》，改版文中，蘇雪林才不再避諱娓娓道出，寫作〈玫瑰與春〉「心靈下為一種極大的痛苦所宰割」，為何痛苦？不言可喻，痛苦來自對情感／家庭生活的失落，但最讓我們不忍的是，就因為蘇雪林尚存一線希望，所以當時沒有收在《綠天》可

---

[76]蘇雪林在《中國二三十年代作家》中引法人佛朗士的說詞：「世界上最佳的文學都是自傳」。見蘇雪林，《中國二三十年代作家》，頁272。
[77]蘇雪林，《中國二三十年代作家》，頁275～279。
[78]蘇雪林，〈胡適的婚姻〉，《猶大之吻》（臺北：文鏡文化公司，1983年），頁45～56。

為存證。

四、結論：家外之家──書寫與實踐

　　就創作風格言，《綠天》在題材的統一、對人生的理解是缺乏深廣度
的，有流於狹窄淺薄之虞，但優點是蘇雪林嚮往大自然清趣的形式與手
法，其「風景人格化」的筆意，富於工筆境界，[79]放在當時文壇，稱得上獨
樹一幟，大有經營的空間，《綠天》即是一好的開始，我以為這才是蘇雪林
獨專擅長的場域，方英便論蘇雪林的散文氣質「細膩、溫柔、幽麗、秀
韻」，置於同代女性作家作品中，稱得上是最優秀的女性散文作家。[80]但或
許是少了實體的「家」空間，因此打理栽植人生風景、寓意大自然花鳥池
魚的行動成為空談，無論如何，蘇雪林放棄對此領域的經營，是很可惜
的。從小說藝術分析，不論《棘心》的時代意義，這本小說的弱點在於結
構鬆散，缺乏對素材取捨的技巧、企圖、鋪敘的層次，人物角色傾向扁
平，心理個性不統一，時而理性快意時而神經衰弱脾氣失控，且動輒長篇
累牘文白夾議夾敘，有論者指出《棘心》呈現了作者「思想上的迷誤」。[81]
但一如其他同期女作家，蘇雪林的有話要說，且說的誠懇流暢執著，自有
不可輕忽的時代意義，尤其在鋪寫異國生活情調，充分展現了她的構圖繪
畫才具，導向小說字裡行間充滿了畫面感，架構了生活空間：

> 從鐵塔高處，俯瞰巴黎，巴黎成為一張縮寫的地圖……巴黎的屋宇，大
> 都是赭瓦紅磚的建築，護以蔥鬱的樹林，既富麗而又雅緻，色彩非常調
> 和。但立在鐵塔之巔，屋的顏色和樹的顏色都分辨不清了。不但分辨不
> 清，樹的顏色好像經了水的潤和，竟合屋的顏色滲在一起，眼前只看見
> 一派暈暈的紫霧。人說巴黎如海，從高處看來，巴黎果然像海，像倒蒸

---

[79]毅真，〈當代幾位中國女作家〉，黃人影編，《當代中國女作家論》頁 13。
[80]方英，〈綠漪論〉，黃人影編，《當代中國女作家論》，頁 148。
[81]盛英主編，〈第七章：對女性與家庭的溫和描寫──第一節：蘇雪林〉，《二十世紀中國女性文學史》，頁 164～171。

於絳霞光中的碧海！[82]

　　然如前文所言，通過愛情—家庭兩極，被愛情拋置出去，日後又有家難歸，[83]文章發表多所忌諱，加上投入學術研究工作，散文寫實寫景的長才無能持續發揮，其愛情—家庭寫作實踐的中斷，以致招來同代評者盛英指其「只能作為冰心傾向的一個支流」，也就不足為怪了。[84]幸好蘇雪林畢竟是曾開風氣之先的時代女性，面對家庭夢的潰散，事過境遷後她又能發揮本色：「只好說我命定的應當孤獨一生，或者承認自己不適宜家庭生活。」[85]即便如此，1956 年《綠天》重新出版，此時蘇雪林已近晚年，對分隔臺海兩地的丈夫安危「不免常有所懷念與憂慮」。[86]細究起來，蘇雪林對家庭政治其實有著極現代化的概念：

　　在家裡，你的統治意識却非常明顯。這小小區域便是你的封邑，你的國家。你可以自由支配，自由管理。你有你的百官，你有你的人民，你有你的府庫。你添造一間屋，好似建立一個藩邦；開闢一畦草萊，好似展拓幾千里的疆土；築一道牆，又算增加一重城堡；種一棵將來足為蔭庇的樹，等於造就無數人才；栽一株色香俱美的花，等於提倡文學藝術。家裡幾桌床榻的位置，日久不變，每易使人厭倦，你可以同你的謀臣——你的先生或太太——商議，重新佈置一番。佈置妥帖之後，在室中負手徐行，躊躇滿志，也有政治上除舊布新的快感。[87]

[82]蘇雪林，《棘心》，頁 226～227。
[83]蘇雪林不止一次提到家散在四處，她在散文〈家〉即自陳：「家，我並不是沒有。安徽太平縣鄉下有一座老屋，四周風景，分得相離不遠的黃山的雄奇秀麗，隱居最為相宜。但自從我的姓氏上冠上了另一個字以後，它便沒有了我的份。南昌也有一座幾房同居的老屋，我不打算去住，蘇州有一座小屋倒算得是我們自己的，但建築設計出於一個笨拙工程師之手。本來是學造船出身的，卻偏要自作聰明來造屋，屋子造成了一隻輪船，住在裡面有說不出的不舒服，所以我又不大歡喜。」見《雪林自選集》（臺南：神州書局，1959 年），頁 62。
[84]引自盛英主編，《二十世紀中國女性文學史》，頁 171。
[85]蘇雪林，《綠天》，頁 118。
[86]同前註，頁 4。
[87]蘇雪林，〈家〉，《雪林自選集》，頁 66。

　　失去凡常所定義的家庭，但蘇雪林對「家的文學」卻仍持續關注，只是家庭成員此時悄悄有了變動與移轉，她自 1952 年正式定居臺灣，直至1956 年應聘至臺灣臺南成功大學，這才又重拾家庭生活：

> 我將家姊自左營接來，「姊妹家庭」又告恢復。計算家姊和我……共同生活者前後共三十二年，也算長久了。
>
> 家姊和我同住時，料理我的飲食起居，無微不至。……那種細心熨貼，溫意煦嫗的事，要說說不完，要形容也無法形容得夠，她把我寵得像個慈母膝下的驕子，故我常說她是我「第二慈親」。[88]

　　與姊姊共組「姊妹家庭」，不僅於此，蘇雪林且將宿舍命名為「春暉閣」，重返原生家庭狀態，慈親姊妹在彼岸「團聚」。直到蘇雪林 1999 年辭世，這裡是她人生最久最後的「家」，牆上掛著自書的〈當我老了的時候〉選段，是蘇雪林人生／寫作的內化展現：

> 我死時，要在一間光線柔和的屋子裡，瓶中有花，壁上有畫，平日不同居的親人，該來一兩個坐在榻前。傳湯送藥的人，要悄聲細語，躡着腳尖來去。親友來問候的，叫家人在外接待，垂死的心靈，擔荷不起情誼的重量，他們是應當原諒的。靈魂早已洗滌清淨了，一切也更無遺憾，就這樣讓我徐徐化去，像晨曦裡一滴水的蒸發，像春夜一朵花的萎自枝頭，像夏夜一個夢之澹然消滅其痕跡。[89]

　　她曾如此念念難忘外婆所說關於女兒與母親分別的故事，外婆生動的敘述醒秋母親隨夫家往異地上任，外婆親自送行，蘇雪林記憶深刻紀實小

---

[88] 蘇雪林，〈懷念姊妹家庭〉，沈暉編，《蘇雪林文集》第二卷（合肥：安徽文藝出版社，1996 年），頁 282～283。
[89] 蘇雪林，〈當我老了的時候〉，《人生三部曲》（臺北：傳記文學出版社，1970 年），頁 63。

說中，象徵了她的小女兒心態：

> 轎子走了好一段的路，我還看見你們的娘在轎子裡，不住回頭望我，不
> 住偷拭眼淚——轎子遠遠走了，轉過樹林便看不見了。我覺得你們的
> 娘，不是去浙江，是到千里萬里的外洋去了，不知她那年那月才能回
> 來。
>
> 醒秋長大以後，讀了無數哀情小說，讀了無數描寫骨肉間生離死別的文
> 章，覺得都不如外婆這一段樸實無華的敘述之足以深深感動她的心腑。[90]

1998 年 5 月 22 日，102 歲的蘇雪林首次踏上歸鄉路，此行除應安徽大學 70 年校慶邀請，還有回安徽太平老家省親，預計一周返臺。離家近 50 年、創作生涯超過 70 年的五四才女在機場候機，已然風霜滿面而故里人事全非，臺灣雖沒有根，卻是人生終點，此刻回首前塵，當年那個說走就走到萬里之外「野心的女兒」，曾否想過有一天環顧家／外之家，她的感慨竟如是低迴：

> 這裡已經沒有家了。

——本文發表於「2012 海峽兩岸華文文學學術研討會」
　　中原大學通識教育中心、東華大學華文文學系、中國現代文學學會合辦，2012 年 4 月

---

[90] 蘇雪林，《棘心》，頁 67～68。

女性自我與文化衝突
比較兩本女性自傳小說

◎龍應台[*]

一

　　表面看來，蘇雪林的《棘心》（1928 年）和蕭紅的《呼蘭河傳》（1941年）是兩本不論風格或主題差異都極大的作品。除了兩者都是自傳式的小說之外，似乎不再有共同的地方。《棘心》用貌似客觀的第三人稱來敘述，內容卻是自剖式的反省，把主角的內在精神面貌揭露在讀者眼前；《呼蘭河傳》雖然用的是主觀的「我」的敘述觀點（有些章節則以全知觀點或者像錄影鏡頭一樣的純客觀觀點表現），這「我」卻只做最低限度的自我揭露。蕭紅的「我」像一個沒有自我的記錄鏡頭，帶引讀者觀看「我」以外的世界。對「我」的內心世界讀者所能窺視的相當有限。

　　蘇雪林的《棘心》就和赫曼赫塞（Hermann Hesse）的 *Demian*（志文出版社譯為《徬徨少年時》）類似，細細描寫一個青年思想和情感上的痛苦掙扎及成長過程，自傳色彩極為濃厚。而蕭紅的《呼蘭河傳》對敘述者「我」的生平筆墨不多，對敘述者生長的小城風貌卻深入刻畫，近似一個「文化地方誌」。[1]

　　那麼，這兩部作品究竟有什麼值得比較觀照的地方？

　　首先值得一提的，是兩個作者所處的時代背景，也就是由五四運動掀起的新文化思潮席捲中國知識界的大時代。數千年來中國文化所植根的

[*]發表文章時為德國海德堡大學研究員兼臺灣文學講師，現為行政院文化部部長。
[1]葛浩文，〈藝術的生活〉，《蕭紅的商市街》（臺北：林白出版社，1987 年），頁 217。

「禮教」受到空前的抨擊,「禮教喫人」,而「喫人」最惡者,是禮教中男尊女卑的傳統價值觀。婦權問題,在 1920、1930 年代裡,成為先進知識分子關心最切的焦點。魯迅寫過〈我之節烈觀〉,胡適寫了〈貞操問題〉,葉紹鈞寫過〈女子人格問題〉。負責廣播新知的媒體也競相以婦女解放作討論的主題。上海《民國日報》曾開闢婦女專欄,以淺白的文字探討「女子解放從哪裡做起」之類極為醒目的問題。1920、1930 年代中,舊式婚姻仍舊盛行,《時事新報》遂提出挑戰性的問題:「現在(女)青年對於他父母所定的未婚夫(妻)應該怎麼辦?」引起社會大眾廣泛的注意。

蕭紅生得較晚,不曾趕上五四運動的發源,但她的寫作生命集中在 1930 年代,受魯迅影響頗深,新思潮對她的衝擊可想而知。蘇雪林則根本身處新文化運動的震源——北京。1919 年,當她在北京高等女子師範學校就讀的時候,發生了「李超事件」。李超是個年輕的廣西女子,拒絕接受家中為她安排的舊式婚姻,離家獨立,因此斷了經濟來源,不多久悒鬱成病而死。這個事件引起北京知識分子對舊式婚姻的口誅筆伐。胡適之還特別寫了篇慷慨激昂的〈李超傳〉。[2]李超,正是北京女高師的學生,蘇雪林的同學。

大時代的新思潮固然對人造成衝擊,蕭紅和蘇雪林的個人遭遇也有相似之處:兩個人都受到舊式婚姻的壓迫。蕭紅有一個不幸福的童年。不到 20 歲,那「貪婪而失掉了人性」的父親[3],強迫她嫁給一個軍閥的兒子;蕭紅逃家,開始了她流離困頓的日子。蘇雪林則勉強接受了家庭為她安排的婚姻,《棘心》記錄了她在對傳統屈服之前所經歷的種種掙扎和痛苦。在《棘心》之前,蘇雪林隨著流行時尚寫過一些不成熟的小說:

　　有些則是抨擊所謂吃人禮教的。我把凍死雪地的小乞兒,被婆婆虐死的

---

[2]胡適,〈李超傳〉,《新潮》第 2 卷第 2 號(1919 年 12 月)。
[3]蕭紅,〈永久的憧憬和追求〉,《報告月刊》第 1 期(1936 年 12 月)。

童養媳，為了貪圖貞節牌坊而犧牲一世青春和幸福的女人……做題材。[4]

到寫《棘心》時，蘇雪林自己也被禮教所吞噬。

在反省、批判的新文化中成長，而本身的生活遭遇又給新思潮提供了一種切身的印證，蕭紅和蘇雪林在她們風格迥異的自傳小說中就表現出共同的關懷方向：一個是對中國文化和民族性的審視，一個是對婦權問題的探討。

二

蕭紅筆下的中國人是貧窮愚昧的，他們自私自利，他們幸災樂禍，他們甚至會趁火打劫。《呼蘭河傳》的作者用一支不帶情緒的筆刻畫小老百姓的卑劣性格，然而她刻畫而不指責，揭露而不控訴，諷刺時不忘幽默，使人對那卑劣又抱有深深的憐憫和同情。

最能傳達蕭紅對中國民族性看法的，是第一章第一節大泥坑的故事。

……東二道街有大泥坑一個，五六尺深。不下雨那泥漿好像粥一樣，下了雨，這泥坑就變成河了。附近的人家，就要吃它的苦頭，衝了人家裡滿滿是泥，等坑水一落了下去，天一晴了，被太陽一曬，出來很多蚊子飛到附近的人家去。同時那泥坑也就越曬越純淨，好像在提煉什麼似的……那裡邊的泥，又黏又黑，比粥鍋漿糊，比漿糊還黏。好像煉膠的大鍋似的，黑糊糊的，油亮亮的……[5]

小城只有兩條大街，這危險的大泥坑就橫在一條大街上，每個人都得經過。馬車經過時，馬可能陷在泥中，掙扎而死；小孩也可能掉下去溺死。春夏秋冬、天雨天晴，小城的人無時無刻不受這個大泥坑的威脅。蕭

---

[4] 蘇雪林，〈我的學生時代〉，《我的生活》（臺北：傳記文學出版社，1971 年），頁 104。
[5] 蕭紅，《呼蘭河傳》（臺北：輔新書局，1989 年）。

紅把大泥坑當作舞臺，小城居民千方百計想安全渡坑的種種姿態像戲劇一
樣的呈現在讀者眼前，他們的個性也自然流露出來。當一匹馬跌進坑裡即
將溺斃時，那穿著長袍、兩手潔淨，紳士一流的人，站在一旁觀看。

> 看那馬要站起來了，他們就喝采，「噢！噢！」的喊叫著，看那馬又站不
> 起來，又倒下去了，這時候他們又是喝采，「噢噢」的又叫了幾聲。不過
> 這喝的是倒采。
> ……那些幫忙救馬的過路人，都是些普通的老百姓，是這城裡的擔蔥
> 的、賣菜的、瓦匠、車夫之流。

這裡是作者對階級的諷刺。（蕭紅對社會階級的敏感在她另一本自傳小
說──《商市街》──中，表現得更為強烈。）

然而，這瓦匠車夫之流雖然心腸熱，卻又愚昧無比。農業學校校長的
兒子掉進了大泥坑，這些人說，那是龍王爺來實行因果報應，因為校長在
課堂上對學生說，雨不是龍王爺下的，世上沒有龍王爺。

如何橫渡大泥坑是小城居民日日必須面對的大難題，他們究竟如何
「面對」呢？

> 有一次一個老紳士在泥坑漲水時掉在裡邊了。一爬出來，他就說：
> 「這街道太空了，去了這水泡子連走路的地方都沒有了。這兩邊的院
> 子，怎麼不把院牆拆了讓出一塊來？」
> 他正說著，板牆裡邊，就是那院中的老太太搭了言。她說院牆是拆不得
> 的，她說最好種樹，若是沿著牆根種上一排樹，下起雨來就可以攀著樹
> 過去了。

老紳士的提議是荒誕的，哪有為了泥坑而把私人財產給毀壞的道理？
更荒誕的是老太太的建議：種樹，等樹長大了，讓人爬樹過街。最不可思

議的是，

　　說拆牆的有，說種樹的有，若說用土把泥坑來填平的，一個人也沒有。

　　蕭紅營造出一個可笑荒誕的情況來凸顯她所觀察的中國民族性：消極、被動，一切聽天由命。大泥坑象徵人生必有的困境，中國人面對困境的態度，是全面的退縮，把困境歸諸命運，逆來就要順受，所以只有接受大泥坑的絕對存在。可以把人的房子拆了，可以種樹讓人去爬，但大泥坑的現狀不可改。也就是說，人要讓大泥坑，大泥坑不能讓人。

　　用土去填平泥坑？那就等於人與自然，人與命運的直接對抗。中國人，沒有這個個性。

　　在蕭紅的觀察裡，廣大的中國人民就是這麼消極被動，「糊裡糊塗」的過一輩子。

　　生、老、病、死，都沒有什麼表示。生了就任其自然的長去，長大就長大，長不大也就算了。
　　老，老了也沒有什麼關係，眼花了，就不看；耳聾了，就不聽；牙掉了，就整吞；走不動了，就攤著。這有什麼辦法，誰老誰活該。
　　病，人吃五穀雜糧，誰不生病呢？[6]

　　蕭紅對中國民族性的鞭笞一點也不手軟。中國人逆來順受的人生哲學還有一個附帶的效果：它使中國人特別殘忍。既然逆境都是要順受的，多一點或少一點殘忍沒有什麼不同。

　　在呼蘭河這個小城裡，人們向瘋子丟石子，把瞎子故意領到水溝裡，狗聚集起來咬叫化子不會有人過問，私生子被活活餓死，拉磨的驢子被打

---

[6]同前註，頁 25。

斷腿……死亡，更是振奮人心的娛樂——

> ……所以呼蘭河城裡凡是一有跳井投河的，或是上吊的，那看熱鬧的就
> 特別多……
> 投了河的女人被打撈上來了，也不趕快的埋，也不趕快的葬，擺在那裡
> 一兩天，讓大家圍著觀看。
> 跳了井的女人，從井裡撈出來，也不趕快的埋，也不趕快的葬，好像國
> 貨展覽會似的，熱鬧得車水馬龍了。
> ……
> 還有小孩，女人也把他們帶來看……。[7]

　　蕭紅的筆像帶刺的鞭子，一鞭一條血。她讓讀者看到中國人的愚昧、
麻木、殘忍，但是她的態度並不只是鄙視，還有了解和歎息。呼蘭河的人
愚昧，是因為他們貧窮（把別人用過丟掉的膏藥皮拿來貼在自己的傷口
上，是愚昧，更是貧窮）；他們逆來順受到麻木的程度，是因為人生的逆境
太龐大（「逆來的，順受了。順來的事情，卻一輩子也沒有。」）[8]；而他們
對他人殘忍，是因為人生先對他們太殘忍。茅盾說，蕭紅的人物「像最下
等的植物似的，只要極少的水分、土壤、陽光——甚至沒有陽光，就能夠
存在了。」[9]不錯，蕭紅筆下的中國百姓就像一株最原始、最下等的植物，
可是她也讓你了解，那是因為那株植物正巧生長在缺少水分、土壤、陽光
的地方；它不是長在溫室裡。
　　茅盾批評《呼蘭河傳》：「在這裡，我們看不見封建的剝削和壓迫，也
看不見日本帝國主義那種血腥的侵略。」[10]這種評論是偏離主題的，蕭紅根
本無意寫一本反封建、反帝國主義的小說。她的藝術著眼點，與其說是某

---

[7]蕭紅，《呼蘭河傳》，頁225。
[8]蕭紅，《呼蘭河傳》，頁112。
[9]蕭紅，〈序三〉，《呼蘭河傳》，頁16。
[10]同前註。

一個歷史階段的社會動態，不如說是恆常的人性表現。她所描繪的呼蘭河人的面貌心態，是一種深層結構，並不受短暫政治現實的影響。反而，可能更由於她所關注的不是暫時的現象（她的成名作《生死場》就是這樣的一部抗日小說），而是基本的、永恆的人性，《呼蘭河傳》在後世還能引起共鳴。

　　她筆下的人，有時甚至超越「呼蘭河城居民」和「中國人」這兩層意義，進入更具有普遍真理的「人」的意義：

> 他們看不見什麼是光明的，甚至於根本也不知道，就像太陽照在了瞎子的頭上了，瞎子也看不見太陽，但瞎子卻感到實在是溫暖了。
>
> 他們就是這類人，他們不知道光明在那裡，可是他們實實在在的感得到寒涼就在他們身上，他們想擊退了寒涼，因此而來了悲哀。[11]

　　渺小的人思索生命的意義，猶如瞎子引頸尋找陽光的來源；探求不出生命的意義，感覺不到的溫暖，人於是有悲哀，這種悲哀，是人生的本質。蕭紅的小說，因此不只是一個文化地方誌，不只是她對中國民族文化的反省觀照，也是她對人的基本處境的思考，以藝術的精湛手法戲劇化了。

　　相形之下，蘇雪林的文化觀就相當淺薄，表現的手法也嫌僵硬。故事的女主角醒秋基本上代表了作者的聲音。她是一個自我期許甚高，有心要讀書報國的知識青年。到了法國之後（蘇雪林在 1921 年抵法留學），她的視野擴大了，才發現西歐和中國是兩個世界：

> ……（法國）風俗是這樣的優美，人民道德是這樣的高尚，社會組織是這樣的完密，生活又是這樣的安定，不像中國之哀鴻遍野，干戈滿地，

---

[11] 蕭紅，《呼蘭河傳》，頁 112。

令人憎惡的罪惡，層出不窮……兩下一相比較：一邊不啻是世外桃源，一邊不啻阿鼻地獄，或血腥充塞的修羅場……[12]

醒秋覺得自卑而屈辱：

他們何等安富尊榮，我們何等貧窮屈辱，他們的生命有法律人權的保障，我們連馬路上的狗都不如。[13]

透過醒秋的角色，作者提出她的文化批評：

中國人是世界上最講物質的民族，他們生在世界上，除滿足物質生活外，不求其他，所以「得過且過」，「及時行樂」……讀書是為將來做官，發財是為將來享福，道德不過是口頭禪，禮教也不過是欺騙弱者的工具。[14]

她用直接議論的方式指責中國人的物質主義、功利主義，還以歐洲教士的犧牲奉獻行為做對比，指陳中國人的自私自利。作者所最深惡痛絕的，是當時的軍閥，他們代表了中國所有的罪惡：

噯！中國！……百姓已沒有好日子可過，偏偏還要受兵和土匪的蹂躪。土匪是怎樣來的呢？不是因軍閥內爭而起的嗎？他們要攘權利，要奪地盤，不惜犧牲國民的幸福，斷送中國的國脈……軍閥們呀！我恨你！我咀咒你……[15]

[12]蘇雪林，《棘心》（上海：上海書局〔據北新書局 1929 年 5 月版影印〕，1987 年），頁 220。
[13]同前註，頁 206。
[14]蘇雪林，《棘心》，頁 158。
[15]蘇雪林，《棘心》，頁 204。

　　蘇雪林的文化批評明顯的欠缺深度。如果土匪橫行是軍閥內爭的結果，那麼軍閥內爭是否也有它形成的種種因素？如果中國人是個最講物質的民族，這個現象和中國人的宗教觀以及貧窮，是否也有相連的關係？《棘心》的作者對這些問題並不深思，而只對表面現象蜻蜓掠水似的點到為止。在表現手法上，《棘心》多半用議論或直接宣洩的語言，或空洞的口號吶喊——

　　　　富強不是一朝一夕而然的，也是要絕大代價的，鐵和血，臥薪嘗膽的志氣，無限的苦鬥和犧牲，是我們救國的代價！[16]

三

　　這樣的批評當然不見得公允，因為文化評論並不是《棘心》的重點，蘇雪林企圖刻畫的，是一個在傳統和反叛之間徘徊的女性。在反覆剖析女性心理的同時，作者表達了她對婦權的立場。

　　作者似乎並不自覺她對婦權的看法充滿矛盾。醒秋是一個自視甚高、以思想前進自傲自詡的女性，「她在中國同學方面頗有能文之名，思想素號開通，將來各種新運動中，都不怕沒有她的位置」。[17]當她寫信給父親，表示想和從未謀面的未婚夫解除婚約時，父親回信斬釘截鐵的說：「即她軋死於電車之下，他還要將她的一副殘骨，歸之夫家的隴墓！」

　　醒秋的反應，頗能合乎她的自我期許：

　　　　……她大罵道：「老頑固，你要做舊禮教的奴隸，我卻不能為你犧牲。婚姻自由，天經地義，現在我就實行家庭革命，看你拿什麼親權來壓制我？！」

---

16 蘇雪林，《棘心》，頁206。
17 蘇雪林，《棘心》，頁259。

> ……子女為父母犧牲，是東方喫人禮教的意見，她不能服從。[18]

　　醒秋的慷慨激昂令人聯想起離家出走的李超和為抗議不合理婚姻而在花轎中自殺的趙五貞。[19]而事實上，醒秋為了顧全親情，在一番掙扎之後，還是屈服了。楊義在《中國現代小說史》中批評蘇雪林：

> 作者抨擊「阿鼻地獄」般的中國社會，哀嘆災難迭來的不幸家庭，思想上是有可取之處，但一面追求法國式的自由平等，一面屈從于舊禮教的母命，又顯示出一種半新半舊的女性的態度。[20]

　　在這裡，楊義將醒秋和蘇雪林視為一體，把《棘心》當作自傳了。但是《棘心》畢竟不是自傳，而是小說，只要是小說，不論它的內容和作者私人經驗如何的吻合，我們就不能夠把主角、敘述者、和作者，理所當然的視為一體。換句話說，醒秋的聲音和態度並不一定就是蘇雪林的聲音和態度。一般而言，作者對他所創造的角色有兩種關係，或者認同，或者諷刺；由作者所選擇與角色的關係，可以看出作者的態度或立場。

　　醒秋在禮教傳統和個人自由的掙扎上，往往向前走一步，又往後退三步，確實是個「半新半舊」的女性。她所吸收的新思想完全無法在行動上配合。跳開小說的世界，讀者也知道，作者在短期留法之後，為取悅母親而返國接受家庭所安排的婚姻。但是作者生平只是正文以外的證據，要證明醒秋的態度就是蘇雪林的態度，需要正文內在的證據。譬如說，作者很可以以批判或諷刺的筆調介紹主角，就如魯迅寫阿 Q 或者蕭紅寫士紳，那麼醒秋就絕對不能代表蘇雪林。要判別蘇雪林是否也抱持著「半新不舊的女性的態度」，必須先判別蘇雪林對醒秋的態度。[21]

---

[18]蘇雪林，《棘心》，頁 244。
[19]啟民，〈趙五貞女士自刎紀實〉，《女界鐘》特刊第 1 號（1919 年 11 月）。
[20]楊義，《中國現代小說史》第一卷（北京：人民文學出版社，1986 年），頁 220。
[21]自傳和小說不同。對於自傳，讀者與作者之間兒有一個無言協議：作者坦白自剖，讀者也相信書

　　醒秋知道面前將是一場悲慘的婚姻，然而又不願違逆母親；蘇雪林用象徵來敘述女主角內心的爭鬥：

> 這正像 Ursus 在鬥牛場中要救野牛背上縛著的美人……他們……極力爭持著，抵抗著。牛，眼中爍射如火的赤光，人，渾身蚓筋突露，忽然一陣如潮喝采聲中，那龐然大物，口噴鮮血，倒地死了！那赤條條的大漢也頹然欲仆，然而牛背上垂死的美人是得救了。這是醒秋第二次戰勝自己了。[22]

　　追索這象徵的意義──那眼冒赤光的龐然大物是「喫人禮教」嗎？不是，在蘇雪林的筆下，那猛獸代表奔放的感情、追求自由解放的自我；那赤條條的勇士，是醒秋；那得救的美人，是親情，或者說親權，更準確的說，是禮教。醒秋的「戰勝」，是禮教的勝利，自我的屈服。

　　作者的同情在哪一邊，就很明白了。

　　寫《棘心》的蘇雪林是充滿矛盾的。她十分清楚中國社會中男尊女卑的殘酷現狀，所以創作初期也跟著文壇潮流專寫同情被壓迫的女性的作品。她在自己的母親身上，也看到一個活生生的例子，證實中國女性受盡「萬惡大家庭」的折磨。[23]她更知道「子女為父母犧牲，是東方喫人禮教的意見」。但是，當女性自我和周圍的文化起劇烈衝突的時候，她卻又完全認同文化和傳統的權利。為了屈從親權，醒秋選擇了不幸福的婚姻，然後又宿命的把自己的不幸福歸咎於「命運」：

中的真實性。然而即使是自傳，還有作者偏離其原始意圖而曲解歷史真實的可能，何況是小說，原本就有虛構的性質；在小說中，作者、敘述者、角色，三者更不可混為一談。這方面可參考 James Olney, *Autobiography*（1980 年）。
[22]蘇雪林，《棘心》，頁 262。
[23]蘇雪林，《棘心》，頁 332。

我只有怨命運吧，那無情的命運真太顛播了我，太虐弄了我。[24]

蘇雪林渾然不見其中值得嘲諷（或者自嘲）的地方。

在《棘心》的作者身上，我們看見一個在新舊時代轉捩點上猶疑徬徨的女性。她的思想像漩渦上翻著泡沫，泡沫是她所學的婦權新知，漩渦，是在她體內根深柢固的文化傳統；漩渦的力量深不可測。

或許因為在現實生活中，蕭紅是一個飽受凌辱的女性，她對父權至上的文化有令人心寒的描述。[25]她自小不知雙親的愛，為了拒婚而逃家之後，和一個國文教師同居，遭到遺棄。1931 年秋天，這個 20 歲的女性孤單的回到哈爾濱，懷著身孕，幾乎要乞食求生。孩子出生之後，交人領養，自己則又開始了一段貧窮而不幸福的同居生活，和蕭軍。

《呼蘭河傳》中對團圓媳婦的刻畫，很具體的表達了蕭紅對父權社會的不滿。小媳婦只有 12 歲，過門沒幾天，婆婆就開始運用社會所賦予她的權利：

……那家的團圓媳婦不受氣……雖然說我打得狠了一點，可是不狠那能夠規矩出一個好人來……有幾回，我是把她吊在大樑上，讓她叔公公用皮鞭子狠狠的抽了她幾回……我也用燒紅過的烙鐵烙過她的腳心……[26]

小媳婦被虐待至奄奄一息時，婆家想盡辦法救她，村人也幫忙出主意：請大神、紮草人替身去燒、抓狐仙、強迫吃一整隻連毛帶腿的雞、貼符帖、畫符咒……到最後，媳婦是被滾水一回一回燙死的。

小媳婦所受到種種酷刑固然令人心驚，蕭紅卻不滿足只揭開酷刑的表象，她鋒利的劍頭直指酷刑底下的文化成因。首先，婆婆並不是個殘忍的

[24]蘇雪林，《棘心》，頁 336。
[25]關於蕭紅生平可參考駱賓基著《蕭紅小傳》或葛浩文著《蕭紅評傳》（1980 年）。
[26]蕭紅，《呼蘭河傳》，頁 138。

壞人；她誠實的相信只有打才能「規矩」出好人來，在她的認知裡，沒有「虐待」這個觀念，就是打死人了，也是天經地義的自然法則。婆婆是無辜的。

其次，婆婆並不是一個特例。事實上，小媳婦一出現，就遭到村人的批評：她長得太高大，舉止太大方，不懂得害羞，「頭一天到婆家，吃飯就吃三碗」，不會看人臉色。因此，婆婆毒打小媳婦，背後有廣大的民意支持。

> 鄰居左右因此又都議論起來，說早該打的，那有那樣的團圓媳婦一點也不害羞，坐到那兒坐得筆直，走起路來，走得風快。[27]

作者描寫婆婆的無辜、村人熱心、和迷信的主宰生活，再再都對讀者暗示：小媳婦即使換了一個人家，大概也逃不過被凌虐至死的命運。婆婆只是行刑的劊子手，真正判小媳婦死刑的，是那看不見的、龐大的文化價值系統。

那個文化價值系統當然也不是天上掉下來的。蕭紅很技巧的用具體的民間宗教來解開這個男尊女卑價值觀的謎底。小城裡有兩座廟，老爺廟裡的男性神像個個顯得氣宇軒昂，威風凜凜；娘娘廟裡的女性神像則塑得溫順尋常。蕭紅追溯原因：

> 塑泥像的人是男人，他把女人塑得很溫順，似乎對女人很尊敬。他把男人塑得很凶猛，似乎男性很不好。其實不對的。

> 塑像人為什麼把男性造得凶猛？
> 那就是讓你一見生畏，不但磕頭，而且要心服……至於塑像的人塑起

---

[27]蕭紅，《呼蘭河傳》，頁125～127。

女子來為什麼要那麼溫順,那就告訴人,溫順的就是老實的,老實的就是好欺侮的,告訴人心快來欺侮她們吧。

> 人若老實了,不但異類要來欺侮,就是同類也不同情。
> ……
> 所以男人打老婆的時候便說:
> 「娘娘還得怕老爺打呢?何況你一個長舌婦!」
> 可見男人打女人是天理應該,神鬼齊一。怪不得那娘娘廟裡的娘娘特別溫順,原來是常常挨打的緣故。可見溫順也不是怎麼優良的天性,而是被打的結果,甚或是招打的原因。[28]

蕭紅的幽默和諷刺,像一根針,一下子刺破了男女有別的神話汽球。在這裡,她和蘇雪林成強烈的對比。後者說:

> 男子的性情大都是猛烈的、進取的、自動的,而女子則比較的冷靜,保守,被動……須知女子之所以傾倒於男子者,無非為了他堂堂大丈夫的氣概和男性的尊嚴呵![29]

蘇雪林接受,並且肯定,傳統中男剛女柔的角色分配和限定;蕭紅卻認為它是人為的神話,愚民的技倆。父權至上的文化價值系統其實是經過男人細心培養而形成的。男女有別、男尊女卑,都是所謂禮教用來欺侮「老實」人的工具。另一方面,蕭紅並不自憐的認為女性單純的只是一個被害者:女性自己也欺凌同類。而當她說,女性被有意塑造的溫順「天性」,固然是被長期欺凌的結果,卻同時也是招引欺凌的誘因時,她簡直是站之在婦女解放運動的尖端,呼籲婦女革命了。

---

[28] 蕭紅,《呼蘭河傳》,頁64。
[29] 蘇雪林,《棘心》,頁238。

蕭紅對中國婦女運動的批判，澈底而無情。《呼蘭河傳》有深度，因為作者所見不限於層面。她從婆婆虐待媳婦的表面現象，推到現象背後隱藏著的文化體系，再推到文化體系裡層已成神話的謊言。像剝筍一樣，她一層一層的往核心思考。《呼蘭河傳》有藝術，因為作者用意象、用動作、用象徵……種種戲劇的手法充分表達了她抽象的觀念；她不控訴，也不拍賣，但是凝聚起來的批判力量像安靜的利刀割著皮膚。

《棘心》不是個藝術精品，但是它有文學史上的意義。在中國文化史上，五四運動之後才有女性文學的崛起。冰心、廬隱、凌叔華，和蘇雪林等，是女性文學篳路藍縷的開拓者。《棘心》扣準了當時時代的脈搏，探討當時知識青年廣泛關切的問題；它的思想上的矛盾和藝術上的弱點，正好都反映了時代的特色。

相對於蘇雪林的矛盾與保守，蕭紅的女權思想顯得激進而澈底。她的作品在現代文學史上長期的受到忽視，但《呼蘭河傳》實在是部經典之作，不該也不會被淹沒。

——選自成功大學中國文學系編《慶祝蘇雪林教授九秩晉五華誕學術研討會論文暨詩文集》
　　臺北：文史哲出版社，1995 年 3 月

棘地荊天霜雪行

論蘇雪林散文

◎張瑞芬*

> 我死時，要在一間光線柔和的屋子裡，瓶中有花，壁上有畫……就這樣讓我徐徐化去，像晨曦裡一滴露水的蒸發，像春夜一朵花的萎自枝頭，像夏夜裡一個夢之澹然消滅其痕跡。
>
> ——〈當我老了的時候〉

　　1999 年 4 月，百餘歲的臺灣國寶級文壇耆宿蘇雪林，病逝於臺南。未能跨越三個世紀，稍晚於冰心（1900～1999）的辭世，她成了「最後一位謝世的五四作家」。就文學史的獨特地位來說，她是道地從舊時代跨越到新時代，站在時代浪潮上的人。五四那年（民國 8 年）她已 22 歲，正好自家鄉安徽升學北京女子師範，成了胡適、周作人、李大釗的門生。這彷彿預示了蘇雪林一生抨擊魯迅、服膺胡適的立場，同時也始料未及的，成就了她和臺灣的半世紀因緣。她一生最重要的學術研究《屈賦新探》完整成立於此，在臺灣，她並且寫作、結集、重新出版了近四十本包括散文在內的作品。臺灣，成了她此生居住最久的地方，也是暮年返鄉探親之後仍不得不回來的家。

　　造化弄人，竟至於此。論起她的散文，學者每每措意於《綠天》的「細膩、溫柔、幽麗、秀韻」（錢杏邨語）。殊不知那已是多年前破碎婚姻中不堪回首的「美麗的謊」。多次入選國文課本的〈禿的梧桐〉或〈收

*發表文章時為逢甲大學中國文學系副教授，現為逢甲大學中國文學系教授。

種〉，其實都是文選編輯依例從大陸抄到臺灣的結果，蘇雪林自己是較屬意她中年入川前後的作品。可惜她寫作顛峰的《屠龍集》以及來臺之後的散文，向來少有研究者全面論述。這不只是臺灣文學研究的盲點，也是完整呈現一位五四重要文學家的明顯缺憾。被稱為最有成就的民初五大女作家（冰心、凌叔華、馮沅君、丁玲和蘇雪林）之一，即使在臺備受政府禮遇優容，蘇雪林在臺灣，仍是寂寞的。我們不能理解的，只是夏娃即女媧、《楚辭》山鬼指希臘酒神，或崑崙懸圃等於巴比倫空中花園、《聖經》中伊甸園嗎？[1]在學術與創作的棘地荊天之中，一代才人霜雪行路的心情，究為如何？[2]當是更耐人尋味的。

　　綜觀蘇雪林一生，除散文之外，包括小說《棘心》、傳記（《我的生活》）、文學評論（《二三十年代作家與作品》等）及學術研究（《屈賦新探》），誠可謂著作等身，成就非凡。然而，命運給她的好條件，其實並不多。封閉的時代、專制的祖母、遲晚的入學，在同班同學馮沅君、黃廬隱蛻變為新文學青年時，她卻陷在「不能新不願舊」的困境中。閱讀林紓是她的文學啟蒙，習袁枚、工繪素、寫歌行古詩（《燈前詩草》）。這種「非典型」五四人的尷尬和無奈，同時表現在她信奉天主教、「反反封建」的舊式婚姻和四歲纏起的小腳之上。時代給了她一條坎坷行路，執拗的性格加上病弱的軀體，又使她北京女師、中法學院、巴黎大學，無一能卒業。在戰亂流離的人生道路上，歷任安徽、武漢大學、臺灣師大、成大、南洋大學等校教職，又可見出，將個人情愛昇華後，除學問外別無他求的堅忍。

　　由《小倉山房詩集》入手，寫古典詩詞造詣頗深的蘇雪林，擅長聯篇歌行，氣勢雄壯，曾孟樸曾譽之為「女青蓮」。如〈百步雲梯〉寫遊黃山記，12 首詩，即直追李白的〈蜀道難〉。以此濃厚的中國舊式文人習氣，

---

[1]蘇雪林的屈賦研究，基本上屬中西文化同源說，近「泛巴比倫學派」，主張中國古代神話與西亞神話同出一源，學界對此多持質疑立場。詳見蘇雪林《屈原與〈九歌〉》、《〈天問〉正簡》等論著。
[2]訾議蘇雪林者，如寒爵（韓道誠），〈蘇雪林先生可以休矣〉，《自立晚報》，1962 年 4 月 13～19 日，第 2 版。

兼以能畫，遂成就了馬森所稱的「畫家之眼，詩人之筆」。[3]論蘇雪林的散文成就，諸家選文及所論，多集中於早期《綠天》的抒情柔美，清新活潑，並取之與冰心並列。事實上，連同雜文在內，蘇雪林一生所寫散文並不少。自 1928 年《綠天》至晚年，至少持續 60 年，十餘本著作。以時代分期，前後大約分可分別為三：

1.返國、結婚前後：《綠天》。

2.抗戰及復員時期：《青鳥集》、《屠龍集》（後易名《人生三部曲》）。

3.在臺時期：《歸鴻集》、《歐遊攬勝》（即《三大聖地的巡禮》）、《閒話戰爭》、《眼淚的海》、《猶大之吻》（《眼》、《猶》二書為悼念胡適而寫）、《蘇雪林自選集》、《風雨雞鳴》、《遯齋隨筆》。

蘇雪林一生反魯（迅），擔任省婦女寫作協會多項職務，文學立場趨向守舊，性格上又愛憎分明，覃子豪之現代詩與郭良蕙的小說不能入她法眼，還因此引發過論爭。[4]在文學創作上她不擅幻設虛構，屬寫實一派，她也自認不擅長寫小說，自敘傳《棘心》外，僅有的《天馬集》和《秀峰夜話》二部，前者改寫神話，後者演繹歷史，皆有所本。蘇雪林在散文方面以《綠天》一書成名，浪漫童心，青春慧眼，加上文字的精美，曾使初中時期的張秀亞大感震撼，在張秀亞《人生小景》一書中，曾對蘇雪林文字的靈動鮮活而富想像力仍念念於心，足見蘇雪林之才情早慧。然而，蘇雪林散文創作質與量的顛峰，恐怕是抗戰時期，尤其是隨武漢大學遷校四川樂山那幾年。〈我在抗戰時期的文學活動〉一文，道出在躲警報、忙家務的同時，人過四十，突如其來的旺盛文字產量，「為平生之所未有」。《屠龍集》中的〈人生三部曲〉（青年、中年、老年）、〈家〉、〈當我老了的時候〉、〈煉獄〉、〈樂山慘炸身歷記〉皆為其中佳篇。見證了一個不快樂的中

---

[3]馬森早年在臺北師院曾為蘇雪林門生，〈畫家之眼，詩人之筆〉一文，見《中央日報》，1995 年 3 月 24 日，第 19 版。

[4]蘇雪林與覃子豪於 1959 年《自由青年》上為象徵詩派論戰（詳見蘇雪林《文壇話舊》收錄諸文〔臺北：文星書店，1967 年〕），1962 年又與謝冰瑩抨擊郭良蕙《心鎖》，致郭良蕙遭文協開除，並引發《心鎖》論戰。

國，[5]在戰地烽煙中，蘇雪林的散文如石縫中怒長的綠意，老於世道，幽默存心，警策精采處令人拍案叫絕。例如她形容中年人用功是「竹籃打水一場空」；時間在孩童是蝸牛，在中年是奔馬，在老年則是風輪。諸篇詼諧並出，極富人間情味，友朋甚有以為可繼林語堂大師衣缽的。

蘇氏散文藝術成就之最，當推遊記。她的遊記貫穿前後期的寫作，承繼中國古來文人遊記的傳統，撫今追昔，說景物憶人事，文言白話雜用，珠璣滿眼，最是令人驚豔。「巖壑盤旋，峰巒競秀」、「亭亭如高閣，翼然如危亭」或「晚巒釀紫，青靄滿杯」這樣的字句，是於 1934 年的〈島居漫興〉和〈勞山二日遊〉中典型的寫景。詩心畫意，構築了蘇雪林遊記的美文勝境。在 1960 年代，她又應王琰如邀稿，配上親筆畫作，以回憶 20 年前與友人遊黃山為題，寫了〈黃海遊蹤〉、〈擲缽庵消夏記〉諸文，加上赴歐兩年朝天主教聖地的《歐遊攬勝》成了她後期遊記的代表作。

蘇雪林遊記散文敘寫俱佳，前後期風格變化不大。其古風與畫意，頗有徐霞客、袁宏道的引人入勝，即使是寫羅馬競技場、龐貝廢墟，亦無二致。引用古詩典故，將口語和文言完美結合起來，又使文字的節奏舒緩自如，跌宕多變，這也是她與其他女作家遊記文學最大不同處。和她比起來，雪茵古詩造詣雖好，散文卻淡乎寡味；林海音、徐鍾珮是新聞眼兼俐落筆，頗無暇於古典韻致；王琰如、張裘麗，純粹是隨夫出洋，蠻荒記事；謝冰瑩考察反省的意味太濃，竟如報告書一樣。只有鍾梅音的《海天遊蹤》，文字晶瑩靈動，稍稍有蘇雪林傳統文人風，同樣令人賞愛不置。蘇雪林的遊記，除了文字之美，兼及懷鄉（憶舊）主題，也是特殊之處。〈黃海遊蹤〉、〈擲缽庵消夏記〉等文，都寫於臺灣。事隔二十餘載，回憶當年在家鄉偕友出遊，日曙與雲海、松濤與澗水，都有如時空遠隔的心靈呼喚，讀來更有令人低迴再三的韻致。

那個 24 歲時遠赴異邦法國求學的年輕女孩，瀏海覆眉，長百褶裙襪出

---

[5]見楊照，〈不快樂的蘇雪林，見證不快樂的中國〉，《新新聞周刊》第 644 期（1999 年 7 月），頁 84 ～85。此文不同於一般文章對蘇雪林的稱頌，別具見地。

她有著苗條身段。那是民國 10 年。女同學們錯落站坐在同一張照片裡，其中有比她貌美的，但她的眼中有一種英氣，叫人無法逼視。她的文字構築了一個舊傳統與新思維的世界，那是一個艱困的世代，坎坷的人生行路，卻也是最優美的演出。

——選自張瑞芬《五十年來臺灣女性散文——評論篇》
臺北：麥田出版公司，2006 年 2 月

流離蜀道憶當時
蘇雪林之懷舊文析論

◎吳姍姍*

一、前言

　　蘇雪林（1896～1999）民國 39 年第二度赴法研究西亞神話，民國 41
年來臺，直至民國 88 年逝世，後半生在臺灣度過，居住成功大學東寧路宿
舍。在創作上，早年以白話寫抒情美文，響應「五四」新文學運動的文體
改革；在人生經歷上，她兩度留學法國，原想藉此機會追求更高遠的人生
目標，卻為了遵奉母命結婚、旅費告罄等不得已原因鎩羽而歸。自法返臺
後，起先擁有「五四」人物、歸國學人光環，文壇頗多關照，各方邀稿不
斷；然而，隨著時光流逝，蘇雪林逐漸老去，在她的作品中有較多緬懷昔
年人、事、物之文，本文從個性心理與現實環境兩方面，觀察蘇雪林的懷
舊文章，了解蘇雪林生存的時代環境對一個落拓文人的影響，使得她以寫
作雜文的方式投射個人對時代的回應，並嘗試解釋其懷舊文的離散意義。

二、蘇雪林懷舊文之類型與寫作方式

　　蘇雪林是中國現代文學史罕見，一生都持續寫作的高壽作家，由於她
的興趣廣泛，留傳後世的作品涉獵範圍亦復不少，舉凡小說、散文、戲
劇、童話、神話、雜文等，甚至能繪丹青。這種創作範圍之廣的現象形成
她的著作複雜性，所以，分類研究是認識、評論蘇雪林的方式之一，本文

---

*成功大學文學院博士後研究員。

論述蘇雪林的懷舊文。蘇雪林一生，依時間切劃，可區分為大陸、海外、臺灣三時期，她在臺灣居住將近五十年，占了 103 歲生命的二分之一，在此意義下，不能否認此半個世紀的重要性。蘇雪林一生流離失所，在臺灣的日子是她人生相對安定的時光，在此前提下，了解蘇雪林此時期的作品是重要的。

（一）五種類型

蘇雪林懷舊文共有懷人、懷事、懷物、懷地、其他五類，此五類懷舊文散布在其雜文作品中，懷事與懷物可併為一類。人、事、地、物之緬懷是多數懷舊文章的描寫對象，而蘇雪林筆下之懷舊文有其寫作方式與特色。蘇雪林生前結集成書者，除馳名的《綠天》、《棘心》外，以書為單位，書中文章，懷舊文比重極大，例如《人生三部曲》[1]中多寫於抗戰期間，而來臺後所寫的文章，如《我的生活》、《閒話戰爭》[2]以及後來發表於報章之懷舊文數量頗多。以下分述五類懷舊文。

1. 懷人

蘇雪林遺世著作中，有直接以「舊」為名的《文壇話舊》[3]，寫蘇雪林所認識的「五四」作家——陳獨秀、魯迅、冰心、盧隱、郁達夫等，因為蘇雪林與他們或有一面之緣，或是同學、朋友，因此寫出這些人物的生活點滴，以饗民國 38 年前後，臺灣讀者難閱「五四」作品、不了解作家的遺憾。雖然蘇雪林並沒有明言寫作是為了懷念他們，但此書結構以「五四」人物為支架，書末附有民國 48 年與覃子豪討論象徵詩的文章。性質上，透過介紹「五四」作家，因人物與蘇雪林均有交情，由她寫來，可視為懷舊之作。懷人最完整的是《眼淚的海》[4]一書，全書篇章專門為紀念胡適而

---

[1]蘇雪林，《人生三部曲》（臺北：文星書店，1967 年）。
[2]蘇雪林，《我的生活》（臺北：文星書店，1967 年）。蘇雪林，《閒話戰爭》（臺北：文星書店，1967 年）。
[3]蘇雪林，《文壇話舊》（臺北：文星書店，1967 年）。
[4]蘇雪林，《眼淚的海》（臺北：文星書店，1967 年）。

作。《歸鴻集》[5]有：〈悼女教育家楊蔭榆先生〉、〈女畫家方君璧〉、〈記孫多慈女士〉；《邂齋隨筆》[6]之第三輯「人物紀念之部」，懷人的有：〈巨人與我——我對總統　蔣公生前的認識與擁戴〉、〈北極星沉——兼述幾次瞻仰蔣公的回憶〉、〈那一夜，我含淚看電視〉、〈親民愛民勤民在上者所致的感召〉、〈悼念一位純真的藝術家方君璧〉、〈我的知己袁蘭子〉、〈我的父親〉。《蘇雪林自選集》[7]有「人物記述」一部，包括：〈胡適之先生給我兩項最深的印象〉、〈我所認識的詩人徐志摩〉、〈陳源教授逸事〉、〈哭蘭子〉、〈悼毓秀〉。《閒話戰爭》一書，懷人的有：〈給蘭紫的信〉、〈悼潤橘〉、〈女詞人呂碧城與我〉。

　　蘇雪林去世後，成功大學搜尋其生前散落報章雜誌而編輯的《蘇雪林作品集‧短篇文章卷》第一至六冊[8]，懷人文章有：〈悼友如〉（第一冊）；〈曼瑰不死〉、〈西湖晤見康南海〉、〈雨蓋霜枝的象徵——辜鴻銘軼事〉、〈倒讀洋文報——神氣的鄉巴老辜鴻銘〉、〈記我與鵝媽媽的一段因緣〉、〈記我傾慕吳貽芳師可笑舉動〉、〈敬悼趙麗蓮老師〉、〈一位傳奇人物，一位歷史英雄——敬悼丁作韶博士〉、〈七十年前女強人：潘玉良的悲劇〉、〈再談薄命畫家潘玉良〉（第二冊）；〈悼梁實秋先生〉、〈敬悼曾寶蓀先生〉（第三冊）；〈冰心與我〉、〈悼念凌叔華〉、〈關於茅盾〉、〈義子勝親生——紀念鵝媽媽〉、〈待「燕」不來〉（第四冊）；〈兩位白髮朱顏的雷女士〉、〈幾個女教育家的速寫像〉、〈曾寶蓀先生〉、〈遙念琰如——慰琰如喪偶之痛並鼓勵她再提筆〉、〈陳源教授的愛倫尼〉、〈南鯤鯓遊五王廟兼訪洪通〉、〈尉素秋二三事〉（第五冊）。又，蘇雪林的教書生涯，在大陸時期比較穩定的是武漢大學的 18 年，雖然其間有艱苦的對日抗戰，但從蘇雪林文章中看到在武大及遷校樂山的日子，是能苦中作樂，與身邊親友共同體會生活滋味

---

[5]蘇雪林，《歸鴻集》（臺北：暢流半月刊社，1955 年）。
[6]蘇雪林，《邂齋隨筆》（臺北：中央日報社，1989 年）。
[7]蘇雪林，《蘇雪林自選集》（臺北：黎明文化公司，1975 年）。
[8]蘇雪林，《蘇雪林作品集‧短篇文章卷》一～六冊（臺南：成功大學），出版日期分別為：第一、二冊 2006 年，第三冊 2007 年，第四、五冊 2010 年，第六冊 2011 年。

的一段時間，這一種滋味不全然因頻年戰事而充滿哀歎，相反地，頗有精
神悅足之樂。〈抗戰末期生活小記〉寫於民國 30 年：

> 最近一年，生活程度上漲愈劇，使我們整天在柴米油鹽的漩渦裡打滾，
> 滾得頭昏腦脹，無法捉筆，……但最近半年，我的心境忽然和平起來
> 了。一則抗戰前途曙光已現，我們苦盡甘來之日不久來到；二則認為琴
> 棋書畫與柴米油鹽同屬人生之一面，知其一而不知其二，實為不可；三
> 則數月前寫了一篇南明歷史小說，題曰「黃石齋在金陵獄」……在「著
> 作熱」這一點上，我是以自己精神狀況為藍本的。無非借石齋之酒杯，
> 澆自己之塊磊。最後石齋想到「堯舜事業，也不過半點浮雲過太空，自
> 己區區著作，又何足道？」便萬慮皆空毅然盡節了。我當自己生命力在
> 咬嚙我的心靈時，把石齋這幾句話一想，也會感到萬慮皆空之快。[9]

此時期之作，多刊載在《珞珈》，有憶寫珞珈人物者：〈珞珈人物小誌——
以肺病炫人的黃孝徽小姐〉（第三冊）；〈珞珈山上的母老虎——珞珈人物小
誌〉、〈「江西老表」李儒勉——珞珈人物小誌〉（第五冊），以及〈楚辭專家
劉弘度〉、〈歌聲若出金石的徐天民〉、〈記高公翰先生一二瑣事〉、〈雪公與
我〉、〈我們中文系主任劉博平〉、〈陳西瀅其人其事〉、〈登高能賦及借古諷
今的朱東潤〉、〈記袁蘭子在共區悲慘的晚景〉（第六冊），寫任教武漢大學
時的同事朋友，其中不乏人物趣事、彼此間的糊塗事，讀者藉以可知當年
武漢大學文學院實況一二；還有〈追悼程魏兩神父紀事〉、〈悼王德芳〉、
〈珠沉月冷〉、〈曼瑰與我〉亦屬懷人。
　　至於聞道出版社為蘇雪林發行的書，屬於宗教性質，書名曰《靈海微
瀾》，共五集，[10]懷人有：〈我的神師徐宗澤神父〉（第二集）；〈鞠躬盡瘁死

---

[9]蘇雪林，《我的生活》，頁 142。
[10]蘇雪林，《靈海微瀾》（臺南：聞道出版社），第一集 1978 年；第二集 1989 年；第三集 1980 年；
　第四、五集 1996 年。

而不已的雷鳴遠〉、〈悼天主教偉大作家王昌祉神父〉、〈臺灣天主教教友追悼程魏兩神父紀事〉、〈敬悼愛國反共的于樞機〉、〈于樞機所給我三個永不磨滅的印象〉（第三集）；〈悼念方豪神父〉、〈悼公教詩人嚴蘊梁神父〉、〈悼理毓秀〉（第五集），其中〈悼念方豪神父〉：

> 只知方豪神父教書著作與傳道愛人，並行不悖。當我在台北時，每見他穿著破舊單薄的衣服，腋下夾著一個沉重的書包，冒著大風寒去講道。……患了腦中風住在醫院裡，躺在病榻上，不能讀日課，就請別的神職讀給他聽。稍能起立，就在病房裡舉行獻祭。病愈回寓，所有神業未嘗有一日之輟。[11]

記述神父堅強求道修行，或教友對拯救心靈、振興宗教的貢獻以及人格事功給予蘇雪林的影響。

2. 懷事、懷物

一般而言，「事物」常作為一組語詞使用，即：敘述事情或多或少會涉及物品，反之亦然；蘇雪林懷舊文中，懷事與懷物兩類常並現文中。《歸鴻集》有：〈卅年寫作生活的回憶〉、〈我的書〉、〈教師節談往事〉、〈灌園生活的回憶〉、〈抗戰末期生活小記〉、〈記戰時一段可笑的幻想〉。《邂齋隨筆》兩篇：〈想起四川的耗子——子年談鼠〉、〈牛的神話故事——丑年談牛〉則是懷念早年在大陸的生活，而以鼠、牛為主角：

> 老鼠之為物，到處都是，而四川老鼠則碩大、狡猾，巧於智謀，工於心計，好像具有人類的靈性，其宗族又異常繁多，……我有一瓶油在廚房庋架上，老鼠竟能將那軟木拔開。瓶口小，鼠嘴雖尖，也伸不進，則以尾伸進，蘸滿了油，再拖出讓友伴舐吮。[12]

---

[11] 蘇雪林，《靈海微瀾》第五集（臺南：聞道出版社，1996），頁64。
[12] 蘇雪林，《邂齋隨筆》，頁175～176。

寫老鼠為患之苦。另有一篇〈白蟻成災記〉亦是由白蟻小物所勾起的對生活的敘寫。前述《我的生活》，書中同樣沒有明確的題目或意旨上的懷念，但是對於自幼至長的重要經驗，多以事件為結構而鋪敘，據自序，〈我最初的文學導師〉寫於民國 16、17 年，〈我的學生時代〉寫於民國 31 年，〈抗戰末期生活小記〉寫於抗戰尚未結束之際，〈卅年寫作生活的回憶〉寫於民國 41 年，〈我的剪報生活〉寫於民國 49 年；〈我與舊詩〉、〈關於我的榮與辱〉、〈我與國畫〉分別刊於《自由青年》和《新文藝》，大部分是來臺後所寫。《蘇雪林作品集・短篇文章卷》又有：〈我與五四〉、〈童「年」記趣——官迷世界過年的盛況〉（第二冊）；〈三串鞭炮〉、〈幼時元宵觀燈的回憶〉、〈笠園雅集小記〉、〈「老冬烘」與「新青年」〉（第三冊）；〈木瓜的呆話〉、〈參加江冬秀師母喪禮記〉、〈「五四」給我個人的影響〉、〈人生的第一次〉（第四冊）；〈己酉自述——從五四到現在〉、〈一輛鏽的腳踏車〉、〈一雙舊襪的懺悔〉、〈懷念姐妹家庭〉、〈白蟻成災記〉、〈尉素秋二三事〉（第五冊）。

　　前述懷事、懷物散文，經常同時並為題材，因為由物聯想到事，或者由事憶起物是人們的思維邏輯之一種。蘇雪林文章亦兩者兼懷，作品集的「短篇文章卷」有：〈我家的「麻貓酸丁」〉（第二冊），一系列「夏窗漫筆」：〈我所從事的園藝〉、〈樹的滄桑〉、〈花話〉、〈我的小動物園〉（第三冊），這幾篇是寫東寧路宿舍生活之文，前述〈悼理毓秀〉亦然，從中均可知蘇雪林早年來到臺南的生活、交遊樣貌。蘇雪林最喜歡的寵物是貓，懷念貓的文章是〈我生平最愛好的事物——小貓〉（第三冊），寫從小到抗戰時期，每一階段的養貓生活。〈幼時元宵觀燈的回憶〉：

> 元宵將屆了，……於是家家戶戶紮花燈；預備舞獅、舞龍的隊伍；預備「抬閣」的妝點；預備長達半里的「板龍」的刷新，……所謂「抬閣」是我幼時聽人們這樣喊的，大概是個木臺子，裝作舊劇舞臺場面，下面由幾個壯漢抬著，臺面上可容數人，都是七八歲到十一二歲的男女孩

子，穿著定製的戲裝，扮著一齣一齣的戲。這些戲子不但不須開口唱，連動作都沒有半點，只呆呆地站在臺上。……尤其「抬閣」比戲臺取巧處，是能扮神仙，寶劍尖上可站人，塵拂上也可以站人。……那支鐵條另有支條順衣服再潛孩子身，將孩子自衣往裡面用帶牢牢縛住。所以，上面的人站得穩，下面的人也不必出力。仍怕上面孩子臨高懼怕，臺下有人持著竹竿做的扶手，必要時給孩子扶一下，用以壯他的膽氣。……還有「板龍」，用長約五尺，寬約二尺的厚木板，板上用篾片紮一段弓起的龍身，畫上彩色鱗甲，再用桐油噴得透明，中燃蠟燭。板兩端穿洞，貫以木楔，段段相連，就可以湊成一條其長四五十丈的巨龍了。那楔與洞之間預留隙地，可以轉動，庶可通過曲折的街道。……縣署裡也和民間一樣忙碌，這時候是在「封印」期間，縣官不辦公，闔署上下也都在休假狀態裡。燈節前，縣署派人到香煙舖定做鞭炮、高升、雙響，一籮筐一籮筐裝盛著；又訂做許多蠟燭，紅紙封，一封一封包著。又要到銀舖定製銀牌，那是一面葉形，不過巴掌大的一面牌子，中間陽文一個大「賞」字。[13]

呈現一幅晚清的社會風貌圖，保留了晚清民俗活動，讓讀者知曉晚清浙江省的過年習俗及民間玩耍慶元宵的名物、製作等過程。還有〈一輛鏽的腳踏車〉、〈一雙舊襪的懺悔〉（第五冊）等。此為懷事、物之文。

3. 懷地

蘇雪林一生遊跡遍及海內外，旅遊文亦為其作品類別之一，描寫旅遊者，可視為懷地之文，如：〈黃海遊蹤〉、〈擲缽庵消夏記〉、〈羅馬的地下墓道〉、〈羅馬的露天劇場〉、〈彭貝依古城的憑弔〉、〈春山頂上探靈湖〉、〈培丹倫岩穴探奇〉等，收錄在《蘇雪林自選集》，此書也是以「遊覽寫景」特別拈出作為編輯架構之一，而以回憶方式寫出；其中，羅馬、彭貝依等地

---

[13] 蘇雪林，《蘇雪林作品集‧短篇文章卷》第三冊（臺南：成功大學，2011 年二刷），頁 120～128。

是蘇雪林民國 39 年第二次赴法國時，前往羅馬朝聖之地遊歷經驗寫出，集結為《三大聖地的巡禮》一書[14]，雖是遊歷之後，馬上憑記憶寫出，或許意義上未必是懷念文，但蘇雪林這些描寫旅遊者，可歸為此類。去過某地，再寫回憶文的，有〈笠園雅集小記〉、〈宜城小記〉、〈勞山與成山〉（第三冊）等。《閒話戰爭》[15]一書，懷念昔年舊地者：〈懷珞珈〉、〈憶武漢大學圖書館〉；在文中屢屢散發對風物人情的讚美，蘇雪林雖然沒有明指懷念，但懷舊意味十足。《靈海微瀾》第二集懷念舊跡的有：〈旅杭日記〉、〈夾江聖神瞻禮及遊蹤〉：

> 自李家堰以下，入夾江境，地勢漸高，山迴路轉，林木蔚密。有一處地名三仙洞，四面都是高峯，和漫山遍嶺的松樹。……我們出城以後，向西北迤邐進發，見沿江一帶，寺院甚多。但大半冷落無人居住，有的駐紮軍隊，有的則改為公共機關和水利測量所之類。聞夾江全境之庵院共有一百十餘所，佛教之發達可想。[16]

寫遊歷四川西陲夾江縣的風光，文中描寫千佛崖、李家堰、夾江縣城等風物民情。

4. 其他

此類作品兼懷人事，《我的生活》一書之內容為敘事，娓娓道來亦多懷舊，如：〈兒時影事〉、〈童年瑣憶〉、〈蘭谿縣署中女傭羣像〉、〈我幼小時的宗教環境〉、〈辛亥革命前後的我〉、〈我最初的文學導師〉、〈我的學生時代〉、〈我的教書生活〉、〈抗戰末期生活小記〉、〈我的寫作習慣〉、〈我與舊詩〉、〈我與國畫〉、〈我的剪報生活〉等，兼有懷人與懷事內容。《蘇雪林作品集・短篇文章卷》提及往事的有：〈留法勤工儉學史的一頁──我與共產

---

[14] 蘇雪林，《三大聖地的巡禮》（臺中：光啟出版社，1957 年），後再版時，更名《歐遊獵勝》。
[15] 蘇雪林，《閒話戰爭》（臺北：文星書店，1967 年）。
[16] 蘇雪林，《靈海微瀾》第二集（臺南：聞道出版社，1979 年），頁 29～58。

主義初次的接觸〉、〈曼瑰死前的預兆〉（第一冊）；〈曼瑰不死〉、〈記我傾慕吳貽芳師可笑舉動〉、〈七十年前女強人：潘玉良的悲劇〉、〈童「年」記趣——官迷世界過年的盛況〉、〈再談薄命畫家潘玉良〉（第二冊）；〈「老冬烘」與「新青年」〉（第三冊）；〈木瓜的呆話〉、〈參加江冬秀師母喪禮記〉、〈「五四」給我個人的影響〉、〈人生的第一次〉（第四冊）；〈己酉自述——從五四到現在〉、〈一輛鏽的腳踏車〉、〈一雙舊襪的懺悔〉、〈懷念姐妹家庭〉、〈白蟻成災記〉、〈南鯤鯓遊五王廟兼訪洪通〉、〈尉素秋二三事〉（第五冊），而這些往事常又敘及人物。《青鳥集》[17]一書有：〈林琴南先生〉、〈北風〉、〈我所見於詩人朱湘者〉、〈關於盧隱的回憶〉、〈我做舊詩的經驗〉、〈我寫作的動機和經過〉；〈北風〉乃為紀念徐志摩逝世而寫，〈我所見於詩人朱湘者〉敘述與朱湘同事武大的經過及朱湘投江之事，〈關於盧隱的回憶〉則寫與盧隱同學同事始末以及盧氏愛情路程，最後難產而死。〈夾江聖神瞻禮及遊蹤〉也有：

> 我之與余故主教之發生神屬關係，也曾認為是一種「緣法」。但這種神屬關係維持不過年餘，他便移節甘江鋪，以後竟一病不起。我到今尚保存他贈給我的一尊小小白銅苦像，一串蚌殼念珠，作為他的遺念。……近年古代佛教藝術，尤其是造像，漸成為文化界注意的目標。龍門雲岡的佛像，譽著寰球，爭推為東方藝術的環寶。前國內有名學者如顧頡剛先生等曾組織旅行團調查大足縣的石刻，回來報告說，藝術價值頗高，而且在學術界還有許多重要的發現。樂山大渡河對岸龍泓寺一帶的石崖，也有許多石刻佛像，惟大半剝落，且被俗人塗飾壞了。夾江千佛崖規模之大雖不如大足，然遠勝樂山，故此我們不來夾江則已，來則非去巡禮一回不可。[18]

---

[17] 蘇雪林，《青鳥集》（長沙：商務印書館，1938 年）。
[18] 蘇雪林，《靈海微瀾》第二集，頁 29～58。

題名是遊蹤，但蘇雪林筆觸所及，有景、有物、有事、有人，此為她的懷舊文寫作方式。以上蘇雪林的懷舊文，分類上有重複者，此即以下將論述的蘇雪林懷舊文寫作特色之懷人、事、物常同時出現於一篇章中。

蘇雪林的懷人作品占其懷舊文之多數，且所懷者都是舊識的故友，只有一位是蔣中正先生；而故友又以大陸時期即已相識之人，尤其在武漢大學的朋友為主，來臺後相識而寫文者，只有李曼瑰、王琰如、尉素秋。其實，蘇雪林定居臺灣後，來往文友不乏其人，由於蘇雪林是最長壽的「五四」作家，先她辭世者所在多有，而且，自活躍於中國現代文壇至逝世，朋友年齡層包含民初、遷臺、臺灣年輕的交友，但是她執筆寫紀念文的對象多屬大陸時期的友人，另一位重量級人物——蔣中正先生。此現象說明蘇雪林藉懷人文章呈現民國 38 年第一代來臺人士所凝聚的文壇，懷鄉與愛國是當時臺灣文學的主要題材。蘇雪林所懷之人均為大陸文友，這些人或許來臺、或遠去外國，不論他們身歸何處，都是蘇雪林一生懷念的人。為何識者眾多，蘇雪林會為他們書寫自己的感懷？這些人在身分上有特殊之點，即——都是大陸遷臺文人，故蘇雪林藉由懷念他們所表現的精神是 1950 年代在臺灣的強烈愛國主義。再者，蘇雪林懷人文寫得最多的是武大的舊交，而與李曼瑰、尉素秋相識的機緣是在臺北師院外文系、成功大學中文系同事，可知蘇雪林懷的人也是教育界人士，而這些教授又是能創作的作家。多寫武大故交應是武漢大學校友會在臺灣發行的刊物《珞珈》邀稿，使得蘇雪林留下許多武大時期（民國 21～37 年）友人的故事點滴；而舊交多屬文教人，亦說明蘇雪林文友社群的特定基礎，目前蘇雪林留存在成功大學的遺物，來往信件的人士涵蓋文學、繪畫、天主教友、僧道方士、政界、學界等領域，從這些信件來看，她的朋友身分很多，但畢竟蘇雪林會寫下懷人文章的對象鎖定的是文學人，蘇雪林鍾意的朋友還是文教圈為重。

不同於多數作家以寫景物或異地遷徙而懷鄉，蘇雪林以懷人而懷鄉，這個鄉並非她的故鄉安徽，廣義的指大陸。蘇雪林所懷之人是大陸時期、

具作家身分的文友，另兩位比較特別的人是蔣中正、胡適。對這兩位名垂中國近代史的名人，蘇雪林擁戴之言非常強烈。〈巨人與我〉寫著：

> 先總統　蔣公崇功碩德，萬世無雙，……他的確是太偉大了，像我這支拙筆，如何能夠形容他於萬一？[19]

《遯齋隨筆》中的四篇紀念蔣中正逝世之文，敘述九一八事變後，蔣氏事蹟以及從文化宣傳角度，發出對民心的喊話，結合世局與反對左派文藝，將領導對日抗戰的領袖神聖化。〈北極星沉〉訴說她對蔣中正去世的感受：

> 我們最敬愛的偉大領袖，果然棄國民而長逝了！當時只覺天地變色，熱淚奪眶而流，掩面疾趨回家，儘情一慟。我的淚腺久枯，今為哀悼　蔣公又大流特流。……國民對他老人家的關注，遠勝於關注自己的尊親。關注自己尊親的安危，不過親情而已，關注總統的安危，則是為他是我們全國的支柱，全民的精神堡壘，光復大陸，拯救八億苦難同胞的沉重責任在他肩上；發揚國父遺教，復興中華文化，繼續五千年光榮歷史的希望，又寄託在他身上，我們怎麼可以一日少他老人家呢？[20]

語語均見臺灣在 1950 年代國府遷臺之反共、復興中華文化的政治與社會思維。為胡適而寫《眼淚的海》亦同，其〈自序〉云此書具兩層意思，一為哀悼胡適，紀念胡氏逝世五周年，二為藉此替胡適及「五四」運動洗刷誣謗，後者所談的正是中國思想及文化的改革。所以，蘇雪林對蔣、胡氏之懷念哀悼，除了蘇雪林本身對二人的崇敬思慕外，在篇章裡充滿相當濃厚的政治意味，也就是 1950 年代臺灣反共、復興中華的官方文學。蘇雪林民國 41 年來臺後，獲頒的第一個獎項是民國 44 年 12 月「教育部文藝獎」

---

[19] 蘇雪林，《遯齋隨筆》，頁 194。
[20] 同前註，頁 215～217。

（散文獎），從時間上來看，此獎說明了她在懷人文章中著墨當年反共政策而在臺灣文壇建立了聲譽。

（二）寫作方式

蘇雪林之懷舊文，寫作時間小部分在大陸時期，大部分為來臺灣以後，這些作品異於早年轟動文壇的《綠天》、《棘心》美文創作，屬性為雜文，懷舊的內容即生活中的人事物，包涵範圍廣泛，以下分析蘇雪林懷舊文的寫作特色與方式。

1. 寫作特點

（1）人物作品最多

蘇雪林懷舊文沒有刻意經營的感官經驗，而多以敘述為主，順暢地流淌著過往點滴，歸納言之，蘇雪林懷舊文有三特點。首先，寫人物最多。前述《文壇話舊》主要為了應報紙副刊編輯之約，向臺灣讀者介紹大陸未易幟前的新文學作家，其中陳獨秀、胡適、魯迅、冰心、盧隱、朱湘、鄭振鐸等人，都是蘇雪林相識者，例如同學（盧隱）、同事（朱湘）；也有蘇雪林並不識某人，但有間接關係或緣慳一面者，如徐志摩、呂碧城。蘇雪林在「五四」作家中活得最久，因此所有朋友均先她一一老去，來臺後，她與臺灣文壇作家亦建立友誼，較早時期尚能行走，雖僻居臺南，時常北上，與文友相聚；後腳力衰弱，就以書信聯絡。由於蘇雪林長壽，朋友謝世，蘇雪林寫文悼念，這對於蘇雪林而言是一個特殊的體驗，即朋友生時、死後都由她寫過文章，當然是因為蘇雪林活得久，這些文人之逝必然由她寫文。對於一名創作者，此經驗又並非人人皆有，即：人生中的好朋友生時、死後懷念文都被她寫到的現象恐怕是現代文學史中無人能及的，因此，蘇雪林懷人的特殊寫作經驗令她在老年之時，有著在世為人卻承受一種深刻的死亡認知。上列之文可以發現，蘇雪林懷舊文中的懷人占很大比例，這些人都是和蘇雪林有深或淺程度交情之人，蘇雪林的描寫，多是針對其人的特點著墨或者旁及往昔瑣事。

（2）篇題明顯

其次，篇題明顯。通常讀者從她的題目即知懷舊，且一目瞭然，前列蘇雪林各類懷舊文可見一斑。蘇雪林寫在大陸、海外時期，自少至壯年的生活點滴、遊歷、感觸，由於寫作時間大多在來臺以後，所懷之舊跡包羅萬象，因此，見篇名即了解懷舊性質，值得注意的是，這些文章的懷舊色彩，在蘇雪林寫作當時卻是無意識的，她並沒有在序跋或文中提及這一類文的懷念、憶往寫作動機與意圖，亦即蘇雪林不自覺寫了這麼多懷舊文章。再次，寫作策略上，所懷之人、事、物、地常一起出現，因此，雖說蘇雪林懷舊文有五種類型，但文章內容常是，懷人兼懷事或懷地兼懷人或懷事兼懷物，這四個主題常會出現在同一篇章，蘇雪林不會在一篇文章中，單寫四者之中的一個而已。例如〈悼念凌叔華〉，篇首略述得知凌氏噩耗，文後的內容則觸及武漢大學的生活，甚至蘇雪林第二度赴法，與陳源、凌叔華同遊倫敦博覽會、大英博物館，結尾替凌叔華孤寂晚景感歎。可以看到蘇雪林懷舊文題材跨度相當大。

以上特色，依性質而言，多懷人之作、篇題明顯是內容方面，值得探析的是她雜揉人事物之寫作方式，因為作家的寫作方式所形成的特色即作家的創作風格，而風格對作家來說非常重要，是創作的最高境界。簡言之，風格依存於作品，由作品思想內容與藝術形成統一而成整體面貌。[21]蘇雪林懷舊文之書寫風格，可由以下三方面論之。

2. 書寫風格

（1）不以抒情為主調，著重事件敘述

蘇雪林的懷舊文不以抒情為主調，文中雖有情感而較多的是事件敘述。例如，寫陳獨秀是以蘇雪林在安慶女師時，接觸《新青年》刊物為起點，以及陳氏在上海被捕、到武漢大學演講，最後敘及陳獨秀妻子在夫亡後的德行；介紹葉紹鈞的作品亦敘述同事武大時，鬧意見的一件小事；丁

---

[21] 王之望，《文學風格論》修訂本（臺北：學海出版社，2004年），頁138。

作韶則記錄民國 37 年的一段游擊生活等；所以，這些文章傳達給讀者的印象，不僅了解主角人物，也提供了相當程度的文獻資料以及與人物相關的事件。又如〈李曼瑰教授及其重要劇作〉[22]，因李氏之逝，為文追悼並兼紀念，介紹李曼瑰求學、留學過程，以及回到臺灣致力推展小劇場運動，還介紹評論了李曼瑰劇作；再如〈七十年前女強人：潘玉良的悲劇〉寫民國 10 年同赴法國留學，潘玉良在生活中的行事作風與生活細節，又述蘇雪林第二度赴法，在法國與潘玉良、方君璧重逢，三人來往之事，還有潘贊化為潘玉良贖身而最後潘玉良出走中國的過程。[23]因此，蘇雪林懷舊文的閱讀趣味度是相當高的，由於她寫的都是文藝名人，讀者在窺奇的心態下，讀了她的懷舊文有增廣見聞的加乘效用，因為從蘇雪林所描寫的篇題人物，又再認識到其他名人事蹟。

（2）因景因人，引出哲思議論

蘇雪林之懷舊文常因景、人而引發議論哲思，如〈黃海遊蹤〉之結尾：

> 回宿獅林，第二日到缽盂峰的擲缽禪院，這個地方，異常幽靜，是我們預先與本庵主持通函約定的消夏處。於是我們的生活由動入靜，由多變入於寂一，打算學老牛之反芻，將黃山的妙趣，再細細回味一番，與黃山山靈作更進一層的默契，求更深一層的了解。[24]

「由動入靜，由多變入於寂一」是由旅行名山大川，面對大自然引發關於宇宙人生的哲理體悟，此方式同樣表現在懷人文中。〈悼念一位純真的藝術家——方君璧〉附有方君璧的詩詞遺作；〈人生的第一次〉、〈童年瑣憶〉、

---

[22]蘇雪林，《蘇雪林作品集‧短篇文章卷》第一冊（臺南：成功大學，2011 年二刷），頁 151～187。

[23]蘇雪林，《蘇雪林作品集‧短篇文章卷》第二冊（臺南：成功大學，2011 年二刷），頁 213～226。

[24]蘇雪林，《蘇雪林自選集》，頁 15。

〈兒時影事〉不僅記錄了自己幼年生活的實況，間接保留了晚清民初的春節、鬧元宵習俗、民間野聞。〈冰心與我〉描述她與冰心的交誼很淺，兩岸開通後，透過秦賢次先生帶回《冰心文集》相贈，因為是簡體字排版，故而引起文末對正體字之美，以及中華文化保存問題的感想與呼籲。〈珠沉月冷〉則由孫多慈病逝前，曾在公車內摔跤碰撞，文中提及中國人無排隊秩序的公德問題，雖然孫多慈之癌症，未必是由仆跌而致，但蘇雪林懷人文的兼具議論形成她的特色。因此，她的懷舊文常依寫作當時的行文所到之處抒發議論，這種混合式寫法，對於歷史、人物、觀念的看法，經由評論文章中的人、事、物而呈現，例如〈女畫家方君璧〉云：

> 國人論畫注重線條的遒勁與否，西洋也講究力量。但繪畫的境界無窮無盡，線條的時代已過去了，力量也側重內在，而忽略外表。君璧的作品無論油畫也好，水彩也好，國畫也好，對於那些劍拔弩張的線條，每故意加以屏斥，她只以她那深厚的情感，森秀的氣韻，幽窈的詩趣，組成一優美的旋律，輕輕叩動觀眾的心弦，使之發生和諧的共鳴。[25]

這裡有蘇雪林對國畫、方君璧畫的評論，藉此而知她所強調的是畫的情感、氣韻、詩趣，這些可以作為了解蘇雪林關於繪畫藝術的態度。再如《歸鴻集》，寫楊蔭榆、曾寶蓀、方君璧、孫多慈、凌叔華等，後三位以女畫家為切入點，在文中兼述她們的繪畫特色或中西方的藝術理論。又，〈憶武漢大學圖書館〉：

> 我的性格外表上好像歡喜熱鬧和活動，內心實傾向孤獨，所愛的是從容的歲月和恬靜的生涯。我常和我的朋友袁蘭紫說：假如有一花木繁盛，池榭清幽的園林，園中有一藏書樓，萬卷琳瑯，古今中外皆有，期刊日

---

[25] 蘇雪林，《歸鴻集》，頁 68。

報，也按時送到，不管這地方是修院也罷，牢獄也罷，我可以終身蟄伏
其中，不想念外面的繁華的世界了。[26]

從回憶武大藏書可推知蘇雪林的個性愛好，即寧願終生做書癡的直率甘
心，故蘇雪林懷舊文同時也成為研究蘇雪林思想的資料，是其懷舊文之附
加價值。它提供了許多豐富的近代文學、歷史、文士交遊資料，由於她在
文章結構上的人、事、物兼寫，因此，在她的懷舊文中可以尋到一些蛛絲
馬跡，從這些文獻資料線索引申出去，能發掘關於蘇雪林或者與她有聯繫
的更多人、事，此為蘇雪林懷舊文寫作方式留給後人的一個值得珍視之
處。

（3）較少在懷舊文中摻入唯美浪漫

　　所謂懷舊，客體對象之所以被懷念，創作主體必對它們有情感，但情
感有善情、惡情。一般的理解，「懷舊」一詞的美感經驗是美好的情，但蘇
雪林懷舊文也有惡情，最大的呈現是描寫魯迅或左翼人士，「反魯」是蘇雪
林的半生事業，學界對此問題的研究，多傾向於蘇雪林心態不平衡而導致
的「罵文化」，但是，應該注意蘇雪林反魯迅的基本立場是由於反共、反偶
像；換言之，她是因為反共而反魯，反共與反魯互有對應關係；而反魯也
是為了反對崇拜偶像的虛無性，說明她內心「理性」的堅持，這是承襲
「五四」精神而來。她的反共態度，有時是直接痛罵，有時是酸溜溜的反
諷。前者見於〈三串鞭炮〉：「像毛匪澤東這樣一個大惡人，他那兩隻塗滿
血腥的手，不知殺害了多少無罪的民眾。……這樣一個魔君，早死一天，
就可以使中國人少死幾個，所以，聽說他患了重病，盼望他早點向閻王老
子報到，是一般的恆情，我又何能例外？[27]」後者則見於《文壇話舊》之談
到葉紹鈞、林語堂、茅盾：

---

[26]蘇雪林，《閒話戰爭》，頁175～176。
[27]蘇雪林，《蘇雪林作品集・短篇文章卷》第三冊（臺南：成功大學，2011年二刷），頁115。

葉氏頗似聞一多，外貌冷靜，內心則極其熱烈。他的迷信共產主義，我
可以替他辯護一句，動機倒頗為天真，……他是一個一向關心民瘼的作
家，見了這種情況豈容不酸心，又豈容不後悔。我想這位好老人這時的
精神一定是非常痛苦的吧！

——〈葉紹鈞的作品及其為人〉

讀林大師的解釋，幽默究竟是什麼，大概可以明白了。試問提倡幽默是
應該的事呢？還是像左派所抨擊，厥罪應與漢奸賣國賊同樣呢？

——〈幽默大師的論幽默〉

耶穌將降臨前，……聖約翰每高呼「天國近了，你們當快快悔改！」共
產政權將成立之際，也有一群像茅盾的文人，高唱「世界共產化乃歷史
的必然」，神有預告，魔鬼也有預告，可謂相映成趣了。

——〈左翼文壇巨頭茅盾〉[28]

嚴格說來，蘇雪林懷舊文若涉及她反感之事，用較高的標準去審查，其實
她的文筆缺少溫柔敦厚的氣度；然而，從另一角度來說，這正表現蘇雪林
伉直急切個性，必然產生的風格。早在女高師時期，她就展現了有話直說
的人生態度，當時發表文章批評謝楚楨《白話詩研究集》，反對謝氏之新詩
觀，[29]引起文壇軒然大波而與易君左展開一場筆戰，此事後來由胡適出面支
持蘇雪林而落幕，這也是蘇雪林想要離開文壇，於民國 10 年第一次赴法的
原因之一。蘇雪林懷舊文偏重敘述、議論、知性是她的風格，但並不表示
蘇雪林此類文章沒有柔性感情，只是她較少在懷舊文中摻入唯美浪漫而
已。

因此，蘇雪林懷舊的寫作方式和同樣由大陸遷臺的 1950 年代女作家不
同。例如，琦君之懷舊以童年經驗為主，而且常由一個物件引申出人事變
遷、自我成長之跡，〈髻〉寫母親與姨娘髮髻對比，從小時候寫到來臺、父

---

[28]蘇雪林，《文壇話舊》，頁 115、92、107。
[29]蘇雪林《浮生九四》誤載為「謝國楨」（臺北：三民書局，1991 年），頁 48。

親與姨娘相繼去世，而自己對消逝變遷之感的深刻體會；〈煙愁〉則是以「煙」串連親人吸煙往事，同樣帶出滄海桑田的變化之感。至於林海音多以懷念北京為主要題材，寫作方式是以人物、對話發展事件；張秀亞懷舊文雖然以抒情為基調，著名的《北窗下》、《與紫丁香有約》，[30]大多以自然界意象寫出涵蘊詩意與畫意的靜美。1950 至 1970 年代臺灣女作家們都有懷舊之作，但是，蘇雪林表現與她們不同的寫作風格，亦即懷念的對象同是人、事、物、地，其他女作家以女性柔情為優勢，描寫技巧大多以美的意象、事件發展、個人生命為主軸，蘇雪林以懷舊而議論，並且在懷舊之中包含較多的政治色彩，因此，蘇雪林與同時期活躍臺灣文壇的女作家們，懷舊文寫作方式是相對有差異的。

　　蘇雪林懷舊文的結構有此特色，很大的原因是蘇雪林晚期散文在性質上屬於雜文，並不具備純粹散文風貌，換言之，兼寫人事物又議論的手法形成雜文，但懷舊感又是十足的，而且真情流露。例如悼念潘玉良：「她畢生奮鬥，只想在社會上取得一個平等的人格，恢復她的人性的尊嚴，無奈總不能如願，慘澹地死去，是個失敗的女英雄！」[31]為潘玉良不幸的出身發言。〈悼念凌叔華〉之末云「斯人已渺，人生真是如夢而未必如歌」，[32]語詞感人至深，這是出自一位經歷憂患滄桑的長者，因好友死去所領受到的人生真情感喟，箇中有哀美的智慧。因此，蘇雪林雜文有強悍尖酸的一面，卻也不乏溫美之情。再如〈夾江聖神瞻禮及遊蹤〉，題目與內容主旨是遊記，但文中寫夾江風景外，兼及余郁文神父的事蹟，又懷念幾位武大同學：

　　　平時都與我過從甚密，於今或則天各一方，或則墓有宿草。……「擺龍

---

[30]張秀亞，《北窗下》（臺北：爾雅出版社，2005 年）；《與紫丁香有約》（臺北：九歌出版社，2002 年）。

[31]蘇雪林，〈七十年前的女強人：潘玉良的悲劇〉，《蘇雪林作品集・短篇文章卷》第二冊，頁 226。

[32]蘇雪林，〈悼念凌叔華〉，《蘇雪林作品集・短篇文章卷》第四冊（臺南：成功大學，2011 年二刷），頁 19。

門陣」的伴侶，抗戰期間，也都後先作古，正不止余郁文主教一人之棄教眾而長逝而已。人生聚散無常，而我們人類脆薄的軀殼，尤如輕塵之棲弱草，禁不住一陣微風，便歸消失，人們又何必苦苦貪戀這個虛幻的世界，而不知對那永恆的世界，略為注意一下呢？[33]

〈旅杭日記〉寫住在杭州的蘭妹將要受洗，蘇雪林慎重其事，覺得自己應該參與，因此特別計畫在杭州待了一周，此文亦是寫人、寫事、寫景，更由人事物引發人生情懷：

> 一個人有了屋廬之累，就像蝸牛背上馱著一個殼，行動再不得自由；況且處茲亂離之世，我們究竟能在何處安居？[34]

因旅遊杭州而想到卜居西湖畔，可是一旦人擁有住屋又是一種負擔，蘇雪林聯想到人生安居之不易，她由旅行寫到了人生經驗與人生感懷。

　　綜上，蘇雪林懷舊文將人、事、地、物雜揉一起，形成她懷舊文特色。與她早年蜚聲文壇的美文比較，其懷舊文在體裁上說明了她由美文轉向雜文的寫作方式。蘇雪林散文創作轉型提示後人一個重要思考，亦即做為一位現代文壇知名女作家，她由早期在大陸文壇嶄露頭角的美文，轉成來臺後的雜文，而這個轉變饒富興味的是——它也讓蘇雪林在臺灣現代文壇被看見以及被遺忘。從現實環境而言，蘇雪林自法國返臺是以「歸國學人」被文教界認識，雖然比她年輕一輩的作家都是讀她的散文長大的，這些晚輩作家也對蘇雪林美文讚賞有加，但畢竟蘇雪林自大陸、香港、法國輾轉來臺後，學者身分已漸漸凌駕於作家；從蘇雪林自身而言，來臺後，她持續神話研究，在當時「長科會」發表的系列論文展現她的研究方向。所以，不論從外在或內在因素來說，蘇雪林由作家轉型為學者，她自己對

---

[33] 蘇雪林，《靈海微瀾》第二集，頁33～34。
[34] 同前註，頁13。

外界投出的訊息力量很大，使臺灣文壇逐漸將蘇雪林納入學者，即使在一些評傳中指出蘇雪林集作家與學者為一身，但是事實情況是她從武漢大學時期，以至二度留學法國，最後定居臺灣，是以成為學者自許的。來臺後，由於發表的文章有一半是學術研究，即《楚辭》、神話的成果，故蘇雪林晚年，臺灣文壇對她的定位在「學者」、「學術」、「國寶」，蘇雪林《綠天》、《棘心》時期的純文藝創作已逐漸消淡於現代文壇。另一方面，對蘇雪林而言，這個現象正是她所樂見的，因為她在青年時期即以成為學者自許，認為文藝創作不足掛齒，學術之名才是蘇雪林意欲追尋的。但事實上，蘇雪林的美文創作有其文藝功力，只是她來臺後，創作轉向，這種雜文寫作方式，臺灣的後起之秀不乏其人，蘇雪林因年邁及文中多所 1950 年代反共抗俄、擁戴國民黨的「封建思想」，難以與文壇新秀並駕齊驅或者超越其上，於是，蘇雪林在臺灣現代文壇退居非主流地位，最後，只剩下「五四」往日光環在頂，而「五四」在臺灣已然春夢。

三、蘇雪林的「蜀道」

　　本文題目所引「流離蜀道憶當時」一語，乃收錄在蘇雪林《燈前詩草》[35]的一首〈題《提籃話舊》〉組詩，內分四首：

> 提籃在手菜根香，主婦偏偷片刻忙。寫出廿年離亂恨，淚痕血點惻人腸。
> 烽火漫天鐵馬嘶，流離蜀道憶當時。女兒曾唱從軍樂，不讓花蘭一代奇。
> 紛紛世態與人情，堪羨毫端刻劃精。不比尋常雜膾味，朱盤托出五侯鯖。
> 道蘊才華未足誇，詞壇今日盡名家。喜從首蓿空盤外，又見才人筆吐花。[36]

據民國 50 年 11 月 21 日日記所載，[37]因為王禮卿先生受朱慧潔女士之託，

---

[35]蘇雪林，《燈前詩草》（臺北：正中書局，1982 年）。
[36]同前註，頁 119～120。
[37]蘇雪林，《蘇雪林作品集・日記卷》第三冊（臺南：成大出版組，1999 年），頁 291。

為朱氏《提籃話舊》一書作序，蘇雪林讀過後，覺得該書雜有小說、散文，且小說尚有敷衍自舊式筆記者，體例不純，難以為序，因此，題字卷頭了事。從這四首詩的敘述看來，朱氏之書應該是描寫戰亂離別、世態人情，而蘇雪林誇讚她能以女性身分，在家事之餘寫出此作。詩之「廿年離亂恨」、「淚痕惻人腸」、「烽火鐵馬嘶」無不顯見民國 38 年文士遷臺的歷史背景，那是國民黨愴惶東渡，而一批抱著失國無家憾恨的人來到臺灣之過程，經歷驚慌戰亂之血淚，「世態人情」則是朱氏書中的內容。雖然，此書今已難尋，無法見到原文字樣貌，但蘇雪林為此書題詩為序，它以古典詩呈現，詩中「流離蜀道憶當時」，民國 51 年是蘇雪林來到臺灣第一個十年的日子，她的「五四作家」、「歸國學人」雅號帶給她長年漂泊後，在臺灣相對安定樂居的時光，但出現這樣詩句，蘇雪林心中未始不是流淌著「舊」的細水，訴說深層的、與朱氏相同心情的感觸。

　　「蜀道」典出李白七言樂府〈蜀道難〉首句「蜀道之難難於上青天」，李白此詩是藉秦蜀棧道險阻，暗寓人情險惡難測，蜀道即「難道」、「苦道」，世態人情之難與苦。從「流離蜀道憶當時」之語檢視蘇雪林作品中的懷舊一類，頗能解開她的心結而對蘇雪林其人有深入了解。她選擇用古典組詩替人作序，固然有上述他人所請託之書籍體例不純，難以為言的考量，因此以言簡意賅的絕句呈現，但也表示她雖身為中國新文學運動的實踐者，依然無法甩脫舊文學的影響，或者可以說，她在新舊文學衝擊下，仍然相當念舊。以下沿用蘇雪林這首絕句之語，試析蘇雪林懷舊文的「蜀道」。

　　中國現代文學史的作家們，從遷徙角度說，蘇雪林屬於第一代遷臺人士，這一批人之中的作家東渡來臺落地生根，後來在臺灣生長茁壯的枝葉迥異同時期留在大陸的文士，固然因為民國 38 年後，臺灣與大陸兩地文壇的發展大異其貌，而作家自身選擇的人生也影響他們的創作。蘇雪林懷舊文抒發她漂泊際遇的「蜀道」，有兩方面可述，一是個人方面，二是時代的回應，此兩種面向互可循環，亦即個人所選擇的生存方式解釋了她對時代

的回應，而對時代的回應同時說明了個人的生存方式。

　　蘇雪林兩度留學法國，這在當時的環境是難得的機會，「五四」人物大多曾出國留學，但蘇雪林家境不裕，父親答應給她第一年的生活費 600 銀元，是打算以後申請教育廳補助才成行的[38]，而當年與易君左的「〈嗚呼蘇梅〉事件」也使得她不願留在中國。第二次赴法的背景是大陸政權轉易，蘇雪林因「反魯」懼受牽連，擔心受政治迫害才離開。這兩次經歷都不算美好，至少，它們都沒有因為留學「夢」而有「憧憬」的喜悅存在。所以，她的第二次留學法國後，選擇來臺定居是蘇雪林生命中極重要的影響點，亦即，民國 39 至 41 年的流離失所，求學理想未實現，種種不愉快在她臨近老境，選擇定居臺灣，此時，歸國學人、大學教授的條件，生活已相對穩定，但是心情上，蘇雪林卻有「蜀道」之感。不能否認在 1950、1960 年代，蘇雪林是風光的，她在臺灣任教過的兩所大學——臺北師院、臺南成大對她的禮遇都屬於高層級的對待，尤其民國 45 年應聘成大中文系，以十年為記，她民國 41 至 55 年日記（第二冊至第五冊）中，可以看到她在臺南的光陰是愜意適心的，最大的苦惱只是錢財不夠使用。蘇雪林來到臺灣，職業是高級的大學教授，她的收入不錯，這份苦惱其實是為人作嫁[39]，這也是蘇雪林個人的悲哀，一個受婚姻牽累，名存實亡單身之人卻挑起夫、母兩家族的經濟；如此春風得意，眼裡卻看見「蜀道」，是蘇雪林仗俠義氣的一個現象。

　　對蘇雪林而言，她的「蜀道」是什麼？本文以為是蘇雪林對自己、對浮世的一種投射作用，流離蜀道又憶蜀道，蘇雪林用懷舊文來消解不安與不幸。

---

[38]蘇雪林，《浮生九四》，頁 48。

[39]蘇雪林，《蘇雪林作品集・日記卷》第四冊（臺南：成大出版組，1999 年），民國 52 年 9 月 27 日：「上街購視明露一瓶，可阻白內障之增，價一百二十。又買了一些書籍雜物回家，一算共用二百四十餘元。錢真不經用，請問每月僅八百元，而須養活四口如建業者，日子如何過？」，頁 114。

（一）時代的投射

　　蘇雪林一生所面臨的是一個異樣的時代，她的懷舊文則投射了身在臺灣現代文壇的特殊位置。前述蘇雪林懷舊文有四類，縱使她的寫作手法大多是每一篇都包含這四類描寫，不能涇渭區分，她的遺世作品中，除了學術研究外，這些大量的懷舊文，暗寓因為無依卻必須生存下去，以及因為長壽反而逼得必須殘酷地培養對死亡的認知，「堅強的」蘇雪林用懷舊文投射她對時代的回應。

　　民國 41 年，蘇雪林自法歸臺，攜帶著兩難的心境，此心境對她後半生在臺灣的生活具有重要意義，畢竟這是她自大陸輾轉海外，最後選擇落腳之處，臺灣的分量對她是不言而喻的，但是在這個不言而喻當中，其實又有著矛盾。蘇雪林回臺之因，在〈我又投入了祖國的懷抱〉一文說：「聽說臺灣上下勵精圖治，各種建設，日有進步，已成為民主的堡壘，自由的本營，與大陸水深火熱的情況相對照，不啻天堂與地獄。我在法邦，雖環境優良，友朋相處甚樂，不過我究竟是個中國人，心裡甚是想念中國，大陸既不能回，臺灣便成了我一心嚮往的聖地，終於上月底，踏上了這個抗俄反共，復興國家民族根據地的寶島。」[40]這段話裡，蘇之自法回臺是基於臺灣在當時是復興寶島、反共基地，這是當年政治上的實情，但考之蘇雪林民國 39、40 年日記所載，她阮囊羞澀，且與巴黎「國際學生寄宿舍」裡的住宿室友相處並不盡愉快，偶有齟齬摩擦。甚至民國 39 年 10 月 24 日日記曾寫下：

> 下午睡起，準備一個法文神工，自二時半寫起，足足寫到六時半始止。晚餐後，重閱 1925 年余在里昂所記 ma eonddssion，見余與 meu Raymond 所鬧各種彆扭，十分慚愧，十分後悔。嗚呼！Raymond 不知今尚在人間否？余擬再行追究，如其尚在，誓必與之一見，與之抱頭痛哭一場。[41]

---

[40]蘇雪林，《歸鴻集》，頁 29。
[41]蘇雪林，《蘇雪林作品集・日記補遺》（臺南：財團法人蘇雪林教授學術文化基金會，2010 年），

她回憶的是第一次留法之事，但是蘇雪林自己竟然有一本「懺悔錄」，可見她在法國的人際關係並不是多麼地好，盤纏耗盡又是現實的困境，在此時刻，她來到臺灣已 56 歲，人生的大半是顛沛與受傷，文壇與教育界的禮遇對她這麼一個一生都無可依靠的女子而言，再多的豐厚都是匱乏。她回臺灣的另一個原因是住在左營的大姊正為病所苦，放心不下，索性回臺。所以，蘇雪林來到臺灣是一個兩難且不得已的決定，也是再一次的逃難。蘇雪林曾說，第一次赴法原因之一是為了逃婚，她皈依天主教本想就此進入修道院，「永不回中國」。[42]到了落足臺灣後，因為反共立場，也頗有「政權不易不回鄉」的打算；蘇雪林剛自法回臺時，應聘成功大學中文系，在日記中屢言臺南是文化沙漠，晚年原本計畫要搬去臺北養老，與諸文友相伴，最後因住屋問題沒有成行；所以，蘇雪林一直對世局失望、憂懼，或者說她一生的去向都沒有明確著落。民國 41 年時，在法國面臨何去何從的選擇，大陸不能回，法國也待不下去，她沒有一個屬於自己、心甘情願的理由回臺，故本文前言云「鎩羽而歸」，這個處境影響蘇雪林來臺後的書寫基礎，是討論蘇雪林懷舊文首要考慮的時代因素。

　　蘇雪林一輩子都要自立自強，從大陸時期與張寶齡形同虛殼的家庭開始，接著到處兼課直至應聘武漢大學，在武大時就把大姊接來同住，蘇雪林後來在大姊去世後，有〈懷念姐妹家庭〉一文[43]，感念大姊與她相依為命，但是這份幸福的背後是什麼？封建地說，即是沒有正常夫妻所組成的家庭，而且，以她出生於晚清的舊式人生，蘇雪林要將她的無依無靠的痛苦加工成一位人人稱羨的大學教授，在親友群中還要能時時接濟家族，試想在那一個時代應該是個「弱女子」的女子，內心深處蘊藏多少一般人難以承受的重擔，而蘇雪林承擔下來了，甚至能熬過如此長壽的人生，以她的職業來說，退休後持續寫作提供一個管道讓她以能夠寫作的專長度過餘

頁 142。
[42]蘇雪林，〈一個皈依天主教五四人的自白〉，《靈海微瀾》第三集（臺南：聞道出版社，1980 年）。
[43]原刊《時報周刊》第 454 期，收在《蘇雪林作品集・短篇文章卷》第五冊（臺南：成功大學，2010 年）。

生，並且藉懷舊支撐，無形中消解原屬於蘇雪林的難以消受的時代與人生。

（二）文人異鄉生存方式

　　蘇雪林少小離家，民國 87 年，老大回鄉時已 102 歲高齡，主、客觀環境上的困難讓她不能在大陸開放後，像許多當年撤退來臺的人士，在青春凋零時，能有終老故鄉之願。以一名舊時代女子而言，婚姻不美滿又逞強的個性教她一生必須自立自強，所以，婚後她到處兼課，與一般舊氏女子結婚就是取得一張長期飯票不同。後來的大陸易手，蘇雪林再度離鄉背景，這樣一度一度出走，或由於婚姻、由於政局，總之，漂泊無依是蘇雪林生命的寫照。飄萍無蹤是不確定的，在不定中，蘇雪林的野性[44]讓她反而更有求生意志，這也說明了為何蘇雪林長年孤居、日常生活飲食簡單，日記所載，甚至有些時候是不健康的，竟能活到 103 歲高齡，除了堅強意志外，很難想像老年如此飲食可以長壽。但是，一個人縱使如何堅強再堅強，他的城堡就必然固若金湯嗎？

　　前述蘇雪林懷舊文，有些篇章寫大陸時期的生活點滴，她又是來臺人士，因此很容易聯想臺灣 1950 年代的懷鄉文學味道。關於此時期，陳芳明〈現代主義文學的擴張與深化〉引〈《現代文學》創刊號刊詞〉：「我們如此做並不表示我們對外國藝術的偏愛，僅為依據『他山之石』之進步原則，我們不想在『想當年』的癱瘓心理下過日子。我們得承認落後，在新文學的界道上，我們雖不致一片空白，但至少是荒涼的。」云：

> 「想當年」一詞自然暗藏雙重意涵，一是指五四舊文學的品味，一是指反共政策下的懷鄉文學。這兩種文學取向，都屬於時光倒流式的思維，並不能使臺灣文學獲得動力與生機。[45]

---

[44]蘇雪林，《浮生九四》，頁 74～106。又說醒秋「血管中卻像含有野蠻時代男人的血液」，《棘心》（臺中：光啟出版社，1957 年），頁 96。
[45]《聯合文學》第 207 期（2002 年），頁 149～150。

「想當年」確實不能正面使事物產生動力與生機，在一些關鍵時刻甚至適
足以絆腳，但是，它的另一面，對於某些人來說，那可能是他們得以繼
續，包括活著、生存、有勇、看見的一道光芒。懷鄉文學從「反共政策」
看它，對第一代來臺人士而言是無辜的，天下遊子誰人不懷鄉，或者說：
離鄉而誰人不得不懷鄉？回顧蘇雪林懷舊文，如果也算是懷鄉文學的話，
其特點也很奇異——它背後的心理因素又不完全僅是懷念大陸，因為蘇雪
林早已是處處無家處處家之人，即使欲懷亦無對象，〈懷珞珈〉文中說：

> 懷鄉念土，人之常情，但像我這樣一個四海無家，一身落拓的人，何處
> 能算我的故鄉，豈非要懷念也找不到對象。論理，懷鄉病這一類名詞，
> 永遠不會和我發生關係了。但說也奇怪，前幾天，西伯利亞寒流侵襲寶
> 島，寂寞斗室，擁爐夜坐，忽覺得有一種輕微的煩悶，隱隱在蛀蝕我的
> 心靈，開始是癢滋滋地，教你沒法搔爬；後來逐漸變為痛苦。那痛苦也
> 始終是緩和的，沒有教我的靈魂發生痙攣，但卻沉甸甸壓在心頭，揮之
> 不去、擺之不脫，也非常教人難受。猛然憶起：這原是一種熟習的滋
> 味，四年前客居巴黎，是常常體驗到的，是一種懷鄉病的發作。[46]

把懷鄉之情寫得十分生動透心，她形容「心癢」但是搔爬不著，象徵一種
深刻的失落，因為這種痛苦比「身癢」而能搔解更加痛苦；「熟習的滋味」
為我們說明了懷鄉在蘇雪林生活中發作的時間長度與次數。她明確提到懷
鄉的是〈月是故鄉明〉，此篇名乍看誤認是蘇雪林懷鄉，但其實是她評介葉
蟬貞《懷鄉集》，〈月是故鄉明〉是葉書中的一篇，她說：

> 我們都有個可愛的故鄉，我們都被萬惡共匪逼迫離開了故鄉，我們雖身
> 在臺灣，或在海外，夢魂卻常常縈繞著那兒時遊釣之地，我們尤其強烈

---

[46]蘇雪林，《閒話戰爭》，頁 164。

地懷念著故鄉的人及其一切。嬋貞這本書的中心思想也在這一點上，是以題名為《懷鄉集》，我不知別位讀者如何，我個人讀了這本書，原來就有的 Homesick 忽然增重了十倍，不知熱淚之滴襟，闔卷憮然者久之。[47]

「萬惡共匪」在蘇雪林來臺後的文中時常出現，這是時代氣氛與環境，於如今的民主自由時代讀來，令人莞爾。但歷史變遷，滄海桑田，Homesick 確確實實曾經存在 1950 年代來臺人士的一種心病，連蘇雪林這樣一個堅強的人，都能「熱淚滴襟」、「闔卷憮然」，故舊人事之可遙念卻不可再相逢，我們能想見「懷舊」曾經如何撞擊、然後撕裂蘇雪林的心。因此，從時代角度說，摒除蘇雪林反共反魯之被批評為附媚當局，不能否認懷鄉的歷史意義，而蘇雪林大量的懷舊文為她自己半生坎坷身世作了註記，那就是蘇雪林在臺灣的生存方式。

　　蘇雪林有「一身落拓」之自覺，前述臺灣此地對她晚年有著相對安定的意義，但不論穩定教職的經濟改善，以及日後隨之而來的各種大型獎項的榮耀，獎金如何寬裕，蘇雪林一生依然勤儉。日記所載，我們常看到一個極端節儉的老人過著普通人難以想像的日子──飯菜熱了又熱，姪子年節送的食物，可以從端午吃到冬至而不以為忤。當一個人在顛沛流離之後，獲得固定收入了，若沒有因此而隨心所欲，至少稍微慰勞自己一下，享受從前困頓時不能縱放的物質生活，最可能的解釋是此人心中的不安全感因無時不在而成為鐫刻永存了，因此造成極度儉嗇的高反差，這一切都是流離所致。對蘇雪林而言，在臺灣的生活已改善卻依然自喻「落拓」，蘇雪林一生，快樂的日子不常見，在〈故鄉的新年〉中：

　　自離大陸，忽忽十年，初則漂泊海外，繼則執教臺灣，由於年齡老大，且客中心緒欠佳，每逢年節，不過敷衍一下聊以應景而已，從前那股蓬

---

[47]同前註，頁106～107。

勃的興趣再也沒有了。[48]

《浮生九四》亦說：「我生有一種憂鬱病，始自童年，至老不衰。想必就是不愉快的童年所貽留給我的唯一禮物。」[49]蘇雪林的憂鬱可以從精神心理學繼續分析，本文提出的是落拓又無安全感，蘇雪林的反應只有「回首」一途。回首，記憶中的事物未必全然美好，但它至少是一種可以生存下去的方式。在她如此長壽的生年，若截取在臺灣階段的懷舊文，要將它們歸入「反共抗俄」時期的宣傳文亦無不可，但是，蘇雪林面對時代的憂鬱，更大的隱因是「有家歸未得」或者是「無家」的傷口。蘇雪林在現代文壇的印象，與人發生文字衝突是她生平屢見之事，對不滿之人事發出不平之聲屬於個人自由，是個性問題，但是從結果看，蘇雪林惹起的文壇事件，最後都是一「逃」──即使在逃離之前，她是奮鬥過的。民國 10 年，易君左事件，她逃往法國；民國 38 年，國共失和，她逃往香港；民國 53 年，劉心皇事件，逃往新加坡南洋大學。遇事逃走，個性是一大原因，但是造成個性上的選擇躲避，是背後缺乏一個有形或無形的支柱，對一個人來說，就是「家」，沒有家的依靠自然沒有人的支持，這是蘇雪林個人方面的匱乏，雖然她與大姊蘇淑孟早在武漢大學時期即組織「姐妹家庭」，但是在面臨人生這麼大的事件之時，「姐妹」、「家庭」並不能啟動多麼有效的作用。

因此，在這份匱乏裡面，蘇雪林必須尋求一種生存方式。她一生漂泊，直到民國 41 年來到臺灣，1950 年代國民黨的反共抗俄政策使第一代隨軍來臺的所謂外省人懷抱著反攻大陸、榮歸故里的美夢，40 年的分道揚鑣並沒有帶來政治勝利的回鄉，反而是蔣經國於民國 76 年開放探親完成了這一個原本因長期等待而快要失去耐心的美夢，鄉是可以回了，但它卻不是當年設想的由「反攻大陸」完成的。

對照蘇雪林〈懷珞珈〉描述對日抗戰勝利，復員武漢大學的景況：

---

[48]蘇雪林，《閒話戰爭》，頁 182。
[49]蘇雪林，《浮生九四》，頁 3。

我們復員的時候，一路雖飽受艱辛，因前途有光明的希望閃耀著，仍載歌載笑，滿腔愉快。當我們的船抵達江漢關，心弦便開始緊張。登山赴校的公共汽車，一路風馳而進，我們還嫌車子走得太慢。過了洪山，武漢大學的校舍已巍然在望。我們全體同仁，不禁都自車中起立瞻眺，像孩子似的發出一陣陣的歡呼，太太們中間甚有喜極而涕者。到了二區我原來的住宅，……我和姐姐樓上樓下亂跑了一陣，屋前屋後也團團地轉了一轉。[50]

淑孟大姊甚至「爬在客廳地板上磕了三個響頭，對皇天表示她的感謝」，這種欣喜欲狂的經驗，沒有身歷戰禍是無法體驗的。同樣是戰亂阻隔，但日本侵華與東退臺灣兩次離禍的解除卻別有心情，觀之蘇雪林民國 76 年日記，對開放大陸探親之事淡之又淡，最多提到的是親友同事回大陸的探親旅遊，自己要不要趁著有生之回鄉卻極少說起。[51]蘇雪林有她的考量，但這一場將近四十年的期待一旦落空，蘇雪林在臺灣發表的懷舊文之寫作潛意識，早已以懷舊文陪她度過在臺灣的相思歲月。證之她幾次重大人生事件的反應，懷舊未嘗不是另一種形式「逃」的選擇。

（三）死亡認知

前述蘇雪林懷舊文之懷人類最多，且幾乎她生命中重要的人，都被她寫了在世、死後的懷念文，包括袁昌英、方君璧、潘玉良、孫多慈、凌叔華、曾寶蓀等，其中，同一人寫兩文以上的是袁昌英、李曼瑰、潘玉良、趙麗蓮。蘇雪林曾活躍於大陸、臺灣文壇，不論是敵是友，認識的人多，又活得夠久，造成蘇雪林因交情而懷人之文很多，有的篇章或許不完全懷念那人，例如她也寫「敵人」之文，但她此類文章畢竟形成一種特點，即蘇雪林朋友群中，幾位特定者在生前、去世，她都寫過文章，這種經驗使蘇雪林對生死的感受必然特別深重。

---

[50]蘇雪林，《閒話戰爭》，頁 167～168。
[51]蘇雪林逝世前曾返回大陸省親，時於民國 87 年，距離臺灣開放探親已是 11 年之後。

　　蘇雪林以篇名直述死亡的是民國 39 年發表在香港《時代學生》的〈談死〉，收在《閒話戰爭》中。此文列舉中西哲學家文學家對死亡的觀念，蘇雪林當年在香港為真理學會工作，依例必須按時交稿，此文是向讀者介紹各家的死亡主張，沒有特別指出自己對死亡的觀念。但是，文中說「若將諸家死的見解試加詳論，則我覺得楊朱一派較無可取」，理由是：

> 他不知痛苦與快樂以相形而益彰，終身不受痛苦的人，也不知快樂之為何物。他又不知官能的享樂是低下的，是虛偽的，只有心靈上的享樂才是高尚而真實的。他又不知個人享樂應與社會的相調和，否則個人的快樂也難永遠保有。[52]

此中，蘇雪林頗認同快樂與痛苦、生與死的相對性，想來，她必不執著什麼是真正的快樂、痛苦，也不鑽生、死的牛角尖。然而，當她的命運逐漸走到要殘酷地面對老去，而且親友都一個個早她棄世，心境上難以承受之重是非常難堪的。每一個人都知道死亡必然降臨到自己身上，佛家從「業」與「因果輪迴」教人認識死亡，生死學也早是一門十分熱門的學科。對死亡的認知，至少有兩種，一是自己的死亡，一是別人的死亡。蘇雪林是最長壽的五四作家，也應該是中國文學史最長壽的作家，但是她的懷人文章裡，可以感受的不幸倒不是別人離世而產生的哀悽，卻是蘇雪林在福壽雙全光環下，很少有人看到的「多壽多辱」的悲涼。現實裡，蘇雪林長壽而親友不然，她一次次感受生命的斷裂卻無可如何，蘇雪林晚年幾次跌傷，雖是骨頭之傷，但只要需動手術或自己覺得身體不適時，就會寫下遺囑，可想而知，她的遺囑不只一張，因為，蘇雪林以衰老之軀，依然看著每天東升的太陽而不知如何是好。

　　袁昌英是蘇雪林一生最好的朋友，在民國 38 年時局丕變之際並沒有離

---

[52] 蘇雪林，《閒話戰爭》，頁 69。

開大陸，文化大革命後，蘇雪林得知袁之淒老慘境，死於湖南醴陵家鄉，照例寫文悼念，她的懷人文章並沒有大肆眼淚，反而透露出極深的生命體會，讓人掩卷思量，〈哭蘭子〉寫下：

> 人到暮年，生趣已盡，而至親好友如秋深黃葉，逐一飄零，情景之淒涼，更無可言喻。只叫你感覺「後死」更為不幸，因為他們已懸崖撒手，所留下的如山憂患，都壓向你的肩頭，你獨自一人，實感承擔不起。人生，人生，就是這麼一回事嗎？[53]

筆者以為這是蘇雪林的經典名句之一，它寫出蘇雪林對於死亡「飄落卻美麗」的真言。蘇雪林這一類懷人文章的寫作背景特殊，即都是由她替朋友寫，這樣的處境正如她說的「後死的不幸」，但是我們又沒有在蘇雪林悼亡文裡看到過多眼淚：

> 閱報孫多慈女士在美逝世，震驚之餘，想痛哭一場，而年來眼淚已枯，又哭不出，只覺一股酸楚之情，填胸塞臆，……問天，天無語；問命運，命運又本難知，只知道可愛的多慈是真的離我們而去了，像一片彩雲，瞬息消失於天際，像一顆明珠，倏忽永沉於碧海，像一朵奇光照眼的名花，忽然萎謝於晚風夕露之下，人世從此再不見她的蹤跡了。[54]

古代悼亡詩文佳作，例如元稹〈遣悲懷〉三首，也未見「淚」字而悲懷自見。蘇雪林曾說自己是無淚之人，一生為兩個人去世流過大淚，即胡適與大姊，以後的眼淚就枯竭了。在悼念孫多慈文中，她所用的比喻——「彩雲」、「明珠」、「名花」暗示了蘇雪林對死亡的眼光，這三個喻依的解釋，可以是孫多慈，但反方面也是蘇雪林對死亡的認知，亦即死亡是——彩雲

---

[53] 蘇雪林，〈哭蘭子〉，《蘇雪林自選集》，頁 158。
[54] 蘇雪林，〈珠沉月冷〉，《中央日報》，1975 年 3 月 4 日，第 10 版。

消失天際、明珠永沉碧海、名花萎於晚風,如此美麗的語詞表示了蘇雪林
感受的死亡並不可怖,因為早已做了心理準備。她的懷人文章雖寫友人之
逝,但呈現出深沉又自覺的死亡認知遠超過不自主的淚眼崩潰。這種因為
懷舊而發出對生命的感受十分優雅,它們出現在蘇雪林懷人文章中,由小
見大,蘇雪林內心有真情,只是,她不輕易流露。

(四)懷舊與離散

　　蘇雪林除了學術著作外,她所寫的文章,多數為懷舊性質是可注意的
現象。在臺灣文學史中,1950、1960 年代有所謂懷鄉文學,或許無可稀
奇,當時,這類文學常以政治層面被看待,例如古遠清《幾度飄零——大
陸赴台人士沉浮錄》[55]一書寫胡適、林語堂、梁實秋、臺靜農、林海音、謝
冰瑩等人來臺後的種種,書中的主線大致未脫離政治解讀。如果拋開大
陸、臺灣政治議題,懷鄉在各種藝術領域裡是相當重要的一個題材,回到
每一個人內心的最初,天下人都曾懷鄉,漂泊異域的遊子如此,即使安土
重遷,一輩子沒有離開出生成長之地的人,生命中即使遭遇可怖的打擊,
許多人選擇留在原鄉,至少不出國內,都是懷昔念往、固守舊情舊物的情
愫使然;另一部分,因環境巨變,不得已離家離鄉的人,懷舊更是一種依
靠,依靠的另一義是寄託,為何需要寄託,因為離散。

　　本節所用的語詞並非一般所謂的離散文學,因為此文類指文人由於環
境因素離開故國家園,前往異域落地生根,鑑於生活在兩個或多個不同土
地社會,描寫兩種文化、價值觀差異,進而在兩種體系中調整衝突,取得
融合,重點多在異國文化、海外文學。然而,國共爭戰時第一代遷臺人
士,雖然在心理上是離散,但相對於上述意義的離散文學有奧妙的不同,
最明顯的是臺灣並非離散文學所指的異域、新移民,它是一水之隔的同文
同種,只是在時代悲劇下,恍恍然的一種離散。在此條件下,蘇雪林的懷
舊文稱不上嚴格意義的離散文學,但是有屬於近代中國自身的離散質素,

---

[55]古遠清,《幾度飄零——大陸赴臺人士沉浮錄》(桂林:廣西師範大學出版社,2010 年)。

即本節的「離散」指的是一種情感狀態。

中國現代文學第一代女作家，真正移居不同文同種的國家是凌叔華，她於民國 36 年與丈夫陳源同往倫敦，期間幾度來臺舉行畫展，後罹患癌症，返回北京治療，民國 90 年病逝北京。所以，她遺世的《愛山廬夢影》一書[56]所收錄的散文〈登富士山〉、〈泰山曲阜紀遊〉、〈愛山廬夢影〉、〈記我所知道的檳城〉、〈重遊日本記〉，有四篇記敘異國，比較接近「離散文學」的先決條件。凌叔華的散文很明顯出現懷念故國之情，常有不知何日歸去之歎，相對蘇雪林懷舊文，除了前述懷人有死生之感外，蘇之懷舊文並不悲感，多是純粹對往事的回憶。蘇雪林很平實地寫出在大陸、海外的往事，臺灣時期的文章則記錄了她歸國學人身分而在此地生活的點滴，蘇雪林懷舊文的風格沒有 1950 年代同期女作家的細緻及產量，由於政治立場，她的懷舊文多少寓有「反共抗俄」流行語言，時代不幸不能完全歸罪作者，在蘇雪林被臺灣現代作家視為 1950 年代政治代言之外，是否我們能夠稍微關心蘇雪林在當年環境中，「離散」是她心中真正的苦楚，如果離散是一個難題，至少在當時，它是無解的。

蘇雪林來臺後交往的女作家，依成功大學保留的遺物中，與她來往頻繁的臺灣女作家約有——謝冰瑩、林海音、劉枋、李曼瑰、張明、張秀亞、樸月、琦君、陳秀喜等人，除了謝冰瑩出世與蘇雪林稍近，其餘皆屬晚一輩作家，而在年齡差距外，蘇雪林與女作家們很大的不同也在於創作上的差異。王小琳〈青春與家國記憶〉一文討論張秀亞（1919～2001）、林海音（1918～2001）、琦君（1917～2006）、羅蘭（1919～　）四位女作家的憶舊散文：

> 作家們雖則懷舊，但對新的時空，卻熱情相迎。……林海音說「逝去的日子，我不傷感，只是懷念」，一回臺灣，就找了張破書桌，開始寫作。

---

[56] 凌叔華著；鄭實選編，《愛山廬夢影》（北京：北京燕山出版社，1998 年）。

回到故鄉的她固是如此，而張秀亞甫遭婚姻之痛，筆下嗚咽宣洩，一篇〈種花記〉卻寫出強韌的求生精神。琦君和羅蘭也都展開了寫作生涯，在她們作品中臺灣生活的書寫，依然展現了她們所善於體會的親切角落。[57]

蘇雪林雖為 1950 年代大陸遷臺作家，但她是輾轉香港、法國而來，來臺後致力的寫作是學術研究，與一批 1950、1960 年代成為臺灣文壇主力、臺灣現代文學奠基者不同，而是逐漸在臺灣文壇失聲且消逝。很大的原因是蘇雪林從作家轉為學者，她的生年也比目前留名臺灣現代文學史作家早，然而，蘇雪林在臺灣現代文學已經不重要，其中有身分、際遇、寫作主題等等不同的原因，但是，離散卻是蘇雪林與這一批作家共同的心理重量。時代改變，1980 年代後，當年離散的人都圓夢了，蘇雪林也在最後回到家鄉，那是她 102 歲之時，身回故鄉，皺紋的臉上，淚水簌簌。由於高壽失親，家鄉無人能照顧，不得已再回臺灣，隔年逝世，最後的最後，骨灰才葬於安徽故鄉。

綜上，蘇雪林做為一名創作者，她在臺灣現代文壇的成績單，以「懷念」為主題，發展雜文作品，使得蘇雪林來臺後的文章類型，表現「懷舊文」特色。離散的苦對於文學創作的好處是親身體驗的，真實而豐富了作品，蘇雪林懷舊文自成一格，而，由於懷舊的「倒退」、「想當年」的沒有生機、蘇雪林尖刻的稜角，也使得她在臺灣現代文壇逐漸退場，對臺灣文壇影響不多。大多數的臺灣文學史並不記錄此人，雖然蘇雪林用她一生持續寫作的堅持活在臺灣，但是時代似乎沒有給蘇雪林相對暢通的文學回應，蘇雪林被以「階段性」視之，那是「五四」已然過去──縱然蘇雪林曾以白話美文創作實踐中國現代文學文體改革。討論問題時，必須顧及作家的時代語境，但匆匆改變的時代似乎遺忘了「五四」這個開啟中國與臺

---

[57] 李瑞騰主編，《霜後的燦爛──林海音及其同輩女作家學術研討會論文集》（臺南：國立文化資產保存研究中心籌備處，2003 年），頁 322。

灣現代文學的契機歷史。關於蘇雪林，她的個人因素深刻地解釋了她何以是蘇雪林，臺灣社會給她的影響不大，1970 年代開始的社會運動帶給她極大反感，大陸與臺灣相同文化空間的離散使得蘇雪林沒有企圖在臺灣這個故鄉發展她身為離散者的懷舊文學，因為已經筋疲力盡，她只是平靜地敘述舊日事件，痛罵共產黨與左翼作家，最後並沒有隨著時勢，建構屬於自己與臺灣關係的懷舊文學，所以，蘇雪林被認為是過去式的一個階段性人物。

四、結語

　　海峽兩岸半世紀的離散與蘇雪林自身際遇的漂泊是蘇雪林的「蜀道」，但是，「蜀道」畢竟沒有柳暗花明，蘇雪林與她的「蜀道」同葬，在最後的一刻。如果，「家」對於大多數人的意義是依靠、是受挫受傷後的停泊，蘇雪林一生都沒有這樣的福氣，悲傷的是──這樣一個無家無依之人竟然在世間活過了 103 年。對蘇雪林而言，她自願選擇成為學者，因此在中年以後研究學術，較少文藝創作；臺灣 1950 年代的反共抗俄也剛好符合蘇雪林在大陸時期反魯反共的背景，來臺後持續高喊口號並寫文表態。蘇雪林身為一位知名作家，伉直急切的個性與流離失所的環境，造成她由崛起文壇時的美文創作轉型為在臺灣時期的雜文，這個轉變是蘇雪林與「五四」作家的不同特點，而且，此特點因為時代變遷使得蘇雪林的作品在臺灣現代文壇逐漸退居非主流，甚至消失。蘇雪林的懷舊文具有文藝與評論、感性與知性並存的特色，更重要是在她這一類文章中，我們重新看到蘇雪林在世時，文壇曾經賦予她的光環背後，臺灣對民國 38 年東遷人士而言，當年所認知的「異鄉」浮世失焦之生存方式，以及「反共抗俄」投射在蘇雪林身上的標籤──離散的悲哀。

引用書目：

・王之望，《文學風格論》修訂本（臺北：學海出版社，2004 年）。

- 古遠清，《幾度飄零──大陸赴臺人士沉浮錄》（桂林：廣西師範大學出版社，2010年）。
- 李瑞騰主編，《霜後的燦爛──林海音及其同輩女作家學術研討會論文集》（臺南：國立文化資產保存研究中心籌備處，2003年）。
- 凌叔華著；鄭實選編，《愛山廬夢影》（北京：北京燕山出版社，1998年）。
- 張秀亞，《北窗下》（臺北：爾雅出版社，2005年）。
- 張秀亞，《與紫丁香有約》（臺北：九歌出版社，2002年）。
- 陳芳明，〈現代主義文學的擴張與深化〉，《聯合文學》第 207 期（2002年），頁149～150。
- 蘇雪林，《青鳥集》（長沙：商務印書館，1938年）。
- 蘇雪林，《歸鴻集》（臺北：暢流半月刊社，1955年）。
- 蘇雪林，《三大聖地的巡禮》（臺中：光啟出版社，1957年）。
- 蘇雪林，《棘心》（臺中：光啟出版社，1957年）。
- 蘇雪林，《文壇話舊》（臺北：文星書店，1967年）。
- 蘇雪林，《眼淚的海》（臺北：文星書店，1967年）。
- 蘇雪林，《我的生活》（臺北：文星書店，1967年）。
- 蘇雪林，《閒話戰爭》（臺北：文星書店，1967年）。
- 蘇雪林，《蘇雪林自選集》（臺北：黎明文化公司，1975年）。
- 蘇雪林，《靈海微瀾》第三集（臺南：聞道出版社，1980年）。
- 蘇雪林，《燈前詩草》（臺北：正中書局，1982年）。
- 蘇雪林，《邂齋隨筆》（臺北：中央日報社，1989年）。
- 蘇雪林，《浮生九四》（臺北：三民書局，1991年）。
- 蘇雪林，《蘇雪林作品集‧日記卷》第三冊（臺南：成大出版組，1991年）。
- 蘇雪林，《蘇雪林作品集‧日記卷》第四冊（臺南：成大出版組，1991年）。

‧蘇雪林，《蘇雪林作品集‧短篇文章卷》第三冊（臺南：成功大學，2010年）。

‧蘇雪林，《蘇雪林作品集‧短篇文章卷》第五冊（臺南：成功大學，2010年）。

‧蘇雪林，《蘇雪林作品集‧短篇文章卷》（臺南：成功大學，2010年）。

‧蘇雪林，《蘇雪林作品集‧日記補遺》（臺南：財團法人蘇雪林教授學術文化基金會，2010年）。

‧蘇雪林，《蘇雪林作品集‧短篇文章卷》第二冊（臺南：成功大學，2011年二刷）。

——選自賴俊雄編《筆的力量——成大文學家論文集》

臺北：里仁書局，2013年2月

自然‧宗教‧生命
蘇雪林記遊文的藝術創作及內心世界

◎吳姍姍

一、前言

　　蘇雪林（1896～1999）的文學創作生涯中，並未有意識地寫遊記以成
為其作品的一個類別，故本文稱她的作品中記錄旅遊之文為「記遊文」。蘇
雪林作品在其生前與身後，被討論最多的是小說、散文、神話，然而蘇雪
林散文寫得最好的是遊記，人們過多地注意她成名之作的婚戀、女性等議
題而忽略這些記遊文，蘇雪林賦予「大自然」相當的意義。遊記是透過旅
遊經驗所作的文學紀錄，以記敘、寫景為主，兼有議論、抒情，蘇雪林之
記遊文也有這些旅遊過程及自然風光、社會生活、器物文化等基本內容，
又基於旅行目的，文中亦呈現歷史、文獻、心靈等可供吾人發掘的內涵。
本文以《綠天》、《三大聖地的巡禮》[1]（以下簡稱《三大聖地》）為主，輔
以其他單篇旅遊文章，分析蘇雪林記遊文的特色風格及價值。

二、蘇雪林記遊文之描寫技巧

　　蘇雪林散文集《綠天》，民國 17 年由上海北新書局出版，民國 45 年由
光啟出版社再版。再版內容有所增益，分為三輯：第一輯為原書所有篇
章；第二輯為民國 23 年與丈夫同遊青島，紀念結婚十周年所作；第三輯為

---

[1] 蘇雪林，《綠天》（臺中：光啟出版社，1956 年）；《三大聖地的巡禮》（臺中：光啟出版社，1957
年），1960 年 6 月再版，更名《歐遊獵勝》。蘇雪林記遊文體裁有三類：小說、散文、古典詩，分
別呈現於《棘心》、《綠天》、《三大聖地的巡禮》、《燈前詩草》。由於《燈前詩草》為古典詩詞作
品，故不論。案：本文多引《綠天》、《三大聖地的巡禮》，故以下僅註明書名及頁碼。

童話體裁的三篇故事，包括劇本〈玫瑰與春〉。此書第二輯之〈島居漫興〉、〈勞山二日遊〉視篇題即知為記遊文，蘇雪林〈自序〉云：「裡面所說的話，一半屬於事實，一半則屬於上文所謂『美麗的謊』」[2]，記遊是寫實的，因此，第一輯應就是謊言的內容。至於《三大聖地》乃蘇雪林民國 39 年由香港轉赴法國，因蘇雪林寓居香江一年，香港圖書館中的神話資料沒有帶給她什麼突破，又因同年羅馬有「聖年大會」，[3]所以，蘇雪林以朝聖之名兼尋找神話資料第二度赴法國，但是在巴黎兩年，蘇雪林原預期的理想並無進展，於是決計回國。此書以跳躍式日記方式記載蘇雪林對歐洲臨別的一瞥，[4]由於主要內容是朝拜宗教聖蹟，文中對天主教讚揚有加、衷心誠服。以下分析蘇雪林記遊文的文字經營特色，以見其記遊文之描寫技巧。

（一）色彩運用

《綠天》記錄了在青島度假的生活、觀光遊覽及感想，呈現青島當年的社會景況。全書的色彩十分豐富，此書本是寫景散文，遊賞之風光、顏色均可入字，蘇雪林對於色彩敏感度更有加分效果。《綠天》隨處可見色彩字，例如〈未完成的畫〉寫夕陽：

> 一輪金色的太陽，正在晚霞中徐徐下降，但它的光輝，還像一座洪爐，噴出熊熊烈燄，將鴨卵青的天，煆成深紅。幾疊褐色的厚雲，似爐邊堆積的銅片，一時尚未銷鎔，然而雲的邊緣，已被火燃着，透明如水銀的融液了。……夕陽愈向下墜了，愈加鮮紅了。……當將沈未沈之前，淺青色的霧，四面合來，近處的樹，遠處的平蕪，模糊融成一片深綠，被臙脂似的斜陽一蒸，碧中泛金，青中暈紫，蒼茫眩麗，不可描擬，真真

[2]蘇雪林，〈自序〉，《綠天》。
[3]蘇雪林，〈自序〉，《三大聖地的巡禮》。
[4]所謂跳躍式日記方式是指一種並不嚴謹的日記體，因為它不是以逐日記載的方式敘述，而是以所遊之地為標題，只是每一標題內容，蘇雪林都會寫下是「某月某日」之遊，故暫稱是跳躍式日記體。

不可描擬。[5]

用金、銀、青、紅、褐、碧、紫形容太陽下山時的顏色變化，塑造了夕陽美麗的光影。還有總體形容的語詞，如五彩、透明等，〈島居漫興‧魚樂園〉：

> 人工造的五色繽紛的電光，照耀水晶宮殿裡，……美妙絕倫的水族，圍繞在屋子四周，在透明的牆壁外游來游去，……在青萍紫藻間與那些文魚一同游泳，不然，便到珊瑚林中散散步，金砂平鋪的地上打打球。[6]

魚缸中的萍藻是青紫，「珊瑚林」雖為名詞亦隱有人們認知的顏色在內。又如〈中山公園〉：「綠得叫人透不過氣來的大樹，……形成了一條蜿蜒無窮的碧巷，也可說是一片波濤起伏的綠海，……。」[7]接著再形容樹林動搖是「翻金弄碧」。〈太平山頂〉：「石壁蒼苔蒙密，雜以深黃淺紫的野卉，如山靈張宴，鋪設著一條條彩色斑爛的錦氈毹」[8]〈勞山二日遊‧明霞洞〉：

> 室中洞黑，須燃燈方可着衣履而火柴久劃不燃，燈雖明，燄搖搖作慘碧色。[9]

描寫山洞裡的顏色有黑、碧。寫湖水，則如〈春山頂上賞靈湖〉：

> 湖水澄澈，清可見底，本來碧逾翡翠，映著蔚藍的天色，又變成太平洋最深處的海光。再抹上幾筆夕陽，則嫩綠、明藍、淺黃、深絳，暈開了

---

[5] 蘇雪林，《綠天》，頁 27。
[6] 同前註，頁 65。
[7] 蘇雪林，《綠天》，頁 68。
[8] 蘇雪林，《綠天》，頁 73。
[9] 蘇雪林，《綠天》，頁 112。

　　無數色彩。不過究竟以「藍」為主色。那可愛的藍呀，那樣明豔，又那
　　樣深湛，那樣流動，又那樣沉靜，像其中蘊藏著宇宙最深奧，最神秘的
　　謎。叫你只有坐對忘言，莫想試求解答。[10]

蘇雪林描寫景物除了使用許多顏色外，更會在色彩上繼續深入經營，上列
引文，藍色又是「明豔」、「深湛」、「流動」、「沉靜」、「深奧」、「謎」、「忘
言」等；因此，她的色彩字並非單純地在文章中置入字彙，她很用心於色
彩的擘劃，而這正是蘇雪林在寫作時，投入認真的心力，不是隨便捉住顏
色就寫。所以，出人意料的是她可以用顏色形容世運，在和康爬上太平山
頂後，山頂好似一座荒廢的大園林：

　　第一次世界大戰，不過四年有半。許多強國倒下去，許多衰微的民族興
　　起，迴黃轉綠，世運變遷，這區區太平山頂昔日金碧的樓台，化為今朝
　　的荒烟蔓草，也只算是盛衰之常，我們又何須為此而感嘆欷歔，支付過
　　多的情感。[11]

世運變遷用「迴黃轉綠」形容，恐怕是罕見的一種手法，一般對「變遷」
的概念總與感覺性字詞，如沉重、歎息、哀傷等連結，世運不管是「迴黃
轉綠」或「迴綠轉黃」，蘇雪林用色彩比喻，別樹一幟。色彩在蘇雪林胸臆
中是一種取之不盡、用之不絕的泉源，絲毫不費力，她在這方面的運用是
自然而然，不須刻意尋思，故蘇雪林記遊文中屢出現大量的色彩字彙是其
特色。
　　我們發現幾乎隨手一翻《綠天》全書，不論翻至哪一頁，都可以找到
顏色字，它的書名即有一個生意盎然的顏色——綠，但除了綠色外，在書
中所使用的各種顏色隨處可見、隨手能採。從設色如此豐富的角度來看，

---

[10]蘇雪林，《三大聖地的巡禮》，頁148。案：《蘇雪林自選集》作〈春山頂上探靈湖〉。
[11]蘇雪林，《綠天》，頁75。

可以說《綠天》一書「並不樸素」，因為它以五彩繽紛的顏色呈現給讀者一個光耀炫麗的世界。

　　對大自然色彩的歌頌讚歎中，蘇雪林喜用色彩的寫作方式從《綠天》延續到《三大聖地》，不同的是，一樣設色豐富，但前者是大自然之色彩，而後者多為建築物及聖堂所供奉器物的人為色彩，而且，後者的顏色不如前者的處處可見。

（二）字詞鍛鍊

　　蘇雪林記遊文中表現了豐富的鑄鍛語詞能力。〈島居漫興‧五隻妖龜〉以妖龜形容砲臺，描寫她想像中砲臺運作的情況：

> 五個屋子大的妖龜，躲在樹林裡，靜靜不動，海上仇敵來了，牠們眼光霍霍，伸頭四面窺探，當牠們發見了仇敵的所在時，陡然四足著力，聳起那龐大的身軀，砰然一聲，噴出一顆光華耀眼的寶珠，給仇敵一個出其不意的沉重的打擊，又將身子伏下去。[12]

她的想像力奇妙，可以別出一格地形容砲彈，這種具有強大殺傷力的殘忍武器，竟然用「光華耀眼的寶珠」形容，顯見其隻眼所見頗為特殊。還有形容身騎老馬的顛簸，〈島居漫興‧騎馬〉寫民國 15 年間，以閒員資格代表蘇州景海女師到杭州參加中等教育會議，同事忙著開會，她背著畫架去寫生，租了一匹風燭殘年的老馬遊西湖，走在路上頗為顛頓：

> 西湖上的道路，又都用堅硬的青石板鋪成，反彈之力特強，馬蹄「踢踏」、「踢踏」跑在上面，好像一蹄一蹄踢到我的心裡，直踢得我胸口發痛；直踢得我四肢百骸幾乎像脫串明珠，一落地即將飛迸四濺。[13]

---

[12] 蘇雪林，《綠天》，頁 66。
[13] 蘇雪林，《綠天》，頁 100。

四肢百骸脫落是一種痛楚感覺，蘇雪林以此形容道路顛簸之外，又進一步以「脫串明珠」形容她的骨骸騎著老馬將被震落之狀。以文字技巧而言，這裡不須看作蘇雪林自抬身價，用珍珠形容自己骨骸，而是她可以將騎馬時反彈力道痛徹胸口的震動以明珠言之，痛感是不悅的，明珠是美麗的，這是典型的反襯法。至少，白居易〈琵琶行并序〉裡傳世的「大珠小珠落玉盤」是形容樂音清脆，蘇雪林以「明珠飛濺」形容的卻是馬蹄震聲及被震的痛感，讓人覺得異代不同時的作家們個別的創作力，令人佩服她青年時期經營文字的功力。

（三）譬喻繁多

蘇雪林記遊文中，譬喻法的使用很頻繁且多用明喻。例如登上勞山，發現勞山的特點在石，是「以石勝」之地，描寫滿山谷之石，全用譬喻。[14]又〈黃海遊蹤〉寫西海門：

> 東西兩門實由無數小峰攢聚而成，萬石稜稜，如排籤、如束筍、如鎔精
> 鐵、如堆瓊積玉，斜日映照，煥成金銀宮闕，疑有無數仙靈飛翔上下，
> 令人目眩頭暈，但也令人氣壯神旺。[15]

〈高里賽與羅馬皇城遺址〉遊歷古羅馬公場，形容羅馬帝國之崩潰：

> 到亡國的末期，……野草荊棘淹沒了整個城區，巍峨的建築，或崩倒，
> 或陸沉地中。過去如日中天的羅馬光榮，由衰弱的黃昏，過渡為沉沉的
> 黑夜，羅馬僅成一個歷史名詞了。[16]

---

[14]蘇雪林，〈千石譜〉，《綠天》，頁 108：「那些石頭的情狀：有如枯株者，有如香菌者，有如磨石者，……有斑斕如虎者，有笨重如熊者，……有甲冑威嚴如戰將者，有端笏垂紳如待漏之朝官者」。
[15]蘇雪林，《蘇雪林自選集》（臺北：黎明文化公司，1975 年），頁 14。
[16]蘇雪林，《三大聖地的巡禮》，頁 70。

大致說來，《綠天》與《三大聖地》同為記遊文，但所寫主題有異，因此，上述設色、譬喻之使用，在《綠天》較多而《三大聖地》少，但不能否認設色與譬喻是蘇雪林記遊文在描寫技巧上專擅之處。多用明喻可推知蘇雪林以直觀表現文藝創作，直觀印象的描寫是其記遊文的主要手法，能讓讀者在眼睛與字詞相遇時，即刻掌握住景與情，文章自是動人。

（四）駕馭文字

蘇雪林又善馭文字，〈勞山二日遊‧入山之始〉形容下雨：

> 裝滿了雨水的雲囊，一層一層疊積在東方的天上，只須天公一高興，拽開囊口，傾盆大雨便會淋漓而下。[17]

下雨之前，天空的積雲，她說是雲囊裝滿雨水，而後，天公高興、拽開囊口，都是標準的擬人法。再如坐著轎子走山路，〈勞山二日遊‧千石譜〉：

> 我們在轎裡，被搖簸得難受，願意下來步行，不意轎夫扛了空轎更自健步如飛，趕得氣喘汗流，依然趕不上。……只好仍舊一個個回到轎裡，讓他簸湯圓般簸著。[18]

人坐在轎中，行於艱險山路，蘇雪林形容受到的搖晃是「讓他簸湯圓般簸著」，這時候轎子是竹篩，人是湯圓。蘇雪林推崇林語堂的幽默文學，雖然她本身未必是個幽默的人，但在她早期散文中，這是幽默也是善於駕馭文字的表現。其他，如〈大堂的更衣所和圓頂〉：「自圓頂的基層走進一道狹門，我們的身體便鑽進這龐大建築物皮膚內了。原來這圓頂乃係夾層，外面包了一層青藍色鉛皮。」[19]駕馭文字在蘇雪林而言是熟練的，正因為能運

---

[17]蘇雪林，《綠天》，頁104。
[18]蘇雪林，《綠天》，頁107。
[19]蘇雪林，《三大聖地的巡禮》，頁23。

用修辭與想像，使得她的記遊文極富畫意。蘇雪林早年赴法學的是繪畫，民國 41 年離法前夕還曾在寄寓的宿舍舉行過一次小型畫展。所以，將繪畫的訓練與文字技巧實際操作於文學創作，使得蘇雪林記遊文有豐饒的色彩、優美的畫意，除了作者個人才氣外，與此習畫經歷有密切關係。

（五）題材多樣

蘇雪林記遊文的內容豐富，她非常用心描述所遊之地。《綠天》是記青島之遊，在篇幅上，〈島居漫興〉有 20 篇、〈勞山二日遊〉有九篇，後者的兩天時光可以寫出九個章節，而每一章節所描寫的事物又不只一項，可以看出她用心觀察所遊歷景物的細密心思。《三大聖地》亦同，每一小節的每一段落都不會只寫一種事物、一種情懷，例如〈燈光的行列〉寫露德聖母殿的火炬遊行，蘇雪林描寫燈籠的製作、販賣地點、價格、遊行群眾、提燈隊伍、隊伍的變換隊形、大殿播放的聖歌，將提燈的相關事件與氣氛全部照顧到了。蘇雪林觀察事物的敏銳眼光是獨具的，或者說，她擁有文藝創作者天生稟賦的洞察能力與敏感的心靈。

蘇雪林曾對自己的寫作技巧作過如下表白：「我寫景的詞彙本甚有限，寫作的技巧也僅一二套」，[20]或許這是謙詞，但她會利用其他資源來豐富文章內容，譬如引用古典經籍與文句，〈黃海遊蹤〉即在觀景同時聯想到古籍〈圖書編引黃山考〉、袁枚〈黃山遊記〉、徐霞客〈遊黃山日記前篇〉[21]，並且以之做為她的文章陪襯，使文章更有分量。又〈島居漫興〉描寫海中大魚，引用李白及陸游詩句，[22]都顯示其記遊文所以成為散文作品中最勝，在豐厚文章題材內容方面，自有其才力且下過功夫的。

三、蘇雪林記遊文之特色

蘇雪林記遊文之風格，是她少有的、篇幅比例比較不具家國之思的散

---

[20]蘇雪林，〈黃海遊蹤〉，《蘇雪林自選集》，頁 12。
[21]同前註，頁 12～13。
[22]蘇雪林，〈島居漫興〉，《綠天》，頁 53：「『日暮紫鱗躍，圓波處處生』、『銀刀忽裂圓波出，宛似姑溪晚泊時』，我忽然想到李謫仙和陸放翁的詩句，更覺灑然意遠」。

文作品。不論文學作品的主題、技巧、寫作背景如何，最終仍須探討其中的思想風格，因文藝創造鐫刻著文化、社會、心理的烙印。蘇雪林一生活過兩個世紀，兩世紀的動盪與烽火錘鍊出她特殊的人生觀與思想傾向。心理經驗表現於文學作品，有時作者是不自覺的；從寫作背景來看，蘇雪林在主觀上，並不打算在她的記遊文寫入太多的思想，因為，前述兩書可知它們都是「有所為而為」——「謊言」為了掩飾、朝聖為了信仰，似乎是再簡單不過的跡象，但蘇雪林文章中卻隱藏微妙的心理意識。《綠天》、《三大聖地》在題旨上，兩書有不同的描寫對象，前者是山水景物、後者是聖堂遺蹟，這兩部記遊文有著蘇雪林筆端特色，大自然與宗教兩大主題都透露蘇雪林的內心世界。以下論述蘇雪林記遊文之風格特色。

（一）生命之感

蘇雪林記遊文以描寫大自然為主，而她筆下的大自然除上述寫作技巧外，文章所表現的特色有生命之感、聖靈信仰、記史論史。從《綠天》是一個謊言來看，它既是謊言，作者何必說出這個她可以永遠不必言明的創作真相？這是一本曾經轟動文壇又伴隨許多臺灣知名作家青少年時期閱讀生涯的作品[23]，既然作者自己說出來是謊言了，其中的意義是值得深究的。因為謊言應該被唾棄，但它為什麼又那麼吸引人？暫且拋開文學是想像的產物之理由，這個謊言之所以受歡迎的原因不可能是它的謊言本身，因為謊言沒有被珍視的必要，那麼，這個謊言的價值必然就在謊言之外。前述《綠天》的謊言是「我與康」的甜蜜生活，排除這個甜蜜生活的部分，《綠天》的另一片風光就在描寫自然的篇幅上面。而《三大聖地》沒有謊言或撲朔迷離的成分，它非常實在是一次虔誠的朝聖之旅，所以，蘇雪林這兩部記遊文的特色，可說是山水與信仰的寄託，也就是說蘇雪林以山水寄情、以聖蹟託信仰，而這些寄託的深層意義是她必須藉山水與信仰以化解

---

[23]成大中文系主編，《逝水浮雲曾照影——名家與蘇雪林書信選》（臺南：成功大學中國文學系，2007 年），許多女作家如張秀亞、林海音等人均在信中追述少年時代，此書對她們文藝創作的影響。

內心的愁悶，雖是愁悶卻也帶出蘇雪林的生命之感。

　　蘇雪林的婚姻有缺憾，在人情心理上，這是必須填補的傷口，因為無情之人自不必有愛，但偏偏蘇雪林心中有愛，早期《綠天》充滿對人生之愛、自然之情。〈勞山二日遊〉到王哥莊時正逢村中演戲謝神，蘇雪林描寫鄉下的戲子、行頭破爛、鑼鼓刺耳，所以神經細膩的她並不感動所演出的「戲」，而：

> 但我不看戲，只看看戲者。看到這許多村民臉上那種滿足的神形，我卻不由得眼睛酸溜溜地有些潮濕起來。今年南方鬧乾，北方鬧水，青島倒算雨暘時若，所以村民們演劇謝神，一半也帶挈他們自己娛樂娛樂。可憐這些天不管、地不管的好百姓，一年到頭和旱魃戰鬥，和洪水戰鬥，和土匪潰兵以及一切人為的災害戰鬥，好容易多收得幾擔麥子，幾堆山芋，勉強可以填飽一家老少的肚子，那能不這樣喜出望外、歡騰慶祝呢？[24]

前述蘇雪林對大自然的描寫能力，基本上是她浸身大自然時的一種崇慕讚賞之情，但在遊歷之中也切身感受人生的缺憾，當她的心眼落至人間，她所體會的又是一種悲天憫人之情。僅從一句「我不看戲，只看看戲者」，不難理解蘇雪林對於人本的關懷。大自然與人類都是生命，生命與死亡相連，遊〈萬國公墓〉從墓碑上的裝飾與遺留的弔悼物品，她推知墓中所葬之人的身分及來祭拜者的心情，說：

> 無情的黃土，可以吞噬世上任何人，卻阻當不了情人兩心的相隈，和慈母淚痕的注滴。「愛」，將生和死扭成了一個環。「愛」雖不能教生命永久延續，但卻能教生命永久存在。「死人活在生者的記憶裡。」一位歐洲作

---
24 蘇雪林，《綠天》，頁 109。

家不是曾說過這樣意味深長的話嗎？[25]

從人類的自然生命來說，生與死是兩個終點，遊墓也是一種大自然的旅遊，蘇雪林從死亡的「墓」寫入生命的「愛」，她之崇尚大自然、憐惜人類，匯集之旨即「愛」，愛是生命之源且可以切斷生死阻隔，使生命圓滿。蘇雪林記遊文在描寫大自然事物之潛意識裡蘊藏著這份生命之感。

（二）聖靈信仰

蘇雪林記遊文的生命之感是由自然、宗教融合成的美學態度，且是蘇雪林對大自然與神性的追求而在所處時代社會中做出的文化抉擇。這表現在《三大聖地》一書中，尤其又以對宗教賦予至高無上的價值為此書的主要精神。蘇雪林在〈行前艱阻的克服〉中說到此行目標：

> 我現在遠赴永城朝聖，並不是為了貪圖看熱鬧，也不完全為了個人贖罪求福問題，從那個峻極於天、淵深似海的寶藏裡，吸取一點東西來，重新建立我的人生觀，鞏固我的哲學觀點，確定我的政治路線，才是我此行的真正目標所在呢！[26]

在此，我們得知蘇雪林此行為了重建人生觀、追求智慧，鞏固所求得的智慧則是她的哲學觀。從書首所說的「目標」亦可發覺蘇雪林記遊文仍具有傳統遊記寫景抒情兼議論之特色，但她的議論隨著旅遊地點而不同，例如《綠天》多寫大自然，面對大自然之美，人處於其中就引發哲思之論[27]；《三大聖地》寫宗教聖蹟，且藉由宗教的導引抒發生命之感。例如〈聖伯多祿大堂〉記述朝聖者進大堂必須由一道聖門進入，蘇雪林詳細地描寫這

---

[25]蘇雪林，《綠天》，頁81。
[26]蘇雪林，《三大聖地的巡禮》，頁3。
[27]蘇雪林，《綠天》，頁 55～56：「大自然的『美』是無盡藏的，……把你的靈魂，輕輕送入夢境，帶你入於沉思之域。教你體味宇宙的奧妙和人生的莊嚴，於是你的思緒更似一縷篆煙，裊然上升寥廓而遊於無垠之境」。

個聖門的四周環境、門的圖案、入門儀式，在入聖門之後，她寫下結語：

> 現在我來歐洲了，並居然入了這個聖門了。我的朋友卻因經濟的限制而
> 不能來，實在可惜。但假如我不把過去的生命像卸除一件破衣般，棄在
> 聖門之外，從此開始一個新生命，這一趟還是白來的。我應該怎樣警惕
> 自己，策勉自己呀！[28]

聖伯多祿寶座後面有一個古銅製大光輪，蘇雪林感覺它「眩麗之至」、「神
祕之至」，覺得此光輪的意義是：

> 表示著我們天主聖教乃由天主聖三親自建立，傳授宗徒聖伯多祿，再由
> 聖伯多祿傳授以後的教宗，代代相傳，綿奕萬世，直將與宇宙同其永
> 久！[29]

從聖靈角度來說，宗教信仰解釋人與宇宙的關係，在透澈自己與天的
關係之前，人必須先明白自己生命的意義，蘇雪林記遊文裡充滿生命之
感，而在宗教方面，她經由信仰之心取得生命存在的訊息，最後獲知人與
宇宙的終極關係所在，從這一點來說，她並沒有辜負宗教帶給她從一名無
神論者轉變為虔誠信徒的恩澤與力量。

（三）記史論史

蘇雪林記遊兼記史，例如遊翡冷翠「聖魯倫大堂」，穿插敘述翡冷翠自
中世紀以來，受大公爵梅蒂契一家統治，此堂亦成了他們貴族家庭的專用
聖堂，以及翡冷翠「花城」之稱的由來。[30]記史最後亦對歷史稍作評論，這
也是蘇雪林宗教記遊文的重要特色：

---

[28]蘇雪林，《三大聖地的巡禮》，頁10～11。
[29]蘇雪林，《三大聖地的巡禮》，頁15。
[30]蘇雪林，《三大聖地的巡禮》，頁100～101。

> 本來作品不但是作家心血的結晶，也是他整個自己的蛻變，作家壽命終
> 結，便歸塵土，而他所蛻變的作品，卻能卓立宇宙，永遠銘刻於人類的
> 記憶，他摩挲愛情，不是應該的嗎？我想這絕不能和那些陋儒自珍敝
> 帚，相提並論吧！[31]

　　她對於遊歷之地做詳細描寫，包括該地歷史、事物來源及建築物都細緻刻
畫。例如〈高里賽與羅馬皇城遺址〉說明「高里賽」昔稱「鬥獸場」、「競
技場」，它的作用還可賽馬、閱兵、行刑、最大用途為演劇，據羅馬語，高
里賽是高大的意思，從前還有一尊高達十丈的尼羅皇帝銅像，並詳寫其建
築外貌。[32]在《三大聖地》書中，以所遊之地作為篇名來區隔，而對於該地
點的歷史都有簡介，如〈梵蒂岡藝術陳列所〉、收藏《末日審判圖》的西克
斯廷經堂等篇，也將陳列所或經堂歷史簡介一番，再寫裡面的景觀與各廳
擺設裝置與文物，而且是圖文並存的。所以，《三大聖地》反而比較類似著
名的《徐霞客遊記》之內容，即記遊中兼顧了歷史地理介紹，記錄了旅遊
當時的自然景觀與人文特色，它不完全是為了寫景抒情的唯一目的而作。
蘇雪林的另一記遊名篇〈黃海遊蹤〉，記錄輿夫的裝扮、登山的情況，以及
「以前黃山有專門背負遊客者，以布裹遊客如裹嬰兒，登山涉嶺，如履平
地，號曰『海馬』」。[33]所寫雲海、天都峰、蓮華峰、文殊院、一線天、鰲魚
峽、獅子林、始信峰等，有爬山過程與風景描寫，它記錄遊歷地點之景觀
特色，可令無緣壯遊之人，在文字裡領略山川之美又能獲得知識。
　　此外，關於《綠天》，郭麗〈蘇雪林青島遊記略評〉[34]一文曾針對青島

---

[31]蘇雪林，《三大聖地的巡禮》，頁102。
[32]蘇雪林，〈高里賽與羅馬皇城遺址〉，《三大聖地的巡禮》，頁 67：「這座建築開始於紀元七十二
　年，……從外部一眼看去，它的形式好像正圓，但從高處向下打量，才知它實係橢圓。本係三層
　建築，外面又用一座四層高牆，包圍了半個圓圈，這半圓圈較大，建築設計大約經過許多科學上的
　研究，極其巧妙。兩端壁頭，斜削而上，皆係磚石堅砌」。
[33]蘇雪林，〈黃海遊蹤〉，《蘇雪林自選集》，頁5。
[34]郭麗，〈蘇雪林青島遊記略評〉，《中國海洋大學學報‧社會科學版》第 6 期（2003 年），頁 36～
　40。

旅遊的〈島居漫興〉、〈勞山二日遊〉兩文討論蘇雪林對青島城市風貌、歷史蹤跡的探討，進而觸及蘇雪林當年的心態情感，以書中所描寫的內容觀察青島旅遊市場的今昔對比。筆者並未去過青島，據郭麗所說，此書記錄了六十多年前的青島，不論在社會景觀、教育規範上都表現青島當年的現代化。故《綠天》在文學價值之外，對當時的歷史、地理學貢獻亦不能抹滅。

比較上來說，蘇雪林前後期記遊文若以《綠天》、《三大聖地》看，不同的是：早期表現較多奇幻異想、筆力馳騁、柔美之情；晚期的轉變是心靈成熟、筆鋒沉穩、知性與莊嚴並濟。又由於《三大聖地》以描寫聖蹟為主，所遊之地除了自然景物外，聖堂內的典藏物與裝飾品都引出蘇雪林的藝術觀點，這些觀點或多或少代表著蘇雪林的一些看法與心態，她的記遊文罕見地並未表現她一貫的強烈批判態度，而明顯地是她個人的主觀情意，此筆者所謂蘇雪林的記遊文是她的諸多作品中少見的另一種風格。《綠天》與《三大聖地》之別，前者呈現一個彩色世界，後者多了知性的成熟，但都是蘇雪林少見的沒有家國民族著墨的作品。若以人生為喻，《綠天》是少年而《三大聖地》是中年，蘇雪林的描寫方法雖保持她特有的基本風格，而後期記遊文具有較多穩重深刻之情。

四、蘇雪林記遊文中的內心世界

無論前後期，蘇雪林記遊文藉著描寫大自然表現的特色，透露出不自覺潛意識其實就是她的內心世界，此世界說明了蘇雪林的創作心態，首先是蘇雪林的「好奇」、「實證」個性。

（一）好奇與實證

〈動物園〉描寫有一雙異鳥，既稱異鳥，因蘇雪林說「這種四不像的鳥兒我以前也未見過」，不知鳥名，蘇雪林說道：「牠喫肉，頭部又像鷹，當然屬於猛禽類，但不知何以又生有這一雙無力的長腿？又不知牠何以竟能在這樣生存競爭十分激烈的自然界傳衍下來？恨不得有一位生物學家指

教一下才好」[35]，在遊賞動物園的時刻，對於未知事物有「恨不得」當下找
人問清楚心理，則蘇雪林好奇心強而個性急切於為可見。好奇必然產生想
要研究那奇特之物的心理，〈在海船上〉：「我嫌二等艙裡太悶熱，常常站在
艙口趁風涼，順便研究這特別統艙的生活。」[36]她所研究出來的艙內人士之
穿著行為以及在艙口看見海裡游魚及水母的情狀，都可以解釋蘇雪林為何
從文藝創作轉向學術研究的心理基礎，亦即她內心早已埋下因好奇而觀察
而研究的心理因素。其次，是她的推理心理，蘇雪林後半生轉向學術研究
且自負富於「發現」眼光，[37]她在旅遊中對所見聞事物往往不自覺表現出喜
歡推理的傾向。同樣在〈動物園〉裡：

> 又見一類鳥兒，身大僅如鴉鵲，嘴作黃色，卻有五寸長，不但長，而且
> 很闊很厚。鳴聲如瓦石相戛磨，很難聽。不知這鳥的身體怎支得起這嘴
> 的重量？這樣大嘴又有何用？我不知牠喫葷？還是喫素？倘喫葷，則牠
> 的食料必係蚌螺之類，喫素，則必係胡桃榛實之類，那些硬殼，要有這
> 樣大嘴才磨得碎，所以大自然便把這個「喫飯傢伙」賞賜給牠了。[38]

在動物園的魚區，蘇雪林發現是「動物園最好看的部分」，既認定最好看，
則其中所讚賞的「有涵泳江湖之樂」、「宛似一幅畫」、玻璃櫃「設計變化萬
千」、「比中國金魚有趣得多」，[39]亦可推想蘇雪林之審美觀傾向一種自由自

---

[35] 蘇雪林，《三大聖地的巡禮》，頁 74。
[36] 蘇雪林，《綠天》，頁 52。
[37] 蘇雪林，〈我為什麼要寫作〉，《聯合報》，1986 年 2 月 19 日，第 8 版：「我的肉眼自幼不行，靈眼
　　則相當明敏，故讀書善能『得間』，我的頭腦也善於連結貫通，故常能見人之所不能見，也能言
　　人之所不能言。……我給屈賦以比較正確的詮釋，並把中國歷史上、社會上、大小近百的問題一
　　併解決。雖至今尚無人肯予承認，我確自信彌堅，在寫作上有這許多『發現』的興趣，就是我為
　　什麼要寫作的答案」。
[38] 蘇雪林，〈動物園〉，《三大聖地的巡禮》，頁 75。
[39] 同前註：「這些魚都養在玻璃櫃中，水管通活水，源源不斷，並設寒暑表測量溫度，故魚游其
　　間，亦有涵泳江湖之樂。我頂愛看的是觀玩魚類，室中光線甚暗，玻璃櫃嵌在壁中，電光自內部
　　映照，宛似一幅幅的畫面，而景象則比畫來得靈幻……所難得的是每座玻璃櫃設計均不同，碧波
　　綠藻，變化萬千，又不知哪裡找來那麼多的小樹，那些小樹又居然能種在水中，配以玲瓏的崖
　　石，鋪以五色沙礫，儼然一座小小園林，魚游其間，悠然自得，我覺得比中國金魚有趣得多」。

得、活潑趣味、美麗五彩的感受。在〈幾個陳列館·萬神廟·白骨堂〉篇，蘇雪林寫參觀過程中，因其所見而順便考古[40]，也印證了幼時閱讀林譯小說的記憶對她的意義是重要的，都說明蘇雪林喜歡觀察、研究、發表自己見解的個性。再如參觀聖若望教堂附近的「聖階」，對於這耶穌曾上下數次的石階：

> 我心裡對耶穌說道：……你受難的這件事，我不是天天在書裡誦讀，常常聽神師談講嗎？可是，我其實並不如何動心，只覺得這是二千年前的事，它早和一切歷史成為陳跡了，雖不敢說何須替古人擔憂，但總不免感到隔膜，現在面對著這座你從前曾踐踏過的石階，你當日在羅馬公署受鞫的一幕，宛然湧現我的心目，我的心才不禁深深感動，才了解你救世工程的偉大，才認識自己辜恩負義的可恨。[41]

所以，蘇雪林對事物的感動是一種「眼見為憑」的動心，這應該也是她受胡適實證主義影響的證明。此外，《綠天》所記以大自然景象為主，從寫作情況來說，因為大自然畢竟是一個普遍且容易被喜愛的環境，旅行者離開旅行地之後，憑藉記憶仍可將之描述出來，但《三大聖地》對各聖堂建築物的外觀與內部詳細描寫，若非隨手筆記，或回程即記，其敘述之仔細亦可見其「強記」之能力。凡此，足見蘇雪林內心世界的好奇、實證、理性的一面，而這種心理又與她內心中另一種浪漫性格並存。

（二）追求性靈

蘇雪林記遊文中，可看到她是追求性靈的人，她愛讀主張「性靈」的袁枚《小倉山房詩集》可見一斑。[42]蘇雪林民國 41 年離法前，由方君璧伴

---

[40]蘇雪林，《三大聖地的巡禮》，頁 78～79。
[41]蘇雪林，《三大聖地的巡禮》，頁 88。
[42]蘇雪林，〈讀小倉山房詩集有慕〉，《燈前詩草》（臺北：正中書局，1982 年），頁 6：「由來詩品貴清真，淡寫輕描自入神。此意是誰能解得，香山而後有斯人。多少名姝絳帳前，馬融曾不吝真傳。阿儂讀罷先生集，卻恨遲生二百年」。

隨相偕往露德朝拜聖女小德蘭，她拜謁聖女小德蘭大殿之感想是：

> 即以筆者自己而論，志行薄弱，信仰每易動搖，若非《靈心小史》時常
> 的提撕警覺，則我的靈魂，能否避免世紀學說惡魔的牽引，實屬未定之
> 秋。三十年來，《靈心小史》是我隨身珍籍之一，聖女小德蘭在我心靈的
> 位置，除卻聖母瑪利亞，更沒人像她重要。[43]

重視精神力量是蘇雪林藉著洗滌心靈，慰藉自己創傷以及向前邁進的動
力。此行在馬蘢比岩穴啜飲聖水、掬水擦洗耳目也有一番表白：

> 實際上，我們企圖聖水恢復我們生理的功能，倒不如求它將我們靈魂的
> 宿垢與積滯，徹底洗滌一下。我們的靈魂經過一番浣濯之後，變成明珠
> 般的瑩潔，美玉般的無瑕，水晶般的透剔，金剛鑽般的堅固，這才足以
> 悅樂聖母之心，不枉露德朝聖之行呢！[44]

上帝的愛與人間藝術是合一的，上帝就是美的化身，蘇雪林表示願意學習
上帝的愛來改變自己。她在《三大聖地》中屢言自己信德薄弱，事實上，
以她的著作來看，此書是唯一以宗教背景描寫且充滿宗教情懷之作，雖然
她於第一度留學時，在法國皈依天主教，但此後的著作只有此書是宗教色
彩最濃的一本。之後，蘇雪林並沒有專門再以宗教為主題之專書，可能是
她甫自香港真理學會轉赴法國，做第二度遊法之旅，宗教之情因為身在教
會的工作環境而浸潤滿溢於心，故《三大聖地》充滿對上帝的崇敬與愛，
還有她對宗教的投入與誠服。

　　然而，蘇雪林又是一個淺信的人，她雖然皈依天主教，但時時自覺信
德不堅定，必須依賴一些外力來支撐。在〈聖衣院經堂中聖女的遺跡〉

---

[43]蘇雪林，《三大聖地的巡禮》，頁135。
[44]蘇雪林，《三大聖地的巡禮》，頁143 。

中，法國友人贈送聖女照片一幀：

> 當我在人生的戰鬥裡感覺疲倦之際，她微笑的雙眸似在撫慰我。當我那
> 半弔子的舊日科學思想，腦中復活，信心動搖，她英毅的眉宇和堅決的
> 雙唇，又似在勉力我，扶助我。這幀照片，成了我精神的良友，靈魂的
> 導師，我願永不離開它，直到我的末日！[45]

《三大聖地》雖是蘇雪林宗教記遊實錄，但是以她的遭遇來看，此次朝聖
除了尋找神話資料外，未嘗不是蘇雪林期待以投身聖地之旅，讓聖心的光
耀來堅定自己內在暗自搖擺的宗教信仰。可以肯定的是：她有心以宗教撫
定疲憊不安的心靈，但是這種來自外力的追求，最終能否發揮成效，其實
是值得質疑的。所以，此書主題雖是宗教記遊，內容充滿聖主愛德，我們
要問的是：宗教對蘇雪林的文學創作藝術風格之形成，有無決定性意義？
答案似乎是否定的，因為教義對她並沒有產生太大影響，是取自己所需，
安慰受傷的心靈，她對現實人生的關注並不全是由宗教之愛形成，而是她
自己的性格，雖然，蘇雪林很努力希望藉宗教力量達成自己個性中追求性
靈的渴望。

　　蘇雪林從宗教信仰裡得到平靜，〈露德朝聖母〉有一段話：

> 這是最純潔、最和平的時刻，……每個人的心境都變成了無知無識，一
> 張白紙的嬰兒心境，縱有無休止的利權妄念，到了此時此地，也全部澄
> 清；縱有不可解的宿恨深仇，到了此時此地也渙然冰釋；縱有駭浪驚
> 濤、艱危萬狀的世途經歷，到了此時此地，也變成了澄潭千頃，明月一
> 天！[46]

---

[45] 蘇雪林，《三大聖地的巡禮》，頁130。
[46] 蘇雪林，《三大聖地的巡禮》，頁146。

權力、仇恨、世路艱難到了神的面前都可以一笑泯之，對信仰的崇拜情懷
幾乎是誇飾的：

> 萬千顆心，併作一顆大心，這顆大心又化成了一股氳氳鬱勃的乳香，繚
> 繚繞繞、盤盤旋旋，隨風而上，透入蒼穹深處，直達於那昔在永在的最
> 高主宰的座下。[47]

認定有「昔在永在」的最高主宰，則最高主宰在蘇雪林心中的價值是永不
毀滅的。然而，從上述可見《三大聖地》之風格兼具宗教愛與個人情感，
蘇雪林希望聖女進入她的心中，然而，蘇雪林「自己的我」亦時時同在，
《三大聖地》以虔敬之心晉見聖蹟外，蘇雪林於每一篇中都由所見聞之景
物抒發議論，有對藝術品的看法與讚美、對神的崇拜與呼籲迷途之人的覺
醒，呼籲別人覺醒其實不也正是藉以堅定自己的覺醒？前述〈行前艱阻的
克服〉，蘇雪林說明她朝聖的目標是意圖以宗教重建自己的思想，又如 8 月
10 日到近代藝術院有一番發揮，[48]蘇雪林以朝聖之名遊歐洲，但是在朝聖
中，往往由所遊歷之聖蹟都發出個人感嘒。
　　在羅馬巡禮時，她寫羅馬是「世界城市的女皇」：

> 在這欺詐橫暴的國際，和荒淫墮落的社會裡，她不斷發出正義的呼聲，

---

[47]蘇雪林，《三大聖地的巡禮》，頁 146。
[48]蘇雪林，《三大聖地的巡禮》，頁 83～84：「藝術本來講究真、美、善，這派藝術家偏反其道而行
之。譬如他們畫匹馬竟有十幾條腿，雕刻一個人，宛如一束麻繩的盤糾，這是真嗎？把一個美婦
人畫成青面獠牙的惡鬼，把座好園林，塗抹成糞草一堆，這是美嗎？本來藝術的作用，是想把人
們從現實世界解放到（出）來，優遊於靈魂的自由天地，暫時得到忘我忘人的陶醉，現在這派藝
術離奇古怪，使人莫解所謂，不去說它了；又都故意弄得這麼醜惡不堪，看了以後，正如歷史家
房龍所說：聽近代政治宣傳，有似置身瘋人院，觸目是畸形扭曲的臉貌，哭笑無常的動作，只惹
得一腔子的不痛快，這是善嗎？……我們的作品，不但盡真、盡美、盡善，而且還有你們缺乏的
力。你們只能表現自然的表面，我們卻能表現自然的精神。我們看見人們肉眼所看不到的，我們
掏摸到人們靈魂的深底；我們跨越時間的洪流，同時又翱翔於大千世界之外，你們徒斤斤以跡象
求者，是不足與論的。是啊。中國古人曾說『論畫以形似，見與兒童鄰』，所以宋元的院畫發展
到明清的文人畫，我們說它退化，無寧說它進步」。

> 属行強有力的道德裁判，所以她又是精神勢力的總樞紐。……她又是文學、繪畫、雕刻、建築的薈萃地，從那裡所漏出的點滴的靈感，都可以啟發高貴的創造天才。[49]

這一段開篇文詞裡，可知蘇雪林此次朝聖的心態兼有旅遊、自我反省、社會批判及藝術追求，後三項是《綠天》所沒有的主題，換言之，同為記遊文，《綠天》到《三大聖地》，所表現的內心世界是不同的。人的一生，伴隨歲月流逝，思想作風都會歷經變化，但是我們在蘇雪林這兩部記遊文中看到，所變化的可能僅是大自然的角色從實際的自然導向宗教的聖蹟，而她的內心世界期求的始終是性靈的「平靜」。人的一生為何要追求某些事物？或者因為那事物是你喜愛的、或是你所欠缺的、無以名之的，「宗教」不應該是喜愛與否、無以名之的問題，因此，蘇雪林追求宗教信仰的平靜，在《三大聖地》時期，由於不平靜，因此，她的追求性靈不論是內心本有的性格或是宗教的感化，蘇雪林表現的是「補償」。

（三）心靈補償

藝術家進行創造時，「感覺」是初步的心理活動，而「現實」始終與感覺發生微妙的結合關係。蘇雪林這兩部作品的現實基礎是有差異的，《綠天》既是「一個美麗的謊」，一句話其實已透露許多蘇雪林的內在心理，至少：1.她的婚姻不盡如意；2.當年她是恐慌的，包括面對丈夫、家庭與未來；3.她必須思索前途，這些是她的婚姻所引發的心理匱缺。情感與現實息息相關，龔自珍〈題紅禪室詩尾〉云：「不是無端悲怨深，直將閱歷寫成吟。可能十萬珍珠字，買盡千秋兒女心。」[50]說明了沒有對象就沒有感覺和情感，即使「無端」本身也是一種感受對象。創作者的生活感受與情感體驗需要宣洩與表達，證之蘇雪林的遭遇，這兩部作品的創作環境都不盡平順：她在民國 8 年升學北京女高師起，就開始在文壇上與人有所爭鬥；民

---

[49]蘇雪林，《三大聖地的巡禮》，頁 1。
[50]龔自珍，《龔自珍全集》（臺北：河洛出版社，1975 年），頁 470。

國 10 年赴法求學多愁多病；民國 14 年因母病，輟學回國與不相愛的人結婚；婚後與丈夫貌合神離，甚至長年分居；民國 38 年大陸易幟，又再度飄泊異國，這一段「履歷表」足可為蘇雪林記遊文的寫作動機做輔證。

劉鶚《老殘遊記》〈自序〉曾云：

> 吾人生今之時，有身世之感情，有家國之感情，有社會之感情，有種教之感情。其感情愈深者，其哭泣愈痛；此洪都百煉生所以有《老殘遊記》之作也。[51]

不論作者要表現的主體精神為何，總是以社會、人生、個人遭際所綜合的個性化情感為基礎。蘇雪林心中一直有個美善的神，早期散文中，這個神是大自然，後期則轉為宗教對象，蘇雪林信仰的神祇是聖女小德蘭，對聖女的崇敬可以從她的生活物品中珍藏其畫像以及翻譯《一朵小白花》看出。其虔誠心態又可在遊覽〈聖衣院經堂中聖女的遺跡〉完全表露無遺，奇怪的是一名信徒在所尊敬的神祇面前，禱告著：

> 我跪在聖女骨盒的鐵柵外，為多災多難的祖國，為散在四方的親友，為流落他邦、一事無成的自己，竭誠祈禱。我和聖女有似睽隔多年的老友，驀地相逢，夜雨巴山，西窗翦燭，要談的話兒，簡直是無盡無休。[52]

這是一段禱詞，但見蘇雪林向敬仰的神祇吐露的心聲依然有著不安與悲傷。嚴格來說，《綠天》、《三大聖地》兩個不同的主題是大自然與宗教，但是對蘇雪林而言，大自然與宗教都是信仰，而且她依靠這份信仰撫平經年離亂、室家破碎的空虛心理。蘇雪林坦誠自己「信德薄弱」，但是她每在祈

---

[51]舒蕪等編選，《近代文論選》上冊（北京：人民文學出版社，1999 年），頁 215。
[52]蘇雪林，《三大聖地的巡禮》，頁 131。

禱或面臨聖蹟、見人虔誠之時便感動不已，[53]我們應該注意這種感動是由外力引起的，並非因為她內心真正得到心靈平靜，雖然她確實希望藉由朝聖堅定信仰，問題是，她此番流下眼淚的時間為第二度赴法之時，在現實層面上是大陸易幟、遠走他鄉，心理層面上是幾番飄泊後的感受，所以，這種感動是蘇雪林兩難心態的產物。避亂是歷史的困境，當時她尚有另一份理想是尋求神話資料以完成其神話著作，但現實情況是當婚姻不如意的「家破」與政權易柄的「國亡」以及理想的幻滅同時來至眼前，[54]蘇雪林筆下的旅遊、美景、讚歎，其實隱藏著一份外人難解的悲傷，她的悲傷有時代也有自己內心之瘡痍。

在〈教宗圖書館和拉斐爾畫室〉一文中，蘇雪林敘述中西方畫動物的不同：中國人畫動物多靜止且悠然自得，但西方畫動物都是殺死過的，她對西方畫法頗不以為然，因為「藝術的目標不是要使我們忘記現實的人生嗎？不是想用人為的力量改善自然嗎？」[55]對於曾經陷身痛苦的人，「現實」很難無緣無故忘記，除非轉化。蘇雪林說「忘記現實」正代表她承認脫離痛苦的方法是透過藝術途徑，而她以實際行動脫離痛苦的作法是以文學創作轉化，她的記遊文就完成了這項任務。

蘇雪林的記遊文在「文化生態惡劣的 20 世紀」[56]呈現一種自然、宗教、生命融匯的平靜感，即使它的心理基礎是蘇雪林藉以寫憂的產物。因

[53]蘇雪林，〈四大聖堂的參拜〉，《三大聖地的巡禮》，頁 50：「但見朝聖者潮水般湧來，許多修會團體一色黑衣黑帔，排成整齊的隊伍，前導的人手持明晃晃的燃燭一雙和大十字架一具，一齊朗誦經文，魚貫而入，到墳前跪下，誦經行禮。一舉一動，均遵號令，儼如軍隊，其一種虔敬之情，看了叫人感動得眼淚也要湧出。」又如晉見教宗，〈公觀庇護十二〉，《三大聖地的巡禮》，頁 41～42：「他的身體則向人群彎俯下去，……那神情的親愛、誠懇，簡直熱烈到萬分，看了叫人感動得整個靈魂都像融化了一般」。
[54]蘇雪林決定離開巴黎，記於民國 41 年 5 月 8 日的日記，《蘇雪林作品集·日記卷》第二冊（臺南：成大出版組，1999 年），頁 69～70：「今日為余前年動身來法之二週年，余第二次來法時，雖不如第一次之快樂及前程感之豐富，但亦頗有幻想，以為法文本有根柢，到法後精他一精即可對付，屈賦問題定可解決一部分。誰知來法後，以後匆匆二年，法文不但無進步反比來時為退化，而生理狀況則日益衰憊，近數月各種惡徵一齊呈露，又聞大姐風溼未愈，故決計返國」。
[55]蘇雪林，《三大聖地的巡禮》，頁 28。
[56]邵建，〈tolerance 的胡適和 intolerance 的魯迅〉，《二十世紀的兩個知識分子——胡適與魯迅》（臺北：秀威資訊科技公司，2008 年），頁 43。

此，其記遊文與近代遊記風格迥異，當時的遊記是：

> 一片深重、悲愴，由理性與情感交織而成的憂患之雲，浮動在現代遊記
> 山水之間。它的存在，使中國現代遊記文學具備了沉甸甸的歷史分量，
> 成為一軸蘊含極豐的時代畫卷。[57]

心理學把主體在環境壓力與刺激面前保有自身的相對獨立性、自主性，稱為「心理自由」，這種因素的作用有利於創作者與外在欲望世界隔絕，促使創作者自然地傾訴情感，賦予創作者發揮潛能的力量。[58]只有自由的心境才能從容創造，藝術創作的想像自由根源於作者的心靈，由此，作者以心靈自主去改造現實。當作者掌握或者擁有超越能力後，他的心靈自由會更高一層，不再是僅與「束縛」相對的表面淺層自由而已，這正是蘇雪林記遊文的價值。

在《綠天》、《三大聖地》我們看到一位歷經環境、身世、戰火煎熬的女子，面對她所熱愛的大自然、景仰的上帝面前的虔誠，以及虔誠底下的內心世界。綜觀此二書之作，蘇雪林記遊文很符合傳統詩教「興、觀、群、怨」的文學功能，她以自然、宗教、生命融合的無意識——愛，讓她得以在一生中，因個性、環境因素始終與人筆戰的煙焇霧外昇華成另一種情愫，此情愫支持蘇雪林一生面對生命時的堅強力量與永保童心。

五、結論

蘇雪林記遊文的寫作技巧設色豐富、多用明喻、記遊兼記史是其特色；她對大自然的寫作，有第一印象的主觀欣賞也有反芻思考的論述。善於設色、抒情兼議論是古今文學家們寫景文的普遍手法，多用明喻則知蘇雪林以直觀表現文藝創作，這份直觀蘇雪林亦運用在她的學術研究裡，而

---

[57]傅瑛，《昨夜星空：中國現代散文研究》（合肥：安徽大學出版社，2004年），頁206。
[58]周文柏，《文藝心理學》（北京：中國人民大學出版社，2000年12月），頁102～103。

這恐怕就是她的學術理想最大的絆腳石，蘇雪林的屈賦研究若稱得上抱憾而終的話，筆者以為她的研究半世紀以來知音寂寥，可以說原因即「成也直觀，敗也直觀」，然而在中國現代文學史上，蘇雪林畢竟不是尋常人物，她在文學史中是多面性的，拋開她的屈賦研究之功過，毋寧說這就是蘇雪林始終無諱地表現她個人獨特形象之處。

　　在蘇雪林記遊文中，透過不自覺的無意識傾向，揭開蘇雪林創作的深層心理，可深入理解她的記遊文內涵，看蘇雪林如何反映大自然、如何表現自己。從自然、宗教、生命分析其內心世界，宗教對蘇雪林而言只是一座橋樑，藉由宗教，使她堅定地從大自然通向生命，表現了由匱缺移轉成就名山事業的補償心理，這就是為什麼蘇雪林捨棄她比較能駕馭的文藝作家而決心做為一名學術研究者的心理抉擇。對於每個人的一生都無法規避的身心之重，蘇雪林選擇用終生不懈的寫作彌補，蘇雪林的文藝成績是多樣的，在她的記遊文裡，自然、宗教、生命的連結，吾人看到蘇雪林之所以是蘇雪林的深刻角落。

——本文發表於「紀念五四運動 90 周年暨蘇雪林教授國際學術研討會」
成功大學文學院主辦，2009 年 5 月
——修改於 2014 年 6 月

讀《浮生九四——雪林回憶錄》探討清末民初傳統婦女自我角色定位與轉變

並試以《徽州文書》論證之

◎陳瑛珣[*]

一、前言

　　蘇雪林，安徽太平縣嶺下村（今屬黃山市永豐鄉）人。足跨中國社會在傳統帝制統治時期邁向民國時代這個變化快速的階段，1999 年在臺灣以104 歲[1]的高齡壽終正寢。蘇教授一生的治學成果豐碩，這一路走來，她的生活史也可以說得上是一部活生生的中國現代史的歷史見證。她所創作的寫實主義形態的小說《棘心》，其中的母親形象，豐富又動人。從這位符合中國傳統美德的賢妻良母身上，看到中國女性的謙和、忍耐、刻苦的品行。彌足珍貴的是她以其流暢的文筆，筆尖帶著深摯的感情，將對於母親的愛，化為一段段信手拈來，不著痕跡的文字表露無疑。蘇母帶著中國傳統對婦女要求的品德與才能，經由蘇雪林細膩的筆觸，影像重新呈現在大家面前。我們所看到的不再僅限於印象中對於《地方志・列女傳》記載的「孝婦」形象而已。《地方志・列女傳》記載的「孝婦」形象可能是：「盡夜紡績三十餘載，喪葬婚嫁，悉輾轉於寸心、十指間。其子峨能自立，為

---

[*]發表文章時為僑光商業技術學院通識教育中心講師，現為僑光科技大學應用華語文系副教授。

[1]104 歲應為虛歲，據蘇雪林，〈自序〉，《浮生九四——雪林回憶錄》（臺北：三民書局，1989 年），頁 3，蘇教授的生日應為農曆 2 月 24 日，〈自序〉寫成時間為民國 80 年（1991 年），當時蘇教授自稱足歲 94，虛歲 95。蘇教授過世之時，已經是足歲 103，故虛歲應為 104 歲。

邑諸生，教督之勤，嚴於師傅。」[2]也可能是「抗賊護親」；或是以「乳哺翁姑」之類的孝行不等。這些文字看在現代人的眼中，免不了有距離感，畢竟和我們的社會生活差距太大，喪失掉歷史的真實感。而蘇雪林基於對母親的情感，在自述式回憶錄《浮生九四——雪林回憶錄》中所紀錄下來的家庭生活點滴，連綴起來便成為當代一部描述傳統女性生活相當詳細的傳記，適足以彌補以上的歷史缺憾，作者本人也說：「年老才盡，寫得重複瑣碎，不成東西，不過字字真實，無一虛構之詞，想研究我者以此為根據，當無大失。」[3]

故而本文所運用的資料，主要採取蘇雪林自述式回憶錄——《浮生九四——雪林回憶錄》內容記載，來研究她在成長過程裡家庭生活中對她影響很深的兩位女性，一是她的母親；二是她的祖母。另外配合《棘心》，蘇雪林對這本小說自己也不否認這是一本作者的自傳。她在自序中有言：「有人或者要說《棘心》並不能算是一部純粹的小說，卻是作者的自敘傳，是一種名實相符的『寫實主義』的作品，作者也並不諱此言。」[4]而這本書的真正主題，主要在描述一位中國傳統社會中的典型「賢孝婦女」，就是書中女主角杜醒秋——蘇雪林本人的母親。[5]從二者來串聯中國傳統家庭中的女性成員結構，探討女性成員之間的關係與角色的扮演，進而使得清代徽州女性的生活得以重現。最後將邁進現代的新女性，於五四時代新文化運動中，面臨新舊文化交相衝突，如何取捨與轉變，以《棘心》裡的女主人杜醒秋（蘇雪林本人）作為討論對象。本文係以清末民初的婦女為研究重心，材料的選用上，1999 年臺灣發行的《蘇雪林作品集——日記卷》的文字，時間與主題上與本文研究重心不盡相符，材料上未便採納運用，而輔以徽州地方的方志、契約文書作為輔助的研究參考資料。

---

[2] 〈列女〉，摘自《古田縣志》第 7 卷，頁 380。
[3] 蘇雪林，〈我的家世及母親〉，《浮生九四——雪林回憶錄》（臺北：三民書局，1989 年），頁 1。
[4] 蘇雪林，〈自序〉，《棘心》（臺中：光啟出版社，1979 年），頁 4～5。
[5] 同前註，頁 6。

二、徽州地方賢母孝婦的原型

　　林麗月將《閨媛典・閨孝部列傳》去掉孝女不計，得明代孝婦共 480
人，將孝行分為八大類[6]：「1.養親；2.侍疾；3.救親於難；4.殉親；5.終葬；
6.廬墓；7.撫孤；8.守節不嫁。」蘇雪林運用文字來描述她的母親，母親的
影像零散的分布在《棘心》文中的任何角落，垂手可拾。也因為它著墨時
是那麼的不經意，以致母親的所作所為真實性相當高。將其一生的行止，
以林麗月的孝婦八大類歸之，頗為切合。《棘心》第四章「噩音」：「母親十
六歲上嫁到她家來，婆婆性情嚴肅異常，母親終日侍奉，不敢有片刻的安
息，……她立志要做一個賢孝的媳婦，她要將她全身心奉獻於阿姑，奉獻
於丈夫。」而蘇母在家裡的種種舉動，以林麗月所分類的項目來分論，首
先，「養親」、「侍疾」這類侍奉翁姑的工作，蘇母早在未嫁之時，便已經居
家受訓多時，名聲在外才被蘇家下聘迎娶：「我母親身體強健，吃苦耐勞，
稟性又溫良誠實。……在祖母高壓下養成絕對的服從性，也磨練出無數伺
候尊長的才能。我祖父聞其賢孝，託謀說合聘為我父少卿公之婦。」[7]

　　蘇母自小就習慣當一個服膺權威的女兒[8]，出嫁之後自然也就順理成章
的，換一個場所繼續追求她所謂的「完人」目標，「完人」一詞尚未廣泛的
使用於她的生活圈裡頭，她意識裡所認為的「完人」定義：「做一個完完全
全的人」。[9]蘇家祖母也懂得在這位 14 歲就入門的長媳身上，充分運用她身
為「婆婆」的權威，雖然說當時蘇家祖母年僅三十多歲，仍屬壯年，便整
天高踞床上，將 14 歲的長媳當成貼身丫頭使喚：

---

[6]林麗月，〈孝道與婦道──明代孝婦的文化史考察〉，《近代中國婦女史研究》第 6 期（1998 年 8
月），頁 12～14。
[7]蘇雪林，〈我的家世及母親〉，《浮生九四──雪林回憶錄》，頁 4。
[8]同前註，頁 3～4：「我的母親姓杜，家卓村，距嶺下五里。外曾祖母做什麼，我不知。母親家也
有一個虎姑婆般的祖母，虐待我的外祖母無所不至。我外祖母懷了我的母親，將產，偶失姑意。
姑便說你若生的是男孩，便留著，女的定行淹死。我外祖母駭怕，躲向親戚家，被發現，又換一
家，這樣躲來躲去，生下我母親後，便替她取了個名字『躲妮』。」
[9]蘇雪林，〈我的家世及母親〉，《浮生九四──雪林回憶錄》，頁 3～4。

祖父那時雖未入仕途，在當鋪裏地位已有相當之高，薪俸也不薄，彼時生活便宜，家裏也買得起一個婢女，僱得起一個女傭，祖母卻只要我母親侍奉。祖母性極懶，一生就躺在牀上過。早晨起來做點針線的雜務，午餐一下肚，就躺上牀，要我母親替她搥背拍膝。這工程還算好做，半點鐘或一點鐘後見她已深入黑甜便可離開。晚上那一套按摩手續卻繁重得可怕。搥背拍膝之餘，又要捻筋，兩肩井的筋尚好捻，背脊的筋深陷肉裏，要拇食兩指，重重摳下去，才能將筋捻起。要捻得骨篤骨篤地響，自晚餐後搞到三更半夜，總要捻數千下，所以我母親的右手拇食兩指常瘀著血，作紫黑色。又坐在牀邊彎曲身體長久用力，使她得著腰酸背痛的病終生不癒。[10]

實際上，後來蘇家祖母在縣署時也擁有兩名丫頭，侍奉她的工作仍是由蘇母一肩挑起：「她寧可讓她們在外面同男僕們胡調，並不加以役使。」[11]再者，「親哺小叔」[12]，蘇家祖母懷四子的同時，蘇母 18 歲懷第一胎。兩子同時出生後，蘇家祖母以乳汁不足為由，將蘇母的小叔送過來給蘇母乳哺，如果小孩飢餓啼哭，她就流淚說乾脆送育嬰堂算了。當時生活便宜，僱一個乳母僅需一銀元工資，蘇家祖母卻捨不得僱一個乳母，年少的蘇母對阿姑的要求不敢違抗，只好拿稀飯、粥等填到長子不哭便算數，當時的她無暇顧慮到長子的身體，因為更重大的任務是：「竭忠盡孝的侍奉阿姑」。[13]到了蘇母生長女時，適逢婆婆也生第五個兒子，又叫蘇母乳哺第五個小叔，蘇雪林言：

---

[10]蘇雪林，〈我的家世及母親〉，《浮生九四——雪林回憶錄》，頁4～5。
[11]蘇雪林，〈我的家世及母親〉，《浮生九四——雪林回憶錄》，頁5。
[12]參見《棘心》第四章「噩音」：「她生伯兄不多時，四叔也出了世，祖母產後身體多病，乳汁不足，便將幼叔送來叫她餵養。……她唯有先哺幼叔而後哺自己的兒子。小兒子食乳不足，時常啼哭，她只好用稀粥和嚼爛的飯來填他，填得他不哭便算事。」
[13]同前註。

　　我大姐與五叔同年，姊早生五個月，祖母又叫我母餵五叔，幸五叔羸弱，吸乳量不大，而我姊又已吸足五個月的全乳，雖小時身體不甚好，長大後也就強健了。只有我和三弟無人爭乳，可稱幸運。[14]

此外，「救親於難」[15]、「撫孤」[16]等，切合她立志做一個賢孝媳婦的志向，唯獨「守節不嫁」沒有機會做到；「終葬」、「廬墓」等她沒時間做到，因為她已經耗盡生命力，僅僅 54 歲就先她婆婆而去，婆婆活到 85 歲，在當時可稱高齡，蘇母也可算是另一種形式的「殉親」。蘇雪林說：

　　我母親死時才五十四歲，祖母則活到八十五，那時代算是最高壽了。她一輩子歡喜躺在牀上，缺少運動，血液運行，當然不暢，但得我母親按摩手術，得以平衡。又她一輩子吃各種補品，對身體豈能沒有好處？她之克享大年，看來是我母親把全部青春貼補她的結果。[17]

蘇父於民初前幾年，由其父替他捐了一個道員，分發在山東候補[18]，蘇母時年 32[19]，攜子跟隨在旁。蘇母也算是官太太的身分，當時她嫌「躲妮」這小名太土氣，丈夫幫她另取很風雅的名字「浣青」，她甚喜歡，刻了一盒名片「蘇杜浣青」。不識字的蘇母此時正得閑，也還年輕，課子讀書，隨著孩子課本內容獨自練習，竟然讓她練習到能夠記簡單的帳目和看淺近的家信。但是只要回到蘇家祖母身邊，她就成為一個從早到晚照料婆婆、整理

---

[14] 蘇雪林，〈我的家世及母親〉，《浮生九四——雪林回憶錄》，頁 8。

[15] 蘇雪林，《棘心》第十章「家鄉遭匪的噩耗」：「老人不惟不從，反高踞床上，放聲辱罵。匪大怒云：『好大膽的老婆子，殺了你！』舉刀欲砍，母親與五叔向前攔阻，匪將槍托向母親肩上猛打一下，又將母親極力一推，捽倒在地，適摔在短凳角上，腰部受傷甚重。……匪臨去時，取出洋油，聲言放火焚屋，又由母親苦苦哀求，匪始未下毒手。」

[16] 蘇雪林，《棘心》第 15 章「一封信」：「和我同在省城讀書的是我的從妹冬眠，她是我二叔的女兒，四歲上嫡母患虛癆病死了。我母親將她撫大，所以和我情若同胞，愛我母親如己母。」

[17] 蘇雪林，〈我的家世及母親〉，《浮生九四——雪林回憶錄》，頁 7。

[18] 蘇雪林，〈家塾讀書及自修〉，《浮生九四——雪林回憶錄》，頁 18：「父親在山東五年，雖沒有補上實缺，上憲對他垂青，差委倒是不斷。後來那上憲他調，他看前途無望，便回到祖父膝前」。

[19] 參見蘇雪林，《棘心》第六章「家書」。

家務的媳婦身分，又從識得些字到了認不得字的地步，終身懊悔不已。《棘心》第六章「家書」：

> 五年之後，她又回到婆婆的管轄之下，她又整天忙著家務的照料，不得不和書卷分別了，這是她由認得字到不認得字的關鍵。她後來談起來，總以這幾年的荒疏為絕大的損失，每每懊恨不置。兒女都進了中等學校了，大兒在天津，次兒在北京，三兒在上海，醒秋在省城女子師範讀書，都只能於暑假時回家一次。兒女有信，母親不能讀，她有話想對兒女說又不能寫——中年時代認識的字，無怪其容易忘記啊——這時候方才深切地感到不識字的痛苦。
>
> ——頁54

蘇母順從家中的女性尊長的需索，盡一切她認知裡頭當一個賢孝媳婦的本分，無從與婆婆抗爭，也不自覺應該抗爭。蘇雪林論起其母對祖母的順從，她說：

> 又有人謂我母親對祖母之所為，只是愚忠愚孝，不足為訓，不知那個時代，忠孝標準原以為「真」，並不以為「愚」。……一代有一代的道德標準，能出於至誠之心踐履之者便是好人。我們決不能以現代繩墨衡量上一代人。[20]

蘇母這樣一個典型的傳統中國女性，為了奉行她所謂的「賢孝」標準，對於翁姑的要求是任勞任怨，不敢心生二志，不敢有第二句話。如果以現代人的眼光視之，蘇母為了奉行這個社會道德規範所付出的代價太大，首先是 14 歲嫁入蘇家到 54 歲過世，整整 40 年間，沒有休假日，成日

---

[20] 蘇雪林，〈我的家世及母親〉，《浮生九四——雪林回憶錄》，頁9。

操勞就為了這個家而奉獻上自己的青春歲月。其次，阿姑的要求她從不敢違逆，蘇雪林言：「我母親若遇祖母對她生氣，便撲托一聲雙膝跪下流淚自責，那怕是受冤也不敢為自己辯一句，只求婆婆息怒。」[21]與婆婆同在懷孕期間，操勞事務工作量沒有稍減，連睡覺都怕婆婆呼喚不到，惹她責備。[22]同一個家庭內，兩個婦人都懷孕，只因為一個是婆婆，一個是媳婦，便有天壤之別的不同待遇。除了自己以外，她犧牲掉的是長子的健康，最後連自己的生命活力也伴隨長子英年早逝的「喪子之痛」加上內咎，逐漸消逝。《棘心》第 15 章「一封信」：「……牀上躺著一個瘦瘠如柴的半老婦人，幾年的流淚，昏黯了她的眼神，入了膏肓的疾病，剝盡了她的生命力。……」誠如上引文蘇雪林所說的，而今不應該以現代人的標準來衡量當時蘇母的所作所為，應該比照當時的社會要求來看她為何如此作為？

　　首先論及社會總體規範對女性的約束，一般明清社會的婦女，給人的第一的印象是「烈女節婦」，數量比起唐宋而言，有大量激增的情況。為數眾多的「烈女節婦」背後，往往和父權社會加諸於婦女身上的教條、禁錮彼此呼應。本文並非嘗試替明清婦女翻身，因為事實上，明清婦女自從元朝由法律上修訂出「婦女再嫁，妝奩、陪嫁屬於前夫」[23]、「婦女不得與人對簿公堂，如不得已，則要請法律代訴人」[24]等等法條，婦女在經濟上那些少得可憐的權益已經被剝奪一空，明清社會沿用元律，將女性的活動範圍局限「家庭」之中。經濟條件被完全剝奪，致使女性之不敢輕言脫離家庭。再者，女性本身之所以為「人」的價值，附屬於丈夫、家庭而存在，一旦失去了「家庭」這個保護網，等於脫離了社會活動中的正軌，不被社

---

[21]同前註，頁 8。

[22]蘇雪林，《棘心》第四章「噩音」，頁 36：「她十八歲上懷了伯兄，祖母同時懷了四叔，母親自懷孕期內，身體疲倦，時時想睡眠，但婆婆每晚要她搥背，每每要搥到三更半夜。母親飯後躲在僕婦房中偷憩片刻，恐怕睡熟了，婆婆喊不應，惹她的責備。只好倚在牆壁上假寐，讓蚊子來叮，藉資警醒」。

[23]參見《大元聖政國朝典章》第 53 卷，〈刑部〉15（臺北：文海出版社，1964 年 4 月），「不許婦人訴條」，頁 715。

[24]高潮，〈訴訟〉，《中國歷代刑法志注釋‧元史刑法志》（長春：吉林人民出版社，1994 年 10 月），頁 738：「諸婦人輒代男子告辯爭訟者，禁之」。

會大眾所認同。

　　徽州地區尤其重視宗族的穩定，因為此地自然條件使然，《重修安徽通志》有言：「山多田少，以貨殖為恆產，善識低昂時，取與賈之。所入視傍郡，倍厚其家居也。僕嗇而務積蓄，女人尤稱勤儉多貞潔。」[25]徽州地區特殊的地理環境：「地隘人稠，力耕所出不足以供，往往仰給於四方。」[26]徽州地理環境造成徽州商人行走四方、名滿天下，所謂：「無徽不成鎮」，可以說明徽州商人足跡廣泛。「商人重利，輕別離」這是商人的特徵，地理環境是促使當地形成經商的傳統的第一要素，明清蘇州吳縣地方就有出外經商的習性：「邑人以商賈為生，土狹民稠。人生十七八，即挾資出商。楚衛齊魯，靡遠不到，有數年不歸者。」[27]徽州商人也不例外。男人離家後，家裡頭的女性交由宗族族人照應，形成徽州地區的宗族力量特別穩固，《重修安徽通志》有言：「家多故舊，自唐宋以來，數百年世系，比比皆是。重宗義，講世好。上下六親之施，村落家構祠宇，歲時俎豆其間。」[28]對於這點，唐力行分析如下：

　　　　遠行的徽商藉助鄉黨的耳目、聚族而居的「公論」來制止商人婦改適的「作慝」、「奸詭」，是最為可靠的了。這「公論」便是儒家的三綱五常，便是道學家的「存天理，滅人欲」、「餓死事小，失節事大」，便是徽商不惜以重金修纂的族譜上的家法家規。……「公論」的力量是不可忽視的。宗族把「學而入政，名登金榜；閨閣挺秀、巾幗完人」並列，認為他們「並為國家所重，宗坊之光」。……族譜上的烈女傳、閨閣淑德起這輿論導向的作用，箝制著婦女的思想，制約著婦女的行為。[29]

---

[25]何治基等撰，〈輿地志・風俗〉，《安徽通志》第 34 卷（臺北：華文書局，清光緒 3 年重修本），頁 2。

[26]同前註。

[27]洪煥椿編，〈租佃關係和農民生活〉，《明清蘇州農村經濟資料》第八章（江蘇：江蘇古籍出版社，1988 年 1 月），頁 625：「三、農村習俗和農民生活第 322 條：明清吳縣農村習俗」。

[28]何治基等撰，〈輿地志・風俗〉，《安徽通志》第 34 卷，頁 2。

[29]唐力行，《商人與中國近世社會》（臺北：臺灣商務印書館，1997 年 7 月），頁 156～157。

正因為主婦有固守家庭的天職，一旦發生主婦失去丈夫，如果想改嫁的話，連帶的也影響到家族的共同經濟利益。所以，家族若是經濟條件許可，一般多以經濟補貼的做法來獎勵族內寡婦守節，此舉屢見於分家鬮書，例如：光緒 10 年（1884 年）《再分鬮書合同字》[30]主立再分鬮書合同人為家中主母郭蔡氏、趙氏，對於守節媳婦不但分家時享有分家財的資格，生活上因應女性守節，可能會比較需要現銀。在用度方面另有補貼措施：「長房次媳李氏守節，議貼月費銀三百，附樞記股內，此照。」比照同一契約內的女性尊長贍養銀為 800 元來說，守節媳婦現銀 300 元零花，加上分家財產收益，寡婦如有兒子需要讀書，鬮書內尚會附上小孩的讀書費用，總的來說，守節孀婦的生活待遇還是不差。因此，如果不是日子真的過不下去了，明清社會對於家族內的婦女改嫁多半持著反面看法，見諸於族譜中的家規有言：「婦人再醮者，不書。而於子下書曰：『嫁母某氏所生。』」[31]將再嫁婦女由族譜中除名，視之為懲罰的手段。若不嫁出去，採取招贅夫的方式，也一樣不被家族認同，族譜中屢屢得見這類禁令：「婦人不幸夫死，不得藉招夫養子之名壞亂倫紀。」[32]南宋以來，招後夫，合力養前夫之子的這種接腳伕式的變通婚姻，不失兩全其美的婚姻方式，在明清社會中，顯然不被社會所認同，這點從族譜中的家規可以看出來，明清社會中的家族共同經濟利益，不容許外力入侵，對家族的安定性產生絲毫危害。

　　蘇母生於斯，長於斯，自然接受當地特有的強化式孝婦賢妻教育內涵，而不自覺。分析這種社會導向模式，見費絲言〈從典範到規範——從明代貞節烈女的辨識與流傳看貞節觀念的嚴格化〉，文中討論明清的貞節觀——由典範到規範，談到明清貞節烈女的大量產生，意味著「生產機制」的高度成熟，而生產機制就是一種分類活動，感染的效果即是再生

---

[30] 臺灣銀行經濟研究室，《臺灣私法物權編》下冊（南投：臺灣省文獻委員會，1994 年 7 月 31 日），頁 1516～1520。
[31] 族譜〈凡例〉，原件現存於泉州市海外交通博物館，桃園蓬萊巷《梁氏族譜》（1931 年），頁 19。
[32] 同前註，見《金榜吳氏家譜》的黃龍族規規約。

產，由廣泛的群眾中辨識出「貞節烈女」[33]的典範，這種社會特定的認知與思考規範著明清婦女在社會活動中的角色，而婦女也以定式化的道德思考模式，活生生的奉上自己，成為男性社會「道德」祭壇上的祭品。蘇母的一生，思考形態正是這個生產機制下的產物，也就是蘇雪林所說的：「舊禮教」。她對「舊禮教」的看法：

> 以上所述，許多讀者，定不相信，以為我在造謠，不知在我們那個時代社會正被一種強大無比的勢力籠罩著、壓制著、統制著，壓得人氣也喘不過來。那股勢力就是所謂「舊禮教」。它彌天際地，無所不包，使受之者反抗無從，動彈不得，若非親自經歷過的人，誰能知道，無怪都視為天方夜譚了。[34]

三、徽州女性與社會經濟活動

丈夫外出，家裡由女性主持家計，這種情形在徽州地方已經蔚為風俗。蘇雪林的曾祖父據她所言：「自幼失明，只好學習算命卜卦，流走四方謀生。」[35]祖父先是受僱於當鋪，經營得當，鋪主以為他如果當官，以後一定很有發展，伯祖父便與鋪主共同湊一筆錢，替他捐了個典吏官名，這種捐錢當官的方式，在清朝中後期尤其盛行，至於有官名以後的發展，則要各憑本事。蘇雪林祖父後來官拜知縣，足見其才幹。蘇父則由其父也替他捐了個官，前文已言，不另說明。由此見得，蘇家男人在外謀生、為官的時間居多。蘇家的女性當家，自然形成一種特殊的女性權力結構組織，在這組織當中，女性尊長的地位是相當崇高的。

徐泓論及婦女在家庭中的地位基本上是取決於「尊卑長幼倫序」而

---

[33] 見費絲言，〈從典範到規範——從明代貞節烈女的辨識與流傳看貞節觀念的嚴格化〉（臺灣大學歷史學研究所碩士論文，1997 年 6 月），頁 224。

[34] 蘇雪林，〈我的家世及母親〉，《浮生九四——雪林回憶錄》，頁 9。

[35] 蘇雪林，〈我的家世及母親〉，《浮生九四——雪林回憶錄》，頁 1。

定：「母親對子女的教令權、家財的處分權等，雖與父親一樣，但其地位從屬於父親。」[36]女性在社會經濟的活動力雖高，卻也是為了鞏固宗族、家族而付出。就現實生活而言，所謂的「尊卑長幼倫序」原則，其中有女性活動的範圍，即是夫或男性尊長不在家時，家中的女性尊長則有權限作主當家。蘇雪林寫到母親的痛苦，實源於家裡的女性尊長時，身為子孫的蘇雪林只好點到為止：

> 我家本是一個大家庭，人口眾多，祖母年高不管家務，母親在家裏算是一個總管。在大家庭裏做當家人，那苦楚不是你們沒有經驗者所能想像，要有全權還好，偏偏她又沒有權；錢湊手些也好，偏偏不湊手。油鹽柴米，雞豬果蔬，那樣事不累她費心，嘔氣。……我對於她現在不能多寫，因為我要表揚母親的賢孝、謙退、忍耐、堅苦，種種的美德，便不免暴露了別人的不是。[37]

而在《浮生九四——雪林回憶錄》中的文字，因人事皆已事過境遷，對於母親持家的難處，為何當家又無權，錢也不湊手？她有更詳盡的說明：

> 她也善於治家，像我們這樣大家庭。各房都住在一處，光復後，舉家回到嶺下那個鄉村，祖母自己懶惰又不精明，便把當家的責任推給我母親。……父親每個月匯回的錢，多則七、八十銀元，少則四、五十。祖母總要從中剋扣十幾元，託人買田買地，買耕牛，買水碓，說是想替幾個小兒子打算。[38]

---

[36]徐泓，〈明代家庭成員的權利結構及其成員間的關係〉，《輔仁大學歷史學報》第 5 期（1993 年 12 月），頁 202。

[37]蘇雪林，《棘心》第 15 章「一封信」。

[38]蘇雪林，《浮生九四——雪林回憶錄》，頁 10。

蘇母持家之所以難為，並非因為她不善理家，而在於她上頭有一位女性尊長「婆婆」，一來是蘇家男人大多在外謀職、當官；二來是蘇雪林祖父民國2年（1913）辭官回家，不多久於民國3年（1914）夏便鬱鬱而死，祖父死後，祖母的地位因應傳統的「尊卑」排序，祖母的權力就更加高漲了，《浮生九四──雪林回憶錄》有言：「……那時祖父已逝，她（祖母）雖不當家，也是一家之主，她的命令，誰敢違背。」[39]所幸，蘇母天生治家才能高超，持家的十數年當中，憑其聰慧頭腦與周密的計畫、安排，也讓家庭秩序呈現井井有條的局面。

談到蘇母的治家本領，蘇雪林說：「我母親若僅有德而無才，也不足為貴。難得她天生有一種才幹，善於治家。」[40]當時蘇家每個月僅靠蘇父、二叔匯錢回家，家裡頭老的老，小的小，讀書的讀書，都正當必須花錢的階段，開銷節省有限。總是盡量節約，能夠自家製造的，便不出門花錢買。像鞋子就穿自家製造，「做鞋」過程瑣碎，費時又費工是在所難免。《浮生九四──雪林回憶錄》言：

> ……家裏孩子既多，舊衣舊褲當然多的是，她（祖母）捨不得送人，更捨不得拋棄，要我母親一翦一翦，拆去線腳，洗淨，卸下一扇門板，調薄漿糊糊在上面，太陽下晒乾，再一張張撕下來，捲起來捆好，叫做「壁壳」。……那時人穿的都是布鞋，鞋底都是這種「壁壳」疊十層在一起，再加幾層白粗布，麻繩縫合。這種壁壳的厚度，針當然穿不過。須用利錐在鞋底剌孔始能將線引過。
> 這種布鞋那裏抵得皮鞋耐穿，月餘便穿爛一雙，所以需要量甚大，我記得幼小時所見家中婦女幾乎每天都忙於做鞋。[41]

---

[39]同前註，頁35。
[40]蘇雪林，《浮生九四──雪林回憶錄》，頁11。
[41]蘇雪林，《浮生九四──雪林回憶錄》，頁6。

因為大家庭的用度實在太浩繁，所以「節流」之外，蘇母更講究「開源」的工作，《浮生九四——雪林回憶錄》言：

> ……她監督工人養了幾頭猪，及一大羣雞鴨鵝鷺，叫人開蓮池，闢菜圃，造竹林，買了幾處水碓，賃給人春米，買了許多條耕牛，租給人耕種，……。畜牧種植，除供自用外，都設法賣給人。我們嶺下本是一個貧瘠的山村，只因母親有才，措置得當，產品甚有饒益。她買田置地時，必請五叔看過契約，又請五叔實地考察，真值得買才買，……[42]

蘇母開源的種種措施，雖說她是在治家，也已經稱得上女性業主無疑，業務範圍所及：租賃、養殖畜牧、買賣、耕作等領域。產業存有盈餘之後，蘇母從事買田置產再投資，蘇母可稱得上是一個精明的女性業主，雖然她不識得字，也不方便親自出門實地考察田土情況，但她會委託家中小叔替她出去仔細觀察。久之，大家知道她的精明、細心，鄉人也不敢欺瞞她。實際上由徽州契約文書來看，女業主在田上買賣的活躍程度上，尤其是身為商人婦或者像蘇家主母、主婦，這種男人長年在外經商、任官不在家的「女人當家」情形，女性參與田土買賣的涉入程度，對於研究庶民社會女性生活史，有其不可忽略的史料價值。舉例來說，相關契約的標準形式有道光 20 年（1840）〈歙縣汪程氏賣大買田契〉[43]：

> 二十一都一圖五甲立杜賣大買田契人汪門程氏，今因欠少正用，自情願將自置己業場字一千一百六十號，計田稅一畝五分，土名生谷坵，憑中立契出賣與本都本圖一甲申名下為業，三面言定得受田價曹（漕）平足色紋銀二十兩整。其銀當即收足。其田即交管業。其稅隨即推入買人戶

---

[42] 蘇雪林，《浮生九四——雪林回憶錄》，頁 11。
[43] 中國社會科學院、安徽省博物館，《明清徽州社會經濟資料叢編》第一集（北京：中國社會科學出版社，1988 年 2 月），頁 161～162。

內，支解輸糧，無得異說。此田從前至今並未典當他人，亦無重複交易。此係兩廂情願，並無威逼、準折等情。倘有親房內外人等異說，俱係出賣人一並承肩，不涉受業人之事。今欲有憑，立此杜賣大買田契永遠存照。

道光二十年（一八四〇）十二月　　日立杜賣大買田

契人汪門程氏

親房汪天極

汪秉國

憑中汪致和

依口代筆親叔汪天植

再批：此田倘有字號訛錯，聽憑對冊查明改正，換號不換業。又照。

又批：原來大、小買契各一張，一並繳付收執，以前倘有赤契，日後撿出不得為用。又照。

由上契知道買賣田土契約文書，有其一定的格式，除了買賣雙方以外，還有必要的契約簽署人，像中人、親房、代書人等才符合契約的形式，也才能令契約成立。而蘇家祖母因為自己的私心，存下私房錢一心想購地又不讓旁人知道她的財產多寡，省卻許多契約買賣要件，結果吃虧、上當，白花許多冤枉錢也只能自認倒楣。蘇雪林對祖母買地受騙的事，也有深入描述：

……父親每個月匯回的錢，多則七、八十銀元，少則四、五十。祖母總要從中剋扣十幾元，託人買田買地，買耕牛，買水碓，說是想替幾個小兒子打算。來說合的中人說：地在何處，牛在何家，寫了契約，打了手印，祖母並不識字也無法親自去察看，只將契約收下了事。祖母做這些事都在極端秘密之下進行的，連一個識字的兒子（我五叔）都瞞著。後

來才知道完全是騙局，連中人的姓名也是假的。詢問到他們都不肯承認。十餘年間祖母在這件事上白白耗費了幾百銀元。只有啞子吃黃蓮，苦在心裏。[44]

蘇家祖母雖在購買田地這件事情上吃了暗虧，藉由蘇雪林文字敘述內容，探究徽州女性參與社會經濟活動的跡象。首先是蘇家祖母長年居家，蘇雪林的印象是她從不參與其他官夫人的社交活動：「祖母是鄉下人出身，雖做了二十年縣太太，一口鄉音，從無改變，與縣裡紳士們的內眷也從無來往。」[45]加上她又極不愛下床，活動範圍相當狹窄，也有中人到家中邀攬她買田、買牛的生意，可見當時徽州女性購買田產情形非常普遍，所以連蘇家祖母這等社交活動力低的女性都有管道可以接觸到田土買賣交易。再者，契約雖是假的，中人也是騙人的，起碼訂定契約的程序有一定的規範，契約也寫了，手印也打了。若不是蘇家祖母私心太重，連自己身邊識字的兒子也不交代察看一番，別人也不敢欺瞞她。最後，蘇家祖母這個契約買賣的過程，持續長達十餘年，花費了幾百銀元這一筆龐大的數額。姑且不論契約真假，由這位女性尊長身上，我們看到了徽州地區女性參與田土買賣的活絡程度。

四、結論

　　清末民初的中國，處於一個政治上改朝換代急速變動局面，當新的社會制序尚未建立，舊有的傳統正在逐漸消逝之際，有多少家庭應變不及，進退失宜以致流離失所，家庭破碎。徽州地區因為特殊的地理條件、人民職業種類需要，此地社會穩固性原就強於他方，《安徽通志》〈輿地志·風俗〉：「父老嘗謂新安有數種風俗，勝於他邑。千年之冢，不動一抔；千丁之族，未嘗散處；千載之譜，絲毫不紊；主僕之嚴，雖數十世不改，而宵

---

[44]蘇雪林，〈我的家世及母親〉，《浮生九四——雪林回憶錄》，頁10。
[45]同前註，頁6。

小不敢肆焉。」[46]面臨世道紊亂，徽州地區的舊有社會秩序仍然默默地在民間兀自持續運作著，蘇雪林的自述式回憶錄《浮生九四——雪林回憶錄》正好記錄了這段時間的徽州民間社會運作，具有相當重要的史料價值。蘇家母親深具傳統女性美德，生長於徽州社會，在這個變動的大時代中，「持家、理家」竭心盡力地在蘇家盡她一個主婦應盡的本分，使蘇家面臨清末民初的變亂時局，還能夠由蘇母穩住家鄉這個大後方，以供蘇家男人、小孩作為一個進可攻，退可守的根據地。失意、動亂則避居家鄉，時機有利或小孩求學，則出外謀生、升學，全靠蘇母的治家才能維持局面。《浮生九四——雪林回憶錄》言：

> 她知道教育的重要，子弟除在外肄業外，家中尚有一大羣小孩，她設置家塾，聘請先生，孩子有書讀，不致在外撒野，⋯⋯我常說大家庭有個好的當家人等於亂世之有一賢相，諸葛武侯，鞠躬盡瘁，輔佐劉阿斗，終定三分之局。[47]

沿至民國成立後，受五四新文化洗禮的女性，得以有更大的活動空間，全賴前輩女性的付出。蘇雪林小說《棘心》名字取自《詩經》：「棘心夭夭，母氏劬勞。」感佩母親的辛苦，也表現蘇雪林豐富人生之所由來，源自於母親的支援[48]：

> 每年我上學，她總私下給我錢，三十塊，五十塊，都是她一絲一縷，節省下來的。最後我赴北京，讀了二年書，竟搜括完了她的私蓄。我前後幾年的求學，都靠着公家的補貼，為的我成績還不錯，不過若不是母親相幫，我的書也就讀不成了。慈母的愛，原非物質所能代表，但她的錢

---

[46] 何治基等撰，〈輿地志・風俗〉，《安徽通志》第 34 卷，頁 2。
[47] 蘇雪林，〈我的家世及母親〉，《浮生九四——雪林回憶錄》，頁 11。
[48] 參見蘇雪林，《棘心》第 15 章「一封信」。

得來不容易，也教人分外的感念。

　　蘇教授出身於新舊交接的時代，她又是如何轉化傳統女性對於「自我」的認知，而能一路的走到 1999 年呢？出身於上述的家庭背景，面對新中國的到來，她恰好恭逢其時。稱她是一位新女性，她該是當之無愧。

　　她這位新女性的內在轉化，是由其原生家庭出發，她的成長過程醞釀出她批判中國社會傳統的婆媳制度。她說：

> 婆媳同居的制度更不盡人情，不知產生多少悲劇。歐風東漸，大家庭的制度自然破壞，有人以為人心世道之憂，我卻替做媳婦的慶幸，也替做公婆的慶幸，從此再沒有蘭之和唐氏的痛史；以及胡適先生買肉詩裡的情形，不好嗎？[49]

　　她極力爭取求學的機會，與「女子無才便是德」的舊傳統抗爭。投考安徽宜城第一女子師範，家中祖母不允許，任憑她怎樣哭泣、吵鬧、總無結果。終於得償宿願是因為：

> 最後，我走到附近一個地點，名為松川者，澗水淳滀深約丈許，我想不自由，無寧死，不如跳下去求解脫。母親怕我真的做出事來，便向祖母求情，求之再三，祖母才勉強同意，她便陪我和三妹赴省。[50]

　　由安徽第一女師校畢業後，進而到北平高等女子師範升學，後赴法留學，這一連串的升學之路，每一步都是極力奮鬥、抗爭而來。起初並無一定的求學念頭，驅動她的是一種潛意識，是一種為生命追求出路的活動力。離家求學的義無反顧精神，或許可視為自身奮力向上，脫離舊傳統社

---

[49]蘇雪林，〈當我老了的時候〉，《蘇雪林選集》（安徽：安徽文藝出版社，1989 年 6 月），頁 281。
[50]蘇雪林，〈考入宜城第一女子師範〉，《浮生九四──雪林回憶錄》，頁 28。

會約束的一種不自覺行為。蘇雪林在 90 歲的高齡對當時自己的心理狀態，做一番生動的描述：

> 我那時一心想升學並不為名，因為彼時不知求得學問將來可獲高名。也不為利，……只是為單純的求上進一念所驅迫而已。這念頭是極單純，極純潔的，而又極其熱烈不可遏止的。好像樹木種子落入土中必破土而出，那怕土上面壓著石頭或其他障礙物，種子抽出嫩芽，就是旁行斜上，也必要透出來。……[51]

　　求學以外，她治學的道路上，屢見這種生命活力與對抗特性。[52]對於家庭與女性的關係，她具有時代新女性的觀念，她主張女性其實才是家庭生活中，居於前線打仗的第一戰士，主張婚姻生活中男女對等的地位：

> 我以為生活本應該夫婦合力維持的，可是男人每每很巧妙的逃避了，只留下女人去抵當。雖說男人賺錢養家，不容易，也很辛苦，但他究竟不肯和生活直接爭鬥；他總在第二線。只有女人才是生活勇敢的戰士，她們是日日不斷面對面同生活搏鬥的。每晨一條圍裙向腰上一束，就是環好甲冑，踏上戰場的開始。不要以為柴米油鹽醬醋茶，微末不足道，它就碎割了我們女人全部生命，吞蝕盡了我們女人的美貌，剝奪盡了我們女人的青春和快樂。女人為什麼比男人易於衰老，其緣故在此。女人為什麼比男人瑣碎，凡俗；比男人顯得更愛硜硜較量，比男人顯得更現實主義，其緣故亦在此。[53]

---

[51] 蘇雪林，〈升學北京高等女子師範〉，《浮生九四——雪林回憶錄》，頁 35。
[52] 蘇雪林，〈自序〉，《浮生九四——雪林回憶錄》，頁 2 有言：「我的後半生事業是反魯反共，為這事不但弄得文壇無立腳之地，性命也幾乎不保，……這份『癡膽』的確少有，……。」
[53] 蘇雪林，〈家〉，《蘇雪林選集》，頁 275。

　　這些主張明顯呼應五四時期的新文化運動，例如：《青年雜誌》[54]第 5 卷 2 號（1918 年 8 月）劉半農〈南歸雜感〉中與其夫人談到中國婦女的痛苦，便與上文相應合。另外，在《青年雜誌》第 4 卷 5 號（1918 年）周作人譯的一篇与謝野晶子的〈貞操論〉，与謝野晶子對貞操觀的看法：「我對貞操，不當它是道德，只是一種趣味，一種信仰，一種潔癖。」胡適《青年雜誌》第 5 卷 2 號發表〈我之節烈觀〉根本見解和与謝野晶子的相同。而蘇雪林對自己的感情世界，也曾做過相似的剖白，見《棘心》第七章「丹鄉」：

> 醒秋平生取士，最喜的是有真固不移之操，最惡的是朝三暮四，反覆無常的人。她主張愛情要貞操，不過她之所謂貞操，與舊禮教強迫的不同，她之所謂貞操不是片面的，却是相對待的；男子於妻外，不應更有他戀的事發生，女子也是如此。

貞操觀中強調的男女互相對待的平等觀念，與陳獨秀在《青年雜誌》第 1 卷 5 號（1916 年 1 月）主張：「女子勿自居於被征服地位，勿為他人附屬品。」觀念不謀而合。

　　但她的身上，我們又看到舊中國的痕跡，例如：蘇家祖母為了彌補自己腳纏得不夠小的缺憾，又覺得這個小孫女的心太野，便在蘇雪林四歲時期，親自將她的腳是「日也纏，夜也纏」。直纏到她滿意的大小，却令蘇雪林認為：「可是使我成為『形殘』，終身不能抬頭做人了。」[55]再有一點就是她的感情生活，局限於傳統的父母之命，媒妁之言。與她浪漫、勇敢的個性不相符合，這點在《浮生九四——雪林回憶錄》的自序中她說：「我當時的顧慮其實太多，不願犧牲別人，成全自己，乃其原因之大者。」這個顧

---

[54]本段文字中涉及《青年雜誌》相關內容係轉引自陳東原，〈近代的婦女生活〉，《中國婦女生活史》（上海：上海書店，1984 年 3 月），頁 364～377。
[55]蘇雪林，〈我的家世及母親〉，《浮生九四——雪林回憶錄》，頁 7。

慮，相信就是她成長環境中的社會公論，她擔心母親無法承受公論對她追
求自我實現的批評，甚或可以說是批判。《棘心》第三章「光榮的勝仗」：

> 她對秦風還是不愛，但為他的熱情所鼓動，簡直將理性的火焰完全滅熄
> 了，她居然想寫信給家庭，要求解除舊婚約了。假如她真的這樣一幹，
> 那引起來的反動，是可想而知的，夫家的責言，鄉黨的姍笑，都可以不
> 管，只是她的母親，她的嚴正慈祥的母親，哪能受得住這樣打擊？……
> 她這樣是要活活地將母親憂死、氣死、愧死！

　　歷經新舊中國社會變遷，身為知識分子的蘇雪林，以她的文字反映女
性角色的典型、轉化及衝突面。蘇教授除了留下豐富的學術研究成果之
外，以社會史的角度觀之，她所遺留下個人式自述的文字，對於今日的現
代女性而言，從她個人的成長經歷，反觀我們今日女性享有如此自由，自
在地發揮潛能的現代社會環境的同時，歷史演變的軌跡，她曾遭遇到的困
境，也有足供我們省思與學習的地方。

參考書目：

史料：

• 《大元聖政國朝典章》（臺北：文海出版社，1964 年 4 月）。

• 高潮，《中國歷代刑法志注釋・元史刑法志》（長春：吉林人民出版社，
　1994 年 10 月）。

• 中國社會科學院，安徽省博物館，《明清徽州社會經濟資料叢編》第一集
　（北京：中國社會科學出版社，1988 年 2 月）。

• 清・辛竟可總修，《古田縣志》共八卷，全一冊，清乾隆辛未版（古田：
　福建省古田縣編纂委員會辦公室，1987 年 12 月）。

• 何治基等撰，《安徽通志》（臺北：華文書局，清光緒 3 年重修本）。

• 臺灣銀行經濟研究室，《臺灣私法物權編》共三冊（南投：臺灣省文獻委

員會，1994 年 7 月 31 日）。

・族譜，原件現存於泉州市海外交通博物館，桃園蓬萊巷《梁氏族譜》
　（1931 年）。

・族譜，原件現存於泉州市海外交通博物館，《金榜吳氏家譜》的黃龍族規
　規約。

・洪煥椿編，《明清蘇州農村經濟資料》（江蘇：江蘇古籍出版社，1988 年
　1 月）。

專書：

・唐力行，《商人與中國近世社會》（臺北：臺灣商務印書館，1997 年 7
　月）。

・陳東原，《中國婦女生活史》（上海：上海書店，1984 年 3 月）。

・蘇雪林，《浮生九四──雪林回憶錄》（臺北：三民書局，1991 年）。

・蘇雪林，《棘心》（臺中：光啟出版社，1979 年）。

・蘇雪林，《蘇雪林選集》（安徽：安徽文藝出版社，1989 年 6 月）。

論文期刊：

・林麗月，〈孝道與婦道──明代孝婦的文化史考察〉，《近代中國婦女史研
　究》第 6 期（1998 年 8 月）。

・徐泓，〈明代家庭成員的權利結構及其成員間的關係〉，《輔仁大學歷史學
　報》第 5 期（1993 年 12 月）。

・費絲言，〈從典範到規範──從明代貞節烈女的辨識與流傳看貞節觀念的
　嚴格化〉（臺灣大學歷史學研究所碩士論文，1997 年 6 月）。

──選自杜明賢編《海峽兩岸蘇雪林教授學術研討會論文集（下）》
高雄：亞太綜合研究院，2000 年 10 月

一種另類的現代文學史觀
論蘇雪林教授《中國二三十年代作家》

◎馬森[*]

前言

　　本文所謂的「另類」（alternative），乃針對王瑤《中國新文學史稿》（1953）以降的諸多以馬列主義、毛澤東思想為主導思想、為觀念框架的現代文學史的著作而言。另類代表的是反主流，或非主流。在一個「單一」意識形態的社會裡，不管獨尊的是「儒術」，是「基督教」，是「回教」，還是「馬列主義」，「另類」的思考方式，常常被視為「異端」，加以排斥；具有另類思想的人，輕則繫獄，重則處死。但是，在現代講究多元的民主社會裡，另類的觀念，不但不再被視為異端，而且多少會受到鼓勵，因為人們逐漸認識到單一思考模式的可怕，不僅會成為獨裁政體的溫床，甚至常常拖累一個社會的停滯不前，而另類在社會的進步中成為不可或缺的激素。如今中國大陸在實行對外開放的政策二十多年之後，可以在黃山召開一向被過去的文學史家視為「右派」的蘇雪林教授的學術研討會，足見早已容忍另類的思想、另類的觀念，因此我才有這樣的機會來談論蘇雪林教授不同於馬列主義及毛澤東思想的文學史觀。

　　蘇教授的《中國二三十年代作家》（1983）一書，書名雖然很謙虛地未曾稱「史」，實際上卻具有一部現代文學史的規模與架構，其中不但以貫時的方式敘述且評論了幾乎所有五四以降，下迄抗日戰爭 18 年間的重要作家

---

[*] 發表文章時為成功大學中國文學系教授，現為成功大學科技與人文講座教授、佛光大學名譽教授。

及作品，長達 638 頁的篇幅，比之於時段相當的王瑤《中國新文學史稿》上冊的 310 頁，足足多出了一倍以上，視之為一部現代文學的斷代史，固所宜也。

這本書並不是全部在臺灣「反共抗俄」的政策下寫成的，大部分是 1932 年起作者在國立武漢大學擔任新文學課程時的講義，[1]所以基本上可以看作是蘇雪林教授自己的意見，並非完全處於政治高壓下的非由衷之言。1979 年，此書由廣東出版社出版，書名本為《二三十年代作家與作品》，1983 年純文學出版社出版的重排修訂版始改為《中國二三十年代作家》。在體例上，分為「新詩」、「小品文及散文」、「長、短篇小說」、「戲劇」、「文評及文派」五編，每一編都有「前言」和「後語」，「前言」用於敘述，「後語」重在批評，且多半是後來加進去的。每一位重要的作家各占一章，風格類似而重要性不足的則附錄於後。批評的部分，並不限於藝術技巧和文學成就，連作家的人生觀和政治見解也加以剖析、評騭，這一點倒是與主流與現代文學史是一樣的，不過政治立場迥異。因為文學史作者表現出太過明確的政治立場，便難免主觀，與文學史所要求的客觀態度基本上是背道而馳的，這就是為什麼過去海峽兩岸的現代文學史從今日學術研究的立場看來，都脫不了「主觀」的窠臼。在蘇教授出版這本書的時候，臺灣還沒有解嚴，討論大陸的作家（特別是任有黨職或官職者），還不像今日這般自由，因此蘇教授不得不在〈自序〉中特為說明：「有人以為在臺灣，左派作家以不介紹為宜，但那時代文人左傾者多，若避諱略去，則可述者豈不寥寥可數？我則以藝術人品為重，藝術優良，人品也還高尚，雖屬左傾人士如聞一多、葉紹鈞、鄭振鐸、田漢等在我筆下，仍多恕詞；人品不高，藝術又惡劣如郭沫若、郁達夫等則抨擊甚為嚴厲。」[2]因為一個人的「人品」，除非大善大惡者，實際上不易斷言。如以人品論文，不獨主觀，甚或有流於蓄意誹謗的危險。以蘇教授做為一個虔誠的天主教徒的背

---

[1]蘇雪林，《中國二三十年代作家》（臺北：純文學出版社，1983 年），頁3。
[2]同前註，頁6。

景，對人的行為品格未免要求過於嚴格，有時未能對自己的筆端加以節制，這是使蘇教授這本書容易引起爭議的地方。除此之外，蘇教授的確有自己的一套看法，既不拾大陸馬列主義的牙慧，也不俯就臺灣反共政策的要求，她很自信地提出自己的主張，特別對作品的評鑑，常有一針見血的精闢之論，亦足令人歎服。

蘇著論評

　　新文學最早登場的文類是詩，因此現代文學史也多半從新詩開始講起。王瑤的《中國新文學史稿》也不例外，在談過文學革命與革命文學之後，馬上就敘述「覺醒了的歌唱」。王瑤雖然第一句話就說「胡適的《嘗試集》出版在 1920 年，是中國的第一部新詩集」。[3]但是他沒有引一首我國這第一個新詩人的詩做例子，引的反倒是不能稱為詩人的李大釗、陳獨秀的詩。對《嘗試集》的批評是「其中更多的是消極的不良的因素，或毫無意義的語言」。[4]今日看來，王瑤寫的似乎更像是政治史。後來大陸出版的現代文學史似乎都沿襲這一個路向，而且變本加厲，譬如唐弢主編的《中國現代文學史》（1979），田仲濟、孫昌熙主編的《中國現代文學史》（1979），不獨更像政治史，而且把當日的文學家根據其政治地位的重要性依次排列為魯迅、郭沫若、茅盾、老舍、巴金、曹禺……實在讓人覺得有點像梁山泊排座次的味道。既然把魯迅放到第一位來談，也就不能遵守新詩是首先登場的文類這一歷史事實。在新詩的部分，既然特別凸顯出郭沫若的重要，不但掩蔽了第一部詩集的歷史意義，而且也使其他更有成就的詩人無不相形見絀。蘇教授的第一編「新詩」按照時序，第一章談胡適的《嘗試集》，第二章談北大學生康白情、俞平伯、汪靜之等的詩，第三章談五四左右幾個半路出家的詩人像沈尹默、李大釗、魯迅、周作人、劉半農等，第四章談冰心的詩，第五章談郭沫若、王獨清、蔣光慈、成仿吾、錢

---

[3]王瑤，《中國新文學史稿》（上海：新文藝出版社，1953 年），頁 56。
[4]同前註，頁 63。

杏邨等的詩，第六章談徐志摩的詩，第七章談聞一多的詩，第八章談朱湘的詩，第九章談新月派詩人諸如孫大雨、饒孟侃、陳夢家、林徽音、卞之琳、臧克家、劉夢葦、蹇先艾、沈從文、孫毓棠等的詩，第十章專論神祕的天才詩人白采，第 11 章論頹廢詩人邵洵美，第 12 章論象徵派詩人李金髮，第 13 章論現代詩人戴望舒、艾青、穆木天、何其芳等。從以上的名單看來，蘇教授並未避諱左派的詩人，也未遺漏她所不喜的人。相反的，其中有許多名字被主流的現代文學史刪除掉了。

第二編「小品文與散文」，蘇教授置周作人於魯迅之前，第一因為周作人是最早試作新式小品散文的人，第二，蘇教授也覺得他的成就頗高，並不因周氏一度與日本人合作而將其除名。蘇教授對魯迅的性格雖時有貶詞，但也十分推崇魯迅諷刺文的成就。特別欣賞魯迅的《野草》，稱其為「筆墨冷峭精警，遒鍊幽麗，以舊有佛經句調與西洋色彩融合而成功一種特創的風格」。[5]周氏兄弟之後，她又討論了林語堂的幽默散文、俞平伯、朱自清、許地山、王統照的散文、孫福熙、孫伏園兄弟、曾仲鳴、徐蔚南、徐祖正、鍾敬文等的遊記文學、女作家冰心、馮沅君、陳學昭、盧隱、綠猗（蘇教授的筆名）、石評梅、陸晶清、謝冰瑩、陸小曼等的散文。幾位英年早逝的作家如徐志摩、梁遇春、羅黑芷、朱大柟的散文，也未忽略；對徐志摩的散文特加推崇，獨占一章，認為寫新散文態度的莊重，始自徐志摩。此外，學者的散文，諸如鄭振鐸、謝六逸、趙景深、劉大杰、胡雲翼、傅東華、羅皚嵐、王禮錫等以及胡適的自傳文學均細加討論。

第三編「小說」首推魯迅，並言「魯迅的小說雖僅有《吶喊》和《徬徨》兩部，而已足使他凸出文壇，眾皆刮目」。[6]在魯迅的小說中，又特別推舉《阿 Q 正傳》，認為《阿 Q 正傳》之所以寫得好，並非全因把一個鄉下無賴漢寫得唯妙唯肖，而實因魯迅抓到了中國人氣質的典型。她進一步引陳西瀅的話稱讚阿 Q 這個人物說：「阿 Q 不僅是一個 type，而且是一個

---

[5]蘇雪林，《中國二三十年代作家》，頁 322。
[6]蘇雪林，《中國二三十年代作家》，頁 288。

活潑潑的人，他是與李逵、魯智深、劉姥姥同樣生動，同樣有趣的人物，將來大約會同樣不朽的。」[7]陳西瀅是魯迅曾經痛詆的「正人君子」，他和蘇雪林教授一樣對魯迅的為人一向抱著深惡痛絕的心情，但對魯迅的小說的評價卻一致地表現出公允的態度。蘇教授對魯迅小說的特色，也有十分中肯的評論，她說：「他小說的特色正與他的隨感錄一樣，一是用筆的辛辣與深刻，二是句法的簡潔峭拔，三是體裁的新穎獨創。魯迅曾學過醫，洞悉解剖原理，但他所解剖的不是人類的肉體，而是人類的心靈。我們靈魂深處的祕密，和掩藏最力的弱點，都逃不出他一雙銳眼的觀察。尤其平日自命為道學先生，或儼然搭著正人君子架子的人更遭殃。」[8]可見蘇教授對魯迅的藝術造詣絕無微詞。

魯迅以後，蘇教授繼續評論葉紹鈞、王統照、落花生（許地山）、郁達夫、張資平、廢名的小說，基本上是依照各人在文壇上嶄露頭角的時序。對郁達夫、張資平的作品，蘇教授十分厭惡，稱郁達夫有「色情狂」的傾向，痛詆他的作品為「賣淫文學」[9]，稱張資平為通俗小說家，說他的作品「粗製濫造，毫無藝術價值可言」。[10]郁和張雖然都屬「創造社」，卻並非左派，蘇教授對他們的惡評與政治傾向無關，全係如蘇教授所言從品德上著眼，這說明蘇教授是一位有道德潔癖的人，不能忍受對性行為與性心理的過分渲染。對廢名的作品，蘇教授也不喜歡，並非道德問題，只認為太過「晦澀」而已。

對追隨魯迅風的鄉土作家，如王魯彥、許欽文、黎錦明、徐轉蓬、沙汀、姚蓬子、魏金枝、吳組緗等，蘇教授多持正面的看法，對女作家冰心、盧隱、淦女士（馮淑蘭）、陳衡哲、凌叔華等也有相當好的評價，對丁玲甚至專闢一章來論。幾個重要的小說家像老舍、茅盾、巴金、張天翼都以專章論述。尚未論到老舍的代表作《駱駝祥子》，因為該書雖寫於 1936

---

[7]蘇雪林，《中國二三十年代作家》，頁 289。
[8]蘇雪林，《中國二三十年代作家》，頁 294。
[9]蘇雪林，《中國二三十年代作家》，頁 317～321。
[10]蘇雪林，《中國二三十年代作家》，頁 328。

年，到 1939 年才出版，已經超出蘇教授此書的時間範圍。在東北作家一章
中，論述了蕭軍、蕭紅、端木蕻良、白朗、羅烽、舒群、楊朔、金人、高
蘭、李輝英、孫陵、袁犀等，其中不少作家並不見於主流的文學史。對二
蕭的作品，蘇教授認為是出於魯迅的提攜，評價不高，恐怕對蕭紅不盡公
平了。蘇教授特闢一章來談曾孟樸的《魯男子》。一般現代文學史皆把曾氏
列為清末作家，不納入新文學的行列。蘇教授雖然很看重沈從文的才分和
永不疲乏的創作力，但是對沈的文筆並不欣賞，她說：「用字造句，雖然力
求短峭簡鍊，描寫卻依然繁冗拖沓，有時累累數百言還不能達出『中心思
想』，有似老嫗談家常，叨叨絮絮說了半天，聽者尚茫然不知其命意之所
在；又好像用軟綿綿的拳頭去打胖子，打不到他的痛處。他用一千字寫的
一段文章，我們將它縮成百字，原意仍可不失。因此他的文字不能像利劍
一般刺進讀者的心靈，他的故事即寫得如何悲慘可怕，也不能在讀者腦筋
裡留下永久不能磨滅的印象。」[11]蘇教授的批評沈從文早期作品之言應該說
是中肯的，但不適合後來的作品。蘇教授像王瑤一樣，也注意到鄭振鐸的
神話和歷史小說，與王瑤不同的是對鄭振鐸的這些作品評價奇高，讚其文
筆「橫恣潑辣，老練雅潔，在近代作家中實罕倫比」，因此成為蘇教授理想
中的「典型作家」。[12]

　　對於起步甚早的一位大小說家李劼人，正如大多數現代文學史一樣，
蘇教授也沒有給予應有的重視。包括夏志清的《中國現代小說史》（1979）
在內，很多現代文學史家甚至沒有提到李劼人的名字。蘇教授只在「幾位
早期寫小說的作家」一章中提到李劼人的法國小說翻譯和曾寫過長篇小
說，但沒有提出書名。其實李劼人的大河小說《死水微瀾》、《暴風雨前》和
《大波》上、中、下冊，1936 年和 1937 年在上海中華書局已經出版了。[13]

　　與主流現代文學史最大差異的是蘇教授特別推崇新感覺派的施蟄存和

---

[11]蘇雪林，《中國二三十年代作家》，頁 398。
[12]蘇雪林，《中國二三十年代作家》，頁 432。
[13]馬森，《燦爛的星空──現當代小說的主潮》（臺北：聯合文學出版社，1997 年），頁 127～133。

穆時英，他們的名字在王瑤或唐弢的書裡提都沒有提過，直到楊義寫《中國現代小說史》（1986～1991）才納入「上海現代派」一章中，嚴家炎稱其為「中國第一個現代主義小說流派」。[14]蘇教授自承偏愛施蟄存的《將軍的頭》那類的作品，[15]而認為穆時英「在一群青年作家中才華最為卓絕」。[16]奇怪的是，穆時英也像郁達夫一樣，所寫多為都市墮落的生活，常被視為具有病態心理的「頹廢作家」，而且在抗戰時期又曾淪為漢奸，被愛國志士刺死，蘇教授卻替他辯護說：「這皆屬吹毛求疵，隔靴搔癢之批評，不足為穆氏病。」[17]看來蘇教授的「道德觀」似乎有雙重標準之嫌。我的解釋是如果藝術的成就足以擄獲蘇教授的心，她的道德標準是可以放寬的，正如對魯迅的推崇也出於一樣的情懷。對郭沫若與郁達夫的嚴厲指責，則因為他們的藝術在蘇教授的眼中是不及格的，所以只剩下道德標準了。

　　第四編「戲劇」，對於話劇有開創之功的胡適的《終身大事》，除了在「前言」中提了一筆之外，並未細加討論。蘇教授對胡適一向欽佩之至，此處的略筆，令人不解。蘇教授首先評論的是「愛美的劇」的提倡者陳大悲、蒲伯英、歐陽予倩和熊佛西，指出成就較大的是熊佛西。其次她談到郭沫若的歷史劇，認為說教太甚，不過是借古諷今的「教訓劇」，她的評語是「除了思想淺薄而外，說白的粗鄙也令人難耐」。[18]楊晦的《楚靈王》以外，王獨清、顧一樵、陳大悲、林文錚的歷史劇，蘇教授都認為不好。至於陳白塵、夏衍、歐陽予倩則僅提及，而未予評論。但是對一般現代文學史所忽略的袁昌英的《孔雀東南飛及其他獨幕劇》卻獨具隻眼，認為篇篇都相當精采，特立一章予以討論。

　　田漢在蘇教授的眼中是一個多才多藝的藝術家，他的劇作獨立一章，推崇備至，對《名優之死》一劇尤其欣賞，稱田漢為戲劇的十項全能。她

---

[14]嚴家炎，《中國現代小說流派史》（北京：人民文學出版社，1989年），頁125。
[15]蘇雪林，《中國二三十年代作家》，頁380。
[16]蘇雪林，《中國二三十年代作家》，頁446。
[17]同前註。
[18]蘇雪林，《中國二三十年代作家》，頁489。

指出田漢的作品「差不多每一劇都結構完密，氣氛感人，在舞臺上獲得甚大的成功。作為案頭讀物，也未嘗不可，因為文筆實在優美」。[19]田漢的劇作不走寫實的道路，以文字與意境的優美取勝，故得到蘇教授的賞識，此亦可見蘇教授的品味趨向。她有一章專論唯美劇的試作者，其中包括白薇的詩劇《琳麗》、家庭劇《打出幽靈塔》和蘇教授自己的作品《玫瑰與春》、《鳩那羅的眼睛》兩劇。在過去的現代文學史中，或者故意忽略蘇教授的存在，或者把她寫入散文或小說家的行列。例如大陸開放以後出版的楊義的《中國現代小說史》，用了八頁的篇幅來討論蘇雪林的小說，甚至於把一向視為散文集的《綠天》一書也當作小說集來評論，[20]但是似乎從來沒有人把蘇教授列入戲劇家的行列。中國大陸陳白塵、董健主編的《中國現代戲劇史稿》（1989）和臺灣吳若、賈亦棣著的《中國話劇史》（1985）都沒有提到蘇教授的名字。我們知道，蘇教授生前，寧願把自己看作是學者，而不輕易提及作家的身分。在她這本《中國二三十年代作家》中，散文一編，只用了三行文字來談《綠天》，在小說一編中對自己的《棘心》竟隻字未提，獨獨在戲劇一編中用了兩頁多的篇幅來談自己的劇作《玫瑰與春》和《鳩那羅的眼睛》，足見她對兩部作品的重視了。一個作者給予自己的作品佳評，不免有自誇之嫌。對《綠天》和《棘心》，作者都避諱了，唯獨對自己的劇作，蘇教授卻說：「白薇用唯美文體寫劇，沒有成功，而綠漪則以其國學基礎較深之故，收到相當好的效果。」又說：「《鳩那羅的眼睛》，資料取之佛經，對話也都用佛經典故。作者寫作這個劇本時，曾參考不少梵典及印度的史實，無一字無出處，慘澹經營，良工心苦，成為水準相當高的唯美劇。」[21]從此看來，蘇教授論文的唯美取向已相當明確了。她不重視自己偏於寫實的《棘心》，卻特別看重唯美的劇作。

　　蘇教授一樣也用唯美的眼光來看丁西林、余上沅、徐志摩劇中的人物

---

[19]蘇雪林，《中國二三十年代作家》，頁508。
[20]楊義，《中國現代小說史》（北京：人民文學出版社，1986～1991年），頁289～296。
[21]蘇雪林，《中國二三十年代作家》，頁515。

塑造和對白，因此都予以相當高的評價。對蘇教授稱作「戲劇界雙璧」的另一璧洪深，雖未像評田漢那般地推崇備至，倒也覺得洪深的劇作注重技巧，「每一劇本都由慘澹經營而成，所以也還耐讀」。[22]不過對洪深的《趙閻王》一劇，直指乃剽竊美國劇作家奧尼爾（Eugene O'Neill, 1888～1953）的《瓊斯皇帝》（*The Emperor Jones*, 1920）而來。

最後，蘇教授以曹禺的三部曲（《雷雨》、《日出》、《原野》）作結，她說：「在戲劇界，曹禺是比較晚起的一位，但以他天才之犖卓，學養之深厚，創作力之旺盛，才一露臉劇壇，便閃射出眩目的光華，使得田漢失色，洪深卻步，大家都認為這位青年劇作家是一顆彗星。」[23]但是也引用他人的話，指出三部曲的許多瑕疵。在對這三部劇作做劇情介紹時，出現了不少錯誤，可見蘇教授並未細讀原文，太過寫實的戲劇應該說並不合蘇教授的口味。

第五編，也是最後一編「文評與文派」，首先介紹為人生而文學並主張寫實主義的「文學研究會」，繼則評論浪漫主義與藝術至上的「創造社」。「《現代評論》與《西瀅閒話》及《新月》月刊的理想主義」各占一章。接下來講徐志摩在北京《晨報》副刊創辦的《詩刊》與曾氏父子的《真美善》雜誌。點明《新月》月刊反對「頹廢」、「淫穢」的文派，而《真美善》雜誌反對把妓女蕩婦的淫脂浪粉、破褲舊衣陳列於人前。這當然是蘇教授十分在意的事。再介紹幾個力反文言的文評家像錢玄同、劉大白、夏丏尊等，和幾個超越派別的文評家諸如韓侍桁、王任叔、朱光潛、李健吾、梁宗岱等。繼論魯迅、周作人的《語絲》與林語堂的《論語》兩本刊物，前者雖有魯迅參與，但主張個人主義與情趣主義，受左派反對而壽終正寢；後者在個人、情趣之外，更強調「幽默」，在國難當頭的時機頗不合時宜，受到的攻擊尤甚，使林語堂無法在國內存身，憤而赴美。以下兩章討論「創造社」的轉變與革命文學的興起以及對立的梁實秋對革命文學的

---

[22]蘇雪林，《中國二三十年代作家》，頁531。
[23]蘇雪林，《中國二三十年代作家》，頁535。

意見。梁實秋屬於自由派的學者，是胡適的朋友，而與魯迅不相能，故一向被大陸的現代文學史家視為右派的反面人物。按理蘇教授會引為同道，而加以同情。但實際上對梁實秋的言論，蘇教授只敘述了事實而未加任何個人的評語。

這一編的敘述也是按時序的先後，在 1926 年後發生普羅文人（主要是轉向以後的「創造社」和新起的「太陽社」的成員）圍攻並招降魯迅的事件。到了 1930 年 3 月，左翼作家聯盟成立，已經加入左派陣營的魯迅自然被擁為左聯的盟主。蘇教授分析魯迅加盟的心理說：「魯迅是一個極端虛無主義者，虛無主義者視世間萬事萬物無一足以置信。他之加盟左聯，並非真有愛於共產主義，也並沒有忽然不惜自相矛盾，以為文藝真有旋轉乾坤的力量，其實有他私人企圖。這企圖說出來甚為可笑，而且也難叫人相信，但事實確是如此。原來魯迅心理有極深病態，這病態一為仇恨心極強烈，一為嫉妒心極熾盛。而仇恨又大都由嫉妒來。他妒學問、才華、名望、地位比他高的人，必欲去之以為快，不得則轉為仇恨。想來只有加入共產主義的集團，將現行政制和社會秩序一齊打得粉碎，那麼，他所嫉恨的人們，也將失其依恃，而歸於消滅了。」[24]這樣分析早已去世的人的心理，自然有自由心證之嫌，這恐怕使人覺得蘇教授的確對魯迅的成見甚深，難以令人信服了。當然這樣的話，並非出之於蘇教授一人之口，當日「創造社」和「太陽社」的文人在圍剿魯迅時也曾說過，不過那時是論戰的文章，蘇教授是學術著作，兩者不能同日而語。

在「左聯」的對立面，蘇教授也敘述了 1930 年 6 月由朱應鵬、傅彥長、邵洵美、王平陵、徐蔚南、葉秋原、汪倜然等發起的「民族主義文藝運動」。他們在《前鋒月刊》上剛發表了一篇宣言，立刻就受到魯迅和左翼作家的嘲罵。此外，自稱自由人的胡秋原特別創辦了《文化評論》，發表〈阿狗文藝論〉，不但譏諷倡導民族主義文藝的人為走狗，而且比之於義大

---

[24]蘇雪林，《中國二三十年代作家》，頁 603。

利的法西斯主義文學，其殺傷力尤甚於左翼作家，弄得民族主義文學無疾而終了。在左右之間，不久又產生「第三種人」的論調，是《現代月刊》的戴杜衡（蘇汶）提出的，大意是說左翼作家把不很革命的人都看成反革命，予以打擊。其實在左右之間應該有第三種人的存在。當然這個論調又不免引起魯迅的一番嘲弄。

在左翼的革命文學推波助瀾之下，發生了「大眾文藝」與「文字拉丁化」的討論，蘇教授說最後無疾而終。其實，這個運動並未無疾而終，後來大陸通行的「拼音制度」，應該就是這個運動的延伸，不過如今也遇到了瓶頸，只停留在幫助標準發音的階段。

最後，到了抗日戰爭前夕的 1936 年，在左派的陣營裡爆發了周揚所提出的「國防文學」與魯迅所提出的「民族革命戰爭的大眾文學」之爭，無非都是主張不分左右團結起來一致對外的意思。但是雙方各不相讓，紛爭達數月之久，直到該年 10 月 19 日魯迅病逝，才無形中結束。到了 1937 年 7 月 7 日日軍砲轟蘆溝橋，爆發了全面抗戰，翌年 3 月，王平陵奉中央宣傳部之令成立了「中華全國文藝界抗敵協會」，簽名入會的文人有五百多人，包括左翼文人在內，於是在共同抵禦外辱的名義下，左右兩派文人第一次團結一致。

結論

綜觀蘇雪林教授的《中國二三十年代作家》一書，有她自己一貫的觀點和主張。第一，由於蘇教授早年所受儒家思想的陶冶及後來天主教徒的背景，她相當強調一個作家的品格，特別是有關男女之事，蘇教授尤其敏感。對於胡適的欽佩，部分即因為胡適道德形象的瑕疵不多；對於郭沫若、郁達夫的不屑，也有部分因為二人生活的糜爛。第二，在審美的立場上，蘇教授有唯美主義的傾向，她特別重視文字與意境的優美，對寫實主義的作品有所保留。第三，在政治立場上，蘇教授是堅決反共的，因此在本書各編的「後語」中多半從政治著眼來議論現代文學如何走上了左傾的

道路，而導致共產政權的勝利。

　　世界局勢的發展，使海峽兩岸都發生了巨大的變化。臺灣從戒嚴到解嚴，從一黨獨霸到多黨競爭，一步步走向民主多元的社會，使人民大眾受益匪淺。大陸因為幅員廣大，人口眾多，無法像臺灣說變就變，但從 1979 年採取對外開放政策之後，也顯示出從過去單一的政治導向逐漸走向較多元的經濟導向的趨勢。去年容許一向堅決反共的蘇雪林教授回鄉探親及遊歷黃山，使她以百歲老人的風燭殘年一償思鄉懷國的夙願，足見政策的寬容；如今又進一步為蘇教授舉辦學術研討會，使海峽兩岸觀點立場不盡相同的學者教授們齊聚一堂，加強不同見解的學術交流，對兩岸的溝通、彼此了解和未來可能的合作，都將有正面的意義。

主要參考書目：

・王瑤，《中國新文學史稿》（上海：新文藝出版社，1953 年）。

・唐弢主編，《中國現代文學史》（北京：人民文學出版社，1979 年）。

・田仲濟、孫昌熙主編，《中國現代文學史》（濟南：山東人民出版社，1979 年）。

・夏志清，《中國現代小說史》（香港：友聯出版社，1979 年）。

・蘇雪林，《中國二三十年代作家》（臺北：純文學出版社，1983 年）。

・吳若、賈亦棣，《中國話劇史》（臺北：行政院文建會，1985 年）。

・楊義，《中國現代小說史》（北京：人民文學出版社，1986～1991 年）。

・陳白塵、董健主編，《中國現代戲劇史稿》（北京：中國戲劇出版社，1989 年）。

・嚴家炎，《中國現代小說流派史》（北京：人民文學出版社，1989 年）。

・馬森，《燦爛的星空——現當代小說的主潮》（臺北：聯合文學出版社，1997 年）。

——選自《聯合文學》第 180 期，1999 年 10 月

冠冕與枷鎖
探蘇雪林與陳秀喜兩人情誼

◎劉維瑛*

一、前言

　　名氣響亮的蘇雪林教授，在我 1990 年代初開展的大學生涯中，除了她五四作家的響亮身分，一些側面的了解，或來自於課堂上，教授中國哲學的唐亦男老師偶爾提及，另外，當時成大吳達芸、廖美玉老師等分享蘇雪林教授東寧路宿舍等起居的點點滴滴。

　　研究所期間，當時百歲高齡的她返回安徽、攀登黃山，我記得那時系上老師們的歡欣與奔波。也記得後來為她舉行告別式的隆重，與她一生讓人不住憑弔的事功。稍晚，在吳姍姍學姊的引領下，協助過蘇雪林日記初步編輯校對的工作。

　　老師們口中的「蘇先生」，浮光掠影。我得承認的是，稍稍了解的「蘇先生」，其實，仍是來自書本的那位五四作家，和郁達夫、茅盾、許地山、朱自清、郭沫若、冰心一樣高不可攀。

　　這些年，因著工作領域的關係，我多半以臺灣本土詩人為研究對象。自 2007 年起，整理、撰寫臺灣本土女詩人陳秀喜評傳時，意外地發現蘇雪林與陳秀喜這兩位臺灣文壇極富盛名的女作家之間，長達十幾年的交往。

　　在陳秀喜的雜文與眾多書信當中，做為女性友人的蘇雪林的名字格外明顯，也格外令人好奇這兩人的相識與互動。從「陳秀喜全集」的《文

*臺灣歷史博物館研究組助理研究員。

集》當中，收有原於《自立晚報》刊出〈錯愛〉[1]一文，是陳秀喜以中文裡「對他人愛顧、拔識的謙詞」一詞，來描述她與蘇雪林之間的結識相交的經過。

　　然而他們究竟是什麼時候識得呢？兩位女作家，又是如何發展出一段交往呢？今以蘇雪林日記與兩人書信來往，試圖成文，以紀念這段鮮為人知的情誼。

二、兩人的初識與熟稔

（一）相遇的年代

　　陳秀喜於 1968 年因吳瀛濤介紹而參加「笠詩社」，進入臺灣詩壇。先前仍是以家庭主婦的角色，接觸「臺北短歌研究會」，陸續有短歌、俳句作品於《臺北歌壇》發表。[2]進入屬性傾向陽剛的「笠詩社」後，與巫永福、陳千武、吳瀛濤、黃騰輝、鄭世璠、杜潘芳格、趙天儀多有交遊互動。

　　公學校畢業的陳秀喜，少時也僅靠著《令女界》、《若草》之類的消閒讀物上的詩文作品，如身處唯美的夢境，體驗真善美的境界，便維繫著她對文學的喜好與熱忱。陳秀喜努力想要在文學的園圃中，以自學不斷地提升，補足自己沒有文憑的自卑。在 1968 至 1970 年間，她試圖加入更多自己風格特色，由日常周邊生活況味，自發經驗、反省，找尋心靈的感動，並統攝進入字句裡，當中有對於兒女、子孫等家人親朋的關照理解；對於故人的緬懷掛念；對神祇的發願吐訴；也有開始對國族意識的深掘。

　　1970 年，陳秀喜被推舉擔任笠詩社的社務委員。1971 年 4 月起，她接受《笠》詩刊發行人黃騰輝的聘請，從《笠》詩刊第 42 期起擔任社長。[3]

---

[1] 〈錯愛〉一文，原發表於《自立晚報》副刊「斗室隨筆」專欄，後收入陳秀喜詩文集《玉蘭花》。引自李魁賢編，《陳秀喜全集——文集》（新竹：新竹市立文化中心，1997 年 5 月），頁 63～64。

[2] 參考李魁賢編，〈陳秀喜年表〉，《陳秀喜全集——資料集》（新竹：新竹市立文化中心，1997 年 5 月），頁 178～185。

[3] 根據黃騰輝先生表示，他在詩壇最大的貢獻便是讓陳秀喜擔任「笠詩社」社長。「我這一生對詩壇最大的貢獻是，把陳秀喜拉下海。今年（2004 年）是《笠》詩刊發行四十周年，我寫了一篇〈冷暖四十年〉，也提到陳秀喜。我認識她時，她還不會中文，她會寫一些短歌俳句，她的個性很四

自此步上一生奔赴的詩壇道路。她的熱忱與承擔，給予這個新興的本土文學社團，一股安定力量，除了她善於人際關係之外，以她母性細密的心思，溢滿關懷，讓關注臺灣本土詩壇的各方交友，無一不對其佩服與感念。

在 1970 至 1980 年代間，這是她使力與發憤的重要階段。整個社務營運方向，對於外界發聲，積極推動本土詩刊，全心全力支持，引介臺灣詩人、作品至亞洲各地，同時與陳千武，在日、韓詩人都多有交誼經營，每年各類聚會座談，都見她的身影。

是這段關鍵性的時間，陳秀喜與蘇雪林有了更多接觸。陳秀喜於〈錯愛〉一文當中，提及：

> 久仰我國學術界、文學界的泰斗，卻嘆沒有機會聆教。六十一年四月，託何錡章教授之福，奉寄一書之緣，迄今，這五年來，承受蘇雪林教授的關懷，無微不至。

這裡指出，早在 1972 年，陳秀喜通過何錡章教授的贈書，[4]開始認識這位縱橫文壇，高居學界的女作家。在她 1977 年致蘇雪林信中，同樣提及：

> 這次冒雨三訪貴府，終於得到拜顏聆教的機會，由衷心很高興，承蒙錯愛，五年來受益匪淺，這次又惠賜大作七本，感激感恩感謝……

海，很好做朋友。我有個朋友鄭世璠是畫畫的，我們經常在一起聊，陳秀喜也是我們的玩伴。我想：請陳秀喜進來，反正她英英美代子嘛。起初她不肯，說她不會中文，我就說：『學啊！』鄭世璠也勸她要學。她就開始學，參加了《笠》詩刊。後來陳秀喜發揮那種很四海的魅力，《笠》詩刊的合評會經常在她家裡召開，大家肚子餓了，就叫她煮個東西來吃。林煥彰就叫她阿姑，『姑媽社長』就是這樣來的。」引自莊紫蓉，〈專訪黃騰輝〉，《面對作家——臺灣文學家訪談錄》（臺北：吳三連臺灣史料基金會，2007 年），頁 103。

[4]何錡章，廣東豐順人，1939 年生，臺灣師大國文系國文研究所畢業，曾任臺灣師範大學國文系教授、中國新詩學會常務監事。著有《《史記》楚世家疏證》、《〈離騷〉〈天問〉考辯》等。

對照蘇雪林 1971 至 1973 年其間的日記，我們無法找到相關的記述，直到
1976 年。從這時開始，在《日記卷》當中，蘇雪林幾乎都有記敘與陳秀喜
書信往返、相互贈書以及相約見面的訊息。陳秀喜撰文寫道：

> 她允許我去叨擾，往臺南之時，拜訪蘇教授成為一件最欣慰的事。她親
> 自動手、泡菜、端出蛋糕等等，款待我，待我如己出。一位著書等身之
> 多的學者，卻沒有絲毫傲慢，沒有高踞的架子，甚至請吃飯、贈書等等
> 不能枚舉的好意，令我深深感銘。[5]

陳秀喜當時仍然與家人居住於臺北天母，南下的理由，除了進行文學推廣
事務之外，還有訪友。透過時任成大中文張良澤的緣故，1970 年代初期，
認識臺南著名醫師蔡瑞洋，並成為好友。然而，從日記當中，我們也得知
蘇雪林也識得蔡瑞洋。

　　陳秀喜在自傳中曾經提及因各大學社團重視新詩，她參與了自 1975 年
起幾場於臺南舉行的演講[6]，其中受張良澤、陳愛虔老師之邀，在成大的分
別是 1975 年 12 月「漫談現代詩」，1976 年 1 月「詩與時代感覺」，1977 年
12 月「詩與生活」，以及 1979 年 2 月「介紹詩作品」。1977 年 4 月則是在
臺南神學院「詩與愛心」。

　　我們或推論是這幾場臺南演講，或陳秀喜南下訪友時的機緣，尤其是
1976 至 1977 這兩年，兩人接觸頻繁，見面有時邊吸煙，吞雲吐霧，邊
以筆談進行。除了到蘇雪林東寧路的宿舍訪視；或下廚，一同午餐；或外
出看電影；蘇雪林日記當中，曾記載兩人一起前往臺南北門蚵寮，探訪當
時因為個展，在臺造成轟動的素人畫家洪通。蘇雪林並於 1977 年推薦、提
報陳秀喜進入「中國婦女寫作協會」：

---

[5]陳秀喜，〈錯愛〉，李魁賢編，《陳秀喜全集——文集》，頁 64。
[6]陳秀喜，〈自傳〉，李魁賢編，《陳秀喜全集——資料集》，頁 6。

這次，她又推選我加入一個寫作協會，事先我一無所知，她在介紹人一
欄，已經簽名捺印之後，要我填上略歷始獲悉。能不能加入寫作協會，
對我不算重要的事，最寶貴的是，她的愛心和誠意。這五年來，她的關
懷，無形中變成鞭策的力量，也許，蘇教授並不知道，她的錯愛，產生
很大的鼓勵作用。

蘇雪林也相當關心協助其加入婦女寫作協會一事，甚至透過林海音的從旁
支持。雖然後來加入多年後，僅收到一兩次回應，陳秀喜因此感到悵然，
心生失落，但仍惦念、提筆向蘇雪林多次道謝。

承蒙您的錯愛，衷心感銘。老實說我是自習中文的可憐人，我還談不上
先輩們的才華之萬分之一，但是對於充實自己，愛好寫東西的意志是有
恆心，如果有這樣的環境，也許更加刺激我的筆。[7]

我們可以從現存陳秀喜致蘇雪林書信當中，發現陳秀喜十分惦念這樣的
「錯愛」關係，往往在書信中，一而再，再而三地感謝，傾身以還的敬重
之情，溢於筆墨。這樣的關係，委實引發陳秀喜的反覆發想與震動，對女
性意識的激起，對寫作意識的專注與堅持。

　　相對陳秀喜因社長職務之故的奔走生涯，蘇雪林在 1973 年自成大退休
之後，以讀書閱報消遣，偶也寫些文章，1970 年代刊有《屈原與〈九
歌〉》、《〈天問〉正簡》、《蘇雪林自選集》、《風雨雞鳴》等。[8]由於陳秀喜的
手稿與其書信，因目前無法取得，關於蘇雪林所回應的信，究竟與陳秀喜
分享了什麼，我們今日無從獲悉過程中的回饋與反應。但我們以蘇雪林
《日記卷》上所載，還是能感受一些感情牽繫。從起初蘇雪林手抄〈母

---

[7]參見《逝水浮雲曾照影——名家與蘇雪林書信選》（臺南：成功大學，2007 年），頁 235。
[8]依照唐亦男老師的說法，這段時間，蘇雪林所念茲在茲的，該是屈賦研究。參考唐亦男、沈暉，
　〈蘇雪林傳〉，《國史館館刊》復刊第 28 期（2000 年）。

親〉一文支持她[9]，協助她於當時編輯《我的母親》一書，分享對母愛的追憶，以同樣對養母依戀的陳秀喜，彼此或許滌蕩出深切的同理反應。

覽看日記上所載，蘇雪林一直是以「女詩人」身分角度，來定義這位友人，時常許多年輕友人圍繞，熱情真摯的浪漫詩人。初識的描寫清淡朗快，但也記有陳秀喜浮凸直率的外在性格：

> 1977.1.15
>
> ……早餐自閱〈天問〉，忽聞門鈴，則女詩人陳秀喜來訪，談興甚濃，坐了一小時又半，臨去示一打油詩，謂題目為台灣「菜粽子」。即糯米包花生。有西螺三老人開點心舖，曰肝、心、腰者，謂將女詩人當點心，女詩人答以詩云：
>
> 豬肝心腰好點心，不勝糯米包花生。春宵無暇等火熱，衣帶自解露玉峰。
>
> 表面詠菜粽子，實則語意雙關，三老大笑不已。余則以為語意過於黃色。女詩人今日談得太高興（皆筆談），臨去遺黑線手套一雙於座下。余立以限信寄蔡醫生……

先是兩人相談甚歡，臨去的打油詩，以及遺落的手套，這些瑣碎細節，借唐亦男老師之言，不只蘇雪林的《日記卷》非常「另類」[10]，她忠於自己、忠於歷史，更記下了一則女詩人盛年，盡興愛悅的另類事蹟。[11]

（二）臺南歲月

1978 年，對陳秀喜來說，是重要且悲痛的一年。58 歲的她，因婚姻變故而自殺獲救。1979 年，陳秀喜喜歡臺南，加上因為蔡瑞洋之故，盼與好

---

[9] 收錄於陳秀喜、林煥章編，《我的母親》（臺北：巨人出版社，1976 年），頁 5～8。

[10] 〈非常「另類」的蘇雪林《日記卷》〉，《海峽兩岸蘇雪林教授學術研討會論文集》（臺南：財團法人蘇雪林教授學術文化基金會，2000 年）。

[11] 這則關於「菜粽子」的笑話，亦刊於 1976 年 3 月，「給張良澤的信」裡，見〈解友頤〉一詩。參見李魁賢編，《陳秀喜全集——書信集》（新竹：新竹市立文化中心，1997 年），頁 104。

友相鄰。她的兒女們集資在臺南白河關仔嶺買下明清別墅，讓心力交瘁的她，能夠在寧靜的環境中，逐漸平復內心創傷。

　　陳秀喜的先生外遇、夫婦仳離的過程，透過「笠詩社」同仁得知的不多，或是因倫理關係，同儕或文友晚輩多未過問；然而在全集裡收錄「致張良澤的書信」當中，透過詩人的親筆寫下的體會，我們依此知道，陳秀喜 36 年的婚姻，是容忍，是認命，是「美好的寂寞」，也明白她期望「做回自己的主宰者」。[12]而我們從這部分公開的書信當中，發現蘇雪林更是「如慈母與女兒之愛，再三地寄限時信」關心、安慰遭逢婚變的陳秀喜，甚至連律師人選都幫出主意。去年（2008）我們透過蘇雪林留存萬封的信件文物當中，更多地發現了這一段潛藏於文學史、詩歌文本與意象間隙背後，女人的血液。

　　現存蘇雪林留存陳秀喜當年書信中，陳秀喜鉅細靡遺地吐露自己婚姻轉為穢淖磨折的光景，夫家的惡劣蠻橫，先生的揮霍無度，第三者的寡廉鮮恥，兒女的心疼力挺，她幾乎無須壓抑地向蘇雪林傾訴，指控的、陷溺的、激憤的、難堪的，點滴的記掛，讓人在心底，幽幽碰撞，這樣的形象，與女權思想、女性主義等，所討論深知的，存有差異。或說，更接近詩人，在詩歌意象的底層，無奈與悲痛並置。後設地想，倘若沒有這些事件浸漬，文字便是更少些生命感。

　　1985 年陳秀喜再婚，之後她與夫婿，還與張炎憲教授一同訪視過蘇雪林，蘇雪林當下才明瞭她再嫁的事實。許多文壇長輩多以遺憾來描述這段如鬧劇的第二段婚姻，陳秀喜自己也公開承認遇人不淑的境況，又惱又恨，這婚姻不到九個月便宣告結束。她多次跟蘇雪林抱怨這場家醜婚姻，官司中的不公義。1987 年 4 月，陳秀喜於書信中，傾洩心中苦悶，對蘇雪林坦言自己是因經濟窘況，不得不踏上再婚一途，殊不知對方也是覬覦她，用結婚當幌子；也述說二次婚變之後，面對尷尬的出庭應訊，以及孤

---

[12]陳秀喜，「給張良澤的信」，李魁賢編，《陳秀喜全集——書信集》，頁 156。

單不斷襲來的苦楚，心神皆倦，身體如同要熄了的狀態。明顯地，陳秀喜的心中，還是期望蘇雪林扮演慈母角色，適時給她溫暖懷抱。

值得一提的是，《蘇雪林作品集》中收錄〈笠園雅集小記〉[13]一文，記錄的是於 1982 年 5 月首次拜訪陳秀喜的關仔嶺宅邸「笠園」的情景，這在兩人書信與《日記卷》當中，多處發現，兩人都對這回相約聚會，有著緊張企盼的興奮。

蘇雪林這趟關仔嶺行應該是賓主盡歡的場合，蘇雪林在文中，對於笠園外觀，連同內部陳設，有著極具視覺性空間感的摹寫，令人印象深刻的仔細描繪。眾多文友曾經參觀、探訪或借住，這名聞遐邇的文學地景：「笠園」——張文環、楊逵到過，林宗源、杜潘芳格夫婦、陳若曦、趙天儀、李元貞等許多文壇人士常相往還的地方。蘇雪林這篇小記，讓人光是瀏覽，便如同紙上神遊。從門前、正廳、陽臺、書齋設計與佈置，私人芒製鳥巢、細腰葫蘆等收藏，並插敘陳秀喜的好品味、好廚藝、好人緣等等生活情趣，都有蘇雪林觀察入微的文學筆法。而篇中一段文字，直書對陳秀喜的看法：

> 大凡真正的藝術家和詩人文人不失其赤子之心。你看陳秀喜這位詩人家裡到處都是可愛的玩具，讀書寫作之暇，又不辭辛苦，翻山越嶺，尋找這些鳥巢和化石，豈不足以證明我的話？恰好我也常自命為一個「老孩子」，孩子與孩子相遇，自然會沆瀣一氣，所以，秀喜不嫌我之衰朽無能，常來找我，我也欣賞她這副坦白率直的性格與她頗為投緣。
>
> ……
>
> 孩子待人接物毫無機心，不知什麼叫做欺詐，對朋友也當慷慨非常，不知吝嗇為何事，秀喜待朋友之誠懇，正合上胡適之先生贈丁文江一句詩：「捧出心肝待朋友」。[14]

---

[13]《蘇雪林作品集——短篇文章卷》第三冊（臺南：成功大學，2007 年），頁 126～134。
[14]同前註，頁 131。

文中多處肯定詩人陳秀喜如保赤子的為人誠懇，毫無機心，同時也對「笠」社團的本土特質，來自土地，來自人民血汗，經得起日曬嚴霜的藝文耕耘給予肯定，也少見地提及當時「鄉土文學」的風潮，進一步期許陳秀喜能夠理出頭緒，「以閩南語為詩，定可在新詩壇放一異采」[15]，讓人不得不佩服「文壇名探」蘇雪林的銳利遠見。

而這一次兩人在嶺頂別墅的歡聚，蘇雪林於笠園玄關的來客留言本，改寫李白〈贈汪倫〉以贈：

> 笠園風物四時新，喜見詩人倒屣迎。
> 共道桃潭千尺水，汪倫爭及此時情。

然而這次的歡聚有一段小插曲，陳秀喜曾於兩人信中，指出《中央日報》「晨鐘副刊」將「笠園」故意刊成「竺園」，認為是小人構陷的手段。這經驗也多出現於書信裡，陳述自己行蹤被跟監，或將當年〈美麗島〉一歌被禁的懊惱，不吐不快，做為「政治是門外漢」、「愛寫詩的小國民」的她，對於將官們的兇暴極大的不滿。[16]

陳秀喜對蘇雪林暢所欲言，視蘇雪林為如母親般的長者，能夠安慰她或同情她。她更多次對蘇雪林吐露以中文書寫、表達的創作障礙，自己沒有學歷、僅能臺語溝通。同時多次談到自己的受異族統治，跨越語言的運命，敬佩蘇雪林的著作等身，還以詩〈你是鉅富的人——謹贈蘇雪林教授八秩生日〉[17]來賀壽：

> 您是鉅富的人
> 是愛他主義的恆星

---

[15] 《蘇雪林作品集——短篇文章卷》第三冊，頁 132。
[16] 《逝水浮雲曾照影——名家與蘇雪林書信選》，頁 247。
[17] 李魁賢編，《陳秀喜全集——詩集二》（新竹：新竹市立文化中心，1997 年），頁 64。

是我們的指南針

是鳳凰城的凰

是文學界的南十字星

與您的寶石相比

無數的鑽石

都變成貧乏的小石

您才是令人最愛服的人

　　十多年來，兩人的感情和睦，無論陳秀喜在臺北天母與家人同住，抑或是在笠園獨居，兩位常與寂寞相伴的女作家，如此保持書信往還，分享生命。她還天真地懇請蘇雪林致贈玉照像盤，好睹物思人。陳秀喜除了抒發己懷，對蘇雪林的生活關照也常主動噓寒問暖，或有親臨拜訪，直到陳秀喜垂暮臨終。1990 年 8 月，在蘇雪林留存的書信當中，陳秀喜提及自己處於長期需要治療，同時接受陳若曦介紹的中醫師針灸，期望改善肝功能、膽固醇等問題，她因體力不繼，無法前往相會；1991 年元旦，因病衰頹暴瘦的陳秀喜仍寄上新年賀卡，並允諾回臺南將如往昔以洋酒相贈。陳秀喜不幸於 1991 年 2 月因多重器官衰竭病逝社頭醫院。

三、冠冕與枷鎖：從自傳體作品探兩人的生命困境

　　於 1977 年致蘇雪林信中一段文字，陳秀喜提及：

大著拜讀一次不夠，我要多次拜讀，大著是我最好的課本，拜讀您年輕時的倩影活動，恕我高攀地說，許多地方我也有相似的地方，當然這只是想法，其實您有高深的學問，我是幼年失學者，只有一顆赤心相望的隱約相似。例如游泳一事，我十九歲就學游泳，當時的臺灣，女孩學游泳的很少，例如愛說幽默俏皮話，愛動物，愛自然萬象，真有一點相似，只怨嘆自己幼年沒有受過中文的教育，落得如今握筆嗟嘆，無法暢

談地表露自己心意。[18]

陳秀喜在閱讀年輕蘇雪林時，自覺與蘇雪林有許多地方相似，這種「高攀」的想法，並非出於偶然，兩人都幽默，愛動物，愛自然萬象（觀星象），愛游泳，兩人在人生歷練、現實生活、嗜好習性，或女性意識萌生，或面對孤單的書寫創作，實際上，似乎也都有很多雷同之處。

考較蘇、陳兩人，都受母親極大影響：蘇雪林欽仰母親懿行，母愛規範著蘇雪林一生，甚至奉命完婚；陳秀喜之於對養母的依賴，甚至將其乳吸吮變形。蘇雪林父親以女兒資質聰明，親授《唐詩三百首》、《古詩源》、《古文觀止》等，甚至讓她自修《小倉山房詩集》[19]；陳秀喜則是以養女身世，接受公學校日文訓練後，又接受養父所安排的漢學家教，也是在養父資助下購得《唐詩合解》[20]，開啟陳秀喜的文學之眼。

兩人早年皆曾因為是否決定婚嫁，有過出家的念頭。蘇雪林於 1925 年與張寶齡完婚，陳秀喜則於 1942 年嫁給張以謨，兩人各自的婚姻皆維持 36 年。1942 年，新婚的陳秀喜隨夫至上海；1949 年，等待國共和談後回武漢的蘇雪林，於上海憶想著袁昌英、潘玉良等好友身影，也先後在上海居住過一段時日。兩人都景仰屈原與胡適：蘇雪林孺慕胡適，兩人是同鄉，亦是師友的提攜之情，對於胡適德業事功，甚至抱有「繼之以死」的敬仰，兩人也在新文化運動、文學革命中，各有積極作為。在「五四思想影響我也頗大」的洪流中，細細聆受胡適的思想作為；陳秀喜則是早在以短歌、俳句為主的創作初期（1967 年），以後輩悼念口吻，寫有短歌〈胡適博士の墓〉三則，抒發緬懷。同時期陳秀喜也有短歌〈端午詩人節〉五則；然而《楚辭》、屈賦的研究，眾所皆知，是蘇雪林耗盡心血，最寶重的研究。兩人也都分別有自傳性特色強的作品傳世：蘇雪林早期小說《棘

---

[18] 《逝水浮雲曾照影——名家與蘇雪林書信選》，頁 239。
[19] 蘇雪林，〈家塾讀書及自修〉，《浮生九四——雪林回憶錄》（臺北：三民書局，1991 年），頁 16～18。
[20] 陳秀喜，〈自傳〉，李魁賢編，《陳秀喜全集——資料集》，頁 4。

心》，散文《綠天》；陳秀喜多首詩創作，小說〈母親的願望〉[21]，晚年日文「回憶錄」，巧的是，兩人自傳性的作品當中，一稱《棘心》，一則有詩作〈棘鎖〉！

　　兩人個性都率直，蘇雪林「性情像木瓜，說話憨而直」，陳秀喜亦是坦率真誠，時常「炒熱」藝文活動。另一方面，兩人煙齡也長——兩位女作家彷彿如同陳秀喜所言，有許多類似的地方。比較兩人的早期小說，蘇雪林的《棘心》和陳秀喜的〈母親的願望〉[22]，甚至也同樣表現出對善良母親的謳歌與認同。

　　但兩人畢竟顯露出極為不同的女性成長，兩人的互動礎石，除文學之外，是如何啟動女性情誼，我們以她們各自的自傳體小說，來看她們性格，是如何走向契合。

（一）兩人的自傳體作品

　　　　讓我們快一點發明屬於我們自己的句子。這麼一來，無論走到哪裡，我們總是可以繼續擁抱著彼此……我們的力量，就在我們抵抗而暴露的弱點所在……別哭了。有一天我們勢必可以開始述說我們自己。我們會說的話，一定比我們的眼淚還更可愛動聽。淋漓酣暢。

　　　　　　　　　　——露西・伊瑞葛來（Luce Irigaray），《此性非一》[23]

　　女性主義哲學家露西・伊瑞葛來曾在《此性非一》一書中，描述女性對於存在的堅持與努力過程，鼓舞女性唯有回到自己的世界，擁有空間，才能夠回到自身，才能與他者接觸，然而這裡所謂的空間，可以是現實環境，也可以透過思維語言所模擬、編造而成。

　　我們或能以這種接近自身的寫作態度，來揣度蘇雪林與陳秀喜創作初

---

[21]鍾肇政翻譯，〈母親的願望〉，李魁賢編，《陳秀喜全集——文集》，頁3。
[22]同前註，頁3～30。
[23]露西・伊瑞葛來著；李金梅譯，〈當我們的雙唇一起說話〉，《此性非一》（臺北：桂冠圖書公司，2005年），頁282～283。

期的心理形成過程。面對時代與本身成長背景，透過對母親的認知，在書寫中所呈現知之不明，藉著寫作，或成為創造母親的「母親」，這些觸及對母愛的情感，我們看見字裡行間當中來來回回的思憶。而女性主義的詩人安卓・里奇（Adrienne Rich）曾說：

> 在人性當中，或許沒有什麼可以比得上「母女」兩個生物學上如此相似身體之間，經過交流共振出來的能量了。這兩個身體，其中一個曾經安適地另一個羊膜中；其中一個幾經陣痛產下另外一個。這樣的兩個身體，為的就要體驗最深切的親密與最痛苦的奇異感。[24]

兩位女作家的婚姻生活，都致使她們的母親操煩掛慮，我們藉著觀察兩人進入文壇樸拙未鑿的自傳題材，其所發表的早期作品，尋看一些端倪，面對或閃躲的書寫特質，這些都是其創作時的心理狀態，或說想像基礎，兩位女作家的自傳體小說，替她們訴說陳年往事裡的一個重要面向：處理母親善良、犧牲、永遠寬容的愛，是終身不平抱撼，這是解構。抑或塑造她們為另外一種自我存在？我們可以觀察兩位女作家中年過後的互動，或人生景況，或書寫特質，探出她們各自的承擔。

1. 蘇雪林的《棘心》

　　《棘心》是蘇雪林 1929 年，留法前後，以半小說形式完成的寫實性自傳[25]，題名為「棘心」是取自巴黎聖心院的傳說，耶穌聖心有一圈荊棘纏繞，依此作為書名，亦是出自《詩經・凱風》：「棘心夭夭，母氏劬勞」。蘇雪林甚至在書的扉頁上題上「我以我的血和淚，刻骨的疚心，永久的哀慕，寫成這本書，紀念我最愛的母親」──蘇雪林明確地指出作品的主

---

[24] 轉引自林素英，〈流浪者之歌：試論母職理論與《客途秋恨》中之母女關係〉一文的翻譯（臺北：女書文化公司，2003 年）。

[25] 蘇雪林，〈自序〉：「有人或者要說《棘心》並不能算是一部純粹的小說，却是作者的自敘傳，是一種名實相符的『寫實主義』的作品，作者也並不諱此言。」《棘心》（臺北：光啟出版社，1977 年），頁 4～5。

題，杜醒秋於世變中，爭取留學的故事並非最重要，首要的實為介紹醒秋母親賢孝順從的典型，生動地表現出來。《棘心》一作，雖刻畫女性在婚戀裡爭取自主，點出傳統家庭維繫，女性角色所承擔的孤獨與歷史滯重，我們藉此認識當時中國政經、文化、學術、宗教上的蛻變。為了見證歷史，為了彰顯母親懿行，小說家將提倡犧牲奉獻的愛德教化，放入作品。那青年蘇雪林究竟是如此看待情感寄託呢？《棘心》中有段敘述：

> 照普通人的心理講：二十以上的青年男女，正是熱烈的追求兩性戀愛的時代，他們所沉醉的無非是玫瑰的芬芳……但在醒秋，這些事還不能引起她什麼興味，一則呢，她小時候便由家庭替定了婚，沒有另外和別人發生戀愛的可能；二則呢，她誕生於舊式家庭中，思想素不解放，同學們雖然大談並實行戀愛自由，她却從來不敢嘗試。況且她的一片童心，一雙笑靨，依然是一個天真爛漫，憨態可掬的小女孩，只有依依於慈母膝前，便算是她莫大的快樂，最高的滿足。

可以視作是蘇雪林的自我剖析，母愛內化成她的意志。對應幼時的蘇雪林的實境，被傳統觀念家庭觀念束縛，纏足、識字、求學都是從壓力中捱過，當時她沒有爭取自由權力的動機，認為是天經地義的。她眼見祖母的專制，對媳婦的物化，母親的忍辱負重，慈愛溫良，是童年「性野又不善服勤」蘇雪林的遮蔽屏障，更是身心依附的溫暖懷抱。另一方面，她為母親感不平，心中飽蘊母親犧牲賢孝的頌揚與肯定。1939 年，蘇雪林至情地寫下，「我深信我的母親常在我身邊，直到我最後的一日」，是母親予她生命和血肉，以及博大無私的愛，即便她受五四前進的思想影響，已然建立自我意識，仍奉母親安排的婚姻，即便兩人性情不合，也忠於自己的信仰、性情與當初的決定，分居不離婚。她自言：

> 我出身一個舊時代親權過重的家庭，使我黃金色的童年變成白鐵一塊，

現在又投入一個親權過重的家庭，使我的婚姻，成為一場不愉快的夢境，真是命也！[26]

在《浮生九四——雪林回憶錄》〈序义〉裡，蘇雪林認為自己自卑感重，也不重視自己為人和作品。在這部自述式回憶錄裡，她從家世母親憶起，著眼的仍是影響她甚鉅的母親與祖母，被傳統規範與宗族輿論所羈絆，女人奉行著要成為完人的終極準則，我們可以從當中體察到她毫不遮掩的家世、求學歷程、教學研究等等真實景況。這當中沒有歡樂的記述，從清末徽州的地方女性，從新舊交接的時代，她有著許多矛盾，龍應台曾指出：

我們看見一個在新舊時代轉捩點上猶疑徬徨的女性，她的思想像漩渦上翻著泡沫，泡沫是她所學的婦權新知，漩渦是在她體內根柢固的文化傳統；漩渦的力量深不可測。[27]

父權文化的宰制，如影隨形，對於生活、感情無法達到「幸福的歸宿」，她說：

實際上，我是個人，是個普通女性，青年時代也頗嚮往愛情生活，屢受打擊，對愛情倒盡胃口，從此再也不想談這兩個字。把愛情昇華為文學創作及學術研究的原動力，倒也是意外的收穫。[28]

蘇雪林自認能在文學界、學術界等事業有所進取，薄有成就，應該感謝這不幸的婚姻。受制於傳統文化的慣性，無法恢復自主，蘇雪林擺脫不了成為他者的惡夢。皈依宗教後的她，相信生命中的上主，會以荊棘冠冕，為

---

[26]蘇雪林，〈返國〉，《浮生九四——雪林回憶錄》，頁81～82。
[27]龍應台，〈女性自我與文化衝突——比較兩本女性自傳小說〉，成功大學中文系主編，《慶祝蘇雪林教授九秩晉五華誕學術研討會論文集》（臺北：文史哲出版社，1996年）。
[28]蘇雪林，〈任教成大〉，《浮生九四——雪林回憶錄》，頁198。

她默然地犧牲甘心承受痛楚的樣式，為她開路。她選擇筆耕，以學術研究與文學創作，作為突圍的可能，並以信仰作為療癒苦痛的方式，讓她邁向自我實現的領域。

2. 陳秀喜的〈母親的願望〉及其他

陳秀喜向來以母性形象的堅持，企圖凸顯她對創作的自覺意識，在詩創作方面尤其明顯。婦運推動者王瑞香以「純然是大地之母的化身」來形容陳秀喜豐沛的愛；學者詩人李元貞則認為陳秀喜以「母親意象的慈愛，來訕諷伸張的男性社會現象，以母親意象的溫暖包容，來召喚大家認同本土」[29]，多數評論都認為陳秀喜的書寫，融合母性的抒情和敘事，並立於「母性內涵」的追索，陳秀喜便倚靠這態度去體驗周遭，去寫詩。

回溯陳秀喜的生命經驗，自幼得到養父母的萬分疼愛，因她是以「雙乳換來的唯一女兒」，任其吸吮到乳頭發炎變形[30]；另外，婚後隨夫婿移居上海時，與養母揮淚告別時的景象，以及返臺後，知悉養母離世的負疚哀慟。這些記憶，都換得她對於母親處境的謀合與體會，更理解母親付出的撫育、護持能力。她在小說世界中，也充分展現對母親意象難以割捨的依賴。當母親翻然離去，她只能任其淚水宣洩，承認自己是「敗北的我」。

倘若我們以〈陳秀喜自傳〉[31]，對照其小說〈母親的願望〉[32]，小說情節跟陳秀喜的長成、生活背景、周邊人物等幾乎一致。小說主角紫香為主軸，她所鋪寫主角的身世過程，包括幼時被抱養的過程，備受呵護寵愛的養女身分，養母的不捨、掛念，紫香婚嫁的經過與隨先生前往上海、不被夫家尊重的情節，我們幾乎可以認定〈母親的願望〉是陳秀喜自傳性濃厚極高的書寫。

然而李魁賢先生在整理陳秀喜的遺稿時，收錄另一部分未公開的書

---

[29] 李元貞，〈陳秀喜詩中的母親意象〉，《女人詩眼》（臺北：臺北縣立文化中心，1995 年），頁273。
[30] 陳秀喜，〈養母的摯愛〉，李魁賢編，《陳秀喜全集——文集》，頁57。
[31] 陳秀喜，〈自傳〉，李魁賢編，《陳秀喜全集——資料集》，頁3～8。
[32] 鍾肇政翻譯，〈母親的願望〉，李魁賢編，《陳秀喜全集——文集》，頁3～30。

寫，並在全集中輯為〈回憶錄〉[33]一文，並作有註解：這是陳秀喜 1988 年
8 月 30 日到同年 9 月 29 日，共 48 頁的手稿[34]，在給多人的書信當中，也
有提及這部分的工作，與其希冀以日文完成自傳小說的心意。[35]

　　〈回憶錄〉的書寫，仍延續她的自傳書寫。主角依循〈母親的願望〉
中的主角，仍稱為紫香，情節上也無衝突，背景則是從大陸上海開始寫
起，主要描述紫香嫁為人婦之後，經歷婆媳問題、與小妹、小叔間的相
處，內心深處許多委屈、無望、難堪的對待，接著她懷孕生子、長子夭
折、離家出走與次子出生，小說結局則是以主角紫香攜子返回新竹，並目
睹新竹地區二二八事件的鎮壓以作結。

　　這部分手稿所載的情節與敘述，更完整地流溢出她真實的人生故事。
然而在敘述紫香與婆婆關係日趨惡化，多所委屈的部分，陳秀喜當下一時
筆快，或忘情地托出，將主角紫香，兩次誤植為「陳秀喜」[36]，我們相較於
自傳內容，可以確定小說內容實多移植自傳內容。

　　眾所周知，也從多首作品窺見她與女兒的相處、離家、或婚嫁，我們
可以發現沉溺於過去母愛當中的陳秀喜，將情感轉向、包覆兒女，慨歎付
出是犧牲，而兒女們的選擇獨立自主，便是反抗，這主體的盲視，仍然使
她被家庭所圍限——不願被母親所棄，也期望兒女能多所擁抱她。早年她
寫下〈棘鎖〉[37]一詩：

　　卅二年前
　　新郎捧著荊棘（也許他不知）
　　當做一束鮮花贈我

---

[33]李魁賢編《陳秀喜全集——資料集》，頁 9～85。
[34]這份四十多頁的日文自傳，亦曾出現在陳豔秋等人於陳秀喜病危前往探視之時。見〈關仔嶺的寂
　　寞詩人〉，李魁賢，《陳秀喜全集——追思集》（新竹：新竹縣立文化中心，1997 年），頁 124。
[35]參看「第五信」，李魁賢編，《陳秀喜全集——書信集》，頁 75。
[36]李魁賢編，《陳秀喜全集——資料集》，頁 44。
[37]發表於《笠》第 65 期（1974 年 2 月）。收入詩集《灶》。李魁賢編，《陳秀喜全集——詩集一》
　　（新竹：新竹縣立文化中心，1997 年），頁 168～170。

　　新娘感恩得變成一棵樹

　　鮮花是愛的鎖

　　荊棘是怨的鐵鏈

　　我膜拜將來的鬼籍

　　冷落爹娘的乳香

　　血淚汗水為本份

　　拼命地努力盡忠於家

　　捏造著孝媳的花朵

　　捏造著妻子的花朵

　　捏造著母者的花朵

　　插於棘尖

　　湛著「福祿壽」的微笑

　　掩飾刺傷的痛楚

　　不讓他人識破

　　……

　　這首讓婦運人士李元貞、王瑞香等人動容的作品，在詩行中，體驗到她扮演人妻、媳婦與母親的順服角色，以及自己獨立個體之間的衝突，然而在強烈的語調中，存有她飽滿的母性與愛。然而，這些生命荊棘，無人能替她擔下，自成枷鎖，晚景也令文壇眾人心疼。從她與蘇雪林的書信當中，時常吐露的是她婚變下的心酸，是她心疼子女的經濟狀況，更能證成的是她從中年婦女到老來，敬仰、侍奉背後的心情，確是父權他者又一次的翩然降臨。

　　陳秀喜所有行當中最出色的應為詩，並受文壇一致肯定。可以說她的小說作品與散文不如詩重要。我們當然不能稱這些題為小說的作品都是她的失敗之作，但那懷想自己身世，母親的慈愛，困窘的婚姻等如泣如訴的

悲傷往事，陳秀喜選擇以小說包裝，仍能觸及生命的真實，照見歷史的真相。

（二）荊棘冠冕，或荊棘枷鎖——側記她們互動下的影響

安卓・里奇曾說：母親失去了女兒，女兒失去了母親，那是最主要的女性悲劇。蘇雪林與陳秀喜早期的寫作，皆面對以母性視域作為主要關鍵性的起伏。對於陳秀喜來說，甚至成為她創作裡最專注凝視。

對母親相關角色的緊密連結在 Luce Irigaray 的說法裡，這慌亂心境、近乎恐懼的失母情緒，是來自一種對於驅逐女性系譜的父權文化的反抗。[38] 以 20 世紀著名的女性主義作家、身兼小說家、評論者的維吉尼亞・吳爾芙（Virginia Woolf）為例，當面臨喪母失魂落魄，但她以完成《燈塔行》，宣告自己傷逝的循環已完成，不必念茲在茲與母親的關係，而以創造代替悲哀，以寫作代替懷憂，然而，我們沒有清楚見到這種轉折——陳秀喜惓惓的孺慕情緒，實際上卻一直籠罩著她，然而她在文壇的「姑媽」形象，或轉向相關的人際連結，我們相信，某種程度肯定是出於愛，但多少仍與失母情緒有關係。這或也連結至她與蘇雪林之間的關係。她真摯地對蘇雪林說：

> 樂觀是外貌，哪一位寫東西的人有真正樂觀，反而比別人更加是寂寞的，因為我自己甚感寂寞，我窺察您的心情，我是恨不得每天陪伴您，替您做家事，做跑腿。

她近距離親炙蘇雪林的風采、言論，這文壇重要女作家、大師級的一代學人與她相交，除了敬服，與有榮焉，為跑腿、做家事，或是出於愛，出於女性情誼的擁抱與支持，但不免也讓我們揣想，這種怕寂寞、求陪伴的態度，陳秀喜致蘇雪林信中，情不自禁時常流露的，是否幻想重回母親子宮的一種情緒衍生？

---

[38] 參考李金梅翻譯，《此性非一》。

　　我們知道陳秀喜身為女性，在女性角色的體察：過去受萬般疼愛的女兒，婚後冷漠的先生，大家庭下受盡嘲諷、斥責的媳婦，慈愛呵護的母親，由她的書寫，我們可以看到她對於「家庭」的界定與要求，過去「最幸福的養女」，她得到母親全然呵護寵愛，這樣的無限幸福記憶深植，也使她眷戀當中的情愫，將自己嵌入這樣的滿溢慈愛的女兒心理。當遇上父權傳統型態的君臨，詩人的敏感易脆的感知，以為可以憑藉過去被慈愛照顧的心理，自然落入被宰制的狹隙中，對母親的惦念成為陳秀喜唯一的依靠。

　　伴隨著她滿溢的惦念情緒，在兩次婚變、官司纏身，心湖不平靜之餘，陳秀喜長時間沉溺憂傷，仍無法握筆以書寫，重新再起。陳秀喜致蘇雪林、利玉芳、張良澤等人的信中，多次談到想以日文或中文寫些東西，如隨筆或者自傳小說等，但囿於離婚官司未了，遲無法下筆，但「殘生剩下多少，心中難免焦慮」，陳秀喜晚年之所以重新自己熟悉日文，撰寫自傳小說，由現存兩人往來書信中，我們可以確定因為熟讀蘇雪林《棘心》，引起同樣對於對賢孝母親的景仰的這種共鳴。她在信中反覆提及：

　　我把《棘心》借給很多朋友，對宗教的許多看法，對當時國家、國民的批評，寫得很詳細，每一位拜讀過的朋友都很佩服您。

陳秀喜於蘇雪林信中提及，將《棘心》、《綠天》當作她學習的課本：

　　佇在蘇教授的大著《棘心》前，第四次拜讀您的大著，就是我珍愛的課本，我一個沒有受過正式的中文教育的老女人，平常是以臺語生活的人，手捧大著，深切地知道自己的中文程度之貧乏，我知道的中文語彙之少，少得可憐，自您豐富的語彙，我能學習多少呢？快到七十歲，現在認真學，也趕不上一篇自傳小說罷，真是令人焦急……我最需要的是寫作而已，《綠天》大著今天要手捧再拜讀，也是第四回。我急著模仿吸取您的小說的技巧，描寫的方法、理論、思想等等，請您勿見怪，准允

我向您學習。

——1987 年

這段文字，讓人好奇，十多年的情誼下，陳秀喜向蘇雪林做這樣的懇求，寫作企圖依循著《棘心》模式，在老來企圖活出屬於陳秀喜的堅實硬朗。葉石濤曾經這樣形容陳秀喜：

> 有時候，她會講圍繞在她周遭的男人的故事，在那令人辛酸而血淚交併的故事裡，她並沒有小心眼地怪罪別人，卻常嘲笑自己，在自虐中昇華自己。她的寬厚和不怨不悔，有時叫我憤憤不平。[39]

明顯地，被收為「回憶錄」的部分，是她不及完成的自我表演，在黯然離世之後，尚未寫完的自傳體小說，紫香的故事，在女性書寫的煙幕下，只見輪廓地存於讀者心中。相較於蘇雪林，從《棘心》、《綠天》之後，實事求是地要求精神生活與藝文創作的生命型態確定，後期《我的生活》、《九四自述》等作品，更累積了值得我們欽佩的學術成就。

四、結語

蘇雪林與陳秀喜的兩人成長經歷容或有別，但以文學與生命去追索母性視域的過程，何嘗不也都圍繞著自我掙扎與取捨的實踐困境。蘇雪林選擇皈依宗教，選擇獨身，要以創作與學術成就，走出自我完成的道路。這一段難得的緣分，蘇雪林為陳秀喜寄書、邀約用餐、討論書寫並分享生命，用書信、以筆談鼓舞著同受壓抑，苦楚滿腹的她；而陳秀喜的噓寒問暖，勤於走訪，相談甚歡流露的坦白率真，也讓蘇雪林窩心。

兩人十幾年的情誼，絕對是溫馨的。而兩人走過寂寥，走過揪痛的自

---

[39] 葉石濤，〈悼秀喜女士〉，李魁賢編，《陳秀喜全集——追思集》，頁 62。

傳體書寫，憂嫉怒貪瞋痴，卻似各自或成冠冕，或成枷鎖，在她們逝後的
歷史時空。

——本文發表於「紀念五四運動 90 周年暨蘇雪林教授國際學術研討會」
成功大學文學院主辦，2009 年 5 月

學敵症候群
評蘇雪林著《浮生九四》

◎李奭學[*]

　　新文學初期的作家群裡，今日尚健在者僅餘三五，而且多數年登九旬，早呈退隱狀態。能執筆續延文字生涯者，放眼臺海兩岸，蘇雪林確屬鳳毛麟角裡的異數——因為她在九五之年（虛歲）還能為後人「講古」，推出一部仍見分量的自傳《浮生九四——雪林回憶錄》。更難能可貴的是：蘇雪林寶刀未老，記憶猶新，陳年舊事俱寫得如在眼前，活生活色。往後的文學史家恐怕不能忽視這部傳記，蓋其中不乏新文學初期的第一手見聞。

　　不過，倘就傳記本身的文學性而言，我可得指出《浮生九四》乃胡適《四十自述》的嫡傳後裔，師承屐痕清晰可見，其間大異唯見數點，例如胡著寫於作者春秋鼎盛之際，而蘇氏握筆的一刻卻已桑榆景迫。雖然如此，後面一點未必是短處，因蘇著內容數倍於胡著，幾近一世紀的時代變遷與個人浮沉都經細毫描繪。蘇雪林一向尊稱胡適為師，出道前也曾親炙風範，審悉行藏，當然知道胡適每勸人勤寫傳記的「歷史癖」。所以她的書可謂箕裘有自，而且青出於藍。此外，胡適行文雖然曉暢，惜乎一清如水，就如那文體數十年如一日的海明威一般，難免招來平淡之譏。蘇雪林則用字高妙，遣詞妥貼，時而潑辣，更非胡著能及。當年在北平女師登壇授課的胡適，如今若能一睹親手調教的女弟不辱門風，一定引以為傲，欣慰有加。

　　蘇雪林縱橫文壇 70 年，文筆老到原是意料中事。但《浮生九四》的火

---

[*]發表文章時為芝加哥大學比較文學博士生，現為中央研究院中國文哲研究所研究員、臺灣師範大學翻譯研究所合聘教授。

藥氣味卻非溫柔敦厚的胡門典型，反倒切近境況最佳之際的魯迅。這一點說來諷刺，因為蘇雪林一生反共反魯，詎料筆觸難逃魯記標籤。其實蘇雪林生性亢直，好勝心又強，不平之鳴每失卻控制，流為譏誚，甚至走火入魔。她從而預設仇敵，自我警醒。《浮生九四》劃分的各個生命階段幾乎都見這種傾向，確實是相當特殊的人格。舉例言之，蘇氏未入北平之前的求學時期，即感同學中有「學敵」存在，非得鞭策自己克之勝之不可。我生性疏懶，罕用字引，這裡倒未審「學敵」一詞係託古而來抑蘇氏自創？總之，蘇雪林性既如此，少年生活理當難得恬適。果不其然，自啟蒙以迄赴法留學，蘇氏每至一處，總有「學敵」梗阻。她自感委屈，又不願落在人後，於是勤奮向學，加上天分本優，乃造就一枝辛辣文筆，勁道之狠絕難與人善了。她批評魯迅的文章，用的就是這種態度。後來連胡適也看不過去，回頭反勸她稍事收斂。《浮生九四》不諱言這些過往窘狀，正足以反映出蘇雪林的率直可愛。

留法返國以後，蘇雪林入上庠春風化雨，先後任教的學府不少。但從她初登杏壇的東吳大學到長期專任的武漢大學，似乎又有另一種形式的「學敵」意識的延展，則此刻——尤其是在武大——所遇到的人事或學術上的不順，似乎可以「僚敵意識」一詞總括。蘇雪林不斷覺得受到排擠，尤其是左翼的壓力，連帶也以為與自己學術見解相左的同僚別有用心。真相是否如此，我不知道，然而「僚敵意識」卻一直延續到大陸易幟，蘇雪林跨海避秦，又從南洋回到臺灣以後。在這個反共聖地，蘇氏頗受各方重視，任教臺北師大與臺南成大的悠悠歲月，她的「學敵症候群」稍癒，偶爾僅見於《猶大之吻》或解釋屈賦的研究文字上。

《猶大之吻》為胡適辯誣，痛詆唐德剛，蘇雪林為先師雪冤確乎出乎至誠。但她研究屈賦的方法破綻不少，往後學界自有定論。有趣的是，《浮生九四》花了不少篇幅詳談屈賦研究過程與結論，讀來稍嫌枯燥，但也可看出胡適《四十自述》的影響有多大。

　　　　　　　　——1991 年 6 月 30 日《中時晚報》

（《浮生九四——雪林回憶錄》，三民書局，1991 年 4 月）

　　　　　　——選自李奭學《書話臺灣 1991～2003 文學印象》

　　　　　　臺北：九歌出版社，2004 年 5 月

蘇雪林《棘心》呈現的文化躁狂與療癒空間

◎蔡玫姿[*]

一、中國文藝復興運動後的跨國女性知識分子

　　1933 年胡適（1891～1962）在芝加哥大學講座，回憶 1918 年指導傅斯年（1896～1950）、羅家倫（1897～1969）、康白情（1895～1959）發刊《新潮》雜誌的往事。[1]他將五四運動與新文化運動定位為具人文主義精神的思想改造：

> 《新潮》（*Renaissance*）是 1918 年一群北京大學學生，為他們新發行的月刊型雜誌，所取的名稱（中略）。（新文化運動）首先，它是一種有意識的運動，發起以人民日用語書寫的新文學，取代舊式的古典文學。其次，它是有意識地反對傳統文化中的許多理念與習俗的運動，也是有意識地將男女個人，從傳統勢力的束縛中，解放出來的運動。它是理性對抗傳統、自由對抗權威，以及生命和人類價值的讚譽對抗其壓抑的一種運動。最後，說來也奇怪，此一新運動是由瞭解他們的文化遺產，而且想用現代史學批評和研究的新方法論研究它的人們所領導的。就此層面而言，它是一種人文主義運動。[2]

[*]發表文章時為成功大學中國文學系助理教授，現為成功大學中國文學系副教授。
[1]傅斯年與《新潮》的關係詳見〈《新潮》之回顧與前瞻〉、〈《新潮》發刊旨趣書〉，《傅斯年全集》第四冊（臺北：聯經出版社，1980 年），頁 151～161、349～353。
[2]"The Chinese Renaissance"（1933 年胡適在美國芝加哥大學比較宗教學系哈斯克（Haskell）講座的演講），中文譯本見《中國的文藝復興》第二章（長沙：湖南人民出版社，1998 年）。

胡適這段英語演說，視五四運動及新文化運動為對抗傳統權威的人文運動。融合三個不同進程的歷史事件：1.白話文運動，以 1917 年 1 月 1 日胡適發表〈文學改良芻議〉[3]為標竿；2.北大青年 1919 年發刊《新潮》雜誌，英文譯名 *The Renaissance*。發刊籌組的傅斯年、羅家倫均是 1919 年 5 月 4 日反日愛國學潮的重要角色；[4]3.五四新文化運動，胡適以其西方哲學教育與古經文考證學結合的思想背景，提出「重估一切價值」的態度檢討舊道德，倡言科學、民主。

雖然學界對五四愛國學潮及其後文學革命的意義看法歧出：對岸凸出五四運動起草參與的共產黨員，[5]認為五四運動持續發展成抗日「新理性主義運動」；[6]余英時則認為五四運動既非文藝復興亦非啟蒙運動；[7]李歐梵就文學發展層面強調這世代文人的浪漫主義精神。[8]但是，胡適比附五四運動是中國的文藝復興，確實有效地讓西方媒體理解中國 1920 年代經歷的一場思想轉變。早在 1927 年 1 月胡適赴美國紐約演講，當地《國家》（*Nation*）雜誌對胡適的介紹就是：

> 他勇敢地推進了中國的白話文（一種為人們所不齒的口語）運動，他對
> 中國的貢獻可以與義大利的但丁和彼特拉克相媲美：他為數以百萬計的
> 中國人打開了文化教育的大門。[9]

---

[3]胡適，〈文學改良芻議〉，《新青年》第 2 卷第 5 號。

[4]羅家倫是《北京學界全體宣言》起草人、五四遊行總指揮。傅斯年為五四遊行總指揮。

[5]參與者如張國燾（1897～1979），北京學生聯合會講演部部長，後是中國共產黨第一屆代表大會成員。瞿秋白（1899～1935），後兩度擔任共產黨最高領導人。張太雷（1898～1928），北洋大學學生，天津學生聯合會評議部部長，領導共產黨廣州起義。周恩來（1898～1976），天津覺悟社領導人，後成為共產黨重要領導人。

[6]1936 年 9 至 10 月，共產黨員的〈哲學的國防動員〉、〈中國目前的新文化運動〉均以發揚「五四」的革命傳統精神，號召喚起廣大人民的抗戰與民主覺醒。參考《哲學大辭典》（1985 年），頁 676～677。

[7]余英時，〈文藝復興乎？啟蒙運動乎？——一個史學家對五四運動的反思〉，收入《五四新論——既非文藝復興亦非啟蒙運動》（臺北：聯經出版公司，1999 年），頁 1～31。

[8]李歐梵，〈五四文人的浪漫精神〉，周陽山編，《五四與中國》（臺北：時報文化出版公司，1985 年)。

[9]胡適著；季羨林主編，〈日記 1927 年 Jan. 20（Th.）〉，《胡適全集》第 30 卷（合肥：安徽教育出版

在「（中國）五四運動＝（西方）文藝復興」這個比附脈絡下，讓我們試著將焦點移轉到這一思想衝擊世代裡知識分子的精神圖象，特別是加入性別觀點省察接受五四運動洗禮的女性知識分子。這個思考點來自 Joan Kelly-Gadol（1998）以性別（gender）角度批評歐洲重要的文藝復興。Joan Kelly-Gadol 認為對婦女來說，不存在文藝復興這樣一個事實。她認為文藝復興時期婦女的活動範圍與權利更受限制，資產階級的妻子們被要求專事家務， 17 世紀的女巫迫害也愈演愈烈。[10]可以大膽的說，對照西方文藝復興時期，中國的五四時期在發揚婦女為求知主體、寫作事業上的景況是成果輝煌的。被視為五大女作家之一的冰心，稱「我在五四以前，作夢也不會想到我會以寫作為業」。[11]冰心以協和女大學生自治會文書身分，參與五四學潮組織宣傳組。〈二十一日聽審的感想〉[12]即為其聆聽五四學運學生於法庭申辯後所作，該文是冰心第一篇公開刊行的文章。而五四運動燎原之際，來自安徽太平縣嶺下村（今黃山市永豐鄉）的蘇雪林，正就讀北京女子高等師範，受教胡適之、李大釗（1889～1927）、周作人（1885～1967）、陳衡哲（1890～1976）。同學中有日後亦為知名女作家的盧隱（1898～1934）、馮沅君（1900～1974）、石評梅（1902～1928）。[13]蘇雪林在〈己酉自述——從兒時到現在〉[14]認為五四以後，「我便全盤接受了這個新文化，而變成一個新人了」。再三年，她亦如當時參與學潮的核心分子傅斯年等人，選擇遠赴歐美擁抱西方文化。其自傳性質的小說《棘心》描述一個「生當中國政局蛻變時代，飽受五四思潮影響，最後畢竟皈依了天主

社，2003 年 9 月），頁 470。*Natioan*, Vol. 124, No. 3212（《國家》第 124 卷第 3212 號）。

[10] Joan Kelly-Gadol, "Did Women Have a Renaissance?" in Renate Bridenthal, Claudia Koonz, eds., *Becoming Visible: Women in European History*, Boston: Houghton Mifflin Co., 1977, pp175-201.
瓊‧凱利—加多著；閻冬潮譯，〈性別的社會關係——婦女史在方法論上的涵義〉，王政、杜芳琴編，《社會性別研究選譯》（北京：三聯書店，1998 年），頁 82～100。

[11] 冰心，〈我的第一篇文章〉，《人民日報》，1982 年 4 月 10 日；轉引自劉廣定，〈北京《晨報》與五四〉，《歷史月刊》第 232 期（2007 年 5 月）。

[12] 冰心（署名謝婉瑩），〈二十一日聽審的感想〉（雜感），《晨報》，8 月 25 日，第 5 版。

[13] 蘇雪林描述 1917、1918 年間，與盧隱因任教關係於安慶一小學而相識，1919 年後與盧隱同時升學北京女子高等師範。當時盧隱加入文學研究會，作品常發表於《小說月報》為系上風雲人物。

[14] 蘇雪林，〈己酉自述——從兒時到現在〉，《書和人》第 107 期（1969 年 4 月）。

教的女性知識青年」。[15]本文即以《棘心》為主兼及蘇雪林重要散文,從書中擁有強烈求知欲的杜醒秋,赴法後淹沉西方知識海的生命經驗,思考《棘心》凸顯「留學」這一近代因追求知識文化而遷居的生活形態。並進一步描繪其領受異國知識海後的心靈衝擊與透過自然景色療癒身心的過程。

二、留法學生的兩種途徑:勤工儉學與中法大學

憶及第一次赴法,蘇雪林直言:「赴法留學的人經濟狀況都比留英留美的壞。」[16]當時赴美英者多數透過清華庚款,[17]錄取率低,多為世家貴冑子弟,又須就讀留美預備學校六年方能啟程。家境困苦對留學憧憬者往往選擇勤工儉學管道赴歐,《棘心》稱:「勤工儉學的組織等於替出國留學者開闢一條終南捷徑。」[18]

按留法儉學會成立於 1920 年 4 月,由李煜瀛、吳敬恆、蔡元培、張繼等人發起,創立目的是「擬興苦學之風,廣闢留歐學界,俾青年子女得吸收新世界之文明,而進益於社會」。凡年滿 14 歲,欲自費留學而每年至少可籌五、六百大洋者,皆得為該會之同志。該會對於會員既不助資,亦不索償,唯有以言論或通信指導旅行,介紹學校等之義務。按當時匯率,600 大洋約折合 1400 佛郎,或 270 元美金,並不足以應付學生在法之生活費用。[19]早期法國歡迎華工,對政界頗有影響力的巴黎《時報》(Le Temps)報導:「近有中國學生二百人到馬賽,同來者有前參議院院長張繼君,前湖

---

[15]蘇雪林,〈自序〉,《棘心》。此書原北新書局於 1929 年出版。本文所引採 1959 年臺中光啟出版社,重版從原印 12 萬增添為 18 萬字。

[16]蘇雪林,〈吳稚暉先生與里昂中法學校——一個五四時代青年的自白〉,《歸鴻集》(臺北:暢流半月刊社,1955 年),頁 43。

[17]如機械工程建築師梁思成(1901～1972)、語言學家趙元任(1892～1982)、詩人與學者聞一多(1899～1946)、錢鍾書(1910～1998)、電影戲劇家曹禺(1910～1996)、哲學家金岳霖(1895～1984)、人口學家馬寅初(1882～1982)、歷史學家陳翰笙(1897～2004)等。大抵來說,赴英、美者家境優渥者居多,如徐志摩父為浙江硤石富商;亦多出身書香世家,第三屆庚子款項公費留學榜首錢鍾書為古文學家錢基博之子。

[18]蘇雪林,《棘心》,頁 85。

[19]陳三井,〈張繼與勤工儉學〉,《勤工儉學的發展》(臺北:東大圖書公司,1988 年),頁 179。

（河）南師範學校校長汪（王）君，中國學生者已來者，將近七百人矣！」
《小巴黎報》（*Le Petit Parisan*）大幅詳載中國學生到法，尤為注意女生二
人，並將照片登諸報端。[20]但隨著歐戰結束，男丁復工，華工累增快速，勤
工儉學生已找不著能兼顧習法文與生計的工作。吳稚暉遂擬定〈海外中國
大學末議〉構想要為中國培養更高層學術人才，而不是以勤工儉學生，填
補歐戰後損傷男丁過多的法國勞工市場。李石曾則於 1919 年 11 月提報里
昂大學校長，預計自中國國內招考 2000 名學生。1921 年 7 月 9 日，中法
雙方達成協議，簽訂正式合同。新的大學不是由華法教育會管理，而另成
立政府監護下的「中法大學協會」（Association Universitaire Franco-
Chinoise），作為管理中法大學之機構。蘇雪林留法途徑即是循此路徑，她
在國內考取官費成為中法大學里昂分部留法生，1921 年搭法國郵輪博多士
（Porthors）號赴法里昂中法大學。[21]

　　吳稚暉對這一批中法大學的學生有極高期許，他希望其中能出得一個
胡適之，不枉他辦學苦心，但就蘇雪林回憶：「我們聽了這話，竟大不以為
然，我們不但人人都將成為胡適之，而且還要勝過胡適之，因為那時候，
五四思潮已轉了方向，而趨向於社會主義，馬克思、列寧，成了我們所崇
拜的偶像，胡適之在我們眼裡早已變成過時人物了」。[22]《棘心》中呈現的
是 1920 年代旅法學生左傾運動。初期中法大學充斥各式思想，有無政府主
義者、國家主義者、馬克思主義者，學生活動總部多設在巴黎。無政府主
義者成立「工餘社」發行《工餘》雜誌，國家主義派在巴黎成立中國青年
黨。趙世炎主導「勞動學會」，和受蔡和森影響之「工學世界社」結合馬克
思主義者於 1922 年 6 月 3 日成立「旅歐中國少年共產黨」，並在 1923 年 2
月 17 日改組為「旅歐中國共產主義青年團」。日後蘇雪林深感後悔曾在
1921 至 1922 年，因年輕人的躁進與其他 27 位同學聯名起草「開廳審判吳

---

[20]同前註，頁 141～142。轉引自《旅歐周刊》第 8 號（1920 年 1 月 3 日），頁 3。
[21]此行認識傳奇女畫家潘玉良（1895～1977），其他同行者尚有林寶權、羅振英、楊潤餘等 13 名女
　性。
[22]蘇雪林，〈吳稚暉先生與里昂中法學校──一個五四時代青年的自白〉，《歸鴻集》。

稚暉」宣言，羅列吳稚暉徇私、植黨罪行。熱心教育的吳稚暉被迫刊登活死人吳稚暉、訃告了事。[23]此事稱為 1921 年的「二八運動」，與另兩項「反對中法秘密借款」、「爭回里昂中法大學」同屬馬克思主義活動其中的群眾運動。[24]蘇雪林為文感歉過往行為粗率，亦表達對吳稚暉人格較深的理解，「時過境遷，我們已無懇切向吳先生表示懺悔的必要。但自五四運動以來，青年誤解個性自由的真義，而蹈於狂妄無知之過者，至今流風未泯，那麼，我以過來人的資格而向青年說這句話或者不是毫無意義的吧。」[25]顯示五四運動帶起之自由汲取知識的風氣，在異國確實形成一股狂飆躁狂的風氣。蘇雪林說當時留法學生群二十初頭，「學問雖談不上什麼，經驗也異常貧薄」：

> 帶著呵佛罵祖，抹煞一切的「狂」，抱著壁立萬仞，唯我獨尊的「妄」，與生吞活剝，一知半解的「無知」，到了自由平等先進之邦的法國，以為我們的個人主義，更可以發揮盡致。不意法國之一切，並不如我們所理想，他們傳統威權倒是很大，青年很講究服從，我們閒與法友談起我們的思想來，他們每每點頭讚歎道：「你們是太前進了！」我們聽了這句譏諷的話，也許會引起一點反省，但在當時卻反洋洋得意。我們比自由平等的法國人還要前進，豈不光榮嗎？[26]

《棘心》中蘇雪林記錄了左傾勤工儉學學生的困境。一千多名透過勤工儉學管道的學生抵歐時，因歐洲戰場已歇，前線士兵陸續退役大後方，工廠工作不易取得，且待遇上有種族差異。遠渡重洋赴歐的勤儉學生染有國內四體不動，不分五穀的讀書人習氣，無法如吳稚暉等人提倡之手腦並

---

[23]蘇雪林，《蘇雪林自傳》（南京：江蘇文藝出版社，1996 年 12 月），頁 52。
[24]蔡懿蓉，〈民初留法勤工儉學運動與中共旅歐組織之建立（1912～1926）〉（中國文化大學中國大陸研究所碩士論文，2005 年）。
[25]蘇雪林，〈吳稚暉先生與里昂中法學校──一個五四時代青年的自白〉，《歸鴻集》，頁 45。
[26]同前註，頁 46。

用，熟諳勞動生產，因此所謂半工半讀的理想並不順遂。最後中法實業銀行倒閉，成為壓倒駱駝的最後一根稻草，「留法華工的款項，約二三百萬佛朗，盡化為烏有」。[27]這群學生工讀不成，房租膳食成為龐大壓力，「寫信要求家庭接濟吧，則他們家庭本屬貧窮」[28]、「呼籲社會援助吧，則法國社會本認不得你們這些黑頭髮黃臉孔的中國人」。[29]雖然倡議勤工儉學議題的李石曾透過豆腐公司挹注數十萬佛朗，但被索討一空。部分學生被房東趕到街上惶惶如喪家犬，困頓中成為「過激主義者」，短期內多數學生左傾加入共黨。

　　1920 年 9 月（里大未開學前）勤工生進軍里大，強占校舍。共黨分子周恩來坐鎮巴黎，趙世炎、李立三（隆郵）、陳毅、蔡和森均參與其中，與法國軍警發生衝突，最後被遞解回中國。[30]流亡學生最後透過宗教力量安頓，《棘心》第 13 章提到比利時籍傳教士賴神父（即雷鳴遠）[31]四處奔走，安插兩百多個勤儉學生到學校或熱心教友家庭暫住。他自己負擔六、七十個的生活，並協助其他勤儉學生一些零碎代辦事項。「賴神父的打字機整日回覆勤儉學生四五十多封信件」、「賴神父如周公『一飯三吐哺，一沐三握髮』，會客都是黃臉皮的中國人」。這段見證宗教神職人員不分種族給予援助的溫暖事蹟，造就蘇雪林日後成為天主教徒，並未走向共產左翼思想。

三、《棘心》躁狂躍動的學習

　　雖說異地滋長青年學子的激進性，但異國時空也確為探索知識的最佳時刻。初訪異國者多經過淹沉知識海的震撼。北大學生李季致蔡元培、胡適（1923 年 2 月 20 日）信，即提到國內缺乏新書而國外知識素材良多：

---

[27]蘇雪林，《棘心》，頁 86。另可見蘇雪林，《浮生九四——雪林回憶錄》（臺北：三民書局，1991年），頁 48～57。

[28]同前註。

[29]蘇雪林，《棘心》，頁 86。

[30]陳三井，〈勤工儉學運動初探〉，《勤工儉學的發展》。

[31]按蘇雪林《浮生九四——雪林回憶錄》還原史實，即天主教神父雷鳴遠（Rev Vincent Lebbe，1877～1940），洗名味增爵，生於比利時。1901 年來華傳教。1927 年加入中國籍。

在國內時，既無新書可讀，復乏名人指導，即不譯書，也終久是沒出
息，所以只好埋著頭去譯。到了西洋，既有汗牛充棟的新舊書籍可供參
考，復有無數著名的學者擔任指導，一個人幸而處在這種環境之中，猶
不能發憤為雄，在著作上力求自立，而沾沾以譯書為能事，也未免太可
憐了！[32]

海外學習激發他的雄心抱負「生極願在這太平洋般大的學海中和喜馬拉雅
山般高的書林裡，單刀直入，隻身探險，尋得一點寶貝，歸獻國人」。[33]留
法的蘇雪林也同樣有沉浸知識海的經驗。透過《棘心》的女性角色杜醒秋，
指出五四時代「懷疑精神非常發達」、「問號如風中柳絮，漫天飛舞」，[34]但
是理性精神是一切根本：

五四時代的知識份子所有信仰雖完全摧毀，但我們的心龕裏卻供奉著一
個儀態萬方，尊嚴無比的神明，這可以稱為「五四理性女神」[35]

《棘心》的醒秋以留學生愛戀法國，「一半為學問慾之難填，一半為法國文
化的優美，實有教人迷醉的魔力。」[36]圖書館內書籍浩如煙海，博物院所陳
列名畫滿眼琳瑯，「置身於這樣的國家，自必自視欿然，拋去速成的觀念，
而建設長時期讀書的計劃；自必沉酣陶醉，流連忘返」。[37]
　　《棘心》第 7 至 16 章透過杜醒秋的學習，勾勒一幅西方文學與哲學思
維充斥的法國文化圈。她從 17 世紀法國古典主義成就卓著的戲劇家郭乃怡
（Pierre Corneille，1606～1684）、拉辛（Jean Racine，1639～1699）論至

---

[32]李季，〈李季信十四通〉，耿云志編，《胡適遺稿及秘藏書信》冊 28（合肥：黃山書社，1994
　年），頁 82。
[33]同前註，頁 91。
[34]蘇雪林，《棘心》，頁 90。
[35]蘇雪林，《棘心》，頁 92。
[36]蘇雪林，《棘心》，頁 179。
[37]同前註。

18 世紀盧騷（Jean-Jacques Rousseau，1712～1778）、夏都白利昂描寫自然景色的散文。杜醒秋沉迷有聲有色的哀豔故事，特別是對悲壯處境感同身受，這類題材通常是劇中主角為了完成光榮使命，捨棄一切難以割捨的情感。「像那阿哈斯爲愛羅馬之故，手刃其妹；羅特立克爲報父仇，殺其未婚妻之父；奧古斯丁大帝赦免爲親復仇，屢次行刺他的西娜；婆留立克爲棄其愛人而殉道」，[38]這些悲壯淒迷的情節，重新揭示杜醒秋的審美觀偏向陽剛之美、宇宙壯美情懷：

> 她愛由高山之巔看漫漫四合的雲海、大海上看赤如火焰的落日、絕壁間銀河倒瀉般的飛泉、黑夜裏千山皆紅的野燒。她愛聽雷霆聲、大風撼林木聲、錢塘八月潮聲、鐃吹聲、金戈鐵馬相衝擊聲……[39]

崇高與絕對的道德情感激發，使她不悔到法國來，因這些高尚優美與她在國內所見肉欲文學大不相同。透過確認生命價值的過程，思索多種方向：第 12 章與馬沙修女討論生物學，自然與靈魂關係，思考何以科學哥白尼、伽里略、凱蒲拉、牛頓、樂外里野都信仰天主教，是因他們的宗教情懷在感性激發下也有著科學家理性思維，便於考察宇宙萬物。[40]第 17 章則出現托爾斯泰《復活》和《藝術論》、倭伊鏗、柏格森的創化論、詹姆士的根本經驗論。特別是通行五四知識界的波蘭作家顯克微支（H. Sienkiewicz，1846～1916）《你向何處去？》，她簡論：「……自然主義的衰敗、新浪漫主義的代興、心靈界的覺醒、神祕思想的發達，已成了今日歐洲文壇顯著的事實。」[41]

　　客觀而論，《棘心》中呈現的異地知識探索，不免有五四「拿來主義」[42]

---

[38]蘇雪林，《棘心》，頁 96。
[39]同前註。
[40]蘇雪林，《棘心》，頁 151。
[41]蘇雪林，《棘心》，頁 219。
[42]魯迅（署名霍沖），〈拿來主義〉，《中華日報・動向》，1934 年 6 月 7 日。

快速咀嚼西方思想，並有淺薄拼貼取捨的缺點。但文中描述主角嘗試拆解種種價值觀，尋找生命核心的心理掙扎稱得上是很出色的。其慨歎：「呀！這真是一個青黃不接的時代，舊的早已宣告破產，新的還待建立起來。我們雖已買了黃金時代的預約券，却永遠不見黃金時代的來到。」[43]她認為這世代的知識分子是：

> 我們摸索、逡巡、顛躓、奔突，心裡呼喊着光明，腳底愈陷入幽谷；我們不甘為物質的奴隸，卻不免為物質的鞭子所驅使；我們努力表現自我，而拘囚於環境之中，我的真面目，更汨沒無餘。現實與理想時起衝突，精神與肉體不能調和，天天煩悶、憂苦，幾乎要到瘋狂自殺地步，有人說這就是世紀病的現象。現代人是無不帶着幾分世紀病的。[44]

此段描繪破壞後價值重建的現代處境，與留日學生發出的感觸頗有互相呼應處。著名的文學教授廚川白村（1880～1923）雜揉尼采（Friedrich Nietzsche, 1884～1900）超人哲學及柏格森創化論進而批評現代人的頹廢病，廣受魯迅、郭沫若（1829～1978）注意。廚川白村指出，相對尼采強人哲學，近代文學呈現各種「疲勞的狀態」、「神經的病態」，如諾德（Max Nordau，1849～1923）「退化理論」（Degeneration Entartung）所說之世紀末病態。[45]五四時期的知識分子中，留日派比起英美派更呈現一種追求生命價值卻又施展不開的凝滯焦躁，也更受廚川白村沉痛省察文藝之病的思想吸引。魯迅〈《苦悶的象徵》引言〉以鐵屋子內呼喊奮力疾聲的形象，闡述廚川文藝理論核心及來源，強調廚川「對於本國的缺失，特多痛切的攻難」，並說明「萎靡錮蔽」的精神狀態是不可能產生偉大藝術。郭沫若復延伸認為作家：「唯有此精神上的種種苦悶才生出向上的衝動，以此衝動以表現於

---

[43]蘇雪林，《棘心》，頁218。
[44]同前註。
[45]劉紀蕙，〈心的翻譯——廚川白村與中國／臺灣現代性的實體化論述〉，劉漢初主編，《文學研究的新進路——傳播與接受》（臺北：洪葉文化出版社，2004年），頁581～610。

文藝，而文藝尊嚴性才得確立。」[46]

　　在異地邊緣知識分子，苦悶的心境來自與外在脫離的疏離感。《棘心》中的杜醒秋亦然，她身處多霧的里昂，感受愛情虛空的心思紛亂、亂夢如雲：

> 醒秋身體既多病，神經也變成衰弱。無論什麼小小刺激，都能使她的精神感受極大的擾亂。她幼時木瓜氣質完全消失，成了一個極其敏感的人，她變得很容易發怒，容易悲哀，多疑善慮；又不喜歡見人。有時自己關閉在寢室中瀏覽小說，沉溺於幻想的境界裡，能接連幾天不下樓。[47]

思慮過多導致神經衰弱症，「遇見天氣太冷太熱，或陰雨過久，她也要喃喃怨恨不絕」，法國同學因之喚她 enfant douillette（嬌孩）。[48]她也深深體悟「作客況味，孤寂可憐」。

　　若我們參照蘇雪林大量回憶自傳描述的自我形象，會發現與《棘心》中杜醒秋留學時期投影的嬌孩性格差異甚大。蘇雪林《歸鴻集》（1955）[49]、《我的生活》（1697）[50]、〈己酉自述——從兒時到現在〉（1969）[51]，《浮生九四》（1993），〈兒時影事〉提到的童年形象都是不嬌貴、四處玩耍的野孩子。七歲前與叔父、哥弟遊戲於野外，釣魚、捕蟬、追雀、掏蟋蟀。自豪於「我幼時做竹弓箭頗精巧，連最聰明的四叔都佩服我」。[52]「諸叔弟兄的弓箭都是我替做的。」[53]長大後更抨擊中國文治精神的弊病，認為當效西方尚武精神：「讀書人只知道咬文嚼字，埋首經典，吟風弄月，寄情自然，一

---

[46]郭沫若，《文藝論集》（北京：人民文學出版社，1979 年），頁 194。
[47]蘇雪林，《棘心》，頁 95。
[48]蘇雪林，《棘心》，頁 209。
[49]蘇雪林，《歸鴻集》（臺北：暢流半月刊社，1957 年）。
[50]蘇雪林，《我的生活》（臺北：文星書店，1967 年）。
[51]蘇雪林，〈己酉自述——從兒時到現在〉，《書和人》第 107 期（1969 年 4 月）。
[52]蘇雪林，《我的生活》，頁 26。
[53]同前註。

談到尚武，便覺得粗鄙野蠻，不欲置之齒頰。數千年來文學說到戰爭，總是悲傷的情調，詛咒的言語。」她批評中國文學只有「從軍苦」，從來沒有「從軍樂」。

> 我們中國兩次全面受異族征服，所遭屠戮之慘，不可勝言。鴉片戰爭以後，我們與日本及列強交綏也動輒挫敗，「東亞病夫」與「東亞懦夫」之名傳遍世界，實為我中國民族之奇恥大辱。國民性之所以如此，與中國文學反對尚武精神有關。[54]

上述言論期待以尚武精神的拔擢，締造一男性陽剛的中國國民性，以改造「東亞病夫」這類在西方眼中中國民族性的脆弱想像。[55]但面臨空間的置換、異地的差異，蘇雪林中投射自我於《棘心》中的杜醒秋，其精神形象卻是如嬰孩般嬌貴，足以見異地的人事景物挫敗了自我，流露了脆弱的一面。

　　此外，《棘心》也清楚意識到國族差異造成的隔離感，雖然法國「立國的信條，無論紅黃棕黑，一視同仁，不以國勢的強弱，生出待遇的差別。」[56]但「法國人雖與我們親熱，而以風俗、文化、種族，太不相同之故，我們心靈仍有一種不知其然的隔膜；我們在此邦作客時，一方面似乎樂不思蜀，一方面又日夜懷念家鄉，留學生大都有一種煩悶病，留學愈久者其病癒深。」[57]這類思鄉孤寂最後表現在收到家書時的敏感心情：

> 她每次接到家信，心先跳躍，手先發抖，有時候竟很無道理地痛恨家人不知體貼作客人的心理，將這些話來刺激她。但家人將事隱瞞了些時，

---

[54] 蘇雪林，《蘇雪林自選集》（臺北：黎明文化公司，1977 年），頁 118。

[55] 關於蘇雪林尚武思想可參考吳姍姍，〈論蘇雪林之尚武思想〉，《文與哲》第 13 期（2008 年 12 月），頁 271〜298。

[56] 蘇雪林，《棘心》，頁 179。

[57] 蘇雪林，《棘心》，頁 180。

被她發覺，她又大生其氣，說家人不將她作為家庭的一份子。在她信裏，家人都覺得她國文退化，信寫得拉拉雜雜，不大清順，而性情卻變得比從前難纏，越發不放心她之在外國了。[58]

故鄉的消息偏於壞的方面多，「不是說母親又有些不適意了，二哥才誕生幾個月的小兒子夭亡了，三弟成了極怪異的神經系症，醫生斷定終身不治的了；便說父親失掉差使，或春間故鄉發大水，將門前石橋沖塌，壩塘工程，毀損大半；或今秋久旱，收穫大為減色；或家裏失了竊，偷去不少東西。」故鄉的壓力太過龐大，尤其是大哥的過世透過家書傳來：

> 一天清早，她坐在土山低岡欄杆上看書，同學遞給她一封信。她看封面是北京一個堂兄寫來的，這個堂兄從不和她通訊，為什麼突然有這一封信來呢？她覺得有些奇怪。慢慢拆開那封信，抽出信箋來讀，信中起頭是幾句闊別相念的套話，以後便說及她大哥的病。信中說她大哥的病，自到省以後日益沉重，家人初不疑有變，但……她讀到這裏，心發顫了，眼光黑暗了，以下只看見一派鳴呼噫嘻……[59]

原本杜醒秋在法國呼吸甜美的空氣，拋擲了親屬關係，專注自我的世界。但家書卻扮演重新召喚、歸位的一個媒介，也是異國與家鄉空間斷裂中重新締結的催化物，促使杜醒秋經歷早已發生過的一次變故之精神撞擊，從中增添對生活的憂慮。收到家書彷彿經歷一場人生劇變，蘇雪林在書寫此段落時頗有歌德式鬼魅敘事的效果：

> 有時夢見被散髮凸睛的殭屍追逐，她要奔逃，也是逃不動；殭屍的利爪似乎抓住了她的頭髮。在極端的恐怖、焦急、忙亂中極力抵抗，極力掙

---

[58] 蘇雪林，《棘心》，頁181。
[59] 蘇雪林，《棘心》，頁62～63。

扎，正無可如何間，忽然睜開眼來，昏燈有影，紙窗微露白光，剛才所
經歷的恐怖，原來不過是一個惡夢。乍醒時渾身汗流，心頭還是突突亂
跳，定一定神，便不覺啞然失笑了。夢中的危險，只有醒來可以救，夢
中的幻境，醒來便化為烏有，現在她希望她恰才收到信的事，也是一個
惡夢，頃刻間她便可以醒來。[60]

這份恐懼發展極致便是幻想最終返鄉，「城郭如故，人民已非，荒煙蔓草之
間，但見累累殘塚，那時候的心靈是如何的淒涼慘惻，便真做了神仙，也
是無味」。她在腦海中縈繞杜甫〈無家別〉：「行久見空巷，日瘦氣慘淒，但
見狐與狸，豎毛怒我號，四鄰何所有？一二老寡妻……永痛長病母，五年
委溝谿。生我不得力，終身兩酸嘶！」

然而，家書捎來地獄般的訊息與法國的緩慢愉悅的時空環境是斷裂的，

但是萬里無雲的青天，在她頭頂上閃耀；飛鷹在空中迴旋，不時發出淒
厲的叫聲；菩提樹和楊柳在春風中搖曳，腳下是紫青繚白，金碧沉沉的
里昂全市；大樓前同學三五成群的談笑散步。禮拜堂的鐘聲，一下一下
在寥廓的空間顫動，又徐徐在空間消失。天地靜靜地，安閒地，橫在她
的面前，一切存在是事實，她恰才的經歷也分明不是夢。[61]

內心的傷痛讓她「並無一滴淚，好像一個兵士在戰場上突然中了一彈，止
有麻木的感覺。痛苦像要誘惑她似的，張開雙臂，慢慢向她心靈擁抱過
來，她也癡呆呆地不知逃避，等到她的整個心靈都在痛苦緊束之下，猛然
間她感到一種被榨壓的劇烈痛楚了。」[62]在知曉兄長逝世後，她所知悉的故
鄉種種事端讓她憎恨，於是「中國」被徜徉法國草地上的杜醒秋，建構成

---

[60]蘇雪林，《棘心》，頁63。
[61]同前註。
[62]蘇雪林，《棘心》，頁63～64。

是對應此時理想世界的荒原：

> 哀鴻遍野，干戈滿地，令人痛恨的罪惡，層出不窮，驚心動魄的災變，
> 刻刻激刺乎神經，兩下一相比較：一邊不啻是世外仙源，一邊不啻阿鼻
> 地獄，或血腥充塞的修羅場，誰不願辭苦就甘？誰不願身心寧謐？[63]

而法國都龍湖畔則是充滿詩意的烏托邦：「沒有眼淚，只有歡笑，沒有戰
爭，只有和平。」[64]既是「恬靜，但也是蕩心動魄的狂歡；說是酣醉，卻有
沖和清澹的詩趣。」[65]於是，對著湖畔，蘇雪林高唱：

> 厭世的人到此，會變成樂天者；詩人月夜徘徊於水邊，也許會輕笑一
> 聲，在銀白的波光中結束了他的生命。總之這一派拖藍揉碧，明豔可愛
> 的湖水，是能使人放蕩，又能使人沉思，能使人生，又能使人死的。[66]

　　《棘心》創造了一個假象的完善無瑕的真實空間（法國湖畔）對比現
存空間的汙濁病態（中國家庭）。稍後的散文集《綠天》內仍以故國「是一
片荒涼蕪穢的平地，沒有光，沒有香，沒有和平，沒有愛⋯⋯」，[67]中國成
為異國鄉間、湖畔、嘉木和諧對應下的阿鼻地獄、森羅修羅場。在異地的
自然風光中營造「慢空間」，對照彼時腦中揮之不去封建家庭與戰爭頻仍中
國的鬼魅環境，遂浮現一並時存在中國／異國、地獄／天堂、無家／離家
的悽惶心境。

---

[63]蘇雪林，《棘心》，頁 179。
[64]蘇雪林，《棘心》，頁 76。
[65]同前註。
[66]蘇雪林，《棘心》，頁 76。
[67]蘇雪林，〈鴿兒的通信〉，《綠天》，頁 28。

四、自然景物與空間療癒

　　朱光潛（1897～1986）、梁實秋（1903～1987）都曾分析富浪漫氣息的五四一代作家擅長描述自然風光。如郁達夫以敏銳特出的空間替換，挪用「自然」抒解心情。《沉淪》裡將日本鄉間的荒僻角落，枯寂的神社，雜揉浪漫主義詩人華茲華斯（William Wordsworth）的稻田、高原詩，使得自然田園想像，充滿跨國文化資源的拼貼樂趣，以之排遣異地性苦悶與知識分子國族壓抑下自我不得伸張的心境。

　　蘇雪林的散文〈收穫〉[68]以秀麗文字書寫景色。她回憶兩次在法國鄉間採收果子。一次是在里昂居住的第二年，透過法文補習教員海蒙女士介紹至檀提頁鄉別墅避暑：

> 遠處平原，一點點的綿羊，似綠波上泛著的白鷗。新綠叢裏，禮拜堂的塔尖，聳然直上，劃開蔚藍的天空。鐘聲徐動，一下下敲破寂寞空氣。和暖的春風拂面吹來，夾帶着草木的清香。我們雖在路上行走，却都有些懶洋洋地起來，像喝了什麼美酒似的。便是天空裏的雲，也如如不動，陶醉於春風裏了。

最末述陶醉於春風微醺裡，指出田園風光能抒解時間匆忙的壓迫感。

　　另一次是 1924 年到里昂附近香本尼鄉村避暑，蘇雪林借住一女子小學校一夏與半個秋天，並參與當地採收葡萄：

> 涼風拂過樹梢，似大地輕微的噫氣，田間隴畔，笑語之聲四徹，空氣中充滿了快樂。我愛歐洲的景物，因它兼有北方的爽塏和南方的溫柔，它的人民也是這樣，有強壯的體格，而又有秀美的容貌，有剛毅的性質，

---

[68]蘇雪林，〈收穫〉，《綠天》，（臺中：光啟出版社，1978 年 6 月），頁 52～59。

而又有活潑的精神。

她將當地景物聯繫理想的國民性，採取全景構圖：

> 麥隴全黃，而且都已空蕩蕩的一無所有，只有三五隻白色駐點的牛靜悄
> 悄地在那裏嚙草。無數長短距離相等的白楊，似一枝枝朝天綠燭，插在
> 淡青朝霧中，白楊外隱約看見一道細細的河流和連綿的雲山，不過煙靄
> 尚濃，辨不清楚，只見一線銀光，界住空濛的翠色。

這些田園景物帶有暫時凝止的效果，讓作家忘卻故鄉紛擾的藝文圈及封建
枯寂的中國家族氛圍，可稱之為「慢的空間」。當她初至法國，以「四月歐
洲天氣，恰當中國的暮春，南風自地中海吹來，灰黯的天空，轉成爽朗的
蔚藍色，帶著一片片搖曳多姿的白雲」，[69]「里昂，像久病初蘇的人，欣然
開了笑口。人們沐浴於這溫和空氣裏，覺得靈魂中的沉澱，一掃而空，血
管裏的血運行比平時更快，啊！少年體中的青春，像與大地的青春，同被
和風喚醒了！」[70]當患喉病身心衰弱時，來夢湖成為一個療癒空間，[71]此湖
今稱日內瓦湖，夾於瑞士與法國。來夢湖是杜醒秋心中「充滿美麗夢意的
一片清波！」[72]湖中白帆船「帆作三角形，鼓風而行，也走得飛快，有雅興
的人，不要汽船，卻偏偏這種帆船來坐」。[73]晚上更有弦樂傳出：

> 清歌之聲四徹，紅燈點點，影落波間，有如萬道沒頭的金蛇，上下動

---

[69]蘇雪林，《棘心》，頁51。
[70]同前註。
[71]醒秋喉病發作，她打算選擇一空氣清爽不若里昂多霧天氣的地方進行療養。原考慮和義大利接壤
的律斯，「地臨碧海，花木清幽，四季常春，風日晴美，可以算得法蘭西興圖上的一顆明珠」，
蘇雪林，《棘心》，頁73。義大利又是梁啟超筆下民族偉人瑪志尼的故鄉。但限於生活程度太
高，又無熟人，最後選擇北方都龍省來夢湖（LclacLéman）畔的都龍。
[72]蘇雪林，《棘心》，頁76。
[73]同前註。

盈。綺麗如畫的湖山，和種種賞心樂事，不知鼓動了多少遊客，風狂了多少兒女。[74]

蘇雪林描述湖泊亦摻夾地理知識，「這湖彎彎如新月形，長約數百里，西南岸屬法境，東北屬瑞士境，但瑞士的土壤，又由法境蒙伯利亞（Montbéliard）及婆齊（Bourg）窄窄的伸進一支，在湖的西角上，建立了日內瓦京城」。[75]法國那一區塊「像睡美人伸出一支玉臂，從繡榻外抱回她的嬌兒。打開輿圖來看，覺得那模樣真是嫵媚絕倫」。[76]1927 年稍晚蘇雪林後赴法遊學之畫家劉海粟（1986～1994），1931 年返國後在上海舉辦「劉海粟歐遊作品展覽會」，展出油畫、國畫、盧浮宮臨摹畫 225 幅，其中就有多幅來夢湖，劉海粟亦在《歐遊隨筆》〈多變的萊夢湖〉如栩描繪該湖寧靜優美。1928 年赴法的美學批評家傅雷（1908～1966），譯著《巴爾札克全集》、法作家羅曼羅蘭（Romain Rolland）之餘，《傅雷家書》也多次提到來夢湖，顯示這湖的倩影停留在 1920 年後留法中國學生的腦海中。

蘇雪林可算是描述來夢湖的先行者，她以擬人手法稱「來夢清超曠遠，氣象萬千，相對之餘，理想中憑空得來一個西方美人的印象。她長裾飄風，軒軒霞舉，一種高抗英爽的氣概，橫溢眉宇間，使人意消心折，決非小家碧玉徒以嬌柔見長者可比。」[77]

而遊覽湖畔則以步行者節奏吐露湖畔周遭「有幾座小樹林，一大片草地，鐵欄圍繞，欄上綠滿薔薇花，猩紅萬點，和澄藍的湖波相映。」[78]其觀察有獨特處，見湖畔樹林散落大理石琢成的立像，她體會這些已然從玉色轉為青灰色「像有機體人們之會衰老一樣，不過人們身上鐫著的是憂患痕

---

[74]蘇雪林，《棘心》，頁 76。
[75]蘇雪林，《棘心》，頁 75。
[76]同前註。
[77]蘇雪林，《棘心》，頁 76。
[78]蘇雪林，《棘心》，頁 74。

迹，石像身上鐫著的是風、雨、陽光、水氣的痕迹。」[79]而與海相對的別墅「所有的屋子都不用圍牆，欄杆約束而已，園中花木，行人也可一目瞭然。這些屋子已將一片盈漾的湖波，收攝於窗戶之內，也將自己幽雅的點綴，獻納於湖，以為酬答。」[80]也有步行眺望的視野，見平地別墅：

> 有的紅磚赭瓦，映掩萬綠之中；有的白石玲瓏，有似水晶宮闕；有的洋台一角，顯出於玫瑰花叢，湘簾沉沉，時露粉霞衫影，有時窗戶洞開，斐儿瓶花，了了可辨，清風裏時時飄出鏗鏘的琴韻……[81]

《棘心》最後一章述自己將離開法國前，於巴黎觀賞的心得。但畢竟受限短暫一瞥，加上採哀悼方式瀏覽異國，所以整體的回憶卻不如都龍湖畔駐足瀏覽的深刻：

> 醒秋少時讀康有為《歐洲十一國遊記》，[82]每每心嚮往之。現在真個身到蓬山，頗有聞名不如見面之感。那塔高約百餘丈，乘電機以升降，置身塔巔，可以引起飄飄凌雲，羽化登仙的意境。覺得「側身送落日，引手攀飛星」的兩句詩，還不足形容這座塔的高峻。不過這種建築，究竟是現代物質文明的結晶，比起那尼羅河畔突出黃沙綠櫚間的金字塔，怕大有雅俗之別。[83]

鄉間別墅留下的影響，更勝城市名勝給予作者的粗淺印象。日後〈島居漫

---

[79]同前註。

[80]蘇雪林，《棘心》，頁75。

[81]同前註。

[82]康有為1898年戊戌變法失敗後，「流離異域一十六年，三周大地、遍遊四洲，經三十一國，行六十萬里路，一生不入官，好遊成癖」的考察生活，「其考察著重於各國政治風俗，及其歷史變遷得失、其次則文物古跡」。尤其在義大利和法國的遊歷感觸頗多，回國後寫成《義大利遊記》和《法蘭西遊記》，即為《歐洲十一國遊記》收錄的主要篇章。

[83]蘇雪林，《棘心》，頁226。

興〉論青島密密層層鋪天蓋地的樹，再度回憶法國生活，反覆玩味的仍是在樹林散步的樂趣。

> 我常自命是個自然的孩子，我血管裏似流注有原始蠻人的血液，我最愛的自然物是樹木，不是一株兩株的，而是森然成林的。[84]

她以「像巴黎的盧森堡、波魯瓦、里昂的金頭公園，雖萬樹如雲，綠蔭成幄，我可不大中意，為的遊人太多，缺乏靜謐之趣。你的心靈不能和自然深深契合，雖置身了無纖塵的水精（晶）之域，仍不脣馳逐於軟紅十丈的通衢，還有何樂趣之足道？」[85]蘇雪林稱「畢生不能忘記的是十年前里昂中法學校附近菩提樹林的散步。」[86]她述菩提樹「樹身大皆合抱，而潤滑如玉」[87]令人極感怡悅。以散步駐足的節奏領悟「嘉樹」美盛臃腫多癭的老樹「仰望頂上葉影，一派濃綠，雜以嫩青、淺碧、鵝黃、更抹著一層石綠，色調之富……」[88]

> 怪不得法國有些畫家寫生野外之際，每一類油彩要帶上五六種，譬如藍色，自深藍、靛藍、寶藍、澄藍、直到淺藍，像繡線坊肆的貨樣按層次排列下來，他種顏色類是。這樣才可用一枝畫筆攝取湖光的滉漾，樹影的參差，和捕捉朝暉夕陰，風晨月夕光線的變幻。[89]

她更認為法國的菩提樹是屬於哲學家的，「看它挺然直上，姿態是那末的肅穆、沈思，葉痕間常洩漏著一痕愉悅而智慧的微笑」。[90]而法國郭霍諾波城

---

[84]蘇雪林，〈島居漫興〉，《蘇雪林文集》，頁242。
[85]同前註，頁243。
[86]蘇雪林，〈島居漫興〉，《蘇雪林文集》，頁243。
[87]蘇雪林，〈島居漫興〉，《蘇雪林文集》，頁243。
[88]蘇雪林，〈島居漫興〉，《蘇雪林文集》，頁243。
[89]蘇雪林，〈島居漫興〉，《綠天》，頁69～70。
[90]同前註，頁70。

的圖書館數百棵參天老樹林木，「鬱鬱葱葱的綠在半天裏」。[91]周遭噴泉讓此地宛若仙宮，「從古色斑斕的銅像所拿的瓶子或罐子什麼的裏面迸射出來，射上一丈多高，又霏霏地四散落下，濃青淺紫中，終日織著萬道水晶簾。」[92]翠綠大樹印象如此深刻，以致後來寫景頻頻出現大樹身影。

在蘇雪林回憶中滋長的異國療癒空間——湖畔、鄉間別墅、圖書館附近的嘉木甬道，都營造特殊時間的切片堆疊。這些地點在充滿個人經驗的獨特體會中，不可逆轉地留下如塊狀難以感受分秒消失，舒緩延展的寬鬆時間感觸。她吸收自然氣息的芬多精，以達致淘洗靈魂效果。《棘心》中的法國鄉間、都龍湖畔、楓紅、旅社、修道院，都是極佳之慢空間，撫慰了獨在異國思緒紊亂的蘇雪林。

五、結論

留法經驗對蘇雪林有兩方面影響：一是意外成為暢銷女作家。自傳體小說《棘心》[93]（1929）出版後，因該書反映五四新舊思潮衝擊下，新女性在戀愛、婚姻、宗教、讀書志業抉擇上的衝突，貼近五四新女性的掙扎，「京滬愛好文藝青年，莫不喜歡閱讀。」[94]據當時讀者回憶：「那時候我們讀張資平，葉靈鳳等人風花雪月的小說，讀得個個莫名其妙的無病呻吟起來，等讀到蘇先生的《棘心》才感到一股真性情，真情感的熱流，由心底升起……。」[95]此書後成為年輕人結婚的時髦贈品，[96]蘇雪林以作家出名晉升文壇。二是留法期間蘇雪林浸潤歐洲知識海，形成知識體系。她以獨特的中西比較文學研究取徑詮釋《屈賦》，並對當時歐陸文學流派與中國作家

---

[91]蘇雪林，〈鴿兒的通信〉，《綠天》，頁 28。

[92]同前註。

[93]署綠漪女士著。北新書局版，1937 年印行八版，1959 年於修訂後由臺中光啟出版社印行增訂本，列為「小說叢刊」之一。

[94]一萍女士，《暢流》月刊，轉引自〈見不得人間不平事——訪蘇雪林女士〉，《自由青年》《第 76 卷第 1 期（1986 年 7 月 1 日），頁 8。

[95]葉褆貞女士描述中學時期讀《棘心》，同前註。

[96]一萍女士：「一有人結婚，《棘心》是很時髦的禮品。」轉引自〈見不得人間不平事——訪蘇雪林女士〉，《自由青年》第 76 卷第 1 期，頁 8。

融會貫通之唯美派、頹廢派、象徵派、商籟體都做了極佳的評介，日後而有《中國二三十年代作家》著作面世。

本文從《棘心》觀察作家蘇雪林步入陌異地種種衝擊下的文化躁狂，足代表上世紀跨國女性知識分子的某一類心靈圖象。就歷史外緣論《棘心》，該書是探索「留學」這一近代因追求知識文化而遷居的生活形態極佳之素材。彼時赴法學生大分為二：一是透過李石曾主辦之勤工儉學會，滯留法國的中國留學生，接受左翼啟蒙，後多成為中國共黨先鋒；另是考取官費領官餉的中法大學里昂分部的留法生，多數成為民初藝文從業者。再觀視內緣文本，《棘心》塑造淹沉在西方知識海的中國女性杜醒秋，廣泛閱讀下以論辯形式，百般思索中西知識體系，並探求自由戀愛與自我志向的衝突。主角杜醒秋歷經青年躁狂、家變、異地情傷、世紀頹廢病。而法國都龍湖畔的異國風光則營造一種慢的文化療癒空間。《棘心》裡的田園景物、《綠天》的鄉間別墅帶有暫時凝止的效果，讓作家忘卻故鄉紛擾的藝文圈及封建枯寂的中國家族氛圍。

引用書目：

・余英時，〈文藝復興乎？啟蒙運動乎？——一個史學家對五四運動的反思〉，《五四新論——既非文藝復興亦非啟蒙運動》（臺北：聯經出版事業公司，1999 年），頁 1～31。

・李歐梵，〈五四文人的浪漫精神〉，周陽山編，《五四與中國》（臺北：時報文化出版公司，1985 年）。

・胡適等著；國立成功大學中國文學系主編，《逝水浮雲曾照影——名家與蘇雪林書信選》（臺南：成大中文系，2007 年）。

・陳三井，〈張繼與勤工儉學〉，《勤工儉學的發展》（臺北：東大圖書公司，1988 年），頁 121～151。

・曾虛白、尉素秋等著；財團法人蘇雪林教授學術文化基金會編，《側寫蘇雪林》（臺南：財團法人蘇雪林教授學術文化基金會，2009 年）。

・傅斯年，〈《新潮》發刊旨趣書〉，《傅斯年全集》（第四冊）（臺北：聯經出版公司，1980 年），頁 349〜353。

・劉紀蕙，〈心的翻譯──廚川白村與中國／臺灣現代性的實體化論述〉，劉漢初主編，《文學研究的新進路──傳播與接受》（臺北：洪葉文化公司，2004 年），頁 581〜610。

・劉廣定，〈北京《晨報》與五四〉，《歷史月刊》第 232 期（2007 年 5 月）。

・蔡懿榮，《民初留法勤工儉學運動與中共旅歐組織之建立（1912〜1926）》（臺北：中國文化大學中國大陸研究所碩士論文，2005 年）。

・魯迅（署名霍沖），〈拿來主義〉，《中華日報・動向》，1934 年 6 月 7 日。收入《魯迅全集》（第六卷）（北京：人民文學出版社，2005 年 11 月），頁 39〜42。

・廚川白村著；魯迅譯，《苦悶的象徵》（天津：百花文藝出版社，2000 年）。

・謝婉瑩，〈二十一日聽審的感想〉（雜感），《晨報》，8 月 25 日，第 5 版。

・瓊・凱利─加多（Joan Kelly-Gadol）著；閩冬潮譯，〈性別的社會關係──婦女史在方法論上的涵義〉，王政、杜芳琴編，《社會性別研究選譯》（北京：三聯書店，1998 年），頁 82〜100。

・蘇雪林，《棘心》（臺中：光啟出版社，1959 年）。

・蘇雪林，《綠天》（臺中：光啟出版社，1978 年 6 月）。

・蘇雪林，〈吳稚暉先生與里昂中法學校──一個五四時代青年的自白〉，《歸鴻集》（臺北：暢流月刊社，1955 年）。

・蘇雪林，《浮生九四──雪林回憶錄》（臺北：三民書局，1991 年）。

・蘇雪林著；國立成功大學中國文學系主編，《蘇雪林作品集・短篇文章卷》（臺南：成功大學中國文學系，2006 年）。

・蘇雪林著；傅一峰選編，《蘇雪林文集》（上下）（北京：燕山出版社，1998 年）。

・蘇雪林著；陳昌明主編，《擲缽庵消夏記——蘇雪林散文選集》（臺北：印刻文學出版公司，2010 年）。

・Joan Kelly-Gadol, "Did Women Have a Renaissance?" in Renate Bridenthal, Claudia Koonz, eds., *Becoming Visible: Women in European History*, Boston: Houghton Mifflin Co., 1977, pp. 175-201.

・鄒小站、尹飛舟、曹藝、張躍明譯，《中國的文藝復興》（長沙：湖南人民出版社，1998 年）。

——選自蔡玫姿《親臨陌異地——五四作家跨國經驗形構的文學現象》

高雄：巨流圖書公司，2010 年 5 月

——修改於 2014 年 9 月

臺灣七〇年代新詩潮初探
新詩論戰的烽火及其影響（節錄）

◎郭楓*

蘇雪林與覃子豪

　　1959 年 7 月，臺南成功大學中文系的教授蘇雪林，寫了一篇〈新詩壇象徵派創始者李金髮〉在《自由青年》雜誌發表出來。文章開始引了一個宋代趙漢所故意造出誰也看不懂的一首五律：「日暖看三織」（在暖和的陽光裡看到三蜘蛛織網），「風高鬥兩廂」（有兩隻麻雀趁著高風相鬥，從東廂房鬥到西廂房）……。如此莫名其妙的八句五律，本是舊詩閒話中的趣談，用來逗人一笑。蘇雪林卻以之比擬臺灣現代派詩之胡寫，猶如此首瞎湊的「逗笑五律」，同樣是荒唐遊戲。她先分析了法國象徵派詩人魏爾崙（P. Verlaine）的作品，朦朧晦澀，不合文法，遂即指出李金髮的詩「中文修養不足，攄拾西洋象徵皮毛，隨意亂寫拖沓雜亂」，而臺灣的現代詩，「做李金髮的尾巴，也可以稱為『趙漢體』」。蘇雪林的文章一登出來，立刻引起當時新詩領袖人物覃子豪反駁，寫〈論象徵派與中國新詩〉，也發表在《自由青年》上（1959 年 8 月），認為中國新詩自李金髮起，「中國新詩與法國象徵派發生了密切關係，新詩也向前大大的邁進一步，無論在內容攝取上表現技巧上均有新的發展」，覃子豪對象徵派的背景、表現技巧等優點加以解說。同時，又介紹戴望舒的現代派與李金髮的詩不同。「戴望舒直接受法國詩的影響，語言精純，詩質豐盈。」然後指「臺灣目前的詩，其

*作家、新地文學出版社發行人兼總編輯。

趨勢是表現內在的世界，而不是表現浮面的現實世界。它在發掘人類生活的本質及其奧祕，而不是攝取浮光掠影的生活現象」。覃子豪的為現代派辯護文章，又引起蘇雪林一篇〈為象徵詩體的爭論敬答覃子豪先生〉，這次蘇雪林逕指法國象徵派理論大師馬拉美的詩為「咒語」，並進一步評及現代派。於是覃子豪再來一篇〈簡論馬拉美、徐志摩、李金髮及其他——再致蘇雪林先生〉，在此文中，覃子豪把馬拉美讚揚得很高，也推崇了李金髮，卻大大貶抑徐志摩及新月派，最後也承認現代詩中有些偽詩，卻指責蘇雪林措詞欠斟酌之處甚多，如「巫婆的蠱詞，道士的咒語，盜匪的切口」之類，簡直就是罵街。經過這兩個回合的交鋒，蘇雪林表示休戰，於是不了了之。

　　蘇、覃二位的辯論，主要精神在談論法國象徵詩人魏爾崙、馬拉美和中國 1920 年代的李金髮、戴望舒，彷彿在比賽「誰懂象徵派？」而對當時臺灣現代詩的討論，不及十分之一。這種比鬥唇舌而未就詩議論的爭辯，對新詩的鞭策改進並無任何影響，實在是多此一舉。

——選自郭楓《美麗島文學評論續集》
臺北：臺北縣文化局，2003 年

輯五◎
研究評論資料目錄

作家生平、作品評論專書與學位論文

專書

1. 蘇雪林　　我的生活　臺北　文星書店　1967 年 3 月　254 頁

本書為蘇雪林自述平時生活的文章集結，其所呈現的歷程乃自搖籃時期，直至 1966
年。正文前有〈自序〉。全書共 16 篇文章：1.兒時影事；2.童年瑣憶；3.我幼小時的
宗教環境；4.辛亥革命前後的我；5.我最初的文學導師；6.我的學生時代；7.教師節
談往事；8.我的教書生活；9.抗戰末年生活小記；10.卅年寫作生活的回憶；11.我的
寫作習慣；12.我與舊詩；13.我與國畫；14.我的剪報生活；15.我研究屈賦的經過；
16.關於我的榮與辱。

2. 蘇雪林　　我的生活　臺北　傳記文學出版社　1969 年 12 月　251 頁

本書為傳記文學出版社版本，章節目次與前書同。

**3. 安徽大學，安徽師範大學，武漢大學，成功大學校友代表編　　慶祝蘇雪林教
　　　　授寫作五十年暨八秩華誕專集　臺南　〔自行出版〕　1978 年　439
　　　　頁**

本書為慶祝蘇雪林教授八十大壽之專集。全書共 4 部分：1.「訪問記」，收錄孫耕
〈記抗戰中的蘇雪林教授〉、萬柳〈雪林藏書〉、章秋水〈訪蘇雪林教授記〉、谷
雨音〈懷念蘇雪林教授〉、王理璜〈迎蘇雪林女士歸國〉、孟愷〈現在臺灣的女作
家〉、中國電臺家庭時間〈訪問蘇雪林教授〉、王家瑩〈我的啟蒙師〉、胡希文
〈訪蘇雪林教授談屈原神話和歷史〉、中華日報記者〈對藝文界希望——蘇雪林教
授的談話〉、公孫嬿〈蘇雪林教授小記〉、劉藹如〈蘇雪林著作等身〉、葉蟬貞
〈蘇雪林先生〉、嚴友梅〈我所知道的蘇雪林教授〉、彭麒〈訪蘇雪林教授〉、一
萍〈送別蘇雪林先生〉、自由青年記者〈精研屈賦的蘇雪林教授〉、劉芳剛〈粉筆
30 年的蘇雪林教授簡介〉、惠英〈蘇雪林在南洋大學〉、初筍〈蘇雪林教楚辭〉、
凡志〈老文作家蘇雪林〉、曇華〈訪問蘇雪林教授記〉、郭惠英〈訪問名作家——
蘇雪林女士〉、楊逸〈訪問蘇雪林教授後記〉、白弓〈老成的典型蘇雪林訪問
記〉、邱德修〈教育家學者作者——蘇雪林教授〉、趙聰〈文筆清麗的蘇雪林〉、
張鈞〈春風化雨 50 年〉、蔣震〈退休教授文藝鬥士蘇雪林〉、高景源〈由古史辨到
上古史的癥結——訪蘇雪林教授〉、陳敬之〈文苑風雲 50 年——蘇雪林〉、陳秀喜
〈錯愛〉，共 32 篇；2.「送別杏壇專輯」，收錄謝冰瑩〈送雪林告別杏壇〉、王琰
如〈我如何認識雪林教授〉、李曼瑰〈良師益友蘇雪林先生〉、尉素秋〈蘇雪林教

授在成大〉、張秀亞〈蘇雪林先生與文學〉、葉蟬貞〈童心永葆的蘇雪林〉、史墨卿〈蘇雪林老師的屈賦研究〉、〈編後記〉,共8篇;3.「書評」,收錄劈西〈關於《鳩那羅的眼睛》、羅敦偉〈自由中國的《綠天》〉、羅敦偉〈再論自由中國的《綠天》——蘇雪林著《綠天》評介〉、周棄子〈《綠天》增訂本讀後所感〉、糜文開〈讀《綠天》〉、錢歌川〈玲瓏剔透的瓔珞——蘇雪林著《綠天》讀後感〉、歸人〈《綠天》簡論(臺灣版)〉、公孫嬿〈我讀《綠天》〉、祛非〈評介《綠天》〉、陳一萍〈我讀《綠天》〉、曉星〈我讀《綠天》以後〉、秦遺璧〈蘇雪林教授的《綠天》〉、歸人〈《棘心》(增訂本)〉、駱菲〈我讀《棘心》增訂本〉、一萍〈蘇雪林教授的《棘本書為慶祝蘇雪林教授八十大壽之專集。全書共4部分:1.「訪問記」,收錄孫耕〈記抗戰中的蘇雪林教授〉、萬柳〈雪林藏書〉、章秋水〈訪蘇雪林教授記〉、谷雨音〈懷念蘇雪林教授〉、王理璜〈迎蘇雪林女士歸國〉、孟愷〈現在臺灣的女作家〉、中國電臺家庭時間〈訪問蘇雪林教授〉、王家瑩〈我的啟蒙師〉、胡希文〈訪蘇雪林教授談屈原神話和歷史〉、中華日報記者〈對藝文界希望——蘇雪林教授的談話〉、公孫嬿〈蘇雪林教授小記〉、劉藹如〈蘇雪林著作等身〉、葉蟬貞〈蘇雪林先生〉、嚴友梅〈我所知道的蘇雪林教授〉、彭麒〈訪蘇雪林教授〉、一萍〈送別蘇雪林先生〉、自由青年記者〈精研屈賦的蘇雪林教授〉、劉芳剛〈粉筆30年的蘇雪林教授簡介〉、惠英〈蘇雪林在南洋大學〉、初筍〈蘇雪林教楚辭〉、凡志〈老文作家蘇雪林〉、曇華〈訪問蘇雪林教授記〉、郭惠英〈訪問名作家——蘇雪林女士〉、楊逸〈訪問蘇雪林教授後記〉、白弓〈老成的典型蘇雪林訪問記〉、邱德修〈教育家學者作者——蘇雪林教授〉、趙聰〈文筆清麗的蘇雪林〉、張鈞〈春風化雨50年〉、蔣震〈退休教授文藝鬥士蘇雪林〉、高景源〈由古史辨到上古史的癥結——訪蘇雪林教授〉、陳敬之〈文苑風雲50年——蘇雪林〉、陳秀喜〈錯愛〉,共32篇;2.「送別杏壇專輯」,收錄謝冰瑩〈送雪林告別杏壇〉、王琰如〈我如何認識雪林教授〉、李曼瑰〈良師益友蘇雪林先生〉、尉素秋〈蘇雪林教授在成大〉、張秀亞〈蘇雪林先生與文學〉、葉蟬貞〈童心永葆的蘇雪林〉、史墨卿〈蘇雪林老師的屈賦研究〉、〈編後記〉,共8篇;3.「書評」,收錄劈西〈關於《鳩那羅的眼睛》〉、羅敦偉〈自由中國的《綠天》〉、羅敦偉〈再論自由中國的《綠天》——蘇雪林著《綠天》評介〉、周棄子〈《綠天》增訂本讀後所感〉、糜文開〈讀《綠天》〉、錢歌川〈玲瓏剔透的瓔珞——蘇雪林著《綠天》讀後感〉、歸人〈《綠天》簡論(臺灣版)〉、公孫嬿〈我讀《綠天》〉、祛非〈評介《綠天》〉、陳一萍〈我讀《綠天》〉、曉星〈我讀《綠天》以後〉、秦遺璧〈蘇雪林教授的《綠天》〉、歸人〈《棘心》(增訂本)〉、駱菲〈我讀《棘心》增訂本〉、一萍〈蘇雪林教授的《棘心》〉、李紹崑〈《棘心》〉、吳述之〈讀增訂本《棘心》後〉、羅敦偉〈蘇雪林的《歸鴻

集》〉、正言〈評《歸鴻集》〉、王秀谷〈蘇雪林：《歸鴻集》〉、歸人〈評《三大聖地的巡禮》〉、寒流〈《三大聖地的巡禮》〉、奇莊〈《天馬集》評介〉、孟愷〈讀《天馬集》〉、《中國語文》記者〈介紹《讀與寫》〉、楊岸〈拾貝集——論蘇雪林教授近作〉、趙瑩〈蘇著《中國文學史》〉、陳致平〈《中國文學史》〉、孟愷〈屈原研究的新發展〉、糜文開〈再談蘇雪林女士的屈賦研究〉、誓遠〈屈賦新探〉、楊家駱〈蘇著《屈原與〈九歌〉》〉、蘇紹業〈《屈原與〈九歌〉》中的女神——由凌波的湘君至黑臉的媽祖〉、《文壇》記者〈蘇雪林著《屈原與〈九歌〉》〉、《中國語文》記者〈《中國語文》文教消息〉、歐珊珊〈蘇著《屈原與〈九歌〉》〉、羅敦偉〈《崑崙之謎》〉、雷煥章〈《崑崙之謎》謝函一束〉、周何〈蘇雪林先生《〈天問〉正簡》評介〉、趙雅博〈《〈天問〉正簡》讀後〉、何錡章〈〈天問〉研究之新方向〉，共 41 篇；4.「詩頁」，收錄贈予蘇雪林之詩作共 28 篇。正文後附錄〈蘇雪林教授著作表〉。

4. 蘇雪林　　浮生九四——雪林回憶錄　臺北　三民書局　1991 年 4 月　260 頁

本書為蘇雪林以半年時間遍覽自己全部著作，檢查所保存之日記，及參考當時世局之滄桑，有關人事之遷變，自己文學創作之抒寫，所研究學術問題之解決，及其所有著作出版之年月，一一紀錄，故條理分明，事蹟詳實。全書共 21 章：1.我的家世及母親；2.家塾讀書及自修；3.考入宜城第一女子師範；4.升學北平高等女子師範；5.赴法留學；6.都隆養病及搬入里昂城中；7.皈依公教；8.返國；9.蘇州教書及返滬；10.任教國立武漢大學；11.隨校入川；12.開始屈賦的研究；13.勝利復員；14.赴港就職真理學會；15.再度赴法；16.返臺任教師大；17.任教成大；18.胡適先生病逝和我所繳論文；19.赴星州任教南大；20.回成大後繼續屈賦研究；21.姊逝及退休。

5. 蘇雪林　　我研究屈賦的經歷與所遵循的途徑　臺北　〔自行出版〕　1993 年　　　　1 月　25 頁

本書為作者自述撰寫《屈賦新探》之過程，及撰寫研究之方法途徑。

6.〔成功大學中國文學系蘇雪林作品集編輯小組〕　　慶祝蘇雪林教授九秩晉五　　　華誕學術研討會論文暨詩文集　臺北　文史哲出版社　1995 年 3 月　　　602 頁

本書為慶祝蘇雪林教授九十五大壽之論文集。全書分 3 部分，1.學術研討論文：收錄梁錫華〈凜凜正氣——蘇雪林教授生平與文藝活動之管窺〉、繆天華〈楚辭小論——郭著《屈原研究》讀後管見〉、周行之〈淺析魯迅與「左聯」的糾葛〉、許世旭〈重新評估蘇雪林教授著《中國文學史》〉、邱德修〈從鄂君啟節銘文看楚國的水

陸交通及經濟實力〉、王孝廉〈亂神蚩尤與楓木信仰─兼論楚辭國殤與招魂〉、史墨卿〈泰山，升天下地的處所─蘇老師「中西文化同源論」的原點〉、陳怡良〈瀝血嘔心，構思神奇─試探離騷及其神話天地之創作理念〉、傅錫壬〈楚辭九歌中諸神原形探索〉、蕭兵〈世界中心觀──為蘇雪林教授九十五歲華誕而作〉、黃爾昌〈作家、學者、教授成功之路探秘─慶賀蘇雪林女士九五壽辰〉、沈暉〈蘇雪林先生早期創作管窺〉、龍應台〈女性自我與文化衝突──比較兩本女性自傳小說〉、楊承祖〈由天寶之亂論文人的運遇操持〉，共 14 篇；2.祝壽詩詞文：收錄陳立夫〈雪林教授九五華誕〉、李猷〈雪林先生九秩晉五大壽〉、馬建中〈恭祝蘇雪林教授九十五歲大壽，調寄天仙子〉、王禮卿〈贈蘇雪林〉、明允中〈雪林先生九五誕辰獻詞，又恭一律〉、趙壽珍〈蘇教授雪林先生九秩晉五華誕，賦詩敬賀〉、潘葵邨〈屈原──驚才絕豔之文豪〉、潘葵邨〈《天問正簡》讀後三十七韻〉、王玲〈我敬愛的長者〉、王琰如〈前輩風範〉、王藍〈第三串爆竹〉、丘秀芷〈蘇先生，德不孤〉、白冠雲〈《玉溪詩謎》予我的啟示〉、古劍〈未完成的訪問〉、艾雯〈心心葉葉樹長青〉、邱七七〈可敬可愛的蘇先生〉、呂天行〈私淑心儀五十年──壽雪林先生九五華誕〉、李芳蘭〈霜寒而知松柏長青〉、宋鼎宗〈經師人師話雪林師〉、呂潤壁〈敬賀蘇雪林教授九五華誕〉、林佩芬〈敬禮，不朽者！一首壯麗的史詩──貢獻於文學的蘇雪林女士〉、林政華〈蘇雪林先生與兒童文學〉、林海音〈五十兩黃金，一塊破抹布〉、柳浪〈壽蘇雪林先生九五大慶，亦所以壽國家、壽文化、壽中國之女性〉、柯玉雪〈《玉溪詩謎正續合編》讀後〉、馬森〈永遠的梧桐〉、重提〈誠實不欺一信人──祝福我所敬佩的蘇雪林先生嵩壽〉、殷正慈〈蘇雪林教授著《燈前詩草》評介〉、唐亦男〈那坐忘的身影〉、畢璞〈一位可敬的長者──壽蘇雪林先生〉、張明〈可敬可愛的蘇老先生〉、張秀亞〈敬愛的雪林先生〉、陳秀喜〈錯愛〉、陳紀瀅〈記蘇雪林─介紹《二、三十年代的作家與作品》〉、陳致平〈向老友蘇雪林教授致敬〉、郭晉秀〈蘇雪林‧我師〉、尉素秋〈寒梅著雪亦精神〉、張漱菡〈幾句心裡的話〉、黃守誠〈她滿懷熱誠與希望──記蘇雪林教授二三事〉、費海璣〈寫在盛會前〉、彭歌〈卓識與高論：蘇雪林先生給胡適之先生的信〉、曾虛白〈恭賀雪林蘇教授九五嵩壽。另詩一首：蘇雪林教授九五嵩壽〉、葉蟬貞〈沉潛學海童心一片的蘇雪林先生〉、楚崧秋〈雪林大師的言教與身教〉、趙清閣〈隔海寄雪林〉、趙筱梅〈蘇雪林先生九五嵩壽〉、鄭在瀛〈贈蘇雪林教授〉、劉宜思〈一封信〉、潘亞暾〈中國當代女作家之最──蘇雪林先生〉、蔣震〈蘇雪林先生二三事〉、劉靜娟〈唯有歡喜讚嘆〉、樸月〈高山仰止〉、穆中南〈祝蘇雪林教授九五大壽〉、賴麗娟〈一位最年輕的長者〉、謝一民〈記雪林師二、三事〉、應未遲〈記我與雪林先生數年的交往〉、蕭傳文〈樂為應聲蟲〉、蕭傳文〈蘇雪林及其《浮生九四》〉、顏淑婉〈春暉山館識春暉〉、蘇雪

林〈浮生九四〉、龔聲濤〈恩師、經師、蘇大師〉，共 61 篇；3.附錄：王玲〈喜好「發現」的蘇「先生」——蘇雪林教授訪問記〉。正文前有唐亦男〈卷頭語〉。

7.〔蘇雪林教授百齡壽誕籌備委員會編〕　慶祝蘇雪林教授百齡華誕專集　臺南　成功大學　1995 年 3 月　185 頁

本書為慶祝蘇雪林教授百歲大壽之專集。全書收錄：吳京〈蘇雪林教授百齡壽序〉、史墨卿〈國寶級大師文壇長青樹——恭祝先生百齡嵩壽〉、馬森〈畫家之眼，詩人之筆——恭祝蘇雪林教授百齡華誕〉、劉文三〈蘇雪林教授的山水藝術〉、史墨卿〈蘇雪林教授與學術〉、沈暉〈以畢生的精力去兌換藝術的完美——《蘇雪林文集》序〉、李紹崑〈屈賦新探與屈原精神——賀蘇雪林教授百齡華誕〉、吳達芸〈另一種閱讀——女性自傳小說《棘心》——兼祝蘇雪林先生百歲誕辰〉、史墨卿〈蘇雪林教授著作提要〉、蘇雪林〈我研究屈賦的經過〉、蘇雪林〈域外文化兩度來華的來踪去跡〉、蘇雪林〈寫在《屈原與〈九歌〉》出版之後〉、蘇雪林〈談拜倫哀希臘詩的漢譯〉、蘇雪林〈丁魁楚（選自《秀峯夜話》）〉、魏韶臻〈反共文化鬥士蘇雪林〉、黃章明〈蘇雪林筆耕一甲子〉、王玲〈喜好「發現」的蘇「先生」〉、顏淑婉〈文壇上的長青樹——訪蘇雪林先生〉、林秀惠〈矯矯珍松耐歲寒〉、曉鐘〈蘇雪林著作生涯〉、嚴友梅〈一個獨特的人〉、曾虛白〈天涯何處不相逢〉、夏祖麗〈前輩老作家蘇雪林〉、錢歌川〈玲瓏剔透的瓔珞〉、莎雅〈媽媽書房——《綠天》〉、駱菲〈向讀者推薦一本好書——《天馬集》〉、蕭傳文〈《風雨雞鳴》讀後〉、彭嘉薔〈集文藝之大成——介紹《中國二三十年代作家》一書〉、孟愷〈屈原研究的新發展〉、糜文開〈再談蘇雪林女士的屈賦研究〉、費海璣〈讀蘇著《楚騷新詁》〉、羅敦偉〈《崑崙之謎》〉、釗誠〈研探屈賦不遺餘力的蘇雪林〉、程榕寧〈蘇雪林談研究屈賦的發現〉、鍾惠民〈見不得人間不平事——訪問蘇雪林先生〉，共 32 篇。

8. 張昌華編　蘇雪林自傳　南京　江蘇文藝出版社　1996 年 12 月　325 頁

本書收錄蘇雪林所撰自傳《浮生九四》，及其早年自述性的回憶文章〈我的生活〉、〈眼淚的海〉等。全書共 35 章：1.我的家世及母親；2.家塾讀書及自修；3.考入宜城第一女子師範；4.升學北京高等女子師範；5.赴法留學；6.都隆養病及搬入里昂城中；7.返國；8.蘇州教書及返滬；9.任教國立武漢大學；10.隨校入川；11.開始屈賦的研究；12.勝利復員；13.赴港就職真理學會；14.再度赴法；15.返臺任教師大；16.任教成大；17.胡適先生病逝和我所交論文；18.赴星洲任教南大；19.回成大後繼續屈賦的研究；20.姐逝及退休；21.我的父親；22.母親；23.懷念姊妹家庭；24.我與舊詩；25.我與國畫；26.我的寫作習慣；27.我的寫作經驗；28.吳稚暉與里昂中法學

院；29.我所認識的詩人徐志摩；30.我所見於詩人朱湘者；31.關於廬隱的回憶；32.陳源教授逸事；33.悼女教育家楊蔭榆先生；34.適之先生和我的關係；35.冷雨淒風哭大師。正文後附錄唐亦男〈我所了解的蘇先生〉。

9. 蘇雪林　　蘇雪林作品集・日記卷　臺南　國立成功大學教務處出版組　1999
　　　年4月　全15冊

本書記載了蘇雪林將近半個世紀的生活、思想，總計 400 萬字，包含其讀書、創作、研究及生活之種種心境與歷程，其中亦反映了民國 50 年代至今的社會實況，為研究蘇雪林生平及近代中國文史的重要資料。

10. 黃忠慎　　古今文海騎鯨客──蘇雪林教授　臺北　文史哲出版社　1999 年 6
　　　月　72頁

本書介紹蘇雪林的生平事跡，同時評論其作品。全書共 4 章：1.大師小傳；2.請益專訪；3.學術成果推介；4.蘇雪林教授著作簡目。

11. 杜英賢編　　海峽兩岸蘇雪林教授學術研討會論文集（上、下）　高雄　亞太
　　　綜合研究院　2000 年 10 月　1080 頁

本書為臺灣亞太綜合研究院、永達技術學院、大陸安徽大學於安徽太平縣舉辦之「海峽兩岸蘇雪林教授學術研討會」會議論文。全書共收錄論文 52 篇：1.唐亦男〈非常「另類」的蘇雪林《日記卷》〉；2.張遇〈蘇雪林的宗教信仰和文學之路〉；3.杜英本書為臺灣亞太綜合研究院、永達技術學院、大陸安徽大學於安徽太平縣舉辦之「海峽兩岸蘇雪林教授學術研討會」會議論文。全書收錄：唐亦男〈非常「另類」的蘇雪林《日記卷》〉、張遇〈蘇雪林的宗教信仰和文學之路〉、杜英賢〈蘇雪林先生之宗教信仰評述〉、徐子超〈執著追求人生價值，著意留存百年閱歷──初讀《浮生九四》〉、方利山〈蘇雪林與徽州文化〉、梁明雄〈蘇雪林與胡適之──蘇雪老心目中的胡適之〉、錢耕森〈蘇雪林與胡適：良師與益友〉、尉天驕〈蘇雪林散文中的民族文化情感〉、徐志嘯〈論蘇雪林的中外文化比較〉、史墨卿〈蘇雪林教授學術研究窺略〉、陳立驤〈蘇雪林《中國文學史》讀後管見〉、徐傳禮〈解讀蘇雪重要文學史──從蘇雪林說起，從世界性思潮流派的視角鳥瞰 20 世紀中國文學史和大文化史〉、馬森〈一種另類的現代文學史觀──論蘇雪林教授《中國二、三十年代作家》〉、沈暉〈論蘇雪林與五四新文學〉、王宗法〈蘇雪林論〉；、吳家榮〈蘇雪林文藝思想管窺〉、古繼堂，胡時珍〈豐沛、閒適、淡雅──評蘇雪林的散文〉、丁增武〈美的收穫──析蘇雪林早期散文創作和美文運動〉、王海燕〈雋語・雅趣・真意──論蘇雪林散文審美的三個層面〉、王多治

〈蘇雪林的「第一本書」——讀《李義山戀愛事跡考》有感〉、王三慶〈蘇雪林教授之《紅樓夢》研究〉、黎山嶢〈開啟心扉對語自然——評蘇雪林散文集《綠天》〉、朱雙一〈蘇雪林小說的人性認知保守傾向——《棘心》、《天馬集》略論〉、閻純德〈蘇雪林：從《棘心》到屈賦研究〉、鄭月梅〈由《棘心》看蘇雪林先生的愛情觀與婚姻〉、吳雅文〈舊社會中一位女性知識分子內在的超越與困境——以《棘心》及《蘇雪林浮生九四回憶錄》做主體分析〉、湯淑敏〈五四女性文學的奇葩——論《棘心》《綠天》的成就與不足〉、劉平〈背反中的抗爭和順從——蘇雪林早期散文的女性主義閱讀〉、林俊宏〈蘇雪林《燈前詩草》中的女性形象〉、陳瑛珣〈讀《浮生九四：雪林回憶錄》探討清末民初傳統婦女自我角色定位與轉變——並試以《徽州文書》論證之〉、馬君驊〈亦斬騰蛟亦吐風，黃鐘大呂作雷鳴——讀蘇雪林教授詩詞〉、曾人口〈蘇雪林先生治學之特色及其詩詞選析〉、吳榮富〈就《燈前詩草》論「為情造文」與「為文造情」〉、趙逵夫〈讀蘇雪林先生的《唐詩概論》〉、陳友冰〈斷代詩史研究走向現代化的重要標誌——淺論蘇雪林先生的《唐詩概論》〉、吳懷東〈在文化與學術轉型之際——蘇雪林先生《唐詩概論》學術方法述評〉、葛景春〈蘇雪林《唐詩概論》對唐詩研究的貢獻〉、楊文雄〈蘇雪林教授的「三李」詩研究〉、潘頌德〈蘇雪林——卓有建樹的新詩批評〉、張高評〈《東坡詩論》的學術價值〉、黃中模〈楚辭學史上的不朽豐碑——簡評臺灣蘇雪林教授的屈原研究〉、尉天驄〈中國現代文學史認知上的一個基本問題〉、鍾宗憲〈《楚辭‧九歌》所反映的一些民俗現象——以蘇雪林教授的若干看法為討論核心〉、王慶元〈雲林與武漢大學及其屈賦研究述略〉、崔富章〈越名教而任自然——讀《楚騷新詁》有感〉、陳怡良〈《九歌》修辭藝術舉隅〉、樂蘅軍〈古神話中「神樹」衍義試釋——以蘇雪林教授「天問」神話主題「生命樹」為起點的一些相關考察〉、蕭兵〈先秦時期中西文化交流點滴——兼論蘇雪林與泛巴比倫主義〉、王孝廉〈絕地天通——以蘇雪林教授對崑崙神話主題解說為起點的一些相關考察〉、李德書〈人類起源與中華文明起源漫談〉、徐子超〈蘇雪林先生年譜〉、吳姍姍〈蘇雪林大事記（根據《蘇雪林日記卷》增補）〉，共 52 篇。

12. 沈暉編選　　綠天雪林　北京　人民文學出版社　2001 年 1 月　251 頁

本書為蘇雪林親友、學生的回憶、懷念文章的集結，記述蘇雪林勤奮於學的精神、狷介執傲的個性與平淡簡樸的生活。全書收錄：蘇曉林〈我的二姐蘇雪林〉、曾虛白〈九七翁筆下的九五女詩人〉、朱雯〈我最難忘的兩位老師〉、朱雯〈蘇雪林在蘇州〉、楊靜遠〈蘇雪林先生漫記〉、孫耕〈記抗戰中的蘇雪林教授〉、施蟄存〈善秉仁的《提要》〉、趙青閣〈隔海寄雪林〉、蕭乾〈蘇雪林女士來鴻〉、周楞伽〈我和蘇雪林的一場筆墨官司〉、沈暉〈蘇雪林素描〉、丘秀芷〈文壇人瑞蘇雪

林先生〉、陳紀瀅〈記蘇雪林〉、謝冰瑩〈我所知道的蘇雪林〉、謝冰瑩〈送雪林告別杏林〉、蘇淑年〈雪林師與我〉、陳漱渝〈她希望葬在母親墓旁〉、舒乙〈訪百歲老作家蘇雪林〉、李曼瑰〈良師益友蘇雪林先生〉、林黛嫚〈一杯牛奶三份報紙與看《包青天》〉、林海音〈五十兩黃金,一塊破抹布〉、王琰如〈典範長存〉、陳秀喜〈錯愛〉、陳致平〈向老友蘇雪林教授致敬〉、蕭傳文〈樂為應聲蟲〉、尉素秋〈寒梅著雪益精神〉、林佩芬〈敬禮,不朽者!〉、葉蟬貞〈童心永保的蘇雪林先生〉、吳玲嬌〈不知寂寞的蘇雪林〉、丘秀芷〈可愛的蘇先生〉、丘秀芷〈蘇先生,德不孤〉、黃守誠〈記蘇雪林教授二三事〉、周昭翡〈蘇教授是一位很有個性的人〉、重提〈誠實不欺一信人〉、劉靜娟〈唯有歡喜讚嘆〉、樸月〈高山仰止〉、劉麗娟〈一位最年輕的長者〉、顏淑婉〈春暉山館識春暉〉、公孫嬿〈記蘇雪林姑母〉、謝一民〈記雪林師二三事〉、馬森〈永遠的梧桐〉、宋鼎宗〈經師人師話雪師〉、李紹昆〈相識相知五十年——痛悼雪林老〉、王家瑩〈我的啟蒙師〉、龔聲清〈恩師、經師、蘇大師〉、唐亦男〈我所了解的蘇先生〉、唐亦男〈那「坐忘」的身影〉、董太和〈遙祝居臺我教文壇人瑞——賀蘇雪林教授百歲華誕〉、成世光〈蘇教授的信仰生活〉、吳達芸〈送別蘇雪林先生〉、唐亦男〈一封永遠無法投遞的信——敬悼蘇雪林先生〉、沈暉〈太平圓夢——記蘇雪林教授故鄉行〉、張昌華〈蘇雪林百歲終圓夢〉、沈暉〈編後記〉,共 54 篇。

13. 石　楠　　另類才女——蘇雪林　北京　東方出版社　2004 年 8 月　419 頁

本書以傳記方式敘述蘇雪林之一生的心路歷程。全書共 40 章:1.重訪黃山;2.瑞奴出世;3.纏足;4.訂婚;5.不自由,毋寧死;6.逼婚;7.筆戰風波;8.走進里昂中法學院;9.遭遇愛情;10.皈依天主教;11.結婚;12.流言如影到蘇州;13.感情危機;14.徽州麵餅;15.初識魯迅;16.夭夭《棘心》;17.初到武大;18.亮出反魯、反共旗幟;19.捐金助抗戰;20.樂山八年;21.逃出武漢;22.流落香港;23.漂泊巴黎;24.歸隊臺灣;25.奔波文藝獎;26.挑起象徵詩論戰;27.哭恩師胡適;28.扣紅帽子鬧劇;29.遠走南洋;30.星洲歸來;31.哀大姊;32.悼友人;33.為胡適辨誣;34.憶君璧;35.跌斷左腿;36.榮獲「行政院」文化獎;37.最後一個夢;38.壽詞讓她感動了;39.圓了回鄉夢;40.魂歸故里。正文後附錄〈為了不被忘卻〉。

14. 范震威　　世紀才女——蘇雪林傳　石家莊　河北教育出版社　2006 年 1 月　　369 頁

本書蒐集許多第一手資料,並調查採訪多位相關人物,以求更全面了解蘇雪林傳奇性的一生,以了解蘇雪林為何堅執地認為「屈賦」受了西方文化影響,及其為何從最初欽佩魯迅到後來攻擊魯迅等謎題。全書共 12 章:1.家世與少年;2.求學時代;

3.蔚藍色的天空下；4.大風浪的時代；5.武漢・上海・香港；6.風正一帆懸；7.人生如夢；8.天地一沙鷗；9.人生休止符；10.草木有本心；11.葉落尋根；12.太平嶺歸結文學夢。正文後附錄周恩來〈旅歐通信——介紹一篇里昂中國大學海外部參觀記〉、張衛〈我的母親蘇雪林〉及〈蘇雪林著作書目〉。

15. **方維保　　蘇雪林——荊棘花冠　桂林　廣西師範大學出版社　2006 年 7 月**
   294 頁

本書介紹蘇雪林的生平事跡，展現其在時代、生活中折射出的至善、至美、至純地品質，同時也對於其在魯迅生前逝後態度的變化予以分析。全書共 9 章：1.童蒙記憶：從瑞安到上海；2.少女心事：從太平到安慶；3.青春追尋：在北京的日子裡；4.歐洲的天空：從里昂到巴黎；5.荊棘花冠：在滬、杭之間；6.屠龍意蘊：從武漢到樂山；7.風雨雞鳴：從香港到巴黎；8.孤島歲月：從臺北到臺南；9.含笑退場。正文後附錄〈蘇雪林著譯年表〉。

16. **陳朝曙　　蘇雪林與她的徽商家族　合肥　安徽教育出版社　2008 年 5 月**
   212 頁

本書從蘇雪林家族背景談起，不僅研究太平蘇氏譜牒，亦走訪蘇氏後人、實地考察，並梳理蘇雪林家族近二百年的歷史活動軌跡，將蘇氏家族的面貌完整呈現在世人面前。全書共 13 章：1.引言；2.蘇村的由來；3.戰爭所帶來的契機；4.二次飛躍；5.子承父業；6.興旺的家族；7.蘇家有女初長成；8.「錫」字一輩；9.慘遭匪劫；10.迫不得已回鄉完婚；11.百萬之家的最後輝煌；12.越過百歲回故鄉；13.尾聲。正文前有沈暉〈寫在《蘇雪林與她的徽商家族》前面〉、石楠〈人傑地靈的太平——序陳朝曙新作〉。

17. **左志英編　　一個真實的蘇雪林　北京　東方出版社　2008 年 6 月　336 頁**

本書介紹蘇雪林這位集作家、教授、學者、畫家、翻譯家於一生的文化老人，及其非凡經歷及煌煌著述。全書共 9 章：1.緒論：世界才女・百味傳奇；2.小地方出了個大才女；3.婚姻無愛人生有愛；4.杏壇上，一輩子的教書匠；5.學術界的福爾摩斯；6.與魯迅的恩恩怨怨；7.胡適，一個不容觸動的偶像；8.同鄉情誼深；9.不無遺憾的尾聲。正文後附錄〈蘇雪林年表〉。

18. **曾虛白等　　側寫蘇雪林　臺南　財團法人蘇雪林教授學術文化基金會　2009**
   年 9 月　290 頁

本書為成功大學「蘇雪林文物、作品整理、研究計畫案」成果之一，由蘇雪林生前保存的剪報與抽印本中，挑選由當時著名作家或記者執筆，內容以介紹蘇雪林生平

事蹟、生活瑣事、創作研究生涯為主的文章。全書收錄：一萍〈蘇雪林教授的《棘心》〉、丁淼〈與蘇雪林教授筆談——為拙作《我所識的卅年代作家》而引起〉、凡志〈老女作家蘇雪林〉、公孫嬿〈蘇雪林教授小記〉、王琰如〈初晤〉、王藍〈讀蘇雪林先生的畫〉、王理璜〈迎蘇雪林女士歸國〉、丘秀芷〈蘇先生，德不孤〉、正言〈評《歸鴻集》〉、未晚樓主人〈蘇雪林——文壇長青〉、《自由青年》記者〈精研屈賦的蘇雪林教授〉、吳正吉〈〈禿的梧桐〉賞析〉、吳富焄〈我讀《靈海微瀾》〉、李孟凡〈天下寒士盡歡顏〉、谷雨音〈懷念蘇雪林教授〉、周何〈蘇雪林先生著《天問正簡》評介〉、周棄子〈《綠天》增訂本讀後所感〉、孟愷〈讀《天馬集》〉、孟愷〈屈原研究的新發展——介紹蘇雪林的「屈賦新探叢稿」〉、林黛嫚〈東寧路十五巷——蘇雪林問答篇〉、初筍〈蘇雪林教《楚辭》〉、初筍〈記蘇雪林教授〉、侯暢〈蘇著《燈前詩草》淺評〉、胡一貫〈重調文學人物的焦距——評蘇雪林《中國文學史》〉、胡希文〈訪蘇雪林教授談：屈原、神話和歷史〉、尉素秋〈蘇雪林教授在成大〉、荻宜〈蘇婆婆旋風〉、惠英〈蘇雪林在南大〉、彭騏〈訪蘇雪林教授〉、曾虛白〈天涯何處不相逢〉、曾肅雅〈蘇雪林與天主教——一個皈依天主教五四人的自白〉、費海璣〈介紹蘇雪林新著〉、費海璣〈談蘇雪林女士《燈前詩草》〉、黃永武〈神話成真〉、楊希枚〈蘇雪林先生「天問研究」評介〉、楊家駱〈蘇著《屈原與九歌》〉、善秉仁〈公教作家蘇雪林〉、萬柳〈雪林藏書〉、葉嬋貞〈蘇雪林先生〉、農婦〈夜訪蘇雪林〉、誓還〈屈賦新探〉、趙瑩〈蘇著《中國文學史》〉、趙聰〈文筆清麗的蘇雪林——卅年代文壇點將錄〉、趙景深〈記蘇雪林〉、歐珊珊〈蘇著《屈原與九歌》〉、劉藹如〈蘇雪林著作等身〉、蔣新南〈曾是「五四人」‧文壇長青樹〉、曉星〈我讀《綠天》以後〉、曇華〈訪問蘇雪林教授記〉、樸月〈蘇雪林隱居古都‧筆硯詩書共一生〉、蕭傳文〈《風雨雞鳴》讀後〉、錢歌川〈玲瓏剔透的瓔珞——蘇雪林著《綠天》讀後感〉、錢歌川〈三‧書‧主‧義——為蘇雪林教授寫作四十年而作〉、駱菲〈向讀者推薦一本好書——《天馬集》〉、駱菲〈我讀《棘心》增訂本〉、應平書〈短暫的時光‧永恆的回憶——五四時代作家蘇雪林和琦君會面記〉、糜文開〈再談蘇雪林女士的屈賦研究〉、糜文開〈讀《綠天》〉、歸人〈《棘心》增訂本〉、羅敦偉〈自由中國的綠天——蘇雪林著《綠天》評介〉、羅敦偉〈《崑崙之謎》〉、羅敦偉〈蘇雪林教授寫作的「有趣開始」〉、嚴友梅〈一個獨特的人〉、《中華日報》採訪稿〈對文藝的希望——蘇雪林教授的談話〉、臺灣電臺「家庭時間」廣播稿〈訪問蘇雪林教授〉，共 65 篇。正文前有賴明詔〈校長序〉、陳昌明〈編輯序〉。

19. 財團法人蘇雪林教授學術文化基金會編　　蘇雪林作品集‧日記補遺　臺南

　　　　財團法人蘇雪林教授學術文化基金會　2010 年 9 月　333 頁

本書收錄 1950 年之全年日記及 1960、1992、1993 年的部分日記。

20. 左志英編　　冰雪梅林——蘇雪林　　北京　民主與建設出版社　2012 年 1 月
　　　253 頁

本書敘述蘇雪林的成長經歷與情感經歷，並著重詳述她與同時代文人的交往及恩怨。全書共 9 章：1.世紀才女，百味傳奇；2.小地方出了個大才女；3.婚姻無礙人生有愛；4.杏壇上，一輩子的教書匠；5.學術界的福爾摩斯；6.與魯迅的恩恩怨怨；7.胡適，一個不容觸動的偶像；8.同鄉情誼深；9.不無遺憾的尾聲。正文後附錄〈蘇雪林著作書目〉、〈蘇雪林年表〉。

21. 吳姍姍　　蘇雪林研究論集　臺北　臺灣學生書局　2012 年 8 月　473 頁

本書探討蘇雪林的散文、小說、戲劇創作以及屈賦研究，旁涉蘇雪林的作品實貌、創作背景、深層心理、回應時代，提出沉寂多年而不同舊調的看法。全書共 10 章：1.緒論；2.蘇雪林之舊詩創作與新詩評論；3.蘇雪林記遊文探析；4.蘇雪林戲劇創作之價值與影響；5.蘇雪林屈賦研究之「格義」化；6.蘇雪林尚武思想析論；7.蘇雪林之宗教改革思想——以《棘心》為例；8.蘇雪林與凌叔華——從「文與畫的交會」談起；9.蘇雪林形象綜考——臺灣文學作品中的蘇雪林形象；10.結論。正文前有〈自序〉；正文後附錄〈蘇雪林大事記〉、〈最近十年蘇雪林研究綜述（1999-2008）〉、〈相逢十年——「2010 年海峽兩岸蘇雪林學術研討會」紀要〉、〈關於「蘇雪林評傳」的幾個問題〉。

學位論文

22. 張君慧　　蘇雪林散文研究　東吳大學中國文學系　碩士論文　沈謙教授指導
　　　1999 年　122 頁

本論文探討蘇雪林及其散文作品，肯定其散文創作的意義與價值。全文共 5 章：1.緒論；2.蘇雪林生平及時代背景；3.蘇雪林的散文表現；4.蘇雪林的散文藝術；5.結論。

23. 李　玲　　一個被遺忘的批評家——略論蘇雪林三十至四十年代的文學批評
　　　湖北大學　碩士論文　曹毓生教授指導　2001 年 1 月　30 頁

本論文重點論述蘇雪林 30 至 40 年代的文學批評活動，主要從蘇雪林的文學批評標準、批評態度、批評方法、批評特色及批評文體這幾個方面展開論述。全文共 4 章：1.引言；2.追尋「美」的足跡；3.批評空間的開拓；4.結語。

24. 凌　霞　蘇雪林文學道路述評　南京師範大學文藝學所　碩士論文　朱崇才教授指導　2004 年 4 月　54 頁

本論文採用比較研究法和階段研究法，對蘇雪林 70 年的創作生涯作一總結，以評價其在文學史上的歷史影響與地位。正文前有序，全文共 4 章：1.20 年代（1919年前至 1931 年）；2.30 至 40 年代（1931 年至 1948 年）；3.40 年代以後；4.有關蘇雪林文學道路的理論思考。

25. 朱　娟　論二十年代女作家創作中的自傳性──從廬隱、蘇雪林、石評梅談起　揚州大學中國現當代文學所　碩士論文　徐德明教授指導　2004 年 5 月　37 頁

本論文以廬隱、蘇雪林、石評梅三位受「五四」影響具有代表性的女作家，研究考察其文本中自傳性的問題，探究其出現與發展的內在邏輯。正文前有序，文後有結語。全文共 4 章：1.為何創作中帶有較多的自傳性；2.為何創作的不是自傳；3.為何會寫作；4.為何而寫作。

26. 林玉慧　獨抱一天岑寂──評蘇雪林的文學創作和文學批評活動　東北師範大學中國現當代文學所　碩士論文　孫中田教授指導　2004 年 5 月　50 頁

本論文從文學創作和文學批評活動兩方面考察蘇雪林的文學業績希望能展現其原貌、全貌。全書除序及結語外，全文共 2 章：1.蘇雪林多重關懷的文學創作；2.蘇雪林特立獨行的文學批評活動。

27. 王衛平　蘇雪林的思想與創作　中央民族大學中國少數民族語言文學鎖　碩士論文　白薇教授指導　2004 年　40 頁

本論文探討蘇雪林生平、思想、經歷、文學創作以及其學術研究，以描繪出其面貌。全文共 5 章：1.蘇雪林研究概述；2.蘇雪林生平與思想；3.文學創作中愛的主題；4.獨特的情感表達方式；5.蘇雪林學術研究概貌。

28. 孫慶鶴　蘇雪林論　上海師範大學中國現當代文學所　碩士論文　楊劍龍教授指導　2004 年　51 頁

本論文對蘇雪林的生平與創作予以梳理，以及探討蘇雪林研究狀況、散文與小說創作的思想內涵、藝術特色文學批評，再將其置於中國現代文學史的軌跡中予以觀照。全文共 5 章：1.蘇雪林的生平與創作概述；2.蘇雪林的散文創作；3.蘇雪林的

文學批評；4.蘇雪林的小說創作；5.「五四」女性文學中的蘇雪林。

29. 樂小龍　文化碰撞視域中的蘇雪林研究　中南民族大學文藝學研究所　碩士
論文　鄒建軍教授指導　2005 年 5 月　32 頁

本論文是以蘇雪林為個案，在回溯歷史的過程中梳理一段幾近塵封的歷史；另外探
索文明碰撞過程中，那些背負沉重傳統的知識分子艱辛的求新歷程，並以蘇雪林的
人生選擇，思考五四時期甚至文化文明碰撞交融時期知識分子的抉擇與命運。本文
共 5 章；1.緒論；2.沉重的因襲；3.艱難的出走；4.人的思考 5.結語。

30. 田一穎　論蘇雪林的文化品格　華中師範大學中國近現代史研究所　碩士論
文　田彤教授指導　2007 年 5 月　42 頁

本論文探討蘇雪林的思想特色產生的條件、背景，分析其文化品格主要體現的方面
及特點，探究形成原因，並討論與那個時代的女作家不同之處，最後就蘇雪林的困
境與突破，帶來自我啟迪與探索。本文共 7 章：1.緒論；2.蘇雪林的生平與思想特
點；3.反叛與妥協兼有的道德立場；4.宗教信仰的曲折之路；5.崇尚理性卻又情感
偏執；6.女性情懷與尚武思想；7.結語。

31. 蔣煒煒　為了不被忘卻——論蘇雪林的文學批評與文學創作　山東大學中國
現當代文學研究所　碩士論文　葉誠生教授指導　2007 年 5 月　69
頁

本論文在前人研究的基礎上，從蘇雪林的文學創作和文學批評活動兩個方面來考察
蘇雪林的文學成就，尤其系統化且深入的探究她的新文學批評領域，並以批評身
分、批評方法、批評標準及批評特色四個方面來進行評價。全文共 5 章：1.引言；
2.根繫傳統文化，理性奉行終生——人格特質與矛盾思想；3.亦柔亦剛皆性情——
蘇雪林的文字創作；4.為了不被忘卻——蘇雪林文學批評述評；5.結語。

32. 羅　丹　「我以我心鑄華章」——論蘇雪林的文學批評　湖南師範大學中國
現當代文學研究所　碩士論文　周仁政教授指導　2007 年 11 月
43 頁

本論文以《蘇雪林文集》第三卷的文學評論為藍本，論述其 1930—1940 年代的文
學批評活動，並且就蘇雪林文學批評特色、評價及其在現代文學批評史上的地位
等，作全景式的論述。本文共 4 章：1.引言；2.蘇雪林文學批評的特色；3.蘇雪林
文學批評的評價；4.結語。

33. 陶曉鶯　「世界文化之源」與「域外文化」——評蘇雪林文學研究中的跨文

化比較　蘇州大學比較文學與世界文學研究所　碩士論文　方漢文
教授指導　2008 年 5 月　47 頁

本論文以蘇雪林的文學研究為整體考察對象，評論並梳理其文學研究中的跨文化比
較，全面展現她在研究過程中貫穿的宏觀視野和鮮明的跨文化比較意識，以及對中
國文化所作的深層次大膽探索。全文共 6 章：1.引言；2.屈賦研究中的比較文化
觀；3.西方現代與中國古典的結合；4.以域外文化為參照：現代文學評論；5.「取
法西洋」但「不為同化」；6.後記。

34. 王　娜　蘇雪林民國二十三年日記研究　武漢大學中國現當代文學研究所
碩士論文　張潔教授指導　2008 年 5 月　44 頁

本論文整理蘇雪林民國二十三年日記，還原作家當時的生活、提煉作家之形象；進
而結合其作品，探究其個性如何影響她的創作與治學。全文共 3 章：1.日記概要；
2.治學生活；3.情感生活。

35. 李　南　論蘇雪林的散文創作　東北師範大學中國現當代文學研究所　碩士
論文　逢增玉教授指導　2008 年 9 月　24 頁

本論文梳理蘇雪林的生平與散文創作，分析其散文創作的思想內涵與藝術特色，適
當運用文藝學理論和美學理論等對蘇雪林的文本做具體深入的研究，以拓寬對中國
現代文學研究的空間。全文共 5 章：1.引言；2.蘇雪林散文創作背景；3.散文文本
的主題分析；4.詩畫美的藝術風格；5.結論。

36. 張素姮　蘇雪林散文研究　中國文化大學中國文學系　碩士論文　宋如珊教
授指導　2009 年　168 頁

本論文研究蘇雪林散文的特色與價值，透過廣泛收集並閱讀與蘇雪林相關的文本與
文獻，重新解讀其散文創作，並探討其作品的分期發展，呈現作家在兩岸文學史的
地位與貢獻。全文共 9 章：1.緒論；2.蘇雪林的生平；3.五四前後的散文創作
（1919—1930）；4.抗日前後的散文創作（1931—1944）；5.大陸淪陷前後的散文
創作（1945—1952）；6.來臺前期的散文創作（1952—1973）；7.在臺晚年的散文
創作（1973—1999）；8.蘇雪林散文的語言修辭技巧；9.結論。正文後附錄〈蘇雪
林散文創作年表〉。

37. 解　晨　論蘇雪林作品中的女性情結　天津師範大學中國現當代文學研究所
碩士論文　郭長保教授指導　2010 年 3 月　36 頁

本論文採用西方女性主義文學理論，結合其生平和思想特徵，在文本內外之間，結

合文學的內外部研究，綜合考察蘇雪林作品中的女性情結。全文共 3 章：1.蘇雪林文學創作思想形成的家庭背景；2.蘇雪林作品中的女性情結；3.「五四」女性文學中的蘇雪林。

38. 黎娟娟　　蘇雪林散文的意境美　華中師範大學中國現當代文學研究所　碩士論文　周曉明教授指導　2010 年 4 月　38 頁

本論文在五四女性文學的大背景下，從一個女性的心態和角度，以歷史比較的眼光分析蘇雪林散文的意境美，讓讀者更深刻認識蘇雪林散文的魅力。全文共 5 章：1.導論；2.蘇雪林散文的美景美態；3.超以象外的意蘊；4.高雅真摯的情致美；5.結論。

39. 劉明星　　孤寂的天使·蒼白的救贖——論蘇雪林作品的行知衝突　湖南師範大學中國現當代文學研究所　碩士論文　譚仲池，譚桂林教授指導　2010 年 5 月　64 頁

本論文著重於蘇雪林的行知衝突，先討論蘇雪林的行和知為何衝突、矛盾如何表現；其次分析蘇雪林的作品來挖掘衝突所在、瞭解她的心理和思想感情；最後探討蘇雪林在重重壓力之下如何實現自己，從探索到成功的心理歷程和具體實踐。全文共 5 章：1.前言；2.上·矛盾的自我價值認知；3.中·華章中的認識；4.下·另類突圍；5.結語。

40. 蔡健偉　　蘇雪林新文學批評心理研究　華中師範大學中國現當代文學研究所　碩士論文　周曉明教授指導　2011 年 5 月　51 頁

本論文引入文藝心理學的相關原理，透視蘇雪林的新文學批評，並從作家的個性心理切入，重點探尋蘇雪林的個性心理對其新文學批評的重要影響。本文共 5 章：1.引言；2.蘇雪林的個性心理及其成因；3.情感情緒化批評；4.理性感性化批評；5.結語。

41. 阮小慧　　蘇雪林的文學思想研究　漳州師範學院文藝學研究所　碩士論文　黃金明教授指導　2012 年 6 月　91 頁

本論文在前人研究的基礎上，細緻梳理蘇雪林的作品來探究她的文學思想及文學觀，並分別對蘇雪林的新詩、散文、小說、戲劇的創作理論進行研究。全文共 5 章：1.蘇雪林的研究概況；2.蘇雪林的文學觀；3.蘇雪林的文學創作論；4.蘇雪林的文學體裁論；5.結語。

42. 梁燕萍　　論蘇雪林的散文觀及其創作　青島大學中國現當代文學研究所　碩

士論文　周海波教授指導　2012 年 6 月　44 頁

本論文以語言的角度歸納蘇雪林的散文，對其中的文學觀、創作思想加以整理，針對思想內容及藝術風格作討論，闡述蘇雪林散文創作中的獨創性：女性地位、民族思想、自我救贖以及對自然生命的熱愛。全文共 5 章：1.前言；2.蘇林散文創作思想；3.蘇雪林散文創作；4.蘇雪林散文創作的獨創性；5.結語。

43. 程彩蓉　艱難的突圍——五四作家蘇雪林文學之路的女性主義解讀　南昌大學中國現當代文學研究所　碩士論文　熊巖教授指導　2012 年 6 月　58 頁

本論文對蘇雪林及其文本進行多元化的女性主義解讀，探究其文學史地位及價值，並分析她的文學創作，從整體上解讀蘇雪林女性主義的本質內容。全文共 6 章：1.引言；2.「一間自己的屋子」——蘇雪林的文學追求；3.《綠天》——立足於男女平等的性愛構想；4.自立自尊與自強——撐起家庭與社會的一角天空；5.像釘子般楔入男性世界——獨特的文學批評與文學研究；6.結語——「圓滿」與缺憾。

44. 劉旭東　從啟蒙主義到古典主義——蘇雪林文學思想論　廈門大學文藝學研究所　博士論文　俞兆平教授指導　2012 年 12 月　122 頁

本論文以史料實證為前提，植根於文本，在文學思潮的宏觀視野下，追蹤蘇雪林文學思想的整個流變過程，從蘇雪林每一階段文學活動的核心關鍵字，挖掘其思想內涵、主要成因及具體文學表現。本文共 7 章：1.序論；2.從啟蒙到古典：蘇雪林文學思想的流變；3.啟蒙書寫：蘇雪林 20 年代寫作的姿態；4.道德批評：新人文主義立場和人格論批評模式的確立；5.民族想像：蘇雪林的抗戰寫作；6.政治依附：晚期蘇雪林的政治性書寫；7.結語。

45. 王函文　蘇雪林文學創作與徽州文化精神　安徽師範大學中國現當代文學研究所　碩士論文　方維保教授指導　2013 年 3 月　44 頁

本論文分別以地域文化及中西文化著手，從徽州宗法社會結構分析蘇雪林童年及青年時期所受到的影響，以及蘇雪林受到的五四新思想衝擊之後的文化人格；觀察蘇雪林的散文與劇本創作。全文共 5 章：1.前言；2.徽州文化精神籠罩下的蘇雪林雙重文化人格；3.蘇雪林作品中徽州文化的「在場」；4.蘇雪林現代作品中傳統文化精神的保持；5.結語。

46. 孫詣芳　「士大夫」精神的沉潛——論蘇雪林的主導文化人格　福建師範大學中國現當代文學研究所　碩士論文　呂若涵教授指導　2013 年 4

月 69頁

本論文從蘇雪林個人的複雜性、獨特性作為研究切入口，從而探究其文學創作、文學研究；同時從文化人格的角度來考察其特殊性，突出作家性格、氣質上與他人的迥異之處，挖掘其精神、倫理道德層面的獨特。全文共 4 章：1.「士大夫」精神的沉潛——論蘇雪林主導文化人格；2.閨秀派的誤讀：蘇雪林「士大夫」氣質的文本投射；3.「偏見」與「唐突」：蘇雪林的新文學批評；4.結論。

47. 張　娟　　蘇雪林〈論李金髮的詩〉與〈沈從文論〉對中國現代文學史構建的貢獻及局限　四川師範大學中國現當代文學研究所　碩士論文　曹萬生　2013 年 5 月　41頁

本論文分析蘇雪林的兩篇作家作品論〈論李金髮的詩〉、〈沈從文論〉其中對中國現代文學史文本較有影響的部分，研究這兩篇批評文章對整個中國現代文學史的寫作所產生的影響，勾勒蘇雪林文學批評的經典化意義和不足。全文共 4 章：1.緒論；2.上篇·〈論李金髮的詩〉與中國現代文學史建構；3.下篇·〈沈從文論〉與中國現代文學史建構；4.結語。

48. 郭　瀏　　傳統與宗教間的「五四人」——蘇雪林　蘇州大學中國現當代文學研究所　碩士論文　朱棟霖教授指導　2013 年 5 月　39頁

本論文結合蘇雪林的生平、創作，將她作品中所涉及到的五四新文化思想、中國傳統文化思想、天主教思想分為三組矛盾，並分析這些矛盾在她作品中的具體表現，從而闡明蘇雪林思想上的矛盾性、複雜性。本文共 7 章：1.緒論；2.蘇雪林的生平、創作及對其研究；3.傳統與現代間的矛盾；4.傳統與宗教的契合；5.現代與宗教間的掙扎；6.蘇雪林文學創作的藝術特色；7.結語。

49. 李彩素　　皈而有所捨·依而有所取——論基督教對蘇雪林的影響及其接受的獨特性　西南大學中國現當代文學研究所　碩士論文　王本朝教授指導　2013 年　58頁

本論文鑑於蘇雪林與基督教文化關係的研究並未受到許多研究者的關注，在不糾結於天主教基督教的關係下，深入分析基督教對蘇雪林文學創作所產生的深刻影響，並尋覓其作品中《聖經》的語言意象。全文共 5 章：1.引言；2.蘇雪林與基督教的淵源；3.基督教對蘇雪林文學創作的影響；4.蘇雪林對基督教接受的獨特性；5.結語。

50. 黃小梅　　蘇雪林《中國文學史》研究　華中師範大學中國古代文學研究所

碩士論文　湯江浩教授指導　2014 年 5 月　42 頁

本論文以蘇雪林《中國文學史》為研究對象，從文學史的成書、文學史不同版本的比較、文學史蘊含的文學觀與文學史觀三個層面進行解讀，以揭示其《中國文學史》的獨特價值。全文共 3 章：1. 蘇雪林《中國文學史》的成書；2. 蘇雪林《中國文學史》的比較研究；3. 蘇雪林《中國文學史》的特色與價值。

51. 潘惠霞　蘇雪林早期文學批評論　湖南師範大學中國現當代文學研究所　碩士論文　周仁政教授指導　2014 年 5 月　51 頁

本論文以蘇雪林的文學批評為研究標的，通過和當時眾批評家的橫向對比，凸顯其文學批評的特徵；同時將蘇雪林的文學批評置於文學史的背景下，搭建文學史和文學批評的橋梁，肯定其早期文學批評對文學史書寫的開拓價值。全文共 5 章：1.緒論；2.蘇雪林早期的文學批評思想；3. 蘇雪林早期文學批評的特徵；4. 蘇雪林早期文學批評的意義；5.結論。

52. 雷　超　蘇雪林與中國文學的性靈傳統　西南大學中國現當代文學研究所　碩士論文　王本朝教授指導　2014 年 6 月　62 頁

本論文探析蘇雪林與性靈文學傳統之間的關聯，探討蘇雪林對以袁枚為代表的性靈思想的承傳與發展，討論「性靈文學」思想在蘇雪林的思想和創作中體現的整合與交融，為蘇雪林思想和文學創作風格的形成尋找另一闡釋角度。全文共 6 章：1.緒論；2.蘇雪林與性靈文學的歷史關聯；3.蘇雪林性靈思想的特質；4.蘇雪林文學創作與文學批評中的性靈思想；5.蘇雪林性靈思想的變化與超越；6.結語。

作家生平資料篇目

自述

53. 雪　林　　自序　李義山戀愛事跡攷　上海，北京　北新書局　1927 年 11 月　頁 1—3

54. 蘇雪林　　序　玉溪詩謎　臺北　臺灣商務印書館　1958 年 1 月　頁 1—3

55. 蘇雪林　　序　玉溪詩謎　臺北　臺灣商務印書館　1969 年 5 月　頁 1—3

56. 蘇雪林　　原序　玉溪詩謎正續合編　臺北　臺灣商務印書館　1988 年 1 月　頁 7—8

57. 蘇雪林　　《玉溪詩謎正編》原序　蘇雪林文集（四）　合肥　安徽文藝出版

社　1996 年 4 月　頁 9—10

58. 蘇雪林　我做舊詩的經驗　人間世　第 15 期　1934 年 11 月　頁 35—36

59. 蘇雪林　自序　蠹魚集　長沙　商務印書館　1938 年 7 月　頁 1—4

60. 蘇雪林　舊《蠹魚集》序　〈九歌〉中人神戀愛問題　臺北　文星書店
1967 年 3 月　頁 1—4

61. 蘇雪林　自序　青鳥集　長沙　商務印書館　1938 年 7 月　頁 1—4

62. 蘇雪林　我怎樣寫《鳩羅那的眼睛》　青鳥集　長沙　商務印書館　1938 年
7 月　頁 72—80

63. 蘇雪林　自序　南明忠烈傳　重慶　國民圖書出版社　1941 年 5 月　頁 1—
5

64. 蘇雪林　原序　南明忠烈傳　臺北　臺灣商務印書館　1969 年 1 月　頁 1—
6

65. 蘇雪林　自序　屠龍集　長沙　商務印書館　1941 年 11 月　頁 1—5

66. 蘇雪林　舊《屠龍集》序　人生三部曲　臺北　文星書店　1967 年 3 月　頁
1—5

67. 蘇雪林　《屠龍集》自序　蘇雪林散文選集　天津　百花文藝出版社　1988
年 11 月　頁 182—186

68. 蘇雪林　《屠龍集》自序　蘇雪林散文選集　天津　百花文藝出版社　2004
年 8 月　頁 256—261

69. 蘇雪林　我做舊詩的經驗　青鳥集　長沙　商務印書館　1938 年 7 月　頁
263—268

70. 蘇雪林　我做舊詩的經驗　人間世選集（三）　臺南　德華出版社　1978 年
10 月　頁 58—61

71. 蘇雪林　《蟬蛻集》題記　蟬蛻集　上海　商務印書館　1946 年 8 月　頁 1
—3

72. 蘇雪林　原《蟬蛻集》序　秀峯夜話　臺北　文星書店　1967 年 3 月　頁 1
—4

73. 蘇雪林　　　原《蟬蛻集》序　秀峯夜話　臺北　愛眉文藝出版社　1971 年 1 月　頁 1—5

74. 蘇雪林　　　題記　雪林自選集　臺北　勝利出版公司　1954 年 9 月　頁 1—2

75. 蘇雪林　　　題記　雪林自選集　臺北　勝利出版公司　1954 年 9 月　頁 1—2

76. 蘇雪林　　　題記　雪林自選集　臺南　神州書局　1959 年 5 月　頁 1—2

77. 蘇雪林　　　題記　蘇雪林選集　臺北　新陸書局　1961 年 1 月　頁 1—2

78. 蘇雪林　　　我寫作的經驗　雪林自選集　臺北　勝利出版公司　1954 年 9 月　頁 87—94

79. 蘇雪林　　　我寫作的經驗　蘇雪林選集　臺北　新陸書局　1961 年 1 月　頁 87—94

80. 蘇雪林　　　我的寫作經驗　讀與寫　臺中　光啟出版社　1979 年 3 月　頁 135—142

81. 蘇雪林　　　我的寫作經驗　蘇雪林文集（三）　合肥　安徽文藝出版社　1996 年 4 月　頁 56—62

82. 蘇雪林　　　我寫作的經驗　歸途　北京　群眾出版社　1999 年 9 月　頁 331—339

83. 蘇雪林　　　我的寫作經驗　浮生十記　南京　江蘇文藝出版社　2005 年 1 月　頁 253—260

84. 蘇雪林　　　我的寫作經驗　擲缽庵消夏記——蘇雪林散文選集　臺北　印刻文學生活雜誌出版公司　2010 年 10 月　頁 117—123

85. 蘇雪林　　　〈沈從文論〉跋　雪林自選集　臺北　勝利出版公司　1954 年 9 月　頁 138—140

86. 蘇雪林　　　我怎樣開始研究屈賦　大學生活　第 1 卷第 3 期　1955 年 6 月　頁 12—16

87. 蘇雪林　　　我怎樣開始研究屈賦　蘇雪林作品集‧短篇文章卷 5　臺南　財團法人蘇雪林教授學術文化基金會　2010 年 9 月　頁 169—176

88. 蘇雪林　　　《歸鴻集》自序　聯合報　1955 年 8 月 24 日　6 版

89. 蘇雪林　　寫在臺版《綠天》前面　聯合報　1955 年 10 月 5 日　6 版

90. 蘇雪林　　《崑崙之謎》補充資料——書程旨雲先生文後（上、下）　聯合報
　　　　　　1956 年 5 月 5—6 日　6 版

91. 蘇雪林　　書程旨雲先生文後　崑崙之謎　臺北　中央文物供應社　1956 年 5
　　　　　　月　頁 106—115

92. 蘇雪林　　自跋（一）　崑崙之謎　臺北　中央文物供應社　1956 年 5 月　頁
　　　　　　98—99

93. 蘇雪林　　《崑崙之謎》自跋一　蘇雪林文集（四）　合肥　安徽文藝出版社
　　　　　　1996 年 4 月　頁 169—170

94. 蘇雪林　　自跋（二）　崑崙之謎　臺北　中央文物供應社　1956 年 5 月　頁
　　　　　　100

95. 蘇雪林　　《崑崙之謎》自跋二　蘇雪林文集（四）　合肥　安徽文藝出版社
　　　　　　1996 年 4 月　頁 170—172

96. 蘇雪林　　自序　綠天　臺北　光啟出版社　1956 年 9 月　頁 1—4

97. 蘇雪林　　自序　綠天　臺北　光啟出版社　1978 年 6 月　頁 1—5

98. 蘇雪林　　《綠天》自序　蘇雪林文集（一）　合肥　安徽文藝出版社　1996
　　　　　　年 4 月　頁 217—220

99. 蘇雪林　　自序　綠天　合肥　安徽文藝出版社　1997 年 5 月　頁 1—4

100. 蘇雪林　　自序　綠天　合肥　安徽文藝出版社　1997 年 5 月　頁 1—4

101. 蘇雪林　　留法勤工儉學史的一頁（上、下）　暢流　第 14 卷第 12 期，第
　　　　　　15 卷第 1 期　1957 年 2 月 1，16 日　頁 12，4

102. 蘇雪林　　自跋　梵賴雷童話十二篇　臺北　正中書局　1957 年 2 月　頁 90
　　　　　　—91

103. 蘇雪林　　自序　棘心　臺中　光啟出版社　1957 年 9 月　頁 3—7

104. 蘇雪林　　自序　棘心　北京　群眾出版社　1999 年 9 月　頁 1—6

105. 蘇雪林　　《棘心》自序　蘇雪林文集（一）　合肥　安徽文藝出版社
　　　　　　1996 年 4 月　頁 3—7

106. 蘇雪林　　《天馬集》自序——談希臘神話　聯合報　1957 年 11 月 16 日　6
　　　　　　　版

107. 蘇雪林　　自序　天馬集　臺北　三民書局　1957 年 11 月　頁 1—4

108. 蘇雪林　　自序　天馬集　臺北　三民書局　1974 年 7 月　頁 1—4

109. 蘇雪林　　校書記　文壇季刊　第 1 期　1957 年 11 月　頁 30

110. 蘇雪林　　校書記　讀與寫　臺中　光啟出版社　1959 年 5 月　頁 202—205

111. 蘇雪林　　出書記　文星　第 1 卷第 2 期　1957 年 12 月　頁 6—7

112. 蘇雪林　　出書記　讀與寫　臺中　光啟出版社　1959 年 5 月　頁 206—209

113. 蘇雪林　　出書記　青年日報　1995 年 3 月 24 日　15 版

114. 蘇雪林　　《讀與寫》自跋　幼獅文藝　第 55 期　1959 年 5 月　頁 22

115. 蘇雪林　　自跋　讀與寫　臺中　光啟出版社　1959 年 5 月　頁 210—212

116. 蘇雪林　　我的讀書經驗　中央日報　1960 年 4 月 16 日　3 版

117. 蘇雪林　　《歐遊獵勝》自序　歐遊獵勝　臺中　光啟出版社　1960 年 6 月
　　　　　　　頁 1

118. 蘇雪林　　自序　歐遊獵勝　臺中　光啟出版社　1960 年 6 月　頁 2

119. 蘇雪林　　我的剪報生活　亞洲文學　第 15 期　1960 年 12 月　頁 6—9

120. 蘇雪林　　我的剪報生活　我的生活　臺北　文星書店　1967 年 3 月　頁
　　　　　　　196—202

121. 蘇雪林　　我的剪報生活　我的生活　臺北　傳記文學出版社　1969 年 12 月
　　　　　　　頁 196—202

122. 蘇雪林　　跋　蘇雪林選集　臺北　新陸書局　1961 年 1 月　頁 138—140

123. 蘇雪林　　兒時影事——自傳一章　傳記文學　第 1 期　1962 年 6 月　頁 33
　　　　　　　—36

124. 蘇雪林　　兒時影事　我的生活　臺北　文星書店　1967 年 3 月　頁 1—11

125. 蘇雪林　　兒時影事　我的生活　臺北　傳記文學出版社　1969 年 12 月　頁
　　　　　　　1—11

126. 蘇雪林　　兒時影事　蘇雪林文集（二）　合肥　安徽文藝出版社　1996 年

4 月　頁 1—9

127. 蘇雪林　兒時影事　歸途　北京　群眾出版社　1999 年 9 月　頁 1—11

128. 蘇雪林　兒時影事　浮生十記　南京　江蘇文藝出版社　2005 年 1 月　頁 287—295

129. 蘇雪林　我研究屈賦的經過　作品　第 3 卷第 7 期　1962 年 7 月　頁 9—40

130. 蘇雪林　我研究屈賦的經過　我的生活　臺北　文星書店　1967 年 3 月　頁 203—234

131. 蘇雪林　我研究屈賦的經過　我的生活　臺北　傳記文學出版社　1969 年 12 月　頁 203—234

132. 蘇雪林　我研究屈賦的經過　屈賦論叢　臺北　編譯館中華叢書編委館　1980 年 12 月　頁 1—26

133. 蘇雪林　我研究屈賦的經過　中國國學　第 14 期　1986 年 9 月　頁 27—41

134. 蘇雪林　我研究屈賦的經過　慶祝蘇雪林教授百齡華誕專集　臺南　成功大學　1995 年 3 月　頁 69—89

135. 蘇雪林　我研究屈賦的經過　蘇雪林文集（四）　合肥　安徽文藝出版社　1996 年 4 月　頁 175—197

136. 蘇雪林　我研究屈賦的經過　屈賦論叢　武漢　武漢大學出版社　2007 年 11 月　頁 3—23

137. 蘇雪林　辛亥革命前後的我　作品　第 4 卷第 1 期　1963 年 1 月　頁 13—18，51—58

138. 蘇雪林　辛亥革命前後的我　我的生活　臺北　文星書店　1967 年 3 月　頁 58—72

139. 蘇雪林　辛亥革命前後的我　我的生活　臺北　傳記文學出版社　1969 年 12 月

140. 蘇雪林　辛亥革命前後的我　蘇雪林文集（二）　合肥　安徽文藝出版社

1996 年 4 月　頁 70—80

141.　蘇雪林　　辛亥革命前後的我　歸途　北京　群眾出版社　1999 年 9 月　頁 85—98

142.　蘇雪林　　我研究離騷的途徑　現代學苑　第 1 卷第 4 期　1964 年 7 月　頁 11—15

143.　蘇雪林　　蘭谿縣署中女傭羣像——兒時瑣憶之二　傳記文學　第 53 期 1966 年 10 月　頁 47—51

144.　蘇雪林　　我的教書生活　傳記文學　第 57 期　1967 年 2 月　頁 69—74

145.　蘇雪林　　我的教書生活　我的生活　臺北　文星書店　1967 年 3 月　頁 116—133

146.　蘇雪林　　我的教書生活　我的生活　臺北　傳記文學出版社　1969 年 12 月 頁 116—133

147.　蘇雪林　　我的教書生活　蘇雪林文集（二）　合肥　安徽文藝出版社 1996 年 4 月　頁 81—91

148.　蘇雪林　　我的教書生活　歸途　北京　群眾出版社　1999 年 9 月　頁 99—112

149.　蘇雪林　　我的教書生活　擲缽庵消夏記——蘇雪林散文選集　臺北　印刻 文學生活雜誌出版公司　2010 年 10 月　頁 88—101

150.　蘇雪林　　我與舊詩（上、下）　自由青年　第 37 卷第 3—4 期　1967 年 2 月 1，16 日　頁 11—14，13—14

151.　蘇雪林　　我與舊詩　我的生活　臺北　文星書店　1967 年 3 月　頁 161—180

152.　蘇雪林　　我與舊詩　我的生活　臺北　傳記文學出版社　1969 年 12 月　頁 161—180

153.　蘇雪林　　我與舊詩　蘇雪林文集（二）　合肥　安徽文藝出版社　1996 年 4 月　頁 129—145

154.　蘇雪林　　我與舊詩　歸途　北京　群眾出版社　1999 年 9 月　頁 158—178

155. 蘇雪林　　我與舊詩　擲缽庵消夏記——蘇雪林散文選集　臺北　印刻文學生活雜誌出版公司　2010 年 10 月　頁 165—182

156. 蘇雪林　　《閒話戰爭》自序　中央日報　1967 年 3 月 9 日　6 版

157. 蘇雪林　　自序　閒話戰爭　臺北　文星書店　1967 年 3 月　頁 1—4

158. 蘇雪林　　自序　閒話戰爭　臺北　傳記文學出版社　1970 年 8 月　頁 1—2

159. 蘇雪林　　《我的生活》自序　中華日報　1967 年 3 月 14 日　6 版

160. 蘇雪林　　自序　我的生活　臺北　文星書店　1967 年 3 月　〔5〕頁

161. 蘇雪林　　《我的生活》自序　中國一周　第 888 期　1967 年 5 月　頁 23—24

162. 蘇雪林　　自序　我的生活　臺北　傳記文學出版社　1969 年 12 月　頁 1—5

163. 蘇雪林　　《文壇話舊》自序　自由青年　第 37 卷第 6 期　1967 年 3 月 16 日　頁 12—13

164. 蘇雪林　　自序　文壇話舊　臺北　傳記文學出版社　1969 年 12 月　頁 1—5

165. 蘇雪林　　《我論魯迅》自序　中華日報　1967 年 3 月 24 日　6 版

166. 蘇雪林　　自序　我論魯迅　臺北　文星書店　1967 年 3 月　頁 1—9

167. 蘇雪林　　自序　我論魯迅　臺北　愛眉文藝出版社　1971 年 1 月　頁 1—9

168. 蘇雪林　　自序　我論魯迅　臺北　傳記文學出版社　1979 年 5 月　頁 1—9

169. 蘇雪林　　自序　秀峯夜話　臺北　文星書店　1967 年 3 月　頁 1—6

170. 蘇雪林　　《秀峯夜話》自序　中國一周　第 887 期　1967 年 4 月　頁 6—7

171. 蘇雪林　　自序　秀峯夜話　臺北　愛眉文藝出版社　1971 年 1 月　頁 1—6

172. 蘇雪林　　自序　眼淚的海　臺北　文星書店　1967 年 3 月　頁 1—5

173. 蘇雪林　　自序　〈九歌〉中人神戀愛問題　臺北　文星書店　1967 年 3 月　頁 1—4

174. 蘇雪林　　自序　人生三部曲　臺北　文星書店　1967 年 3 月　頁 1—4

175. 蘇雪林　　《最古人類的故事》自序　中國一周　第 883 期　1967 年 3 月

頁 20

176. 蘇雪林　　　自序　最古的人類故事　臺北　文星書店　1967 年 3 月　頁 1—4

177. 蘇雪林　　　自序　最古的人類故事　臺北　傳記文學出版社　1970 年 8 月
　　　　　　　頁 1—4

178. 蘇雪林　　　《試看《紅樓夢》的真面目》自序　中國一周　第 882 期　1967
　　　　　　　年 3 月　頁 12

179. 蘇雪林　　　自序　試看紅樓夢的真面目　臺北　文星書店　1967 年 3 月　頁
　　　　　　　1—5

180. 蘇雪林　　　關於我的《天馬集》　閒話戰爭　臺北　文星書店　1967 年 3 月
　　　　　　　頁 136—142

181. 蘇雪林　　　關於我的《天馬集》　閒話戰爭　臺北　傳記文學出版社　1970
　　　　　　　年 8 月　頁 136—142

182. 蘇雪林　　　童年瑣憶　我的生活　臺北　文星書店　1967 年 3 月　頁 12—44

183. 蘇雪林　　　童年瑣憶　我的生活　臺北　傳記文學出版社　1969 年 12 月　頁
　　　　　　　12—44

184. 蘇雪林　　　童年瑣憶　蘇雪林文集（二）　合肥　安徽文藝出版社　1996 年
　　　　　　　4 月　頁 10—34

185. 蘇雪林　　　童年瑣憶　棘心　北京　燕山出版社　1998 年 2 月　頁 360—385

186. 蘇雪林　　　童年瑣憶　歸途　北京　群眾出版社　1999 年 9 月　頁 12—41

187. 蘇雪林　　　童年瑣憶　蘇雪林散文　杭州　浙江文藝出版社　2001 年 6 月
　　　　　　　頁 141—165

188. 蘇雪林　　　童年瑣憶　蘇雪林散文　杭州　浙江文藝出版社　2007 年 10 月
　　　　　　　頁 141—165

189. 蘇雪林　　　童年瑣憶　擲缽庵消夏記──蘇雪林散文選集　臺北　印刻文學
　　　　　　　生活雜誌出版公司　2010 年 10 月　頁 124—149

190. 蘇雪林　　　童年瑣憶　綠天・棘心　南京　江蘇文藝出版社　2010 年 1 月
　　　　　　　頁 62—86

191. 蘇雪林　童年瑣憶　蘇雪林散文精選　武漢　長江文藝出版社　2013 年 9 月　頁 235—256

192. 蘇雪林　我幼小時的宗教環境　我的生活　臺北　文星書店　1967 年 3 月　頁 45—57

193. 蘇雪林　我幼小時的宗教環境　我的生活　臺北　傳記文學出版社　1969 年 12 月　頁 45—57

194. 蘇雪林　我幼小時的宗教環境　歸途　北京　群眾出版社　1999 年 9 月　頁 42—53

195. 蘇雪林　我幼小時的宗教環境　蘇雪林文集（二）　合肥　安徽文藝出版社　1996 年 4 月　頁 35—44

196. 蘇雪林　我幼小時的宗教環境　擲缽庵消夏記——蘇雪林散文選集　臺北　印刻文學生活雜誌出版公司　2010 年 10 月　頁 150—159

197. 蘇雪林　我最初的文學導師　我的生活　臺北　文星書店　1967 年 3 月　頁 73—78

198. 蘇雪林　我最初的文學導師　我的生活　臺北　傳記文學出版社　1969 年 12 月　頁 73—78

199. 蘇雪林　我的學生時代　我的生活　臺北　文星書店　1967 年 3 月　頁 79—110

200. 蘇雪林　我的學生時代　我的生活　臺北　傳記文學出版社　1969 年 12 月　頁 79—110

201. 蘇雪林　我的學生時代　蘇雪林文集（二）　合肥　安徽文藝出版社　1996 年 4 月　頁 45—69

202. 蘇雪林　我的學生時代　歸途　北京　群眾出版社　1999 年 9 月　頁 54—84

203. 蘇雪林　教師節談往事　我的生活　臺北　文星書店　1967 年 3 月　頁 111—115

204. 蘇雪林　教師節談往事　我的生活　臺北　傳記文學出版社　1969 年 12 月

頁 111—115

205. 蘇雪林　　教師節談往事　蘇雪林文集（二）　合肥　安徽文藝出版社　1996 年 4 月　頁 92—95

206. 蘇雪林　　教師節談往事　歸途　北京　群眾出版社　1999 年 9 月　頁 113　—116

207. 蘇雪林　　抗戰末期生活小記　我的生活　臺北　文星書店　1967 年 3 月　頁 134—142

208. 蘇雪林　　抗戰末期生活小記　我的生活　臺北　傳記文學出版社　1969 年　12 月　頁 134—142

209. 蘇雪林　　抗戰末期生活小記　蘇雪林文集（二）　合肥　安徽文藝出版社　1996 年 4 月　頁 102—108

210. 蘇雪林　　抗戰末期生活小記　棘心　北京　燕山出版社　1998 年 2 月　頁　352—359

211. 蘇雪林　　抗戰末期生活小記　歸途　北京　群眾出版社　1999 年 9 月　頁　124—132

212. 蘇雪林　　卅年寫作生活的回憶　我的生活　臺北　文星書店　1967 年 3 月　頁 143—154

213. 蘇雪林　　卅年寫作生活的回憶　我的生活　臺北　傳記文學出版社　1969　年 12 月　頁 143—154

214. 蘇雪林　　卅年寫作生活的回憶　文心　第 1 期　1973 年 6 月　頁 47—54

215. 蘇雪林　　卅年寫作生活的回憶　女作家寫作生活與書簡　臺南　慈暉出版　社　1974 年 10 月　頁 14—26

216. 蘇雪林　　三十年寫作生活的回憶　蘇雪林文集（二）　合肥　安徽文藝出　版社　1996 年 4 月　頁 113—121

217. 蘇雪林　　三十年寫作生活的回憶　歸途　北京　群眾出版社　1999 年 9 月　頁 138—148

218. 蘇雪林　　卅年寫作生活的回憶　擲缽庵消夏記——蘇雪林散文選集　臺北

印刻文學生活雜誌出版公司　2010 年 10 月　頁 102—110

219. 蘇雪林　我的寫作習慣　我的生活　臺北　文星書店　1967 年 3 月　頁 155—160

220. 蘇雪林　我的寫作習慣　我的生活　臺北　傳記文學出版社　1969 年 12 月　頁 155—160

221. 蘇雪林　我的寫作習慣　蘇雪林文集（三）　合肥　安徽文藝出版社　1996 年 4 月　頁 51—55

222. 蘇雪林　我的寫作習慣　歸途　北京　群眾出版社　1999 年 9 月　頁 325—330

223. 蘇雪林　我與國畫　我的生活　臺北　文星書店　1967 年 3 月　頁 181—195

224. 蘇雪林　我與國畫　我的生活　臺北　傳記文學出版社　1969 年 12 月　頁 181—195

225. 蘇雪林　我與國畫　蘇雪林文集（二）　合肥　安徽文藝出版社　1996 年 4 月　頁 146—157

226. 蘇雪林　我與國畫　歸途　北京　群眾出版社　1999 年 9 月　頁 179—192

227. 蘇雪林　我與國畫　擲缽庵消夏記──蘇雪林散文選集　臺北　印刻文學生活雜誌出版公司　2010 年 10 月　頁 183—194

228. 蘇雪林　關於我的榮與辱　我的生活　臺北　文星書店　1967 年 3 月　頁 235—254

229. 蘇雪林　關於我的榮與辱　我的生活　臺北　傳記文學出版社　1969 年 12 月　頁 235—254

230. 蘇雪林　自序　南明忠烈傳　臺北　臺灣商務印書館　1969 年 1 月　頁 1—10

231. 蘇雪林　巳酉自述──從五四到現在　書和人　第 107 期　1969 年 4 月　頁 1—8

232. 蘇雪林　巳酉自述──從兒時到現在　女作家自傳　臺北　中美文化出版

社　1972 年 5 月　頁 230—249

233. 蘇雪林　己酉自述——從五四到現在　蘇雪林作品集・短篇文章卷 5　臺南　財團法人蘇雪林教授學術文化基金會　2010 年 9 月　頁 1—15

234. 蘇雪林　我們對文學的意見——對於亞洲作家會議的希望　文壇　第 120 期　1970 年 6 月　頁 9

235. 蘇雪林　自序　中國文學史　臺中　光啟出版社　1970 年 10 月　頁 1—3

236. 蘇雪林　「屈賦新探」自序　東方雜誌　第 6 卷第 8 期　1973 年 1 月　頁 75—81

237. 蘇雪林　自序　屈原與〈九歌〉　臺北　廣東出版社　1973 年 4 月　頁 1—20

238. 蘇雪林　自序　屈原與〈九歌〉　臺北　文津出版社　1992 年 5 月　頁 1—20

239. 蘇雪林　自序　屈原與〈九歌〉　武漢　武漢大學出版社　2007 年 11 月　頁 1—16

240. 蘇雪林　寫在《屈原與〈九歌〉》出版之後　中華日報　1973 年 5 月 31 日，6 月 4 日　10 版，5 版

241. 蘇雪林　寫在《屈原與〈九歌〉》出版之後　中國國學　第 14 期　1986 年 9 月　頁 47—52

242. 蘇雪林　寫在《屈原與〈九歌〉》出版之後　慶祝蘇雪林教授百齡華誕專集　臺南　成功大學　1995 年 3 月　頁 89—94

243. 蘇雪林　《〈天問〉正簡》自序　中國天主教文化　第 1 期　1974 年 4 月　頁 72—76

244. 蘇雪林　自序　〈天問〉正簡　臺北　廣東出版社　1974 年 11 月　頁 1—11

245. 蘇雪林　自序　〈天問〉正簡　臺北　文津出版社　1992 年 5 月　頁 1—11

246. 蘇雪林　自序　〈天問〉正簡　武漢　武漢大學出版社　2007 年 11 月　頁

1—9

247. 蘇雪林　　由整理〈天問〉而引起屈賦研究的興趣談（代跋）　〈天問〉正簡　臺北　廣東出版社　1974 年 11 月　頁 461—475

248. 蘇雪林　　由整理〈天問〉而引起屈賦研究的興趣談（代跋）　〈天問〉正簡　臺北　文津出版社　1992 年 5 月　頁 461—475

249. 蘇雪林　　由整理〈天問〉而引起屈賦研究的興趣談（代跋）　〈天問〉正簡　武漢　武漢大學出版社　2007 年 11 月　頁 368—379

250. 蘇雪林　　談寫作的樂趣　蘇雪林自選集　臺北　黎明文化公司　1977 年 1 月　頁 87—95

251. 蘇雪林　　談寫作的樂趣　蘇雪林選集　合肥　安徽文藝出版社　1989 年 6 月　頁 609—615

252. 蘇雪林　　關於我寫作和研究的經驗　蘇雪林自選集　臺北　黎明文化公司　1977 年 1 月　頁 101—109

253. 蘇雪林　　關於我寫作和研究的經驗　蘇雪林選集　合肥　安徽文藝出版社　1989 年 6 月　頁 620—626

254. 蘇雪林　　關於我寫作和研究的經驗　蘇雪林文集（三）　合肥　安徽文藝出版社　1996 年 4 月　頁 63—69

255. 蘇雪林　　自序　風雨雞鳴　臺北　源成文化圖書供應社　1977 年 10 月　頁 1—12

256. 蘇雪林　　《風雨雞鳴》自序　文壇　第 209 期　1977 年 11 月　頁 16—19

257. 蘇雪林　　關於《趣味民間故事》　中央日報　1977 年 11 月 15 日　10 版

258. 蘇雪林　　自序　趣味民間故事　臺北　廣東出版社　1978 年 3 月　頁 5—9

259. 蘇雪林　　《趣味民間故事》自序　中國語文　第 56 卷第 6 期　1985 年 6 月　頁 4—7

260. 蘇雪林　　關於《趣味民間故事》　蘇雪林作品集・短篇文章卷 5　臺南　財團法人蘇雪林教授學術文化基金會　2010 年 9 月　頁 46—49

261. 蘇雪林　　自序　楚騷新詁　臺北　國立編譯館中華叢書編審委員會　1978

年 3 月　頁 1—22

262. 蘇雪林　自序　楚騷新詁　武漢　武漢大學出版社　2007 年 11 月　頁 1—
17

263. 蘇雪林　關於《楚騷新詁》的話（上、下）　暢流　第 58 卷第 1—2 期
1978 年 8，9 月　頁 4—7，7—11

264. 蘇雪林　自序　靈海微瀾・第一集　臺南　聞道出版社　1978 年 12 月　頁
1

265. 蘇雪林　《一朵小白花》譯本自序　靈海微瀾・第一集　臺南　聞道出版
社　1978 年 12 月　頁 48—52

266. 蘇雪林　自序　一朵小白花　臺南　聞道出版社　1996 年 12 月　頁 10—
13

267. 蘇雪林　自序　靈海微瀾・第二集　臺南　聞道出版社　1979 年 12 月　頁
1—2

268. 蘇雪林　關於《二三十年代作家與作品》的話[1]（上、下）　聯合報　1980
年 1 月 22—23 日　8 版

269. 蘇雪林　自序　二三十年代作家與作品　臺北　廣東出版社　1980 年 6 月
頁 1—10

270. 蘇雪林　關於《二三十年代作家與作品》的話　文學論評（聯副三十年文
學大系・評論卷 5）　臺北　聯經出版公司　1981 年 12 月　頁
491—501

271. 蘇雪林　自序　中國二三十年代作家　臺北　純文學出版社　1983 年 10 月
頁 3—12

272. 蘇雪林　《中國二三十年代作家》　風簷展書讀　臺北　純文學出版社
1985 年 1 月　頁 222—228

273. 蘇雪林　一個皈依天主教五四人的自白　靈海微瀾・第三集　臺南　聞道
出版社　1980 年 2 月　頁 74—106

---

[1]《二三十年代作家與作品》一書後易名為《中國二三十年代作家》。

274. 蘇雪林　　　自序　靈海微瀾・第三集　臺南　聞道出版社　1980 年 2 月　頁
　　　　　　　　　1—3

275. 蘇雪林　　　自序　屈賦論叢　臺北　國立編譯館中華叢書編審委員會　1980
　　　　　　　　　年 12 月　頁 1—18

276. 蘇雪林　　　自序　屈賦論叢　武漢　武漢大學出版社　2007 年 11 月　頁 1—
　　　　　　　　　14

277. 蘇雪林　　　域外文化東來之謎──關於《屈賦論叢》（上、下）　聯合報
　　　　　　　　　1981 年 3 月 10—11 日　8 版

278. 蘇雪林　　　自序　燈前詩草　臺北　正中書局　1982 年 1 月　頁 1—8

279. 蘇雪林　　　引言　猶大之吻　臺北　文鏡文化公司　1982 年 11 月　頁 1—5

280. 蘇雪林　　　重排前言　中國二三十年代作家　臺北　純文學出版社　1983 年
　　　　　　　　　10 月　頁 1

281. 蘇雪林　　　我在抗戰時期的文學活動[2]　文訊雜誌　第 7、8 期合刊　1984 年 2
　　　　　　　　　月　頁 261—271

282. 蘇雪林　　　我在抗戰時期的文學活動　中國語文　第 55 卷第 1 期　1984 年 7
　　　　　　　　　月　頁 4—15

283. 蘇雪林　　　四十轉變，硯田豐收　抗戰時期文學回憶錄　臺北　文訊雜誌社
　　　　　　　　　1987 年 7 月　頁 7—19

284. 蘇雪林　　　我在抗戰時期的文學活動　蘇雪林作品集・短篇文章卷 1　臺南
　　　　　　　　　成功大學中國文學系　2006 年 10 月　頁 284—299

285. 蘇雪林口述；林佩芬記　　書話　新書月刊　第 11 期　1984 年 8 月　頁 58
　　　　　　　　　—60

286. 蘇雪林　　　為〈〈楚辭國殤新解〉質疑〉敬答陳炳良先生　神話・禮儀・文
　　　　　　　　　學　臺北　聯經出版公司　1985 年 4 月　頁 155—160

287. 蘇雪林　　　為迦尼薩問題再答陳炳良先生　神話・禮儀・文學　臺北　聯經
　　　　　　　　　出版公司　1985 年 4 月　頁 161—175

---

[2]本文後改篇名為〈四十轉變，硯田豐收〉。

288. 蘇雪林　　元旦雜記　人生船——作家日記三六五　臺北　爾雅出版社
　　　1985 年 7 月　頁 92—93

289. 蘇雪林　　序　袁昌英文選　臺北　洪範書店　1986 年 1 月　頁 1—4

290. 蘇雪林　　我為什麼要寫作　聯合報　1986 年 2 月 19 日　8 版

291. 蘇雪林　　我為什麼要寫作　臺港文學選刊　1987 年第 2 期　1987 年 4 月
　　　頁 31

292. 蘇雪林　　我為什麼要寫作　蘇雪林作品集・短篇文章卷 5　臺南　財團法人
　　　蘇雪林教授學術文化基金會　2010 年 9 月　頁 53

293. 蘇雪林　　老女蛾眉，不入詩眼——從《玉溪詩謎》談起　文訊雜誌　第 30
　　　期　1987 年 6 月　頁 35—40

294. 蘇雪林　　老女蛾眉，不入時眼——從《玉溪詩謎》談起　蘇雪林作品集・
　　　短篇文章卷 5　臺南　財團法人蘇雪林教授學術文化基金會　2010
　　　年 9 月　頁 16—21

295. 蘇雪林　　《玉溪詩謎正編》再序　玉溪詩謎正續合編　臺北　臺灣商務印
　　　書館　1988 年 1 月　頁 1—6

296. 蘇雪林　　《玉溪詩謎正編》再序　蘇雪林文集（四）　合肥　安徽文藝出
　　　版社　1996 年 4 月　頁 3—8

297. 蘇雪林　　我寫作的動機和經過　蘇雪林散文選集　天津　百花文藝出版社
　　　1988 年 11 月　頁 178—181

298. 蘇雪林　　我寫作的動機和經過　蘇雪林散文選集　天津　百花文藝出版社
　　　2004 年 8 月　頁 250—255

299. 蘇雪林　　我寫作的動機和經過　青鳥集　長沙　商務印書館　1938 年 7 月
　　　頁 269—274

300. 蘇雪林　　浮生九四[3]　中央日報　1991 年 4 月 8 日　16 版

301. 蘇雪林　　自序　浮生九四——雪林回憶錄　臺北　三民書局　1991 年 4 月
　　　頁 1—3

---

[3] 本文為《浮生九四——雪林回憶錄》自序。

302. 蘇雪林　浮生九四　慶祝蘇雪林教授九秩晉五華誕學術研討會論文暨詩文
　　　集　臺北　文史哲出版社　1995 年 3 月　頁 589—591

303. 蘇雪林　我兩年半的寫作　蘇雪林選集　合肥　安徽文藝出版社　1989 年
　　　6 月　頁 601—604

304. 蘇雪林　我兩年半的寫作　蘇雪林文集（三）　合肥　安徽文藝出版社
　　　1996 年 4 月　頁 70—73

305. 蘇雪林　我的家世及母親　中央日報　1991 年 5 月 17 日　16 版

306. 蘇雪林　四十昇華的歲月紀錄（上、下）　中央日報　1991 年 5 月 23—24
　　　日　17 版

307. 蘇雪林　「老冬烘」與「新青年」　中央日報　1991 年 7 月 8 日　16 版

308. 蘇雪林　「老冬烘」與「新青年」　我們的八十年　臺北　時報文化出版
　　　公司　1991 年 9 月　頁 15—24

309. 蘇雪林　「屈賦新探」再版序　〈天問〉正簡　臺北　文津出版社　1992
　　　年 5 月　頁 1—2

310. 蘇雪林　「屈賦新探」再版序　屈原與〈九歌〉　臺北　文津出版社
　　　1992 年 5 月　頁 1—2

311. 蘇雪林　「屈賦新探」再版序　屈原與〈九歌〉　武漢　武漢大學出版社
　　　2007 年 11 月　頁 1—2

312. 蘇雪林　「屈賦新探」再版序　〈天問〉正簡　武漢　武漢大學出版社
　　　2007 年 11 月　頁 1—2

313. 蘇雪林　「屈賦新探」再版序　楚騷新詁　武漢　武漢大學出版社　2007
　　　年 11 月　頁 1—2

314. 蘇雪林　「屈賦新探」再版序　屈賦論叢　武漢　武漢大學出版社　2007
　　　年 11 月　頁 1—2

315. 蘇雪林　自序　蘇雪林山水　臺北　行政院文建會　1994 年 10 月　頁 5

316. 蘇雪林　談我的文藝創作與學術研究　智慧的薪傳——大師篇　臺北　行
　　　政院新聞局　1995 年 1 月　頁 55—64

317. 蘇雪林　談我的文藝創作與學術研究　臺南市立文化中心季刊　第 9 期　1995 年 5 月　頁 42—46

318. 蘇雪林　自序　《詩經》雜俎　臺北　臺灣商務印書館　1995 年 12 月　頁 1—6

319. 蘇雪林　跋　《詩經》雜俎　臺北　臺灣商務印書館　1995 年 12 月　頁 360—361

320. 蘇雪林　我的第一本書　蘇雪林文集（四）　合肥　安徽文藝出版社　1996 年 4 月　頁 78—84

321. 蘇雪林　跋　一朵小白花　臺南　聞道出版社　1996 年 12 月　頁 306—310

322. 蘇雪林　重印後記　一朵小白花　臺南　聞道出版社　1996 年 12 月　頁 311—314

323. 蘇雪林　憶童年　聯合報　1999 年 2 月 10 日　37 版

324. 蘇雪林　憶寫作——蘇雪林的晚年自述之二（1—4）　聯合報　1999 年 4 月 22—25 日　37 版

325. 蘇雪林　《蠹魚》與《青鳥》序　蘇雪林作品集・短篇文章卷 6　臺南　成功大學　2011 年 12 月　頁 29—33

326. 蘇雪林　我自修國文的經過　蘇雪林作品集・短篇文章卷 6　臺南　成功大學　2011 年 12 月　頁 280—290

他述

327. 賀玉波　自然的女兒綠漪女士　中國現代女作家　上海　復興書局　1936 年 5 月　頁 115—134

328. 孔　尊　關於蘇雪林　文壇史料　大連　大連書店　1944 年 11 月　頁 240

329. 巴　雷　蘇綠綺小傳　蘇綠綺佳作選　上海　新象書店　1947 年 3 月　頁 1—2

330. 蛩菴居士　萬古雲霄閣筆記——蘇雪林文壇風波　暢流　第 1 卷第 6 期　1950 年 5 月 1 日　頁 7

331. 王理璜　迎蘇雪林女士歸國　中央日報　1952 年 7 月 29 日　4 版

332. 王理璜　迎蘇雪林女士歸國　慶祝蘇雪林教授寫作五十年暨八秩華誕專集　臺南　〔自行出版〕　1978 年　頁 17—21

333. 王理璜　迎蘇雪林女士歸國　側寫蘇雪林　臺南　財團法人蘇雪林教授學術文化基金會　2009 年 9 月　頁 28—32

334. 丁文珠　著述等身的蘇雪林　中國一周　第 150 期　1953 年 3 月 9 日　頁 20

335. 柳綠蔭　反共的女文學家蘇雪林　中國一周　第 229 期　1954 年 9 月 13 日　頁 25

336. 謝冰瑩　臺南訪友　聯合報　1957 年 3 月 6 日　6 版

337. 公孫嬿　蘇雪林教授小記　筆匯　第 12 期　1958 年 4 月 16 日　3 版

338. 公孫嬿　蘇雪林教授小記　慶祝蘇雪林教授寫作五十年暨八秩華誕專集　臺南　〔自行出版〕　1978 年　頁 39—43

339. 公孫嬿　蘇雪林教授小記　側寫蘇雪林　臺南　財團法人蘇雪林教授學術文化基金會　2009 年 9 月　頁 14—17

340. 嚴友梅　我所知道的蘇雪林　婦友　第 52 期　1959 年 1 月　頁 22

341. 嚴友梅　我所知道的蘇雪林教授　慶祝蘇雪林教授寫作五十年暨八秩華誕專集　臺南　〔自行出版〕　1978 年　頁 49—52

342. 謝冰瑩　老當益壯的蘇雪林　純文學　第 41 期　1960 年 5 月　頁 68

343. 劉芳剛　粉筆生涯三十年的蘇雪林教授簡介　臺灣新生報　1961 年 9 月 28 日　18 版

344. 劉芳剛　粉筆生涯三十年的蘇雪林教授簡介　慶祝蘇雪林教授寫作五十年暨八秩華誕專集　臺南　〔自行出版〕　1978 年　頁 67—70

345. 劉心皇　我為什麼印這冊書（代序）　文壇往事辯偽　臺北　〔自行出版〕　1963 年 5 月　頁 1—17

346. 劉心皇　蘇雪林女士與魯迅的關係　文壇往事辯偽　臺北　〔自行出版〕　1963 年 5 月　頁 38—47

347. 劉心皇　欺世「大師」——與蘇雪林女士「話」文壇「往事」——蘇雪林
　　　　　　　女士何時「反魯」？怎樣「反魯」？　文壇往事辯偽　臺北
　　　　　　　〔自行出版〕　1963 年 5 月　頁 63—67

348. 安　慰　蘇雪林女士印象記　文壇往事辯偽　臺北　〔自行出版〕　1963
　　　　　　　年 5 月　頁 146—152

349. 謝冰瑩　我所知道的蘇雪林　文壇　第 43 期　1964 年 1 月　頁 31

350. 林景淵　我所認識的蘇雪林教授　自由青年　第 33 卷第 7 期　1965 年 4 月
　　　　　　　1 日　頁 20

351. 邱德修　教育家、學者、作者——訪蘇雪林教授　成功思潮　第 12 期
　　　　　　　1968 年 12 月　頁 16—17

352. 邱德修　教育家學者作者——蘇雪林教授　慶祝蘇雪林教授寫作五十年暨
　　　　　　　八秩華誕專集　臺南　〔自行出版〕　1978 年　頁 100—102

353. 陳敬之　蘇雪林（1—4）[4]　暢流　第 42 卷第 6—9 期　1970 年 11 月 1，16
　　　　　　　日，12 月 1，16 日　頁 11—14，7—10，10—11，6—11

354. 陳敬之　文苑風雪五十年——蘇雪林　慶祝蘇雪林教授寫作五十年暨八秩
　　　　　　　華誕專集　臺南　〔自行出版〕　1978 年　頁 121—159

355. 陳敬之　蘇雪林　現代文學早期的女作家　臺北　成文出版社　1980 年 6
　　　　　　　月　頁 103—148

356. 李立明　作家、學者、教授蘇雪林　文壇　第 342 期　1973 年 9 月 2 日
　　　　　　　頁 146—147

357. 謝冰瑩　送雪林告別杏壇　書和人　第 233 期　1974 年 3 月　頁 1

358. 謝冰瑩　送雪林告別杏壇　慶祝蘇雪林教授寫作五十年暨八秩華誕專集
　　　　　　　臺南　〔自行出版〕　1978 年　頁 162—165

359. 謝冰瑩　送雪林告別杏壇　作家與作品　臺北　三民書局　1991 年 5 月
　　　　　　　頁 51—54

360. 謝冰瑩　送雪林告別杏壇　綠天雪林　北京　人民文學出版社　2001 年 1

---

[4] 本文後改篇名為〈文苑風雪五十年——蘇雪林〉。

月　頁80—83

361. 王琰如　　我如何認識雪林先生　書和人　第233期　1974年3月　頁2

362. 王琰如　　我如何認識雪林教授　慶祝蘇雪林教授寫作五十年暨八秩華誕專
集　臺南　〔自行出版〕　1978年　頁166—167

363. 李曼瑰　　良師益友蘇雪林先生　書和人　第233期　1974年3月　頁3

364. 李曼瑰　　良師益友蘇雪林先生　慶祝蘇雪林教授寫作五十年暨八秩華誕專
集　臺南　〔自行出版〕　1978年　頁168—171

365. 李曼瑰　　良師益友蘇雪林先生　綠天雪林　北京　人民文學出版社　2001
年1月　頁99—101

366. 尉素秋　　蘇雪林教授在成大　書和人　第233期　1974年3月　頁5

367. 尉素秋　　蘇雪林教授在成大　慶祝蘇雪林教授寫作五十年暨八秩華誕專集
臺南　〔自行出版〕　1978年　頁172—174

368. 尉素秋　　蘇雪林教授在成大　側寫蘇雪林　臺南　財團法人蘇雪林教授學
術文化基金會　2009年9月　頁119—121

369. 張秀亞　　蘇雪林先生與文學　書和人　第233期　1974年3月　頁6

370. 張秀亞　　蘇雪林先生與文學　人生小景　臺北　水芙蓉出版社　1978年6
月　頁165—167

371. 張秀亞　　蘇雪林先生與文學　慶祝蘇雪林教授寫作五十年暨八秩華誕專集
臺南　〔自行出版〕　1978年　頁175—176

372. 張秀亞　　蘇雪林先生與文學　人生小景　臺北　晨星出版社　1985年9月
頁193—195

373. 張秀亞　　蘇雪林先生與文學　張秀亞全集‧散文卷5　臺南　國家臺灣文學
館　2005年3月　頁403—404

374. 葉蟬貞　　童心永保的蘇雪林[5]　書和人　第233期　1974年3月　頁7

375. 葉蟬貞　　童心永葆的蘇雪林　慶祝蘇雪林教授寫作五十年暨八秩華誕專集
臺南　〔自行出版〕　1978年　頁177—179

---

[5]本文後改篇名為〈沉潛學海童心一片的蘇雪林先生〉。

376. 葉蟬貞　沉潛學海童心一片的蘇雪林先生　慶祝蘇雪林教授九秩晉五華誕學術研討會論文暨詩文集　臺北　文史哲出版社　1995 年 3 月頁 518—522

377. 葉蟬貞　童心永葆的蘇雪林先生　綠天雪林　北京　人民文學出版社2001 年 1 月　頁 138—141

378. 滄海客　女作家蘇雪林　工商日報　1974 年 6 月 3 日　12 版

379. 何錡章　我所認識的蘇雪林　書和人　第 240 期　1974 年 7 月　頁 4

380. 〔書評書目〕　蘇雪林　書評書目　第 16 期　1974 年 8 月　頁 78—79

381. 張達人　文壇老將蘇雪林先生　生力月刊　第 84 期　1974 年 9 月　頁 23—25

382. 〔編輯部〕　小傳　蘇雪林自選集　臺北　黎明文化公司　1977 年 1 月頁 1—2

383. 謝冰瑩　蘇雪林　民國文人　臺南　長河出版社　1977 年 7 月　頁 195—199

384. 史墨卿　愛國學人蘇雪林　書和人　第 332 期　1978 年 2 月　頁 1—8

385. 史墨卿　代序——愛國學人蘇雪林先生　慶祝蘇雪林教授寫作五十年暨八秩華誕專集　臺南　〔自行出版〕　1978 年　頁 9—24

386. 季　季　當代八位女作家：林海音、孟瑤、徐鍾珮、張秀亞、琦君、謝冰瑩、羅蘭、蘇雪林　文藝　第 105 期　1978 年 3 月　頁 8—29

387. 李立明　蘇雪林　中國現代六百作家小傳　香港　波文出版社　1978 年 7月　頁 573

388. 萬　柳　雪林藏書　慶祝蘇雪林教授寫作五十年暨八秩華誕專集　臺南〔自行出版〕　1978 年　頁 5—6

389. 萬　柳　雪林藏書　側寫蘇雪林　臺南　財團法人蘇雪林教授學術文化基金會　2009 年 9 月　頁 178—179

390. 谷雨音　懷念蘇雪林教授　慶祝蘇雪林教授寫作五十年暨八秩華誕專集臺南　〔自行出版〕　1978 年　頁 10—16

391. 谷雨音　懷念蘇雪林教授　側寫蘇雪林　臺南　財團法人蘇雪林教授學術文化基金會　2009 年 9 月　頁 57—62

392. 孟　愷　現在臺灣的女作家——蘇雪林　慶祝蘇雪林教授寫作五十年暨八秩華誕專集　臺南　〔自行出版〕　1978 年　頁 22

393. 王家瑩　我的啟蒙師　慶祝蘇雪林教授寫作五十年暨八秩華誕專集　臺南　〔自行出版〕　1978 年　頁 29—32

394. 王家瑩　我的啟蒙師　綠天雪林　北京　人民文學出版社　2001 年 1 月　頁 199—202

395. 劉藹如　蘇雪林著作等身　慶祝蘇雪林教授寫作五十年暨八秩華誕專集　臺南　〔自行出版〕　1978 年　頁 44—45

396. 劉藹如　蘇雪林著作等身　側寫蘇雪林　臺南　財團法人蘇雪林教授學術文化基金會　2009 年 9 月　頁 208—209

397. 葉蟬貞　蘇雪林先生　慶祝蘇雪林教授寫作五十年暨八秩華誕專集　臺南　〔自行出版〕　1978 年　頁 46—48

398. 葉蟬貞　蘇雪林先生　側寫蘇雪林　臺南　財團法人蘇雪林教授學術文化基金會　2009 年 9 月　頁 180—182

399. 一　萍　送別蘇雪林先生　慶祝蘇雪林教授寫作五十年暨八秩華誕專集　臺南　〔自行出版〕　1978 年　頁 57—59

400. 惠　英　蘇雪林在南洋大學　慶祝蘇雪林教授寫作五十年暨八秩華誕專集　臺南　〔自行出版〕　1978 年　頁 71

401. 惠　英　蘇雪林在南大　側寫蘇雪林　臺南　財團法人蘇雪林教授學術文化基金會　2009 年 9 月　頁 126

402. 初　筍　記蘇雪林教授　慶祝蘇雪林教授寫作五十年暨八秩華誕專集　臺南　〔自行出版〕　1978 年　頁 72—73

403. 初　筍　記蘇雪林教授　側寫蘇雪林　臺南　財團法人蘇雪林教授學術文化基金會　2009 年 9 月　頁 89—90

404. 初　筍　蘇雪林教《楚辭》　慶祝蘇雪林教授寫作五十年暨八秩華誕專集

臺南　〔自行出版〕　1978 年　頁 74—75

405. 初　筍　蘇雪林教《楚辭》　側寫蘇雪林　臺南　財團法人蘇雪林教授學
術文化基金會　2009 年 9 月　頁 87—88

406. 凡　志　老女作家蘇雪林　慶祝蘇雪林教授寫作五十年暨八秩華誕專集
臺南　〔自行出版〕　1978 年　頁 76—77

407. 凡　志　老女作家蘇雪林　側寫蘇雪林　臺南　財團法人蘇雪林教授學術
文化基金會　2009 年 9 月　頁 12—13

408. 趙　聰　文筆清麗的蘇雪林——卅年代文壇點將錄[6]　慶祝蘇雪林教授寫作
五十年暨八秩華誕專集　臺南　〔自行出版〕　1978 年　頁 103
—110

409. 趙　聰　蘇雪林　新文學作家列傳　臺北　時報文化出版公司　1980 年 6
月　頁 398—404

410. 趙　聰　文筆清麗的蘇雪林——卅年代文壇點將錄　側寫蘇雪林　臺南
財團法人蘇雪林教授學術文化基金會　2009 年 9 月　頁 193—198

411. 蔣　震　退休教授文藝鬥士蘇雪林　慶祝蘇雪林教授寫作五十年暨八秩華
誕專集　臺南　〔自行出版〕　1978 年　頁 114—117

412. 陳秀喜　錯愛　慶祝蘇雪林教授寫作五十年暨八秩華誕專集　臺南　〔自
行出版〕　1978 年　頁 160—161

413. 陳秀喜　錯愛　慶祝蘇雪林教授九秩晉五華誕學術研討會論文暨詩文集
臺北　文史哲出版社　1995 年 3 月　頁 483—484

414. 陳秀喜　錯愛　綠天雪林　北京　人民文學出版社　2001 年 1 月　頁 122
—123

415. 冷之楚〔許素蘭〕　也無風雨也無晴——蘇雪林教授的晚景　書評書目
第 78 期　1979 年 10 月　頁 62—73

416. 許素蘭　也無風雨也無晴——蘇雪林教授的晚景　文學與心靈對話　臺南
臺南市立文化中心　1995 年 4 月　頁 156—168

---

[6]本文後改篇名為〈蘇雪林〉。

417. 吳魯芹　　記珞珈三傑　傳記文學　第 209 期　1979 年 10 月　頁 65—67

418. 吳魯芹　　記珞珈三傑　學府紀聞・國立武漢大學　臺北　南京出版公司
　　　1981 年 10 月　頁 109—111

419. 吳魯芹　　記珞珈三傑　餘年集　臺北　洪範書店　1982 年 5 月　頁 67—77

420. 羅　禾　　蘇雪林　幼獅文藝　第 311 期　1979 年 11 月　頁 162

421. 李立明　　蘇雪林　現代中國作家評傳 1　香港　波文出版社　1980 年 1 月
　　　頁 81—90

422. 蘇雪林　　幾個女作家的作品〔蘇雪林部分〕　二三十年代作家與作品　臺
　　　北　廣東出版社　1980 年 6 月　頁 239

423. 陳敬之　　綠漪為一全能作家　現代文學早期的女作家　臺北　成文出版社
　　　1980 年 6 月　頁 22—24

424. 吳耀玉　　我敬佩的蘇老師　學府紀聞・國立武漢大學　臺北　南京出版公
　　　司　1981 年 10 月　頁 99—108

425. 閻純德　　蘇雪林小傳　新文學史料　1982 年第 1 期　1982 年 2 月　頁 148
　　　—151 轉頁 202

426. 李德安　　誨人不倦著作等身的蘇雪林教授　當代名人風範（4）　臺北　金
　　　文出版社　1982 年 8 月　頁 1299—1314

427. 傅子玖　　綠漪　廈門日報　1982 年 11 月 7 日　3 版

428. 林海音　　五十兩黃金，一塊破抹布　聯合報　1983 年 5 月 13 日　8 版

429. 林海音　　五十兩黃金，一塊破抹布　剪影話文壇　臺北　純文學出版社
　　　1984 年 8 月　頁 22—25

430. 林海音　　五十兩黃金，一塊破抹布　慶祝蘇雪林教授九秩晉五華誕學術研
　　　討會論文暨詩文集　臺北　文史哲出版社　1995 年 3 月　頁 437
　　　—440

431. 林海音　　五十兩黃金，一塊破抹布　林海音作品集・剪影話文壇　臺北
　　　遊目族文化公司　2000 年 5 月　頁 21—24

432. 林海音　　五十兩黃金・一塊破抹布　綠天雪林　北京　人民文學出版社

2001 年 1 月　頁 110—112

433. 遠　園　今世說——薩孟武、蘇雪林、于春軒、左曙萍、陳必先　藝文誌
第 225 期　1983 年 6 月　頁 50—51

434.〔王晉民，鄺白曼編〕　蘇雪林　臺灣與海外華人作家小傳　福州　福建
人民出版社　1983 年 9 月　頁 103—106

435. 包德華主編；沈自敏譯　蘇雪林　中華民國史料叢稿譯稿・民國名人傳記
辭典・第九分冊　北京　中華書局　1983 年 12 月　頁 127

436. 張達人　向蘇雪林先生致敬　中央月刊　第 16 卷第 4 期　1984 年 2 月　頁
11

437. 荻　宜　蘇婆婆旋風　中央日報　1984 年 3 月 5 日　10 版

438. 荻　宜　蘇婆婆旋風　側寫蘇雪林　臺南　財團法人蘇雪林教授學術文化
基金會　2009 年 9 月　頁 122—125

439. 林建農　蘇雪林印象記　臺灣日報　1984 年 4 月 6 日　8 版

440. 樸　月　寂寞的峰頂——蘇雪林先生印象記　綠苔庭院　臺北　學英文化
公司　1984 年 5 月　頁 207—220

441. 賈逸君　綠漪女士　中華民國名人傳（下）　臺北　近代中國出版社
1984 年 11 月　頁 57

442. 沈　暉　記皖籍臺灣女作家蘇雪林　安徽大學學報　1985 年第 3 期　1985
年 8 月　頁 52—58，68

443.〔環華百科全書編纂組〕　蘇雪林　環華百科全書（17）　臺北　環華出
版社　1986 年 2 月　頁 377

444. 嚴友梅　一個獨特的人　中國國學　第 14 期　1986 年 9 月　頁 143—145

445. 嚴友梅　一個獨特的人　慶祝蘇雪林教授百齡華誕專集　臺南　成功大學
1995 年 3 月　頁 143—145

446. 嚴友梅　一個獨特的人　側寫蘇雪林　臺南　財團法人蘇雪林教授學術文
化基金會　2009 年 9 月　頁 277—280

447. 曾虛白　天涯何處不相逢　中國國學　第 14 期　1986 年 9 月　頁 145—

147

448. 曾虛白　天涯何處不相逢　慶祝蘇雪林教授百齡華誕專集　臺南　成功大
學　1995 年 3 月　頁 145—147

449. 曾虛白　天涯何處不相逢　側寫蘇雪林　臺南　財團法人蘇雪林教授學術
文化基金會　2009 年 9 月　頁 130—133

450. 夏祖麗　前輩老作家蘇雪林　中國國學　第 14 期　1986 年 9 月　頁 148—
149

451. 夏祖麗　前輩老作家蘇雪林　慶祝蘇雪林教授百齡華誕專集　臺南　成功
大學　1995 年 3 月　頁 148—149

452. 陳美瓊　文藝界的長青樹——蘇雪林女士歡度九十壽誕　中國國學　第 14
期　1986 年 9 月　頁 182—183

453. 黃美惠　筆耕六十年——蘇雪林今歡度八九生辰　中國國學　第 14 期
1986 年 9 月　頁 183—184

454. 吳鈴嬌　九十春秋百萬字・十四寒暑一個人　時報週刊　第 454 期　1986
年 11 月 9 日　頁 122—134

455. 子　規　齊來關心退休老教授——蘇雪林　今日生活　第 243 期　1986 年
12 月　頁 34—36

456. 〔民生報〕　文工會派員慰問郭水潭、蘇雪林　民生報　1987 年 1 月 25 日
4 版

457. 林佩芬　一首壯麗的史詩——貢獻於文學的蘇雪林女士[7]　文藝月刊　第
211 期　1987 年 1 月　頁 8—15

458. 林佩芬　一首壯麗的史詩——貢獻於文學的蘇雪林女士　臺灣日報　1991
年 4 月 11 日　9 版

459. 林佩芬　敬禮，不朽者！一首壯麗的史詩——貢獻於文學的蘇雪林女士
慶祝蘇雪林教授九秩晉五華誕學術研討會論文暨詩文集　臺北

---

[7]本文後改篇名為〈敬禮，不朽者！一首壯麗的史詩——貢獻於文學的蘇雪林女士〉、〈敬禮，不
朽者！〉。

文史哲出版社　1995 年 3 月　頁 425—432

460. 林佩芬　　敬禮，不朽者！　綠天雪林　北京　人民文學出版社　2001 年 1
月　頁 132—137

461. 林英喆　　文壇長青樹，有意拾畫筆，蘇雪林毅力勝年華　民生報　1987 年
7 月 14 日　9 版

462. 舒　蘭　　女詩人群像（二）〔蘇雪林部分〕　文訊雜誌　第 35 期　1988 年
4 月　頁 23—24

463. 史墨卿，鮑霖　　蘇雪林卷（1—3）　文訊雜誌　第 37—39 期　1988 年 8，
10，12 月　頁 265—268，293—298，252—259

464. 丘秀芷　　老小老小〔蘇雪林部分〕　青年日報　1988 年 10 月 19 日　14 版

465. 丘秀芷　　老小老小——蘇先生　風範——文壇前輩素描　臺北　正中書局
1996 年 10 月　頁 148

466. 曉　風　　春暉閣裡　聯合文學　第 48 期　1988 年 10 月　頁 123—133

467. 仙　枝　　淡泊鶴糧殊自足（上、下）　中央日報　1988 年 11 月 24—25 日
16 版

468. 沈　棲　　寸心不泯恩師情——記六十年前蘇雪林和朱雯的一段文學因緣
文藝報　1989 年 2 月 11 日　8 版

469. 〔臺灣新生報〕　　「老園丁」晚景堪憐？——蘇雪林一生只為別人，文工
會感敬佩決定聘為顧問　臺灣新生報　1989 年 4 月 13 日　4 版

470. 董紹華　　蘇雪林受聘文工會榮譽顧問　臺灣新生報　1989 年 4 月 17 日　3
版

471. 鐘麗慧　　向蘇雪林致敬　臺灣新生報　1989 年 4 月 20 日　23 版

472. 西湖邨〔林政華〕　　重視文化國寶級人物——由蘇雪林先生受禮遇談起
臺灣新生報　1989 年 4 月 24 日　22 版

473. 林政華　　重視文化國寶級人物——由蘇雪林先生受禮遇談起　耕情集　臺
中　臺中市立文化中心　1995 年 6 月　頁 123—125

474. 唐亦男　　那坐忘的身影　中央日報　1989 年 4 月 29 日　17 版

475. 唐亦男　　那坐忘的身影　智慧的薪傳──大師篇　臺北　行政院新聞局
　　　　　　　1995 年 1 月　頁 83─91

476. 唐亦男　　那坐忘的身影　慶祝蘇雪林教授九秩晉五華誕學術研討會論文暨
　　　　　　　詩文集　臺北　文史哲出版社　1995 年 3 月　頁 470─475

477. 唐亦男　　那「坐忘」的身影──我所了解的蘇先生　綠天雪林　北京　人
　　　　　　　民文學出版社　2001 年 1 月　頁 210─215

478. 唐亦男　　那「坐忘」的身影──我所了解的蘇先生　蘇雪林文集（四）
　　　　　　　合肥　安徽文藝出版社　1996 年 4 月　頁 414─419

479. 丘秀芷　　蘇先生，德不孤　中華日報　1989 年 5 月 7 日　9 版

480. 丘秀芷　　蘇先生，德不孤　慶祝蘇雪林教授九秩晉五華誕學術研討會論文
　　　　　　　暨詩文集　臺北　文史哲出版社　1995 年 3 月　頁 390─394

481. 丘秀芷　　蘇先生，德不孤　綠天雪林　北京　人民文學出版社　2001 年 1
　　　　　　　月　頁 150─153

482. 丘秀芷　　蘇先生，德不孤　側寫蘇雪林　臺南　財團法人蘇雪林教授學術
　　　　　　　文化基金會　2009 年 9 月　頁 33─36

483. 阿　英　　蘇梅　中國新文學大系（1927─1937）史料索引　上海　上海文
　　　　　　　藝出版社　1989 年 5 月　頁 227

484. 沈　暉　　蘇雪林簡論　蘇雪林選集　合肥　安徽文藝出版社　1989 年 6 月
　　　　　　　頁 1─20

485. 沈　暉　　編后小記　蘇雪林選集　合肥　安徽文藝出版社　1989 年 6 月
　　　　　　　頁 630─631

486. 周慧珍　　批評家蘇雪林論　四川大學學報叢刊　第 48 期　1989 年 9 月　頁
　　　　　　　68─75

487. 吳站福　　闊別十二年・筆鋒帶感情・重聽不礙事・謝冰瑩、蘇雪林・老友
　　　　　　　筆談心語　聯合報　1990 年 12 月 3 日　6 版

488. 〔中央日報〕　睽違十二年・兩心常相繫──謝冰瑩、蘇雪林歡聚　中央
　　　　　　　日報　1990 年 12 月 3 日　11 版

489. 張秀亞　　敬愛的雪林先生　中央日報　1991 年 3 月 13 日　16 版

490. 張秀亞　　敬愛的雪林先生　慶祝蘇雪林教授九秩晉五華誕學術研討會論文
暨詩文集　臺北　文史哲出版社　1995 年 3 月　頁 480—482

491. 張秀亞　　敬愛的雪林先生　明道文藝　第 281 期　1999 年 8 月　頁 104—
105

492. 張秀亞　　敬愛的雪林先生　張秀亞全集‧散文卷 8　臺南　國家臺灣文學館
2005 年 3 月　頁 499—500

493. 謝冰瑩　　為雪林姊祝福　中央日報　1991 年 4 月 8 日　16 版

494. 尉素秋　　寒梅著雪亦精神　中央日報　1991 年 4 月 8 日　16 版

495. 尉素秋　　寒梅著雪亦精神　慶祝蘇雪林教授九秩晉五華誕學術研討會論文
暨詩文集　臺北　文史哲出版社　1995 年 3 月　頁 493—495

496. 尉素秋　　寒梅著雪益精神　綠天雪林　北京　人民文學出版社　2001 年 1
月　頁 129—131

497. 呂潤璧　　把積蓄買黃金獻給國家的蘇雪林　中央日報　1991 年 4 月 8 日
17 版

498. 丘秀芷　　可愛的蘇先生　中央日報　1991 年 4 月 8 日　17 版

499. 丘秀芷　　可愛的蘇先生　中華日報　1993 年 4 月 17 日　11 版

500. 丘秀芷　　可愛的蘇先生　綠天雪林　北京　人民文學出版社　2001 年 1 月
頁 147—149

501. 彭　歌　　卓識與高論　中央日報　1991 年 4 月 8 日　17 版

502. 彭　歌　　卓識與高論：蘇雪林先生給胡適之先生的信　慶祝蘇雪林教授九
秩晉五華誕學術研討會論文暨詩文集　臺北　文史哲出版社
1995 年 3 月　頁 506—509

503. 謝一民　　記雪林師二、三事　中央日報　1991 年 4 月 8 日　17 版

504. 謝一民　　記雪林師二、三事　慶祝蘇雪林教授九秩晉五華誕學術研討會論
文暨詩文集　臺北　文史哲出版社　1995 年 3 月　頁 564—566

505. 謝一民　　記雪林師二三事　綠天雪林　北京　人民文學出版社　2001 年 1

月　頁 186—188

506. 王　藍　　第三串爆竹　中華日報　1991 年 4 月 8 日　14 版

507. 王　藍　　第三串爆竹　慶祝蘇雪林教授九秩晉五華誕學術研討會論文暨詩
文集　臺北　文史哲出版社　1995 年 3 月　頁 386—389

508. 古　劍　　未完成的訪問　臺灣日報　1991 年 4 月 11 日　9 版

509. 古　劍　　未完成的訪問　慶祝蘇雪林教授九秩晉五華誕學術研討會論文暨
詩文集　臺北　文史哲出版社　1995 年 3 月　頁 398—400

510. 顏淑婉　　春暉山館識春暉　臺灣日報　1991 年 4 月 12 日　9 版

511. 顏淑婉　　春暉山館識春暉　慶祝蘇雪林教授九秩晉五華誕學術研討會論文
暨詩文集　臺北　文史哲出版社　1995 年 3 月　頁 583—588

512. 顏淑婉　　春暉山館識春暉　綠天雪林　北京　人民文學出版社　2001 年 1
月　頁 177—181

513. 呂潤璧　　祝賀蘇雪林教授九五華誕　明道文藝　第 181 期　1991 年 4 月
頁 148—150

514. 呂潤璧　　敬賀蘇雪林教授九五華誕　慶祝蘇雪林教授九秩晉五華誕學術研
討會論文暨詩文集　臺北　文史哲出版社　1995 年 3 月　頁 421
—424

515. 龔聲濤　　恩師‧經師‧蘇大師　明道文藝　第 181 期　1991 年 4 月　頁
151—153

516. 龔聲濤　　恩師‧經師‧蘇大師　慶祝蘇雪林教授九秩晉五華誕學術研討會
論文暨詩文集　臺北　文史哲出版社　1995 年 3 月　頁 592—595

517. 龔聲清　　恩師、經師、蘇大師　綠天雪林　北京　人民文學出版社　2001
年 1 月　頁 203—205

518. 丘七七　　可敬可愛的蘇先生　明道文藝　第 181 期　1991 年 4 月　頁 154
—156

519. 丘七七　　可敬可愛的蘇先生　慶祝蘇雪林教授九秩晉五華誕學術研討會論
文暨詩文集　臺北　文史哲出版社　1995 年 3 月　頁 405—407

520. 王琰如　前輩風範　明道文藝　第 181 期　1991 年 4 月　頁 157—159

521. 王琰如　前輩風範　慶祝蘇雪林教授九秩晉五華誕學術研討會論文暨詩文集　臺北　文史哲出版社　1995 年 3 月　頁 382—385

522. 王琰如　前輩風範——慶祝蘇雪林教授九五華誕　文友畫像及其他　臺北　大地出版社　1996 年 7 月　頁 3—7

523. 賴麗娟　一位最年輕的長者　明道文藝　第 181 期　1991 年 4 月　頁 160—163

524. 賴麗娟　一位最年輕的長者　慶祝蘇雪林教授九秩晉五華誕學術研討會論文暨詩文集　臺北　文史哲出版社　1995 年 3 月　頁 560—563

525. 賴麗娟　一位最年輕的長者　綠天雪林　北京　人民文學出版社　2001 年 1 月　頁 173—176

526. 寧秀英　嶺下才女蘇雪林教授　明道文藝　第 181 期　1991 年 4 月　頁 164—169

527. 艾　雯　為蘇先生壽——我與蘇雪林教授的一段情緣——聆聽那鴿兒的通訊　國文天地　第 71 期　1991 年 4 月　頁 50

528. 重　提　為蘇先生壽——我與蘇雪林教授的一段情緣——鼓勵　國文天地　第 71 期　1991 年 4 月　頁 50—51

529. 趙筱梅　為蘇先生壽——我與蘇雪林教授的一段情緣——兩個巧合　國文天地　第 71 期　1991 年 4 月　頁 51

530. 應未遲　為蘇先生壽——我與蘇雪林教授的一段情緣——廿五年的黃曆緣　國文天地　第 71 期　1991 年 4 月　頁 51

531. 黃守誠　熱忱與希望是她的特徵——記蘇雪林教授二三事　婦友　第 439 期　1991 年 4 月　頁 26—29

532. 黃守誠　她滿懷熱誠與希望——記蘇雪林教授二三事　慶祝蘇雪林教授九秩晉五華誕學術研討會論文暨詩文集　臺北　文史哲出版社　1995 年 3 月　頁 498—503

533. 黃守誠　滿懷熱忱——記蘇雪林教授二三事　讀書與讀人　臺中　臺中市

立文化中心　1997 年 5 月　頁 94—100

534. 黃守誠　記蘇雪林教授二三事　綠天雪林　北京　人民文學出版社　2001
年 1 月　頁 154—158

535. 謝冰瑩　我所知道的蘇雪林——答王忠仁同學　作家與作品　臺北　三民
書局　1991 年 5 月　頁 45—49

536. 謝冰瑩　我所知道的蘇雪林——答王忠仁同學　綠天雪林　北京　人民文
學出版社　2001 年 1 月　頁 76—79

537. 高惠琳　蘇雪林歡度九五華誕　文訊雜誌　第 67 期　1991 年 5 月　頁 106

538. 馬　森　永遠的梧桐　四海——港臺海外華文文學　1991 年第 5 期　1991
年 5 月　頁 114—115

539. 馬　森　永遠的梧桐　慶祝蘇雪林教授九秩晉五華誕學術研討會論文暨詩
文集　臺北　文史哲出版社　1995 年 3 月　頁 449—452

540. 馬　森　永遠的梧桐　綠天雪林　北京　人民文學出版社　2001 年 1 月
頁 189—191

541. 馬　森　永遠的梧桐　文學的魅惑　臺北　城邦文化公司　2002 年 4 月
頁 267—270

542. 應未遲　「九五之尊」蘇雪林　大成　第 211 期　1991 年 6 月　頁 42—43

543. 趙清閣　隔海寄雪林　聯合報　1991 年 7 月 13 日　25 版

544. 趙清閣　隔海寄雪林　慶祝蘇雪林教授九秩晉五華誕學術研討會論文暨詩
文集　臺北　文史哲出版社　1995 年 3 月　頁 525—528

545. 趙清閣　隔海寄雪林　綠天雪林　北京　人民文學出版社　2001 年 1 月
頁 40—42

546. 王晉民　蘇雪林　臺灣文學家辭典　廣西　教育出版社　1991 年 7 月　頁
330—332

547.〔民國人物大辭典編輯部〕　蘇雪林　民國人物大辭典　石家莊　河北人
民出版社　1991 年　頁 1659

548. 林海音　她今年九十五歲嘍！　隔著竹簾兒看見她　臺北　九歌出版社

1992 年 5 月　頁 183—192

549. 林海音　她今年九十五歲嘍！　林海音作品集・春聲已遠　臺北　遊目族
　　　文化公司　2000 年 5 月　頁 15—21

550. 丘秀芷　愛貓同志蘇雪林先生　中華日報　1992 年 10 月 3 日　11 版

551. 丘秀芷　愛貓同志松柏長青——寫於蘇雪林先生百歲開一嵩壽前　中華日
　　　報　1995 年 3 月 14 日　9 版

552. 丘秀芷　愛貓同志蘇雪林先生　風範——文壇前輩素描　臺北　正中書局
　　　1996 年 10 月　頁 2—4

553. 丘秀芷　愛貓同志蘇雪林先生　青年日報　2003 年 3 月 14 日　10 版

554. 李　麗　蘇雪林　中國現代作家大辭典　北京　新世界出版社　1992 年
　　　頁 439—441

555. 潘亞暾　當代中國女作家之最——蘇雪林　世界華文女作家素描　廣州
　　　暨南大學出版社　1993 年 7 月　頁 173—184

556. 潘亞暾　中國當代女作家之最——蘇雪林先生　慶祝蘇雪林教授九秩晉五
　　　華誕學術研討會論文暨詩文集　臺北　文史哲出版社　1995 年 3
　　　月　頁 536—547

557. 劉思謙　蘇雪林——當代中國女作家之最　娜拉言說——中國現代女作家
　　　心路紀程　上海　上海文藝出版社　1993 年 12 月　頁 173—184

558. 古遠清　臺灣的「文壇往事辯偽案」、「文化漢奸得獎案[8]」　中國現代文
　　　學研究叢刊　1994 年第 2 期　1994 年 5 月　頁 290—294

559. 古遠清　發生在臺灣「戒嚴」時期的「文壇往事辨偽案」——重評蘇雪林
　　　與劉心皇、寒爵「交惡事件」　魯迅研究月刊　2000 年第 1 期
　　　2000 年 1 月　頁 65—69

560. 古遠清　發生在臺灣「戒嚴」時期的「文壇往事辯偽案」——重評蘇雪林
　　　與寒爵、劉心皇「交惡事件」　古遠清自選集　吉隆坡　馬來西

---

[8] 本文後改篇名為〈發生在臺灣「戒嚴」時期的「文壇往事辨偽案」——重評蘇雪林與劉心皇、寒
爵「交惡事件」〉。

亞燗火出版社　2002 年 5 月　頁 533—542

561. 古遠清　蘇雪林：與寒爵、劉心皇「交惡」的事件　幾度飄零——大陸赴
臺文人浮沉錄　桂林　廣西師範大學出版社　2010 年 2 月　頁
165—178

562. 古遠清　蘇雪林：與寒爵、劉心皇「交惡」的事件　讀書文摘　2010 年第
8 期　2010 年 8 月　頁 41—45

563. 古遠清　臺灣文壇六十年來文學事件掠影——文壇往事辨偽案　新地文學
第 28 期　2014 年 6 月　頁 170

564. 周昭翡　蘇教授是一位很有個性的人　中央日報　1994 年 6 月 1 日　16 版

565. 周昭翡　蘇教授是一位很有個性的人　綠天雪林　北京　人民文學出版社
2001 年 1 月　頁 159—162

566. 唐亦男　九十春秋不萬言・文壇耆宿——蘇雪林，我所了解的蘇先生　中
央日報　1994 年 6 月 1 日　17 版

567. 唐亦男　我所了解的蘇先生　智慧的薪傳——大師篇　臺北　行政院新聞
局　1995 年 1 月　頁 79—82

568. 唐亦男　我所了解的蘇先生　蘇雪林自傳　南京　江蘇文藝出版社　1996
年 12 月　頁 319—322

569. 唐亦男　我所了解的蘇先生　綠天雪林　北京　人民文學出版社　2001 年
1 月　頁 206—209

570. 丘秀芷　性情像木瓜，笑容有如赤子——文壇人瑞蘇雪林先生　中央日報
1994 年 6 月 1 日　17 版

571. 丘秀芷　性情像木瓜，笑容如赤子　智慧的薪傳——大師篇　臺北　行政
院新聞局　1995 年 1 月　頁 65—78

572. 丘秀芷　文壇人瑞蘇雪林先生　綠天雪林　北京　人民文學出版社　2001
年 1 月　頁 61—71

573. 柯玉雪　為雪林先生祈禱　真情不褪色　臺北　圓神出版社　1994 年 6 月
頁 176—179

574. 申學庸　藝文耆宿——蘇雪林教授　蘇雪林山水　臺北　行政院文建會　1994 年 10 月　頁 6—7

575. 呂佛達　《蘇雪林山水》序　蘇雪林山水　臺北　行政院文建會　1994 年 10 月　頁 8—9

576. 呂佛庭　蘇雪林教授畫集序　臺灣日報　1994 年 12 月 6 日　9 版

577. 王　藍　讀蘇雪林先生的畫　蘇雪林山水　臺北　行政院文建會　1994 年 10 月　頁 10—12

578. 王　藍　讀蘇雪林先生的畫　側寫蘇雪林　臺南　財團法人蘇雪林教授學術文化基金會　2009 年 9 月　頁 22—27

579. 張　超　蘇雪林　臺港澳及海外華人作家辭典　南京　南京大學出版社　1994 年　頁 439—430

580. 吳秀麗　依舊剛強如固——蘇雪林百年如一日　中華日報　1995 年 3 月 14 日　9 版

581. 姜　穆　一片丹心映冰雪・百年文翰望士林——賀蘇雪林大齊之壽（1—10）　臺灣新聞報　1995 年 3 月 23 日—4 月 1 日　19 版

582. 史墨卿　世間少有的強人——跨越兩世紀的蘇雪林先生　中央日報　1995 年 3 月 24 日　19 版

583. 劉文三　畫出一個文人的心志——蘇雪林教授的山水藝術　中央日報　1995 年 3 月 24 日　19 版

584. 馬　森　畫家之眼，詩人之筆　中央日報　1995 年 3 月 24 日　19 版

585. 馬　森　畫家之眼，詩人之筆——恭祝蘇雪林教授百齡華誕　慶祝蘇雪林教授百齡華誕專集　臺南　成功大學　1995 年 3 月　頁 14—18

586. 馬　森　畫家之眼，詩人之筆——為蘇雪林先生百齡華誕而寫　追尋時光的根　臺北　九歌出版社　1999 年 5 月　頁 157—164

587. 林佩芬　走過一世紀——蘇雪林教授的百齡人生　中華日報　1995 年 3 月 24 日　9 版

588. 馮季眉　永遠的大家長——文友心目中的蘇教授　中華日報　1995 年 3 月

24 日　9 版

589. 陳怡良　皓首窮經，故紙堆中作神探　青年日報　1995 年 3 月 24 日　15 版

590. 賴麗娟　讀蘇雪林先生　青年日報　1995 年 3 月 24 日　15 版

591. 邱　婷　動盪變遷的一世紀，生活就是文學創作，她見證歷史受尊崇　民生報　1995 年 3 月 25 日　15 版

592. 田志剛　打開「五四人」的百歲生活史，歷史見證她的無私奉獻　中央日報　1995 年 3 月 25 日　9 版

593. 劉乃游　安徽才女生活單純無煩惱　中央日報　1995 年 3 月 25 日　9 版

594. 吳達芸　賀蘇雪林教授百齡華誕　善導週刊　1995 年 3 月 26 日　1 版

595. 高大鵬　數點梅花天地心——蘇雪林教授剪影　吹不散的人影　臺北　三民書局　1995 年 3 月　頁 87—89

596. 史墨卿　國寶級大師文壇長青樹蘇雪林先生——恭祝先生百齡嵩壽　慶祝蘇雪林教授百齡華誕專集　臺南　成功大學　1995 年 3 月　頁 1—13

597. 梁錫華　凜凜正氣——蘇雪林教授生平與文藝活動之管窺　慶祝蘇雪林教授九秩晉五華誕學術研討會論文暨詩文集　臺北　文史哲出版社　1995 年 3 月　頁 1—22

598. 黃爾昌　作家、學者、教授成功之路探秘——慶賀蘇雪林女士九五壽辰　慶祝蘇雪林教授九秩晉五華誕學術研討會論文暨詩文集　臺北　文史哲出版社　1995 年 3 月　頁 313—322

599. 陳立夫　雪林教授九五華誕　慶祝蘇雪林教授九秩晉五華誕學術研討會論文暨詩文集　臺北　文史哲出版社　1995 年 3 月　頁 371

600. 李　猷　雪林先生九秩晉五大壽　慶祝蘇雪林教授九秩晉五華誕學術研討會論文暨詩文集　臺北　文史哲出版社　1995 年 3 月　頁 372—373

601. 馬建中　恭祝蘇雪林教授九十五歲大壽，調寄天仙子　慶祝蘇雪林教授九

秩晉五華誕學術研討會論文暨詩文集　臺北　文史哲出版社
1995 年 3 月　頁 374

602. 王禮卿　　贈蘇雪林　慶祝蘇雪林教授九秩晉五華誕學術研討會論文暨詩文
集　臺北　文史哲出版社　1995 年 3 月　頁 375

603. 明允中　　雪林先生九五誕辰獻詞，又恭一律　慶祝蘇雪林教授九秩晉五華
誕學術研討會論文暨詩文集　臺北　文史哲出版社　1995 年 3 月
頁 376

604. 趙壽珍　　蘇教授雪林先生九秩晉五華誕，賦詩敬賀　慶祝蘇雪林教授九秩
晉五華誕學術研討會論文暨詩文集　臺北　文史哲出版社　1995
年 3 月　頁 376

605. 王　玲　　我敬愛的長者　慶祝蘇雪林教授九秩晉五華誕學術研討會論文暨
詩文集　臺北　文史哲出版社　1995 年 3 月　頁 379—381

606. 艾　雯　　心心葉葉樹長青　慶祝蘇雪林教授九秩晉五華誕學術研討會論文
暨詩文集　臺北　文史哲出版社　1995 年 3 月　頁 401—404

607. 呂天行　　私淑心儀五十年——壽雪林先生九五華誕　慶祝蘇雪林教授九秩
晉五華誕學術研討會論文暨詩文集　臺北　文史哲出版社　1995
年 3 月　頁 408—411

608. 李芳蘭　　霜寒而知松柏長青　慶祝蘇雪林教授九秩晉五華誕學術研討會論
文暨詩文集　臺北　文史哲出版社　1995 年 3 月　頁 412—415

609. 宋鼎宗　　經師人師話雪林師　慶祝蘇雪林教授九秩晉五華誕學術研討會論
文暨詩文集　臺北　文史哲出版社　1995 年 3 月　頁 416—420

610. 宋鼎宗　　經師人師話雪師　綠天雪林　北京　人民文學出版社　2001 年 1
月　頁 192—195

611. 柳　浪　　壽蘇雪林先生九五大慶，亦所以壽國家、壽文化、壽中國之女性
慶祝蘇雪林教授九秩晉五華誕學術研討會論文暨詩文集　臺北
文史哲出版社　1995 年 3 月　頁 441—446

612. 重　提　　誠實不欺一信人——祝福我所敬佩的蘇雪林先生嵩壽　慶祝蘇雪

林教授九秩晉五華誕學術研討會論文暨詩文集　臺北　文史哲出版社　1995 年 3 月　頁 453—455

613. 重　提　誠實不欺一信人　綠天雪林　北京　人民文學出版社　2001 年 1 月　頁 163—165

614. 畢　璞　一位可敬的長者——壽蘇雪林先生　慶祝蘇雪林教授九秩晉五華誕學術研討會論文暨詩文集　臺北　文史哲出版社　1995 年 3 月　頁 476—477

615. 張　明　可敬可愛的蘇老先生　慶祝蘇雪林教授九秩晉五華誕學術研討會論文暨詩文集　臺北　文史哲出版社　1995 年 3 月　頁 478—479

616. 陳致平　向老友蘇雪林教授致敬　慶祝蘇雪林教授九秩晉五華誕學術研討會論文暨詩文集　臺北　文史哲出版社　1995 年 3 月　頁 489—490

617. 陳致平　向老友蘇雪林教授致敬　綠天雪林　北京　人民文學出版社　2001 年 1 月　頁 124—125

618. 郭晉秀　蘇雪林・我師　慶祝蘇雪林教授九秩晉五華誕學術研討會論文暨詩文集　臺北　文史哲出版社　1995 年 3 月　頁 491—492

619. 張漱菡　幾句心裡的話　慶祝蘇雪林教授九秩晉五華誕學術研討會論文暨詩文集　臺北　文史哲出版社　1995 年 3 月　頁 496—497

620. 費海璣　寫在盛會前　慶祝蘇雪林教授九秩晉五華誕學術研討會論文暨詩文集　臺北　文史哲出版社　1995 年 3 月　頁 504—505

621. 曾虛白　恭賀雪林蘇教授九五嵩壽。另詩一首：蘇雪林教授九五嵩壽　慶祝蘇雪林教授九秩晉五華誕學術研討會論文暨詩文集　臺北　文史哲出版社　1995 年 3 月　頁 510—517

622. 楚崧秋　雪林大師的言教與身教　慶祝蘇雪林教授九秩晉五華誕學術研討會論文暨詩文集　臺北　文史哲出版社　1995 年 3 月　頁 523—524

623. 楚崧秋　蘇雪林的言教與身教　影響臺灣的近代人物　臺北　九歌出版社

2005 年 6 月　頁 197—200

624. 趙筱梅　蘇雪林先生九五嵩壽　慶祝蘇雪林教授九秩晉五華誕學術研討會論文暨詩文集　臺北　文史哲出版社　1995 年 3 月　頁 529—531

625. 鄭在瀛　贈蘇雪林教授　慶祝蘇雪林教授九秩晉五華誕學術研討會論文暨詩文集　臺北　文史哲出版社　1995 年 3 月　頁 532—533

626. 劉宜思　一封信　慶祝蘇雪林教授九秩晉五華誕學術研討會論文暨詩文集　臺北　文史哲出版社　1995 年 3 月　頁 534—535

627. 蔣　震　蘇雪林先生二三事　慶祝蘇雪林教授九秩晉五華誕學術研討會論文暨詩文集　臺北　文史哲出版社　1995 年 3 月　頁 548—550

628. 劉靜娟　唯有歡喜讚嘆　慶祝蘇雪林教授九秩晉五華誕學術研討會論文暨詩文集　臺北　文史哲出版社　1995 年 3 月　頁 551—554

629. 劉靜娟　唯有歡喜讚嘆　綠天雪林　北京　人民文學出版社　2001 年 1 月　頁 166—169

630. 樸　月　高山仰止　慶祝蘇雪林教授九秩晉五華誕學術研討會論文暨詩文集　臺北　文史哲出版社　1995 年 3 月　頁 555—557

631. 樸　月　高山仰止　綠天雪林　北京　人民文學出版社　2001 年 1 月　頁 170—172

632. 穆中南　祝蘇雪林教授九五大壽　慶祝蘇雪林教授九秩晉五華誕學術研討會論文暨詩文集　臺北　文史哲出版社　1995 年 3 月　頁 558—559

633. 應未遲　記我與雪林先生數年的交往　慶祝蘇雪林教授九秩晉五華誕學術研討會論文暨詩文集　臺北　文史哲出版社　1995 年 3 月　頁 567—571

634. 蕭傳文　樂為應聲蟲　慶祝蘇雪林教授九秩晉五華誕學術研討會論文暨詩文集　臺北　文史哲出版社　1995 年 3 月　頁 572—575

635. 蕭傳文　樂為應聲蟲　綠天雪林　北京　人民文學出版社　2001 年 1 月　頁 126—128

636. 路　易　　蘇雪林過生日　民眾日報　1995 年 4 月 13 日　9 版

637. 舒　乙　　與老作家蘇雪林筆談　中央日報　1995 年 5 月 4 日　18 版

638. 郁馥馨　　感恩的心，感謝有你——蘇雪林教授百歲誕辰側寫　文訊雜誌
　　　　　　　第 115 期　1995 年 5 月　頁 33—35

639. 林海音　　敬老四題（上、下）　中央日報　1995 年 8 月 10—11 日　18 版

640. 林海音　　敬老四題　靜靜的聽　臺北　爾雅出版社　1996 年 6 月　頁 41—
　　　　　　　44

641. 林海音　　敬老四題　林海音作品集 11・春聲已遠　臺北　遊目族文化公司
　　　　　　　2000 年 5 月　頁 8—10

642. 孫瑞珍　　蘇雪林　20 世紀中國著名女作家傳（上）　北京　中國文聯出版
　　　　　　　公司　1995 年 8 月　頁 88—101

643. 葉瓊霞，吳達芸，呂毅新　　雪林寒梅赤子情——側寫蘇老師三態　我揀選
　　　　　　　了妳——天主教中國主教團婦女年特刊　臺南　聞道出版社
　　　　　　　1995 年 9 月　頁 370—378

644. 陳紹偉　　話說蘇雪林　陳紹偉自選集　廣州　廣州出版社　1995 年 11 月
　　　　　　　頁 330—332

645. 顧保鵠　　蘇雪林教授皈依的心路歷程　靈海微瀾・第五集　臺南　聞道出
　　　　　　　版社　1996 年 4 月　頁 106—129

646. 趙清閣　　隔海雪林賀壽星　蘇雪林文集（四）　合肥　安徽文藝出版社
　　　　　　　1996 年 4 月　頁 411—413

647. 祝　勇　　霧鎖雪林　博覽群書　1996 年第 5 期　1996 年 5 月　頁 23—24

648. 王琰如　　三寫人瑞蘇雪林前輩　文友畫像及其他　臺北　大地出版社
　　　　　　　1996 年 7 月　頁 15—20

649. 唐紹華　　二十年代女作家群〔蘇雪林部分〕　文壇往事見證　臺北　傳記
　　　　　　　文學社　1996 年 8 月　頁 67—68

650. 沈　暉　　蘇雪林素描　東方文化　1996 第 5 期　1996 年 10 月　頁 86—90

651. 沈　暉　　蘇雪林素描　綠天雪林　北京　人民文學出版社　2001 年 1 月

頁 52—60

652. 沈　謙　　蘇雪林的禿梧桐　中央日報　1996 年 11 月 1 日　19 版

653. 沈　謙　　蘇雪林的禿梧桐　林語堂與蕭伯納——看文人妙語生花　臺北
　　　　　　　九歌出版社　1999 年 3 月　頁 108—112

654. 沈　謙　　蘇雪林的禿梧桐　林語堂與蕭伯納——看文人妙語生花　臺北
　　　　　　　九歌出版社　2005 年 11 月　頁 108—112

655. 張昌華　　人瑞蘇雪林　文學自由談　1997 年第 1 期　1997 年 1 月　頁 130
　　　　　　　—136

656. 陳文芬　　蘇雪林百歲晉二，慶生四回，賓客、學生為她辦壽筵，老人家興
　　　　　　　奮得兩夜沒睡好　中國時報　1997 年 3 月 15 日　25 版

657. 楊文琳　　文壇國寶封號，她受之無愧　中華日報　1997 年 3 月 15 日　5 版

658. 羅茵芬　　蘇雪林要為自己慶生　中央日報　1997 年 3 月 22 日　18 版

659. 丘秀芷　　奇人——蘇雪林先生　中華日報　1997 年 4 月 1 日　14 版

660. 楊文琳　　蘇雪林的一天　中華日報　1997 年 4 月 1 日　14 版

661. 鄭貞銘　　簡單就是享受　中華日報　1997 年 4 月 1 日　14 版

662. 樸　月　　忘年情　中華日報　1997 年 4 月 1 日　14 版

663. 王培萱　　蘇雪林是誰？　文學自由談　1997 年第 3 期　1997 年 5 月　頁
　　　　　　　146—148

664. 陳榮悌　　探望蘇雪林　文學自由談　1997 年第 4 期　1997 年 7 月　頁 88—
　　　　　　　89

665. 楊靜遠　　讓廬舊事——記女作家袁昌英、蘇雪林、凌叔華（上、下）　新
　　　　　　　文學史料　1997 年第 3—4 期　1997 年 8，11 月　頁 142—148，
　　　　　　　109—115，160

666. 馬　森　　宗教 VS.革命——蘇雪林的心路歷程　燦爛的星空——現當代小說
　　　　　　　的主潮　臺北　聯合文學出版社　1997 年 11 月　頁 121—126

667. 沈　暉　　一雙焗眼看世界方寸靈臺貯至文——記國寶級大師蘇雪林先生
　　　　　　　中國人物雜誌　第 1 卷第 2 期　1997 年　頁 38—43

668. 田志剛　　李總統壽酒祝嘏，蘇雪林神采奕奕　中央日報　1998 年 2 月 22 日　16 版

669. 張　衛　　我的嗣母蘇雪林　中華日報　1998 年 3 月 18 日　16 版

670. 張　衛　　我的母親蘇雪林　世紀才女——蘇雪林傳　石家莊　河北教育出版社　2006 年 1 月　頁 358—364

671. 劉曉欣　　文壇耆老蘇雪林歡度 103 歲生日　中國時報　1998 年 3 月 22 日　7 版

672. 陳文芬　　蘇雪林歸鄉路意味重獲大陸肯定　中國時報　1998 年 5 月 22 日　26 版

673. 蔡政彥，吳振福　　蘇雪林踏上歸鄉路　聯合報　1998 年 5 月 23 日　14 版

674. 陳俊文　　蘇雪林回來了　民生報　1998 年 5 月 31 日　19 版

675. 施瑞瑄　　蘇雪林忠於生命原味，百年如一日　大成報　1998 年 7 月 8 日　18 版

676. 林積萍　　蘇雪林返鄉償宿願　文訊雜誌　第 153 期　1998 年 7 月　頁 56

677. 〔海外學人〕　　蘇雪林圓了歸鄉夢　海外學人　第 297 期　1998 年 7 月　頁 23—25

678. 王　藍　　天佑我國，天佑金門，天佑蘇雪林先生　青年日報　1998 年 8 月 10 日　15 版

679. 沈　暉　　太平圓夢——記一〇三躍等蘇雪林故鄉行　明道文藝　第 269 期　1998 年 8 月　頁 93—101

680. 沈　暉　　太平圓夢——記蘇雪林教授故鄉行　綠天雪林　北京　人民文學出版社　2001 年 1 月　頁 237—244

681. 鄭　群　　蘇雪林故鄉行　臺聲雜誌　1998 年第 9 期　1998 年 9 月　頁 9—11

682. 石　楠　　蘇雪林與潘玉良　人物　1998 年第 9 期　1998 年 9 月　頁 116—124

683. 石　楠　　安徽才女蘇雪林與潘玉良　江淮文史　1999 年第 1 期　1999 年 1

月　頁 99—108

684. 石　楠　　蘇雪林與潘玉良　世紀　1999 年第 3 期　1999 年 5 月　頁 34—37

685. 柯玉雪　　《蘇雪林文集》讀後感　靈感與毒箭　臺北　文史哲出版社
　　　　　　　1999 年 1 月　頁 208—209

686. 陳禎穎　　蘇雪林　中國文學通典・小說通典　北京　解放軍文藝出版社
　　　　　　　1999 年 1 月　頁 721—722

687. 黃盈雰　　蘇雪林捐五十萬給「蘇雪林教授學術文化基金會」　文訊雜誌
　　　　　　　第 159 期　1999 年 1 月　頁 62

688. 邵美華　　唐亦男探病，喚醒蘇雪林　民生報　1999 年 2 月 11 日　19 版

689. 田志剛　　蘇雪林教授百齡晉四，成大編印作品集祝壽　中央日報　1999 年
　　　　　　　3 月 31 日　10 版

690. 黃文記　　蘇雪林生日近了，心路歷程變賀禮　民生報　1999 年 3 月 31 日
　　　　　　　19 版

691. 林偉民　　蘇雪林百齡晉四華誕，成大整理發表作品集　聯合報　1999 年 4
　　　　　　　月 8 日　14 版

692.〔臺灣新聞報〕　　西灣潮音——蘇雪林百齡晉四，成大出版其作品集日記
　　　　　　　卷　臺灣新聞報　1999 年 4 月 10 日　13 版

693.〔自由時報〕　　藝文消息——蘇雪林教授百齡晉四華誕　自由時報　1999
　　　　　　　年 4 月 10 日　41 版

694. 吳昭明　　104 歲蘇雪林生日出新書　中時晚報　1999 年 4 月 10 日　3 版

695. 沈尚良　　蘇雪林百齡晉四華誕・日記卷發表　民生報　1999 年 4 月 11 日
　　　　　　　19 版

696. 詹　森　　文壇耆宿，蘇雪林百齡晉四著作等身　臺灣日報　1999 年 4 月 11
　　　　　　　日　7 版

697. 田志剛　　文壇國寶蘇雪林 104 生日　中央日報　1999 年 4 月 11 日　5 版

698. 田志剛　　蘇雪林天生文學家　中央日報　1999 年 4 月 11 日　5 版

699. 吳曉萍　　蘇雪林教授，活得好辛苦　中國時報　1999 年 4 月 15 日　15 版

700. 沈尚良　　蘇雪林 104 歲走了　民生報　1999 年 4 月 22 日　19 版

701. 洪瑞琴，孟慶慈　　國寶級大師蘇雪林病逝　自由時報　1999 年 4 月 22 日
　　　　　10 版

702. 謝惠芳　　文壇耆老，蘇雪林走了　臺灣新生報　1999 年 4 月 22 日　4 版

703. 田志剛　　一枝健筆掀起文壇綠漪，半生遁齋看盡百年歸鴻　中央日報
　　　　　1999 年 4 月 22 日　5 版

704. 田志剛　　文壇國寶殞落，蘇雪林 104 歲辭世　中央日報　1999 年 4 月 22 日
　　　　　5 版

705. 田志剛　　蘇雪林檔案　中央日報　1999 年 4 月 22 日　5 版

706. 曾意芳　　蘇老走了，作家難捨　中央日報　1999 年 4 月 22 日　5 版

707. 翁順利　　文壇耆老，蘇雪林無憾走完人生　中國時報　1999 年 4 月 22 日
　　　　　11 版

708. 陳文芬　　小腳印記，蘇雪林的舊傷痕　中國時報　1999 年 4 月 22 日　11
　　　　　版

709. 〔中華日報〕　　蘇雪林病逝，享年 104 歲　中華日報　1999 年 4 月 22 日
　　　　　1 版

710. 戴淑芳　　蘇雪林活在文化人心中　中華日報　1999 年 4 月 22 日　5 版

711. 張明蘭　　蘇雪林的一生　中華日報　1999 年 4 月 22 日　16 版

712. 應平書　　蘇雪林和五四　中華日報　1999 年 4 月 22 日　16 版

713. 吳舜華　　蘇雪林小檔案　民眾日報　1999 年 4 月 22 日　16 版

714. 張世中　　文壇瑰寶，蘇雪林走了　民眾日報　1999 年 4 月 22 日　16 版

715. 吳順永　　文壇耆老，蘇雪林病逝成大醫院　青年日報　1999 年 4 月 22 日
　　　　　5 版

716. 楊麗雪　　走過兩世紀，蘇雪林桃李滿天下　青年日報　1999 年 4 月 22 日
　　　　　5 版

717. 詹　森　　蘇雪林辭世，享年一百零四歲　臺灣日報　1999 年 4 月 22 日　7
　　　　　版

718. 蔡德昌　蘇雪林病逝，享年 104 歲　臺灣日報　1999 年 4 月 22 日　7 版

719. 〔臺灣時報〕　蘇雪林病逝，享年 104 歲　臺灣時報　1999 年 4 月 22 日　7 版

720. 蕭麗玲　文壇耆老蘇雪林，104 歲辭世　臺灣新聞報　1999 年 4 月 22 日　4 版

721. 蕭麗玲　蘇雪林　臺灣新聞報　1999 年 4 月 22 日　4 版

722. 吳碧娟　一生耕耘文壇，謙稱打雜　聯合報　1999 年 4 月 22 日　14 版

723. 吳碧娟　蘇雪林小檔案　聯合報　1999 年 4 月 22 日　14 版

724. 吳碧娟　蘇雪林生性節儉，骨灰將安葬黃山　聯合報　1999 年 4 月 22 日　14 版

725. 吳碧娟，林偉民　蘇雪林，揮別 104 歲人生舞臺　聯合報　1999 年 4 月 22 日　14 版

726. 吳碧娟，林偉民　蘇雪林，揮別 104 歲人生舞臺　諾貝爾獎學金通訊　第 4 期　2000 年 1 月　頁 62—63

727. 郭文平　悲文壇巨星殞落，總統推崇蘇雪林成就　中華日報　1999 年 4 月 23 日　3 版

728. 古繼堂　邋齋主人，文壇的驕傲　中央日報　1999 年 4 月 23 日　22 版

729. 古繼堂　邋齋主人，文壇的驕傲　文友畫像及其他續編　臺北　詩藝文出版社　1999 年 11 月　頁 419—422

730. 古繼堂　邋齋的主人，文壇的驕傲　古繼堂論著集　臺北　文史哲出版社 2013 年 7 月　頁 241—243

731. 〔中央日報〕　文壇耆宿蘇雪林病逝　中央日報　1999 年 4 月 23 日　22 版

732. 邱秀芷　留下文人的典範　中央日報　1999 年 4 月 23 日　22 版

733. 田志剛　蘇雪林在美中徐徐化去　中央日報　1999 年 4 月 24 日　10 版

734. 姜　穆　敬悼蘇雪林先生　臺灣新聞報　1999 年 4 月 24 日　13 版

735. 詹伯望　蘇雪林靈堂，哀而不傷　中國時報　1999 年 4 月 24 日　11 版

736. 張月玫　忘不了蘇雪林的一篇散文　聯合報　1999 年 4 月 24 日　15 版

737. 鍾鼎文　四月出中原五十週年有感，兼悼鄉先賢蘇雪林女士之喪　聯合報
　　　1999 年 4 月 24 日　37 版

738. 王琰如　巨星殞落——敬悼蘇雪林前輩　青年日報　1999 年 4 月 25 日　15
　　　版

739. 王琰如　巨星殞落——敬悼蘇雪林前輩　文友畫像及其他續編　臺北　詩
　　　藝文出版社　1999 年 11 月　頁 409—411

740. 田志剛　響流當代，蘇雪林明公祭　中央日報　1999 年 4 月 29 日　10 版

741. 徐公超　秉春秋之筆拒邪說詖辭——敬悼一代愛國反共學人蘇雪林先生
　　　青年日報　1999 年 4 月 30 日　15 版

742. 唐亦男　化為靈光，從容向太虛飛去——懷念蘇雪林先生[9]　中央日報
　　　1999 年 4 月 30 日　22 版

743. 唐亦男　一封永遠無法投遞的信——敬悼蘇雪林先生　明道文藝　第 281
　　　期　1999 年 8 月　頁 100—103

744. 唐亦男　一封永遠無法投遞的信——敬悼蘇雪林先生　文友畫像及其他續
　　　編　臺北　詩藝文出版社　1999 年 11 月　頁 413—418

745. 唐亦男　一封永遠無法投遞的信——敬悼蘇雪林先生　綠天雪林　北京
　　　人民文學出版社　2001 年 1 月　頁 228—231

746. 翁政義　序　蘇雪林作品集・日記卷〔全 15 冊〕　臺南　成功大學教務處
　　　出版組　1999 年 4 月　頁 1—4

747. 成功大學中國文學系蘇雪林作品集編輯小組　編輯序言　蘇雪林作品集・
　　　日記卷〔全 15 冊〕　臺南　成功大學教務處出版組　1999 年 4 月
　　　頁 5—8

748. 陳碧月　永遠的蘇雪林　小說選讀　臺北　五南圖書出版公司　1999 年 4
　　　月　頁 91—95

749. 黃盈雰　蘇雪林病情一度惡化　文訊雜誌　第 162 期　1999 年 4 月　頁 81

---

[9] 本文後改篇名為〈一封永遠無法投遞的信——敬悼蘇雪林先生〉。

　　—82

750. 沈　　暉　女師有個蘇小梅——蘇雪林先生在安慶　江淮文史　1999 年第 2
　　　　　　　　期　1999 年 4 月　頁 123—129

751. 田志剛　　送別蘇雪林，清芳永挹　中央日報　1999 年 5 月 1 日　10 版

752. 吳碧娟　　蘇雪林告別式，各界悼念　聯合報　1999 年 5 月 1 日　14 版

753. 黃文記　　送蘇雪林最後一程　民生報　1999 年 5 月 1 日　19 版

754. 黃微芬　　送別蘇雪林，追思彌撒肅穆哀戚　中華日報　1999 年 5 月 1 日　3
　　　　　　　　版

755. 詹伯望　　蘇雪林喪禮昨舉行，國旗覆棺　中國時報　1999 年 5 月 1 日　11
　　　　　　　　版

756. 蕭麗玲　　蘇雪林走完最後路程　臺灣新聞報　1999 年 5 月 1 日　5 版

757. 沈　　暉　通才大家——蘇雪老　聯合報　1999 年 5 月 3 日　37 版

758. 李惠玲　　蘇雪林的最後一堂課　民生報　1999 年 5 月 14 日　11 版

759. 張漱菡　　我與蘇雪林教授——紀念蘇教授　中華日報　1999 年 5 月 16 日
　　　　　　　　16 版

760. 史墨卿　　輓業師蘇雪林先生聯　臺灣新聞報　1999 年 5 月 21 日　13 版

761. 丘秀芷　　追念愛貓同志——蘇雪林先生　文訊雜誌　第 163 期　1999 年 5
　　　　　　　　月　頁 107—109

762. 〔明道文藝〕　追念文壇大師蘇雪林教授　明道文藝　第 278 期　1999 年
　　　　　　　　5 月　頁 4—8

763. 王天昌　　蘇雪林超越世紀的一生　國語日報　1999 年 6 月 5 日　13 版

764. 黃忠慎　　大師小傳　古今文海騎鯨客——蘇雪林教授　臺北　文史哲出版
　　　　　　　　社　1999 年 6 月　頁 1—14

765. 馬　　森　綠天與棘心——敬悼蘇雪林老師　純文學　復刊第 14 期　1999 年
　　　　　　　　6 月　頁 61—63

766. 楊　　照　不快樂的蘇雪林見證不快樂的中國　新新聞　第 644 期　1999 年
　　　　　　　　7 月 8 日　頁 84—85

767. 林秀蘭　　古道照顏色——琦君談蘇雪林　臺灣新生報　1999 年 7 月 20 日
　　　　　　　　19 版

768. 王一心　　女作家蘇雪林其人其事　民國春秋　1999 年第 4 期　1999 年 7 月
　　　　　　　　頁 41—46

769. 沈　暉　　蘇雪林 103 歲回故鄉　尋根　1999 年第 4 期　1999 年 7 月　頁 20
　　　　　　　　—22

770. 關國煊　　反共反魯迅「好漢」女作家蘇雪林　傳記文學　第 446 期　1999
　　　　　　　　年 7 月　頁 87—99

771. 王琰如　　典範長存（上、下）　青年日報　1999 年 8 月 10—11 日　15 版

772. 王琰如　　典範長存——讀文壇巨人《蘇雪林教授作品集‧日記卷》有感
　　　　　　　　文友畫像及其他續編　臺北　詩藝文出版社　1999 年 11 月　頁
　　　　　　　　423—434

773. 王琰如　　典範長存——讀文壇巨人《蘇雪林教授作品集‧日記卷》有感
　　　　　　　　綠天雪林　北京　人民文學出版社　2001 年 1 月　頁 113—121

774. 田志剛　　蘇雪林靈骨魂歸黃山　中央日報　1999 年 8 月 21 日　9 版

775. 張　衛　　懷念母親　明道文藝　第 281 期　1999 年 8 月　頁 105

776. 李紹昆　　相識相知五十年——痛悼雪林老　明道文藝　第 281 期　1999 年
　　　　　　　　8 月　頁 106—108

777. 李紹昆　　相識相知五十年——痛悼雪林老　綠天雪林　北京　人民文學出
　　　　　　　　版社　2001 年 1 月　頁 196—198

778. 王茂躍　　蘇雪林的蘭溪夢　浙江檔案　1999 年第 9 期　1999 年 9 月　頁 41

779. 公孫嬿　　悼念蘇教授雪林表姑　傳記文學　第 448 期　1999 年 9 月　頁
　　　　　　　　116—118

780. 公孫嬿　　記蘇雪林姑母　綠天雪林　北京　人民文學出版社　2001 年 1 月
　　　　　　　　頁 182—185

781. 沈　暉　　魂歸故里　明道文藝　第 283 期　1999 年 10 月　頁 96—101

782. 馬　森　　最後的一位五四作家　文訊雜誌　第 168 期　1999 年 10 月　頁 6

—7

783. 馬　森　　最後的一位五四作家　文學的魅惑　臺北　城邦文化公司　2002
　　　　　　　年 4 月　頁 271—275

784. 黃盈雰　　蘇雪林靈骨安葬黃山　文訊雜誌　第 168 期　1999 年 10 月　頁
　　　　　　　70—71

785. 劉納編　　蘇雪林小傳　蘇雪林代表作　北京　華夏出版社　1999 年 10 月
　　　　　　　頁 345

786. 劉納編　　蘇雪林小傳　蘇雪林代表作　北京　華夏出版社　2009 年 1 月
　　　　　　　頁 1

787. 夏國裕　　蘇老師雪林二三事　古今藝文　第 26 卷第 1 期　1999 年 11 月
　　　　　　　頁 90—95

788. 陳瑛珣　　蘇雪林與徽州傳統女性　黃山高等專科學校學報　第 1 卷第 5 期
　　　　　　　1999 年 11 月　頁 61—69

789. 柳　珊　　翩翩飛舞的銀翅蝴蝶　蘇雪林小說——蟬蛻　上海　上海古籍出
　　　　　　　版社　1999 年 11 月　頁 1—4

790. 馬　森　　送蘇老師歸故里　聯合報　1999 年 12 月 1 日　37 版

791.〔治喪委員會〕　蘇雪林先生學行事略　國史館館刊　第 27 期　1999 年
　　　　　　　12 月　頁 217—219

792. 編輯部　　蘇雪林揮別一○四歲人生舞臺　諾貝爾獎學通訊　第 4 期　2000
　　　　　　　年 1 月　頁 62—63

793. 江中明　　五四新文學精神象徵，蘇雪林散文細膩幽麗　諾貝爾獎學通訊
　　　　　　　第 4 期　2000 年 1 月　頁 63

794. 錢耕森，胡貫中　蘇雪林與胡適[10]　黃山學院學報　第 2 卷第 1 期　2000
　　　　　　　年 2 月　頁 22—28

795. 錢耕森　　蘇雪林與胡適——良師與益友　人物　2000 年第 9 期　2000 年 9
　　　　　　　月　頁 89—96

---

[10]本文後改篇名為〈蘇雪林與胡適的來往〉。

796. 錢耕森　蘇雪林與胡適：良師與益友　海峽兩岸蘇雪林教授學術研討會論文集（上）　高雄　亞太綜合研究院　2000 年 10 月　頁 129—155

797. 錢耕森　蘇雪林與胡適的來往　中國文化月刊　第 256 期　2001 年 7 月　頁 77—97

798. 沈　暉　臺灣百歲女作家蘇雪林　炎黃春秋　2000 年第 3 期　2000 年 3 月　頁 66—71

799. 沈　暉　蘇雪林與陳獨秀的兩面之緣　明道文藝　第 289 期　2000 年 4 月　頁 146—150

800. 沈　暉　蘇雪林和陳獨秀的兩面之緣　新文學史料　2001 年第 4 期　2001 年 11 月　頁 196—198

801. 沈　暉　蘇雪林與陳獨秀　黨史縱覽　2001 年第 6 期　2001 年 12 月　頁 29—30

802. 沈　暉　蘇雪林與陳獨秀的兩面之緣　讀書文摘　2009 年第 7 期　2009 年 7 月　頁 48—50

803. 唐亦男，沈暉　蘇雪林傳　國史館館刊　第 28 期　2000 年 6 月　頁 205—218

804. 楊昌華　她就是這麼一個人——蘇雪林先生斷片　傳記文學　第 457 期　2000 年 6 月　頁 28—32

805. 馬　森　最長壽的作家，一〇二歲　聯合報　2000 年 9 月 19 日　37 版

806. 馬　森　最無行的文人　聯合報　2000 年 9 月 27 日　37 版

807. 林積萍　辭世作家小傳——蘇雪林　1999 臺灣文學年鑑　臺北　行政院文建會　2000 年 10 月　頁 205—206

808. 杜英賢　後記二　海峽兩岸蘇雪林教授學術研討會論文集（下）　高雄　亞太綜合研究院　2000 年 10 月　頁 1075—1080

809. 陳福季　關於蘇雪林的年齡　尋根　2000 年第 6 期　2000 年 12 月　頁 93—94

810. 蘇曉林　我的二姐蘇雪林　綠天雪林　北京　人民文學出版社　2001 年 1 月　頁 1—6

811. 朱　雯　我最難忘的兩位老師〔蘇雪林部分〕　綠天雪林　北京　人民文學出版社　2001 年 1 月　頁 17—19

812. 朱　雯　蘇雪林在蘇州　綠天雪林　北京　人民文學出版社　2001 年 1 月　頁 20—26

813. 朱　雯　蘇雪林在蘇州　文學界　2008 年第 12 期　2008 年 12 月　頁 63—65

814. 楊靜遠　蘇雪林先生漫記　綠天雪林　北京　人民文學出版社　2001 年 1 月　頁 27—33

815. 施蟄存　善秉仁的《提要》　綠天雪林　北京　人民文學出版社　2001 年 1 月　頁 38—39

816. 蕭　乾　蘇雪林女士來鴻　綠天雪林　北京　人民文學出版社　2001 年 1 月　頁 43—44

817. 周楞伽遺作；周允中整理　我和蘇雪林的一場筆墨官司　綠天雪林　北京　人民文學出版社　2001 年 1 月　頁 47—51

818. 蘇淑年　雪林師與我　綠天雪林　北京　人民文學出版社　2001 年 1 月　頁 84—89

819. 吳玲嬌　不知寂寞的蘇雪林　綠天雪林　北京　人民文學出版社　2001 年 1 月　頁 142—146

820. 成世光　蘇教授的信仰生活　綠天雪林　北京　人民文學出版社　2001 年 1 月　頁 223—224

821. 吳達芸　送別蘇雪林先生　綠天雪林　北京　人民文學出版社　2001 年 1 月　頁 225—227

822. 張昌華　蘇雪林百歲終圓夢　綠天雪林　北京　人民文學出版社　2001 年 1 月　頁 245—248

823. 沈　暉　編後記　綠天雪林　北京　人民文學出版社　2001 年 1 月　頁

249—251

824. 郭靜洲　蘇雪林與胡適的師生情　文史春秋　2001 年第 2 期　2001 年 4 月
　　　頁 19—20

825. 鄧　利　教授與神父──蘇雪林軼事　人物　2001 年第 7 期　2001 年 7 月
　　　頁 52—55

826. 傅寧軍　蘇雪林──陪伴母親到永遠　世界華文文學論壇　2001 年第 3 期
　　　2001 年 9 月　頁 69—71，72

827. 沈　暉　蘇雪林傳略　江淮文史　2001 年第 4 期　2001 年 10 月　頁 149—
　　　161

828. 王玉梅　「綠天」「雪林」話一生　全國新書目　2001 年第 10 期　2001
　　　年 10 月　頁 18—23

829. 朱士烈　文學家蘇雪林的故事　中外雜誌　第 418 期　2001 年 12 月　頁
　　　13—19，33—37

830. 張昌華　「化外之民」──漫話蘇雪林　書香人和　上海　上海人民出版
　　　社　2002 年 2 月　頁 65—72

831. 符立中　永遠與自然同在──綠天雪林　幼獅文藝　第 584 期　2002 年 8
　　　月　頁 14—15

832. 古繼堂　蘇雪林百歲歸故里　臺灣文學的母體依戀　北京　九州出版社
　　　2002 年 9 月　頁 308—329

833. 張秀蘭，儲盈，莊亞華　論臺灣資深女作家王琰如的文學道路──兼談蘇
　　　雪林與王琰如的師生情　常州工學院學報　第 15 卷第 3 期　2002
　　　年 9 月　頁 24—30

834. 黃忠來，楊迎平　背負傳統的「五四人」──蘇雪林　中國現代文學研究
　　　叢刊　2002 年第 4 期　2002 年 10 月　頁 165—179

835. 鄭貞銘　蘇雪林──走過長長新文學路　經濟日報　2002 年 12 月 12 日
　　　40 版

836. 傅寧軍　臺灣女作家蘇雪林生命的起點和終點　炎黃春秋　2003 年第 3 期

2003 年 3 月　頁 58—59

837. 龔鵬程　發現蘇雪林　中國小說史論　臺北　臺灣學生書局　2003 年 8 月
頁 507—511

838. 陸發春　文史考辨與史實求真——蘇雪林與胡適交往二則史實考證為例
安徽史學　2003 年第 6 期　2003 年 12 月　頁 106—108

839. 陸發春　蘇雪林與胡適二則史實的考證　魯迅研究月刊　2003 年第 12 期
2003 年 12 月　頁 59—61

840. 〔當代生態農業〕　筆耕不輟的蘇雪林　當代生態農業　2004 年第 2 期
2004 年 7 月　頁 69—70

841. 王炳根　蘇雪林對冰心的偏愛　傳記文學　第 513 期　2005 年 2 月　頁
119—126

842. 石　楠　我寫蘇雪林　文學自由談　2005 年第 3 期　2005 年 5 月　頁 104
—115

843. 厲　梅　蘇雪林的兩種姿態　書屋　2005 年第 6 期　2005 年 6 月　頁 57—
60

844. 嚴家炎　蘇雪林的文學成就——范震威著《蘇雪林傳》序　南方文壇
2005 年第 5 期　2005 年 9 月　頁 60，80

845. 楊迎平　蘇雪林傳略　湖北師範學院學報　第 25 卷第 6 期　2005 年 12 月
頁 41—47

846. 傅寧軍　蘇雪林：情歸故土的臺灣百歲文星　兩岸關係　2006 年第 2 期
2006 年 2 月　頁 60—63

847. 石　楠　蘇雪林與朱湘　江淮文史　2006 年第 3 期　2006 年 5 月　頁 67—
73

848. 張建秒　現代女作家的「母愛」話語特徵——母愛話語的個性差異〔蘇雪
林部分〕　中國現代文學女作家的母愛話語研究　福建師範大學
中國現當代文學研究所　碩士論文　汪文頂教授指導　2006 年 9
月　頁 34—35

849. 史墨卿　長慕春風 50 年——感念蘇雪林先生　文訊雜誌　第 252 期　2006
　　　年 10 月　頁 14—19

850. 石　楠　蘇雪林為胡適辯誣　江淮文史　2006 年第 6 期　2006 年 11 月
　　　頁 85—96

851. 石　楠　蘇雪林為胡適辯誣　名人傳記　2007 年第 8 期　2007 年 8 月　頁
　　　57—61

852. 沈　暉　李大釗與蘇雪林的師生緣——兼論「嗚呼蘇梅」論戰經過　明道
　　　文藝　第 368 期　2006 年 11 月　頁 56—65

853. 沈　暉　李大釗與蘇雪林的師生緣——兼述嗚呼蘇梅論戰經過　新文學史
　　　料　2008 年第 3 期　2008 年 8 月　頁 75—80

854. 吳達芸　讀蘇雪林教授的兩篇聖誕日記　知恩報愛與存糧於天　臺北　天
　　　主教之聲雜誌社　2006 年 12 月　頁 15—19

855. 沈　暉　姊妹情誼，同窗之誼——蘇雪林與潘玉良　明道文藝　第 372 期
　　　2007 年 3 月　頁 36—48

856. 張　莉　從「女學生」到「女作家」——第一代女作家教育背景考述〔蘇
　　　雪林部分〕　中國現代文學研究叢刊　2007 年第 2 期　2007 年 3
　　　月　頁 99—100，105—111

857. 〔朱凌雲〕　蘇雪林　楚騷新詁　武漢　武漢大學出版社　2007 年 11 月
　　　〔1〕頁

858. 〔朱凌雲〕　蘇雪林　〈天問〉正簡　武漢　武漢大學出版社　2007 年 11
　　　月　〔1〕頁

859. 張昌華　蘇雪林的「壽則辱」　書窗讀月　武漢　湖北人民出版社　2007
　　　年 11 月　頁 41—45

860. 張昌華　珞珈三傑　書窗讀月　武漢　湖北人民出版社　2007 年 11 月　頁
　　　96—98

861. 張昌華　蘇雪林　書窗讀月　武漢　湖北人民出版社　2007 年 11 月　頁
　　　174—181

862. 張昌華　葉落樹長青　書窗讀月　武漢　湖北人民出版社　2007 年 11 月　頁 214—216

863. 王玉鵬　蘇雪林與天主教　安徽文學　2008 年第 1 期　2008 年 1 月　頁 233—234

864. 張昌華　歲月的書籤——《蘇雪林日記》中的七七八八[11]　江淮文史　2008 年第 1 期　2008 年 1 月　頁 87—108

865. 張昌華　蘇雪林：歲月的書籤——《蘇雪林日記》中的七七八八　故紙風雪——文化名人的背影　臺北　秀威資訊科技公司　2008 年 9 月　頁 145—176

866. 沈　暉　寫在《蘇雪林與她的徽商家族》前面　蘇雪林與她的徽商家族　合肥　安徽教育出版社　2008 年 5 月　頁 1—7

867. 石　楠　人傑地靈的太平——序陳朝曙新作　蘇雪林與她的徽商家族　合肥　安徽教育出版社　2008 年 5 月　頁 8—10

868.〔封德屏主編〕　蘇雪林　2007 臺灣作家作品目錄　臺南　國立臺灣文學館　2008 年 7 月　頁 1452—1453

869. 吳達芸　蘇雪林《靈海微瀾》一至五集序——兼賀《文訊》銀慶　文訊雜誌　第 273 期　2008 年 7 月　頁 58

870. 汪修榮　是是非非蘇雪林　讀書文摘　2008 年第 8 期　2008 年 8 月　頁 30—35

871. 彭國梁　文壇老祖母　創作　2008 年第 6 期　2008 年 12 月　頁 3

872. 石　楠　蘇雪林挑起臺灣象徵詩論戰　世紀　2008 年第 2 期　2008 年　頁 40—43

873. 張昌華　「化外之民」蘇雪林　文學界　2008 年第 12 期　2008 年　頁 68—71

874. 楊迎平　廬隱與蘇雪林——兩位秉性迥異「五四人」　汕頭大學學報　第 25 卷第 1 期　2009 年 2 月　頁 38—42

---

[11]本文後改篇名為〈蘇雪林：歲月的書籤——《蘇雪林日記》中的七七八八〉。

875. 林文義　消失的讀書人——記事本一九九二〔蘇雪林部分〕　人間福報
　　　2009 年 3 月 20 日　15 版

876. 秦燕春　修為人間才女夫——《讓廬日記》中「珞珈三傑」〔蘇雪林部
　　　分〕　書屋　2009 年第 4 期　2009 年 4 月　頁 57—59

877. 吳姍姍　花與淚　文訊雜誌　第 285 期　2009 年 7 月　頁 92—93

878. 未晚樓主人　蘇雪林——文壇常青　側寫蘇雪林　臺南　財團法人蘇雪林
　　　教授學術文化基金會　2009 年 9 月　頁 41

879. 曾肅雅　蘇雪林隱居古都・筆硯詩書共一生　側寫蘇雪林　臺南　財團法
　　　人蘇雪林教授學術文化基金會　2009 年 9 月　頁 134—138

880. 趙景深　記蘇雪林　側寫蘇雪林　臺南　財團法人蘇雪林教授學術文化基
　　　金會　2009 年 9 月　頁 199—200

881. 蔣新南　曾是「五四人」・文壇長青樹　側寫蘇雪林　臺南　財團法人蘇
　　　雪林教授學術文化基金會　2009 年 9 月　頁 210—212

882. 錢歌川　三・書・主・義——為蘇雪林教授寫作 40 年而作　側寫蘇雪林
　　　臺南　財團法人蘇雪林教授學術文化基金會　2009 年 9 月　頁
　　　232—234

883. 羅敦偉　蘇雪林教授寫作的「有趣開始」　側寫蘇雪林　臺南　財團法人
　　　蘇雪林教授學術文化基金會　2009 年 9 月　頁 274—276

884. 鄭萬鵬　「五四人」蘇雪林　海南廣播電視大學學報　2009 年第 4 期
　　　2009 年 12 月　頁 1—3

885. 崔燕，于風亮　福山路 2 號：蘇雪林的青島留痕　青島畫報　2009 年第 7
　　　期　2009 年　頁 68—69

886. 黃艷芬　未若柳絮因風起——淺談皖籍現代女作家方令孺和蘇雪林　語文
　　　學刊　2010 年第 3 期　2010 年 3 月　頁 112—113，122

887. 鄧　利　民國才女蘇雪林的天主教情緣　中國宗教　2010 年第 5 期　2010
　　　年 5 月　頁 51—53

888. 張昌華　胡適雜憶：胡適・蘇雪林・唐德剛——從蘇雪林先生的一封信談

起　傳記文學　第 579 期　2010 年 8 月　頁 36—42

889. 陳昌明，吳姍姍　蘇雪林遊藝小記　綠漪風韻——蘇雪林及文友書畫集　臺南　財團法人蘇雪林教授學術文化基金會　2010 年 9 月　頁 3—4

890. 朱棟霖　東吳時期的蘇雪林　2010 年海峽兩岸蘇雪林學術研討會　武漢　武漢大學文學院，成功大學文學院合辦　2010 年 11 月 21—23 日

891. 吳姍姍　人生如夢未必如歌——蘇雪林與凌叔華　2010 年海峽兩岸蘇雪林學術研討會　武漢　武漢大學文學院，成功大學文學院合辦　2010 年 11 月 21—23 日

892. 楊迎平　壽星女作家蘇雪林的封建性及其孤寂人生　2010 年海峽兩岸蘇雪林學術研討會　武漢　武漢大學文學院，成功大學文學院合辦　2010 年 11 月 21—23 日

893. 鄒小娟　蘇雪林視野中的武漢大學　2010 年海峽兩岸蘇雪林學術研討會　武漢　武漢大學文學院，成功大學文學院合辦　2010 年 11 月 21—23 日

894. 沈　暉　一雙炯眼論今古・方寸靈臺貯至文——《蘇雪林學術集》序　2010 年海峽兩岸蘇雪林學術研討會　武漢　武漢大學文學院，成功大學文學院合辦　2010 年 11 月 21—23 日

895. 沈　暉　一雙炯眼論今古・方寸靈臺貯至文——《蘇雪林學術集》序　安徽農業大學學報　第 21 卷第 2 期　2012 年 3 月　頁 89—97

896. 郭曉霞　在母親的花園裡繼承什麼——從蘇雪林看現代知識女性的人生困境　淮北師範大學學報　第 32 卷第 1 期　2011 年 2 月　頁 11—14

897. 大陸新聞中心　黃山腳下・蘇雪林故居看風水　聯合報　2011 年 3 月 18 日 A21 版

898. 吳姍姍　蘇雪林之尚武與正氣　長江學術　2011 年第 2 期　2011 年 4 月　頁 7—14

899. 郁乃堯，張榮華　　另類才女蘇雪林　江蘇地方志　2011 年第 2 期　2011 年
　　　4 月　頁 59—61

900. 寇志明　　蘇雪林論魯迅之「謎」　魯迅研究月刊　2011 年第 4 期　2011 年
　　　5 月　頁 34—46

901. 丁增武　　民族主義與自由主義視國中的文化領導權問題——對蘇雪林與胡
　　　適關於文化動態問題通信的考察　安慶師範學院學報　第 30 卷第
　　　8 期　2011 年 8 月　頁 74—78

902. 齊　紅　　蘇雪林：「真實的謊言」　長城　2011 年第 9 期　2011 年 9 月
　　　頁 4—12

903. 〔愛情婚姻家庭〕　　蘇雪林：糾纏於矛盾性格的文壇常青樹　愛情婚姻家
　　　庭　2011 年第 12 期　2011 年 12 月　頁 66—68

904. 劉　峰　　女學生的域外新體創作——中西文化互文中的家國風情——從中
　　　到西：漂泊歐美的鱗爪〔蘇雪林部分〕　清末民初女性西游與文
　　　學　蘇州大學中國古代文學研究所　博士論文　馬衛中教授指導
　　　2012 年 3 月　頁 141—144

905. 應鳳凰　　從郭良蕙「《心鎖》事件」探討文學史敘事模式〔蘇雪林部分〕
　　　文學史敘事語文學生態——戒嚴時期臺灣作家的文學位置　臺北
　　　前衛出版社　2012 年 11 月　頁 14—18

906. 劉占青　　半生反對魯迅的才女　文史博覽　2013 年第 2 期　2013 年 2 月
　　　頁 40

907. 張在軍　　蘇雪林：一生反魯反共的愛國者　堅守與薪傳——抗戰時期的武
　　　大教授　臺北　新銳文創　2013 年 2 月　頁 29—40

908. 孫法理　　紀念蘇雪林老師　江淮文史　2013 年第 2 期　2013 年 3 月　頁 83
　　　—85

909. 丁增武　　論蘇雪林的批評個性　長江學術　2013 年第 2 期　2013 年 4 月
　　　頁 9—17

910. 張俐璇　　外省作家在臺南——授業之師〔蘇雪林部分〕　經眼・辨析・苦

行——臺灣文學史料集刊（三） 臺南 國立臺灣文學館 2013
年7月 頁138—139

911. 桑品載 我在「人間」走一回——與「人間」有關的九封信——第四封，
蘇雪林的信 經眼・辨析・苦行——臺灣文學史料集刊（三）
臺南 國立臺灣文學館 2013年7月 頁262—263

912. 李 靈 學林人瑞燦若花——蘇雪林與冰心、謝冰瑩關係研究 阜陽師範
學院學報 2013年第5期 2013年9月 頁76—79

913. 李 靈 珞珈三傑的歷史與傳奇——蘇雪林與袁昌英、凌叔華關係研究
昌吉學院學報 2013年第5期 2013年10月18—19日 頁8—
11

914. 李 靈 傑出女性平凡事——蘇雪林與李曼瑰關系研究 十堰職業技術學
院學報 第26卷第5期 2013年10月 頁89—92

915. 盧佳鑫 千屈菜：一株屬於蘇雪林的花——淺析另類才女蘇雪林 課程教
育研究 2013年第31期 2013年 頁28—29

916. 方維保 儒家親情倫理與天主教博愛精神的遇合——蘇雪林皈依天主教的
心路歷程 淮陰師範學院學報 第36卷第1期 2014年1月 頁
98—103

917. 于德蘭 文壇奇女子蘇雪林 中華日報 2014年3月2日 B4版

918. 蘇育生 胡適與蘇雪林 烏魯木齊職業大學學報 2014年第1期 2014年
3月 頁49—54

919. 古遠清 臺灣文壇六十年來文學爭論提要——蘇雪林與覃子豪關於象徵派
的爭論 新地文學 第27期 2014年3月 頁170—171

920. 吳作橋，王羽 蘇雪林為什麼在魯迅逝世後反魯？ 120個魯迅身世之謎
臺北 秀威資訊科技公司 2014年6月 頁224—228

921. 張曉筠 藝筆丹青——蘇雪林1921—1925年的留法歷程 蘇雪林及其同代
作家國際學術研討會 臺南 成功大學文學院主辦；財團法人蘇
雪林教授學術文化基金會，成功大學邁向頂尖大學計畫推動總中

心協辦　2014 年 10 月 31 日—11 月 1 日

訪談、對談

922. 一　丁　　訪女作家蘇雪林　聯合報　1952 年 7 月 29 日　2 版

923. 魏韶蓁　　反共文化鬥士蘇雪林　暢流　第 11 卷第 7 期　1955 年 5 月 16 日
　　　　　頁 2—4

924. 魏韶蓁　　反共文化鬥士蘇雪林　中國國學　第 14 期　1986 年 9 月　頁 113
　　　　　—118

925. 魏韶蓁　　反共文化鬥士蘇雪林　慶祝蘇雪林教授百齡華誕專集　臺南　成
　　　　　功大學　1995 年 3 月　頁 113—118

926. 彭　麒　　訪蘇雪林　中國時報　1959 年 9 月 28 日　2 版

927. 彭　麒　　訪蘇雪林教授　慶祝蘇雪林教授寫作五十年暨八秩華誕專集　臺
　　　　　南　〔自行出版〕　1978 年　頁 53—56

928. 彭　麒　　訪蘇雪林教授　側寫蘇雪林　臺南　財團法人蘇雪林教授學術文
　　　　　化基金會　2009 年 9 月　頁 127—129

929. 〔自由青年〕　　學人生活：精研屈賦的蘇雪林教授　自由青年　第 23 卷第
　　　　　3 期　1960 年 2 月 1 日　頁 6—7

930. 〔自由青年〕　　精研屈賦的蘇雪林教授　慶祝蘇雪林教授寫作五十年暨八
　　　　　秩華誕專集　臺南　〔自行出版〕　1978 年　頁 60—66

931. 〔自由青年〕　　精研屈賦的蘇雪林教授　側寫蘇雪林　臺南　財團法人蘇
　　　　　雪林教授學術文化基金會　2009 年 9 月　頁 42—48

932. 朱小燕　　辛勤耕耘四十餘年——訪老作家蘇雪林教授　臺灣新生報　1963
　　　　　年 10 月 28 日　3 版

933. 陳憲仁　　訪蘇雪林教授　明道文藝　第 56 期　1970 年 11 月　頁 72—77

934. 陳憲仁　　訪蘇雪林教授　滿川風雨看潮生　臺中　臺中縣立文中心　1992
　　　　　年 6 月　頁 2—10

935. 高景源　　由古史辨到上古史的癥結——訪蘇雪林教授　文心　第 1 期
　　　　　1973 年 6 月　頁 41—42

936. 高景源　由古史辨到上古史的癥結——訪蘇雪林教授　慶祝蘇雪林教授寫作五十年暨八秩華誕專集　臺南　〔自行出版〕　1978 年　頁118—120

937. 夏祖麗　蘇雪林訪問記——為文學奉獻了一生　握筆的人　臺北　純文學出版社　1977 年 12 月　頁217—239

938. 孫　耕　記抗戰中的蘇雪林教授　慶祝蘇雪林教授寫作五十年暨八秩華誕專集　臺南　〔自行出版〕　1978 年　頁 1—4

939. 孫　耕　記抗戰中的蘇雪林教授　綠天雪林　北京　人民文學出版社　2001 年 1 月　頁 34—37

940. 秋　水　訪蘇雪林教授記　慶祝蘇雪林教授寫作五十年暨八秩華誕專集　臺南　〔自行出版〕　1978 年　頁 7—9

941. 〔臺灣電臺「家庭時間」〕　訪問蘇雪林教授——臺灣臺「家庭訪問」播稿　慶祝蘇雪林教授寫作五十年暨八秩華誕專集　臺南　〔自行出版〕　1978 年　頁 23—28

942. 〔臺灣電臺「家庭時間」〕　訪問蘇雪林教授——臺灣電臺「家庭訪問」廣播稿　側寫蘇雪林　臺南　財團法人蘇雪林教授學術文化基金會　2009 年 9 月　頁 283—288

943. 胡希文　訪蘇雪林教授談屈原、神話和歷史　慶祝蘇雪林教授寫作五十年暨八秩華誕專集　臺南　〔自行出版〕　1978 年　頁 33—36

944. 胡希文　訪蘇雪林教授談：屈原、神話和歷史　側寫蘇雪林　臺南　財團法人蘇雪林教授學術文化基金會　2009 年 9 月　頁 115—118

945. 〔中華日報〕　對文藝界的希望——蘇雪林教授的談話　慶祝蘇雪林教授寫作五十年暨八秩華誕專集　〔自行出版〕　1978 年　頁 37—38

946. 〔中華日報〕　對文藝的希望——蘇雪林教授的談話　側寫蘇雪林　臺南　財團法人蘇雪林教授學術文化基金會　2009 年 9 月　頁 281—282

947. 曇　華　訪問蘇雪林教授記　慶祝蘇雪林教授寫作五十年暨八秩華誕專集

臺南　〔自行出版〕　1978 年　頁 78—84

948. 曇　華　訪問蘇雪林教授記　側寫蘇雪林　臺南　財團法人蘇雪林教授學術文化基金會　2009 年 9 月　頁 215—220

949. 郭惠英　訪問名作家——蘇雪林女士　慶祝蘇雪林教授寫作五十年暨八秩華誕專集　臺南　〔自行出版〕　1978 年　頁 85—89

950. 楊　逸　訪問蘇雪林教授後記——嚴肅做人與切實治學　慶祝蘇雪林教授寫作五十年暨八秩華誕專集　臺南　〔自行出版〕　1978 年　頁 90—93

951. 白　弓　老成的典型蘇雪林教授訪問記　慶祝蘇雪林教授寫作五十年暨八秩華誕專集　臺南　〔自行出版〕　1978 年　頁 94—99

952. 張　鈞　春風化雨五十年　慶祝蘇雪林教授寫作五十年暨八秩華誕專集　〔自行出版〕　1978 年　頁 111—113

953. 程榕寧　蘇雪林談研究屈賦的發現　大華晚報　1979 年 12 月 23 日　7 版

954. 程榕寧　蘇雪林談研究屈賦的發現　中國時報　1979 年 12 月 23 日　7 版

955. 程榕寧　蘇雪林談研究屈賦的發現　中國國學　第 14 期　1986 年 9 月　頁 175—177

956. 程榕寧　蘇雪林談研究屈賦的發現　慶祝蘇雪林教授百齡華誕專集　臺南　成功大學　1995 年 3 月　頁 175—177

957. 曉　鐘　蘇雪林著作生涯　中國語文　第 49 卷第 1 期　1981 年 7 月　頁 4—10

958. 曉　鐘　蘇雪林著作生涯　中國國學　第 14 期　1986 年 9 月　頁 140—143

959. 曉　鐘　蘇雪林著作生涯　慶祝蘇雪林教授百齡華誕專集　臺南　成功大學　1995 年 3 月　頁 140—143

960. 王　玲　喜好「發現」的蘇「先生」——蘇雪林教授訪問記　文運與文心——訪文藝先進作家　臺北　中央月刊社　1982 年 2 月　頁 6—9

961. 王　玲　喜好「發現」的蘇「先生」　中央月刊　第 14 卷第 7 期　1982 年

5 月　頁 55—58

962. 王　玲　喜好「發現」的蘇「先生」——蘇雪林教授訪問記　中國國學
　　　　　　第 14 期　1986 年 9 月　頁 126—128

963. 王　玲　喜好發現的蘇先生——蘇雪林教授訪問記　慶祝蘇雪林教授九秩
　　　　　　晉五華誕學術研討會論文暨詩文集　臺北　文史哲出版社　1995
　　　　　　年 3 月　頁 596

964. 王　玲　喜好「發現」的蘇「先生」——蘇雪林教授訪問記　慶祝蘇雪林
　　　　　　教授百齡華誕專集　臺南　成功大學　1995 年 3 月　頁 126—128

965. 黃章明　蘇雪林筆耕一甲子[12]　文訊雜誌　第 1 期　1983 年 7 月　頁 34—
　　　　　　50

966. 黃章明　蘇雪林筆耕一甲子　中國國學　第 14 期　1986 年 9 月　頁 119—
　　　　　　125

967. 黃章明　壯麗如史詩般的生命——筆耕一甲子的蘇雪林女士　智慧的薪傳
　　　　　　——十五位學界耆宿　臺北　文訊雜誌社　1989 年 4 月　頁 56—
　　　　　　66

968. 黃章明　蘇雪林筆耕一甲子　慶祝蘇雪林教授百齡華誕專集　臺南　成功
　　　　　　大學　1995 年 3 月　頁 119—125

969. 蕭傳文　與蘇雪林教授一席談　婦友　第 352 期　1984 年 2 月　頁 19

970. 林佩芬　畢生貢獻國文的蘇雪林　國文天地　第 4 期　1985 年 9 月　頁 16
　　　　　　—19

971. 鍾惠民　見不得人間不平事——訪蘇雪林女士　自由青年　第 76 卷第 1 期
　　　　　　1986 年 7 月 1 日　頁 6—13

972. 鍾惠民　蘇雪林——見不得人間不平事　關掉失敗之門　臺北　黎明文化
　　　　　　公司　1989 年 9 月　頁 119—134

973. 鍾惠民　見不得人間不平事——訪蘇雪林女士　慶祝蘇雪林教授百齡華誕
　　　　　　專集　臺南　成功大學　1995 年 3 月　頁 178—184

---

[12]本文後改篇名為〈壯麗如史詩般的生命——筆耕一甲子的蘇雪林女士〉。

974. 顏淑婉　　文壇上的長青樹——訪蘇雪林先生　中國國學　第 14 期　1986 年
9 月　頁 129—133

975. 顏淑婉　　文壇上的長青樹——訪蘇雪林先生　慶祝蘇雪林教授百齡華誕專
集　臺南　成功大學　1995 年 3 月　頁 129—133

976. 林秀惠　　矯矯珍松耐歲寒　中國國學　第 14 期　1986 年 9 月　頁 134—
140

977. 林秀惠　　矯矯珍松耐歲寒　慶祝蘇雪林教授百齡華誕專集　臺南　成功大
學　1995 年 3 月　頁 134—141

978. 楊錦郁　　榮譽可以接受，薪俸絕對不取——文工會聘蘇雪林為榮譽顧問
中央月刊　第 22 卷第 5 期　1989 年 5 月　頁 75—76

979. 姚儀敏　　故紙堆裡的神探——訪文壇耆宿蘇雪林女士　中央月刊　第 23 卷
第 10 期　1990 年 10 月　81—84

980. 柯玉雪　　訪蘇雪林教授談屈、李　臺灣日報　1991 年 4 月 12 日　9 版

981. 呂佛庭　　訪蘇雪林教授　臺灣日報　1991 年 4 月 17 日　9 版

982. 連文萍　　蘇雪林教授答客問　國文天地　第 71 期　1991 年 4 月　頁 53—
55

983. 林黛嫚　　東寧路 15 巷——蘇雪林問答篇　中央日報　1991 年 5 月 11 日
16 版

984. 林黛嫚　　東寧路十五巷——蘇雪林問答篇　側寫蘇雪林　臺南　財團法人
蘇雪林教授學術文化基金會　2009 年 9 月　頁 82—86

985. 林黛嫚　　一杯牛奶三份報紙‧與看《包青天》　中央日報　1994 年 6 月 1
日　16 版

986. 林黛嫚　　一杯牛奶三份報紙與看《包青天》——蘇雪林的簡單生活　綠天
雪林　北京　人民文學出版社　2001 年 1 月　頁 102—109

987. 陳漱渝　　她希望葬在母親墓旁——臺南訪蘇雪林教授　一個大陸人看臺灣
臺北　朝陽堂文化公司　1994 年 11 月　頁 213—220

988. 陳漱渝　　她希望葬在母親墓旁——臺南訪蘇雪林教授　綠天雪林　北京

人民文學出版社　2001 年 1 月　頁 90—95

989. 黃忠慎　　請益專訪　古今文海騎鯨客——蘇雪林教授　臺北　文史哲出版
社　1999 年 6 月　頁 15—24

990. 舒　乙　　訪百歲老作家蘇雪林　綠天雪林　北京　人民文學出版社　2001
年 1 月　頁 96—98

991. 古遠清　　文壇長青樹蘇雪林　海外來風　南京　東南大學出版社　2004 年
8 月　頁 86—88

992. 古遠清　　訪文壇常青樹蘇雪林　消逝的文學風華　臺北　九歌出版社
2011 年 12 月　頁 47—52

993. 農　婦　　夜訪蘇雪林　側寫蘇雪林　臺南　財團法人蘇雪林教授學術文化
基金會　2009 年 9 月　頁 183—184

994. 樸　月　　蘇雪林隱居古都・筆硯詩書共一生　側寫蘇雪林　臺南　財團法
人蘇雪林教授學術文化基金會　2009 年 9 月　頁 221—222

995. 應平書　　短暫的時光・永恆的回憶——五四時代作家蘇雪林和琦君會面記
側寫蘇雪林　臺南　財團法人蘇雪林教授學術文化基金會　2009
年 9 月　頁 242—245

年表

996. 蘇永利　　蘇雪林教授年譜　文心　第 1 期　1973 年 6 月　頁 43—44

997. 孫瑞珍　　蘇雪林生平年表（節選）　臺灣研究集刊　1986 年第 2 期　1986
年 5 月　頁 86—90

998. 盧啟元，徐志超　　蘇雪林年表　蘇雪林、盧隱、凌叔華、馮沅軍（中國新
文學大師名作賞析）　臺北　海風出版社　1992 年 3 月　頁 329
—334

999. 張明蘭　　蘇雪林大事記　中華日報　1999 年 4 月 22 日　5 版

1000. 黃忠慎　　蘇雪林教授著作簡目　古今文海騎鯨客——蘇雪林教授　臺北
文史哲出版社　1999 年 6 月　頁 65—72

1001. 徐子超　　蘇雪林先生年譜　海峽兩岸蘇雪林教授學術研討會論文集（下）

高雄　亞太綜合研究院　2000 年 10 月　頁 1045—1066

1002. 吳姍姍　蘇雪林大事記（根據《蘇雪林日記卷》增補）　海峽兩岸蘇雪林
　　　　教授學術研討會論文集（下）　高雄　亞太綜合研究院　2000 年
　　　　10 月　頁 1067—1070

1003. 吳姍姍　附錄一：蘇雪林大事記　蘇雪林研究論集　臺北　臺灣學生書局
　　　　2012 年 8 月　頁 383—389

1004. 李　英　四訪蘇雪林　世紀　第 2005 年第 2 期　2005 年 4 月　頁 46—48

1005. 李　英　四訪蘇雪林　文史春秋　2004 年第 11 期　2005 年 11 月　頁 55
　　　　—57

1006. 石　楠　蘇雪林年表　安慶師範學院學報　第 25 卷第 5 期　2006 年 9 月
　　　　頁 61—64

1007. 〔左志英編〕　蘇雪林年表　一個真實的蘇雪林　北京　東方出版社
　　　　2008 年 6 月　頁 313—336

1008. 張素媜　蘇雪林散文創作年表　蘇雪林散文研究　中國文化大學中國文學
　　　　系　碩士論文　宋如珊教授指導　2009 年　頁 166—168

1009. 陳昌明編　蘇雪林年表　擲缽庵消夏記——蘇雪林散文選集　臺北　印刻
　　　　文學生活雜誌出版公司　2010 年 10 月　頁 364—369

1010. 陳昌明編　蘇雪林著作表　擲缽庵消夏記——蘇雪林散文選集　臺北　印
　　　　刻文學生活雜誌出版公司　2010 年 10 月　頁 370—374

1011. 〔陳昌明〕　蘇雪林大事紀　凝視　臺南　成功大學　2011 年 10 月
　　　　〔17〕頁

1012. 左志英編　蘇雪林年表　冰雪梅林——蘇雪林　北京　民主與建設出版
　　　　社　2012 年 1 月　頁 233—253

1013. 楊雅琄　五四女作家大事記〔蘇雪林部分〕　擁擠的灰色愛情世界——
　　　　「五四女作家」小說之愛情書寫研究（1918—1937）　臺北　秀
　　　　威科技資訊公司　2014 年 1 月　頁 325—341

其他

1014. 〔文訊雜誌〕　文苑短波——蘇雪林獲獎神采飛揚　文訊雜誌　第 11 期　1984 年 5 月　頁 299

1015. 江　兒　蘇雪林、劉真教授榮獲「七十八年行政院文化獎」　文訊雜誌　第 50 期　1989 年 10 月　頁 50—54

1016. 姜　穆　蘇雪林先生筆名初用表　臺灣新聞報　1995 年 3 月 24 日　19 版

1017. 〔自立晚報〕　蘇雪林女士等獲獎　自立晚報　1996 年 1 月 30 日　23 版

1018. 〔臺灣日報〕　第一屆中國婦女寫作協會文藝獎得獎人揭曉　臺灣日報　1996 年 2 月 2 日　16 版

1019. 〔自由時報〕　作家蘇雪林、廖輝英等獲婦協文藝獎　自由時報　1996 年 2 月 4 日　34 版

1020. 王琰如　盛況空前——蘇雪林教授百齡嵩壽記盛　文友畫像及其他　臺北　大地出版社　1996 年 7 月　頁 9—14

1021. 湯芝萱　希望年年都來為她祝壽，側寫蘇雪林先生百齡晉一華誕祝壽活動　文訊雜誌　第 138 期　1997 年 4 月　頁 80—81

1022. 陳文芬　改作「蘇雪林紀念館」明年開放　中國時報　1998 年 9 月 8 日　11 版

1023. 陳文芬　蘇雪林買下「海寧學舍」捐贈大陸　民生報　1998 年 9 月 17 日　34 版

1024. 吳政直　李連均表悲痛，並肯定蘇雪林貢獻　臺灣新聞報　1999 年 4 月 23 日　4 版

1025. 〔中央日報〕　總統明令褒揚蘇雪林　中央日報　1999 年 4 月 28 日　10 版

1026. 何振忠　總統明令褒揚蘇雪林　聯合報　1999 年 4 月 28 日　14 版

1027. 吳政直　蘇雪林教授獲褒揚　臺灣新聞報　1999 年 4 月 28 日　5 版

1028. 郭文平　總統明令褒揚蘇雪林　中華日報　1999 年 4 月 28 日　4 版

1029. 戴華山　文壇耆宿蘇雪林，獲追頒教育文學獎章　臺灣新聞報　1999 年 5 月 1 日　8 版

1030. 曾琳雲　　蘇雪林教授追思紀念會　漢學研究通訊　第 71 期　1999 年 8 月　頁 33—331

1031. 古繼堂　　歸——蘇雪林落葉歸根・兩岸學者會黃山　海外學人　第 304 期　1999 年 9 月　頁 72—75

1032. 王宗法　　首屆「海峽兩岸蘇學林教授研討會」召開　文教資料　2000 年第 2 期　2000 年 3 月　頁 41

1033. 沈　暉　　後記之一——追記海峽兩岸蘇雪林教授學術研討會　海峽兩岸蘇雪林教授學術研討會論文集（下）　高雄　亞太綜合研究院　2000 年 10 月　頁 1071—1074

1034. 田志剛　　蘇雪林學術論文集出版　中央日報　2000 年 11 月 4 日　14 版

1035. 雷顯威　　蘇雪林學術論文集出版　聯合報　2000 年 11 月 4 日　14 版

1036. 姬旻若　　「印象蘇雪林」・成大紀念五四才女　人間福報　2009 年 5 月 17 日　15 版

1037. 吳姍姍　　附錄三：相逢十年——「2010 年海峽兩岸蘇雪林學術研討會」紀要　蘇雪林研究論集　臺北　臺灣學生書局　2012 年 8 月　頁 437—444

作品評論篇目

綜論

1038. 黃　英　　綠漪　現代中國女作家　上海　北新書局　1931 年 8 月　頁 133—155

1039. 糜文開　　再談蘇雪林女士的屈賦研究　教育與文化　第 11 卷第 6 期　1956 年 3 月　頁 9—11

1040. 糜文開　　再談蘇雪林女士的屈賦研究　慶祝蘇雪林教授寫作五十年暨八秩華誕專集　臺南　〔自行出版〕　1978 年　頁 354—361

1041. 糜文開　　再談蘇雪林女士的屈賦研究　中國國學　第 14 期　1986 年 9 月　頁 164—168

1042. 糜文開　　再談蘇雪林女士的屈賦研究　慶祝蘇雪林教授百齡華誕專集　臺南　成功大學　1995 年 3 月　頁 165—168

1043. 糜文開　　再談蘇雪林女士的屈賦研究　側寫蘇雪林　臺南　財團法人蘇雪林教授學術文化基金會　2009 年 9 月　頁 246—252

1044. 朱境宙　　覆蘇雪林教授論禪宗書　中國憲政　第 1 卷第 8 期　1966 年 11 月　頁 23

1045. 史墨卿　　蘇雪林老師的屈賦研究　書和人　第 233 期　1974 年 3 月　頁 8

1046. 史墨卿　　蘇雪林老師的屈賦研究　慶祝蘇雪林教授寫作五十年暨八秩華誕專集　臺南　〔自行出版〕　1978 年　頁 180—182

1047. 楊昌年　　蘇雪林　近代小說研究　臺北　蘭臺書局　1976 年 1 月　頁 581

1048. 孟愷〔糜文開〕　　屈原研究的新發展　慶祝蘇雪林教授寫作五十年暨八秩華誕專集　臺南　〔自行出版〕　1978 年　頁 345—353

1049. 孟　愷　　屈原研究的新發展　中國國學　第 14 期　1986 年 9 月　頁 161—165

1050. 孟　愷　　屈原研究的新發展　慶祝蘇雪林教授百齡華誕專集　臺南　成功大學　1995 年 3 月　頁 161—165

1051. 孟　愷　　屈原研究的新發展——介紹蘇雪林的「屈賦新探叢稿」　側寫蘇雪林　臺南　財團法人蘇雪林教授學術文化基金會　2009 年 9 月　頁 74—81

1052. 袁良駿　　關於蘇雪林攻擊魯迅的一些材料　新文學史料　1984 年第 2 期　1984 年 5 月　頁 153—157

1053. 史墨卿　　蘇雪林教授及其著作　中國國學　第 14 期　1986 年 9 月　頁 15—26

1054. 釗　誠　　研探屈賦不遺餘力的蘇雪林　中國國學　第 14 期　1986 年 9 月　頁 173—175

1055. 釗　誠　　研探屈賦不遺餘力的蘇雪林　慶祝蘇雪林教授百齡華誕專集　臺南　成功大學　1995 年 3 月　頁 173—174

1056. 錢　紅　　屬於她們的「真、善、美」世界——試論五四女作家群「愛的哲學」及其藝術表現〔蘇雪林部分〕　中國現代文學研究叢刊 1988 年第 1 期　1988 年 1 月　頁 58—65

1057. 蔡清富　　序言　蘇雪林散文選集　天津　百花文藝出版社　1988 年 11 月　頁 1—22

1058. 蔡清富　　序言　蘇雪林散文選集　天津　百花文藝出版社　2004 年 8 月　頁 1—32

1059. 史墨卿　　蘇雪林教授著作提要　中國書目季刊　第 22 卷第 4 期　1989 年 3 月　頁 139—151

1060. 史墨卿　　蘇雪林教授著作提要　慶祝蘇雪林教授百齡華誕專集　臺南　成功大學　1995 年 3 月　頁 52—66

1061. 胡一貫　　重調文學人物的焦距　中央日報　1989 年 4 月 29 日　17 版

1062. 胡一貫　　重調文學人物的焦距——評蘇雪林《中國文學史》　側寫蘇雪林　臺南　財團法人蘇雪林教授學術文化基金會　2009 年 9 月　頁 110—114

1063. 張文榮　　女性眾態寫真與我寫真——論凌淑華、綠漪的文學創作　蘭州大學學報　1990 年第 2 期　1990 年 4 月　頁 131—137

1064. 邱各容　　不失赤子心的蘇雪林　兒童文學史料初稿 1945—1989　臺北　富春文化公司　1990 年 8 月　頁 175—177

1065. 曾虛白　　九七翁筆下的九五女詩人——曾虛白論蘇雪林教授的文學成就並祝其九五嵩壽　傳記文學　第 346 期　1991 年 3 月　頁 24—27

1066. 曾虛白　　九七翁筆下的九五女詩人　綠天雪林　北京　人民文學出版社　2001 年 1 月　頁 7—13

1067. 林政華　　蘇雪林先生與兒童文學　中央日報　1991 年 4 月 8 日　17 版

1068. 林政華　　蘇雪林先生和兒童文學　臺灣新生報　1991 年 6 月 2 日　8 版

1069. 林政華　　蘇雪林先生與兒童文學　慶祝蘇雪林教授九秩晉五華誕學術研討會論文暨詩文集　臺北　文史哲出版社　1995 年 3 月　頁 433—

436

1070. 徐玉齡　略談蘇雪林的早期創作　安徽教育學院學報　1992 年第 1 期
　　　1992 年 3 月　頁 45—49

1071. 盧啟元，徐志超　五四運動中的纖細清流──簡論蘇雪林、盧隱、凌叔
　　　華、馮沅君的創作　蘇雪林、盧隱、凌叔華、馮沅軍（中國新文
　　　學大師名作賞析）　臺北　海風出版社　1992 年 3 月　頁 45—
　　　46，51—52

1072. 黃爾昌　蘇雪林與杜醒秋比較論　安徽大學學報　1992 年第 2 期　1992
　　　年 6 月　頁 33—36

1073. 蔡清富　論蘇雪林的散文創作　現代文學縱橫談　北京　北京師範大學出
　　　版社　1992 年 8 月　頁 119—135

1074. 徐　學　散文創作（上）──梁實秋、張秀亞與 50 年代的散文創作〔蘇
　　　雪林部分〕　臺灣文學史（下）　福州　海峽文藝出版社　1993
　　　年 1 月　頁 444

1075. 楊　義　在婦女解放思潮中出現的女作家群──蘇雪林（1899—）　中國
　　　現代小說史　北京　人民文學出版社　1993 年 7 月　頁 289—
　　　296

1076. 向　明　五〇年代臺灣詩壇〔蘇雪林部分〕　文訊雜誌　第 97 期　1993
　　　年 11 月　頁 84—88

1077. 謝昭新　論蘇雪林散文的藝術風格　中國現代文學研究叢刊　1994 年第 1
　　　期　1994 年 2 月　頁 214—223

1078. 王宗法　蘇雪林論　臺港文學觀察　合肥　安徽教育出版社　1994 年 11
　　　月　頁 323—345

1079. 王宗法　蘇雪林論　中國文化研究　2000 年第 1 期　2000 年 2 月　頁 116
　　　—121

1080. 王宗法　蘇雪林論　文教資料　2000 年第 2 期　2000 年 3 月　頁 3—22

1081. 王宗法　蘇雪林論　海峽兩岸蘇雪林教授學術研討會論文集（上）　高雄

亞太綜合研究院　2000 年 10 月　頁 289—317

1082. 王宗法　蘇雪林論（上、下）　華文文學　2000 年第 2—3 期　2000 年
頁 70—75，78，43—48

1083. 張超主編　蘇雪林　臺港澳及海外華人作家辭典　江蘇　南京大學出版社
1994 年 12 月　頁 429—430

1084. 史墨卿　泰山，升天下地的處所——蘇老師「中西文化同源論」的原點
慶祝蘇雪林教授九秩晉五華誕學術研討會論文暨詩文集　臺北
文史哲出版社　1995 年 3 月　頁 217—234

1085. 蕭　兵　世界中心觀——為蘇雪林教授九十五歲華誕而作　慶祝蘇雪林教
授九秩晉五華誕學術研討會論文暨詩文集　臺北　文史哲出版社
1995 年 3 月　頁 293—312

1086. 沈　暉　蘇雪林先生早期創作管窺　慶祝蘇雪林教授九秩晉五華誕學術研
討會論文暨詩文集　臺北　文史哲出版社　1995 年 3 月　頁 323
—340

1087. 史墨卿　蘇雪林教授與學術　慶祝蘇雪林教授百齡華誕專集　臺南　成功
大學　1995 年 3 月　頁 21—23

1088. 沈　暉　以畢生的精力去兌換藝術的完美——《蘇雪林文集》序[13]　慶祝
蘇雪林教授百齡華誕專集　臺南　成功大學　1995 年 3 月　頁
24—33

1089. 沈　暉　蘇雪林——文壇的一棵長青樹　蘇雪林文集（一）　合肥　安徽
文藝出版社　1996 年 4 月　頁 1—11

1090. 沈　暉　文學生命的全樹——涵蓋蘇雪林一生創作精華的《蘇雪林文集》
中央日報　1996 年 5 月 20 日　19 版

1091. 董太和　遙祝居臺我教文壇人瑞蘇雪林教授百歲華誕　中國天主教　1995
年第 6 期　1995 年 11 月　頁 40—43

---

[13]本文後改篇名為〈蘇雪林——文壇的一棵長青樹〉、〈文學生命的全樹——涵蓋蘇雪林一生創作精
華的《蘇雪林文集》〉。

1092. 董太和　遙祝居臺我教文壇人瑞——賀蘇雪林教授百歲華誕　綠天雪林　北京　人民文學出版社　2001 年 1 月　頁 216—222

1093. 夢　園　蘇雪林的詞藻　蘇雪林文集（四）　合肥　安徽文藝出版社　1996 年 4 月　頁 405—410

1094. 趙景深　蘇雪林和她的創作　蘇雪林文集（四）　合肥　安徽文藝出版社　1996 年 4 月　頁 400—404

1095. 趙景深　蘇雪林和她的創作　棘心　北京　群眾出版社　1999 年 9 月　頁 1—6

1096. 趙景深　蘇雪林和她的創作　花都漫拾　北京　群眾出版社　1999 年 9 月　頁 1—6

1097. 孫法理　蘇梅百歲香猶冽　博覽群書　1996 年第 9 期　1996 年 9 月　頁 35—37

1098. 方維保　論蘇雪林小說創作的倫理意識　安徽大學學報　1998 年第 3 期　1998 年 8 月　頁 322—326

1099. 白　盾　胡適對蘇雪林論《紅樓夢》的批評　安慶師院社會科學學報　第 17 卷第 3 期　1998 年 8 月　頁 74—75

1100. 舒　蘭　格律派時期——蘇雪林　中國新詩史話 1　臺北　渤海堂文化公司　1998 年 10 月　頁 561—563

1101. 段煒，周新民　未完成的批判——五四女性寫作特點新探〔蘇雪林部分〕　湖北民族學院學報　1999 年第 1 期　1999 年 3 月　頁 57—60

1102. 江中明　楚辭、神話研究見解獨特　聯合報　1999 年 4 月 22 日　14 版

1103. 高大鵬　蘇雪林與冰心的對比　民生報　1999 年 4 月 23 日　2 版

1104. 傅　瑛　此生欲向光明殿，知隔朱扉幾萬重——論蘇雪林早期散文之侷限性　淮北煤炭師院學報　1999 年第 2 期　1999 年 5 月　頁 1—6

1105. 于維杰　蘇雪林教授和文藝學術　國語日報　1999 年 7 月 3 日　4 版

1106. 林淇瀁　五〇年代臺灣現代詩風潮試論〔蘇雪林部分〕　靜宜人文學報　第 11 期　1999 年 7 月　頁 55—58

1107. 張君慧　　蘇雪林散文的修辭藝術　中國現代文學理論　第 15 期　1999 年 9 月　頁 463—479

1108. 潘頌德　　蘇雪林——卓有建樹的新詩批評家　畢節師範高等專科學校學報 1999 年第 4 期　1999 年 10 月　頁 18—21

1109. 潘頌德　　蘇雪林——卓有建樹的新詩批評家　海峽兩岸蘇雪林教授學術研討會論文集（下）　高雄　亞太綜合研究院　2000 年 10 月　頁 777—790

1110. 徐志嘯　　論蘇雪林教授的中外文化比較　中國文化研究　1999 年第 4 期 1999 年 11 月　頁 79—85

1111. 徐志嘯　　論蘇雪林教授的中外文化比較　海峽兩岸蘇雪林教授學術研討會論文集（上）　高雄　亞太綜合研究院　2000 年 10 月　頁 173—187

1112. 沈　暉　　論蘇雪林與五四新文學　中國文化研究　1999 年第 4 期　1999 年 11 月　頁 84—90

1113. 沈　暉　　蘇雪林與五四新文學　黃山高等專科學校學報　第 1 卷第 5 期 1999 年 11 月　頁 43—50

1114. 沈　暉　　論蘇雪林與五四新文學　海峽兩岸蘇雪林教授學術研討會論文集（上）　高雄　亞太綜合研究院　2000 年 10 月　頁 263—288

1115. 姚邦藻，方利山　　蘇雪林與徽州文化　黃山高等專科學校學報　第 1 卷第 5 期　1999 年 11 月　頁 57—60

1116. 姚邦藻，方利山　　蘇雪林與徽州文化　海峽兩岸蘇雪林教授學術研討會論文集（上）　高雄　亞太綜合研究院　2000 年 10 月　頁 87—100

1117. 姚邦藻，方利山　　蘇雪林與徽州文化　古今藝文　第 27 卷第 4 期　2001 年 5 月　頁 70—76

1118. 許宗元　　蘇雪林與風景旅遊文化　黃山高等專科學校學報　第 1 卷第 5 期 1999 年 11 月　頁 70—75

1119. 王孝廉　絕地天通——以蘇雪林教授對崑崙神話主題解說為起點的一些相
　　　　　　　關考察　黃山高等專科學校學報　第 1 卷第 5 期　1999 年 11 月
　　　　　　　頁 76—81

1120. 王孝廉　以蘇雪林教授對崑崙神話主題解說為起點的一些相關考察　海峽
　　　　　　　兩岸蘇雪林教授學術研討會論文集（下）　高雄　亞太綜合研究
　　　　　　　院　2000 年 10 月　頁 1005—1026

1121. 王三慶　蘇雪林教授之《紅樓夢》研究　中國古典文學研究　第 2 期
　　　　　　　1999 年 12 月　頁 215—223

1122. 王三慶　蘇雪林教授與《紅樓夢》研究　海峽兩岸蘇雪林教授學術研討會
　　　　　　　論文集（上）　高雄　亞太綜合研究院　2000 年 10 月　頁 411
　　　　　　　—422

1123. 閻純德　蘇雪林——從《棘心》到屈賦研究（上、下）　人物　1999 年第
　　　　　　　12 期，2000 年第 1 期　1999 年 12 月，2000 年 1 月　頁 71—
　　　　　　　80、頁 108—115

1124. 閻純德　蘇雪林——從《棘心》到屈賦研究　二十世紀中國女作家研究
　　　　　　　北京　北京語言文化大學出版社　2000 年 1 月　頁 40—72

1125. 閻純德　蘇雪林——從《棘心》到屈賦研究　海峽兩岸蘇雪林教授學術研
　　　　　　　討會論文集（上）　高雄　亞太綜合研究院　2000 年 10 月　頁
　　　　　　　459—478

1126. 尉天驕　論蘇雪林散文中的民族文化情感　河海大學學報　第 2 卷第 1 期
　　　　　　　2000 年 3 月　頁 29—34

1127. 尉天驕　蘇雪林散文中的民族文化情感　海峽兩岸蘇雪林教授學術研討會
　　　　　　　論文集（上）　高雄　亞太綜合研究院　2000 年 10 月　頁 157
　　　　　　　—172

1128. 王慶元　蘇雪林與武漢大學及其屈賦研究述略　武漢大學學報　2000 年第
　　　　　　　2 期　2000 年 3 月　頁 243—250

1129. 王慶元　蘇雪林與武漢大學及其屈賦研究述略　海峽兩岸蘇雪林教授學術

研討會論文集（下）　高雄　亞太綜合研究院　2000 年 10 月
頁 857—879

1130. 吳姍姍　論蘇雪林之尚武思想[14]　第六屆南區五校中國文學系研究生學術
論文研討會　臺南　成功大學中國文學研究所　2000 年 4 月 29
—30 日

1131. 吳姍姍　論蘇雪林之尚武思想　文與哲　第 13 期　2008 年 12 月　頁 271
—298

1132. 疏　恆　禮讚生命——蘇雪林散文的精神內核　安慶師院社會科學學報
第 19 卷第 2 期　2000 年 4 月　頁 44—46

1133. 劉　平　背反中的抗爭和順從——蘇雪林早期散文的女性主義閱讀　許昌
師專學報　2000 年第 3 期　2000 年 5 月　頁 78—81

1134. 劉　平　背反中的抗爭和順從——蘇雪林早期散文的女性主義閱讀　海峽
兩岸蘇雪林教授學術研討會論文集（下）　高雄　亞太綜合研究
院　2000 年 10 月　頁 547—559

1135. 王海燕　雋語・雅趣・真意——論蘇雪林散文審美的三個層面　安慶師範
學院學報　第 19 卷第 3 期　2000 年 6 月　頁 13—18

1136. 王海燕　雋語・雅趣・真意——論蘇雪林散文審美的三個層面　海峽兩岸
蘇雪林教授學術研討會論文集（上）　高雄　亞太綜合研究院
2000 年 10 月　頁 379—394

1137. 毛　慶　試論屈賦之域外文化背景——從蘇雪林先生的楚辭研究說起　荊
州師範學院學報　2000 年第 4 期　2000 年 8 月　頁 51—54

1138. 鄭　玲　試論蘇雪林小說中的天主教意識　中國文化月刊　第 245 期
2000 年 8 月　頁 110—119

1139. 董太和，張遇　蘇雪林的宗教信仰與文學之路　海峽兩岸蘇雪林教授學術
研討會論文集（上）　高雄　亞太綜合研究院　2000 年 10 月

---

[14] 本文提出蘇雪林的尚武思想，以凸顯其個人特質以及與同時期女作家之異別。全文共 6 小節：1.
前言；2.非浪漫亦非閨秀；3.尚武思想形成之因；4.尚武思想之內容；5.尚武思想所表現出的個人
特質；6.結語。

頁 25—42

1140. 杜英賢　蘇雪林先生之宗教信仰評述　海峽兩岸蘇雪林教授學術研討會論
　　　文集（上）　高雄　亞太綜合研究院　2000 年 10 日　頁 43—74

1141. 梁明雄　蘇雪林與胡適之──蘇雪老心目中的胡適之　海峽兩岸蘇雪林教
　　　授學術研討會論文集（上）　高雄　亞太綜合研究院　2000 年
　　　10 月　頁 101—128

1142. 史墨卿　蘇雪林教授學術研究窺略　海峽兩岸蘇雪林教授學術研討會論文
　　　集（上）　高雄　亞太綜合研究院　2000 年 10 月　頁 189—200

1143. 史墨卿　蘇雪林教授學術研究窺略　古今藝文　第 27 卷第 3 期　2001 年
　　　5 月　頁 60—62

1144. 徐傳禮　讀解蘇雪林重要文學史──從蘇雪林說起，從世界性思潮流派的
　　　視角鳥瞰 20 世紀中國文學史和大文化史　海峽兩岸蘇雪林教授
　　　學術研討會論文集（上）　高雄　亞太綜合研究院　2000 年 10
　　　月　頁 221—244

1145. 吳家榮　蘇雪林文藝思想管窺[15]　海峽兩岸蘇雪林教授學術研討會論文集
　　　（上）　高雄　亞太綜合研究院　2000 年 10 月　頁 319—337

1146. 吳家榮　論蘇雪林的文藝思想　安徽教育學院學報　第 19 卷第 4 期
　　　2001 年 7 月　頁 56—97

1147. 古繼堂，胡時珍　豐沛、閒適、淡雅──評蘇雪林的散文　海峽兩岸蘇雪
　　　林教授學術研討會論文集（上）　高雄　亞太綜合研究院　2000
　　　年 10 月　頁 339—363

1148. 丁增武　美的收穫──蘇雪林早期散文創作和美文運動　海峽兩岸蘇雪林
　　　教授學術研討會論文集（上）　高雄　亞太綜合研究院　2000 年
　　　10 月　頁 365—378

1149. 丁增武　美的收穫──蘇雪林早期散文創作和美文運動　世界華文文學論
　　　壇　2001 年第 2 期　2001 年 6 月　頁 66—70

---

[15]本文後改篇名為〈論蘇雪林的文藝思想〉。

1150. 馬君驊　亦斬騰蛟亦吐風，黃鐘大呂作雷鳴——讀蘇雪林教授詩詞　海峽
　　　　兩岸蘇雪林教授學術研討會論文集（下）　高雄　亞太綜合研究
　　　　院　2000 年 10 月　頁 615—643

1151. 曾人口　蘇雪林先生治學之特色及其詩詞選析　海峽兩岸蘇雪林教授學術
　　　　研討會論文集（下）　高雄　亞太綜合研究院　2000 年 10 月
　　　　頁 645—686

1152. 楊文雄　蘇雪林教授的「三李」詩研究　海峽兩岸蘇雪林教授學術研討會
　　　　論文集（下）　高雄　亞太綜合研究院　2000 年 10 月　頁 761
　　　　—776

1153. 黃中模　楚辭學史上的不朽豐碑——簡評臺灣蘇雪林教授的屈原研究　海
　　　　峽兩岸蘇雪林教授學術研討會論文集（下）　高雄　亞太綜合研
　　　　究院　2000 年 10 月　頁 811—826

1154. 黃中模　楚辭學史上的不朽豐碑——簡評蘇雪林教授的屈原研究　古今藝
　　　　文　第 27 卷第 3 期　2001 年 5 月　頁 63—69

1155. 鍾宗憲　《楚辭・九歌》所反映的一些民俗現象——以蘇雪林教授的若干
　　　　看法為討論核心　海峽兩岸蘇雪林教授學術研討會論文集（下）
　　　　高雄　亞太綜合研究院　2000 年 10 月　頁 835—856

1156. 樂蘅軍　古神話中「神樹」衍義試釋——以蘇雪林教授「天問」神話主題
　　　　「生命樹」為起點的一些相關考察　海峽兩岸蘇雪林教授學術研
　　　　討會論文集（下）　高雄　亞太綜合研究院　2000 年 10 月　頁
　　　　943—964

1157. 蕭　兵　先秦時期中西文化交流點滴——兼論蘇雪林與泛巴比倫主義　海
　　　　峽兩岸蘇雪林教授學術研討會論文集（下）　高雄　亞太綜合研
　　　　究院　2000 年 10 月　頁 965—1004

1158. 張昌華　閱讀蘇雪林——《蘇雪林散文》編後瑣話　蘇雪林散文　杭州
　　　　浙江文藝出版社　2001 年 6 月　頁 348—352

1159. 張昌華　閱讀蘇雪林——《蘇雪林散文》編後瑣話　蘇雪林散文　杭州

浙江文藝出版社　2007 年 10 月　頁 348—352

1160. 丁增武　美的收獲——蘇雪林早期散文創作和美文運動　世界華文文學論壇　2001 年第 2 期　2001 年 6 月　頁 66—70

1161. 劉乃慈　蘇雪林　第二現代性——「五四」女性小說研究　臺北　臺灣學生書局　2001 年 9 月　頁 268—271

1162. 徐　岱　民國往事：論五四女性小說四家〔蘇雪林部分〕　杭州師範學院學報　2001 年第 5 期　2001 年 9 月　頁 1—8

1163. 鄧　海　新文學研究的先行者——蘇雪林——蘇雪林研究之一　黔南民族師範學院學報　2001 年第 5 期　2001 年 10 月　頁 14—17

1164. 鄭　海　新文學研究的先行者——蘇雪林　黔南民族師範學院學報　2001 年第 5 期　2001 年 10 月　頁 14—17

1165. 方維保　論蘇雪林小說的儒家文化意蘊　華文文學　2001 年第 4 期　2001 年 12 月　頁 5—10

1166. 陳芳明　現代主義文學的擴張與深化：「藍星」與「創世紀」詩社〔蘇雪林部分〕　聯合文學　第 207 期　2002 年 1 月　頁 145—146

1167. 廖冰凌　悲壯審美與內在人格的整合——試論蘇雪林前期作品中的男性角色　第一屆中國現代文學亞洲學者國際學術會議——越界與跨國：中國現代文學研究的區域視角與多元探索　新加坡　新加坡國立大學中文系，日本東京大學文學部中文科主辦　2002 年 4 月 20—21 日

1168. 廖冰凌　悲壯審美與內在人格的整合——試論蘇雪林前期作品中的男性角色（上、下）　國文天地　第 212—213 期　2003 年 1—2 月　頁 64—69，79—84

1169. 張珩芸　蘇雪林　春華秋葉——中國五四女作家　北京　人民出版社　2002 年 5 月　頁 171—192

1170. 朱嘉雯　文壇戰將——蘇雪林（1899—1999）　亂離中的自由——五四自由傳統與臺灣女性渡海書寫　中央大學中國文學系　博士論文

康來新，李瑞騰教授指導　2002 年 7 月　頁 37—66

1171. 舒曉峰　淺談蘇雪林先生的學術成就　安徽農業大學學報　第 11 卷第 6 期　2002 年 11 月　頁 97—99

1172. 周哲波　試論蘇雪林作品「三美」境界　滁州職業技術學院學報　第 1 卷第 3 期　2002 年 12 月　頁 40—45

1173. 蘇　瓊　悖離‧逃離‧回歸──蘇雪林 20 年代作品論　南京大學學報第 40 卷第 1 期　2003 年 2 月　頁 146—153

1174. 張　徵　淺議蘇雪林的古典文學研究　安徽紡織職業技術學院學報　第 2 卷第 1 期　2003 年 3 月　頁 51—53，57

1175. 王宗法　蘇雪林　20 世紀中國文學通史　上海　東方出版中心　2003 年 9 月　頁 581—584

1176. 郭　楓　臺灣七〇年代新詩潮初探──新詩論戰的烽火及其影響──蘇雪林與覃子豪　美麗島文學評論續集　臺北　臺北縣文化局　2003 年 12 月　頁 192—194

1177. 周艷華　以浩然之氣‧鑄精美華章──蘇雪林的散文　寫作　2003 年第 23 期　2003 年 12 月　頁 3—5

1178. 楊健民　胡風、許杰、蘇雪林和穆木天的作家論　福建論壇　2003 年第 6 期　2003 年 12 月　頁 35—44

1179. 盧松芳　蘇雪林──女性意識的覺醒與堅守　江漢大學學報　第 23 卷第 2 期　2004 年 4 月　頁 50—53

1180. 喬　琛　在理性與情感之間──談蘇雪林三〇年代作家評論　淮北煤炭師範學院學報　第 25 卷第 2 期　2004 年 4 月　頁 7—12

1181. 邱瑰華　文壇名探，發幽揭迷──談蘇雪林的古典文學研究　淮北煤炭師範學院學報　第 25 卷第 2 期　2004 年 4 月　頁 13—15

1182. 張昌華　編後記　浮生十記　南京　江蘇文藝出版社　2005 年 1 月　頁 312—313

1183. 吳佳燕　殘缺：對蘇雪林反魯的一種深層心理探索　華中師範大學研究生

學報　2005 年第 3 期　2005 年 9 月　頁 21—25

1184. 李志孝　走向學術化的文學批評——蘇雪林文學批評論　天水師範學院學報　2005 年第 6 期　2005 年 12 月　頁 66—70

1185. 張瑞芬　棘地荊天霜雪行——論蘇雪林散文　五十年來臺灣女性散文——評論篇　臺北　麥田出版公司　2006 年 2 月　頁 16—20

1186. 鄧賢瑛　神話與文學的交融：文學中的神話研究——古典文學研究中神話的關注：《楚辭》研究——蘇雪林的人神戀愛說　現代中國神話學研究（1918—1937）　政治大學中國文學系　碩士論文　高莉芬教授指導　2006 年 6 月　頁 131—137

1187. 蕭　蕭　五〇年代新詩論戰述評〔蘇雪林部分〕　20 世紀臺灣文學專題 1——文學思潮與論戰　臺北　萬卷樓圖書公司　2006 年 9 月　頁 184—187

1188. 吳姍姍　蘇雪林詩學思想之舊與新　中國文學系紀念蘇雪林教授暨創立五十週年學術研討會　臺南　成功大學中國文學系主辦　2006 年 11 月 12 日

1189. 吳榮富　從文人畫原型論蘇雪林畫趣　中國文學系紀念蘇雪林教授暨創立五十週年學術研討會　臺南　成功大學中國文學系主辦　2006 年 11 月 12 日

1190. 沈　暉　蘇雪林：中國現代文學史上的一座里程碑——從編輯《蘇雪林全集》中觀察　中國文學系紀念蘇雪林教授暨創立五十週年學術研討會　臺南　成功大學中國文學系主辦　2006 年 11 月 12 日

1191. 林朝成，楊美英　唯美的風景、形式的交融——蘇雪林劇本中的形式結構舞臺景觀與女性形象　中國文學系紀念蘇雪林教授暨創立五十週年學術研討會　臺南　成功大學中國文學系主辦　2006 年 11 月 12 日

1192. 黃中模，敖依昌　蘇雪林楚辭研究的創新意義及其先導性　中國文學系紀念蘇雪林教授暨創立五十週年學術研討會　臺南　成功大學中國

文學系主辦　2006 年 11 月 12 日

1193. 黃中模，敖依昌　蘇雪林楚辭研究的創新意義及其先導性　古今藝文　第
33 卷第 3 期　2007 年 5 月　頁 27—36

1194. 蔡玫姿　域外文化的想像與詮釋——淺論蘇雪林學術研究方法　中國文學
系紀念蘇雪林教授暨創立五十週年學術研討會　臺南　成功大學
中國文學系主辦　2006 年 11 月 12 日

1195. 蔡玫姿　域外文化的想像與詮釋——蘇雪林學術研究方法探源　成大中文
學報　第 18 期　2007 年 10 月　頁 143—175

1196. 楊文雄　五四才女蘇雪林一生的文學與學術之路　20 世紀後半葉人文社會
學術研討會　臺北　東吳大學人文社會學院主辦　2006 年 12 月
15—16 日

1197. 朱旭晨　中國早期女作家自傳寫作及其文類意識的自覺〔蘇雪林部分〕
廣播電視大學學報　2007 年第 1 期　2007 年 2 月　頁 13—14

1198. 吳榮富　從文人畫原型論蘇雪林畫趣　成大中文學報　第 16 期　2007 年
4 月　頁 131—170

1199. 方維保　國家情懷：現代知識分子的成年鏡像——論蘇雪林的戰時創作
淮北煤炭師範學院學報　第 28 卷第 2 期　2007 年 4 月　頁 6—
10

1200. 何云霞　「只容心裡貯穠衣」，「方寸靈臺貯至文」——從蘇雪林看現代
知識女性的人生困境和自我超越　蘭州交通大學學報　第 26 卷
第 2 期　2007 年 4 月　頁 12—16

1201. 畢　艷　覺醒‧迷惘與抗爭——中國早期現代女作家自我書寫的三重奏
〔蘇雪林部分〕　中國現代文學　2007 年第 2 期　2007 年 4 月
頁 78—81

1202. 方維保　論蘇雪林學術研究的品格　華文文學　2007 年第 3 期　2007 年 6
月　頁 47—52

1203. 鄒　婕　新詩批評中的另一處風景——論蘇雪林的新詩批評　現代語文

2007 年第 9 期　2007 年 9 月　頁 54—55

1204. 方維保　論蘇雪林的文學批評及其對新文學學科創立的貢獻　長江學術
2007 年第 4 期　2007 年 10 月　頁 10—17

1205. 趙普光　歷史中的個體及其闡釋的可能性——讀《蘇雪林：荊棘花冠》
淮北煤炭師範學院學報　第 28 卷第 6 期　2007 年 12 月　頁 9—
11

1206. 羅　丹　淺論蘇雪林文學批評的價值尺度　長沙鐵道學院學報　第 8 卷第
4 期　2007 年 12 月　頁 104—105，111

1207. 羅久蓉　近代中國女性自傳書寫中的愛情、婚姻與政治——蘇雪林：走出
小說童話寓言世界　近代中國婦女史研究　第 15 期　2007 年 12
月　頁 105—117

1208. 王玉鵬　三重文化視野下的蘇雪林　世界宗教文化　2008 年第 1 期　2008
年 3 月　頁 14—17

1209. 丁增武　「冰雪聰明」的文學史意義——從蘇雪林與冰心的早期散文比較
看「美文運動」中的女性寫作　黃山學院學報　第 10 卷第 2 期
2008 年 4 月　頁 83—86

1210. 丁增武　蘇雪林早期散文對美文運動的貢獻　合肥學院學報　第 28 卷第 3
期　2008 年 5 月　頁 55—58

1211. 王翠豔　五四女作家蘇雪林筆名考辨　北京師範大學學報　2008 年第 3 期
2008 年 5 月　頁 141—143

1212. 張　潔　彩墨揮灑，用色如神——淺論蘇雪林早期散文的色彩美　內蒙古
電大學刊　2008 年第 5 期　2008 年 5 月　頁 47—49

1213. 張瑞芬　建構女性散文在當今臺灣文學史的地位〔蘇雪林部分〕　臺灣文
學史書寫國際學術研討會論文集・第二集　高雄　春暉出版社
2008 年 6 月　頁 571—572

1214. 方維保　出遊與回歸：現代知識分子的成長寓言——論蘇雪林的早期創作
淮北煤炭師範學院學報　第 29 卷第 4 期　2008 年 8 月　頁 24—

28

1215. 方維保　出遊與回歸：現代知識分子的成長寓言——論蘇雪林早期創作
中國文學研究　2008 年第 4 期　2008 年 10 月　頁 52—55

1216. 朱雙一　臺灣文學中的中國南方各區域文化色彩——蘇雪林與徽州文化
臺灣文學與中華地域文化　廈門　鷺江出版社　2008 年 9 月　頁
254—266

1217. 王勤濱　心有靈犀一點通——胡適、沈從文和蘇雪林對周作人的接受　理
論界　2008 年第 12 期　2008 年 12 月　頁 138—140

1218. 王　娜　蘇雪林一九三四年日記研究　長江學術　2009 年第 1 期　2009
年 1 月　頁 148—158

1219. 朱嘉雯　文壇的唐吉訶德——蘇雪林　追尋，漂泊的靈魂——女作家的離
散文學　臺北　秀威資訊科技公司　2009 年 2 月　頁 1—21

1220. 方　忠　蘇雪林與「五四」文章　「紀念五四運動九十週年暨蘇雪林教
授」國際學術研討會　臺南　成功大學文學院主辦　2009 年 5 月
9 日

1221. 王偉勇　論蘇雪林教授之詞學觀　「紀念五四運動九十週年暨蘇雪林教
授」國際學術研討會　臺南　成功大學文學院主辦　2009 年 5 月
9 日

1222. 吳姍姍　自然・宗教・生命——蘇雪林的記遊文[16]　「紀念五四運動九十
週年暨蘇雪林教授」國際學術研討會　臺南　成功大學文學院主
辦　2009 年 5 月 9 日

1223. 寇致銘　蘇雪林「論魯迅」之謎[17]　「紀念五四運動九十週年暨蘇雪林教
授」國際學術研討會　臺南　成功大學文學院主辦　2009 年 5 月
9 日

---

[16]本文藉蘇雪林記遊文中所展現的大自然風景，以了解蘇雪林的心靈與時代裂痕。全文共 5 小節：
1.前言；2.蘇雪林記遊文的主題；3.文字經營與自然元素的運用；4.蘇雪林記遊文之思想風格與價
值；5.結論。
[17]本文探討蘇雪林為何由讚賞魯迅，轉而攻擊魯迅的原因與過程。

1224. 寇致銘　　The Enigma of Su Xuelin and Lu Xun（蘇雪林「論魯迅」之謎）
　　　　　　　文與哲　第 16 期　2010 年 6 月　頁 493—527

1225. 劉維瑛，陳曉怡　　冠冕與枷鎖——論蘇雪林與陳秀喜兩人情誼[18]　「紀念
　　　　　　　五四運動九十週年暨蘇雪林教授」國際學術研討會　臺南　成功
　　　　　　　大學文學院主辦　2009 年 5 月 9 日

1226. 蕭瓊瑞　　有關蘇雪林的水墨創作——日記中所見的畫家蘇雪林[19]　「紀念
　　　　　　　五四運動九十週年暨蘇雪林教授」國際學術研討會　臺南　成功
　　　　　　　大學文學院主辦　2009 年 5 月 9 日

1227. 蕭瓊瑞　　有關蘇雪林的水墨創作　綠漪風韻——蘇雪林及文友書畫集　臺
　　　　　　　南　財團法人蘇雪林教授學術文化基金會　2010 年 9 月　頁 6—
　　　　　　　9

1228. 趙慧芳　　眷戀與棄絕之間——試論民國皖籍女作家的性別認知與創作〔蘇
　　　　　　　雪林部分〕　淮北煤炭師範學院學報　第 30 卷第 3 期　2009 年
　　　　　　　6 月　頁 1—5

1229. 丁增武　　蘇雪林早期散文的「西化」色彩　安慶師範學院學報　第 28 卷
　　　　　　　第 8 期　2009 年 8 月　頁 94—124

1230. 善秉仁　　公教作家蘇雪林　側寫蘇雪林　臺南　財團法人蘇雪林教授學術
　　　　　　　文化基金會　2009 年 9 月　頁 168—177

1231. 朱菊香，方维保　　自傳式思維的文學表現——論 20 世纪安徽女作家的創
　　　　　　　作〔蘇雪林部分〕　安徽師範大學學報　第 37 卷第 6 期　2009
　　　　　　　年 11 月　頁 729—731

1232. 毛錦花　　哀豔的筆調・唯美的愛情——試論唯美主義對蘇雪林早期創作的
　　　　　　　影響　安徽文學　2009 年第 12 期　2009 年 12 月　頁 372—373

1233. 喬　琛　　開拓者的文學自覺——綜論朱自清、沈從文、蘇雪林新文學講稿
　　　　　　　的價值　淮北煤炭師範學院學報　第 30 卷第 6 期　2009 年 12 月

---

[18] 本文藉蘇雪林日記及其與陳秀喜書信來往，以探討兩人之間的情誼。全文共 4 小節：1.前言；2.
　　兩人的初識與熟稔；3.冠冕與枷鎖：從自傳體作品探兩人的生命困境；4.結論。
[19] 本文藉蘇雪林日記，以了解其水墨創作的歷程、困境以及想法。

頁 99—103

1234. 何云霞，錢素芳　　與繪畫藝術的交錯——蘇雪林散文審美一觀　蘭州交通
　　　大學學報　第 29 卷第 2 期　2010 年 4 月　頁 80—83

1235. 謝　麗　　走向學術化的批評：蘇雪林 1930 年代作家論研究　重慶師範大
　　　學學報　2010 年第 2 期　2010 年 4 月　頁 27—32

1236. 吳姍姍　　蘇雪林之舊詩創作與新詩評論[20]　東華人文學報　第 17 期　2010
　　　年 7 月　頁 89—126

1237. 陳昌明　　東寧傳奇　擲缽庵消夏記——蘇雪林散文選集　臺北　印刻文學
　　　生活雜誌出版公司　2010 年 10 月　頁 14—17

1238. 方長安，余薔薇　　蘇雪林前期創作在中國大陸的接受　2010 年海峽兩岸蘇
　　　雪林學術研討會　武漢　武漢大學文學院，成功大學文學院合辦
　　　2010 年 11 月 21—23 日

1239. 方維保　　救渡的契機：蘇雪林皈依天主教的心靈軌跡　2010 年海峽兩岸蘇
　　　雪林學術研討會　武漢　武漢大學文學院，成功大學文學院合辦
　　　2010 年 11 月 21—23 日

1240. 何雲霞　　生態美學視野下的蘇雪林研究　2010 年海峽兩岸蘇雪林學術研討
　　　會　武漢　武漢大學文學院，成功大學文學院合辦　2010 年 11
　　　月 21—23 日

1241. 吳光正　　蘇雪林與文學史的百年書寫　2010 年海峽兩岸蘇雪林學術研討會
　　　武漢　武漢大學文學院，成功大學文學院合辦　2010 年 11 月 21
　　　—23 日

1242. 吳家榮　　論蘇雪林的文藝思想　2010 年海峽兩岸蘇雪林學術研討會　武漢
　　　武漢大學文學院，成功大學文學院合辦　2010 年 11 月 21—23 日

1243. 呂若涵　　蘇雪林的散文及文藝隨筆　2010 年海峽兩岸蘇雪林學術研討會
　　　武漢　武漢大學文學院，成功大學文學院合辦　2010 年 11 月 21

---

[20]本文透過蘇雪林之古典詩創作及新詩評論，探討其對新舊詩的接納與排斥。全文共 6 小節：1.前
言；2.情滿山林的舊詩創作；3.古典中國的新詩評論；4.蘇雪林詩歌批評之舊與新；5.蘇雪林之
「半調子批評」；6.結論。

——23 日

1244. 宋劍華　質疑女性解放──談蘇雪林五四小說的價值取向　2010 年海峽兩岸蘇雪林學術研討會　武漢　武漢大學文學院，成功大學文學院合辦　2010 年 11 月 21——23 日

1245. 張　園　蘇雪林小說中的母親神話　2010 年海峽兩岸蘇雪林學術研討會　武漢　武漢大學文學院，成功大學文學院合辦　2010 年 11 月 21——23 日

1246. 張　霞　從場域角度看蘇雪林 1930 年代的反魯　2010 年海峽兩岸蘇雪林學術研討會　武漢　武漢大學文學院，成功大學文學院合辦　2010 年 11 月 21——23 日

1247. 陳昌明　蘇雪林文物、作品整理、研究計畫　2010 年海峽兩岸蘇雪林學術研討會　武漢　武漢大學文學院，成功大學文學院合辦　2010 年 11 月 21——23 日

1248. 陳益源　蘇雪林與五四運動　2010 年海峽兩岸蘇雪林學術研討會　武漢　武漢大學文學院，成功大學文學院合辦　2010 年 11 月 21——23 日

1249. 陳國恩　蘇雪林早期的魯迅研究　2010 年海峽兩岸蘇雪林學術研討會　武漢　武漢大學文學院，成功大學文學院合辦　2010 年 11 月 21——23 日

1250. 陽檳燦　兩種背道而馳的極端自虐與兩種背道而馳的外向性攻擊──蘇雪林與魯迅比較論　2010 年海峽兩岸蘇雪林學術研討會　武漢　武漢大學文學院，成功大學文學院合辦　2010 年 11 月 21——23 日

1251. 趙黎明　「域外文化」與「中國家法」──蘇雪林新詩批評的張力特徵　2010 年海峽兩岸蘇雪林學術研討會　武漢　武漢大學文學院，成功大學文學院合辦　2010 年 11 月 21——23 日

1252. 蘇　瓊　家庭陰影下：論蘇雪林與魯迅之關係　2010 年海峽兩岸蘇雪林學術研討會　武漢　武漢大學文學院，成功大學文學院合辦　2010 年 11 月 21——23 日

1253. 王本朝　　　傳統的潛伏：蘇雪林的文筆論與道德觀　2010 年海峽兩岸蘇雪林
　　　　　　　　學術研討會　武漢　武漢大學文學院，成功大學文學院合辦
　　　　　　　　2010 年 11 月 21—23 日

1254. 王本朝　　　傳統的潛伏：蘇雪林的文筆論和道德觀　湘潭大學學報　第 35
　　　　　　　　卷第 1 期　2011 年 1 月　頁 94—97，頁 106

1255. 張思齊　　　蘇雪林《楚辭》研究的比較意識　2010 年海峽兩岸蘇雪林學術研
　　　　　　　　討會　武漢　武漢大學文學院，成功大學文學院合辦　2010 年
　　　　　　　　11 月 21—23 日

1256. 張思齊　　　蘇雪林《楚辭》研究的比較意識　西華大學學報　第 30 卷第 5
　　　　　　　　期　2011 年 10 月　頁 31—38

1257. 周海波　　　蘇雪林文學批評的史識與文心　2010 年海峽兩岸蘇雪林學術研討
　　　　　　　　會　武漢　武漢大學文學院，成功大學文學院合辦　2010 年 11
　　　　　　　　月 21—23 日

1258. 周海波　　　蘇雪林文學批評的史識與文心　長江學術　2011 年第 2 期　2011
　　　　　　　　年 4 月　頁 1—6

1259. 楊文軍　　　作為「鏡子」的蘇雪林女士[21]　2010 年海峽兩岸蘇雪林學術研討
　　　　　　　　會　武漢　武漢大學文學院，成功大學文學院合辦　2010 年 11
　　　　　　　　月 21—23 日

1260. 楊文軍　　　蘇雪林：兩岸知識分子思維結構的一面鏡子　長江學術　2012 年
　　　　　　　　第 1 期　2012 年 1 月　頁 7—11

1261. 劉涵華　　　世紀風雲中的心路歷程——蘇雪林散文簡論　楚雄師範學院學報
　　　　　　　　第 25 卷第 5 期　2010 年 5 月　頁 1—4，21

1262. 宋蓓蓓，尉鵬　　新詩批評園地中的奇葩——論蘇雪林的新詩批評　長春工
　　　　　　　　程學院學報　第 11 卷第 2 期　2010 年 6 月　頁 78—80

1263. 呂若涵　　　論蘇雪林的散文批評　海南師範大學學報　第 24 卷第 1 期
　　　　　　　　2011 年 1 月　頁 54—58

---

[21] 本文後改篇名為〈蘇雪林：兩岸知識分子思維結構的一面鏡子〉。

1264. 孫詒芳　　尷尬與風華──論處於五四「歷史中間地帶」的蘇雪林　「蘇雪林學位論文寫作營」之學術研討會議程表　臺南　財團法人蘇雪林教授學術文化基金會主辦　2011 年 3 月 4 日

1265. 梁燕萍　　論蘇雪林的散文觀及其散文創作　「蘇雪林學位論文寫作營」之學術研討會議程表　臺南　財團法人蘇雪林教授學術文化基金會主辦　2011 年 3 月 4 日

1266. 湯曉琳　　蘇雪林論──基於性別理論的考察　「蘇雪林學位論文寫作營」之學術研討會議程表　臺南　財團法人蘇雪林教授學術文化基金會主辦　2011 年 3 月 4 日

1267. 李彩素　　論蘇雪林女性意識的覺醒及其根源　「蘇雪林學位論文寫作營」之學術研討會議程表　臺南　財團法人蘇雪林教授學術文化基金會主辦　2011 年 3 月 4 日

1268. 王菡文　　論蘇雪林文學創作的「作者意識形態」　「蘇雪林學位論文寫作營」之學術研討會議程表　臺南　財團法人蘇雪林教授學術文化基金會主辦　2011 年 3 月 4 日

1269. 陳昌明　　跨時代的學者：黃得時、蘇雪林、孟瑤　百年人文傳承大展期中成果發表會　臺中　行政院國家科技委員會主辦　2011 年 4 月 17 日

1270. 陳昌明　　特寫──跨時代的學者：黃得時、蘇雪林、孟瑤　人文百年・化成天下──中華民國百年人文傳承大展（文集）　新竹　清華大學　2011 年 11 月　頁 69—70

1271. 穆林娟　　化外之民──蘇雪林[22]　現代作家視野中的徽州文化轉型──以吳組緗、張恨水、蘇雪林為中心　蘇州大學中國現當代文學研究所　碩士論文　湯哲聲教授指導　2011 年 5 月　頁 56—79

1272. 黃　韜　　蘇雪林散文中童話色彩的構建──蘇雪林散文寫作技巧　寫作

---

[22]本文在中西對照的國際化視野內，研究蘇雪林以故鄉的歷史文化淵源所發展出的學術精神。全文共 3 小節：1.三重文化的能力；2.學術研究中的徽駱駝；3.中西文化的碰撞融合。

2011 年第 9 期　2011 年 5 月　頁 16—18

1273. 丁增武　民族主義與自由主義視閾中的文化領導權問題——對蘇雪林與胡
適關於文化動態問題通信的考察　安慶師範學院學報　第 30 卷
第 8 期　2011 年 8 月　頁 74—78

1274. 符立中　五四女子——蘇雪林　誰領風騷一百年——女作家　臺北　天下
遠見出版公司　2011 年 9 月　頁 18—23

1275. 吳姍姍　流離蜀道憶當時——蘇雪林之懷舊文析論　成大文學家國際學術
研討會　臺南　成功大學文學院主辦　2011 年 11 月 18—19 日

1276. 吳姍姍　流離蜀道憶當時——蘇雪林之懷舊文析論　筆的力量——成大文
學家論文集（上）　臺北　里仁書局　2013 年 2 月　頁 27—68

1277. 韓　晗　共鑑「五四」：西學東漸、文學革命與政治現代性——以蘇雪
林、胡適與周作人的「五四」觀為支點的學術考察　成大文學家
國際學術研討會　臺南　成功大學文學院主辦　2011 年 11 月 18
—19 日

1278. 韓　晗　共鑑「五四」：西學東漸、指向啟蒙與政治現代性——以蘇雪
林、胡適與周作人的「五四」觀為支點的學術考察　江南大學學
報　第 11 卷第 4 期　2012 年 7 月　頁 116—121

1279. 韓　晗　共鑒「五四」：西學東漸、指向啟蒙與政治現代性——以蘇雪
林、胡適與周作人的「五四」觀為支點的學術考察　筆的力量—
—成大文學家論文集（上）　臺北　里仁書局　2013 年 2 月　頁
11—26

1280. 方　忠　臺靜農、蘇雪林散文合論　徐州工程學院學報　第 26 卷第 6 期
2011 年 11 月　頁 18—23

1281. 余薔薇　穿越時空的光芒——蘇雪林 1920 年代文學創作在中國大陸的接
受　安徽大學學報　2010 年第 6 期　2011 年 11 月　頁 87—92

1282. 郭曉霞　論五四女作家筆下的上帝形象——以蘇雪林、冰心為例　許昌學
院學報　第 30 卷第 6 期　2011 年 11 月　頁 68—71

1283. 邢紅靜　強迫性重復、自居作用與盲目的自我——蘇雪林反對魯迅的精神
　　　　　　　分析闡釋　大家　2011 年第 23 期　2011 年 12 月　頁 10

1284. 劉　峰　女性域外傳統書寫中的歐美世界——操習舊體的新女性與文化考
　　　　　　　察——蘇雪林：「詩興飆發」於「郭城」的才女　清末民初女性
　　　　　　　西遊與文學　蘇州大學中國古代文學研究所　博士論文　馬衛中
　　　　　　　教授指導　2012 年 3 月　頁 130—138

1285. 楊文軍　蘇雪林：兩岸知識分子思維結構的一面鏡子　長江學術　2012
　　　　　　　年第 1 期　2012 年 3 月　頁 7—11

1286. 邢紅靜　焦慮對抗與合理化——蘇雪林反對魯迅的社會文化分析　名作欣
　　　　　　　賞　2012 年第 14 期　2012 年 5 月　頁 17—18

1287. 劉旭東　論蘇雪林 20 世紀 30 年代的文學思想　江西社會學科　2012 年第
　　　　　　　7 期　2012 年 7 月　頁 105—109

1288. 李彩素　蘇雪林文學批評之比較方法的運用　西安石油大學學報　第 21
　　　　　　　卷第 4 期　2012 年 8 月　頁 100—104

1289. 王玉芳　簡論蘇雪林散文的風格特色　佳木斯教育學院學報　第 118 期
　　　　　　　2012 年 8 月　頁 61—64

1290. 王玉芳　簡論蘇雪林散文的風格特色　華章　2012 年第 28 期　2012 年
　　　　　　　頁 110

1291. 〔李瑞騰主編〕　〈筆鋒常帶真與善〉——手稿／九歌出版社蔡文甫捐贈
　　　　　　　神與物遊——國立臺灣文學館典藏精選集（三）　臺南　國立臺
　　　　　　　灣文學館　2012 年 12 月　頁 33

1292. 丁增武　蘇雪林與中國新文學學科的創建　淮北師範大學學報　第 34 卷
　　　　　　　第 1 期　2013 年 2 月　頁 109—113

1293. 丁增武　論蘇雪林五四時期的新文學創作　黃山學院學報　第 15 卷第 1
　　　　　　　期　2013 年 2 月　頁 48—53

1294. 方維保，王菡文　論蘇雪林的雙重文化人格　世界華文文學論壇　2013 年
　　　　　　　第 1 期　2013 年 3 月　頁 57—60

1295. 徐　魯　　珞珈散文三女傑──蘇雪林　幾人相憶在江樓──追尋現代文學
　　　　　　　史上的人影書蹤　臺北　秀威資訊科技公司　2013 年 4 月　頁
　　　　　　　46─49

1296. 胥　林　　相同的情懷，不同的藝術境界──讀蘇雪林、劉亮程散文有
　　　　　　　感　考試周刊　2013 年第 42 期　2013 年 5 月　頁 16

1297. 陳　卓　　「冰雪聰明」：蘇雪林與冰心比較論　安慶師範學院學報　第 32
　　　　　　　卷第 3 期　2013 年 6 月　頁 49─53

1298. 楊傑銘　　一面之緣・世紀之爭：蘇雪林反魯論述的成因與臺灣文學場域的
　　　　　　　關係　第十二屆國際青年學者漢學會議：華語語系文學與影像
　　　　　　　臺中　中興大學臺灣文學與跨國文化研究所，美國哈佛大學東亞
　　　　　　　語言及文明系主辦　2013 年 7 月 30─31 日

1299. 劉旭東　　論蘇雪林新文學批評的特點　求索　2013 年第 8 期　2013 年 8
　　　　　　　月　頁 137─139

1300. 許文榮　　文學跨界與會通：蘇雪林、謝冰瑩及鍾梅音的南洋經歷與書寫的
　　　　　　　再思　「臺灣文學研究的界線、視線與戰線」國際研討會　臺南
　　　　　　　成功大學臺灣文學系，成功大學文學院主辦；成功大學閩南文化
　　　　　　　研究中心協辦　2013 年 10 月 18─19 日

1301. 劉旭東，洪念生　　政治依附：晚期蘇雪林的政治性書寫　宜春學院學報
　　　　　　　第 35 卷第 11 期　2013 年 11 月　頁 70─75

1302. 方秀娜　　簡析蘇雪林文藝批評的女性色彩　牡丹江師範學院學報　2013 年
　　　　　　　第 6 期　2013 年 12 月　頁 46─48

1303. 宋　妍　　蘇雪林抗戰歷史小說中的民族主義立場分析　北方文學　2013 年
　　　　　　　第 10 期　2013 年　頁 33

1304. 陳昱蓉　　亂離中的女性先行者──命運與心靈的變奏：蘇雪林域外記遊
　　　　　　　遷臺女作家域外遊記研究（1949─1979）　中央大學中國文學系
　　　　　　　碩士論文　李瑞騰教授指導　2013 年　頁 17─23

1305. 何玲華　　蘇雪林的「抵死向學」及其隱喻　浙江工業大學學報　第 12 卷

第 4 期　2013 年 12 月　頁 361—365

1306. 吳姍姍　論蘇雪林之宗教情懷　第一屆傳教士漢學國際會議：傳教士對認識中國與臺灣的貢獻　臺北　輔仁大學華裔學志漢學研究中心，國家圖書館漢學研究中心，德國華裔志漢學研究院主辦　2014 年 1 月 3—4 日

1307. 駱耀娥　論蘇雪林對中國神話學的學術貢獻與反思　黑龍江史志　2014 年第 1 期　2014 年 1 月　頁 136，138

1308. 陳　衛　第一代學院新詩批評者：沈從文與蘇雪林比較　武漢大學學報　第 67 卷第 1 期　2014 年 1 月　頁 56—61

1309. 張堂錡　「禁區」與「誤區」——臺灣的「三十年代作家論」——〔蘇雪林部分〕　西北師大學報　第 51 卷第 2 期　2014 年 3 月　頁 23—30

1310. 孔劉輝　蘇雪林「反魯」案新探　北京社會科學　2014 年第 4 期　2014 年 4 月　頁 59—68

1311. 方秀娜　論蘇雪林作家批評的矛盾色彩　文藝評論　2014 年第 6 期　2014 年 6 月　頁 152—159

1312. 衣若芬　長愛峰巒紙上青——論蘇雪林不喜「文人畫」　蘇雪林及其同代作家國際學術研討會　臺南　成功大學文學院主辦；財團法人蘇雪林教授學術文化基金會，成功大學邁向頂尖大學計畫推動總中心協辦　2014 年 10 月 31 日—11 月 1 日

1313. Barbara Hoster（巴佩蘭）　在華歐洲傳教士筆下的蘇雪林——（Octave Brière SJ,1907—1978）、文寶峰　（Henri Van Boven CICM,1911—2003）以及明興禮（Jean Monsterleet SJ,1912—2001）為例　蘇雪林及其同代作家國際學術研討會　臺南　成功大學文學院主辦；財團法人蘇雪林教授學術文化基金會，成功大學邁向頂尖大學計畫推動總中心協辦　2014 年 10 月 31 日—11 月 1 日

1314. 鍾正道　青蒼中薄抹的一層紫——論蘇雪林散文中的並置　蘇雪林及其同代作家國際學術研討會　臺南　成功大學文學院主辦；財團法人蘇雪林教授學術文化基金會，成功大學邁向頂尖大學計畫推動總中心協辦　2014 年 10 月 31 日—11 月 1 日

分論
◆單行本作品
論述
《唐詩概論》

1315. 趙逵夫　讀蘇雪林先生的《唐詩概論》　西北成人教育學報　1999 年第 4 期　1999 年 10 月　頁 18—20

1316. 趙逵夫　讀蘇雪林先生的《唐詩概論》　海峽兩岸蘇雪林教授學術研討會論文集（下）　高雄　亞太綜合研究院　2000 年 10 月　頁 705—713

1317. 陳友冰　斷代詩史研究走向現代化的標誌——淺論蘇雪林先生的《唐詩概論》　江淮論壇　2000 年第 2 期　2000 年 4 月　頁 89—93

1318. 陳友冰　斷代詩史研究走向現代化的重要標誌——淺論蘇雪林先生的《唐詩概論》　海峽兩岸蘇雪林教授學術研討會論文集（下）　高雄　亞太綜合研究院　2000 年 10 月　頁 715—730

1319. 吳懷東　在文化與學術轉型之際——蘇雪林先生《唐詩概論》學術方法述評　海峽兩岸蘇雪林教授學術研討會論文集（下）　高雄　亞太綜合研究院　2000 年 10 月　頁 731—742

1320. 葛景春　蘇雪林《唐詩概論》對唐詩研究的貢獻　海峽兩岸蘇雪林教授學術研討會論文集（下）　高雄　亞太綜合研究院　2000 年 10 月　頁 743—760

1321. 王友勝　蘇雪林《唐詩概論》的學術創獲　文史博覽　2005 年第 6 期　2005 年 6 月　頁 25—26

1322. 王福棟　戰爭詩辨析與研究狀況——唐代戰爭詩研究狀況〔《唐詩概論》

部分〕　論唐代戰爭詩　中央民族大學中國古代文學研究所　博
士論文　詹福瑞教授指導　2010 年 6 月　頁 7

1323. 高淑貞　以《唐詩概論》談蘇雪林古典詩學觀念　2010 年海峽兩岸蘇雪林
學術研討會　武漢　武漢大學文學院，成功大學文學院合辦
2010 年 11 月 21—23 日

1324. 程　磊　略論蘇雪林《唐詩概論》的撰述特色與學術創見——以 1930 年
代中國文學史寫作及唐詩研究為中心　蘇雪林及其同代作家國際
學術研討會　臺南　成功大學文學院主辦；財團法人蘇雪林教授
學術文化基金會，成功大學邁向頂尖大學計畫推動總中心協辦
2014 年 10 月 31 日—11 月 1 日

《遼金元文學》

1325. 蔣星煜　《西廂記》現代研究之誤區——剖析蘇雪林之《西廂記》評論
上海師範大學學報　第 27 卷第 1 期　1998 年 3 月　頁 71—77

《玉溪詩謎》

1326. 湯翼海　平質蘇雪林《玉溪詩謎》　暢流　第 34 卷第 3 期　1966 年 9 月
頁 20—22

1327. 湯翼海　平質蘇雪林《玉溪詩謎》　李商隱詩研究論文集　臺北　天工出
版社　1984 年 9 月　頁 1044—1053

1328. 白冠雲　《玉溪詩謎》予我的啟示　臺灣日報　1991 年 4 月 11 日　9 版

1329. 白冠雲　《玉溪詩謎》予我的啟示　慶祝蘇雪林教授九秩晉五華誕學術研
討會論文暨詩文集　臺北　文史哲出版社　1995 年 3 月　頁 394
—397

1330. 王多治　蘇雪林的第一本書——讀《李義山戀愛事跡考》有感　海峽兩岸
蘇雪林教授學術研討會論文集（上）　高雄　亞太綜合研究院
2000 年 10 月　頁 395—409

《崑崙之謎》

1331. 程發軔　《崑崙之謎》讀後感　崑崙之謎　臺北　中央文物供應社　1956

年 5 月　頁 101—105

1332. 羅敦偉　《崑崙之謎》　慶祝蘇雪林教授寫作五十年暨八秩華誕專集　臺南　〔自行出版〕　1978 年　頁 384—387

1333. 羅敦偉　《崑崙之謎》　中國國學　第 14 期　1986 年 9 月　頁 171—173

1334. 羅敦偉　《崑崙之謎》　慶祝蘇雪林教授百齡華誕專集　臺南　成功大學　1995 年 3 月　頁 171—173

1335. 羅敦偉　《崑崙之謎》　側寫蘇雪林　臺南　財團法人蘇雪林教授學術文化基金會　2009 年 9 月　頁 270—273

《讀與寫》

1336. 〔中國語文〕　介紹《讀與寫》　慶祝蘇雪林教授寫作五十年暨八秩華誕專集　臺南　〔自行出版〕　1978 年　頁 314—315

《我論魯迅》

1337. 高　玉　重讀蘇雪林「論魯迅」　2010 年海峽兩岸蘇雪林學術研討會　武漢　武漢大學文學院，成功大學文學院合辦　2010 年 11 月 21—23 日

《中國文學史》

1338. 趙　瑩　蘇雪林著《中國文學史》　臺灣新生報　1971 年 6 月 18 日　10 版

1339. 趙　瑩　蘇著《中國文學史》　慶祝蘇雪林教授寫作五十年暨八秩華誕專集　臺南　〔自行出版〕　1978 年　頁 318—324

1340. 趙　瑩　蘇著《中國文學史》　側寫蘇雪林　臺南　財團法人蘇雪林教授學術文化基金會　2009 年 9 月　頁 187—192

1341. 陳致平　蘇雪林著《中國文學史》　華學月報　第 4 期　1972 年 4 月　頁 18—27

1342. 陳致平　《中國文學史》　慶祝蘇雪林教授寫作五十年暨八秩華誕專集　臺南　〔自行出版〕　1978 年　頁 325—344

1343. 許世旭　重新評估蘇雪林教授著《中國文學史》　慶祝蘇雪林教授九秩晉

五華誕學術研討會論文暨詩文集　臺北　文史哲出版社　1995 年 3 月　頁 125—126

1344. 陳立驤　蘇雪林《中國文學史》讀後管見　海峽兩岸蘇雪林教授學術研討會論文集（上）　高雄　亞太綜合研究院　2000 年 10 月　頁 201—219

1345. 曹建國　蘇雪林《中國文學史》簡論　2010 年海峽兩岸蘇雪林學術研討會　武漢　武漢大學文學院，成功大學文學院合辦　2010 年 11 月 21 —23 日

《屈原與〈九歌〉》

1346. 楊家駱　蘇雪林著《屈原與〈九歌〉》　中央日報　1973 年 6 月 22 日　9 版

1347. 楊家駱　蘇雪林著《屈原與〈九歌〉》　書和人　第 240 期　1974 年 7 月　頁 1—2

1348. 楊家駱　蘇著《屈原與〈九歌〉》　慶祝蘇雪林教授寫作五十年暨八秩華誕專集　臺南　〔自行出版〕　1978 年　頁 364—366

1349. 楊家駱　蘇著《屈原與〈九歌〉》　側寫蘇雪林　臺南　財團法人蘇雪林教授學術文化基金會　2009 年 9 月　頁 165—167

1350. 〔笠〕　蘇雪林教授新書《屈原與〈九歌〉》出版消息　笠　第 55 期　1973 年 6 月　頁 90

1351. 〔文壇〕　蘇雪林著《屈原與〈九歌〉》　文壇　第 156 期　1973 年 6 月　頁 117

1352. 〔文壇〕　蘇雪林著《屈原與〈九歌〉》　慶祝蘇雪林教授寫作五十年暨八秩華誕專集　臺南　〔自行出版〕　1978 年　頁 371—372

1353. 蘇紹業　《屈原與〈九歌〉》中的女神——由凌波的湘君至黑臉的媽祖　中央日報　1973 年 8 月 20 日　9 版

1354. 蘇紹業　《屈原與〈九歌〉》中的女神——由凌波的湘夫人至黑臉的媽祖　慶祝蘇雪林教授寫作五十年暨八秩華誕專集　臺南　〔自行出

版〕　1978 年　頁 367—370

1355. 劉明儀　我還在「摸索」之中——讀蘇雪先生新著《屈原與〈九歌〉》有
感　中國語文　第 33 卷第 3 期　1973 年 9 月　頁 31—35

1356. 歐珊珊　蘇著《屈原與〈九歌〉》　書目季刊　第 7 卷第 3 期　1973 年
12 月　頁 59—62

1357. 歐珊珊　蘇著《屈原與〈九歌〉》　慶祝蘇雪林教授寫作五十年暨八秩華
誕專集　臺南　〔自行出版〕　1978 年　頁 375—383

1358. 歐珊珊　蘇著《屈原與〈九歌〉》　側寫蘇雪林　臺南　財團法人蘇雪林
教授學術文化基金會　2009 年 9 月　頁 201—207

1359. 蘇紹業　《屈原與〈九歌〉》中的男神　書和人　第 240 期　1974 年 7 月
頁 2—3

1360. 〔中國語文〕　中國語文文教消息　慶祝蘇雪林教授寫作五十年暨八秩華
誕專集　臺南　〔自行出版〕　1978 年　頁 373—374

1361. 許又方　蘇雪林《屈原與〈九歌〉》述評　中國文學系紀念蘇雪林教授暨
創立五十週年學術研討會　臺南　成功大學中國文學系主辦
2006 年 11 月 12 日

《〈天問〉正簡》

1362. 楊希牧　蘇雪林先生「〈天問〉研究」評介　大陸雜誌特刊　第 2 期
1962 年 5 月　頁 273—288

1363. 楊希牧　蘇雪林先生「〈天問〉研究」評介　慶祝朱家驊先生七十歲論文
集　臺北　大陸雜誌社　1962 年 5 月　頁 413—421

1364. 楊希牧　蘇雪林先生「〈天問〉研究」　〈天問〉正簡　臺北　廣東出版
社　1974 年 11 月　頁 497—513

1365. 楊希牧　蘇雪林先生「〈天問〉研究」　〈天問〉正簡　臺北　文津出版
社　1992 年 5 月　頁 497—513

1366. 楊希牧　蘇雪林先生「〈天問〉研究」　〈天問〉正簡　武漢　武漢大學
出版社　2007 年 11 月　頁 397—411

1367. 楊希牧　蘇雪林先生「〈天問〉研究」評介　側寫蘇雪林　臺南　財團法人蘇雪林教授學術文化基金會　2009 年 9 月　頁 149—164

1368. 楊希牧　說古籍編撰的神秘性　〈天問〉正簡　臺北　廣東出版社　1974年 11 月　頁 514—519

1369. 楊希牧　說古籍編撰的神秘性　〈天問〉正簡　臺北　文津出版社　1992年 5 月　頁 514—519

1370. 楊希牧　說古籍編撰的神秘性　〈天問〉正簡　武漢　武漢大學出版社　2007 年 11 月　頁 412—417

1371. 周　何　蘇雪林先生著《〈天問〉正簡》評介　中央日報　1975 年 4 月 8日　10 版

1372. 周　何　蘇雪林先生《〈天問〉正簡》評介　慶祝蘇雪林教授寫作五十年暨八秩華誕專集　臺南　〔自行出版〕　1978 年　頁 393—395

1373. 周　何　蘇雪林先生著《〈天問〉正簡》　側寫蘇雪林　臺南　財團法人蘇雪林教授學術文化基金會　2009 年 9 月　頁 63—65

1374. 趙雅博　蘇雪林著《〈天問〉正簡》讀後　中華日報　1975 年 6 月 2 日　5 版

1375. 趙雅博　《〈天問〉正簡》讀後　慶祝蘇雪林教授寫作五十年暨八秩華誕專集　臺南　〔自行出版〕　1978 年　頁 396—397

1376. 蘇紹業　讀《〈天問〉正簡》　中華日報　1975 年 6 月 11 日　12 版

1377. 何錡章　〈天問〉研究之新方向　慶祝蘇雪林教授寫作五十年暨八秩華誕專集　臺南　〔自行出版〕　1978 年　頁 398—404

1378. 潘葵邨　《〈天問〉正簡》讀後三十七韻　慶祝蘇雪林教授九秩晉五華誕學術研討會論文暨詩文集　臺北　文史哲出版社　1995 年 3 月　頁 378

《楚騷新詁》

1379. 費海璣　讀蘇雪林著《楚騷新詁》　人與社會　第 7 卷第 1 期　1979 年 4月　頁 52—54

1380. 費海璣　　讀蘇著《楚騷新詁》　中國國學　第 14 期　1986 年 9 月　頁 168—171

1381. 費海璣　　讀蘇著《楚騷新詁》　慶祝蘇雪林教授百齡華誕專集　臺南　成功大學　1995 年 3 月　頁 168—171

1382. 崔富章　　越名教而任自然——讀《楚騷新詁》有感　海峽兩岸蘇雪林教授學術研討會論文集（下）　高雄　亞太綜合研究院　2000 年 10 月　頁 881—892

《二、三十年代的作家與作品》

1383. 魏子雲　　《二、三十年代的作家與作品》　青年戰士報　1979 年 10 月 16 日　11 版

1384. 曾虛白　　評介蘇著《二、三十年代的作家與作品》　中華日報　1980 年 4 月 5 日　10 版

1385. 曾虛白　　評介蘇著《二、三十年代的作家與作品》　擊楫中流集　臺北　時報文化出版公司　1981 年 5 月　頁 279—282

1386. 費海璣　　蘇雪林評二、三十年代作家　民眾日報　1980 年 4 月 22 日　12 版

1387. 彭　歌　　公平論斷　聯合報　1980 年 6 月 7 日　8 版

1388. 彭　歌　　公平論斷　永恆之謎　臺北　聯合報社　1980 年 12 月　頁 42—44

1389. 陳紀瀅　　蘇雪林先生及其近著介紹《二、三十年代的作家與作品》　中央日報　1980 年 6 月 25 日　10 版

1390. 陳紀瀅　　蘇雪林先生及其近作——介紹《二、三十年代的作家與作品》　讀書選集（第三輯）　臺北　中央日報社　1981 年 3 月　頁 126—130

1391. 陳紀瀅　　記蘇雪林——介紹《二三十年代作家與作品》　三十年代作家直接印象記　臺北　臺灣商務印書館　1986 年 8 月　頁 91—94

1392. 陳紀瀅　　記蘇雪林——介紹《二、三十年代的作家與作品》　慶祝蘇雪林

教授九秩晉五華誕學術研討會論文暨詩文集　臺北　文史哲出版社　1995 年 3 月　頁 485—488

1393. 陳紀瀅　記蘇雪林　綠天雪林　北京　人民文學出版社　2001 年 1 月　頁 72—75

1394. 陳紀瀅　記蘇雪林——介紹《二三十年代的作家與作品》　陳紀瀅文存　北京　華齡出版社　2011 年 1 月　頁 150—152

1395. 應鳳凰　楓林小橋・孤燈明滅　文訊雜誌　第 4 期　1983 年 10 月　頁 186—192

1396. 彭嘉蕾　集文藝之大成——介紹《中國二、三十年代作家》一書　參與者月刊　第 52 期　1983 年 12 月　6 版

1397. 彭嘉蕾　集文藝之大成——介紹《中國二、三十年代作家》一書　中國國學　第 14 期　1986 年 9 月　頁 158—159

1398. 彭嘉蕾　集文藝之大成——介紹《中國二、三十年代作家》一書　慶祝蘇雪林教授百齡華誕專集　臺南　成功大學　1995 年 3 月　頁 158—159

1399.〔中央日報〕　《中國二、三十年代作家》　中央日報　1984 年 4 月 19 日　10 版

1400.〔中央日報〕　《中國二、三十年代作家》　慶祝蘇雪林教授百齡華誕專集　臺南　成功大學　1995 年 3 月　頁 159—160

1401.〔大華晚報〕　《二、三十年代作家》　中國國學　第 14 期　1986 年 9 月　頁 159—160

1402.〔大華晚報〕　《二、三十年代作家》　慶祝蘇雪林教授百齡華誕專集　臺南　成功大學　1995 年 3 月　頁 160

1403. 周玉山　讀介《中國二、三十年代作家》　文學徘徊　臺北　東大圖書公司　1991 年 12 月　頁 326—327

1404. 古遠清　蘇雪林的《二、三十年代的作家與作品》　臺灣當代文學理論批評史　武漢　武漢出版社　1994 年 8 月　頁 282—284

1405. 馬　森　一種另類的現代文學史觀——論蘇雪林教授《中國二、三十年代作家》　聯合文學　第 180 期　1999 年 10 月　頁 138—144

1406. 馬　森　論蘇雪林教授《中國二、三十年代作家》　文教資料　2000 年第 2 期　2000 年 3 月　頁 31—40，66

1407. 馬　森　一種另類的現代文學史觀——論蘇雪林教授《中國二三十年代作家》　海峽兩岸蘇雪林教授學術研討會論文集（上）　高雄　亞太綜合研究院　2000 年 10 月　頁 245—261

1408. 喬　琛　論蘇雪林《中國二三十年代作家》的獨特價值——兼談其對新世紀現代文學研究與教學的啟示　淮北煤炭師範學院學報　第 29 卷第 6 期　2008 年 12 月　頁 20—22

1409. 古遠清　《二三十年代作家與作品》的特色與局限　2010 年海峽兩岸蘇雪林學術研討會　武漢　武漢大學文學院，成功大學文學院合辦　2010 年 11 月 21—23 日

1410. 黃修己　蘇雪林的《二三十年代作家與作品》　2010 年海峽兩岸蘇雪林學術研討會　武漢　武漢大學文學院，成功大學文學院合辦　2010 年 11 月 21—23 日

1411. 方明連　淺析蘇雪林的作家評論——以《中國二三十年代的作家》為例　魅力中國　2010 年第 11 期　2011 年 4 月　頁 75

1412. 倪湛舸　新文學、國族構建與性別差異——蘇雪林《二三十年代作家與作品》研究　中國現代文學研究叢刊　2011 年第 6 期　2011 年 6 月　頁 21—33

《屈賦論叢》

1413. 費海璣　熠熠發光的書　民眾日報　1981 年 5 月 1 日　12 版

《玉溪詩謎正續合編》

1414. 柯玉雪　《玉溪詩謎正續合編》讀後　慶祝蘇雪林教授九秩晉五華誕學術研討會論文暨詩文集　臺北　文史哲出版社　1995 年 3 月　頁 447—448

1415. 余金龍　　有關蘇雪林《玉溪詩謎正續合編》之探討　玄奘人文學報　第 9
　　　　　　期　2009 年 7 月　頁 1—30

詩

《燈前詩草》

1416. 宣建人　　推介《燈前詩草》　中華日報　1982 年 4 月 26 日　9 版

1417. 費海璣　　介紹《燈前詩草》——蘇雪林先生的詩集　民主潮　第 32 卷第 4
　　　　　　期　1982 年 4 月　頁 40—42

1418. 費海璣　　談蘇雪林女士《燈前詩草》　側寫蘇雪林　臺南　財團法人蘇雪
　　　　　　林教授學術文化基金會　2009 年 9 月　頁 143—145

1419. 侯　暢　　蘇著《燈前詩草》淺評　文藝復興　第 133 期　1982 年 6 月　頁
　　　　　　37—50

1420. 侯　暢　　蘇著《燈前詩草》淺評　側寫蘇雪林　臺南　財團法人蘇雪林教
　　　　　　授學術文化基金會　2009 年 9 月　頁 91—109

1421. 樸　月　　詩到真時見性情——蘇雪林教授《燈前詩草》讀後　中華日報
　　　　　　1995 年 3 月 14 日　9 版

1422. 殷正慈　　蘇雪林教授著《燈前詩草》評介　慶祝蘇雪林教授九秩晉五華誕
　　　　　　學術研討會論文暨詩文集　臺北　文史哲出版社　1995 年 3 月
　　　　　　頁 456—469

1423. 林俊宏　　蘇雪林《燈前詩草》中的女性形象　海峽兩岸蘇雪林教授學術研
　　　　　　討會論文集（下）　高雄　亞太綜合研究院　2000 年 10 月　頁
　　　　　　561—580

1424. 吳榮富　　就《燈前詩草》論「為情造文」與「為文造情」　海峽兩岸蘇雪
　　　　　　林教授學術研討會論文集（下）　高雄　亞太綜合研究院　2000
　　　　　　年 10 月　頁 687—704

1425. 尚永亮，張艷華　　文情師話間的營構與追求——蘇雪林《燈前詩草》藝術
　　　　　　略論　武漢大學學報　第 57 卷第 1 期　2004 年 1 月　頁 52—57

散文

《綠天》

1426. 羅敦偉　自由中國的「綠天」——蘇雪林著《綠天》評介　暢流　第 12
卷第 7 期　1955 年 11 月 16 日　頁 24—25

1427. 羅敦偉　自由中國的《綠天》　慶祝蘇雪林教授寫作五十年暨八秩華誕專
集　〔自行出版〕　1978 年　頁 186—187

1428. 羅敦偉　自由中國的《綠天》——蘇雪林著《綠天》評介　側寫蘇雪林
臺南　財團法人蘇雪林教授學術文化基金會　2009 年 9 月　頁
266—269

1429. 祛　非　評介《綠天》　軍中文藝　第 23 期　1955 年 11 月 26 日　頁 34
—35

1430. 祛　非　評介《綠天》　慶祝蘇雪林教授寫作五十年暨八秩華誕專集　臺
南　〔自行出版〕　1978 年　頁 226—230

1431. 周棄子　《綠天》增訂本讀後所感　自由中國　第 13 卷第 11 期　1955 年
12 月　頁 29—30

1432. 周棄子　《綠天》增訂本讀後所感　未埋庵短書　臺北　文星書店　1964
年 1 月　頁 59—65

1433. 周棄子　《綠天》增訂本讀後所感　未埋庵短書　臺北　領導出版社
1978 年 1 月　頁 65—71

1434. 周棄子　《綠天》增訂本讀後所感　慶祝蘇雪林教授寫作五十年暨八秩華
誕專集　臺南　〔自行出版〕　1978 年　頁 193—199

1435. 周棄子　《綠天》增訂本讀後所感　側寫蘇雪林　臺南　財團法人蘇雪林
教授學術文化基金會　2009 年 9 月　頁 66—71

1436. 陳一萍　我讀《綠天》　新中國評論　第 10 卷第 2 期　1956 年 2 月　頁
22—24

1437. 陳一萍　我讀《綠天》　慶祝蘇雪林教授寫作五十年暨八秩華誕專集　臺
南　〔自行出版〕　1978 年　頁 231—240

1438. 歸　人　《綠天》簡論　大學生活　第 1 卷第 11 期　1956 年 3 月　頁 37

—42

1439. 歸　人　　《綠天》簡論（臺灣版）──蘇雪林著「今日婦女」社出版　慶祝蘇雪林教授寫作五十年暨八秩華誕專集　臺南　〔自行出版〕1978 年　頁 209—221

1440. 司徒衛　　十部散文簡介──《綠天》　書評續集　臺北　幼獅書店　1960年 6 月　頁 126

1441. 陳雀華　　《綠天》　文心　第 1 期　1973 年 6 月　頁 39—40

1442. 羅敦偉　　再論自由中國的「綠天」──蘇雪林著《綠天》評介　慶祝蘇雪林教授寫作五十年暨八秩華誕專集　臺南　〔自行出版〕　1978年　頁 188—192

1443. 糜文開　　讀《綠天》　慶祝蘇雪林教授寫作五十年暨八秩華誕專集　臺南〔自行出版〕　1978 年　頁 200—203

1444. 糜文開　　讀《綠天》　側寫蘇雪林　臺南　財團法人蘇雪林教授學術文化基金會　2009 年 9 月　頁 253—255

1445. 錢歌川　　玲瓏剔透的瓔珞──蘇雪林著《綠天》讀後感　慶祝蘇雪林教授寫作五十年暨八秩華誕專集　臺南　〔自行出版〕　1978 年　頁 204—208

1446. 錢歌川　　玲瓏剔透的瓔珞──蘇雪林著《綠天》讀後感　中國國學　第 14 期　1986 年 9 月　頁 151—153

1447. 錢歌川　　玲瓏剔透的瓔珞──蘇雪林著《綠天》讀後感　慶祝蘇雪林教授百齡華誕專集　臺南　成功大學　1995 年 3 月　頁 151—153

1448. 錢歌川　　玲瓏剔透的瓔珞──蘇雪林著《綠天》讀後感　側寫蘇雪林　臺南　財團法人蘇雪林教授學術文化基金會　2009 年 9 月　頁 227—231

1449. 公孫嬿　　我讀《綠天》　慶祝蘇雪林教授寫作五十年暨八秩華誕專集　臺南　〔自行出版〕　1978 年　頁 222—225

1450. 曉　星　　我讀《綠天》以後　慶祝蘇雪林教授寫作五十年暨八秩華誕專集

臺南　〔自行出版〕　1978 年　頁 241—243

1451. 曉　星　我讀《綠天》以後　側寫蘇雪林　臺南　財團法人蘇雪林教授學
術文化基金會　2009 年 9 月　頁 213—214

1452. 秦遺璧　蘇雪林教授的《綠天》　慶祝蘇雪林教授寫作五十年暨八秩華誕
專集　臺南　〔自行出版〕　1978 年　頁 244—245

1453. 莎　雅　媽媽書房——《綠天》　中國國學　第 14 期　1986 年 9 月　頁
153—154

1454. 莎　雅　媽媽書房——《綠天》　慶祝蘇雪林教授百齡華誕專集　臺南
成功大學　1995 年 3 月　頁 153—154

1455. 李　玲　滲透童心的女性世界——蘇雪林散文集《綠天》　中國現代文學
研究叢刊　1997 年第 3 期　1997 年 9 月　頁 147—153

1456. 張　遇　重讀蘇雪林《綠天》　書與人　1997 年第 5 期　1997 年 9 月
頁 134—137

1457. 高道一　重讀《綠天》　書屋　2000 年第 9 期　2000 年 9 月　頁 79

1458. 黎山嶢　開敞心扉對語自然——評蘇雪林散文集《綠天》　海峽兩岸蘇雪
林教授學術研討會論文集（上）　高雄　亞太綜合研究院　2000
年 10 月　頁 423—437

1459. 王蓓萍　翩翩飛舞的銀翅蝴蝶——淺談蘇雪林散文集《綠天》的創作特色
蘇州教育學院學報　第 18 卷第 3 期　2001 年 9 月　頁 28—32

1460. 趙麗霞　送給魯迅的書・蘇雪林的《綠天》　博覽群書　2002 年第 11 期
2002 年 11 月　頁 50—51

1461. 余榴艷　《綠天》裡的真實與謊言　吉林工程技術師範學院學報　第 19
卷第 4 期　2003 年 4 月　頁 49—51

1462. 郭　麗　蘇雪林青島遊記略評　中國海洋大學學報　2003 年第 6 期　2003
年 12 月　頁 36—40

1463. 詹宇霈　在輕靈的筆尖下　文訊雜誌　第 262 期　2007 年 8 月　頁 61

1464. 張小龍　1927 年—2010 年《綠天》之傳播與接受研究　「蘇雪林學位論

文寫作營」之學術研討會議程表　臺南　財團法人蘇雪林教授學術文化基金會主辦　2011 年 3 月 4 日

1465. 周林妹，李春媛　蘇雪林《綠天》中的修辭手法運用　名作欣賞　2012 年第 35 期　2013 年 12 月　頁 112—114

《南明忠烈傳》

1466. 馬　鳳　借古喻今‧以古勵今──論蘇雪林《南明忠烈傳》的創作目的　和田師範專科學校學報　第 29 卷第 6 期　2010 年 7 月　頁 100—101

《歸鴻集》

1467. 羅敦偉　蘇雪林的《歸鴻集》　中央日報　1955 年 10 月 28 日　6 版

1468. 羅敦偉　蘇雪林的《歸鴻集》　慶祝蘇雪林教授寫作五十年暨八秩華誕專集　臺南　〔自行出版〕　1978 年　頁 283—284

1469. 正　言　評《歸鴻集》　軍中文藝　第 26 期　1956 年 2 月　頁 34－35

1470. 正　言　評《歸鴻集》　慶祝蘇雪林教授寫作五十年暨八秩華誕專集　臺南　〔自行出版〕　1978 年　頁 285—289

1471. 正　言　評《歸鴻集》　側寫蘇雪林　臺南　財團法人蘇雪林教授學術文化基金會　2009 年 9 月　頁 37—40

1472. 王秀谷　蘇雪林《歸鴻集》　慶祝蘇雪林教授寫作五十年暨八秩華誕專集　臺南　〔自行出版〕　1978 年　頁 290—292

《三大聖地的巡禮》

1473. 歸　人　評《三大聖地的巡禮》　婦友　第 36 期　1957 年 9 月　頁 32—34

1474. 歸　人　評《三大聖地的巡禮》　慶祝蘇雪林教授寫作五十年暨八秩華誕專集　臺南　〔自行出版〕　1978 年　頁 293—303

1475. 寒　流　《三大聖地的巡禮》　慶祝蘇雪林教授寫作五十年暨八秩華誕專集　臺南　〔自行出版〕　1978 年　頁 304—307

《風雨雞鳴》

1476. 蕭傳文　　　《風雨雞鳴》　中央日報　1983 年 7 月 24 日　10 版

1477. 蕭傳文　　　《風雨雞鳴》讀後　中國國學　第 14 期　1986 年 9 月　頁 156
—158

1478. 蕭傳文　　　《風雨雞鳴》讀後　慶祝蘇雪林教授百齡華誕專集　臺南　成功
大學　1995 年 3 月　頁 156—158

1479. 蕭傳文　　　《風雨雞鳴》讀後　側寫蘇雪林　臺南　財團法人蘇雪林教授學
術文化基金會　2009 年 9 月　頁 223—226

《靈海微瀾》

1480. 吳富焄　　　我讀《靈海微瀾》　臺灣新聞報　1979 年 2 月 14 日　12 版

1481. 吳富焄　　　我讀《靈海微瀾》　側寫蘇雪林　臺南　財團法人蘇雪林教授學
術文化基金會　2009 年 9 月　頁 53—54

《邂齋隨筆》

1482. 費海璣　　　介紹蘇雪林新著　側寫蘇雪林　臺南　財團法人蘇雪林教授學
術文化基金會　2009 年 9 月　頁 139—142

《浮生九四——雪林回憶錄》

1483. 李奭學　　　學敵症候群——評蘇雪林著《浮生九四》　中時晚報　1991 年 6
月 30 日　10 版

1484. 李奭學　　　學敵症候群——評蘇雪林著《浮生九四》　書話臺灣 1991—2003
文學印象　臺北　九歌出版社　2004 年 5 月　頁 202—204

1485. 蕭傳文　　　蘇雪林及其《浮生九四》[23]　書和人　第 680 期　1991 年 9 月
頁 1—4

1486. 蕭傳文　　　蘇雪林及其《浮生九四》　慶祝蘇雪林教授九秩晉五華誕學術研
討會論文暨詩文集　臺北　文史哲出版社　1995 年 3 月　頁 575
—582

1487. 蕭傳文　　　讀《浮生九四》看一代才女　明道文藝　第 281 期　1999 年 8 月
頁 109—117

---

[23] 本文後改篇名為〈讀《浮生九四》看一代才女〉。

1488. 徐子超　執著追求人生價值，著意留存百年閱歷——初讀《浮生九四》　海峽兩岸蘇雪林教授學術研討會論文集（上）　高雄　亞太綜合研究院　2000 年 10 月　頁 75—86

1489. 陳瑛珣　讀《浮生九四：雪林回憶錄》探討清末民初傳統婦女自我角色定位與轉變——並試以《徽州文書》論證之　海峽兩岸蘇雪林教授學術研討會論文集（下）　高雄　亞太綜合研究院　2000 年 10 月　頁 581—613

1490. 林黛嫚　閱讀・女性・人生——評介《浮生九四——雪林回憶錄》　在閱讀與書寫之間——評好書 300 種　臺北　三民書局　2005 年 2 月　頁 21

《蘇雪林全集・日記卷》

1491. 黃盈雰　蘇雪林《日記卷》出版　文訊雜誌　第 163 期　1999 年 5 月　頁 71

1492. 唐亦男　非常另類的蘇雪林《日記卷》　黃山高等專科學校學報　第 1 卷第 5 期　1999 年 11 月　頁 51—56

1493. 唐亦男　非常另類的蘇雪林《日記卷》　中國文化研究　1999 年第 4 期　1999 年 11 月　頁 72—78

1494. 唐亦男　非常另類的蘇雪林《日記卷》　海峽兩岸蘇雪林教授學術研討會論文集（上）　高雄　亞太綜合研究院　2000 年 10 日　頁 1—24

1495. 邱德修　蘇雪林的散文世界——以《日記》五八為例　回顧兩岸五十年文學學術研討會　臺北　中國文化大學中文系，財團法人善同文教基金會　2003 年 11 月 28—29 日　頁 47—94

1496. 衣若芬　《蘇雪林日記》中的南洋時光　聯合早報　2008 年 3 月 18 日　24 版

1497. 張　莉　《蘇雪林日記》研究　「蘇雪林學位論文寫作營」之學術研討會議程表　臺南　財團法人蘇雪林教授學術文化基金會主辦　2011

年 3 月 4 日

1498. 陳思廣，張莉　　蘇雪林反魯原因之考探——以《蘇雪林日記》為例　中華
文化論壇　2012 年第 2 期　2012 年 3 月　頁 140—144

小說
《棘心》

1499. 一　萍　　蘇雪林教授的《棘心》　暢流　第 17 卷第 4 期　1958 年 4 月 1
日　頁 24

1500. 一　萍　　蘇雪林教授的《棘心》　慶祝蘇雪林教授寫作五十年暨八秩華誕
專集　臺南　〔自行出版〕　1978 年　頁 262—266

1501. 一　萍　　蘇雪林教授的《棘心》　側寫蘇雪林　臺南　財團法人蘇雪林教
授學術文化基金會　2009 年 9 月　頁 1—4

1502. 歸　人　　《棘心》（增訂本）　慶祝蘇雪林教授寫作五十年暨八秩華誕專
集　臺南　〔自行出版〕　1978 年　頁 246—257

1503. 歸　人　　《棘心》增訂本　側寫蘇雪林　臺南　財團法人蘇雪林教授學術
文化基金會　2009 年 9 月　頁 256—265

1504. 駱　菲　　我讀《棘心》增訂本　慶祝蘇雪林教授寫作五十年暨八秩華誕專
集　臺南　〔自行出版〕　1978 年　頁 258—261

1505. 駱　菲　　我讀《棘心》增訂本　側寫蘇雪林　臺南　財團法人蘇雪林教授
學術文化基金會　2009 年 9 月　頁 239—241

1506. 李紹崑　　《棘心》　慶祝蘇雪林教授寫作五十年暨八秩華誕專集　臺南
〔自行出版〕　1978 年　頁 267—280

1507. 吳述之　　讀增訂本《棘心》後　慶祝蘇雪林教授寫作五十年暨八秩華誕專
集　臺南　〔自行出版〕　1978 年　頁 281—282

1508. 吳達芸　　另一種閱讀——女性自傳小說《棘心》（1—3）　臺灣新聞報
1995 年 3 月 23—25 日　19 版

1509. 吳達芸　　另一種閱讀——女性自傳小說《棘心》——兼祝蘇雪林先生百歲
壽誕　慶祝蘇雪林教授百齡華誕專集　臺南　成功大學　1995 年

3 月　頁 42—51

1510. 吳達芸　另一種閱讀——女性小說自傳《棘心》‧祝賀蘇雪林教授百齡高
壽而寫　靈海微瀾‧第五集　臺南　聞道出版社　1996 年 4 月
頁 130—138

1511. 吳達芸　另一種閱讀——女性自傳小說《棘心》——兼祝蘇雪林先生百歲
壽誕　女性閱讀與小說評論　臺南　臺南市立文化中心　1996 年
5 月　頁 135—150

1512. 龍應台　女性自我與文化衝突——比較兩本女性自傳小說　慶祝蘇雪林教
授九秩晉五華誕學術研討會論文暨詩文集　臺北　文史哲出版社
1995 年 3 月　頁 341—358

1513. 孟華玲　謝冰瑩訪問記〔《棘心》部分〕　新文學史料　1995 年第 4 期
1995 年 11 月　頁 104

1514. 陳碧月　蘇雪林《棘心》——徘徊在新舊衝突的杜醒秋　中國現代文學理
論　第 12 期　1995 年 12 月　頁 547—554

1515. 陳碧月　蘇雪林《棘心》——徘徊在新舊衝突的杜醒秋　小說選讀　臺北
五南圖書出版公司　1999 年 4 月　頁 83—90

1516. 李　玲　蘇雪林屬於「閨秀派」嗎——蘇雪林《棘心》重評　福建論壇
1996 年第 2 期　1996 年 2 月　頁 23—26

1517. 方　英　論綠漪　蘇雪林文集（四）　合肥　安徽文藝出版社　1996 年 4
月　頁 389—399

1518. 張　遇　《棘心》解構——契約的形成與破壞　福建論壇　1997 年第 5 期
1997 年 10 月　頁 32—37

1519. 楊劍龍　基督教文化的皈依，儒家文化的同歸——評臺灣作家蘇雪林的小
說《棘心》　嘉應大學學報　1998 年第 2 期　1998 年 4 月　頁
49—55

1520. 孟丹青　從《棘心》看蘇雪林的道德立場　江蘇社會科學　1999 年第 5 期
1999 年 9 月　頁 157—160

1521. 鄭月梅　由《棘心》看蘇雪林先生的愛情觀與婚姻　海峽兩岸蘇雪林教授學術研討會論文集（上）　高雄　亞太綜合研究院　2000 年 10 月　頁 479—512

1522. 繆啟昆　溫柔的陷阱・紫色的靈魂──析《棘心》中杜醒秋的愛情悲劇　職大學報　2002 年第 3 期　2002 年 8 月　頁 40—41，27

1523. 朱嘉雯　推開一座牢固的城門：林海音及同時代女作家的五四傳承〔《棘心》部分〕　霜後的燦爛──林海音及其同輩女作家學術研討會論文集　臺南　文化資產保存研究中心籌備處　2002 年 11 月　頁 212—213

1524. 蔡　菁　淺析蘇雪林小說《棘心》的藝術張力　名作欣賞　2005 年第 2 期　2005 年 1 月　頁 97—100

1525. 吳姍姍　蘇雪林《棘心》中的宗教改革主張　雲漢學刊　第 12 期　2005 年 7 月　頁 1—15

1526. 王英，王睿　論北京女高師四位女作家的母愛歌頌──蘇雪林──傳統回歸中的母愛歌頌　山西廣播電視大學學報　第 10 卷第 4 期　2005 年 8 月　頁 94—95

1527. 孔秋葉　五四叛女的精神缺失──論《棘心》主人公杜醒秋的心理歷程　洛陽大學學報　2005 年第 3 期　2005 年 9 月　頁 14—16

1528. 吳　巖　融匯新因素的傳統──五四時期女作家筆下的母親形象〔《棘心》部分〕　黑河學刊　2006 年第 2 期　2006 年 3 月　頁 43，56

1529. 曾　歡　在皈依與背離中──蘇雪林小說《棘心》中母子關係解讀　滄桑　2006 年第 2 期　2006 年 4 月　頁 122—124

1530. 趙前寧　掙扎與苦悶後的消極皈依──論蘇雪林小說《棘心》主人公杜醒秋的心路歷程　現代語文　2009 年第 1 期　2009 年 1 月　頁 108—109

1531. 趙前寧　掙扎與苦悶後的消極皈依──論蘇雪林小說《棘心》主人公杜醒

秋的心路歷程　中國現當代文學研究　2009 年第 1 期　2009 年
頁 108—109

1532. 顧廣梅　心理成長：中國現代成長小說的詩學維度之二──心理成長的階
段一：鏡像階段對母親鏡像的辨識與想像性認同──仰望式的母
親鏡像認同〔《棘心》部分〕　中國現代成長小說研究　山東師
範大學中國現當代文學研究所　博士論文　朱德發教授指導
2009 年 4 月　頁 205—208

1533. 顧廣梅　精神成長：中國現代成長小說的詩學維度之三──精神成長的加
數一：領受新知識與新教育──知識焦慮與精神成長〔《棘心》
部分〕　中國現代成長小說研究　山東師範大學中國現當代文學
研究所　博士論文　朱德發教授指導　2009 年 4 月　頁 279

1534. 蔡玫姿　五四時期女性知識分子的文化躁狂與療癒空間──以蘇雪林《棘
心》為例　「紀念五四運動九十週年暨蘇雪林教授」國際學術研
討會　臺南　成功大學文學院主辦　2009 年 5 月 9 日

1535. 周　妮　弔詭的人生──論《棘心》中的杜醒秋形象　宜春學院學報　第
31 卷第 5 期　2009 年 10 月　頁 123—124

1536. 楊文馨　女遊書寫：《棘心》中的離／返與漫遊之旅　第二十二屆南區中
文系碩博士生論文發表會　屏東　屏東教育大學中國語文學系主
辦　2009 年 11 月 21 日

1537. 陳由歆　從原型理論看《棘心》的宗教意識　蘇州教育學院學報　第 26
卷第 4 期　2009 年 12 月　頁 24—27

1538. 黃　敏　說三道四論《棘心》──蘇雪林《棘心》研究批評及新探　阜陽
師範學院學報　2010 年第 4 期　2010 年 7 月　頁 55—58

1539. 胡昌平　皈依·守成·超越──論蘇雪林的小說《棘心》　2010 年海峽兩
岸蘇雪林學術研討會　武漢　武漢大學文學院，成功大學文學院
合辦　2010 年 11 月 21—23 日

1540. 金宏宇　《棘心》的版（文）考察　2010 年海峽兩岸蘇雪林學術研討會

武漢　武漢大學文學院，成功大學文學院合辦　2010 年 11 月 21
—23 日

1541. 金宏宇　《棘心》的版（文）本考釋　長江學術　2011 年第 2 期　2011
年 4 月　頁 15—23

1542. 陳思廣　在生成與融匯中：1929—2009 年《棘心》的傳播與接受研究
2010 年海峽兩岸蘇雪林學術研討會　武漢　武漢大學文學院，成
功大學文學院合辦　2010 年 11 月 21—23 日

1543. 陳思廣　在生成與融匯中：1929—2009 年《棘心》的傳播與接受研究　江
漢論壇　2011 年第 3 期　2011 年 3 月　頁 127—131

1544. 黃　敏　蘇雪林《棘心》之傷感主義研究　2010 年海峽兩岸蘇雪林學術研
討會　武漢　武漢大學文學院，成功大學文學院合辦　2010 年
11 月 21—23 日

1545. 黃　敏　蘇雪林《棘心》之傷感主義研究　哈爾濱學院學報　第 31 卷第
11 期　2010 年 11 月　頁 81—83

1546. 劉乃慈　愛的歷程──論《棘心》的行旅書寫　成大文學家國際學術研討
會　臺南　成功大學文學院主辦　2011 年 11 月 18—19 日

1547. 劉乃慈　愛的歷程──論《棘心》的行旅書寫　筆的力量──成大文學家
論文集（上）　臺北　里仁書局　2013 年 2 月　頁 69—97

1548. 李彩素　《棘心》的「尋夫」主題發現及其根源探析　蘭州教育學院學報
第 28 卷第 1 期　2012 年 2 月　頁 27—28，43

1549. 王靈潔　「五四」背景下的留學生群體心理探究──觀《棘心》中的杜醒
秋和《沉淪》中的「他」　北方文學　2012 年第 4 期　2012 年 4
月　頁 11—12

1550. 楊春，周玉英　蘇雪林小說《棘心》的個性特徵和時代共同性　安徽工業
大學學報　第 30 卷第 3 期　2013 年 5 月　頁 49—50

1551. 巴佩蘭（Barbara Hoster）　蘇雪林小說《棘心》主人公醒秋的皈依過程
第一屆傳教士漢學國際會議：傳教士對認識中國與臺灣的貢獻

臺北　輔仁大學華裔學志漢學研究中心，國家圖書館漢學研究中心，德國華裔志漢學研究院主辦　2014 年 1 月 3—4 日

1552. 楊雅琄　五四女作家小說愛情書寫之主要議題：爭取婚姻自由——困頓在母女關係中的衝突——蘇雪林《棘心》　擁擠的灰色愛情世界——「五四女作家」小說之愛情書寫研究（1918—1936）　臺北　秀威科技資訊公司　2014 年 1 月　頁 119—127

1553. Nathan Farues（范禮敦）　Ji Xin and Su Xuelin's C(c)atholic Vision（《棘心》和蘇雪林的普世價值）　蘇雪林及其同代作家國際學術研討會　臺南　成功大學文學院主辦；財團法人蘇雪林教授學術文化基金會，成功大學邁向頂尖大學計畫推動總中心協辦　2014 年 10 月 31 日—11 月 1 日

《蟬蛻集》[24]

1554. 丁增武　「民族」想像和蘇雪林的抗戰歷史小說　淮北師範大學學報　第 32 卷第 5 期　2011 年 10 月　頁 31—35

1555. 郭　瀏　論《蟬蛻集》的思想內涵與敘述方式　鹽城師範學院學報　2013 年第 3 期　2013 年 6 月　頁 69—72

《天馬集》

1556. 孟　愷　讀《天馬集》　中央日報　1957 年 12 月 23 日　4 版

1557. 孟　愷　讀《天馬集》　慶祝蘇雪林教授寫作五十年暨八秩華誕專集　臺南　〔自行出版〕　1978 年　頁 312—313

1558. 孟　愷　讀《天馬集》　側寫蘇雪林　臺南　財團法人蘇雪林教授學術文化基金會　2009 年 9 月　頁 72—73

1559. 奇　莊　《天馬集》評介　慶祝蘇雪林教授寫作五十年暨八秩華誕專集　臺南　〔自行出版〕　1978 年　頁 308—311

1560. 駱　菲　向讀者推薦一本好書——《天馬集》　中國國學　第 14 期　1986 年 9 月　頁 154—156

---

[24] 《蟬蛻集》一書後易名為《秀峯夜話》。

1561. 駱　菲　向讀者推薦一本好書——《天馬集》　慶祝蘇雪林教授百齡華誕
專集　臺南　成功大學　1995 年 3 月　頁 154—156

1562. 駱　菲　向讀者推薦一本好書——《天馬集》　側寫蘇雪林　臺南　財團
法人蘇雪林教授學術文化基金會　2009 年 9 月　頁 235—238

1563. 祝宇紅　「老新黨的後裔」——論蘇雪林《天馬集》與曾虛白《魔窟》對
神話的重寫　現代中文學刊　2011 年第 2 期　2011 年　頁 50—
57

劇本

《鳩那羅的眼睛》

1564. 劈　西　關於《鳩那羅的眼睛》　慶祝蘇雪林教授寫作五十年暨八秩華誕
專集　臺南　〔自行出版〕　1978 年　頁 183—185

1565. 解志熙　「青春，美，惡魔，藝術……」——唯美、頹廢主義影響下的中
國現代戲劇（下）〔《鳩那羅的眼睛》部分〕　中國現代文學研
究叢刊　2000 年第 1 期　2000 年 2 月　頁 45—51

1566. 潘　訊　《鳩那羅的眼睛》的唯美主義風格　淮北煤炭師範學院學報　第
28 卷第 4 期　2007 年 8 月　頁 25—28

1567. 丁增武　「藝術」與「道德」之間的厚此薄彼——從《鳩那羅的眼睛》看
蘇雪林對唯美／頹廢主義思潮的接受　2010 年海峽兩岸蘇雪林學
術研討會　武漢　武漢大學文學院，成功大學文學院合辦　2010
年 11 月 21—23 日

1568. 丁增武　「藝術」與「道德」之間的厚此薄彼——從《鳩那羅的眼睛》看
蘇雪林對唯美—頹廢主義思潮的接受　合肥學院學報　第 28 卷
第 6 期　2011 年 11 月　頁 43—47

合集

《蘇雪林選集》

1569. 楊　堤　介紹《蘇雪林選集》——兼懷徐宗澤神父等良師益友　神學論集
第 83 期　1990 年 4 月　頁 157—160

多部作品

《棘心》、《天馬集》

1570. 葛賢寧　蘇雪林氏的小說——《棘心》、《天馬集》的讀後感　自由青年第 19 卷第 2 期　1958 年 1 月 16 日　頁 10—11

1571. 朱雙一　蘇雪林小說的保守主義傾向——《棘心》、《天馬集》論[25]　華僑大學學報　2000 年第 1 期　2000 年 1 月　頁 63—70

1572. 朱雙一　蘇雪林小說的人性認知和保守傾向——《棘心》、《天馬集》略論　海峽兩岸蘇雪林教授學術研討會論文集（上）　高雄　亞太綜合研究院　2000 年 10 月　頁 439—457

《我論魯迅》、〈趕快肅清文壇黃灰黑毒素〉

1573. 楊　岸　拾貝集〔《我論魯迅》、〈趕快肅清文壇黃灰黑毒素〉〕　醒獅第 111 期　1968 年 4 月　頁 22

1574. 楊　岸　拾貝集——論蘇雪林教授近作〔《我論魯迅》、〈趕快肅清文壇黃灰黑毒素〉〕　慶祝蘇雪林教授寫作五十年暨八秩華誕專集臺南　〔自行出版〕　1978 年　頁 316—317

「屈賦新探」——《屈原與〈九歌〉》、《〈天問〉正篇》、《楚騷新詁》、《屈賦論叢》

1575. 陳中雄　文章報國從不後人‧蘇雪林教授「屈賦新探」將問世　民生報1978 年 3 月 24 日　5 版

1576. 誓　還　「屈賦新探」　慶祝蘇雪林教授寫作五十年暨八秩華誕專集　臺南　〔自行出版〕　1978 年　頁 362—363

1577. 誓　還　「屈賦新探」　側寫蘇雪林　臺南　財團法人蘇雪林教授學術文化基金會　2009 年 9 月　頁 185—186

1578. 李紹崑　「屈賦新探」與屈原精神——賀蘇雪林教授百齡華誕　慶祝蘇雪林教授百齡華誕專集　臺南　成功大學　1995 年 3 月　頁 34—41

---

[25]本文後改篇名為〈蘇雪林小說的人性認知和保守傾向——《棘心》、《天馬集》略論〉。

1579. 沈　暉　　跨文化研究的宏篇巨構——蘇雪林教授的「屈賦新探」　安徽大
　　　　　　　學學報　1999 年第 4 期　1999 年 7 月　頁 1—8

1580. 李中華　《楚辭》研究的新思維與新視野——蘇雪林「屈賦新探」評議
　　　　　　　2010 年海峽兩岸蘇雪林學術研討會　武漢　武漢大學文學院，成
　　　　　　　功大學文學院合辦　2010 年 11 月 21—23 日

《綠天》、《蟬蛻集》、《棘心》

1581. 丁曉萍　作品解析——《綠天》、《蟬蛻集》、《棘心》　中國文學通
　　　　　　　典・小說通典　北京　解放軍文藝出版社　1999 年 1 月　頁 722
　　　　　　　—723

《屈原與九歌》、《楚騷新詁》、《屈賦論叢》、《中國文學史》、《唐詩概論》、《玉溪詩謎正續合編》

1582. 黃忠慎　學術成果推介　古今文海騎鯨客——蘇雪林教授　臺北　文史哲
　　　　　　　出版社　1999 年 6 月　頁 25—64

《棘心》、《浮生九四——雪林回憶錄》

1583. 吳雅文　舊社會中一位女性知識分子內在的超越與困境——以《棘心》及
　　　　　　　《浮生九四——雪林回憶錄》做主體分析　中國文化研究　1999
　　　　　　　年第 4 期　1999 年 11 月　頁 91—96

1584. 吳雅文　舊社會中一位女性知識分子內在的超越與困境——以《棘心》及
　　　　　　　《浮生九四——雪林回憶錄》做主體分析　海峽兩岸蘇雪林教授
　　　　　　　學術研討會論文集（上）　高雄　亞太綜合研究院　2000 年 10
　　　　　　　月　頁 513—533

《棘心》、《綠天》

1585. 夢花〔湯淑敏〕　五四女性文學的奇葩——論《棘心》、《綠天》的成就
　　　　　　　與不足　文教資料　2000 年第 2 期　2000 年 3 月　頁 23—30

1586. 湯淑敏　五四女性文學的奇葩——論《棘心》、《綠天》的成就與不足
　　　　　　　海峽兩岸蘇雪林教授學術研討會論文集（下）　高雄　亞太綜合
　　　　　　　研究院　2000 年 10 月　頁 535—545

1587. 楊　斌　　從婚姻悲劇中誕生的美的文學——從婚戀角度解讀蘇雪林的《綠天》、《棘心》　當代經理人　2006 年第 2 期　2006 年 2 月　頁 198—199

1588. 蘇偉貞　　五四遺事：當愛情降臨（中國）——再探論蘇雪林《棘心》、《綠天》　「紀念五四運動九十週年暨蘇雪林教授」國際學術研討會　臺南　成功大學文學院主辦　2009 年 5 月 9 日

1589. 蘇偉貞　　五四遺事：當愛情降臨（中國）——論蘇雪林《棘心》、《綠天》及同代女作家的情愛敘事模式　海峽兩岸華文文學學術研討會　桃園　中國現代文學學會，中原大學通識教育中心，東華大學華文文學系主辦　2012 年 4 月 28—29 日

《棘心》、〈母親〉

1590. 張建秒　　五四女作家的「母愛」話語〔《棘心》、〈母親〉部分〕　中國現代文學女作家的母愛話語研究　福建師範大學中國現當代文學研究所　碩士論文　汪文頂教授指導　2006 年 9 月　頁 6—7，13—14

單篇作品

1591. 覃子豪　　論象徵派與中國新詩〔〈新詩壇象徵派創始者李金髮〉〕　自由青年　第 22 卷第 3 期　1959 年 8 月 1 日　頁 10—12

1592. 覃子豪　　附錄‧論象徵派與中國新詩——兼致蘇雪林先生〔〈新詩壇象徵派創始者李金髮〉〕　文壇話舊　臺北　傳記文學出版社　1969 年 12 月　頁 160—168

1593. 覃子豪　　簡論馬拉美、徐志摩、李金髮及其他——再致蘇雪林先生〔〈為象徵詩體的爭論答覃子豪先生〉〕　自由青年　第 22 卷第 5 期　1959 年 9 月 1 日　頁 14—17

1594. 覃子豪　　附錄一‧簡論馬拉美、徐志摩、李金髮及其他——再致蘇雪林先生〔〈為象徵詩體的爭論答覃子豪先生〉〕　文壇話舊　臺北　傳記文學出版社　1969 年 12 月　頁 180—191

1595. 鄧綏甯　　附錄‧王莽與〈漢宮春秋〉　閒話戰爭　臺北　文星書店　1967
　　　　　　　　年 3 月　頁 84—87

1596. 鄧綏甯　　附錄‧王莽與〈漢宮春秋〉　閒話戰爭　臺北　傳記文學出版社
　　　　　　　　1970 年 8 月　頁 84—87

1597. 鄧綏甯　　附錄‧王莽有罪無冤〔〈論王莽〉〕　閒話戰爭　臺北　文星書
　　　　　　　　店　1967 年 3 月　頁 93—97

1598. 鄧綏甯　　附錄‧王莽有罪無冤〔〈論王莽〉〕　閒話戰爭　臺北　傳記文
　　　　　　　　學出版社　1970 年 8 月　頁 93—97

1599. 陳炳良　　〈楚辭國殤新解〉質疑　大陸雜誌　第 43 卷第 5 期　1971 年 11
　　　　　　　　月　頁 50—52

1600. 陳炳良　　〈楚辭國殤新解〉質疑　神話‧禮儀‧文學　臺北　聯經出版公
　　　　　　　　司　1985 年 4 月　頁 139—144

1601. 陳炳良　　再談有關〈國殤〉和迦尼薩的問題〔〈楚辭國殤新解〉〕　神
　　　　　　　　話‧禮儀‧文學　臺北　聯經出版公司　1985 年 4 月　頁 145—
　　　　　　　　155

1602. 陳炳良　　為討論迦尼薩事致蘇雪林教授書〔〈楚辭國殤新解〉〕　神話‧
　　　　　　　　禮儀‧文學　臺北　聯經出版公司　1985 年 4 月　頁 176—180

1603. 黎　明　　蘇雪林教授〈魯迅論傳〉考正　民主憲政　第 44 卷第 4 期
　　　　　　　　1973 年 6 月　頁 21

1604. 范　泓　　蘇雪林論魯迅〔〈魯迅傳論〉〕　在歷史的投影中　臺北　秀威
　　　　　　　　資訊科技公司　2008 年 10 月　頁 263—275

1605. 秦　童　　〈禿的梧桐〉欣賞與作法分析　散文欣賞　臺中　普天出版社
　　　　　　　　1977 年 1 月　頁 126—127

1606. 盧啟元，徐志超　　新穎‧含蓄‧凝煉——讀〈禿的梧桐〉　蘇雪林、盧
　　　　　　　　隱、凌叔華、馮沅軍（中國新文學大師名作賞析）　臺北　海風
　　　　　　　　出版社　1992 年 3 月　頁 60—64

1607. 守　拙　　托物言志涵蘊繁豐——簡評〈禿的梧桐〉　語文月刊　1993 年第

　　　　　　　3 期　1993 年 3 月　頁 19—20

1608. 洪富連　　蘇雪林〈禿的梧桐〉　當代主題散文的研究　高雄　復文圖書出
　　　　　　　版社　1998 年 4 月　頁 315—317

1609. 王宗法　　生命之歌──讀〈禿的梧桐〉　臺港文學觀察　合肥　安徽教育
　　　　　　　出版社　2000 年 8 月　頁 144—147

1610.〔人間福報〕　〈禿的梧桐〉講師的話　人間福報　2001 年 10 月 27 日
　　　　　　　10 版

1611. 黃　梅　　〈禿的梧桐〉編者的話　天地與我並生　臺北　香海文化公司
　　　　　　　2006 年 9 月　頁 190—191

1612. 吳正吉　　〈禿的梧桐〉賞析　側寫蘇雪林　臺南　財團法人蘇雪林教授學
　　　　　　　術文化基金會　2009 年 9 月　頁 49—52

1613. 秦　童　　〈收穫〉欣賞與作法分析　散文欣賞　臺中　普天出版社　1977
　　　　　　　年 1 月　頁 132—133

1614. 盧啟元，徐志超　　生活美和藝術美的統一──讀〈收穫〉　蘇雪林、盧
　　　　　　　隱、凌叔華、馮沅軍（中國新文學大師名作賞析）　臺北　海風
　　　　　　　出版社　1992 年 3 月　頁 81—84

1615. 孫慶升　　為中國話劇的黎明而呼喊──二、三十年代的話劇研究概述
　　　　　　　〔〈現代中國戲劇概觀〉部分〕　中國現代文學研究叢刊　1986
　　　　　　　年第 2 期　1986 年 6 月　頁 189

1616. 施國英　　〈溪水〉　中國現代散文新賞辭典　上海　漢語大詞典出版社
　　　　　　　1990 年 1 月　頁 235—237

1617. 盧啟元，徐志超　　畫一樣光豔，歌一般輕盈──讀〈溪水〉　蘇雪林、盧
　　　　　　　隱、凌叔華、馮沅軍（中國新文學大師名作賞析）　臺北　海風
　　　　　　　出版社　1992 年 3 月　頁 67—71

1618. 洪富連　　蘇雪林〈溪水〉　當代主題散文的研究　高雄　復文圖書出版社
　　　　　　　1998 年 4 月　頁 263—266

1619. 王新偉　　簡評蘇雪林的〈溪水〉　寫作　2003 年第 10 期　2003 年 5 月

頁 45

1620. 丁　帆　　推薦散文〈溪水〉　語文建設　2003 年第 8 期　2003 年　頁 35
　　　　　　　　—44

1621. 余松濤　　人化自然物生情——蘇雪林〈溪水〉中溪水形象解讀　中學教學
　　　　　　　　參考　2011 年第 27 期　2011 年 7 月　頁 23

1622.〔鄭明娳，林燿德選註〕　　〈煩悶的時候〉　人生五題——憂患　臺北
　　　　　　　　正中書局　1990 年 8 月　頁 2

1623. 呂天行　　為蘇先生壽——我與蘇雪林教授的一段情緣——〈扁豆〉的印象
　　　　　　　　國文天地　第 71 期　1991 年 4 月　頁 50

1624. 李國濤　　名家〈扁豆〉三篇　名作欣賞　1999 年第 2 期　1992 年 2 月
　　　　　　　　頁 62—63

1625. 盧啟元，徐志超　　詩話的小說，小說的詩話——讀〈鴿兒的通信〉　蘇雪
　　　　　　　　林、盧隱、凌叔華、馮沅軍（中國新文學大師名作賞析）　臺北
　　　　　　　　海風出版社　1992 年 3 月　頁 109—113

1626. 李國正　　〈鴿兒的通信〉人性美色彩美探析　「紀念五四運動九十週年暨
　　　　　　　　蘇雪林教授」國際學術研討會　臺南　成功大學文學院主辦
　　　　　　　　2009 年 5 月 9 日

1627. 張高評　　〈東坡詩論〉的學術價值　海峽兩岸蘇雪林教授學術研討會論文
　　　　　　　　集（下）　高雄　亞太綜合研究院　2000 年 10 月　頁 791—810

1628. 王蓓萍　　陰柔陽剛總相宜——蘇雪林〈棧橋燈影〉賞析　蘇州教育學院學
　　　　　　　　報　第 20 卷第 4 期　2003 年 12 月　頁 14—155，29

1629. 王美秀　　蘇雪林的小說觀——從〈重讀曾著《孽海花》〉談起　「紀念五
　　　　　　　　四運動九十週年暨蘇雪林教授」國際學術研討會　臺南　成功大
　　　　　　　　學文學院主辦；成功大學中文系，成功大學博物館協辦　2009 年
　　　　　　　　5 月 9 日

1630. 劉旭東　　兩種美學立場的衝突——論蘇雪林〈沈從文論〉及沈從文的反批
　　　　　　　　評　宜春學院學報　第 34 卷第 10 期　2012 年 10 月　頁 79—83

1631. 蘇偉貞　　地方感與無地方性：南洋大學時期的蘇雪林──兼論佚文〈觀音
　　　　　　　禪院〉　蘇雪林及其同代作家國際學術研討會　臺南　成功大學
　　　　　　　文學院主辦；財團法人蘇雪林教授學術文化基金會，成功大學邁
　　　　　　　向頂尖大學計畫推動總中心協辦　2014 年 10 月 31 日──11 月 1
　　　　　　　日

多篇作品

1632. 門外漢　　附錄二‧也談目前臺灣新詩〔〈新詩壇象徵派創始者李金髮〉、
　　　　　　　〈為象徵詩體的爭論答覃子豪先生〉〕　文壇話舊　臺北　傳記
　　　　　　　文學出版社　1969 年 12 月　頁 191──195

作品評論目錄、索引

1633. 李素娟　　蘇雪林研究資料目錄　全國新書資訊月刊　第 16 期　2000 年 4
　　　　　　　月　頁 36──48

1634. 張瑞芬　　蘇雪林重要評論篇目　五十年來臺灣女性散文──評論篇　臺北
　　　　　　　麥田出版公司　2006 年 2 月　頁 15──16

1635. 李志孝　　對一個被文學史迴避的作家研究──蘇雪林研究綜述　遼寧師範
　　　　　　　大學學報　第 30 卷第 2 期　2007 年 3 月　頁 92──96

1636. 吳姍姍　　最近十年蘇雪林研究綜述（1999──2008）　漢學研究通訊　第
　　　　　　　111 期　2009 年 8 月　頁 36──47

1637. 吳姍姍　　附錄二：最近十年蘇雪林研究綜述（1999──2008）　蘇雪林研究
　　　　　　　論集　臺北　臺灣學生書局　2012 年 8 月　頁 391──435

1638. 〔封德屏主編〕　蘇雪林　臺灣現當代作家評論資料目錄（七）　臺南
　　　　　　　國立臺灣文學館　2010 年 11 月　頁 4932──4989

1639. 陳昶，梁小娟　2010 年海峽兩岸蘇雪林學術研討會綜述　長江學術　2011
　　　　　　　年第 1 期　2011 年 1 月　頁 178──179

其他

1640. 吳經熊　　吳序　一朵小白花　臺南　聞道出版社　1996 年 12 月　頁 1──2
1641. 張維篤　　張序──寫在《一朵小白花》的前面　一朵小白花　臺南　聞道

　　　　　　　出版社　1996 年 12 月　頁 3—7

1642. 成世光　　成序　一朵小白花　臺南　聞道出版社　1996 年 12 月　頁 8—9

1643. 王翠艷　　女高師校園文學活動與現代女性文學的發生——介入大眾傳媒：
　　　　　　　蘇雪林與《益世報・女子週刊》　中國現代文學研究叢刊　2005
　　　　　　　年第 5 期　2005 年 9 月　頁 191—194

1644. 王翠艷　　《益世報・女子周刊》與蘇雪林「五四」時期的文學創作　現代
　　　　　　　中國文化與文學　2006 年第 1 期　2006 年 8 月　頁 219—231

1645. 王翠艷　　《益世報・女子周刊》與作為「五四」作家的蘇雪林　2010 年海
　　　　　　　峽兩岸蘇雪林學術研討會　武漢　武漢大學文學院，成功大學文
　　　　　　　學院合辦　2010 年 11 月 21—23 日

國家圖書館出版品預行編目資料

臺灣現當代作家研究資料彙編. 51, 蘇雪林 / 陳昌明編
選. -- 初版. -- 臺南市：臺灣文學館, 2014.12
　面；　公分
ISBN 978-986-04-3255-8(平裝)

1.蘇雪林 2.傳記 3.文學評論

863.4　　　　　　　　　　　　　103024265

【臺灣現當代作家研究資料彙編】51

蘇雪林

發 行 人　翁誌聰
指導單位　行政院文化部
出版單位　國立臺灣文學館
　　　　　地　　址／70041 臺南市中西區中正路 1 號
　　　　　電　　話／06-2217201　　　　　傳　　真／06-2218952
　　　　　網　　址／www.nmtl.gov.tw　　　　電子信箱／pba@nmtl.gov.tw

總 策 畫　封德屏
顧　　問　林淇瀁　張恆豪　許俊雅　陳信元　陳義芝　須文蔚　應鳳凰
工作小組　汪黛姈　陳欣怡　陳鈺翔　張傳欣　莊雅晴　黃寁婷　詹宇霈　蘇琬鈞
編　選　陳昌明
責任編輯　汪黛姈
校　　對　杜秀卿　汪黛姈　陳鈺翔　張傳欣　莊雅晴　趙慶華
計畫團隊　財團法人台灣文學發展基金會
美術設計　翁國鈞‧不倒翁視覺創意
印　　刷　松霖彩色印刷事業有限公司

著作財產權人　國立臺灣文學館
　　　　本書保留所有權利。欲利用本書全部或部分內容者，須徵求著作財產權人
　　　　同意或書面授權。請洽國立臺灣文學館研究典藏組（電話：06-2217201）

經銷展售　國家書店松江門市（02-25180207）
　　　　　國立臺灣文學館—雪芙瑞文學咖啡坊（06-2214632）
　　　　　三民書局（02-23617511）　　　　五南文化廣場（04-22260330）
　　　　　台灣的店（02-23625799）　　　　府城舊冊店（06-2763093）
　　　　　南天書局（02-23620190）　　　　唐山出版社（02-23633072）
　　　　　草祭二手書店（06-2216872）

初版一刷　2014 年 12 月
定　　價　新臺幣 560 元整
　　　　　第一階段 15 冊新臺幣 5500 元整　第二階段 12 冊新臺幣 4500 元整
　　　　　第三階段 23 冊新臺幣 8500 元整　全套 50 冊新臺幣 18500 元整
　　　　　全套 50 冊合購特惠新臺幣 16500 元整
　　　　　第四階段 14 冊新臺幣 5000 元整

GPN　1010302581（單本）　ISBN　978-986-04-3255-8（單本）
　　　1010000407（套）　　　　　　978-986-02-7266-6（套）